U0526870

大胶济

③ 诡谲双城

胶济铁路长篇历史小说三部曲

戚斌 著

山东人民出版社·济南
国家一级出版社 全国百佳图书出版单位

图书在版编目（CIP）数据

　　大胶济.3,诡谲双城/戚斌著.--济南：山东人民出版社,2024.5
　　ISBN 978-7-209-15116-0

　　Ⅰ.①大… Ⅱ.①戚… Ⅲ.①长篇小说－中国－当代 Ⅳ.①I247.5

　　中国国家版本馆CIP数据核字（2024）第096371号

大胶济（3）　诡谲双城
DA JIAO JI (3)　GUIJUE SHUANGCHENG

戚　斌　著

主管单位	山东出版传媒股份有限公司
出版发行	山东人民出版社
出 版 人	胡长青
社　　址	济南市市中区舜耕路517号
邮　　编	250003
电　　话	总编室（0531）82098914
	市场部（0531）82098027
网　　址	http://www.sd-book.com.cn
印　　装	山东新华印务有限公司
经　　销	新华书店
规　　格	16开（169mm×239mm）
印　　张	23.25
字　　数	380千字
版　　次	2024年5月第1版
印　　次	2024年5月第1次

ISBN 978-7-209-15116-0
定　　价　　158.00元（全三册）

如有印装质量问题，请与出版社总编室联系调换。

阴谋、权术、欺骗、狡诈……都是揭示黑暗本质的证据，而非秘密。

目　录

第一章 / 001

第二章 / 133

第三章 / 239

诡谲双城

第一章

1

1930年下半年，平汉铁路管理局易人的传闻反反复复传过多次，却总无结果。有人说，现任平汉铁路北段管理局局长的葛光廷要去陇海铁路局任局长，也有人说是去北宁铁路局，还有人猜测平汉路南北两段合并后，葛氏将掌舵新的平汉铁路管理局，原因是北平与南京的博弈难分伯仲、输赢难料，尽管铁道部部长孙科坚持让葛光廷离任，但掌握平汉路北段实际控制权的张学良不会轻易让步。

人们对平汉铁路管理局易人的关注，其实是对中国南北两大利益集团相互倾轧争斗的关注。从平汉路的人事变动传言中，人们隐隐嗅出了政治风向的变化。在一次次似乎被"证实"，但又随即被否认的反复中，有人感到倦怠，丧失了兴趣；也有人愈发体会到一种微妙的意味，反倒怀着更强烈的期待关注着事态发展。

但是，让人们没想到的是，平汉铁路管理局的人事变动却出人意料地以一种极为平静的方式完成了。

铁道部的一纸任命悄然而至，原平汉铁路南段局长何竞武被任命为合并后的平汉铁路管理局委员长，葛光廷调任胶济铁路管理局任委员长（铁道部于1929年5月对各铁路局改行委员制）。对此番调动，有人目瞪口呆，有人怅然若失；更有事后诸葛，对此加以绘声绘色的推论、演绎、渲染，最终得出结论——张学良终究没斗过孙科。

南北统一之前，平汉路南段由南京政府控制，北段由奉系张作霖掌控。北伐胜利后，新成立的铁道部便把统一路制作为当务之急，改变平汉路南北分治的现状被迅速提上议事日程。作为平汉路北段管理局局长的葛光廷对自己下一步的去向开始并没有太大担心，因为平汉路的统一管理必然会带来人事上的调整，这本是意料之中的事。平汉路贯穿南北，位置极其重要，南北两段合并后，作用更加凸显，这是其他铁路局所无法比拟的。葛光廷对留任平汉路有着充分的自信，并且把留在平汉路作为不二的选择。葛光廷的自信，当然是因为有张学良作靠山。他丝毫不怀疑，身在北平的张学良对平汉路有绝对的话语权，自己留任也不会有太大悬念。事实也是如此，张学良坚定不移地捍卫着对平汉路的控制权，而实现这种控制的最直接体现便是选择自己的人担任管理者。多年的合作让张学良坚信，没有比葛光廷更合适的人选了。为此，张学良坚决反对铁道部提出的更换人选的要求，哪怕是孙科亲自打电话，都被他一口拒绝。事情一度陷入僵局。

　　事态的逆转起于接下来葛光廷以参议身份陪同张学良到南京参加谒陵活动。这是张学良易帜后第一次前往南京，受到了隆重的欢迎。谒陵当然只是个外在形式，其实有很多重大问题需要在南京商议，在满城高悬"欢迎巩固边防、劳苦功高的张副司令"的标语中，蒋介石、孙科、吴铁城、叶楚伧、宋子文、胡汉民、陈立夫、孔祥熙、林森等中央要员轮番与张学良座谈商议国家大事。显然，在这样的一番酬酢中，张学良就平汉铁路局局长的人选问题已经与铁道部达成一致。而在此期间，蒋介石也秘密接见葛光廷，并交代给他一项极为隐秘的任务。

　　葛光廷调任胶济铁路的事遂成事实，但在向社会公布前，张学良并没有就此事与葛光廷作深入交流，只不过彼此心照不宣而已。尽管葛光廷并不情愿去胶路，但蒋介石在接见时暗中交代他的任务已经让他别无选择，不管是真是假，哪怕只是个借口，最终无非还是如大家所猜测的，只不过是为了削弱张学良对平汉路的控制。葛光廷也不能有二话了。

　　之前信誓旦旦，一定要让葛光廷留任的张学良，在南京之行中所面对的诸多大事面前，也觉得一个平汉铁路局局长的任命实在不应该成为影响自己与中央政府部门关系的障碍。如此得不偿失。况且，他也听说蒋介石召见了葛光廷。但事后葛光廷并没有与他就此进行交流，他也不便提及。那就只有听凭葛光廷选择了。他明白，葛光廷不可能做出有悖蒋介石意愿的决定。所以，当再次接到孙科的电报，要求"平汉路亟须统一整理，请饬葛委员长早日将平汉路北段移交，即遄赴胶济局任……"时，张学良除却一脸无奈外，话里话外已透出告别的意味。葛光廷倒显平静，说："委员长有令，我义无反顾。"事已至此，张学良也早就有了退一步的打算，说："山东的事同样与我利益攸关，你替我多留心。"山东是南北分界之地，有着特殊的地缘意义，南京政府关注，北平也关注，是两大利益集团对撞的敏感地带。从这个意义上讲，葛光廷对到胶路任职反倒有了某种特别的期待。无论是1928年的南北和谈，还是刚刚结束的蒋冯阎三方大战，葛光廷分别代表不同利益团体参与到调停之中，周旋于各方，在"刀刃"上跳舞所带来的刺激以及历经风险终达目的的成就感每每让他有种刻骨铭心的激动，他很乐意享受这份别人无法理解的快乐。如果到胶路是扮演这样一个角色，反倒是他本能中更愿意做的事情。

1930年12月7日，葛光廷与何竞武完成路务交接，乘津浦铁路的"蓝色快车"南下，踏上了履新之路。由于担负着特殊使命，所以即便坐上了南下的列车，他的关注点也没集中到胶济铁路的事务上来；对他来说，管理一个铁路局并非难事，他自信有足够的能力应付，最大的压力来自那份隐秘的任务。所以，胶路对于他来说，很近，又很远。

前路未知，充满挑战，更充满期待。

列车铿锵前行，驶出北平后，便见窗外残雪遍地，北方冬日的寂静与空旷给人一种和缓安宁的气象；但是，车过德州，景致突然大变，残雪覆盖的山岭间，破损的战车、火炮、机械触目可及，丢弃的行军设备漫无边际地散落，车速较平津段快了许多，像是要让人加速感受这遍地的狼藉所隐含着的关于一场战争的深刻寓意。其实，战事早在10月间结束，但窗外的一切依然让人清晰地感受到那场战争的惨烈，蒋介石的苦苦支撑，韩复榘的临阵叛主，阎锡山的丢盔卸甲……共同演化成窗外的破败凌乱之象，那些消失的对决、拼杀、呐喊、撕扯、前进、后退，此时此刻已转化成一种坚硬、尖锐的形态，给人提供着可供理性思辨的样本。韩复榘如愿以偿地坐上山东省政府主席的位子，他以战胜者的身份吹嘘着自己的"丰功伟绩"，也诠释着"成者为王，败者寇"的道理，尽管这场战争坐实了他一贯"卖主求荣"的行径，但对他来说，谋取最大利益才是现实的，褒贬谩骂都可以忽略不计。

发生在1930年8月间的蒋冯阎大战历时三个月，到10月份才告结束。这场战争其实与以往发生的大大小小的战事没有本质区别，都是不同利益集团以血与火的方式解决矛盾冲突、攫取自身利益的过程。战事最终划分出新的势力范围和利益格局，社会秩序也由此进入一种短暂的稳定状态。对葛光廷来说，他在南下的列车上思考着这场战事的意义时，越来越真切地体会到，蒋介石之所以要把自己派往山东，最大的用意是平衡韩复榘、张学良以及其他各方的利益关系，维护好战后形成的局面。说得简单些，无非是监视韩复榘的举动。对于葛光廷来说，有些话不用说得太过明了，他与蒋介石之间是有着这份默契与共识的。想至此，葛光廷觉得使命崇高。

过去他也多次扮演过此类角色，并以此成为蒋介石绝对信任的人。想到这里，他的内心升发出一份非我莫属的自信，也对失去平汉路管理局局长的位子不那么在意了。

胶济铁路管理局所在地，位于山东省东部沿海城市——青岛。由于津浦路与胶济路没有实现接轨，去往青岛需要在济南换乘。津浦铁路与胶济铁路在山东省府济南相交，近在咫尺，却分别设站，互无交集，很是不便。葛光廷之前多次来济南都是公务在身，匆匆而过，但接下来的这次换乘却是他首次以胶路委员长的身份在济南出现，他自觉意义不同平时。

列车仍在前行，葛光廷闭目养神。

突然，窗外透进一片灿烂的晚霞，他紧闭的双眼感受到光照的刺激；睁眼看，夕阳遍染天际，一路蔓延至此的灰色在迸溅的万千红光中被冲涤得荡然无存。晚霞里，一片黄色的水面铺展开来，厚重、黏稠、冷峻、华贵、自然、丰润；一条大河迤逦舒展，接天连地，气势磅礴。那便是黄河！铿锵的节奏变得沉闷，火车驶上泺口黄河铁路大桥，气流的阻隔给人带来急促压迫的感受。泺口黄河大桥是德国人修建的特大铁路桥，津浦路因为这项控制工程一度延迟至1912年才全线通车。车过黄河大桥，很快就会到达济南。青岛、济南这两座对他来说相对陌生的城市，必定将会在接下来的时间里与他纠缠在一起，他不知道自己在这里将会遇到什么，也不知道自己的命运将会在此发生怎样的变化。

想到此，葛光廷深吸口气，以坚定的信心静待一切的到来。

津浦铁路济南火车站到了。

下车后的葛光廷感觉自己站在了一个特定的历史交叉点上，他将从这一刻起开启一段新的生命之旅，也将由这一刻起在山东留下他的烙印。葛光廷走出津浦站，向相隔不远的胶济铁路济南火车站走去。穿过车站广场，他不由得回首观望，不自觉间为一种自然与建筑交织的绚烂之美所震慑。德国著名建筑师费舍尔设计监造的津浦铁路济南火车站被公认为中国铁路站房的经典之作。此刻，绚烂至颓败的落日把这座火车站庞大的身躯投射在狭窄的广场空间，它的伟岸、倔强、高傲被晚霞渲染得极度夸张，一种浓厚的欧陆风情在陈旧的传统底色上洇染开来。

而距津浦站不远处，便是葛光廷换乘的另一座车站——胶济铁路济南火车站。夕阳下，胶济站从另外一个角度书写着它的存在，与津浦站的剪影重复、叠加、交织，呈现出一番奇特景象。两座车站有着两种截然不同的风格，胶济站沉稳低调，与津浦站张扬跋扈的特色形成鲜明对比；但胶济站匍匐的低调非但没减弱它的魅力，反倒使其更具一种主动抵御对手冲击的厚重与坚定。两座并立的车站所投下的巨大阴影，让葛光廷强烈地感受到一种互不服气的对立所折射出来的巨大能量。他突然有种预感，自己从这一刻起，将会进入一种特别的力量形成的旋涡，参与一种看不见摸不着却又分明存在的博弈之中。

葛光廷的随行人员有原平汉铁路（北）局的事务处处长钱镛、副处长高鹿鸣和秘书主任尹援一。他们都是葛光廷在平汉路的"左右手"，征得铁道部同意，三人随葛光廷同时调往胶路，钱镛即将任总务处处长，高鹿鸣任材料处处长，而尹援一则为首席秘书。另外还有新任胶路警察署署长的戴师韩同行。张学良调拨了由十二名军人组成的卫队保护葛光廷。为怕引起旅客骚动，戴师韩先率卫队前往胶济站。尹援一等人陪同葛光廷尾随后至，他们要乘坐晚上8点从济南开往青岛的T1次列车，其间有两个小时左右的候车时间。

从两座车站叠压在一起的阴影里走出来，葛光廷便站在了真实的胶济站面前。葛光廷没有着急进到里面，而是细细打量起眼前这座厚实的建筑。与津浦站比较，胶路站虽然没有对方奢华，但刻意的古朴与内敛中透着一种特别的细腻与精致。巨大的蘑菇石基柱，东高西低、错落有致；三道庞大的拱门与六根爱奥尼克石柱构成建筑的主立面……所有的设计心思和建筑要素，表现出一份巨大的旁若无人的姿态，巧妙、委婉、不露痕迹地把近在咫尺的津浦站遮挡得无踪无影。葛光廷不由对建筑师的别具匠心、独辟蹊径感到由衷赞叹。这是胶路的车站，也是他管辖的最有个性的车站，建筑本身所表现出来的以弱示强的姿态似乎对他有着某种寓意和暗示。

胶济站是座多功能车站，东侧是候车区，西侧辅设胶济铁路饭店。葛光廷就在胶济铁路饭店稍事休息。晚餐后，感到有些疲乏的葛光廷躺了下来，车马劳顿虽属平常，但职务的变化所带来的耗费精力的事情很多，在到达青岛前，他需要静下心来，考虑周全，包括见面会、招待应酬上需要把握的分寸，甚至言谈话语措辞都不能有闪失，特别是他还没有从平汉路易人的旋涡中摆脱出来，很多人一定期望能从他口里得到更多爆料……

但是，在他想来，这一切倒还在其次，来到山东之后，最大的挑战还在省政府所在地济南，特别是如何处理与韩复榘的关系是他面临的最现实的问题。他不知道接下来与韩复榘的第一次过招将会是怎样的情景。从确定来胶路,他的脑海里便不时浮现出与韩复榘见面的场景,这让他既紧张,又期待……他推演过各种不同的见面方式,揣摩了可能出现的各种情形。当然,他也知道,所有推测都是不确定的,在与韩复榘过招前,是无法准确设定某种场景的……

正在胡乱想着这些事情时,突然外面传来一阵嘈杂,声音像是来自外面的街道。不一会儿,有人敲门。尹援一进来,俯身对葛光廷说:"韩主席看您来了。"

"什么?"这太出乎预料。由于葛光廷的任职隐秘而急促,铁道部尚未正式函告山东省政府。葛光廷也想在接手路务后,再专程来济南拜会韩复榘,没想到韩复榘竟突然而至!

正如刚才所想,无论如何预测,葛光廷都没有想到,自己与韩复榘的见面会是如此。

葛光廷脑子里飞速运转,韩复榘为何会有此举动?

只是瞬间困顿,葛光廷随即镇定下来。该来的早晚会来,不管以何种方式。再说,在以后与韩复榘打交道的日子里,这样的意外恐怕实属平常;兵来将挡,水来土掩,见机行事,见招拆招,这才是此刻应该立定的宗旨。

2

没有人比韩复榘更关注胶路的人事变动了,因为这与他利益攸关。

作为新上任的山东省政府主席,他明白胶路之于山东的重要性,所以对于胶路的人选高度关注。葛光廷最终成为胶路委员长大大出乎他的预料。当他的心腹、参事朱经古告诉他这一消息时,韩复榘愣了半天。尽管他并没有和葛光廷打过交道,但听到"葛光廷"这三个字他瞬间便意识到,自己想要在胶路谋求最大利益的想法不会那么容易实现了。

胶路作为横跨山东的铁路,从经济、军事等诸多方面讲,都具有十分重要的战略意义。在刚刚结束的蒋冯阎三方大战中,韩复榘对胶路之于山东不可或缺的重要性有了更加充分的认识。尽管战争的胜利取决于多种因素,但他之所以能张弛有度地退至胶东,然后又以逸待劳地伺机反扑,一举将阎锡山的队伍赶过黄河,很大程度得益于铁路的顺畅通达、快进快出。兵贵神速，铁路具备这种优势。这让他在实现了对山东的统治后，顺理成章地把胶路纳入治鲁的整体方略中统筹考虑。但是，他心里也清楚，胶路由铁道部控制，想加以利用并能满足从中取利的奢望，必须通过曲折迂回的手段才能实现。尽管如此，他还是非常自信。因为胶路全程都在山东境内，他有足够多的办法实现对这条铁路的控制。

可以说，自从担任山东省政府主席，韩复榘一直没间断打胶路的主意。

作为韩复榘的谋士，朱经古对此了然于心。但他对葛光廷任职的特殊意义却远没有韩复榘考虑得深，因为他对一些内幕并不了解，特别是对葛光廷的个人背景更是知之甚少。在他看来，无论谁掌管胶路，韩主席面临的问题是一样的，只不过因人而异制定对策罢了。但韩复榘是决然不会如此想的。虽说葛光廷并没在显赫部门担任过实职，但他在军政两界的影响力不容小觑，特别是在一些重大事件中，他的身影总会在不经意间出现，他那种神龙见首不见尾的神秘让人忌惮。北伐时，他站在张学良一边，与蒋介石谈条件，最终促成东北易帜；蒋冯阎混战中，他代表蒋介石，促成张学良对蒋的支持，最终才有了蒋胜阎败的局面。在韩复榘看来，平汉路的人事变动波谲云诡，其中的隐秘难以为人所知；外间传闻多不足信，看似葛光廷"失败"，但整个盘面玄机多多，远没社会上传说的那么简单。政治上的博弈、妥协并不意味着失败。

正因为对葛光廷到胶路的原因无从把握，韩复榘还只能观望，而无法确定对策。

虽然铁道部没有对葛光廷履职一事正式知会山东省政府，但平汉路的人事风波全国关注，结果水落石出后，"胶路新任委员长葛光廷将于本月26日到局视事"的消息路人皆知，尽管没有官方渠道的公文手续，但无论新闻媒体、社会舆论乃至于葛光廷本人，对于这些消息并不回避。越是如此，越显此事的非同寻常，越要谨慎对待。因此，韩复榘提前让朱经古打探葛光廷的行程，以做到随机应变，积极应对。

朱经古对韩复榘在这件事上的小心谨慎多有不解，他对韩复榘说："既然铁道部未知会省府，我们最好是睁只眼闭只眼。"

朱经古的话并非没有道理，况且以韩复榘孤傲的行事方式，对此等不告而知的事情，他必须采取置之不理之态度来对待，绝无"热脸去贴冷屁股"的可能。但现在面对的对象是葛光廷，韩复榘觉得如此处置多有不妥。举国关注平汉路易人，葛氏以"败北"的姿态"低调"上任，而自己若是"冷若冰霜"，非但不合时宜，更会为将来的交往留下隔膜。

朱经古明白韩复榘对胶路的心思，知道他有着长远打算，但还是说："主席可以主动些……但不能太过分，不然的话会适得其反。"

韩复榘明白他的意思，但他心里已有主意，只是让朱经古详细了解葛光廷到达济南的时间，采取何种方式他自有主意。

……

韩复榘的突然而至，让葛光廷大感意外。

他本想就职后正式拜访韩复榘的，这是他与铁道部高层达成的共识，铁道部为此也推迟了函告山东省政府的时间。此次人事变动，引发的猜测太多，有些事情仍未尘埃落定。所以，无论是蒋介石，还是张学良，担心节外生枝，均希望葛光廷减少程序，从速到任。

如此一来，就需要删繁就简，可能会在某些环节上照顾不周，甚至还会有失礼之嫌。但在葛光廷看来，在接下来的时间里完全可以和韩复榘解释清楚，并且如此曲折回旋更增加了深入交往的可能；况且他自知还没有做好与韩复榘会面的准备，倒不如以退为进更为妥当。其实，葛光廷非常看重与韩复榘的初次见面，这关系到他主掌胶路的成败，更关系到他能否顺利完成那份不为外人所知的秘密使命。在他看来，处理好与韩复榘的关系是关键所在，若有差池，一切便会无从谈起。

但他还是没有想到，韩复榘竟然不请自到了。

葛光廷很忐忑，他不知道韩复榘抱着何种目的而来。韩复榘的霸道与自负路人皆知，况且新近得鲁，正是意气风发之时。葛光廷不知道他会以怎样的态度接待自己。

来不及细想，陌生而又熟悉的韩复榘已出现在面前。

"葛委员长，有失远迎！"韩复榘老远伸出手。

葛光廷紧走几步，握住韩的手，说："实在抱歉，不告而至，有失礼貌。"

韩复榘哈哈大笑，说："您也是山东的主人，何有失礼之说。"

韩复榘的话，一下拉近了两人的距离。葛光廷的第一感觉是，韩复榘不是粗人，反倒是位粗中见细、心思缜密之人。

一番寒暄之后，两人在胶济铁路饭店二楼小会客室坐定，朱经古、尹援一作陪。

葛光廷说:"先给主席祝贺,山东携南带北,位置重要,主席坐镇,国人放心。"

韩复榘摆摆手,说:"来山东不久,心里惶恐,唯恐辜负齐鲁父老乡亲。"

葛光廷说:"众望所归。"

韩复榘说:"疲于应付。"一摊手,指着自己的一身土布军装说:"我现在的任务是绥靖地方,山东出圣人,也出土匪。"

葛光廷这时才发现,韩复榘穿了一身土布军装,笑道:"剿匪也需要主席亲自出马?"

"习惯了!这也是了解风土人情的方式。"韩复榘话里带着几分无奈和自嘲。

葛光廷说:"我初到胶路,事起仓促,主席一定有所耳闻;本想接手路务后专门拜访主席,没想到您先来了。胶路虽归部管,但地在山东,我也是主席的'臣民',还仰仗主席支持。"

韩复榘沉默片刻,叹道:"实话说,我实在没想到静岑兄(葛光廷字静岑)来胶路,所以我倒要先向您赔罪!"

葛光廷大感不解道:"主席何出此言?"

韩复榘黯然道:"自6月战事起,我和阎锡山战于济南以东,其实我并没有与之拼个你死我活的打算,本已让出津浦路让其南下,但他却不'领情',一定要和我拼个鱼死网破,实在大出本人预料。如此一来,战火便引向胶路,对胶路破坏极大。"

葛光廷心想,韩复榘为何会为此道歉?

韩复榘接着说:"战事起后,蒋委员长的主力在津浦线,急需车辆运兵,因此从胶路抽调车辆过百;战后平息,本想把抽调的车辆还回,但津浦路却声言车辆多已损坏,过轨车辆十有八九无法找回,致使胶路车辆吃紧。管理局给省政府打过几次报告,我都看了,但实话说,我也是无能为力。"

韩复榘讲的情况太过具体,葛光廷又不了解情况,但知道其中必有隐情,否则,韩复榘不至于一见面就提及此事,葛光廷也不便往深里说,只道:"主席没必要为这事道歉。"

韩复榘带着几分自责道:"本该力争,我也是心怀恻隐之心,让别人凭空占了便宜。"

葛光廷虽然不明就里，但韩复榘的话说到这儿，也不好再说什么，只是说："胶路是中央的胶路，更是山东的胶路。胶路发展的根本是造福山东，当然也要依靠山东。主席对胶路的关心，静岑已有体悟。"

韩复榘哈哈一笑说："只要静岑兄不怪就好。"

葛光廷说："怎么会，怎么会……"心里却想，里面一定还有更深的隐情。

接下来，两人便你一句，我一句，只是说些面子上的话……

不一会儿，尹援一欠身提醒道："时间快到了。"

韩复榘道："只顾聊天，别误了静岑兄行程。"

"静岑"是葛光廷的字号。韩复榘一口一个"静岑兄"，示好的意思非常明显。葛光廷很是领情，觉得有此一面，接下来与韩复榘的交往也有了底数。

葛光廷起身拱手道："以后就是一家人了，一家人不说两家话。我处理完路务，专程向主席汇报。"

韩复榘说："好，到时给您接风洗尘。"

"不敢，不敢！"葛光廷道。

夜色渐浓，从胶济铁路饭店出来，见车站广场上韩复榘带来的卫队排列整齐，气势赳赳。葛光廷说："感谢主席相迎，就此作别。"

韩复榘说："我送静岑兄进站。"

葛光廷摇手不肯。

但韩复榘执意要送，两人相视一笑，葛光廷也不再客套。两人并肩穿过候车大厅，由贵宾室进到站台。胶济站的客运站台只有三股道，T1次列车本来的固定线路是三道，为了方便葛光廷乘车，变更到了最内侧的第一站台。列车尾部加挂了贵宾车。贵宾车是德国进口的，夜色挡不住豪华气派，站台上的灯光投射在车体上，钢结构框架折射出刺目的光束，发出尖锐而清冷的寒意。

车头喷吐着浓重的蒸汽，把宽大的站台、厚重的雨棚、散发着昏暗光线的灯柱"淹没"，让目之所及的四周隐陷在一片迷茫、深邃、诡异、幽暗的气氛之中。葛光廷上车后，列车随即鸣笛，车轮碾压出沉重的步伐，缓缓向着更深的夜色出发。车上的葛光廷与车下的韩复榘透过车窗致意作别，目光交错，灯光交织出的明暗之间，挡不住隐藏在背后的变幻莫测的深意，微笑、挥手的礼仪变成轮廓性的符号，谁也无法猜度彼此的心事，不知即将到来的一切将会是什么。

试探、揣度不可避免，但保持足够的诚意才是基础。列车驶出站台，两人越离越远，在交错而过的眼神里，彼此都透露出一种真诚的默契。葛光廷有些恍惚，他一时竟不知道接下来将会如何与这位对手打交道。

3

三十年前，青岛还是个不出名的小渔村，现在已是具有国际范儿的大都市。

1897年，德国人以巨野教案为借口，出兵占领胶州湾，从此"胶澳"逐渐演变成"青岛"而进入世人视野。德国对胶州湾的占领是一个极坏的"示范"，一直跃跃欲试的西方列强纷纷撕下温情脉脉的"面纱"，不再顾及颜面，伸出贪婪的魔爪，争先恐后地参与到这场人类文明史上野蛮的饕餮盛宴之中。本来因为"三国干涉还辽"而让清政府感恩戴德的德国，最终把清政府推向了万劫不复的境地。由此，也引发了中国近代史上一系列剧烈的变革，以康有为为代表的志士仁人以此为契机，促成了戊戌年的大变法，加速了中国政治制度的改革。

从德国东亚舰队司令棣利斯率队登上这方土地起，德国统治者就意识到了这片海天一色的领域，对德国在占领东亚的战略中所具有的重大意义。所以，德皇威廉二世亲自为这块领域圈定了"青岛"这个名字，德国政府对青岛实施了全面精细的规划，并严谨、精细、持续地投入建设开发，目标就是能够超越英国所占领的香港，全面实施对东亚的统治。这种野心是卓有成效的。很快，肃穆的天主教堂在青岛伫立，先进的屠宰工厂、时尚的啤酒厂……一座座欧式建筑拔地而起，从前那个荒凉孤寂的小渔村迅速改变，青岛的雏形渐至清晰。

德国的占领时期，也是德国向中国内地实施渗透与影响的时期。从占领青岛的那刻起，德国政府就在谋划推进两项庞大的工程：一是港口，二是铁路。前者是优先的，因为德军舰船需要停靠的"锚地"，这是满足其开进青岛的首要条件，青岛港于1902年便已具备了这样的条件，并且一直不断得到改善。修建铁路是德国与清政府在《胶澳租借条约》中明确约定的，胶济铁路于1899年6月开始修建，1904年建成全线通车。胶济铁路横贯胶东半岛，全长四百余公里，把青岛、潍坊、青州、淄博等山东内陆的重要城市连接起来，实现了青岛与山东省府济南的贯通，也实现了德国政府把势力渗透到中国腹地的野心。由此打开了青岛与中国、与世界互为一体的广阔发展空间。

　　无奈好景不长，德国人的计划却在1914年迎来当头一棒。第一次世界大战的爆发让德国的东亚殖民梦彻底破灭。日本趁德国无力东顾，突然袭击，最终将德国逐出青岛，结束了其对青岛17年的占领。日本取代德国占领了青岛。"一战"结束后，西方列强在巴黎和会上对世界秩序进行重新安排。作为协约国的中国，本可以借机收回青岛，没想到，日本却在西方列强支持下，置公理于不顾，攫取了对青岛和胶济铁路的控制权。满怀希望的中国人被浇了一盆冷水，以正义自居的美国总统威尔逊落得个灰头土脸。面对这种局面，中国代表团拒绝在和约上签字，国人的反日情绪被点燃，引发了轰轰烈烈的五四运动。直到1921年，青岛问题才再度被提起，在华盛顿会议上，西方列强在权衡各方利益后，最终迫使日本将青岛和胶济铁路以赎还的方式交予中国；后经多轮谈判，中国终以4000万元赎回胶济铁路。但是，日本提出先决条件，赎路款付清前，胶路的总会计长、车务处处长必须为日人所据，日本继续把持着对胶路的实质控制权。

　　对于这段历史，葛光廷是明白的。但是，过去只是了解而已，而现在他的工作已经与这段历史紧密地联系在了一起，他将来所做的一切都必须在这种背景下来思考抉择。葛光廷深知，胶路一切的复杂之处都源于这样一段历史，在接下来的时间里自己必须对此有更深的认知。

　　而此时此刻，他所考虑的最现实的问题是就职仪式。

　　尽管他不想把这样一个仪式举行得太过烦琐，但对于刚刚从平汉路的人事纷争中走出来的葛光廷来说，这个仪式的重要性和必要性是不言而喻的。

　　仪式安排在他到任三天后。在这三天里，葛光廷主要做了就职前的一些必要的事务性工作；稍有余暇，他便会绕着胶济铁路管理局大院外侧的小路散步，主要还是想避开众人，独自冷静思考些问题。

　　胶济铁路管理局位于朝城路，院落非常宽敞，占地三十余亩，颇具规模，与清末守将章高元所建的栈桥只一步之遥，后栈桥被德军改造为"铁码头"。管理局大院原就是德占时期的"黑澜"兵营，后为中德合办的青岛特别高等专门学堂——德华学堂校址。始建于1908年的德华学堂，是清末重臣张之洞主持建设的，也是他人生最后的得意之作。他不顾朝臣的反对，力排众议，最终促成学堂建成，使之成为中国第一座真正意义上的中外合办大学，培养了一大批品学兼优的优秀人才。让人惋惜的是，学堂仅存五年。1914年日本占领青岛后，学堂被迫解散，当时在校的百余名学生大部分转到了上海同济学堂。同济学堂为此专门成立土木工程专业。日占后，这座建筑便成为日本驻屯军民政部铁道部驻地。直到1923年，中国政府接收胶济铁路后，这座建筑才成为胶济铁路管理局的办公机构。为世人所关注的胶济铁路接收仪式就是在此座建筑前完成的：首任胶济铁路管理局局长赵德三从日人大村卓一手中接过胶济铁路的地契表簿，标志着胶济铁路的正式回归。

葛光廷很是感慨，胶济铁路自日人手中接收已过七年，而自己竟然也会来此任职，接手管理起这条一度"炙热"的铁路。这是他从未想到过的。今后，自己也将融入这段历史，书写这段历史。只是不知道，前路会有多少险阻等着自己。

如何管理好胶路，葛光廷的思考似乎并不太多。从平汉路的风波，到与韩复榘的短暂晤面，再到在青岛的这短短的几天里，他所思所想的根本就没有胶路的管理问题。对他来说，潜藏在心中的那份隐秘的任务才是他最为关心的事情。所以，他到现在也无法准确表述来胶路的施政方略。或许正因为如此，他心里有一个主旨是坚定的，那就是稳定压倒一切，他将会最大限度地维护当前的管理状态和稳定局面。胶路对他来说，只是个平台，他的主战场应该是在那条隐蔽的战线上。那项不为人知的任务，才是他必须全力以赴为之奋斗、付出的，因为它关系着国家的生死存亡。

总务处处长钱镛走进来，交给葛光廷一份文稿，说："委员长，这是呈送青岛市各相关局的公函，请您过目。"

葛光廷接过文稿，见上面写着"胶济铁路管理局公函，胶字第零号，迳启者：案奉铁道部十九年十一月总字第五三四号训令，内开为令知事，该会委员长萨福均着即回部供职，遗缺派葛光廷接充，除分令外仰即知照此令等因。奉此，光廷尊于本年一月二十六日莅局视事，除呈报并分别函达令行外，相应函达即希，查照此致……中华民国二十年一月二十六日"。

葛光廷看完后，沉思片刻，说："莅局视事和函达日期还是署我抵达本路的二十日吧，明天二十六日，正式就职。"说着，亲自提笔将文稿作了修改。

"好的。"钱镛告辞退出。

关于就职仪式的事，之前管理局委员会已经议过几次，意见不统一。葛光廷将就职仪式看得非常淡，他甚至认为，这无非是个不得不履行的程序而已。但是，胶路的其他人，特别是大多管理层却不这么认为，对他们来说，就职仪式有着重大象征意义，是显示权威与荣耀的时刻，不但要办，还要办得隆重才对。所以，当葛光廷提出缩减就职仪式规模时，出乎很多人的预料。

陆梦熊第一个站起来反对。陆梦熊是胶路委员，且是四名委员中排序为先者，所以，他觉得有责任提出自己的看法。况且，这种反对所体现出来的是对委员长的关心，与其他场合下提出的不同意见具有恰恰相反的含义。所以，陆梦熊是一定要站出来反对的。

葛光廷费了很大劲儿解释，委员们看出葛光廷并非矫情，包括陆梦熊也便不再坚持。

尹援一根据惯例拟好了仪式程序，提出了邀请名单，包括青岛市市长胡若愚、海军第三舰队司令沈鸿烈、山东省政府主席韩复榘、建设厅厅长张鸿烈（交通事务归建设厅管辖）以及胶路沿线城的达官显贵、士绅名流；除此之外，还有一份发给山东省政府办公厅的公函。葛光廷看到这个方案后，眉头不经意地皱了一下。善于察言观色的尹援一不知问题出在哪儿。葛光廷说："太复杂了，有些事情越是想面面俱到，反倒越是容易挂一漏万。"

尹援一明白葛光廷的意思，本在拟方案时就觉得其中有很多拿不准的事情，现在必须要问个清楚，才能确定下一步原则。葛光廷说："还是掌握在管理局内部，不要惊动地方官员和士绅名流们。统一这个原则，也好解释。"尹援一觉得在大家讨论争执了这么久之后，还是把参加仪式的人员范围框定在了葛光廷最初的意见上，等于他们的意见全部废弃了。但转眼一想，或许只有这样的意见才是最合适的选择，便说："那就按照委员长的意思办，只不过需要给省府办公厅做一番解释。"

葛光廷知道就职仪式尽管形式大于内容，但所邀请之人以及相关的环节如果处置不当，极易引人非议甚至产生误解，他觉得最好的办法就是简而又简。他在犹豫了很久之后，还是决心不再顾及其他人的意见，按照自己立定的宗旨办。毕竟作为胶济铁路管理局的第一领导者，又是自己上任的仪式，他的意见最具有主导性。

葛光廷让尹援一拟了公函发给省府办公厅，详细陈述了仪式从简的用意；省府回电表示理解，尊重胶路的处理方式。但还是表示，省政府已决定，派建设厅厅长张鸿烈来青岛参加就职仪式。

省政府的决定，当然无法拒绝。葛光廷知道，自己与韩复榘正处于相互试探阶段，表明自己的意见，只不过是为了征得韩复榘理解，省政府到底决定以什么样的规格来参加仪式，也非管理局所能左右。况且，山东省政府如果完全听从胶济铁路管理局的意见，不派任何人参加的话，反倒有悖常理。派张鸿烈参加仪式，显然是韩复榘费了心思的。胶路虽归铁道部直接管理，但山东省建设厅分管全省的交通事务，也算是胶路的属地管理部门。只派张鸿烈一人参加仪式既尊重了葛光廷的意见，也顺理成章，名正言顺。

在葛光廷的坚持下，仪式一切从简。除却省政府派来的张鸿烈外，参加仪式的全为胶路职员，与葛光廷素有交情的青岛市市长胡若愚、海军第三舰队司令员沈鸿烈都没在邀请之列。葛光廷作了就职演说，先是表达了对山东省政府，特别是韩主席的感谢，派张厅长来是莫大荣幸，他说："……我是胶路的普通一员，来此是为服务人民、服务山东的，所以，不想在形式上搞得太过隆重，只想扎扎实实为胶路、为山东做些事，希望大家理解支持……"

从仪式的安排上，人们看出葛光廷的不落俗套，有人不以为然，但大多数还是抱着欣赏的态度，觉得耳目一新，想着胶路以后的发展也是这般不拘小节便好了。葛光廷的话一开头便赢得了一片掌声。

简单的开场白结束，说到正文部分，便显平淡无奇，葛光廷谈了胶路历史、赎路压力、胶路的百废待兴，最后落脚到眼前事务，说："……胶路是国家的胶路，我们是为国家服务的，所有同仁，没必要瞻前顾后、患得患失；我任职后，胶路的既定方针不变，所有人员如无非常特别之需决不轻易更换……"落脚点非但了无新意，反倒有些滥俗。

但对于静坐礼堂的大多数人来说，葛光廷的话却大有深意。因为胶路的发展一直充满着动荡，特别是在北洋时期，管理层走马灯似的更换，造成政出繁杂，朝令夕改；人随事变，朝不保夕。现在听葛光廷如此说，大家心里都五味杂陈，没有一任负责人不是以这样的表态开局，但大都事与愿违。但愿葛光廷能够言行一致，不是只讲大话空话。

葛光廷确实是出于公心而论的。他也深知胶路的员工们关心的焦点是什么。胶路自1923年从日本人手里收回，一直处于山东势力与江浙势力的派系斗争中，你来我往，残暴凶险，北洋时期曾创下七年更换十一任局长的记录，况且现职人员中深受其害者不计其数。南京国民政府成立之后，铁道部替代交通部，但职司并无二致，环境大同小异，派系争斗的陋习渗透在人的惯性思维和行为方式中，大多数人对胶路尔虞我诈、钩心斗角的风气抱有天然的警觉和戒备。葛光廷心知肚明。所以，他觉得，作为继任者，必须首先给大家吃颗定心丸。

而就在就职仪式举行前与胶路委员们的见面会上，他就曾表达过同样的意思。胶路管理局此前一直实行局长制，就在葛光廷上任前不久，铁道部改革部制，实行委员制，但总体来讲还是换汤不换药，原来的局长称为委员长，副局长成了委员。胶路委员会共有五人组成，除却委员长葛光廷外，其他四位委员分别是陆梦熊、崔士杰、彭东原、陈延炆。见面会上，葛光廷直言不讳地说："……让我执掌胶路，我只问大，不问小，只对铁道部、中央负责，决不干涉各位施政，有难题一起解决，日常工作不必向我报告，只需各位尽职尽责……"这番话与就职演讲的侧重点不同，但意思大致相同：一方面安抚委员，恪尽职守；另一方面，这也是心里话，虽然他职在胶路，但绝不可能为胶路事务所累。所以，他从心里想让委员们打消顾虑，放下包袱，尽心尽力，履职尽责。

委员们站位更高，听罢此番话，各自猜得出不同的意味。

……

葛光廷的就职演说平淡无奇，中规中矩，没有漏洞，也没有错误。张鸿烈最后也讲了几句客套话，意思不过是表达祝贺，希望胶路与省政府加强协作合作，发挥铁路优势，推动山东地方经济发展。

仪式随即结束。但从总体看，效果反倒不错，简短务实，让人有意犹未尽之感。大家都想，如果这样的风气在胶路得以倡导，反倒真的是别开生面，至少比那些长篇大论、隔靴搔痒的讲话强多了。

仪式结束后，葛光廷与张鸿烈进行了专门座谈。对葛光廷来说，会谈比就职仪式更为重要。葛光廷对张鸿烈早有耳闻，并且心怀崇敬。张鸿烈毕业于美国伊利诺大学，回国后曾任留学欧美预备学校校长，后主持将该校扩充升格为省立中州大学；再后任河南教育厅厅长，更是将中州大学改办为开封中山大学。韩复榘出任山东省政府主席后，力邀张鸿烈来山东省任职，深得韩的信赖和依仗。曾有传闻，张鸿烈经常代替韩复榘参加一些重要会议，甚至蒋介石召集的会议，张都会替韩参会。所以，张鸿烈能来能加他的就职仪式，格次是非常高的。葛光廷心知肚明。对这样一位人物，葛光廷自然不能忽视，况且在以后的交往中少不了需要他穿针引线，所以有些话还是要提前说到，也方便以后往来。

葛光廷表达了对韩复榘支持胶路以及张厅长不辞辛劳前来参加就职仪式的谢意。张鸿烈非常客气，一迭声地道："应该，应该"。

葛光廷说："张厅长主管交通，以后对胶路多指导。"

张鸿烈说："谈不上指导，如果葛委员长有需要我效力的，一定在所不辞。"

葛光廷说："有张厅长一番话，胶路就放心了……"

两人虽只谈了一些面上的话，但重在感情交流。话很投机，诸多事上都有默契，或许正因为如此，张鸿烈突然提出一件非常具体的事情，让葛光廷多少有些意外。

张鸿烈沉吟片刻，说："不瞒葛委员长，建设厅的工作还要您多帮助才是……不知委员长是否知道，建设厅现在正筹划烟潍公路事宜，但困难很多，诸多事项还需胶路支持，未来公路与铁路的衔接更需胶路提前研究。"

"当然，当然。"葛光廷也以与张鸿烈相同的口吻回应，脑子也便在烟潍公路的事上多转了几圈。

烟潍公路是由烟台到潍坊的一条公路，与铁路有着很深的渊源。自胶济铁路修成后，烟台周边商人就羡于铁路的便捷，有意集资兴建一条由烟台通达潍坊，接轨到胶济铁路的铁路，但是由于资金、人员不到位，几经周折并未成功；后来，在日本与袁世凯签订的"民四条约"中，又见到这条铁路的影子，日本看到了这条"潜在"的铁路的作用，提出若以后兴建，日本有优先权。巴黎和会后，胶路的事已经顾及不过来，烟潍铁路之事当然也无法再办。倒是当时的交通部重提此事，并派在交通部任职的赵德三全权办理，虽困难重重，举步维艰，但在赵德三的全力推动下，仍有小成，几年后便筑成近百公里路基，只是后来赵德三调任胶路管理局任局长，烟潍铁路工程竟无人接手，再度搁置。近年来，突然有人异想天开，提出要在已筑成的路基上修建汽车路，没想到此提议竟得到张鸿烈的极力赞同。原计划中的烟潍铁路，摇身一变，作为一条公路被提上议事日程。

葛光廷最初听到这一消息时，认为无异于"儿戏"，没想到交通厅却将此当作大事来办，张鸿烈此时竟然又提出此事，葛光廷当然应当给予高度重视。面对沈鸿烈的恳请，他表达了全力支持烟潍公路的态度，说："胶路一定全力帮助修建烟潍汽车路，并将全力促成其与铁路的联运，请厅长放心。"

张鸿烈高兴地拱手道："多谢，多谢。"

话到这里，已很圆满。

结束会谈前，葛光廷说："请张厅长转告韩主席，光廷交代完路务，即刻前往拜会。"

张鸿烈拱手说："在济南恭候委员长。"

送走张鸿烈，胶路管理局迅速恢复平静。但是，平静之中却分明有一种惴惴不安的情绪在涌动。无论葛光廷如何低调处理就职仪式，胶路易人的事实客观存在。易人对胶路的影响从来都是深刻的，或立竿见影，或缓缓渗透。人们根本无法从一场轻描淡写的仪式中，判断出新主政者的思路和看法，单刀直入者有之，不顾一切者有之，欲擒故纵者也有之，变化是肯定的，没人敢掉以轻心。

胶路的四位委员也都各怀心事，他们都在思考着人事变动可能带来的影响。他们知道葛光廷的背景，也知道平汉路的人事风波所牵扯到的利益关系的调整，他们都在暗自告诫自己加倍小心，不能因一时不慎铸成错误。

平静的胶路，潜藏着隐隐不安。

葛光廷虽极力以平常心处理这次调整，并尽可能以平稳的方式实现"无痕迹"过渡，但他也明白这几乎是不可能的。尽管他作为委员长，有着主动权，但对情况的陌生会让他的判断出现偏差，他的主动权也会因此大打折扣。他必须尽快熟悉和适应新环境。

葛光廷回到办公室，桌上已堆满文件，而被尹援一刻意摆放在桌中间的是两份普通公函，一份是胡若愚的，一份来自沈鸿烈。虽都是礼节性问候，但在尹援一看来，一定是需要优先处理的。葛光廷笑笑，拿起函件看了看，丢在一旁。他知道，虽然拜会两位"地头蛇"不容忽视，但当务之急还是抓紧与萨福均完成交接，前往济南拜会韩复榘。拜会韩复榘优先于其他一切安排。

胶路管理局在夜的静寂里隐含着不安与骚动，恰若窗口的浪声或隐或现，一直没停歇。胶路大院像艘重新启航的大船，即将驶向新的航程，前路既有风平浪静，也定会有惊涛骇浪……

4

葛光廷可以把就职仪式最大限度地做低调处理，但与萨福均的交接他却高度重视，这既是因为萨福均作为前任，肯定有很多具体工作要办理交接，这对他下步执掌胶路至关重要；同时，也是因为他对萨福均持有特别的好感使然。作为前任，萨福均掌握胶路实权时间并不长，但他是一步步由最基层锻炼成长起来的管理者，对胶路的每个环节烂熟于心。另外，别看萨福均勤奋努力，敢于吃苦，其实对他略有了解的人都知道，他是地道的富家子弟，只是与人们普遍意义上认识的富家子弟有着天壤之别，因此更让人刮目相看。

萨福均毕业于美国普渡大学，回国后随詹天佑参与了平汉铁路建设。1923年，在日本交还胶济铁路时，为做好胶路资产的评估，交通部抽调了当时正在平汉铁路任职的萨福均加入鲁案善后督办公署第二部（胶济铁路部）的接收工作之中，因为他有着工务专业的特长，便参与了胶济铁路工务设备设施的资产评估。萨氏以自己的专业能力，与同事们夜以继日地工作，力争胶路的公平交接，避免了日本人漫天要价。

胶路接收后，萨福均因功勋卓著而留任胶路，先是任工务处处长，主要负责胶路的维护管理。经过日占时期的掠夺和北洋政府的无序管理，刚刚接收的胶路已羸弱不堪，基础设施陈旧，导致事故频发。1925年，一列货物列车在通过距潍坊不远的云河大桥时将桥体压塌，中断行车月余，胶路管理局首任局长赵德三因此去职，作为工务处处长的萨福均深感责任重大，四处奔走，大声疾呼，力主对胶路实施全面大修，并最终迫使交通部下决心实施大修。在萨福均的主持下，胶路历时三年对全线病害进行了集中整治，钢轨全部得以更换，对桥梁进行了等级提升改造，整个胶路的线路基础全面改善，运输能力有了显著提高，运输效率更是跃居全路前列。胶路的改造得到路内人士的高度称赞，当时的交通部路政司专门组织全国各铁路局来此学习，萨福均由此赢得"功盖胶济"的美誉。

萨福均有着显赫的身世。萨福均的父亲是大名鼎鼎的萨镇冰，曾历任北洋海军提督、海军总长、福建省省长，还一度代理过国务总理。有着如此优越的家庭条件，萨氏非但没有像很多游手好闲的纨绔子弟那样不思进取，反倒视功名利禄为浮云，养成了勤奋好学、刻苦钻研的优良品质，凭借自身努力成长为中国铁路工务专业领域的拔尖人才，让人既惊羡，又感叹。

葛光廷的办公室，也是几天前萨福均的办公室，两人于此实现了人生事业上的短暂重叠。一个刚刚卸任的胶路委员长和一个刚刚上任的胶路委员长面对面坐在了一起。办公桌前的椅子空着，两人都不去坐这把椅子，因为这多少会让人有些尴尬。两人分别坐在客厅相向摆着的一对沙发上，那把空着的椅子有些许微妙的隐喻。

职位的调整让普通的话题变得敏感，彼此都把该说的话尽量说得简短些，甚至客套话都不愿多说，避免不经意间产生歧义，好在要交代的事情很多，两人的心思和精力也都放在了工作的交接上，没有太多患得患失的个人表达。

萨福均有着专业人士的冷静沉稳，他向葛光廷介绍胶路的基本情况后，便迅速将话题转移到铁路基础建设和线路设备状况改善上，讲了半天，仍没离开专业领域。

葛光廷开始非常感兴趣，毕竟对胶路的了解还是要从细节入手，从细节中可以把握整体脉络，也能够更好地触摸事物的肌理。但是，时间一长，同一话题的不断重复让葛光廷有些坐不住了，因为在他看来，大半天时间过去了，两人的话题还未触及问题实质。显然，萨福均有着避重就轻的意思，这有些出乎葛光廷的意料，不信任的意味也便流露出来。虽然萨福均以专业立身，但他的身份是胶路委员长，应该有更宽的视野，而不应拘囿于专业，一直说些陈芝麻烂谷子的琐碎事，实在无聊。葛光廷更愿意听管理上的事，包括委员们的分工、相互间的关系、管理层的矛盾，以及与地方政府的协调等等，哪怕仅仅有些提醒提示也是必要的，但萨福均对此却一直没有涉及，不知他是真的陷于专业而不拔，还是根本就是想回避此类问题。葛光廷觉得很奇怪。

越往后谈，葛光廷越觉得难以忍受，只是出于礼貌，不便打断；他想，必须瞅准机会，转移话题。

等到出现一个停顿，葛光廷便问："胶路亟待解决的难题是什么？"

萨福均一愣，停下了洋洋洒洒的长篇大论，沉吟半晌才说："胶路最大的难题是基础不牢，运输条件不适应增量需要。"

葛光廷一听，知道他还沉浸在既定的思维中没有自拔，便赶忙说："除却技术原因，管理、人事方面呢？"

萨福均沉默了，好像对此一无所知，过了很长一段时间，才说："我对此不关心，只问业务、技术。"

葛光廷大惑不解，一位铁路局的掌舵者如果只问业务、技术，恐怕是远远不够的。但是，他怕引起萨福均不快，并没有流露出失望的情绪。有专业能力的人，往往非常敏感。无论怎样，他也不想与萨福均产生不快。

萨福均明白葛光廷所思所想，本来想以彼此心照不宣来完成这次交接，但葛光廷的态度还是得让他不得不直面一些本不愿意面对的问题。他想了想，觉得一味装糊涂也不合适，便采取一种直接却简略的方式说："我的管理思路是专业立局。倾尽所有心力，提高运输效率，这是根本。至于其他，非我所长，也非我辈所能左右。"

听萨福均如此说了，葛光廷也不失时机地说："萨委员长的管理思路独树一帜，这些年胶路的发展多赖于专业兴局。政治上的纷争，我们当然无能为力，但有些事情难分是专业问题，还是政治问题……不知胶路与山东省政府之间的关系？"

萨福均沉吟片刻，道："与山东省政府的关系……有事说事，无事自然互不往来。"

葛光廷半天没说话，这显然不是个正确的策略。铁路虽然有自己相对独立的运转系统，但不能关门过日子。萨福均管理思路的局促狭隘由此可见一斑。萨福均自从1923年作为评估委员会成员来到胶路，先是从事具体的资产评估工作；留任后从事的也是具体的工务专业，大量精力用在铁路维修养护上，只到去年五月才兼任胶路管理局的委员长，统揽起全局工作，屈指算来也不过半年时间，当然不能对其求全责备。

这么想着，葛光廷便不自觉地点下头。不过，他还是不满足两人的交流到此为止，便想，他既然关心专业的事项，是不是也可以从专业里面找点感兴趣的话题。这时他突然想起，初见韩复榘时对方的道歉，便问："去年战事对胶路的影响很大？"

葛光廷本想可以引导萨福均说些专业之外的话，没想他万变不离其宗。

他说:"每次打仗,铁路都是必争之地,当然也会受到冲击,这正是我所说的,我们无法左右政治局势。这次战事,对胶路造成的破坏前所未有。特别是晋军西退时竟用罕见的剧烈炸药轰毁桥梁,潍河大桥半英寸厚的钢板被炸开大洞;白杨河旧桥坍塌;潍河、云河及附近小桥破坏无数,好在大中华公司办事妥当,以最快的速度和最简便的方式满足了通车条件。"

萨福均继续说:"尽管战事结束已四个多月,但尚在修缮中的桥梁还有大圩河、桂河、小丹河、状元河、白杨河等处。大圩河、桂河、小丹河三处便桥系由裕庆公司承包,十一月三日开工,大约六十日内便会完工,工料约三万元;大丹河、白杨河两处便桥由大中华公司承包,预估约银三万元。其中以大丹河、白杨河两便桥最重要,大丹河便桥二十五英尺,跨度十五孔,共长三百七十五英尺;白杨便桥二十五英尺,跨度九孔,长二百五十英尺……修建这批钢桥需要八百二十吨材料,经铁道部购料委员会招标交由礼和洋行承办,总价约二十一万五千余元,刚完成交货,预计五月中旬才能完工……"

萨福均对业务如数家珍,让人无话可说,但他狭窄的思路却让人哭笑不得。至此,葛光廷已是百无聊赖,看来除却专业的东西之外,想从萨福均身上获得些其他有价值的信息恐无可能了。葛光廷放弃了最后的努力。起初,葛光廷还带些歉然,尽管来胶路非他所愿,但萨氏的离职毕竟与自己相关。现在看来,萨氏早些离开胶路未必不是件好事,他确实不是胶路委员长的最佳人选,但不可否认的是,他又是中国铁路工务专业领域数一数二的人才,这次调整回铁道部任职工务司司长,也可以人尽其才,更好地发挥他的专业特长。如此一来,既可以解决"短板",又可以发挥长处,不失为两全其美的选择。

胶路从来就不是以专业立局的,从诞生之日起,它一直就纠缠在政治漩涡里。经过"巴黎和会"的抗争,胶路得以回归,但也正是从那刻起埋下了许多"祸患",特别是一大批接收胶路的功臣被原地安置,由此埋下了诸多不稳定因素,这部分人大都有交通部的背景,无形之中与胶路原有的地方势力形成一种对峙。自此开始,两派斗争一直未曾停歇……接收之后的胶路,因为没有得到及时维修,事故频发,萨福均的留任与此有着重大关系,交通部本意是想发挥他的专业特长,改变胶济基础薄弱的现状,结果也是显而易见的;但是,作为委员长的萨福均确实不是个有利于胶路长远发展的人选。

胶路不需要专业，需要政治和阴谋。

想到这里，葛光廷坦然了许多，和萨福均的交接也便随告结束。虽有几分失落，但也有几分释怀。

5

萨福均非常矛盾，他对葛光廷并不算太了解，也并不愿意作更深的了解，因为他们之间只是短暂的交集，根本不可能会在胶济铁路事务上有实质意义上的重合，这是两个人的角色所决定的。葛光廷心里还有些许歉然，萨福均反倒有着卸了千钧重担般的轻松。

南京政府成立后，对管辖的铁路局实施改组，改局长制为委员长制，重在强化集体领导的责任，根除北洋时期的管理流弊。1929年5月1日下发的《铁道部直辖胶济铁路管理局编制专章》，裁撤胶济铁路管理局局长、副局长职名，设立"管理委员会"，规定"设立委员长1人，委员4人，组成委员会负责管理路务"。颜德庆被任命为胶济铁路管理委员会首任委员长。

颜德庆出生于1878年。1895年前往美国理海大学，主修铁道工程学。1901年获工程硕士学位，1902年回国后先后担任粤汉铁路、川汉铁路工程师。1920年华盛顿会议时任中国代表团专门委员。1922年回国出任接收铁路委员长，协助鲁案善后督办王正廷接管胶济铁路。以颜德庆的资历威望，显然不会拘于胶路一隅。从南京政府的考量来说，选择颜德庆任委员长也无非是过渡时期的权宜之计，这样的时期需要一个足够稳妥的人物压阵。胶路长期以来人事不谐，让新成立的南京政府很不放心，需要这样一个人物存在。实际情况是，胶路在新旧体制过渡中和其他铁路局一样，平稳有序，在南京政府大一统后，颜德庆很快就完成了自己的使命，把胶路的最高权力移交给萨福均。在他看来，南京政府对形势的乐观预测是准确的，毕竟太平局面已成，胶路也确实应该履行它本来的交通运输责任。改由萨福均执掌胶路，是由对部分人员所崇尚的专业立路的一种探索尝试。以萨福均对胶路的贡献，恐怕没人不服气他，他的专业权威无人可以撼动。

实事确实如此，自1923年接收胶路以来，萨福均以主持基础设施的工务处处长身份强力推进胶济铁路的大修工程，多年来殚精竭虑，持之不息，使得胶路屡弱的基础设施得到了彻底改变，一跃成为全路的标杆，他也以

"功盖胶济"的盛誉扬名全国铁路系统。

萨福均在享受着成功和美誉的同时，也有着深深的苦恼，他对胶路复杂的人际关系一直无法适应，哪怕是在胶路混迹多年也无法消解。有时因为业务方面的问题陷入权力的争逐之中。尽管他所表现出来的不关心政事的态度迷惑了一大部分人，但这也确实是他避免人事纷争的有效方式，因此减少了很多麻烦。他的为人行事，使他说了不该说的话，大家可以原谅他；做了不该做的事，大家也给予充分理解。他的态度为自己的处事赢得了更大的生存空间，无论是谁都会有意识地对他的行为方式给予足够的理解和宽容，并且可以以此验证自身的公正。这实在是很有意思的现象。萨福均当然乐得以这种方式回避无谓的争斗。他志不在此，而在于干些实实在在的活，因此得到的快乐是他人所无法体会的。

当他任职工务处处长时，这种态度显然是有益的，但当他接任胶济铁路管理局第一管理者后，他便退无可退了。他接手时就曾开诚布公地向铁道部相关部门，也向与他交接的颜德庆表达了自己不适宜担任这一角色的态度。很多人对胶济铁路委员长的位置垂涎欲滴，而对萨福均来说却是块烫手山芋。

颜德庆对他说："你接任也是权宜之计。铁道部对各铁路局的人事调整并没结束，而是刚刚开始。别说其他，就是平汉路的人事变动一直闹得沸沸扬扬，变数很多……"

萨福均听罢沉默，心里很复杂，如此一来他更不愿意接手此职，因为相比于他对于政务俗事的厌烦，他更不愿意看到自己只是一个不被信任的过渡性人物。

颜德庆说："别无他法。既然铁道部已确定了你来接任，还是履行好职责。"颜德庆停了片刻，又看了他一眼，说："如果你真的不愿意在胶路久待，我想是有机会的……"

萨福均听出了弦外之音，望着他的目光变得恳切起来。颜德庆见状只得给他透露出一个信息。"铁道部准备在浦口修建轮渡，这是项大工程，或许有意调你前往部里主持此事。当然，尚无定论，我也是听小道消息说的。"

萨福均"噢"一声，他听说过此事，但并没有把自己与这事联系起来，如果真的有机会到浦口从事这项在中国铁路史上还从未有过的重大工程实在是件幸事。但他当然也知道，此事对他意味着什么，毕竟自己从未有修建铁路轮船渡口的经验，听罢也便沉默。

颜德庆看出了他的心思，说："如果那样的话，一定是您的强项，可以大展身手，筑就一项辉煌工程。"

萨福均很推崇师傅詹天佑的人生追求，就是要把生命的价值体现在实实在在的工程项目上，颜德庆如此说，让他为之一振。他总是在一个新的工程到来后有着一份难耐的激动，这是他的本能使然。颜德庆所说的那个大工程，想想都会让他激动不已。他盼着真的有机会能够参与这样的项目。

因为有这样一个伏笔，上任后的萨福均盼着这样的机会的到来，所以在处事上还是一如既往地采取最直接和简单的方式，对于无关紧要的事能推就推，能拖就拖，尽量把一些事务性的工作假手他人，而他自己继续做他愿意做的专业和技术的工作，用他的施政表达就是"专业立局"。但是胶济铁路从来就不是一个能够从专业角度办事和办成事的地方，所以尽管萨福均以最大公约数去做减法，但还是跌跌撞撞，一路走得很辛苦。

也正因为如此，当葛光廷含着歉意来对待这次交接时，萨福均反倒轻松释然。尽管如此，他对与葛光廷的交接依然充满戒备和警觉，在他看来，这位来历不凡的葛氏背后一定隐藏着不可告人的目的。本能提醒他，在交接过程中一定尽可能少涉及敏感的人和事，以免节外生枝，出现不必要的麻烦。所以，这才使得葛光廷对张口闭口只谈专业的萨福均产生了巨大困惑和不解，并对他词不达意极度不满。葛光廷感觉到了萨福均的戒备，但还是归结为是他专业上的迂腐所致。葛光廷并不深究，毕竟两人无非擦肩而过，并不会有更多的交集，面子上过得去即可。萨福均也乐得其所，他不怕被人误解，怕的是为人利用或暗算。他成功蒙蔽了葛光廷，葛光廷也乐得一笑而过。

不管怎样，为前任委员长饯行似乎是例行程序，葛光廷已经让总务处安排好了地点，没想到萨福均却在约定好的时间前突然来向葛光廷"告假"，说"铁道部催促赴任的电函来了，不便久等"。葛光廷不解，晚上吃饭的时间也没有吗？随之明白了萨福均的真实用意，对他的不满也便多了一分。因为葛光廷要准备去济南与韩复榘会面的相关事宜，时间不好变更，迟疑片刻说："这……"萨福均说："饯行无非是个形式，以后还有机会见面。"葛光廷也半推半就，没表态，既算是认可了萨福均的请求，也恰如其分地表达了自己的不满。

萨福均并不在意，随之就把简单的行李打包，乘晚上的车前往济南，然后转津浦铁路到南京赴任。管理局很多人来站上送行，有些人已经接到要为萨福均饯行的邀约，没想到萨福均却匆匆而去。打听来打听去，只知南京催促得紧，急着上任，饯行宴自动取消了。陆梦熊是胶路委员之一，他当然是饯行宴的主要参加者，听到萨福均突然要走，知道事情或许并没那么简单。好奇心特别强的他，揣测着如何去找到一个答案，没想到却在管理局院内遇到去总务处还书回来的萨福均。陆梦熊问："怎么回事，这么匆忙？"

萨福均流露出一份歉意，说："没办法，催得急。"这些天，他给很多人都报之以这种无奈的表情，已经变得程式化。

陆梦熊试探道："部里的事会这么急……"口气里已经不是关切，而是带有明显的疑问。

如果说萨福均对葛光廷还只是应付的话，那么他对共事多年的陆梦熊的为人处事却是心知肚明，对他有着更大的戒备，所以只是一笑，说："部里办事雷厉风行，凡事都是急的，没办法。"陆梦熊听出了他回避的意思，也便不再问，加之平时他公事公办的做派，知道探不出什么内情，便怏怏道："晚上去车站送您。"

萨福均抱之以加倍的热情客气道："不劳了，不劳了。"

以萨福均的性格脾气，这些虚词套话都是没有必要的。

傍晚时分，陆梦熊和其他人一样，到车站为萨福均送行。送行的人中，工务处和各工务分段的人员最多，甚至在青岛周边的工务系统的普通司员也闻之而来，看得出来这些人很动感情，有人甚至喊着"萨处长"流了泪。由此看出，人们对萨福均"工务处处长"的印象反比"委员长"的印象更深刻。管理局机关管理人员来送行的大多理智大于感情，拱手作揖，客客气气，话显然都是打了腹稿的，周到却无热情；还有大部分人来得恰到好处，见了面，说了话，车也便开了。车开了，后者所说的人也便迅速散了，而前者大部分人却目送列车开出了很远，冷热泾渭分明。陆梦熊作为管理局副委员长，又区别于以上两类人群，即便是在拥挤的人群中他的身边也有一个恰当的空间，这让他显得与众不同，又出类拔萃。

葛光廷没有到站上送行，但之前两人已经在管理局再次告别。葛光廷听陆梦熊回来说了车站送行的情况，很是感慨，觉得萨福均确实是个有个性的人物。

6

陆梦熊有大才，却是怪才。

自1912年起，陆梦熊就在北洋政府交通部任参事，一直到1927年到南京政府任职胶路理事，后转任胶路任委员，其间还兼过平汉铁路管理局副局长，对交通部内部的情况了如指掌，任何事情想瞒过他几无可能。他对葛光廷从平汉路的"败退"有自己的看法，尽管他早不在平汉路，对平汉路人事更迭的细节也不甚了解，但凭多年经验判断，平汉路上发生的一切都与中国敏感的政治形势直接相关。葛光廷的来去进退并非社会传言那般简单，也绝不是狭隘的权力争斗可以一言蔽之的。

陆梦熊历事甚多，这些年来游走在复杂的交通领域，你死我活的对决有之，钩心斗角的计谋有之，春风得意的时刻有之，狼狈不堪的日子有之，但这些阅历并没有让他更上层楼，实现心中的抱负，反倒不知不觉中熬成了人们眼里的"老狐狸"。这与他在人生的几个关键环节上的失措大有关系，在担任北洋公学校长时，被学生哄赶驱逐，大失颜面；来胶路前，又发生了因接受日本天皇授予的二级旭日勋章而为路内外人士群起攻之的事件……这让他心灰意冷。蛰伏胶路后，他变得极为低调，但也并非没有个人打算，特别是胶路试行委员制后，本以为第一任委员长颜德庆去职后，自己会有机会接任；没想到铁道部却让萨福均兼任了委员长，仕途之梦再度受挫。如此折腾一番，也使他渐自明白，要想在"委员"后面挂个"长"，实属不易。由此，他渐渐地自甘平庸起来。这些年，他就是在这种矛盾纠结的心态下蹒跚独行。好在除却政治上的追求，他还有着常人所不具备的才情，他擅长写诗，并且境界非一般人可以比肩。仕途不顺的他，便时常在诗的意境里寻找些慰藉。他以"剑南旧主"的笔名发表于《胶济铁路月刊》的诗作，很是受人追捧，人们不屑于他的政治作为，却不能不佩服他的才情。

虽然萨福均升任胶路委员长对陆梦熊的打击很大，可以说几乎断绝了他最后的仕途希望，让他一度情绪极度低落；但是，没过多久，他却发现了实现自身价值的另外一条道路，这让他重新感受到了一种抑制不住的兴奋与满足。

尽管陆梦熊对他心怀不满，但木讷老实的萨福均却视而不见，非但如此，他反倒觉得陆梦熊是个可以依仗的好帮手，特别是遇到棘手的问题，萨福均总会征求他的意见，让他帮助拿主意。一来二往，陆梦熊发现，自己的影响力不降反升，并且由于自己所出的主意多被采纳，周围的职员包括委员们对他也多有忌惮，过去人们对他的无视与不屑在悄悄收敛。最为关键的是，对于陆梦熊主动关注局务，萨福均非但不以为忤，反倒觉得是种解脱，这使他可以专心致志地研究喜欢的专业，并且也不会因棘手的事而一筹莫展。

陆梦熊体会到了一种幕后操纵的乐趣，如此一来，他既可以对所做的事情不负任何责任，也没有了枪打"出头鸟"的顾虑。陆梦熊享受到了一种折中的快乐。

当陆梦熊得知葛光廷来胶路后，洞悉世事的他虽然有瞬间失落，但很快就淡定下来，他明白葛光廷来历不同寻常，自己根本不指望有与他竞争的可能。他虽然劝自己安于现状，但仍然很快进入一种焦虑状态。

他不能不想，萨福均离开后，自己还能把握权力吗？葛光廷与萨福均显然不是同类型之人，萨氏心甘情愿地把权力让给别人，是为了规避自身的弱点与短板，但以葛光廷的能力，他是不会轻易如此的。当然，还有另外一种可能，就是争取葛光廷的绝对信任；否则，自己难有独享权力的机会。

葛光廷为何来胶路？陆梦熊没间断地思考过这个问题。他一直觉得，需要把这个基本问题想透彻，才能游刃有余地应付后面的一切。

在他看来，这一问题首先没有外界所传那么简单。他对葛光廷来胶路做过各种推断，主要可能集中在以下几点：第一，葛光廷确实是在权力斗争中败北，来胶路是无奈之举。现实状况似乎也说明了这点。孙科与张学良争夺平汉路控制权，由于蒋介石对孙科的支持，张学良的败北几无悬念。葛光廷作为张学良的心腹，错误判断形势，押错了宝，最终不得不接受失败的结果。尽管如此，以葛光廷与蒋的关系，来胶路任职也绝非只是简单地受到排挤。这个问题仍然无解，葛光廷来山东到底有何深意？

第二，葛光廷厌倦了派系斗争，像清朝遗老遗少那样来青岛颐养天年。但是，以葛光廷的性格，他绝非追求闲情逸致之人；况且宦海多年，也不至于因一脚跌扑便萎靡不振。葛光廷游走军政两界，不显山不露水，但又如鱼得水，他所面临的选择有无数。那么，还是那个问题，他为何来山东？

在以上两种可能都没有答案时，一个偶然的发现，让陆梦熊陷入巨大的惶恐之中：难道青岛要发生大事？陆梦熊之所以会有这种猜测，是因为他突然间发现了胡若愚、沈鸿烈、葛光廷三人之间的关系。胡若愚是现任青岛市市长，张学良的发小；沈鸿烈是驻青岛的海军第三舰队司令，张作霖的爱将，张学良多有倚重；葛光廷呢？曾经是张学良驻北平的办事处主任，东北军高级军事参谋。这三人均与张学良关系密切，他们为何突然齐聚青岛？难道其中隐含着一个不为人知的阴谋？

一团疑云迅速笼罩在陆梦熊心头，他对青岛可能发生的不测产生了莫名的恐惧。

难道葛光廷肩负着不为人知的秘密来胶路？从过往看，葛光廷一直扮演着这样的特殊角色。果真如此，他的任务是什么？难道是……监视韩复榘？自从蒋冯阎三方战事结束，韩复榘作为最大赢家，坐上了山东省政府主席的位子。韩复榘对山东的野心路人皆知，那就是效仿阎锡山、张作霖的独霸作风，做山东的实际统治者。韩复榘从不避讳自己的想法，上任伊始，就直接表明拒绝中央军进入山东，并且致力于建立山东独立的财税体系，丝毫不避讳显示出与蒋介石分庭抗礼的态度；而蒋碍于大势，对韩的自行其是只能忍气吞声。难道葛光廷为此衔命而来？那么说，蒋介石与张学良达成了协议，要葛光廷以青岛为据点，监视韩复榘，观察山东的局势？

蒋介石与张学良在山东既有竞争关系，也有遏制韩复榘扩张的共同利益。青岛虽属山东，但实际控制者是张学良。而实施这种控制的实权人物正是海军第三舰队司令沈鸿烈。韩复榘对蒋介石不买账，又如何容许张学良的势力长期存在于山东。张学良也一定洞悉韩复榘的想法，当然不会任由韩复榘渗透蚕食青岛。那么，张与蒋联合遏制韩复榘的可能非常大。而葛光廷又是张学良与蒋介石都信任的人，正如他在南北统一和1930年的三方大战后作为调停各方利益的人选一样，他为不同的利益团体所信任，可以作为不同利益团体的代言人出现。

这是个扑朔迷离的局。

虽然一切都无法确认，但陆梦熊觉得自己的分析判断具有很大合理性。

夜晚的海边冷得出奇。陆梦熊每当诗思枯竭，便会到海边散步找些灵感；那时，寒冷是无从觉察的，只有得到满意的句子，他才会恢复对这个世界的物理反应。现在，他以寻找诗句的浪漫来寻求对一个政治命题的破解；同样，也从"创作"的痛苦中捡拾些别样的快乐与欣慰。

他觉得自己已找到答案，至少找到了判断形势的方向。

虽然所有可能均不能定论，但这些可能性足以让他保持一种足够的理性来处理与葛光廷的关系，那就是必须争取葛光廷的信任，不折不扣地和他站在一起，不能让他将自己排除在外，更不能把自己视为异己。

立定主意，陆梦熊提醒自己哪怕一时得不到葛的信任，自己也绝不能回归萨氏之前的消极，必须以积极主动的态度寻求葛光廷的认可。陆梦熊对此是自信的。在他看来，无论葛光廷来胶路抱有何种目的，初来乍到的他一定不会主动树敌，并且会以积极的态度寻求支持者和合作者。如此，自己便有了发挥和施展才能的机会和空间，与胶路其他四位委员相比，他自信自己在阅历、人脉、才能等方面都更胜一筹。只要以诚相待，处理好关系，葛光廷肯定会接纳自己。如果说，葛光廷真的对自己有所担心，也一定是担心自己会采取不合作的态度，而非主动寻求合作的态度。

陆梦熊信心倍增，踌躇满志。他相信自己的判断，也相信自己的能力。

因为有了充分的思考和准备，他为明天与葛光廷约定的谈话确定了明晰的方向和应该抱持的态度。

7

"谓渔兄，您在交通系统多年，经验丰富。我没法与兄比。有些事不便往深里说，但仁兄洞若观火，我也不避讳。胶济虽仅四百余公里，但关系山东乃至当下中国局势，有些事情，还要听您高见。希望您知无不言，言无不尽。"葛光廷与陆梦熊约定的谈话没有安排在办公室，而是在三楼的小会议室，这样可以摒却外人，透出葛光廷想与之深谈的诚意。

陆梦熊心快言缓，思维缜密，凡事斟酌，不轻易表达意见，但只要话出口，便有板有眼，落地生根。听葛光廷一番话，他谦虚道："过奖，过奖。"但心里知道，自己对葛光廷的分析判断应该是准确的。

"光廷绝不客套。"

陆梦熊说："委员长信任，我一定不负重托。"

葛光廷说："虽然我这些年一直也在铁路闯荡，但对胶路关注并不多，初来乍到，也不知如何提纲挈领。"

陆梦熊说："治理胶路对委员长并非难事，难的是山东的事。"他浅淡一笑，缓缓道："如果我没猜错，委员长来胶济，实不为胶济，而为山东。"

葛光廷心里"咯噔"一下，没想到他把话说得如此直白。想想便还之一笑，不置可否地说："不管怎样，要在胶路站稳脚跟，才能说到其他。"

陆梦熊明白，话既然这么说，说明葛光廷还是愿意与自己共谋大计的。他燃上支烟，继续用缓慢的语调说："有些事实在分不清是关系胶路，还是山东；其实，胶路就是山东，山东就是胶路。这些年山东与胶路纠缠太多！"

陆梦熊也参与了1923年的胶路接收，并在交通部做参事、次长多年，曾代表交通部处理过1925年2月的"胶路风潮"，后由交通部次长转任胶路委员，他对胶路的恩恩怨怨较之葛光廷当然了解更多，讲起来也娓娓动听。

陆梦熊说："其实，胶路与山东的纠缠从最初就已注定。接收之初，多以王正廷、颜德庆等南方人参与；完成交接后，这些人作为有功之臣受到北洋政府的嘉奖，并且大多留任胶路。这些人大多能力卓越，眼界很宽，但凡此者又多居功自傲，对当地人多有排斥。最明显的是赵德三。赵德三作为胶路管理局的第一任局长，专业能力强，还曾任职津浦局工务处处长、津浦北段代理总工程师，甚至还在交通部路政司干过司长。据说，他早年还在美国驻烟台领事馆做过译员，精通英文，对西洋事熟稔。就因为他是山东人，便被人借云河大桥事故和与他无关的葛燮生绑架案排挤出胶路，从此心灰意冷，不知去向。想来让人慨叹。"

陆梦熊语速虽慢，但话题打开，滔滔不绝。他接着说："后来，胶路人事变动频繁，两年换了七任局长，都是短命'王朝'。刘堃干了五个月，邵恒浚八个月，朱庭祺两个月。大名鼎鼎的'红学家'阚铎干了三个月。李钟岳干了五个月，赵蓝田两个月，胡文通半年。看看这频率……原因何在？仍是山东地方与交通部两派势力的权力之争。赵德三、李钟岳、赵蓝田、胡文通是地方派，而朱庭祺、刘堃、邵恒浚、阚铎，包括离任不久的颜德庆都是交通部派来的。交通部所派之人自恃有靠山，对山东籍职员冷眼相向；而山东籍人对交通部大员的做派则多有不满，多方掣肘。这么多年，两派间你来我往，互不服气，弄得不可开交。最典型的是阚铎，按理说，他有多年路务经验，有处理复杂问题的能力，但到胶路后便如魔咒附身，见到山东籍员工分外眼红，上任伊始便一口气撤换几十名山东籍职员，最后落得个被逐出胶路的下场……"

陆梦熊端杯子，喝口水，润润嗓子。他察言观色，见葛光廷很感兴趣地在听，便继续往下说："虽然山东势力总体处于被压制的状态，但也一直没放弃抵抗，毕竟他们人多势众，既熟悉路情，又能与山东地方势力沆瀣一气，互通声息，有自己的套路，这也是看似交通系得势，但又始终不能站稳脚跟的原因。"

"胶路内讧，最终渔翁得利的是山东省政府。胶路运费颇丰，早为地方势力垂涎，只是由于交通部的人把持，加之王正廷、颜德庆等强权人物坐镇，山东政府机会不多，但一旦胶路脆弱，山东地方政府便乘虚而入。所以，最愿意看到胶路多事的自然是地方政府。"

陆梦熊叹口气，说："其实，山东省政府一直没中断插手胶路。张宗昌在任几年尤甚，当时的胶路管理局代理局长周钟岐受害最深。张宗昌为达到挪用胶路运费的目的，对周钟岐百般刁难，屡次被拒后，恼羞成怒，竟把周掳至济南，下入大牢，对其严刑拷打、百般折磨，逼其就范。"

葛光廷对这事略有所闻。周钟岐的妻子沈葆德为救丈夫，曾求到时任交通部部长叶恭绰门下，希望叶能出面帮忙，没想到叶恭绰惧于强权，不敢伸张正义，后来还是身在青岛的萨福均私下里给沈葆德出主意，让她到东北找张作霖的一位副官寻路子。没想到，这一招"仙人指路"还真管用，这位副官与张宗昌有着特殊关系，暗地操作，这才把周钟岐解救出来。当时，葛光廷尚在东北军任参谋，曾闻此事，但不解详情。

陆梦熊说："沈葆德为救周钟岐，到交通部疏通关系不下数十次，别看交通部官员平时相互还算和气，但一个遭难的妇人求到门时，大家却都避之犹恐不及，想来让人心寒。"

葛光廷若有所思，问："谓渔兄的意思？"

陆梦熊说："尽管都是北洋时的事，但离民国不过几年，张宗昌还在，其他什么人……也在。对，听说张宗昌最近从日本回到了北平。山河易色，但人还是那些人，习性还是那个习性。殷鉴在前，不能不有所警觉。"陆梦熊停顿片刻，压低嗓音说："有句话不知当讲不当讲，处理好与……韩的关系至关重要。"

葛光廷不自觉地点点头，以示对陆梦熊意见的认同，同时又补一句："韩还算友善。"

陆梦熊听罢，沉默片刻，他不知道葛光廷对有些事情真的不知情，还是有意试探自己。但话既然说到这个份上，也没必要太顾虑，直言不讳道："表相而已。"

其实，这才是葛光廷真正愿意见到的态度。

陆梦熊从葛光廷的眼神里读出了对自己的肯定，愈发放心地往下说。

"蒋冯阎三方战事起后，胶路所受的影响非常之大。其间，津浦、正太等铁路局随意征用胶路车辆，致使我们的车辆周转十分困难。战事结束后，胶路曾向津浦、正太发函要求归还过轨车辆，这本是寻常之事，没想到韩却插手此事，非但阻止我们向其他铁路局索要车辆，还暗里以地方政府名义默许战争期间过轨车辆归属其他铁路局自主使用。"

葛光廷听罢，陷入沉思。这件事情，在他与韩复榘初次见面时，对方就曾提及，并且表达过歉意，当时他还大感奇怪，不知为何与韩初次见面竟会提及此事，原来其间隐含着这么一层背景，如果真如陆梦熊所言，韩复榘肯定是自知理亏，便主动示好，以争取自己的理解。如此一来，自己便没必要抓住不放，况且战争中的事很难分清孰是孰非，如果过于计较，反易留下"疙瘩"。最好的办法是不去涉及，等于没这事最好。

陆梦熊见葛光廷犹豫，也猜出了他的想法。但是，在他想来，如果仅仅只是这一件事也便罢了，但是，韩复榘背后所做的勾当一定让葛委员长有所了解才行，只有这样他才能对山东省政府对胶路的态度有个准确判断。

陆梦熊继续说："委员长，如果仅限于此，还倒罢了，但……韩主席……现在仍然扣押着很多胶路的车辆，名义上是为了军事运输，但实际是为军队提供走私所用。"

陆梦熊揭开了阴谋的一角。

"有这事？"葛光廷惊愕。

"大家心知肚明，只是无人敢声张而已。韩复榘第三军所扣车辆达数百之多，名义上是为了军事运输，其实做的什么勾当大家都心知肚明，胶州、烟台沿海走私猖狂，很大程度上是韩军造成的。"

这大大出乎葛光廷预料。

陆梦熊说："更不能容忍的是，在韩的纵容下，军人霸座、欺诈、殴打旅客之事接二连三，大家敢怒不敢言。已经连续发生过几起被殴旅客致死事件，旅客家属到胶路呼天抢地，讨要说法，罪责都让胶路背了，实在是哑巴吃黄连——有苦说不得。"

葛光廷突然想起在他就职仪式那天，有位老妇人在管理局门口大吵大闹，他虽然没顾得细问，但心里记住了此事，本想过后再一下究竟，一时忘记了，此刻听陆梦熊如此说，果真如此。

葛光廷从与陆梦熊的谈话中所获取的信息较与萨福均的谈话不知高出多少倍。葛光廷明白，陆梦熊与萨福均非同类人，陆的城府无人出其右，虽然应该有所提防，却是葛光廷此时最需要的帮手。葛光廷对陆梦熊的表现很是满意。当然，葛光廷也明白，必须对陆梦熊有所驾驭，既在掌控之内也应该给他足够发挥作用的空间，如此一来，可以假以其手，做一些自己不便出面做的事情。有陆梦熊的胶路与没有陆梦熊的胶路是不一样的。葛光廷也有了另一层想法，依陆梦熊的性格，如果不能为他所用的话，很可能会站到自己的对立面，如此便得不偿失了。不消说让他站在对立面，哪怕是让他产生消极态度都会给自己造成极大的麻烦。

葛光廷与陆梦熊的想法几乎是一致的。葛光廷对得到陆梦熊的帮助是迫切的；陆梦熊也将取得葛光廷的信任视为必须。

8

参加完葛光廷的就职仪式，崔士杰就去济南参加省实业厅召开的振兴山东工商经济恳谈会。作为胶路管理委员会委员，崔士杰曾兼任过山东省工商厅厅长，后工商厅裁撤，职能合并到实业厅，崔士杰被另授为黄河事务巡阅，但实职仍是胶路委员会的委员。由于他曾任职工商厅厅长，加之又是山东当地人，约定俗成地继续承担着胶路与实业厅联系沟通的职责。平时，崔士杰参与实业厅的活动并不多，除非有涉及铁路的重要事情，但这次让他没想到的是，因为一次恳谈会，省府办公厅竟然专门发函胶路，点名让他参加；随后，实业厅又追打电话，确认他参会的信息。这让他觉得，这次会议可能非常重要。私下打听，才知道会议是韩复榘亲自组织发起的，并且韩复榘要参会并作重要讲话。

韩复榘要参加实业厅组织的振兴工商经济恳谈会，多少有些出乎崔士杰意料。据他所知，韩复榘极少参加此类涉及具体事务的会议，偶尔参加，也不过是礼节性到场。崔士杰从办公厅发来的会议议程看，韩复榘这次是全程参会，足见其对会议的重视，也可见他对提振工商经济的关注。

想来也在情理中。去年十月战事结束后，韩复榘如愿以偿荣升省政府主席，开始施政山东。刚刚结束的战事，对山东工商业经济造成了巨大的破坏,对于亲自参与了那场战争并主导了战争结果的他来说,是怀着一种非常复杂的情感上任的。上任之后的他产生了一种巨大的责任感和使命感,因为无论是从自身施政还是争取民心的角度讲,都必须抓紧对造成的损失尽力挽救才是,因此提振工商经济、改善民生便被当作头等大事。这也是韩复榘亲自参加这次恳谈会的原因,他希望能身体力行调动各方面力量,尽快实现山东省工商业经济的复苏,这于公于私都是迫在眉睫的事。

作为横贯山东东西的交通大动脉,胶济铁路在提振地方经济上的作用是不容忽视的。崔士杰明白,这一定是省政府甚至是韩复榘本人指定自己参加这次恳谈会的重要原因。那么,自己在会上该有何建言?

崔士杰自接到会议通知后,便不敢怠慢,一直围绕胶济铁路如何在提振山东工商经济中发挥作用这样一个思路在思考和准备。确如崔士杰所想,在这次会议上,山东工商界人士济济一堂,甚至还请了梁漱溟等社会名流,广泛听取意见的意图非常明显。会议准备得非常充分,每个人的发言选题都经过了精心筛选,针对性强,发言者都表现出言无不尽的渴望,对山东省工商经济发展提出了很多建设性意见。

韩复榘全程都兴致勃勃听着大家的发言,有时也插话问些感兴趣的话题;每当如此,发言者大都有受宠若惊之感,表现出夸张的欣喜与惶恐。崔士杰很少见到准备如此充分的会议,尽管对"胶路如何提振山东经济"这一课题提前做了功课,但与其他参会者的跃跃欲试、口若悬河比较,他还是觉得自己准备得不够充分。这当然只是他个人的感觉,他的发言其实还是赢得了很高的赞许,这可以从热烈的掌声中看得出来,他的一些观点得到了大家的充分认可,特别是所提的建立胶济铁路"沿线经济带"的构想,让人眼前一亮;他还表达了胶路在车辆配备、改进服务等方面的想法,让淄博、坊子的煤炭业主尤为振奋,因为铁路沿线特别是淄博、坊子一带的煤炭业主长期受制于胶路车辆配给不足,煤炭的开采规模受影响,导致产量始终无法得到提升……韩复榘虽然中间没插话(一般讲,人们总是以得到韩主席插话为荣耀),但他的发言结束后,韩复榘却做了很长一段时间的点评。这自然又不一样了。

韩复榘说:"胶路刚换了委员长,气象一新。从崔委员的发言看出,胶路围绕促进山东经济发展有很多新想法,特别是关于胶路'沿线经济带'概念的提出,很好,很好,让人振奋。提振山东工商经济,交通先行;没有交通发展，经济发展就是空喊号子。希望胶路在新委员长带领下，为山东经济发展作出更大贡献……"兴致所至，韩复榘还洋洋洒洒讲起胶路历史、接收过程以及接收后用他的话说的"那些糟心事"……话有些啰唆，但越是啰唆愈发表明他对崔士杰发言的肯定。最后，他表达的意思集中到一点，山东省将会对胶路大力支持，过去的龌龊事在他任上绝不会发生。韩复榘对胶路的肯定以及由此所表达的更深一层的含义让其他参会者羡慕不已。

　　回青岛的车上，崔士杰一直在思考如何向葛光廷报告这次会议的精神，韩复榘对胶路提出的要求和期望是从未有过的，细揣摩起来多少有些意味深长。在胶路接收回来的这些年里，胶路与山东省政府间因为利益关系，没断了明争暗斗，只是到了颜德庆、萨福均时才相对稳定些，而葛光廷的到来恰是韩复榘主掌山东的时刻，能够开一番新局面吗？

　　从葛光廷上任时的演讲以及这次会议韩复榘的讲话来看，彼此都在释放善意。如此一来，无论对胶路，还是对山东都是件求之不得的事。

　　返程的崔士杰恨不得尽快向葛光廷汇报；而在青岛的葛光廷在也着急地等待着崔士杰的到来。

　　崔士杰去济南开会的几天里，葛光廷本想为萨福均举行送行宴却没办成，彼此之间微妙的心态使得两人既客气又排斥，有些话也不便说，所幸萨福均的一番理由让大家都找到了台阶下。萨福均正式离任，调铁道部工务司任司长。据有关人士透露，他将以工务司长身份具体负责筹建南京轮渡码头铁路工程。实际情况也是如此，工务司已急不可待，催他走马上任。萨福均任劳任怨，本可借机休息一番，如此一来便坐不住了。从上次谈话后，葛光廷对萨福均的看法有很大改变，特别是对他不问世事、专心钻研技术的做法很不以为然，原有的钦佩打了折扣。但后来细细想，他在专业方面的精益求精，确实值得称道，现在玩弄权术的人不少，倾心业务的人凤毛麟角，这又很大程度上扭转了葛光廷对萨福均的看法。人各有所长，贵在所用恰当。胶路委员长确非萨氏所长，而工务司司长一职确实能发挥他的作用。

　　葛光廷自嘲地想，中国路政，缺了自己这样的人于大局无碍，反倒是缺了萨氏这样务实之人，会是重大损失。这么想来，便对没能与萨氏沟通好特别是没能为其送行而甚感遗憾。

　　送走萨氏，葛光廷最想交谈的是崔士杰，但因为崔去济南参会，只得延后，只好先与其他两位委员陈延炆、彭东原交流。陈延炆、彭东原各管一摊，分工单一，并没多少深入交流的话题，俩人除却对路务有些不痛不痒的建议，言谈话语，乏善可陈。因此，反倒更衬托出陆梦熊在几位委员中的不同凡响。

当然，葛光廷还是更期待与崔士杰的谈话。他对崔士杰的经历非常清楚，两人虽然并无过多交集，但崔士杰在"济南惨案"中的表现，却是国人皆知的。1928年，蒋介石率北伐军进入济南，日方以保护侨民为由武力阻止，身在济南的交涉公署特派公使蔡公时被日军割耳挖眼，惨遭杀害，北伐军与日本军队发生严重冲突，酿成震惊世界的"济南惨案"。崔士杰临危受命，接替了蔡公时的遗缺，与日人周旋，最后迫其让步，一年后签订《济案协定》，使事件基本得以解决。只是让葛光廷没想到的是，这样一位活跃在军政两界的人物，几年前却突然投身实业，先后在南京、济南开办起多家纺纱厂，开启了一段新的商业传奇。

尽管崔士杰已退出政界有年，但其影响力仍不容小觑，他先是被任命为山东省工商厅厅长、胶济铁路局管理委员会委员；韩复榘主政山东后，把工商厅裁撤了，崔士杰又被任命为黄河巡阅使。从他担任的职务看出，崔士杰在胶路和山东省之间发挥着特殊的"桥梁"作用，他非凡的履历以及在山东政商两界的深厚人脉是他人无法替代的。这也是葛光廷对他抱有极大期望，并急于与之交流的原因所在。

从济南回来，略作准备，崔士杰便径直来到葛光廷办公室。

警察署长戴师韩在，正与葛光廷商议卫队编制问题。葛光廷从天津来青岛，张学良专门抽调十多位军人作为随员，长期供葛光廷使用。到胶路后，葛光廷便想把这些人安排在警察署。

崔士杰听两人谈话事涉机密，便想退出。

葛光廷忙说："崔委员，留步。"

由于戴师韩职责特殊，哪怕是管理局的委员也总是和他保持一定距离。崔士杰担心自己的贸然闯入会惹戴不快，本想退出，听葛光廷如此说，只得停下脚步。

戴师韩起身，客气地对崔士杰说："崔委员，您请。"

戴师韩较葛光廷年轻，但因为留着大胡子，像极了乡绅仕老，外在形象与他的职业有着巨大反差，这种反差容易给人留下一种老谋深算的印象。

戴师韩出去后，崔士杰歉然道："委员长，没打扰您吧？"

葛光廷一笑说："没有，没有。我早就想和您聊聊了。"如此说，把两人之间的距离一下拉近了。

坐定后，葛光廷却并没急于问崔士杰的济南之行，反倒扯出个闲篇。"听说您出面组织成立了海滨书社？"

崔士杰没想到葛光廷问这事，笑道："闲情，其实是陆委员在张罗。"

葛光廷说："您们都谦虚，陆委员说您是'实权'，他是挂名。"

崔士杰腼腆一笑："平时辛苦，自娱自乐，换换思路。"

葛光廷说："胶路藏龙卧虎，一个交通机构，既是风云际会的政治场所，又是人才辈出的文化阵地！"

崔士杰说："胶路有传统。"

葛光廷的感叹不是没有道理。自从日方手里接过胶路，胶路的发展一直与中国政治生态紧密联动，是个公认的政治"跑马场"。而同时，胶路的文化事业在中国文化界也占有一席之地。1923年回归后，胶路管理局首任局长赵德三倡导成立了少海书画社，集聚赫保真、刘仲永等一大批就职于胶路的大书法家、画家，每周在青岛火车站塔楼举办笔会，交流艺术，声名远播，求画者趋之若鹜，大有"洛阳纸贵"的景象。但是，由于战事多发，人员流散，少海书画社只存在两年便告散，但薪火传承，文脉绵延，胶路一直保持着鼓励奖掖文艺人才的传统，并在所编撰的《胶济铁路月刊》上辟有专门的文艺专栏，为文艺爱好者提供平台和载体。从委员、各处处长，再到一般科员都以能发表文艺作品、展示才情为荣耀。陆梦熊、崔士杰等委员们更是率先垂范，胶路文风溢彩流光，别具风情。

前些日子，由崔士杰倡议，陆梦熊领衔，效仿少海书画社，成立了海滨诗社，更是成为当下美谈。

俩人就着这一话题，闲聊了很久。

葛光廷感慨道："我是粗人，没您们有文化。"

崔士杰说："委员长志不在此，格局远在我们之上，不可同日而语。"

葛光廷摆手，说："崔委员军、政、文化各界都有涉足，让人佩服。不过，话说到这里，我还真存疑，老弟为何突然转行？"

崔士杰听罢叹道："一言难尽，这些年混迹政界，如履薄冰，九死一生，不想再过那样的日子了。人生不过百年，倒不如到诗丛觅些悠闲。"

葛光廷笑道："弟小我七岁，如此心境，早点了吧？恐怕我也饶不过你！"

两人的交流就此转至正题。

葛光廷混迹官场多年，对于事前的热身游刃有余。如此一番交流，两人的感情已拉得很近。

崔士杰感慨道："是啊，有时候并不是自己想清闲就能清闲得了的，身不由己，不是说放下就能放下的。就说现在，作为胶路委员，又兼了那么多闲差，需要加倍努力，否则辜负了信任。"

葛光廷说："我更要仰仗老弟，您的经验、能力无人能比，并且在胶路多年，熟悉情况，没有退却的理由。"

崔士杰默然，他对葛光廷的肯定并没表示谦逊。

他说："胶路现在面临着最好的发展机遇，委员长不知是否有这种感觉？"

葛光廷说："愿闻高见。"

崔士杰说："委员长比我清楚，但我可以结合这次工商界的会议，谈些建议。"

葛光廷点头，示意他讲。

崔士杰说："去年的战事对山东、对胶路破坏巨大，说是历史上从未有过的灾难也不为过。去年下半年，胶路收入不足往年四成，到现在很多列车还是无法正常开行，对客货运输的影响仍在持续，加之线路损毁严重，虽然萨委员长在任时下了极大功夫恢复，但维修线路需要持续投入，收入少了，如何保证？所以，难以立竿见影。这是其一。"

"其二，也是由以上原因所致。胶路背负着巨大债务，如果不能迅速从战事影响中恢复，提高效益，如何按期还清日人赎金？逾期还不上，政治上的变数就会加大，民众对胶路也会施加压力，到时候实在难说会发生什么事情……按去年收益，如果状况得不到改善，十五年的还款期恐怕会成镜中花、水中月。"

葛光廷悚然心惊。

但他表面平静，没作任何表示，以沉默示意崔士杰继续说。

"其三，韩主席刚到山东，对胶路的态度尚无从知晓；但从这次会议看，他高度关注胶路，希望胶路能对山东作更多贡献，如果无法达到他的预期，也实在不好说有什么其他的事情发生。"

葛光廷这时突然想起陆梦熊所说的扣留军车走私、军人霸座等事，觉得里面确实有些只可意会不能言传的东西。但他还是想听一听崔士杰对这些事情的看法。

崔士杰见葛光廷突然问起这么具体的事，知道他想通过这些事情更多地窥见韩复榘对胶路的态度，自己理应知无不言，沉吟片刻说："我觉得有些事情可能是在所难免的。现在胶路内部对韩主席最大的不满恐怕要算截留过轨车的问题，实事求是讲，这确实对胶路影响很大，韩主席做得有些过分，甚至……有些胳膊肘往外拐了。但细细想来，作为一省主席，他考虑问题的角度一定不只局限于胶路，而是一省的整体利益，或者说是他治理山东的整体考量，毕竟战时有很多人帮过他……牺牲一些胶路的利益或许从他的角度来讲是具有一定合理性的，我觉得不必计较。我们也要放长远些。至于其他……譬如，扣留军车走私之事，韩主席独撑山东，手下的军队多，只是军饷一项便入不敷出，所以有些事情他也只能睁只眼闭只眼。如果与其他军阀强取豪夺相比，他倒算是'文明'了不少……"

崔士杰的意思是，与张宗昌之流相比，韩复榘的做法已经是相当给胶路面子了。葛光廷觉得如此说，也不是没有道理的。

"至于军人霸座，那就更不足为道了。"崔士杰说，"或许韩主席压根就不知此事情。哪路军阀不霸道？韩主席的第三路军应该算是纪律严明者了。尽管如此，发生这些的事情也是难免的。"

葛光廷使劲点下头，算是对他话的认可，也有着结束这个话题的意思。

葛光廷想把话题继续转到如何贯彻落实好省政府会议精神，抓好胶济铁路沿线的经济振兴上来，毕竟这才是关乎胶路长远的事情，也是眼下韩复榘关心的事，更是他确定施政胶路后的基本方略的重要依据。

崔士杰明白葛光廷的意思，但却没有直接入题，而是话锋一转，说："我有个建议，不知当讲不当讲。"

葛光廷说："请讲。"

崔士杰像是下了很大决心的样子，说："外面对委员长来胶路说法颇多，我想……无论如何，既来胶路，就应当把重心放在胶路，以振兴胶路为要，这是做好一切事情的基础。"

崔士杰的话多少让葛光廷有些不舒服。他虽然知道外间多有传言，但还是对人们的猜忌抱有本能的反感。好在，他基于对崔士杰的好感，并没放在心上；相反，他反倒换位思考，把崔的话视作肺腑之言！

崔士杰料到自己的话会引起葛光廷不快，但他还是想把心里话说出来，如果葛光廷真的连这些话都无法接受的话，那便不能做更深入的交流了。崔虽有试探之意，却不敢贸然往深里说，所以作了一个转圜，说："胶路作用越大，委员长在山东的影响越大，也就更有话语权。"

这话切中要害，让葛光廷瞬间有种苦口良药的感觉。

崔士杰一路说下来，把胶路对山东经济社会发展所具有的重大影响作了深入浅出的分析，让葛光廷耳目一新。

葛光廷暗叹崔士杰的分析判断能力。与陆梦熊满脑子政治谋略相比，崔士杰的分析更多建立在对山东经济社会的熟悉和实践上，这是他人无法做到的；崔士杰在山东的商业实践让他的很多看法角度新颖、观点独到，对胶路的管理和发展参考价值极大。葛光廷在他头头是道的分析面前，同步做着反思。他曾认为，来胶路后，一切局务应该放手让委员们去做，自己必须保证全力以赴做心里揣着的那件大事；现在看来，作为胶路第一负责人，离开胶济这个平台，想完成那件大事，几无可能。要想成功，首先要把胶路经营好，才可能有更多机会。葛光廷由此更对崔士杰刮目相看，心想没白费了这些天的期待，他的一席话，确如久旱甘霖。

只有胶路发展了，才能在山东更有发言权。这是问题的要害。

"如何发展胶路？"葛光廷问。

崔士杰沉吟半晌说："回来的路上，我一直在思考。这次会上，韩主席多次说到，要以胶路为依托，大力发展沿线工商经济。我觉得，这对我们既是挑战，更是机遇。我们要抓住这次机会，首先在铁路沿线开展一次大规模经济普查，对沿线农作物、特产以及沿线民众需求做全面调查，这样既借势发力，解决胶路自身的困难，也可以为沿线工商振兴助力，也才可能得到韩主席认可。"

崔士杰的话，既有看问题的高度又有现实的可操作性，葛光廷频频点头。

说到最后，崔士杰突然话锋一转，说："葛委员长，有个问题，我想不明白……为什么现在这个时候，要提高运价？"

葛光廷心里"咯噔"一下，他没想到崔士杰突然把话题转到这上面，佯作不解道："你是说铁道部刚发的征求意见？"

就在前不久，铁道部针对提高铁路客货运输费用问题发过一个征求意见稿,葛光廷已批转委员们审阅,并要求他们提出意见,汇总后上报铁道部。

崔士杰说:"是,我刚看到您批转的文件。恕我直言,我认为,这与韩主席振兴工商业发展的原则是相悖的。"

葛光廷沉默。在这件事上,他有着一个非同寻常的想法,也是个不能为外人所知的秘密。尽管想法还不成熟,但他决计要在这件事上做些文章。所以,对崔士杰突然发问,葛光廷并没有作正面回答。

葛光廷说:"崔委员可以把这些想法梳理出来,提个书面报告。"

这本不是这次会谈的正题,崔士杰见葛光廷并不接招,并且也知此事确实并无定论,所以也不往深里追问,说:"好的,我正在琢磨此事。"

不知不觉间,两人的谈话已过大半天。该说的话都说了,有些话也并不是一时半会就可以全部说完的。崔士杰起身告辞,转身间又想起一事,说:"韩主席让我转达对您的问候……他好像……非常期待和您见面。"

葛光廷故作惊讶道:"是吗?"

崔士杰并没意识到葛光廷细微间的城府。走到门口,停下脚步,带着几分关切地提示道:"委员长不妨尽快与韩主席一见。"

9

1931年农历新年前,葛光廷来到济南拜访韩复榘。

不必崔士杰提醒,葛光廷早就谋划好了这次具有特殊意义的会面。某种程度上讲,这次会面才是他开启山东之旅的正式"仪式"。其实,在到胶路前,他就在精心谋划着这次会面;只是没想到,韩复榘会突然出现在济南火车站,让他想象中的正式会面少了应有的仪式感。尽管如此,葛光廷还是视这次见面为"首次"。

"首次"见面一定要有见面礼。那么,什么样的见面礼才能打动韩复榘?葛光廷思考良久,最终认为找到了能让韩复榘惊喜的"大礼"。在他看来,这份大礼一定会迅速而彻底地拉近两人的关系。

尽管经过这些天的酝酿,他对与韩复榘的见面少了志忑,更多了些信心。特别是在听取了陆梦熊、崔士杰两人的意见后,他对于把握胶路与山东省的关系更加成竹在胸。陆梦熊从权谋的角度给出了分析建议,崔士杰作为山东人,对此时此地的分析更有创意也更具操作性。与两人的交谈,让他获益匪浅。

出发前，葛光廷把自己关在办公室，把见面细节做了个推演，对可能遇到的问题前前后后想了个透彻。

戴师韩挑选了几位护卫跟从，工作人员只有尹援一，陆梦熊、崔士杰到车站送行。大家都明白新上任的委员长此行意义重大，气氛颇有些凝重，当然也有更多期许。葛光廷倒显得轻松自如。

青岛的天很冷，济南却暖洋洋，反倒有几分春天的味道。火车下午四点多到。济南的冬天日头短，天暗下来。预料之中，韩复榘亲自到站台接。葛光廷第一眼就发觉韩复榘神情疲惫，说："叨扰主席了。"

韩复榘笑道："早盼您来。本该我做东，可您坚持，恭敬不如从命。"

葛光廷说："初来胶路，自然先表谢意。"

葛光廷来济南前就与省政府沟通好，要在胶济铁路饭店做东，宴请韩主席。在韩复榘想来，他是东道主的身份，并且上次有过承诺要在济南宴请葛光廷，但见胶路以正式方式函告省政府，作为胶路的委员长，只要不出胶路的地界，也算是东道主，毕竟胶路归属铁道部，所以也没有再坚持；这样既可以让葛光廷表达个人的心意，也认可了他主人的身份，既表达态度而又恰当温馨。

胶济铁路济南站设置了两大功能区，东侧为候车所用，西侧是胶济铁路饭店。胶济铁路饭店由山东大名鼎鼎的餐饮业主丁子明承租，主营西餐，名气可与济南另家德国西餐厅石泰岩饭店媲美。在经营上，胶济铁路饭店似乎略显逊色，但石泰岩饭店三教九流聚集，人员成分复杂。慢慢地，很多政界人士更愿意光顾安静的胶济铁路饭店，由此来者便有了一种身份象征，特别是胶济铁路饭店愿意为接待特殊的达官显贵而闭门谢客，更使其增添了一种神秘感。很多人以能来此吃饭为荣。

葛光廷与韩复榘的会面也脱不了俗套，客气寒暄，聊些闲话。开场艰涩，但两人的分寸把握极好，不疾不徐，慢慢展开。尹援一、张鸿烈，还有朱经古，一旁或正襟危坐，或笑脸恭奉。

"主席有些疲惫？"葛光廷问。

韩复榘也不回避，说："遇到难题了。"

"这……"葛光廷觉得不便深问。

韩复榘自顾道："冯……将军来了！"

葛光廷一惊，歉然道："不会影响主席大事吧？"

韩复榘鼻孔里哼一声，说："他根本不见我！"

葛光廷沉吟道："这样！"

有人进来说："晚宴安排好了。"

参加晚宴的人不多，除却葛光廷、韩复榘，只有尹援一、张鸿烈、朱经古等陪同。不知是因为冯玉祥的事，还是别的，韩复榘看上去情绪确实不太高，几杯酒下肚，情绪才慢慢被调动起来。

晚宴后，众人退出。奉茶，两人闭门交谈。

葛光廷说："听崔委员转达会议精神，知道主席在奋力振兴山东经济，胶路也想抓住机遇，有所作为。"

韩复榘叹气说："我是压力巨大。自接手山东，大家寄予很高期望，有盼我好的，也有盼我倒台的，如果不能有所努力，对不起老百姓，也对不起自己啊。"

葛光廷说："胶路自当助主席一臂之力。"

葛光廷由浅入深，先把胶路开展铁路沿线经济调查的事说了。韩复榘点头道："这事只有胶路牵得起头。"然后，等葛光廷继续往下说。

葛光廷说："我刚到胶路，也是压力巨大。胶路非同其他铁路，它与日本人的恩怨纠缠不清。当初，王正廷理事长本想在全国募捐赎路，但最终画了个大饼，胶路4000万赎金只能由本路自筹，分摊下来十五年还清。如果风调雨顺，一步一个脚印，原本可以做到；但现在看来，胶路的收入远未达到预期……主席振兴工商业经济的规划，对胶路来说，也是千载难逢的良机。"

韩复榘点头，没表达意见。葛光廷明显感受到了韩复榘的刻意收敛，他想，韩或许并非只是因为冯玉祥的事伤神，也有一种可能，就是这是韩的一种策略，他在给自己充分表达意见的机会和空间，也以此试探自己在一些问题上的看法，以便知己知彼，最大可能地赢得主动权。葛光廷见韩复榘如此态度，知道自己必须顺势而为，如果自己拘束而刻意收敛的话，不但会冷场，还容易引起韩复榘的戒备心理。既然如此，何不将计就计，把要说的话全倒出来，也显出自己的诚实和爽快。

想到这儿，葛光廷便放下顾忌，继续说："主席，有件事不知当讲不当讲？"

韩复榘说:"只要有利振兴工商经济,有利胶路发展,无话不说。"

葛光廷沉吟片刻道:"主席……是胶路的难事,需要主席协调。"

韩复榘说:"没问题,只要我能解决,不遗余力!"

葛光廷故作吞吐,说:"恕我直言……现在军事已结束,一切应该尽归常态。譬如,军方对胶路车辆的占用。胶路在战事中本就损失过多,现在还有很多车辆被军队占用,胶路已经是捉襟见肘……本路只有四方机厂能生产车辆,可一时难解燃眉之急。再说,军队所占车辆大多闲置,有些车辆……也有些风言风语,倒不如先归还路用,军方真的需要,必当及时调拨。如果担心有滞碍,军方可在胶路设办事处,统筹协调,即用即取。"

葛光廷是以此事为试探,看韩复榘的态度。

韩复榘困惑道:"军方还占有胶路车辆?"

葛光廷说:"主席日理万机,具体情况不一定完全知晓。"

韩复榘说:"明天我发令,所有胶路车,一律由胶路统一调配。和平年代,重点是建设,不是打仗……"韩复榘突然有些激动,以显示对这件事的愤慨。

葛光廷欠身拱手道:"谢主席。"

韩复榘说:"谢什么,是我没做好。"

韩复榘呷口茶。

葛光廷说:"还有一事,求主席帮忙……我来胶济不久,多听人说铁路秩序一事也关系军方。有些军人陋习较多,上车非但不购票,还霸座欺客。车务处报告,去年最后一个月就发生十余起军人殴客事件;前些天,有位旅客因为行李放在通道上,与一位连长发生争执,连长竟把年近六旬的旅客打成重伤,后旅客不治身亡。家人不敢找军方,便追着胶路索赔。赔偿并不是问题,但对铁路形象影响甚坏。"

韩复榘听罢,双目圆睁,吼一声:"有这事?查,查清了,毙了。"

葛光廷笑笑说:"主席言重了,只求有所约束便是。"

韩复榘说:"委员长谅解,战事刚结束,头绪如麻,有些事情未来得及解决;再说,各地土匪猖狂,特别是潍坊、临沂一带,军事方面不曾间断。不瞒您说,我这个主席屁股还没坐稳,难事不少,有些事只能睁只眼闭只眼。我知道,有人用军车走私,但是……说起来惭愧,我现在囊中羞涩,军饷发不及时,属下自己寻点路子,也不能不由着他们;不然,他们向我伸手，我也为难。不过，请委员长放心，我会约束他们，不让他们乱来。军车一定尽快交归，这样也便不会再有纠纷，更不会给胶路抹黑。唉！不是替自己开脱，我虽为山东省主席，但政令并不能通达全省，走私大多在青岛、烟台、威海一带，有时也是无能为力。有人把污水泼到我头上，骂名都让我背了。"

葛光廷忙说："理解主席的难处。"

说到敏感处，葛光廷便不往深里聊。

聊了很久，大都是葛光廷说，韩复榘被动作答或解释，这与一向横行霸道的韩复榘判若两人。

葛光廷的猜测是对的，其实这正是韩复榘采取的策略。在韩复榘看来，虽然是在济南，但既然葛光廷主动提出做东，那就满足他的需求，同时也应该给这位刚到山东的客人一个充分表达意愿的机会。同时，韩复榘知道多有人诟病自己作风蛮横，他不想给葛光廷这个特殊人物留下如此印象，毕竟接下来还有打不完的交道；以退为进，先把葛光廷的想法摸透，再做下一步打算。胶路是块肥肉，韩复榘从主政济南的那刻起，就没间断打胶路的主意。要想在胶路有所获利，只有打开葛光廷这个"缺口"。因此，他对与葛的会面极为审慎。

葛光廷还要在济南逗留几天，有大把时间做深入交流。毕竟胶路隶属铁道部，有些话只能点到为止，有些事要把握分寸，需要智慧的博弈，需要利益的共存，更需要彼此的理解和宽容。

韩复榘与葛光廷的谋面就在韩复榘的主动退让与葛光廷的被动进击中开始了。在进进退退的试探中，非常难得的是，彼此都感受到了来自对方的友善与诚意，这让接下来的交往变得更加顺畅……

10

普照寺坐落在泰山前坳，沿奈河北上，一路陡坡，崎岖蜿蜒，苍松翠柏覆于其上，道路穿行柏洞，阴暗幽深。行至寺前百米处，有巨石若斧劈，路从中间过，刻"三笑"二字，至此者大多不知其意；复前行，折三弯，一座朱红庙宇赫现，"普照禅林"挂庙门上，门前两尊石狮，活灵活现，似刚从山涧归来，咧嘴憨笑。普照寺藏在泰山深处，高深道义，隐于自然；人间至理，归于山岳；松柏不摇，精神自在；山涛呼啸，不著晓风；水声潺潺，不露真迹，可谓现实版的世外桃源。

自从冯玉祥放出风声，要到泰山隐居，韩复榘就开始张罗给他寻处绝佳之地，最后选在六朝古刹普照寺。尽管冯玉祥口口声声嚷着死也不见韩复榘，但两人间的特殊感情外人根本无从体会。韩复榘一边被骂，一边勤勤恳恳地为老上司寻找着养心避世的福地。

本以为开春后冯玉祥才到，没想到春节前就有人打前站。冯玉祥到前，韩复榘专程去普照寺，把衣食住行细细安排妥当，这才放心。雪是前些日子下的，但在普照寺还似新雪，平整洁白，甚至无一处污渍痕迹，松柏的深绿与洁净的纯白相互衬托，让人瞬间神清气爽，不由深呼口气。

尽管冯玉祥拒绝见韩复榘，韩因此也在冯玉祥上山那天刻意回避，但是几天后待到络绎不绝的人员散去，韩复榘悄悄上山看老上司了。

韩复榘大有负荆请罪之意，冯玉祥虽意气难平，但对韩复榘爱恨交加、无可奈何，况且韩此时已是山东的实际控制者，他也奈何不了他。古来将者以识时务为标准，以有利于自己开疆拓土为原则，他冯玉祥又何不是如此？但面子上，冯玉祥还是放不下的。

韩复榘理解冯玉祥的心情，尽管每次来泰山都得不了好脸色，但他还是十天半月就来一次，嘘寒问暖，极尽周到之能事。冯玉祥高兴了就和他闲聊一番，不开心就闭门不见，韩复榘并不放在心上，无论他是何种态度，只管把自己的本分尽到了就是。

当葛光廷听说韩复榘要到泰山看望冯玉祥时，心里一动，也想前往探视。况且他心里揣着一份心事还未与韩复榘表达清楚，前往泰山的途中倒不失为一个极佳的时机。葛光廷表达了要去泰山的意思后，韩复榘虽没拒绝，但还是犹豫了片刻。

"如果不方便……"

"不，不，不是这个意思。实不相瞒，每次去，我都不知道能不能见到他……您也知道其间的滞碍。"

葛光廷笑笑说："韩主席与冯将军之间都是为了民族大义，并非个人恩怨，这个大家都明白。我去泰山只是为了表达对冯将军的敬意，并无他意，所以，去或不去倒也无碍。"

韩复榘怕弄巧成拙，忙说："只要葛委员长不怕吃闭门羹，去也无妨。"

葛光廷说:"那就叨扰主席。"

韩复榘也乐得与葛光廷进一步深谈,便答应了葛光廷一同前往拜会冯玉祥的请求。

尽管有心理准备,但葛光廷对于韩复榘见到冯玉祥时所表现出来的拘谨大感意外。

快要到普照寺大门口时,葛光廷就见一个身影正佝偻着身子清扫门旁的积雪,活脱脱是乡村农民形象。韩复榘示意,那人便是冯玉祥。葛光廷肃然起敬。两人下马,缓缓向寺门走去。冯玉祥显然已经感受到了韩复榘的到来,却并没有抬头去看对面一行人,只是丢开扫把,自顾进了山门。韩复榘先是一愣,接着抬手示意葛光廷等人慢行,自己紧走几步跟进了山门。葛光廷明显地感受到,两人之间虽心存嫌隙,却仍然保持着高度的默契。

葛光廷等人被请进寺内,看到左侧禅房有人把守,他们明白冯与韩一定就在其间谈事。葛光廷在另一间被辟为接待室的禅房等着,一上午很快就过去了,韩复榘仍然没有出来。其间,葛光廷出来在寺院内转了几圈,他能够感受到暗处有人在窥视着自己的一举一动,他看似看着雪景,实则心里在想着两人私下里到底在讨论何事。

葛光廷是过了午时才被人叫进禅房的。冯玉祥很热情,亲手端杯热茶,说:"没想到静岑先生也来此了。"葛光廷说:"给冯将军问安。"冯玉祥很开心,他对葛光廷的经历显然了然于心,与他聊了同盟会、广州军政府、东北易帜的诸多细节,独独避开了去年的战事,当然是韩复榘在旁的原因。

葛光廷偷眼去看韩复榘,见他正襟危坐,神情严肃。不知道这是韩复榘见到冯玉祥后的本能反应,还是一个上午两人谈了什么严肃的话题所致。其间,冯玉祥只是转头对他说了一句话:"要抽烟就抽吧!"

韩复榘忙说:"早就不抽了!"

在前几天的交往中,葛光廷知道韩复榘抽烟是很凶的,没想到在冯玉祥面前竟然恭恭敬敬得像个小学生,真乃一物降一物。葛光廷心里很感慨。

闲聊一会儿,葛光廷便适时起身告辞,毕竟对方已经与韩复榘聊了大半天。冯玉祥见状也不强留,说:"以后不要再来了,我归隐泰山,世上再无冯玉祥。"

葛光廷说:"冯将军韬光养晦,国家一旦需要自然会再度出马。"

冯玉祥摆摆手说:"那是绝无可能的。我后半生就在泰山开路修桥,种花养草了。"

葛光廷和韩复榘都赔着笑,没人把他的话当真。

韩复榘与葛光廷早就饥肠辘辘,随即用餐。冯玉祥并没有与他们共进午餐。午餐后两人到寺外涧旁散步,那里地僻人稀,二人都觉得是进一步交流的好去处。

韩复榘说:"辜负冯将军,心里有愧!"

葛光廷说:"主席有大抱负,非个人恩怨。"

韩复榘说:"拼死拼活,拼个山东主席,也是有名无实!"

葛光廷说:"此话怎讲?"

韩复榘说:"有言在先,山东的军事驻防由第三路军负责,中央每年协饷六十万。中央答应了,却只是给了个空头支票。战事善后这么多,未见拨付分文。上次您讲到军车走私的事,实在没办法,我得养活官兵。既然我自己不能出钱,就得允许他们寻一条活路,不然谁还听我指挥?"

葛光廷对此有所耳闻,也知道韩复榘屡次向中央催要军饷未果,多有不满。葛光廷判断,南京政府近年四处用兵,军费短缺是自然的事;但依眼前情形,就算国库充裕,蒋介石恐怕也不会痛痛快快向韩提供军费。让韩复榘做主席是蒋介石履行赢得战事胜利许下的诺言,其实并非心甘情愿让他来坐这个位子。战事结束后,蒋一直犹豫不决,只是碍于大局,只能兑现诺言。韩复榘洞若观火,也不客气,不但以情势相逼,让蒋兑现诺言,还开出条件,山东只能由他的第三军驻防,中央军不能进山东。蒋介石忍气吞声,答应了韩复榘的条件,但他其实一直担心韩会成尾大不掉之势,对韩百般限制。所以,协饷无非是句空话。

缺钱是韩复榘当下最大的问题。

葛光廷说:"山东有自给自足的能力,主席振兴工商业也是应有之义。"

韩复榘听罢,脸上现出一丝不快与无奈,说:"我拥有的山东都是贫瘠所在,富庶之地尽为他人所占。胶东十二县是刘珍年的,青岛是张学良的,我有一块好地?最可恶的刘珍年,所得税费只交中央,剩下自留,一分不向山东纳税。"

刘珍年是唯一一支留在山东的中央军。这是当初韩复榘与蒋介石谈判时的"遗留"问题。刘珍年本是张宗昌的部队,后为蒋介石收编,长期驻守胶东;在与韩复榘谈判驻军问题时,蒋以无处可调为由让刘暂时留守,承诺有机会再将其调离。后来，韩复榘多次与南京交涉，希望尽快调刘出鲁，但南京政府以种种理由推脱。刘珍年的存在，让韩复榘如鲠在喉，不吐不快；而南京方面却不轻易让步，明眼人一看便知是以此钳制韩复榘。

葛光廷心知肚明，但还是说："中央似有苦衷……"

韩复榘跺跺脚，不知以此驱寒，还是发泄心中怒气，说："把我逼急了，就去找日本人！"

葛光廷心里一沉，南京政府最担心韩复榘与日人勾结，但是，以刘珍年制约韩复榘的策略又很容易把韩推向日人怀抱。所以，南京政府不容易拿捏得准分寸。在韩复榘看来，南京政府既然没有诚意，他也不会一棵树吊死；所以，他一方面大力捕共，向蒋示好；另一方面又取缔反日团体，频频向日本暗送秋波。葛光廷来胶路的秘密任务很大程度上就是监视韩复榘的行动，避免韩复榘心生二意。

葛光廷凭直觉判断，尽管韩复榘极力交好日人，但他绝不会贸然与之沆瀣一气；至少现阶段没有理由也没有迹象表明韩复榘与日人有合作迹象，他的表现只不过是对付中央、平衡自己与中央关系的策略和手段，不到万不得已，韩是不会轻易和日人同流合污的。

但是，现实中韩复榘确实面临极大困难，如果出现极端情况，很难说不会有过激行为，天平也很难说不会发生倾斜。葛光廷来济南见韩前，就对此有过深入思考。现在看来，自己的判断没错，如果此时对韩施以援手，不但可以稳定韩，还能争取韩的信任。况且，无论怎样，胶路不付出点代价，韩复榘是不会善罢甘休的；与其被动，不如把好事做在前面，争取主动。

这便是葛光廷所思考的见面"大礼"。但是，要把这份见面礼舒舒服服地送出去也非易事，因为其中隐含着绝大风险，稍有不慎，将会满盘皆输，甚至自己来胶路的全部意义也将会丧失殆尽。尽管如此，葛光廷还是觉得有必要一试，瞻前顾后，不是他的性格。回顾过往，每当关键时刻，他总会表现出非凡的果敢与决绝，并且总能够从中得到愉悦与快感。这种冒险的冲动此时此刻又充盈他的全身。

葛光廷故作淡然道："主席，铁道部正考虑要在某些铁路局实行客货运费提价试点，我想争取机会，把胶路作为试点，铁路运费可提升二成，如果争取些自留政策，我想可以为主席纾困！"

初听此言平淡得很，况且在此之前韩复榘曾经听言胶路要提升客货运价的事，这让他很是不以为然。提升铁路运价，自然会加大工商业产品的成本，与发展地方经济的初衷相违背，社会各界对此已经颇有微词，葛光廷为何在此说起此话。但随即一想，全身一凛，他要为自己"纾困"，争取"自留政策"，其言外之意是什么？

韩复榘用一种惊喜的目光盯着葛光廷看了半天，葛光廷却并不与之对视，双眸直直盯着前面隐于松柏丛中的小径，面色平静，似乎刚才的话不是由他口中所出。韩复榘有些茫然，不知道是对方真的说出那一席话，还是自己一厢情愿的错觉。定神想来，自然不是无中生有。这让他突然间变得激动不已，以至于禁不住干咳了几下，像是被一口冷气呛了嗓子。他挖空心思想让葛光廷明白他对胶路给予充分的支持，最终目的无非是想让葛光廷能够心甘情愿地"掏腰包"，给他补充些军费。他本以为这是件非常棘手的事，葛光廷也一定如他的几任前任一样，以支付赎路款作为挡箭牌拒绝地方政府染指铁路事务，没想到葛光廷竟然替他考虑到了这一层。韩复榘最大限度地感受到了葛光廷的诚意，当然伴之而生的疑虑是，他为什么会如此慷慨，对于胶路来说，这可是冒天下之大不韪的事情。当然，现实容不得他考虑那么多，只要达到自己的目的，其他都是可以应付的。

韩复榘暗自感叹，葛光廷真乃俊杰，难怪为张学良赏识。

有些话是不必明说的。

给予与索取在这个寒冷的冬天碰撞，火花四溅，虽不为人所见，却在两个人的世界里惊天动地。许久，葛光廷才说："这只是我的一厢情愿，私底下还有很多事要做。"

韩复榘也不去看葛光廷，目光投到很远的地方，说："知我者，静岑兄，韩某感激不尽。"

葛光廷说："我需要先去趟南京……"

韩复榘面颊泛起深红，不知是兴奋所致，还是天冷的缘故。他说："我全力相助。"

葛光廷说："这事谁也帮不了，只有我一人出面。事情败露，光廷身败名裂！"

韩复榘点头，突然重重地挽住葛光廷的胳膊，说："走，回济南！"

泰岱之阳，群峰寂寂；于无声处，惊雷暗滚。一个绝大的阴谋勾结暗合，波谲云诡，潜于心底，隐于无形。

11

来到山东,有三个人不能不拜——一是韩复榘,一是胡若愚,一是沈鸿烈。拜完韩复榘,接下来就是胡若愚、沈鸿烈。两人都在青岛,并且因为张学良的原因,葛光廷与两人都有着特殊关系。

因为这份特殊关系,葛光廷与胡若愚的见面被安排在他的私宅。胡若愚的住宅在信号山半坡,有着极佳的视野。碧海蓝天,绿树红瓦,一览无余。胡若愚的家人不随他一起住,他的住宅也更充斥一个单身男子特有的私密味道。

葛光廷说:"好地方!"

胡若愚西装革履,哪怕是在私宅里也丝毫不马虎,公子哥派头拿捏得丝丝入扣。

他以特有的悠闲做派拿着瓶红酒走过来,听葛光廷如此说,反问:"你是说青岛,还是说我的住宅?"

葛光廷说:"有什么区别,青岛不就是你的家,你的家不就是青岛?"

胡若愚嘿嘿一笑,矫情道:"我也不知道怎么就稀里糊涂干上了这个市长;也不知为何,越干还越喜欢上了这座城市,真把这里当家了。"

胡若愚要给葛光廷倒酒,葛光廷说:"倒茶吧,喝不惯洋玩意儿。"

胡若愚说:"常喝就喜欢了,优雅是培养出来的。"

葛光廷说:"快五十了,不愿意强迫自己学优雅了。"

"好,崂山绿。本地茶,无名,却是好茶,只是不耐泡,三泡即无味。"胡若愚说。

葛光廷说:"真羡慕你,过成活神仙了。"

胡若愚得意地说:"我本就是神仙。再说,这市长也没有什么难干的,对于我来说……轻松至极。"

葛光廷本想打趣一下,听他说"轻松至极",突然间心里感到不适。能把市长干得如此轻松,靠的到底是举重若轻的本事,还是无知者无畏的"勇气"?这样的人能干好市长?

胡若愚是张学良的发小,一直鞍前马后做跟班,几乎到了寸步不离的地步。1927年北伐期间,蒋介石为争取东北易帜,不断派出吴铁成等说客争取与张学良合作。也就是在这时，吴铁成认识了胡若愚，并通过他与张学良私下交流。当时的葛光廷作为东北军高级参谋、张学良的代表参与了大大小小数不清的谈判，知悉其中内幕。南北统一后，胡若愚突然在某个日子被南京政府任命为青岛市市长，很多人不明就里，简单地认为此事肯定与张学良有关，甚至有人断定就是张学良推荐的。其实，在此之前，张学良根本就不知道南京政府对胡若愚的任命。胡若愚能够当上青岛市市长实在是有些歪打正着。因为吴铁成深知张学良与胡若愚的交情，所以南北统一后便向蒋介石建议重用胡若愚，以拉拢张学良。这才有了后来的局面。张学良听到胡若愚被任命为青岛市市长大为诧异，待他了解到内情后，极为不满，虽然是好朋友，但他是没有打算让胡若愚到青岛任这么重要的职务，甚至他压根就没打算让胡若愚从政。在他看来，胡若愚平白捡了这果子不说，反倒让人猜测是他任人唯亲；还有一层意思，那就是他还要无端地欠蒋介石一个人情。这实在是有苦难言。木已成舟，他无法拒绝或反对，只得顺水推舟。胡若愚的任命，远不是他的本意。

胡若愚见葛光廷有些走神，便不知轻重地说了一句："葛兄任胶路委员长那可是大材小用了。"

话太过直白，并且根本没考虑对方的感受。

从"轻松至极"到"大材小用"，葛光廷觉得胡市长有些不靠谱，心里别扭，却只得讪讪道："大材小用？葛某就是这样的命。"

胡若愚听出葛光廷语气中的不悦，忙转移话题，说："我看了你在济南的新闻，刚来胶路几天就这么有信心，既搞铁路沿线物产调查，又搞客运、货运保险……韩主席一定很开心，他正急着提振工商经济。"

葛光廷说："胶济路横贯山东，依山东兴，当然应当全力服务山东地方经济。"

"青岛呢？"胡若愚半开玩笑道，"胶济在青岛，第一服务对象当是青岛。"

"自然是。"葛光廷说。

"我有个好点子，可对胶路有所裨益。"

葛光廷说："愿闻其详。"

胡若愚还真为葛光廷出了个好主意。

他说："胶路应该编本旅行指南，为过往旅客提供方便，也为胶路扩大市场做宣传。"

葛光廷一时没明白过来，说："这……"

胡若愚自信地晃着手指，说："兄可派路员携摄影师分往青岛、崂山、胶州以及胶路沿线采访，把沿途风景名胜、风土人情、特产物品拍照成辑，在胶路各站及列车派发，方便旅客了解胶路沿线情况，也可让更多人知晓胶路作用，同样是提高铁路运输效益的法子。"

葛光廷听罢，顿觉耳目一新，确实是个好主意，并且可以结合铁路沿线物产调查一并进行，连说："好主意，好主意。"

气氛由此才轻松了许多。

葛光廷半揶揄半奉承道："难怪胡市长治青岛如烹小鲜，果真有点子。"

胡若愚不客气道："自然，自然。我胸中有治青岛之大规划，不知葛兄可否愿听。"

"愿闻高见。"

胡若愚开始从德占殖民洋洋洒洒说开来："……青岛发展了这么多年，旅行设施太陈旧，风景虽美，但百看也厌，我准备着手改善，你想知道我的计划吗？"他不容葛光廷回答，便指着窗外说："……我要重修老栈桥，这座栈桥是章高元修的，后来德国人做过改造，但目的都是方便装卸货物，现在……我要改变它的功能，让它成为青岛的一处最佳观景地。你看……我在这座栈桥的最端部修建一座典雅的中式亭子，成为青岛的标识，让人过目不忘……"胡若愚说得眉飞色舞，不能自持。

葛光廷觉得胡若愚的点子确实花样翻新，但不知为何，却始终消解不了心中隐隐泛起的厌烦之味。

"还有……"胡若愚继续滔滔不绝地说着，"我还要在崂山修条汽车道，能够让汽车直接开到山顶，游人可以轻松自如地欣赏崂山美景。还要开发更多景点，提升崂山知名度。崂山道士所在之处，应该让人有更大的想象空间，而不应该像现在这样破败不堪。

还有，我要修座植物园，把全世界最名贵的植物品种引到青岛，建设一座具有国际化水准的绿色生态园林，还要把世界最著名的园艺师招至青岛。想想，那将是怎样一个场面……还有，我要在青岛再开辟几个公园——高质量的公园，喷泉、雕塑，一应俱全。还有……鸽子。对，还要在青岛建座水族馆，利用青岛的临海优势，把各种不同的海洋物种收集起来，供人观赏，也作科学研究。"

葛光廷先是感兴趣地听着，也感到他的思路虽然极为飘忽，但很多想法却不失为极佳的点子，正如他所提出的编印胶路旅行指南的想法，包括修建公园、建植物园……这些当然都是开发青岛的旅游资源所必需的。他不敢小觑这位胡市长。确实，能够与张学良成为至交好友，不是浪得虚名的，没有新奇的点子和思路是不行的。葛光廷一方面对他另眼相看，但同时另外一种与之相反的想法也在滋生。在他看来，作为一市之长，不能光把思路局限在"玩"上，因为青岛面临着远比建植物园、水族馆等更重要的事情，所以越往下听却又愈发觉得不是滋味。胡若愚花花公子的心性很明显地体现在城市管理上，难怪他自己也认为，干市长很轻松，原来都是以"玩"的心态为基本原则的，如此一来，青岛还不得被他"玩"死？

由此想来，葛光廷兴致大减。非但如此，他越是像在集中精力听胡若愚讲，思路却越远离胡若愚的浅薄而去。渐渐地，他觉得胡若愚如果以这种状态管理青岛，从长远看，对青岛有百害而无一利。市长一职，关乎军国大事，抱此心态实在太过"儿戏"。

胡若愚浑然不觉，反被葛光廷的频频点头迷惑，越发滔滔不绝。就在这一刻，葛光廷有个闪念，让胡若愚离开青岛！

得意之时，霉运来时。

胡若愚万万不会想到，正是自己的得意忘形，反倒促成了对面之人要让他离开的念头。而正是这个起于偶然的念头，最终决定了胡若愚的仕途。

对葛光廷来说，如果执意去胡，也并非难事。只要说动张学良即可，并且他洞悉张学良对胡若愚就任青岛市市长的态度；所以，只要葛光廷想做，唯一需要的就是觅个合适机会向张学良加以陈述而已。

胡若愚做梦都不会想到，这位面带微笑，和他面对面坐着的人此时此刻正动着剪除自己的念头。

12

沈鸿烈和他的海军第三舰队是张学良在山东军事存在的标志，没人敢小觑；但是，这些日子他却陷入难以排解的困顿之中。

葛光廷没打招呼独自去了第三舰队司令部驻地，他本想给老友个惊喜，没想到反倒遭遇了尴尬一幕。

来到舰队司令部，值班人员告诉他司令正开会，他便在会议室旁边的小会客室坐等。会客室与会议室一墙之隔，顶部有贯通的透气孔，会议室里的动静听得一清二楚。葛光廷刚坐下，就听到对面有激烈的争吵声。

先是有人解释什么，尽管很久没见沈鸿烈，葛光廷还是听得出是他的声音。沈鸿烈虽为一介军人，却温文尔雅，不怎么大声讲话，但从此刻的声调听，他在极力压抑着内心的怒火。就在这时，突然传来一阵狂躁的怒吼，一位嗓音嘶哑的人大吼大叫起来，紧接着有挪动桌椅的声音。就连会客室的卫兵都显出紧张之色，不安地竖起耳朵听隔壁的动静。

这时，嘶哑的声音停下来，紧跟着响起七嘴八舌的争论声，很显然目标是沈鸿烈。葛光廷决定离开。如果此时与沈鸿烈谋面显然不合时宜。葛光廷起身推门，一阵寒风吹来，他趔趄几下，没想到不一会儿就变了天。这时，会议室的门突然打开，四五位海军军官怒气冲冲走出来，紧贴葛光廷而过，但对葛光廷视若不见。

葛光廷忙往旁边躲闪，他知道自己走迟了。

果然，沈鸿烈跟在后边，垂头丧气出来。

沈鸿烈看到葛光廷，先是一愣，接着惊讶地奔向前拉住他的手说："葛兄？"

葛光廷说："您好，司令！"

沈鸿烈连声道："好，好。这么多年不见了。"

葛光廷说："以后有机会天天见面了。"

沈鸿烈说："缘分！"

葛光廷跟着沈鸿烈来到二楼休息室，把门关上，葛光廷问："怎么回事？"

沈鸿烈叹气道："见笑了，凌霄他们，和我摊牌了！"

"摊牌？"葛光廷不解。

沈鸿烈说："一言难尽。家丑不可外张，好在您不是外人，我也不怕丢丑……"

葛光廷对东北海军的发展有着较深的了解。沈鸿烈毕业于日本皇家海军学校，学成回国后，一个偶然的机会结识了张作霖，得到张的赏识，授权他组建东北海军。沈鸿烈不负众望，从改装商船入手，一直把东北海军打造成拥有海圻、海琛、肇和、同安、永翔、楚豫等七艘巡洋战舰的具有强大作战能力的海军部队。1926年11月，沈鸿烈奉命率江防舰队抵达青岛，与渤海舰队合编为东北渤海舰队，并被任命为舰队副司令。1927年7月，蒋介石收编东北海军，原沈鸿烈所在青岛的舰队被改编为中华民国海军第三舰队，沈被任命为司令员。

沈鸿烈所提到的"凌霄"是东北海军元老级人物，原本是沈鸿烈的上司，只是仕途蹭蹬，混到现在，仍是海圻舰舰队长，而沈鸿烈青出于蓝而胜于蓝，升迁到了老上司前面。外间传说霄凌为人仗义，虽常发牢骚，但对沈鸿烈忠心耿耿。那么，为什么会出现眼前这种局面？

看到葛光廷一脸疑惑，沈鸿烈说："无非是待遇问题。这些人平时缺乏管束，把钱和官看得太重。"

葛光廷没听明白。

沈鸿烈解释道："也难怪他们。这也是事实。过去在东北，军费开支由地方财政列支，衣食无忧。自从来青岛后，情况大变。第三舰队的开支先是由东北军本部列销，起初勉强维持，后便捉襟见肘。编入南京序列后，境况非但没得到改善，反而愈发不堪。青岛是财政单列，不负责海军开支，官兵待遇受到极大影响。您想，如此一来，大家心气能顺？日子久了，连身边的人也蠢蠢欲动，跟着胡闹。这不，凌霄、周自成他们……大半年了，天天闹，让我找胡市长给青岛海军提供帮助。葛兄，您知道，我和胡市长同为张将军属下，虽情同手足，但这非私事，我向他张口，不是难为他吗？这不，因为年节补贴、福利没着落，他们又来闹。"

说到这里，沈鸿烈无奈摇头。

葛光廷明白了个大概。心想，军人服从命令是天职，靠找上级闹解决问题，实在是天下奇闻，也是治军大忌。他自语道："凌霄他们实在不对，怎能如此无礼？"

"唉，都是老同事，出生入死多年，我也抹不开面子。"沈鸿烈摊摊手，一副无可奈何的样子。

葛光廷说："司令视兵如子，值得称道，但治军需严，如此这般，也是麻烦事。"

沈鸿烈说："他们能把我怎样，把我杀了？谅他们没这个胆。"

葛光廷说："那倒不至于。"

沈鸿烈说:"不谈这些糟心事了,谈谈您的情况。第一次在青岛见面,就让您看笑话,还向您发了这么多牢骚,实在不该。"

葛光廷说:"谁都有不为人知的苦处。理解,理解。"

沈鸿烈说:"刚从济南回来?和韩主席谈得如何?"

葛光廷说:"在胶路谋胶路。既是为山东做事,也不过是为胶路有更好的发展环境。不过,我有一事想问。"

"何事?"

葛光廷沉吟片刻说:"最近日本舰船经常出现在黄海一带,还有官兵上岸,可有此事?"

沈鸿烈说:"确有其事。"

葛光廷问:"你们怎么对待?"

沈鸿烈说:"互不相扰。"

"那地方政府可有人与之接触?"葛光廷问。

沈鸿烈说:"想和日本人拉关系的大有人在。譬如,我们的韩主席。"

"韩主席?"葛光廷说,"沿海一带可是刘珍年的地盘。"

沈鸿烈故作神秘道:"别看刘珍年控制着烟威一带,但韩复榘的势力无孔不入。日本人越过刘珍年和韩复榘做走私生意,当然也隐藏着不为人知的政治勾当。您想,日本人难道只做生意?现在他们做梦都想做华北的'大生意',想把韩拉过去。"

葛光廷惊道:"您是猜测,还是有依据?"

沈鸿烈说:"现实如此,心知肚明,彼此默契。"

葛光廷沉默半响,说:"沈司令,有一事和您推心置腹说一下。韩与日人勾结对华北局势影响甚大,希望您多留点心,不能让他把这事做实。到时,可不好向张副司令,也不好向蒋委员长交代啊!"

沈鸿烈"噢"一声,颇有意味看一眼葛光廷,说:"您还管他们的事?"

葛光廷笑笑说:"天下兴亡,匹夫有责。"

沈鸿烈跟着一笑,他知道这位仁兄总是在关键时刻、关键事件上承担些秘密任务,虽然对他到山东的目的不得而知,但山东的事情无非就是韩与蒋在玩"跷跷板",他来这里到底干什么,大致可猜个八九不离十。

天暗下来,沈鸿烈留葛光廷吃饭。葛光廷也不客气。在海军司令部食堂吃饭,边吃边聊。

葛光廷问:"您最近见到胡市长了?"

沈鸿烈苦笑道:"我不会喝洋酒装洋腔,所以也不怎么来往了。"

葛光廷看出沈鸿烈对胡若愚抱有很大的不满。

沈鸿烈并不回避,直截了当道:"也不能怪我们这位仁兄,都是我伸手太多了,翻来覆去要接济,换作我也会烦的。"

葛光廷知道沈鸿烈还是为了军饷的事。

葛光廷说:"恕我不仁义,也说几句胡市长的坏话。他是位担好不担孬的主儿,大家一起享福可以,共担责任是万万不可能的。哎,这是位花花公子型的市长,无论怎么说,都有些对青岛不负责任。"

沈鸿烈点头,说:"你说的没错,所以哪怕凌霄他们再闹,我也不敢再向胡大市长伸手了,本就很难堪,面子上过不去。我的弟兄们打打闹闹,总还是有情分在的。再说,无论怎样,我还要在青岛市立足,后面说不定有什么要求着他,不能惹得他不开心。当然,我们也要看到胡市长的好处,除却没什么大作为、好给人脸色看、好崇尚浮夸外,倒也没大毛病,某种程度上还可以称之为好好先生。"

葛光廷不以为然地笑笑,叹口气说:"现在不是太平盛世,而是多事之秋。需要有担当的人,而不是老好人。"

沈鸿烈哈哈笑道:"一切尽在蒋委员长掌握中,我们何必操这份闲心。"

葛光廷突然又想到凌霄,他对沈鸿烈对凌霄的态度很是担忧,尽管有多年情分,但在利益面前人心会容易改变的。"您还是防着点凌霄,小心他……他们会做出对您不利的事!"

沈鸿烈一愣,哈哈一笑,说:"不必担心,我心里有数。"

两人碰杯,把酒干了。两位老熟人相遇青岛,有着一种惺惺相惜的特殊感受。

13

陆梦熊一向恃才傲物,并不怎么把人放在眼里,但此刻他的心里却有着一种非常复杂的滋味。想来混迹交通系多年,在部里、学院都有阅历,有着常人不具备的先天条件,也参与过一些大事的谋划,可谓经历过大风大浪。但现在,和葛光廷比起来,还是不得不甘拜下风。

他从不怀疑葛光廷的能力，但也始终认为，葛光廷仅仅是个谋士而已，只可动心思，不一定干成事。这可以从他败退平汉路看出，虽有张学良做靠山，最后还是黯然离开。但葛光廷的济南之行，却不能不让陆梦熊对他刮目相看。在陆梦熊看来，葛光廷与韩复榘的会面应该只是礼节性的，根本不可能收获实质性的成果。让他没想到的是，韩复榘与葛光廷似乎从一开始就达成了高度默契，非但像老友一样出现在媒体面前，还对办理客货运输保险、开展沿线经济状况调查等诸多具体问题达成一致，并迅速进入实质性推进阶段。他松了口气，知道下步胶路和以韩复榘为代表的新的山东势力有了良好的合作基础；同时，他心里像是打翻了"五味瓶"，葛光廷的能量让他有些妒意。

接下来发生的事更让他惊叹。葛光廷还没回到青岛，胶路管理局就收到山东政府办公厅的函电，函电中明确表示，所有扣留为军用的车辆悉数归还胶路，哪怕是正在以军用车辆方式运行的也统统加以查明，如果运输的是非军事物资，一律就地转交所在车站。如此一来，困扰胶路已久的车辆紧张问题迅速得以缓解，沿途煤商可以分配到更多车辆配额，加快了货物周转。更重要的改变是，所有参与军事运输的军方人员一律与胶路相关部门合署办公，如果军方有车辆需求，随时提交申请，便宜安排，因为军用车辆使用不当造成的运输秩序混乱问题得以彻底解决。

这是陆梦熊没想到的。显然，这是葛光廷与韩复榘在济南会谈的成果。

紧接着，山东省又发函表示，要与胶路管理局共同发布军人乘车管理办法，军人乘车享受必要优惠，但必须严格遵守胶路的管理，执行铁路的相关规定。

这些信息，让陆梦熊判断出葛光廷与韩复榘之间交流的深度。这些信息到达胶路时，葛光廷尚在回青岛的途中。往深里想，陆梦熊竟有些不寒而栗，难道葛光廷和韩复榘达成了什么秘密协定？韩复榘为何会做出如此不可思议的举动？那么这个秘密协定会是什么？

作为一省之主席，最为垂涎的便是胶路丰厚的利润，难道葛委员长与韩主席在此达成了……陆梦熊想到这里，禁不住摇摇头，但是思前想后，也没有找出能够让韩复榘做出如此举动的理由。

当他把所发生的一切向回到青岛的葛光廷汇报时，葛光廷虽然也感到意外，但因为有思想准备，他淡然而平静地说："韩主席还是好说话的。"

陆梦熊想试探着往下问,张张口,没有说出话来。

葛光廷带着几分调侃的味道说:"这几天我得去拜访两位'地头蛇'了,否则的话他们要见怪了。"

陆梦熊知道他说的是谁,也明白这两位虽然被葛光廷称为"地头蛇",但实际上却是葛的老朋友。

而接下来发生的一件事,更是让陆梦熊心情极为复杂,甚至心有余悸。直到他走进葛光廷办公室,要把刚刚得到的消息告诉葛光廷时,仍然有几分惊慌。

葛光廷发现了陆梦熊的异样,问:"陆委员……"

陆梦熊定定神,努力让自己保持平静,说:"刚才第三军执法处来电,说有个霸座的连长被枪毙了。"

葛光廷正在看文件,猛地抬头,惊讶地看着陆熊梦。

陆梦熊说:"开始我也没搞明白,后来才知道是前些日子在车上开枪打死人的那位连长。"

葛光廷沉默了。他来胶路后,车务处曾经给他报告过这件事,他在与韩会面时也提及此事,只是希望不要给胶路运输秩序带来太大影响。说得再轻些,无非是和韩交谈时为避免尴尬与冷场的即兴话题而已。尽管这位连长可恨,霸座不说,还打死老人,但也不至于以命相抵。

葛光廷由韩复榘的举动判断出他的良苦用心,因为有了泰山普照寺的约定,无论葛光廷提出什么条件他都会最大限度地满足。

葛光廷并不觉得这是件好事,因为如此一来,他便没有退路了。

尽管他是在深思熟虑后主动向韩复榘提出来那件事,但其间的难度他还是心知肚明的。最大的难题是——他向韩复榘表示一切都将会由他一个人来办,但实际操作起来,这几乎是不可能的。他向韩复榘说起此事时,就已经想好了一个人选,那便是陆梦熊。如果需要的话,这位对日人有着特殊情结的委员是最好不过的帮手了。在从济南回来的路上,他也一直在考虑着如何借助陆梦熊的力量完成接下来要办的事情,同时又尽最大可能不让陆梦熊插手太多。

所以,他觉得此时此刻有必要透些信息给陆梦熊,以观察他的反应。

想到这里,葛光廷示意陆梦熊坐下,摆出一副推心置腹的架势说:"胶路要想有更大发展,必须仰仗山东省政府的支持;山东的发展同样需要胶路，我们必须互助互帮才能成就大事。所以，有时候在有些事情上就得有所突破……"

突破？陆梦熊大惑不解。

葛光廷说："向方缺钱……"

陆梦熊悚然心惊，难道他与韩复榘之间的秘密协定是挪用胶路费用？这是件让人不敢想更不能说的事情，却又是每一任山东省的权力掌控者无法打消的念头。那个隐隐约约的猜测真的正确吗？陆梦熊有些不敢往下想，但觉得果真如此的话，说明葛光廷对自己是绝对信任的。

陆梦熊用一种无言表达了对这种信任的感激和不负重托之意。

葛光廷又说："我只能与兄共谋大计。过些日子，我要去趟南京，有些事情……需要最高统帅授权，否则铁道部不敢开口。"

陆梦熊这时几乎确信，葛光廷与韩复榘达成的秘密协定必与运费的挪移有关。而此事要想成功，需要打通的环节竟然在最高统帅，而非铁道部？陆梦熊对葛光廷的力量既怀疑又恐惧。他知道这件事情如果需要自己的话，不能有丝毫草率。

"委员长尽管吩咐。"陆梦熊用一种极为淡然的语气说。

葛光廷说："或许有可能要劳陆委员跑趟日本。"葛光廷本来没想把话说得如此直白，但因为有着试探陆梦熊的意思，所以还是说了。

因为胶路回归有着赎路背景，在没完成还本付息前，日人仍参与着胶路的管理，把持着车务处处长、会计总长两个关键职位，胶路客货运费的任何一点变化都会引起日人高度关注。如果要从中变通或做手脚，没有日本国内相关机构的明确交代是断难实行的。如此一来，需要有人到日本联络此事，而这个人必须是为日人所认可，同时又是自己绝对放心的。目前来看，除却陆梦熊，尚无二人。

陆梦熊点头没说话。他知兹体事大，甚至不敢轻言半句。

葛光廷之所以要选择替手到日本，除却自己无法脱身外，还有一个原因。在他看来，要争取到日人支持并非难事。尽管日本人在运费的问题上一向严控，不容许任何人染指，但从当前的政治形势分析，现在日人对韩复榘采取的是拉拢政策，如果挪用些运费而能让韩复榘倒向日本人的话，他们当然乐得其成。而对于南京政府来说，此事却绝对不是最高统帅所愿意看到的。葛光廷首先要让蒋先生明白的是，他对韩复榘在财力上的支持是点到为止的，是为了完成自己所肩负的那项不为人知的秘密任务必须付出的代价，且一切都在可控范围内。

两个人的思路上天入地，游仞八极，但话却没多说多少，一切尽在不言中。

葛光廷说："当然，有些事得慢慢来……"

这时，有人敲门，两人的话题戛然而止。

进来的是崔士杰，他手里拿份报告，见陆梦熊在，便把报告放在葛光廷桌上，说："这是延长线的初步方案，您看是否可行。"

葛光廷拿起报告瞥一眼，便说："很好，这是长远推动山东经济发展的必要措施。没想到崔委员这么快就有了思路。"

崔士杰说："委员长与韩主席的会谈这么成功，引起社会广泛反响，我自然要抓住时机，加快推进。"

崔士杰怕影响俩人谈话，便要告辞。

葛光廷说："我马上就看这份报告，抽时间先和各位委员磋商；方案完善后，我去南京作专题汇报。"

崔士杰听葛光廷这么说，也很是兴奋，他没有想到葛光廷会对胶路延长线的事如此热心。

陆梦熊也听说过延长线的事，大概意思是把胶济路由济南向西延展，过黄河达聊城、道清，最终实现与平汉路接轨。崔士杰、彭东原几位委员也曾提及此事，但只是口头说说而已，并没涉及实质性问题，陆梦熊对此也不关心，所以了解不多。听葛光廷如此说，虽然不知细节，却也明白其中的深意。

14

德占青岛后，于第二年也就是1899年开始分段修建胶济铁路，始于胶州，分五个标段。胶济铁路建设的实际管理者是位叫锡乐巴的德国人，他几乎参与了工程的勘测、设计、修建、管理全过程，到1908年才因为管理层的权力斗争而离职回国，回到德国柏林后任山东铁路董事局监事，同时兼任德国政府的中国经济咨询顾问。锡乐巴35岁来到中国，先后在德国驻北京公使馆、汉阳铁厂工作，参与过吴淞铁路、平汉铁路的勘测，山东铁路公司成立后调至青岛参与胶路建设。锡乐巴是位视野开阔、经验丰富、专业能力强的德国皇家工程师，还曾被光绪皇帝授予过二等勋章。因为有着平汉路的建设经历，他对平汉路这条横贯中国南北的大通道所具有的重要意义有着充分认识。所以，在设计修建胶济铁路初时便有长远规划，那就是修到济南后将会继续向西延展，最终实现与平汉路在某处的接轨。

但是，锡乐巴的理想并未实现。铁路修到济南后，山东铁路公司遭遇清政府内部势力的强大抵抗，不要说继续往西修，就连想与津浦铁路接轨的愿望都没实现。所以，胶济铁路西延是个老话题。但是，在萨福均、崔士杰看来，包括铁道部路政司在内也有相当多的人感到，现在的胶路已具备了西延条件，应该有所作为。韩复榘主政山东后，围绕如何提振工商业经济可谓绞尽脑汁。胶路除了开展胶路沿线的调查、开办客货保险、设立铁路问询处等举措外，暗地里又在开始谋划胶路西延的问题。

葛光廷主持会议，专门对胶路西延事宜进行研究。崔士杰简略地把西延的背景讲了，对具体步骤作了解读。总体想法是，分两段修筑，先由济南向西，借道津浦铁路黄河泺口大桥，经齐河、高唐到达临清。这一段的"卡脖子"工程还是黄河大桥。胶路尽管已经可以自由与津浦路过轨运输，管理体制上也没有德占时期的诸多限制，但毕竟两站没接轨，技术上有难度；最大的问题是，胶路一旦与津浦路共用黄河大桥，津浦路的济南至德州段就会车流过密，必然加大津浦路的成本，这不是津浦铁路局所愿见的，需要胶路管理层与津浦路管理层对接商讨，取得谅解。这是第一步。修筑完济南至临清段后，再修建由临清经威县、平乡而至顺德的线路，至此便可顺利与平汉路接轨。后一段的难题，在线路选择上，要想提高铁路建成运营后的效益，就必须保证线路能够以最佳的走向穿越物产丰富的地区。

崔士杰讲完情况，相关部门补充，规划设计思路清晰，大家都听得明白。同时，所有人也都知道这项工程的艰巨，所需资金将会是天文数字，单是前期开办费筹措起来就很难。所以，汇报完成后，大家非但没有太过兴奋，反倒陷入沉默。

每次开会，陆梦熊总在他人之后发表意见，这样既可以归纳，又可以强化自身地位。现在，他见大家不说话，便清清嗓门，先表态说："……尽管工程量大，实施难度也大，但胶路要有大发展，不能故步自封。我看过当年锡乐巴给张之洞的电报，上面就有'济无出路'四字。什么意思？胶路修到济南，不过黄河是没出路的，胶路的作用也便大打折扣。北洋乱，无力修筑；民国以降，社会稳定，加之韩主席治鲁有方，正是干这项大工程的最好时机。我的意见是，先到铁道部和有关部门沟通，马上做前期论证……"

崔士杰作为提议人，在陆梦熊讲完后，又从专业角度作了进一步说明，他知道大家最关心资金问题，修建这样一条铁路到底花多少钱？他算了一笔账："我做过粗略估算，筑路大概需要600余万元，不过还有办法压低些；这些年，胶路一直大修，自去年9月战事结束，又对桥梁做过修缮，替换下来很多旧料，可以再利用。有关部门现场勘察过，只是这一项可省200万……"

彭东原问："可否包括民工费？"

崔士杰说："包括。"

彭东原接着说："如果让韩主席通过征夫方式，或者兵工筑路，是不是可以节省些费用。"听得出，委员们对葛光廷来青岛后，胶路与山东省政府的关系相当自信。

陈延玫也表示同意。

葛光廷本想开个务虚会，没想到委员们的思考都很深入，也觉得可以顺势而为，促成此事。葛光廷说："大家的意见很好，崔委员继续做深入研究，我会在适当时机与韩主席接洽，并在近期先到铁道部汇报。"

这项议题至此便告结束。葛光廷一方面掌握了工程实施的可行性，另一方面找到了一个前往南京运作其他事项的借口。

接下来研究的是消费合作社议题。这是件棘手的事。葛光廷来胶路前，萨福均就安排人员尝试开办胶济铁路消费合作社事宜。他想采取会员制的方式，开办互惠互利的集体合作社。每名会员象征性地交纳会费，管理局加以补贴，会员可用成本价购买日用品。这是件新生事物，很多员工起初对此并不理解，好在确实是件谋福利的事，通过宣传引导，大家逐步接受，消费合作社成立起来了。但是，很快又遇到麻烦，胶路沿线很多商户联手抵制消费合作社的开办，理由是消费合作社造成了对商品出售的冲击。胶路合作社在铁路沿线设了五个分部，第一部在青岛，依次向西设胶州、高密、坊子、济南四部，经营品类包括油盐酱醋，凡生活所需无所不包。胶路有运输优势，免交通费用，再加补贴，价格自然低，由此对沿线商户的冲击也在所难免。沿线商户怨气十足，有的找关系托门路，要求实业厅出面干预。胶路交由崔士杰出面调停，但还是难以阻止商户不满。葛光廷上任后，他们再次掀起反对合作社成立的浪潮，有的到管理局寻衅滋事，有的甚至袭击沿线消费合作社分部。

这件本来十分棘手的事情，现在看来，似乎又有了解决的希望。大家心照不宣，以葛光廷与韩复榘的关系，山东省政府出面平息此事，应该不是难事。

彭东原说："人对新鲜事物总有个接受的过程，只要顶住这阵子，就挺得过去。再说，我们的货品也是向沿线商家订购的，只不过他们的利薄了些而已。"

陈延炆说："还是稳妥些好。"

陆梦熊没说什么，在这件无关轻重的事情上他决定不发表意见。

葛光廷说："下次去济南，我对韩主席讲。但是，我们也要向沿线商户做好解释，尽最大可能为商户提供便利，和他们搞好关系，也为胶路发展创造好的环境。"

这事也便这么定了。

葛光廷突然想起胡若愚提出的编制旅行指南的建议，便对崔士杰说："可以结合沿线的经济调查进行此事。"

大家都点头，异口同声地说："是个好点子。"

葛光廷说："这是胡市长的点子，不是我的主意。"

大家齐声赞叹："市长水平高。"

会议至此，全部议题便告完成。

葛光廷说："我过几天去济南与韩主席会面，然后直接到南京报告胶路西延一事，时间会长些，这段时间局务由陆委员料理，诸位多辛苦。"

大家以默然替代回答，除却陆梦熊心里明白葛光廷此行的目的外，其他人都猜测葛光廷又要到济南、南京做些什么，真的仅仅是局务上的事？

大家都感受到了葛委员长的深藏不露，却不知道真正的玄机。

15

去济南的时间和行程本已定，却突然因为一件事耽误下来。四方机车厂因为开除工人引发员工不满，有人私下联络，准备闹罢工。葛光廷有些纳闷，在他刚到任没几天时四方厂工人就曾罢工过一次。当时由陆梦熊前往处理。事后，陆梦熊给他汇报，事情是因为四方厂制定的一项新条例。条例规定：工人无故休假免发年终花红；无故休假10天开除；病假3个月停工。工人对此表示不满。加之由于六七月份所发生的战事给胶路影响较大，当年员工每人减了七成半工资花红。开始时，个别工人怠工，最后参与者愈众，竟演变成罢工。春节前后，正是胶路运输繁忙时节，罢工虽然在陆梦熊协调下得以及时解决，但还是由于进厂大修的机车不能及时完工而影响了胶路运输秩序。陆梦熊对那次罢工的基本判断是，厂长栾宝德行事颟顸，不问缘由，不做耐心解释，无端让事态扩大。

由于刚刚履职，葛光廷对此采取了"冷处理"，并未太多过问，也没有深究，希望等有机会对四方厂情况深入了解后再作进一步研判。这是积极慎重的态度，对于刚到任的葛光廷来说，也只能这么做。没想到，还没容他细作研判，此类事情再度发生。

由于行程已定，并且与韩复榘有约定，葛光廷有些迟疑，想再让陆梦熊出面处理。

陆梦熊摇头，建议他推迟济南、南京之行，观察一下四方厂的动向后再做决定。

葛光廷不解地问："我发现，四方厂的事总会让大家很紧张。安抚好他们不就是了？有合理要求答应，不合理就解释！"

陆梦熊说："正如委员长所说，一旦涉及四方厂的事，总会变得很复杂。"

"为何？"葛光廷问。

陆梦熊说："四方厂有罢工的传统，有事就撂挑子，讲条件，积习难改。"

四方机厂是德国建设胶济铁路时同步建造的一座机车组装工厂，承担着胶路机车车辆维修装配任务。可以说，胶路不可一日无"四方"。四方厂基础条件非常好，建厂之初德人就有完整的规划，基础设施、专业水平在国内铁路工厂名列前茅。1901年建厂时，建有占地面积500平方米的锅炉与机器房、两台110马力的卧式单缸蒸汽机，这些设备由柏林联合电力公司生产，到现在仍在使用；主车间设计面积达到5200多平方米，包括6台机车、4台煤水车和7条用于车辆修理的轨道，规模在国内罕见。1903年11月，四方厂建成投产；后在1912年曾进行过扩建，到1914年德人败退，机器设备已达到250余台，国内类似工厂凤毛麟角。日占时期，工厂又不断扩建。北洋政府到民国，四方厂适应发展要求，又陆续多次改造，技术装备水平不断提高。单是近年，就新建了客货车工场、木工厂，还扩建了油漆厂、第二工场的装配部、第五工场的事务室及机械部、第一工场的电石室，占地规模已达56英亩。

正是这样一座专业技术一流的工厂，自建厂以来却发生过多次重大罢工事件。1923年前后，工人不断采取罢工手段向厂方施压，最有代表性的是1925年2月的大罢工，工人三天不上班，更有甚者长达九天不上班，造成胶路全线瘫痪，新任胶路管理局局长阚铎最终被驱逐。当然，这是北洋的事。南京政府成立以来，对四方厂格外重视，工人待遇不断改善，按理说不应该再有大规模罢工。那么，四方厂的问题到底出在哪？陆梦熊的态度更是让葛光廷感到担心。为慎重起见，他最终还是推迟行程，并在陆梦熊陪同下亲自来到四方厂调研情况。

工厂的生产秩序基本正常，但多少还是能嗅到些异样味道，三三两两的工人诡异地在厂部角落徘徊，还有人在远处窥探，见葛光廷走过便匆忙躲开；葛光廷一行在栾宝德陪同下走进车间，与工人交谈时了解到一条重要信息，国民党青岛中央党部修建办公大楼，摊派建筑捐款，要求工人每人捐两天工资，引起人们的极大反感。葛光廷想，工人是挣钱过日子的，哪怕扣一分钱都会影响生活，无端损失两天工资，能不愤怒？再说，建党部大楼与工人又有何干？葛光廷竟未得到此类信息的报告。

回到厂部，葛光廷、陆梦熊和栾宝德对此作了深入交流。栾宝德谈了自己的看法，他认为这次工人闹事，包括春节前后的罢工其实是一系列问题累加的结果，新工作条例出台、扣发工资、党部大楼税摊派等，都在无形之中积累着矛盾，这些事不是四方厂自己能解决的。听得出来，栾宝德谈及此事，也是怨气十足，如何让他去做工人的工作？

同时，栾宝德的态度也验证了陆梦熊之前对他的评价，栾宝德身上明显有种惰性，无论矛盾因何而成，作为一厂之长都应当以积极态度对待，而不应该消极应付，更不能推卸责任。

葛光廷问："工作条例在胶路全线实行，为何单是四方厂有意见，闹罢工？"

栾宝德无言。在葛光廷看来，这当然是他理亏的表现；而栾宝德却觉得葛光廷对四方厂太陌生，把责任强加到四方厂是不公正的。葛光廷也感受到了栾宝德的抵触情绪，彼此心里都觉得别扭。

陆梦熊在一旁添油加醋道："这是四方厂的传统，也是他们的'优势'。人员集中，只要管理局有新政策出台总会受到非议和排斥，一言不合，便会闹事。"

栾宝德不作声。

葛光廷说："捐款之事，我觉得确实没必要。如果中央党部需要，可以由管理局统一解决。"他扭头对陆梦熊说："回去询问一下此事。"

陆梦熊点头。

栾宝德刚想说什么，又把话咽回去。

葛光廷觉察到他的反应，说："你说。"

没想到栾宝德刚才还在迁就工人，现在却说："不能轻易向工人让步，他们会得寸进尺。"

葛光廷已经看出来，栾宝德与工人的关系一定非常紧张，并且好像已形成较为尖锐的对立情绪，如果管理者与被管理者在处理问题上赌气的话，肯定不是好苗头。

葛光廷说："栾厂长，据我了解，您从建厂就在这里，一步步从基层干起，应该和工人有感情，应该设身处地替他们着想，而不应该和工人对立，能够帮工人解决的事就要尽最大可能解决才是。"

栾宝德低下头，半天才说："委员长，你说得对，没人比我对四方厂更有感情；但是，他们不是单纯的个体，而是一个团体，或者说是集体。"

葛光廷不解道："集体？"

栾宝德说："是，答应了他们这事，后面还有更多无理需求，满足不了的。再说，他们根本就不是为了解决问题，只是为了把事闹大。"

葛光廷诧异，望一眼陆梦熊。

陆梦熊没说话，默认了栾宝德的说法。

沉默片刻。陆梦熊说话了："栾厂长，这次就答应工人的要求，税不交了，管理局统一交。"

栾宝德心领神会。葛光廷亲自来工厂解决问题，总得让工人看出些诚意！

从四方机厂回来的路上，葛光廷问陆梦熊对这事的看法。陆梦熊说：

"栾厂长说得没错，工会的人被当枪使，没人敢和他们对抗，搞得太僵，说不定会有身家性命之忧。栾厂长也是能躲就躲，能推就推，不这样做又如何？也难为他。"

"难道任由他们胡闹，就没办法解决？"葛光廷问。

陆梦熊说："除非解散工会，可谁敢……"

葛光廷心里一动，或许这真的个釜底抽薪的办法！

16

葛光廷非常高调地来到济南。离开青岛前，先是与胡若愚见面，商议了每年夏节旅游旺季实行铁路客票优惠政策一事。俩人商定，凡来青岛旅游的客人均会在夏季得到二成折扣，以此促进青岛旅游业发展。俩人共同会见了记者，除谈及旅游季的优惠政策，葛光廷特别提及要到济南、南京报告路务，有记者问何路务，葛光廷故作神秘地说："别无奉告，只为促进胶路更大发展，也为了胶路更好地服务山东经济。"

到济南后，葛光廷又与韩复榘联合举行记者见面会。省府记者更刁钻，除了问铁路沿线经济状况调查、胶路将会为山东客商提供怎样的运输便利外，还刨根问底，问葛光廷为何最近如此频繁来往济南。

葛光廷以一种坦诚的姿态讲："过去胶路之所以发展慢，就因为和山东省的联系不密切，今后我来往于青岛、济南将会成为常态，有些事情需要经常向省政府报告，以求得相互沟通，协调解决，我觉得实属正常。"

有记者问："能否透露这次和韩主席商谈何事？"

葛光廷故作迟疑，然后以不得已的姿态说："……关于胶济路西延问题。"

很多人第一次听到"西延"一词，颇觉新鲜，便详细追问。葛光廷说："只是个大致意向，把胶路向西延长，一直到聊城，甚至更远。如此一来，胶路不只横贯山东全境，还将会成为横贯中国东西的大干线，对山东经济的促进作用将会大大提升。昨天，我和韩主席沟通，征得省政府支持，将到铁道部作专门汇报，尽快落实这个项目。"

记者会达到了预期效果，对下一步的事情作了铺垫，也起到了掩人耳目的作用，尽量避免外界不必要的猜测。

但招待会也有些弦外之音，尽管无碍大局，葛光廷还是心里一紧。

有记者问："葛委员长，您对胶路沿线煤商提出与鲁大公司一视同仁的问题怎么看？胶路会不会给予沿线煤商相同待遇？"

葛光廷一愣，他没想到会有人问这样的问题。

韩复榘对葛光廷瞬间的反应观察得细致，怕引起不快，便接过话题说："胶路煤炭价格有历史原因，省政府也接到过沿线煤商请求，目前实业厅正与胶路研究，最终方案会通报大家。"

韩复榘的话很平淡，但不悦之色显而易见。记者很识趣，便不再追问。

记者会结束，韩复榘在百花洲宴请葛光廷。

百花洲是济南名泉总汇，王府池子的泉水流出后，经曲水亭汇入百花洲，再由鹊华桥流进大明湖。大明湖盛着一湖泉水，千佛山倒映其中，乃济南福地。百花洲最美的季节是夏季，那时的百花洲，一洲满荷，不见水面，韵味十足。此时虽是冬季，仍别有韵味，水面已解冻，满目澄明，碧波荡漾，绕湖一周的垂柳隐隐见绿，在水面浮动，湖里柳与岸上柳互为表面，浑然一体，彼此映衬。百花村酒楼坐落在百花洲东南角，与鹊华桥折角相望，别具情趣，"村"里看桥，桥上观"村"，彼此相望，互猜心事，味道更浓。济南曾有百花村、燕喜堂、锦盛楼、德盛楼四大鲁菜馆，后来锦盛楼、德盛楼合并为汇泉楼，都是传承百年的老店，做着最地道的老济南菜，现如今百花村领衔，高出其他老店一筹。韩复榘早就告诉葛光廷，要请他吃最地道的济南菜。此处便是。

葛光廷满目美景，说："可惜，这等美景会被我辈辜负。"

韩复榘说："静岑兄文韬武略，满腹华章，自有心得。美景才华两相宜。"

两人大笑入席。

菜陆续上桌，每上一道，韩复榘必亲报菜名："葱烧海参，干烧鲫鱼……"报不上来的，便问服务生，相互打趣，开心至极。朱经古一旁笑而不语，心想，韩主席与葛光廷真是投缘，这些日子，因为胶东刘珍年之事，韩主席就没怎么开心过，葛光廷的到来让他心情大好，足以说明两人间的投缘与默契。

不一会儿，一桌正宗济南菜就齐了，葱烧海参、棒子鱼、油爆鱼片、醋椒鱼、锅塌黄鱼、奶汤元鱼、煎烹对虾、筒子鸡、八宝鸭子、芙蓉鸡片、火爆燎肉、火腿炒蒲菜、奶汤核桃肉、炒八宝辣椒、芫爆里脊丝、把子肉、黄葱烧蹄筋……眼花缭乱，让人食欲旺盛。

每上一道菜，韩复榘便与葛光廷碰次杯。韩复榘对陪酒的朱经古、张鸿烈说："谁都不准给葛委员长敬酒，今天我和委员长一对一了。"

众人都笑，便把目标转向葛光廷的随从尹援一。不一会儿，尹援一便天旋地转了。

酒桌上，韩复榘说的虽然是闲话，但又非谁都可以言及的话题，大到手下将领性格、治鲁方略，小到喜欢日妓这类事都和盘托出。趁他人让酒，韩复榘竟然附耳葛光廷说："等您从南京回来，我带您去升平街找个日妓。"葛光廷在混浊场待惯了，喜欢韩复榘的性格，尽管有利益关联，但彼此能聊到此种深度，当然不缺坦诚与信任。

葛光廷举杯算是应了。

众人尽兴而归。韩复榘脚下不稳，随从慌忙扶持，往前两步就是湖。葛光廷倒是腿脚稳健，反倒伸手搀东倒西歪的尹援一。

第二天，葛光廷乘公务车，由津浦铁路悄然去往南京。

先在总统府盘桓半日，虽等候时间长，其实要办的事只有寥寥数语，这么多天的思考无非就是几句利益攸关的话，事情比葛光廷想象得顺利。然后去铁道部，由于之前已有沟通，孙科在等他。说完重要的事，葛光廷介绍了胶路西延的想法。尽管这事在青岛、济南被极力渲染，却并非葛光廷此行的主要任务，但既然以此名目而来，又不能不谈。孙科知道葛光廷的真实用意，所以对这件附带的事也不多问，只是说："发个公函即可。"

葛光廷说："我带来报告，部长先过目，回去后正式发函。"

聊了一会儿，葛光廷起身告辞，孙科送至门口。因为之前在平汉路人选问题上孙科力主葛光廷离任，所以两人见面多少有些不自然。孙科知道葛的特殊背景，只能优礼以待。葛光廷离开后，孙科想，真是个神通广大的人物，偷梁换柱，敢截留铁路运费。但以国家最高机密下达的旨意谁敢违抗。胶路向来多事，真的是个政治角逐场，无时无刻不在上演着一幕幕活剧，也不要说什么晚清、北洋，现在更是有过之而无不及。

葛光廷知道孙科的猜疑，但这事对他来说关系重大，并且不是他个人狗苟蝇营的私事，而是以另外一种方式为国家做事。葛光廷对孙科的态度并不太在意。另外，根据他掌握的信息，孙科很可能离任铁道部部长，接替他的或许就是老熟人叶恭绰。所以，离开铁道部后，葛光廷就去拜访叶恭绰。

"静岑，听说您来南京，没想到这么快来看我。"叶恭绰很高兴。

葛光廷说："办完公事，就来拜见。"

叶恭绰请葛光廷进书房，指着墙上的一幅字，心满意足地说："这些日子又有体悟，看看如何？"

葛光廷连声道好，但心并不在字上。

葛光廷问："您真的不问政事了？"

叶恭绰说："我对待艺术和政治是一样的情怀，分不出更喜欢谁，只是什么条件、什么环境该做什么而已。现在，我最想做的就是把南京书法艺术研究院成立起来，这些日子费了不少心思。"

葛光廷说："公之情怀、境界非我等凡夫俗子可比。"

叶恭绰摆手道："官场套话，不喜欢说，也不喜欢听。如果说世外高人，还真有一位。"

叶恭绰话音刚落，就有人通报，说："炎虚大和尚到了。"

葛光廷见状想告退，叶恭绰说："正要向您引见此人。"

葛光廷知道叶恭绰喜佛，与佛界人士交往甚密，听他如此说，心里竟然一动，就跟着叶恭绰来到一间辟为佛堂的厅室。

厅室里早已坐着位大和尚，脸长古怪，透着悲凉，身高体健，挂满沧桑。这显然就是炎虚和尚了。三人见礼，叶恭绰与和尚交谈起来。葛光廷只在一旁听。听来听去，知道炎虚和尚是接受佛教大护法师朱子桥邀请，从长春启程前往西安弘法的。朱子桥曾任东北护路总司令兼哈尔滨特别行政区长官，没想到还有着佛教大护法师的身份。炎虚和尚是路过南京，专门拜会叶恭绰的。从两人交谈中，知道炎虚和尚来历非凡，几十年来先后在营口、哈尔滨、沈阳主持修建了楞严寺、极乐寺、般若寺。对此葛光廷也颇有耳闻。

此时，炎虚和尚说："这些年多以普及佛教基础为主，现在力不从心，以后精力会放在弘扬佛法上。"

叶恭绰对炎虚和尚极谦恭，听和尚如此说，忙打断他的话，说："我和大师的约定还未了，何出此言？"

炎虚和尚现出歉然之色，说："和叶居士的约定自然不敢忘，但年纪大了，心有余力不足。"

叶恭绰低头看脚，却向着炎虚和尚摆手，说："我不会放过大和尚。"说到这，抬手指着葛光廷说："这位施主可助我们一臂之力。"

葛光廷顿时一头雾水。

叶恭绰向葛光廷说明原委，原来两人几年前就约定要在青岛湛山修建一座寺庙。这次炎虚和尚来南京，叶恭绰执意留下他便是商议此事。但炎虚和尚感觉年事渐高，不胜繁剧，竟有退却之意。葛光廷听罢大概，当然力挺叶恭绰，表态道："建庙之事，不遗余力，敬请大和尚放心。"

炎虚说："如此最好。"

炎虚和尚虽如此说，用意却不坚决。

叶恭绰用尽浑身解数，做了番苦口婆心的劝说，炎虚的态度才渐渐明朗，表示会去青岛，推动湛山寺建设。

和炎虚和尚一番长谈，该说的话说了，大和尚便告辞，因接下来彼此还会有频繁的酬酢，叶也不客套。送走大和尚。叶恭绰便把修湛山寺的想法详细地给葛光廷作了介绍。"民国七年，北京佛教居士发起'戊午讲经会'，邀我参加，有幸认识炎虚，从此佛性顿悟，成为居士。五年前，我去青岛时见湛山是块风水宝地，便升出修寺念头，后在长春般若寺与炎虚见面，就把这一想法谈给他听，大和尚称赞至极。我俩约定，条件成熟后他会去青岛勘察。没想到，一直未成行。去年春天，我去青岛，觉得不抓紧筹办此事就会半途而废，便函约大和尚前往，只是因大和尚无法脱身，一直未成行，甚觉遗憾。"

葛光廷明白了叶恭绰的意思。他觉得有些蹊跷，为何自己的造访，反倒与一位佛教大师相遇，是叶恭绰的刻意安排，还是冥冥之中有缘分的注定？

葛光廷自然还不知道如何能帮得上叶恭绰，但还是先答应下来，说："无论叶公要我做什么，百分之百用力就是了。"

叶恭绰笑了，颇有意味地说："静岑，青顶之上，佛性隐现，走进佛门也是迟早的事。"

葛光廷笑而不答，有时候他也会突然觉得有些佛理与自己的思路很契合，只是每到这个时候便有种世俗的力量把他拉回来。他自知肩负的使命太重，一旦纠缠于佛理，便会分神。所以，他只能强迫自己不碰这些道理，或许等到有大块时间时，可以作深入钻研。有缘不会错过，无缘强求不得，可能现在还不是时候。

结束了与叶恭绰的会面，葛光廷当晚便乘车返回济南。

17

与从济南出发时不同,葛光廷返回济南是悄无声息的。但韩复榘与葛光廷的心态却较临行前更为兴奋。两人早已交换过信息。葛光廷停步济南后在胶济铁路饭店休息。韩复榘在不远的升平街一家叫作"田吾作"的日式餐厅安排晚餐,摒绝众人,私聊密谈。

自1904年济南开埠,胶济铁路饭店周边渐渐繁盛,客栈、商号鳞次栉比,商贸繁荣催生了服务业的发展,酒号、妓馆不甘寂寞,鱼贯而出,包括一些日妓馆、朝鲜妓馆大量出现在商埠区。有记载,民国期间就达数十家。1919年,"青岛问题"引爆国人对日本的愤怒,日商大多被迫退出济南,日妓馆随之减少。韩复榘治鲁后,对妓馆更是严格禁止,迫使多家妓馆歇业,外籍妓馆更是风催花落雨打头。现在,商埠区的日妓馆只保留三家,分别是日进、寿楼、田吾作;另外,在望平街还有家朝鲜馆,妓女不足二十人,姿色出众者鲜见。在保留下来的日妓馆中,多有政府或军方背景。三家之中,田吾作背景尤为神秘,生意也红火,酒食精致,厅堂隐秘,是狎妓饮酒的好去处,妓女也是标准日式类型,彬彬有礼,有好名声。

韩复榘喜日妓,知道葛光廷早年在日求学,断定他也会有此喜好,便把这次私密会见安排在田吾作。韩复榘派朱经古暗自布置,不让任何人参加,吩咐商家歇业。过去,也曾有过这样的情形,但大都是满足韩复榘个人雅好。这次,韩复榘还是第一次以这样一种神秘且透着邪淫意味的方式招待客人。可见其对葛光廷的诚意以及愿结私交的心情。

朱经古深感不安,提醒道:"是不是过了?"

"过了?"

朱经古说:"是啊,葛氏古怪得很!"

韩复榘噢一声,说:"讲来听听。"

朱经古说:"他不像张学良的人,倒更像蒋介石的人?"

韩复榘大感兴趣,示意他继续说。

朱经古说:"我也说不好,只是凭直觉。他在北边吃得开,南边也很吃得开。"

韩复榘说:"这没什么奇怪,他在北伐时代表张学良与蒋打对手,1930

年不是又帮蒋介石劝过张吗？"

朱经古诡秘地眨眨眼说："得防着点。"

韩复榘哈哈一笑，说："有何可防？老蒋安插在我身边的人还少吗？蒋伯诚不是？程思远不是？多一个葛光廷又何妨？我还乐得有人替我通风报信呢！"

朱经古想想也是，人与人之间无非是利用与被利用关系，关键是在具体问题处理上是否满足相互的利益诉求。葛光廷办事诚实，不管他动机如何，至少能帮韩主席化解棘手的难题，这就足矣。

葛光廷到时，韩复榘迎出来，彼此心照不宣地握握手，没有客套话，也都不去碰那件隐秘的事。

韩复榘只道一句："静岑兄，辛苦。"

葛光廷说："为兄解忧，我之所愿。"

两人心情放松。软榻细帘，和风微吹，清酒香气悠然而至，海物的腥与鲜一道扑鼻，竹门细而无声拉开，每次都有眉眼鼻的欣喜，无论是菜，是妓，让人惬意。两人喜自心底，讳莫如深的事，全靠默契。

葛光廷说："1922年，国人与日人缔结赎路条约，未完成赎路前，胶路会计长、运输处长两个核心位置由日人把持，一切财务流水账必经日人之手，所以还要打通这一关。"

韩复榘竟少见地露几份谄媚之色，道："胶路之事，静岑兄一言九鼎，自可操持。"

葛光廷说："下一步，还要与日本国内沟通，上面递下话，把持胶路的日人才会松口，否则，霸王硬上弓，极易闹出事。"说到这里，葛光廷顿一顿说："不过，正如主席所言，此事我会负责到底，不用主席操心。"末了又说一句作注解："日本的事，比南京好办。"

韩复榘听罢，先自惊喜，后觉脊背掠过一丝冷气。他实在无从揣度面前这位看似浅淡的人物到底有多大能量，能把在他看来绝大之事说得如此轻描淡写。韩复榘内心复杂，表面镇定，举杯道："一切仰仗老兄。"

葛光廷也把杯酒举高，自信满满地饮下。

韩复榘说："日本有个经济考察团在山东，过几天会到济南，我出面招待一下，和他们拉拉关系、套套近乎。"

葛光廷听罢很警觉，问："日本考察团，考察什么？"

韩复榘说:"具体我也不清楚,只是礼节性见面。"

日人对韩复榘在山东的统治高度关注,其实是有着长远打算的。韩复榘治鲁后,坚决不让中央军插足,成为山东的"土皇帝"。自打上任以来,韩复榘与南京政府时有龃龉,特别是拖欠军费一事,让韩复榘大为不满,怨气冲天,南京政府时有耳闻,却置之不理。在葛光廷看来,拖欠军费虽然有着南京政府制约韩复榘的意味,更重要的是南京方面确实捉襟见肘。所以,在南京时,葛光廷曾向蒋介石陈述过自己的看法,认为拖欠军费会引起韩的不满,物极必反,易坏大事。蒋介石口气强硬,不为所动;当然,葛光廷也是以退为进,使蒋介石认可挪用胶路运费"用于振兴山东工商经济"的呈请。

现在,韩复榘突然提及会见日人之事,或许说者无意,但葛光廷凭空又多出几分担心,他怕韩复榘忘乎所以,做出出格的事情,最后会不可收拾,坏了自己精心制订的计划不说,让蒋识破了自己的阴谋,丢了身家性命也是可能的。

当然,事情远没到那一步。葛光廷凭多年经验,认为一切还在掌控之中。此时此刻,葛光廷正编织着一个又一个圈套,在艰难的平衡掌握中设计着火中取栗的计谋。

两人聊到细处,缠绕不开,便都笑着结束了一个个心照不宣的话题。日妓歌弦响起,一段下来,微醺的韩复榘问葛光廷:"静岑兄,感受如何?"

葛光廷说:"您说音乐?我自然外行。"

韩复榘说:"静岑兄留学日本,对日妓没兴趣?"

葛光廷看看两个白粉敷脸的日妓,说:"蛮有日味。"

韩复榘哈哈大笑。

没等韩氏笑完,葛光廷突然一本正经地问:"韩主席,我想听听您对日本人的真实态度。"

韩复榘愣了片刻,说:"静岑兄,相信我。我绝不会和日本人狼狈为奸,无论到什么时候都不卖国。这是我做人的底线。别看我平日里与日人走得近,无非为了自保,只要蒋委员长不逼我,我不会做出格的事……"

葛光廷点头。

"还有一事,不知当问不当问?"

"当然!"

葛光廷小心地问:"你和刘珍年能不能和平共处?"

韩复榘当即大喝一声："当然不能。"

随即他又压低声调，但以一种恶狠狠的口吻道："您知道我为何与刘珍年不共戴天吗？"

葛光廷竖起耳朵听。

韩复榘咬牙切齿道："去年大战之际，本来我是佯退胶东，想把阎锡山的部队引向纵深，再趁机反击。没想到，退防时却遭到刘珍年部的攻击，就因为第三路军进了他的防区。刘珍年口头帮我，实则落井下石，差点置我于死地。我本来是假撤退，后来变成真撤退，如果不是阎锡山贻误战机，哪有后来的反攻，更谈不上现在能坐上主席位子。此仇不报，不足以解恨！"

葛光廷听罢，心头一紧，但心里也有了数。一山不容二虎，韩刘之间有如此深的"梁子"，疙瘩很难解开。

葛光廷赢得了韩复榘的绝对信任。升平街的日妓馆田吾作里一夜尽欢成就了一对至少表面或者说一段时间里的生死知己。

回青岛不久，葛光廷就接到韩复榘的聘书：任命葛光廷为山东省政府参事。

18

四月的济南已是热风噪噪，回到青岛依旧凉风习习，早晚都要加些衣服。葛光廷在龙江路34号的房子已收拾好，夫人沈彤连同孩子过些日子就要从南京搬来，她们对青岛向往已久，听说环海公园的日本樱花有名，期待能在樱花盛开前赶到。

葛光廷盼着家人来青岛，确认家人的行程后本应高兴，但四方厂的消息却让他提不起精神来。

葛光廷去南京的这些天，四方厂罢工之事一直没停歇，就在他回青岛前几天，罢工又掀起高潮。栾宝德已控制不了局面，陆梦熊无计可施。四方厂俨然像个火药桶，一旦处置不当，便会发生大事。

本来在委员会的月度例会上，葛光廷已宣布陆梦熊去日本参加一年一度的中日铁路运输研讨会，眼见四方厂火烧眉毛，便知无法按期成行。

面对向他请示如何处置的陆梦熊，葛光廷还是坚持让他按原计划前往日本。

陆梦熊说:"我担心局面不可收拾,毕竟委员长来的时间短,我留下来也是个帮手。昨天他们把二工厂的部分车床捣毁了。"

葛光廷说:"没什么大不了的,实在不行,让胡若愚助一臂之力。"

陆梦熊这才露出一副放心的样子,点头说:"那最好。"

毕竟,这趟日本之行他担负着特殊使命,他当然知道孰轻孰重。

果然,这天,四方厂工人把栾宝德打了,还把四方工厂花园内的一棵建厂时栽下的老槐树连根掘起,浇油引火烧了,浓烟升起,市民以为厂房着火,有人向消防局报警,鸣笛而来的消防车无端让气氛变得更为紧张。一向稳健的戴师韩也有些慌张,他对葛光廷说:"单靠胶路的力量不行,并且胶路警察署中很多人与工人有关系,大家都不愿冲在前面。"

葛光廷看局势紧张,便去找胡若愚。胡若愚正开会,与一帮专家学者研究植物园规划方案。因为局势火急,葛光廷让人转达。不一会儿,有位秘书模样的人过来说:"胡市长请您进去,一同给他的植物园提提意见。"

葛光廷一听,顿时有股无名之火直冲脑门,但不便发作,只得跟秘书模样的人走进会议室。

胡若愚没顾得与葛光廷打招呼,专心听着一位留长胡子的学者模样的人讲一种植物的特性以及这种植物对提升青岛城市景观所具有的特殊意义。葛光廷站在外围,心不在焉地听了半个时辰才告结束。

胡若愚这才转头对葛光廷说:"葛委员长,您听见大家的意见了吗?是不是有点意思?"

葛光廷下意识地点点头,没作声。

胡若愚说:"是不是对提升青岛城市品质很有助益?"

葛光廷无奈地点头:"是的。"

好不容易挨到众人散去。葛光廷才说:"胡市长……"

"什么事?"胡若愚问。

葛光廷把四方厂的情况作了简要介绍,最后说出自己的请求:"这事有些麻烦,还得请市里出动警力维持。"

没想到胡若愚竟然打趣道:"胶路有自己的警察,牛得很,怎么会找我们?"话锋一转,拍拍胸脯说:"没问题,我派警察去就是了。"

葛光廷没想到他会冷嘲热讽,不知是否之前与胶路有过节,即便如此也不该在这个火烧眉毛的时候说些不咸不淡的话。如果说,之前胡若愚的轻慢让他心升虚火，那么现在他实在有了一股怒气。

葛光廷说："请胡市长立竿见影。"

胡若愚刚才还信誓旦旦，瞬间又犹豫起来。他说："实不相瞒，其他事好办，就是四方厂的事让人头痛，很麻烦。"

葛光廷说："不管怎样，破坏公共财物，警察总要管吧？"

"话是这么说，可……"胡若愚犹犹豫豫地拿起电话，说，"王局长，四方厂的事你知道吗？"停了一会儿，又说，"……不管怎么说，市面上发生问题，还是要派人去看看。对……当然，不要太过分，吓唬一下，千万不要激起事端……对……对……"

胡若愚放下电话，对葛光廷说："安排好了，放心吧！"

葛光廷没想到胡若愚如此敷衍，气不打一处来。

胡若愚见葛光廷没作声，摆出一副懒散的架势，说："听说葛委员长前些日子去了南京？"

葛光廷也怏怏道："报告局务……谢过市长，先告退了。"

胡若愚说："好，好，您先处理急事去吧……"

警察局局长显然与胡若愚有默契，市长敷衍的态度在前，警察局也是上行下效，象征性地出动几名警察到现场处置，无非是应付了事。非但没解决实质问题，而就在警察眼皮底下，工人们还烧毁了厂里的公务车，闹到天黑才退去。

听到栾宝德的报告，葛光廷忧心忡忡。不要说谋山东、谋国家利益，单是胶路自身的事都摆不平，何谈其他！胡若愚的态度让他愤怒，也让他意识到，胶路的管理机构在青岛，如果不能取得青岛市市长支持，以后会麻烦不断。葛光廷在办公室里转圈想法子。转来转去，他再次回到了那个本能的想法上来——去除胡若愚！在他看来，胡若愚的性格脾气、个人爱好决定了他根本无法做一个合格的市长，自以为是，孤芳自赏，由着性子做事，不愿谋求与别人的共识与步调的统一，他注定不可能为胶路提供任何帮助，更别提对青岛市。他的所作所为虽然在某些人看来尚有新意，但细细想来，哗宠取众的成分更多，对青岛的长远发展肯定弊大于利。

想到这，他不自觉地想起沈鸿烈。一时想得入神……

没想到，沈鸿烈却突然上门。

沈鸿烈单刀直入，问："遇到麻烦了？"

葛光廷说:"满城风雨,路人皆知。"

沈鸿烈说:"别着急,海边转转。"

葛光廷默然与沈鸿烈走出胶路大院。大院南侧的栅栏外有条临海小路,翠柏覆径,静寂无声,两人走着,半日无语。

"大家都在说四方厂的事,看来连我们的胡大市长都不愿意引火烧身啊!"沈鸿烈带着几分调侃说。

葛光廷说叹口气说:"这本是他的职责所系。四方厂也是青岛的四方厂,他不应该置身事外。"

沈鸿烈淡淡一笑,说:"我们的胡大公子怎么会想那么多,你也不必对他寄予太高的期望。他是自己喜欢的事就干,自己不喜欢的事躲得远远的。"

"责任不能只让四方厂一个人背,四方厂的问题归根结底还是源于青岛,四方厂的不稳定也是青岛的不稳定。"葛光廷不满道。

沈鸿烈并不迁就葛光廷的观点。"道理是如此,但很多事情能够自己处理的还是自己想办法处理,靠别人,缓不济急。"

"问题是很多事情我自己无能为力。"

"您无法解决的问题,我可以帮助您解决。"沈鸿烈似乎是不经意地一说,葛光廷停了步伐,看了他半天,猜测他说这话的真实意图。

沈鸿烈半开玩笑道:"不相信我?"

葛光廷没有说话,继续往前走去。但他心里却豁然开朗起来。如果两人合作,会有诸多意想不到的便利,特别是沈鸿烈利用军方的便利条件,可以达到胡若愚所无法达到的效果。

"请现在就救我于水火。"

沈鸿烈说:"事情还没有那么严重……只要耍些小手段就够了,正常途径解决不了的问题,用非常规的方式解决。"

葛光廷一听,知道他有备而来,便问:"有何高招?"

沈鸿烈说:"不必多问,只要您默认,一切都会悄无声息地解决。"

葛光廷便不问,拱手道:"先谢过了。"

沈鸿烈说:"难怪胡市长不愿管这档子事,他也有难处。"

葛光廷笑笑,不置可否,他不愿意在沈鸿烈面前过多流露对胡若愚的不满。

两人散步到小径尽头,分手道别。

第二天，葛光廷格外关注四方厂的动态。早晨有报，说扬言闹事的工人没来，几位挑头者踪影皆无，遍寻不见。中午有人报，说挑头闹事的人回来了，有的被打得鼻青脸肿，有的被打折了腿，最严重的一位生死未卜。下午又接报，工人陆续复工……

葛光廷明白了沈鸿烈所说的非正常手段是什么。

葛光廷找来栾宝德询问情况。栾宝德对此也是不解。葛光廷暗示道："这些被打的人是不是有仇家？"栾宝德摇头。

葛光廷说："大珠山有土匪？听说经常扰民。"

栾宝德不知所以然地摇头。

葛光廷意味深长地笑笑，说："你亲自出面，慰问被打的工友；告诉他们，戴署长已带警员缉拿真凶。我们的矛盾是内部矛盾，打人者才是我们的敌人。另外，我会让总务处研究救助补贴，不能亏了工友。"

栾宝德若有所思，懵懵懂懂似乎明白了些什么。

栾宝德告辞退出。胶济铁路管理局一片静寂。

今天是周末，晚上的末班车，夫人沈彤就会带孩子来到青岛……他觉得该好好放松一下了。

19

海军司令部主楼平台被布置成餐吧，沈鸿烈傍晚时分爱在此看日落。天渐渐暗淡，粼粼波光像一条条若隐若现、似断似连的金链，在极浅的夜色浮荡；小青岛上，德国人修建的灯塔明灭相间，成为遥远大海深处船只的坐标。青岛的美在沈鸿烈看来无与伦比，每每此刻总会让他心驰神往。大海对一位海军司令来讲太过平常，但沈鸿烈却总是会陷入对大海的一往情深之中，从小时候到现在四十多岁，他仍保持着对大海难以割舍的情怀。大海是他的战场，从一名热爱大海的士兵到一名依旧深爱大海的将军，他的人生便是在深邃的大海里上演的一幕幕话剧，披荆斩棘、乘风破浪，成就了他的梦想和英名。

当年抱着一腔热血去日本，立志成为一名海军军官，却被日方分到商船学校，如果不是后来的坚持与力争，或许他的命运将会被改变。想起这段往事，他时常感喟人生的变量、难测。如果当初状况无从改变，那自己现在会是怎样？这种幼稚的念头，竟然经常出现在这位海军司令的脑海里。

葛光廷说："真是看海的好地方。"

沈鸿烈心满意足地说："我一辈子离不开大海。如果世道太平，或许会终老青岛。"

葛光廷说："多事之秋，恐怕没您享受清福的自由。"

沈鸿烈哈哈一笑，说："是啊，军人都是枕戈待旦！"

葛光廷笑了，问："凌霄怎么样，又逼您了？"

沈鸿烈叹道："还是那样，一见面就吵，懒得理他们。"

葛光廷关切道："也不是办法。"

"有什么法子？任他们闹好了！"沈鸿烈无奈中带着赌气。

长久沉默，葛光廷压低声音说——尽管平台上只有两人。"我觉得凌霄他们的意见也不是没道理。"

沈鸿烈一愣，他没想到葛光廷会有如此一说。

葛光廷说："第三舰队是中央的正规力量，如此窝窝囊囊实在让人耻笑。长此以往，总不是办法。"

沈鸿烈说："您的意思……"

葛光廷因为早有谋划，所以话说得十分果断。"既然第三舰队驻扎青岛，青岛市为舰队提供必要供给是情理中的事。"

沈鸿烈一听，沉默了。

半天，沈鸿烈才说："您的意思，让我找胡若愚……我并非没找过，但张口伸手总没面子，低三下四……再说，凡事不过三！"

葛光廷感觉出了沈鸿烈对胡若愚的不满，说："当然不是这么个做法，都是为国家利益，又不是私事，凡事总要名正言顺，争个理所当然的名分。"

"他是市长，是掌有财政实权的'地头蛇'，我不过寄人篱下，如何……"沈鸿烈说。

"所以，要彻底解决。"

"彻底解决？"沈鸿烈大惑不解。

葛光廷说："青岛的位置非常重要，必须有个强权人物主掌。现在情势下，说不准何时会发生突变，靠个花花公子管理，不行！一旦有事，别说为国出力，又如何自保？"

"您的意思……"沈鸿烈沉吟道。

葛光廷并没直说，而是对当前形势进行分析，娓娓道来，力求一步步抽丝剥茧，最终让沈鸿烈接受"匕见"的现实。

葛光廷说："现在看似平静，其实波谲云诡，变幻莫测。其他不说，单是韩复榘，就虎视眈眈。别看他现在以山东省政府主席自居，其实并不能完全控制山东，充其量只能算拥有半个山东，他所管辖之地无不贫瘠、荒凉，真正的富庶之地都被刘珍年控制着。"

沈鸿烈点头，他对此当然清楚。韩复榘在蒋冯阎三方大战后曾与蒋有过约定，山东只能由他的第三路军驻守，中央军全部撤出山东。但因为一个妥协使他坚持的原则并没有得到完全落实。这个妥协便是刘珍年的驻防。韩复榘与蒋介石谈判时，蒋以刘无移防之地为由，提出暂时让刘留守胶东，待时机成熟后再退。因为谈判的艰难，且蒋已做出巨大让步，韩复榘通盘考虑后无奈答应。现在看来，这一看似"遗留"下的问题，实则是蒋有意牵制韩复榘所为。韩对此如鲠在喉，一直引为恨。

葛光廷说："卧榻之侧，岂容他人酣睡。况且，刘珍年依仗蒋介石撑腰，不把韩复榘放在眼里，非但税不交给山东，还对韩复榘的人事任命百般抵抗，两人已到了水火不容的地步。另外……我也是最近才知道，在蒋冯阎之战时，刘珍年非但不助韩灭阎，反背后插一刀，让韩复榘引为深仇大恨。所以，我断言，韩刘必有一战，且必在眼前。如此一来，青岛如何自处？"

沈鸿烈不禁喃喃道："这……"

葛光廷说："这是山东局势。从全国局势看，山东的不稳定性更明显。青岛是张将军的势力，尽管韩复榘也认可，但韩会长期忍气吞声？只不过他现在没能力重翻旧账而已。一旦他在山东扎深了根，很难说不会有所动作。谁都明白青岛之于山东意味着什么。有青岛的山东和没青岛的山东是不一样的。如此开阔的海域蕴含着无限机遇。韩复榘比谁都明白。他一旦有能力解决这一问题，海军第三舰队很难说会受到怎样的对待……改编、驱逐，都有可能。"

沈鸿烈说："这个局面有点匪夷所思。"

葛光廷说："人无远虑，必有近忧。"

沈鸿烈陷入沉思。小青岛上的灯塔闪烁着，明灭间像是谁在眨巴着眼睛，让人猜不透夜的心事。"不要说南京，就是张将军也不会允许这种局面出现。"沈鸿烈说。

"当然，现在的力量对比使各方保持了平衡，但这种平衡并非没有被打破的可能。或许不消多久，韩的分量够了，很快就会打破这种局面。"葛光廷说。

沈鸿烈作为军人，虽说很自负，但他对曾经充任过孙中山、张学良、蒋介石智囊的葛光廷所提的意见不能不高度重视。

"这一切毕竟是自家事。看得远些，会更让人不安——我是说，与东邻的关系。仁兄不会有不同看法吧……"葛光廷说，"日人这些年一直在东北闹腾，总想惹出些事，以达到乱中取胜的目的。近年来，日人的军舰又频频出现在烟台、威海一带，他们看好了山东的位置，一定也想把此地作为侵略中国的跳板；如果他们从海上进攻山东，必先占青岛。况且，日人自1914年占领青岛后，势力一直存在，一旦有事，难免不会里应外合。"

沈鸿烈频频点头。

葛光廷的分析并未结束。他说："这只是从最简单的层面分析；试想，如果日人与韩合谋怎么办？蒋与韩如果不能共存，迫使韩与日人结盟，那将会是怎样的局面？"

沈鸿烈不禁道："太可怕了。"

葛光廷说："山东独立，日人乘虚而入，亡国的可能都有。"

沈鸿烈激愤道："真到了如此地步，自当舍生取义。"

"不，不。"葛光廷摆手道，"蒋委员长不会让事态发展到那一步，我们也应当设法阻止这种局面出现。"

"你的意思？"沈鸿烈问。

葛光廷停了半天，举起茶杯，轻啜一口，半天才说："所以，我觉得凌霄的意见从某个角度讲是正确的。要彻底解决这一问题，就不能就事而事，要从根本上入手加以解决。"

沈鸿烈："那……"

"争取青岛的行政权！"

"胡……"

沈鸿烈惊得快掉了下巴。

葛光廷说："这并非大逆不道，反倒是为国家着想。无论是张将军，还是蒋委员长都不可能把青岛的问题研究得更透彻。我们身在青岛，必须为青岛利益着想，也是为国家利益着想。沈司令是军人，是青岛的铜墙铁壁。但现在却因军费问题陷入窘境，实在不堪。只有争取到行政权，才能舒展手脚，有所作为，也才能真正筑牢屏障，这是国家之福！向东，可以挡日人；向西，会阻韩复榘与日人勾结。另外，只要您沈大司令在，张学良将军就是山东的实际控制者，韩复榘能力再大，也不敢轻举妄动，哪怕是他把刘珍年逐出山东，对青岛也不敢存非分之想，现在的局面才会巩固，各方利益才能平衡。您想想，是不是这个道理？"

沈鸿烈半天没说话，道理已说得如此透彻，他当然不会不明白；但关键是"争取行政权"是件风险极大的事，并且他一时也不知如何下手。

他喃喃道："这事……"

葛光廷明白他的心思，说："当然有困难和风险，但是……"话锋一转，他接着说："说难也难，说不难也不难。据我所知，胡若愚来青岛，并非张将军本意，所以要搬开这块石头并不难。"

"噢！"沈鸿烈见葛光廷胸有成竹的样子，目光由之前的茫然开始变得紧张而灼热；但这时，信誓旦旦的葛光廷却沉默下来。沈鸿烈复归冷静，搓着手说："我是没法子……"

葛光廷笑笑说："世上之事，总会有法子，只是您愿意不愿意做。"

"什么法子？"

葛光廷说："当然不能用常规，您不是善用非常规的做法吗？"

沈鸿烈一愣，讪笑道："见笑，见笑！小巫见大巫。"

"那我们就去一试，一切不用劳兄大驾，风险我担；是否如愿随天意，兄也不要怪……"

沈鸿烈大喜，他没想到葛光廷会有如此胆识和格局。当然，他自身没有利益所求也是不会走这一步的，而现在看来他的利益无非是获得与自己的合作以摆脱胡若愚的掣肘，而自己只需要耐心等待即可。如此"买卖"实在太划算了，求之不得。

兴奋不已的沈鸿烈喊来侍从官，让他撤了桌上的残盏剩肴，重新置办一桌海鲜美味，说："今天不醉不散了。"

葛光廷也是哈哈一笑，说："奉陪到底。"

满是阴谋的夜眨着眼，远处有轮船的鸣笛声传来。

20

陆梦熊从日本带回的消息让葛光廷既喜且忧。

他之所以孤注一掷不惜冒险挪用运费，为韩复榘提供军费，有着双重目的，一是非以此决绝手段不足以赢得韩复榘信任；二是以此试探日人对韩复榘的态度和对山东的战略。换句话说，以此检验日本人对韩复榘的"兴趣"到底有多大。

陆梦熊几乎没遇到任何阻挡就完成了任务，足以说明日人对韩复榘所寄予的期待有多大；由此判断，日人与韩复榘勾结的可能性极大。葛光廷觉得，必须提醒南京政府高度关注。

陆梦熊虽然并没有试出这件事情的深浅，但自知此事的重要程度，他既想深度介入此事，又怕处置不当会祸及自身，于是他抱着如此复杂的心情，小心翼翼地进一步试探，以求把握分寸，再进一步。

陆熊梦说："日本国内情绪高涨，举国把谋中国看作大势。"

葛光廷说："南北统一后，日本就开始惶恐了。"

陆梦熊说："日本对东三省的占领似是已箭在弦上，国内舆论渲染战争，国民蠢蠢欲动，特别是东条英机、石原莞尔等一批好战分子更是极尽所能，极力鼓动战争……还有您的同学冈村宁次，他们秘密组成天剑会、樱会、一夕会等团体，极力宣扬占领东三省。"

葛光廷说："是啊，他们早想把东三省从中国割走。"

陆梦熊说："唉，反过头来想……日本的国民精神确实让人钦佩，区区弹丸之国竟想吞并华夏，虽说不自量力，但也让人佩服他们这种明知不可为而为之的劲头。"

每每提及日本，陆梦熊的喜好之情便溢于言表，因为有日本授勋之事的冲击，他很注意自己的言行，避免再惹是非，但在葛光廷面前，他觉得非但没必要避讳，反倒因为葛光廷也多多少少抱有一些日本情节而可以更敞开谈些想法，也算是一种试探。

陆梦熊见葛光廷并不反驳，便继续说："自从我在日本受勋，多受诟病，似乎连日本的好处都不能提了。在葛委员长面前多说几句，日本还是有很多优良品质值得学习，特别是日人的进取精神，远胜我们。反观我们，自以为是，我想来实在可悲。"

葛光廷虽也有留日经历，但与陆梦熊对日的态度截然不同。以往谈及此事，他并不发表意见，那只是对陆梦熊所抱持的包容，现在见他如此说，知道不能不向他反馈些自己的看法，便淡然一笑道："这是自然，不然大家怎么都去日本学习。但文化是文化，政治是政治。文化是斯文的，政治是要撕破脸的。"

陆梦熊讪笑道："那是自然，不过人类文明进化的规律，一定是先进战胜落后。"

葛光廷对陆梦熊的论调不以为然，他看出，陆梦熊对日本处于一种谄媚的状态，难怪很多人对陆梦熊多有责难，甚至对他的所作所为极尽穷追猛打之能事，看来并非没有原因。虽然葛光廷对他所持的态度和做派也感厌烦，但陆梦熊毕竟是个不可或缺的帮手，葛光廷还是需要忍受的。一番交谈下来，陆梦熊的目的非但没有达到，反倒适得其反。葛光廷开始对他产生一分警觉。陆梦熊非可以交心之人。因为有了那份隐秘的任务，葛光廷提醒自己，必须加以小心，避免一招不慎满盘皆输。

当然，从现实需要看，葛光廷还无法找到替代陆梦熊的更好的人选。这让他十分纠结。

在当前来说，陆梦熊的作用还无人可替，甚至他对问题的敏感度也是他人无法替代的。只是他传达出来的日本国内的好战情绪这条信息，就非常珍贵，足以成为葛光廷判断大势的依据。葛光廷非常自然地想起几天前与沈鸿烈的一番长谈。如果日人一旦占领东三省，青岛在陆地上虽与之相隔千里，但走水路却是一步之遥。由大连窥烟台、青岛，伸手可得。那么，青岛会面临怎样的情势？青岛的安全防务如何布置？这都关系到国家的生死存亡。

如果日人执意拉拢韩复榘，与韩结成统一战线，山东的局面就会变得更加复杂微妙。在韩复榘与日人之间还横亘着一个刘珍年。如果韩复榘与日人达成共识，便可东西夹击刘珍年，胶东半岛不可避免会陷入混乱，刘珍年的命运可想而知。那么刘之后胶东的局面又如何？韩复榘若与日人一起乘势夹击，把张学良的势力一并逐出青岛，山东便会真正成为韩的天下，当然也很难说不是日人的天下。这种局面当然是韩复榘想要的。退一步说，韩复榘哪怕当下不谋青岛，恐怕日人也不会轻易放过从青岛进入中国的机会。青岛有能力防范日人吗？当然是螳臂当车。青岛是张学良与蒋介石两大势力的对撞地带，因为彼此权衡利益而使各方都保持了足够的容忍与谦让，青岛的防务实质上在这种谦让中极度虚弱。除却沈鸿烈的第三舰队，青岛没有任何海上力量的支持，况且沈鸿烈所统辖的舰队分布于青岛、烟台、长岛一带，军力分散，一旦有事，根本无法保证足够的作战能力。再加上官兵因薪水、待遇问题闹成"一锅粥"，何谈应对复杂局面？

想想可能出现的乱局，葛光廷感到几分恐惧。他觉得有必要向南京方面有所陈述。

谈完这个话题，陆梦熊又提到铁路运费涨价问题。无论是对胶路，还是对葛光廷来说，运费提升已不再是单纯的业务问题，而是与那件隐秘而敏感的政治问题联系在了一起，它既牵涉到与日人的关系，又牵扯到与韩复榘以及与南京政府之间的关系，一旦处理不好，不但会影响大局，还会关系到整个局面。

陆梦熊说："铁道部已放风，试探各方反应；现在看来，情况不是太好，大家对运费上涨普遍持排斥态度。"

葛光廷听了，却以一种并不太在意的口吻说："很正常，涨价必然提高成本，谁都不情愿，总有个接受过程。"

陆梦熊说："但……有个群体需要特别注意，那就是铁路沿线的煤炭运营商。胶路货运百分之六十是煤炭，涨价对他们的影响最大，一旦煤商反对涨价，抱团反对，将非常麻烦。"

葛光廷重重地点点头。在此之前，崔士杰也曾问过葛光廷运价提升的事，当时崔士杰便忧心忡忡，表达了运价提升可能给胶路沿线煤商造成的负担。当然，他和陆梦熊的心态不同，关注的重心也不同。对葛光廷来说，陆梦熊对胶路事务的处理更全面，也更有深度和宽度，对自己处理胶路事务上更有参考价值。而崔士杰虽然也有对全局利益的考量，却也不可避免地涉及自身利益，至少在某种程度上他代表了当地团体的利益。

陆梦熊见葛光廷没作声，接着说："非但如此，胶路沿线煤商里面有个特殊'人物'，会使这件事更复杂……"

"您是说，鲁大？"

陆梦熊说："是。这些天，鲁大多次派人打探消息，都让我打发回去了。我给谭书奎副处长说，没有委员会命令，谁也不得擅自对外发布相关信息。"

葛光廷肯定地说："对，你做得对，要以铁道部的正式通知为准。我们不能擅自发布信息,也没有作解释的权利。但是……铁道部征求意见函早到了,难保没人不会向煤炭业主透露风声。当然,反过来说,有这么个过程,未必不是好事,可以让煤商有个适应过程。您说得对,我们要有预案,积极应对可能发生的不测。"葛光廷想想,又说:"陆委员,这件事情对胶路来说,十分重要,也十分敏感,还要辛苦您,亲自综合各方信息,全权处理此事,确保万无一失。"

葛光廷与陆梦雄推心置腹,陆心中不由得升出一份满足,不自觉挺挺身说:"放心委员长,我一定把事办好,不出纰漏。"

葛光廷说:"好,好!"

陆梦熊说完便要退去,葛光廷突然想起另外一件事,便问:"上次去南京,见到遐庵兄(叶恭绰的号),他嘱我一事,您参谋一下,如何办。"

陆梦熊问:"何事?"

葛光廷就把叶恭绰筹建湛山寺一事向陆梦熊讲了。陆梦熊知道这是件公私兼顾的事,葛光廷与自己商量,当然是基于信任,决不能推托。虽然叶恭绰现在处于赋闲状态,且笃信佛教,并在多种场合表示不再过问政事,但以他的威望资历,南京政府还是依仗他的。最近听说,孙科要出任行政院院长,铁道部部长的接任者最大可能便是叶恭绰。

陆梦熊当然不会放过这样一个千载难逢的机会。他对葛光廷表态:"遐庵交办的事,一定竭尽全力。"

葛光廷说:"那就劳您了。"

陆梦熊说:"应该的。"

21

1919年巴黎和会上中国代表团"败走麦城",对中国发出致命一击。尽管后来经过举国力争以及国际形势的变化,以美国为首的西方列强认识到解决青岛问题的必要性,在1921年的华盛顿会议上,重把山东问题作为会议的边缘议题进行讨论,并逼迫日本将原属德国的青岛、胶路以及沿线附属设施归还中国。尽管日本不得不承诺归还青岛,但心有不甘的他们,在接下来的谈判中,却百般阻挠、横生枝节,特别是对沿线矿山的处置,日本坚持在移交后组建中日合资公司联合管理淄川、坊子和金岭镇三座矿山;而中国政府据理力争，要求自办。僵持数月，各有让步，最终才签订《中日解决山东悬案条约》，规定两国共同组建合资公司管理三座矿山，同时约定中国保持多数股份，对矿山具有实际控制权。

条约签订后，日本成立山东矿业协会，就投资山东矿山事宜展开活动。1922年8月15日，外务省内田大臣出面召集国内主要垄断资本组织，组成山东矿业会社创办委员会，由田丰治任委员长。山东矿业会社后来成为日本方面参加中日合办矿业公司的主要投资者。与此同时，北洋政府外交部也披露了与日人合办矿山的消息，国内权势人物和资本团体蠢蠢欲动，纷纷探寻筹办中方公司的可行性。在诸多竞逐团体中，以原国务总理靳云鹏为代表的势力最强大。1922年2月，靳云鹏在天津召集山东籍遗老、军阀开会，赵尔巽、吕海寰、张怀芝、王占元、柯劭忞、潘复等"大佬"们云集靳宅，正式宣告鲁大股份有限公司成立，以此与日本公司对接，商讨成立中日合资公司事宜。

当年8月，日本山东矿业会社代表田边、田中、实相寺三人来到天津，与靳云鹏的鲁大公司谈判，并最终达成协议，两家公司分别代表本国参股联合公司，鲁大中日合资公司正式成立。

从1922年成立以来，鲁大公司虽然名义上由中国控股，但日本人通过多种手段实际控制，中国人力争并写进悬案解决条约的权利名存实亡。鲁大公司法人代表靳云鹏坐镇天津，对公司事务不管不问，只享受日人奉送的干股。公司核心管理层全部为日人。八年多，鲁大公司经营着三个矿山煤炭的挖掘开采和运销，产品除供给胶路以及沿线使用外，还为京沪等地供应煤炭，另外还有很大一部分远销日本。

鲁大公司与胶济铁路关系特殊，有着很深的历史渊源。德占时期，三家矿山其实是由山东路矿公司共同经营的，铁路与矿山不分彼此。但自收回路权，路矿"一家人"的局面便分崩离析。鲁大公司成立后，如何处理矿山与铁路的关系就成为一个棘手的问题。胶路每年货运量300万吨，煤炭运量就达100万吨，占总量的三分之一；而胶路所运之煤大多属鲁大公司所产。因此，1924年8月，鲁大公司与胶济铁路管理局本着互利互惠的原则，签订协议，规定鲁大公司以优于市场价的价格向胶路提供生产、生活用煤；胶路给予鲁大公司运输上的方便和运价上的浮动，规定每年下半年运输鲁大公司煤时，运费减收1成；并且还规定，若运量达到20万吨以上，再予1成回扣，

35万吨以上时是1.5成的回扣。

……

葛光廷仔细翻阅着有关部门报送来的鲁大公司的相关资料。他已找几位委员以及各处处长了解情况，详细掌握了鲁大公司的历史沿革及当前运营情况。

长期以来，鲁大公司与胶路保持着相互理解、相互支持的关系，作为利益共同体，彼此谁也离不开谁。但是，近年来，随着煤炭市场需求量增加，煤炭价格飙升，鲁大公司越来越觉得向胶路提供的煤炭优惠太大，随即提出涨价要求。胶路也不让步，强调不能单方毁约，况且胶路在车辆配置上对煤商有制约，离开了车辆配送份额，生产再多的煤也运不出去。鲁大公司因此也不能不有所忌惮。但是，自去年以来，由于国际金价猛涨，银价剧跌，煤炭开采成本加大，矛盾更加突出。也就在葛光廷上任伊始，鲁大公司递交了一份要求减少向胶路供煤的函件。由于当时不了解其中缘由，葛光廷只是批转崔士杰阅办，便没再过问此事。

近段时间，葛光廷开始隐隐感到鲁大公司对胶路产生的影响，铁道部即将对货运提价的消息传出后，鲁大公司多次请见胶路管理层，要求商议煤炭供应及运价问题。葛光廷安排崔士杰接待，崔士杰与鲁大公司代表谈过几次后，提出由葛光廷亲自出面，他认为对方所提出的条件已远超自己的权限和能力。

正想着，铁道部特派员技正邝英杰敲门进来。鲁大公司的具体事务本由运输处承办，但由于运输处与鲁大公司之间在车辆配置上龃龉不断，有些事情已到了无法回旋的地步，所以只得安排层级更高的管理层负责全权处理。在征求崔士杰意见后，葛光廷决定由邝英杰总办此事。

葛光廷约他来，是为了了解鲁大的最新动向。

葛光廷由于翻看资料太久，有些头晕眼花，便让邝英杰口头报告。

邝英杰对整个过程非常了解，条理清楚，表达流畅，让葛光廷更容易了解其中细节。

葛光廷问："鲁大的态度对我们会产生多大影响？"

"非常大。本路用煤一直由鲁大独供，但从上年以来，鲁大以成本增加为由，提出无法按原合同全数供给，并且一下就减掉一半。虽多次与鲁大协商，最终没达成协议。"邝英杰面色凝重，沉吟片刻说："实话说，鲁大如果真的停止了全额供煤，对我们的影响实在太大，不但员工的生活会受影响，就是正常机车用煤都会严重不足，影响整个胶路运转。"

葛光廷问："没有应对措施？难道离了鲁大就无法生存？"

邝英杰想想说："是这样的，胶路离了鲁大确实就有生存危机，但鲁大离开胶路同样寸步难行。"他继续说："为以防万一，我们也先后与大昆仑、博山一带的八家小煤商谈判，包括悦升、博东等小有名气的煤炭公司，希望他们能补足缺口。但是，现在看来，哪怕是这些小煤商能提供帮助，也不会太稳定；小煤商信誉差，兑现能力弱，哪怕签了合同，也很难说能履约。另外，小煤商出产的煤质无法与鲁大煤相提并论，毕竟优质煤矿资源大都掌握在鲁大手里。"

葛光廷点头，心想，尽管如此，毕竟与小煤商合作可以缓急。

但是，邝英杰随后的话，却让葛光廷紧张起来。

"虽然我们找到些小煤商合作，本想可以解燃眉之急。但是，前些天，本来与我们签订了供煤协议的小煤商却纷纷变卦，有的以受土匪影响为借口，有的以'惊闻煤价将提'为由，表示不再与胶路合作。我们怀疑，背后有人煽风点火……"

"那是谁？"

"虽然没有调查，但也猜个八九不离十。"

"鲁大？"

邝英杰点头，说："极有可能。"

葛光廷问："鲁大方面没有一点回旋余地？"

话题又绕了回来。

邝英杰说："经过艰苦交涉，鲁大也作了让步，现在答应暂时恢复增加胶路用煤供应。除原商定每日供应块煤150吨外，再供含块煤约四成的原煤200吨，并将粉煤数量改为每年10000吨，作为补充之用，这样全年的块煤供应量就达到54000吨，原煤72000吨，粉煤10000吨，总计136000吨。但是，他们还是坚持在价格上要提高，原煤每吨四元七角，粉煤每吨三元，较原来商定的价格都高出不少。"

……

正与邝英杰谈着，陆梦熊进来。

葛光廷示意他一起探讨鲁大问题。

陆梦熊说:"错综复杂。非但鲁大对胶路有意见,沿线小煤商也对胶路有看法,他们认为胶路偏袒鲁大,使他们在市场竞争中处于不利位置,有些小煤商甚至联合起来到路局请愿,要求享受与鲁大同样的待遇。"

葛光廷说:"鲁大与本路有长久合作,小煤商如何能比?"

陆梦熊说:"道理如此,但小煤商这几年发展快,对胶路不能说没贡献,也不能忽视他们的要求,我们也在车辆配额上给予了一些倾斜。这样一来,虽然安抚了小煤商,鲁大又不乐意了。公说公有理,婆说婆有理,胶路夹在中间,两头受气。鲁大不满意,小煤商不买账。现在情况可能会发生一些新变化……"

葛光廷突然意识到陆梦熊所谓"新变化"背后潜在的凶险,颇为不安地问:"你说的新变化是?"

陆梦熊说:"鲁大和沿线煤商联合对抗胶路。"

22

就在葛光廷绞尽脑汁思忖如何应对即将到来的风暴时,胶路上下却沉浸在一种特殊的欢愉之中。

就在上年,胶路对外宣布,向社会公开招聘二十名女职员。这一消息轰动全国,京沪报纸作为新闻刊登,褒扬胶路开时代先声。除京沪等地国家机关、外商企业有录用女职员的先例外,还极少有国内企业公开招聘女员工的事情。

葛光廷到任后就听说此事,有些是正面的,也有不少闲言碎语,说胶路开放,公开"选美"。当时的委员长萨福均是位一心只问专业的人,没人会把此事与他挂钩,嘲讽的对象更多指向力主此事的陆梦熊。这事是陆梦熊操作的,从正面讲,有积极的一面;但也有人知道陆梦熊"花心",少不了存有"假公济私"之嫌。无论怎么说,都是件新鲜事。从去年下半年张罗,先后有几十名女子报名,大多来自山东周边,包括青州、济南、潍坊一带,最远者竟也有湖南、广州之地者,当然都是机缘巧合促成的。二月面试,几番淘汰,最后一轮时,葛光廷已就职,所以最后圈定入职"美女"的事需要葛光廷出面了。葛光廷本不愿在这件事上过多介入,但又怕扫大家的兴,毕竟已筹备很久,有些人很是期待,于是便到现场,逐一过目,遂确定二十名入选佳丽，成胶路第一批女职员。

四月初，被录用的女职员陆续报到。到齐后的首日，原定由葛光廷集中"训话"。但计划没有变化快，到原定的"训话"时间，葛光廷却被另外一件事羁绊，只得由陆梦熊代劳。

所羁之事正是这些天所忧之事。鲁大公司所属淄川炭矿的日本董事伊东直在中方执行董事李其源陪同下来到管理局，执意要见葛光廷。尹援一挡驾，但看到怒气冲冲的伊东直，不敢草率处置。作为胶路管理局核心人员，尹援一对这些天来山雨欲来风满楼的气氛感觉同样深刻，所以直接报告葛光廷。葛光廷当即改变议程，不再参加"训话"仪式，改为接待来访的伊东直。

伊东直显然带着一肚子气而来，见到出现在面前、满面堆笑的葛光廷，尽管脸色不好看，但并未直接发作。

伊东直说："葛委员长，恕我直言。听说胶路要提高运价两成，是否有其事？如果果真如此，鲁大公司的运价优惠政策如何调整？鲁大与胶路的合作如何继续？还请明示。"

尽管伊东直的情绪平复了很多，语气也变得委婉，但质问的口吻还是非常明显。葛光廷心想，既不能触犯这位日本人，也不能让他占了上风，便说："调整运价不是胶路的事，是铁道部的政策，之前确有这方面的意见征询，但是否实行，何时实行，实在不是胶路自己所能决定的。所以，我无法给阁下准确答复。如果真要提价，胶路也是执行者，胶路无法左右。"

伊东直说："如果运价提升二成，胶路是否对鲁大的政策有所调整？"

伊东直有些咄咄逼人。葛光廷沉着应对，说："鲁大与胶路合作多年，互惠互利，各有所补，不是鲁大施舍胶路，也不是胶路施舍鲁大。当然，两者的合作也不可能完全平衡，但这么多年的友好合作说明，彼此都要看大局、看长远，如果斤斤计较于眼前利益，很容易失去合作的基础。"

葛光廷话风很硬，一板一眼，句句在理。伊东直想反驳，却找不到合适的理由，只得说："希望胶路能考虑鲁大的现实情况，煤炭成本飞涨，鲁大已没利润；如果再涨，那就是做赔本买卖，鲁大便支撑不住，希望委员长考虑。"

葛光廷痛快道："如果有任何优惠政策，鲁大肯定优先。希望鲁大也能考虑胶路难处。鲁大毕竟是中日合办的大公司，与其他煤商不可同日而语，我们应该精诚团结，共度时艰。"

葛光廷话里有话，伊东直也听出弦外之音。沉默片刻，点头道："那是自然，那是自然。"

葛光廷与伊东直的会谈在彼此的克制、试探与谦让中结束。葛光廷送伊东直走出胶路管理局，转头碰上崔士杰。崔士杰望着伊东直的背影若有所思。

葛光廷问："崔委员没参加仪式？"

崔士杰叹气道："哪有那份闲心，这些天只是打听运价的人就应接不暇，烦不胜烦。"

葛光廷"噢"一声，说："崔委员听到些什么？"

崔士杰与葛光廷边走边聊，他直言不讳道："怨声载道。"

"崔委员怎么看？"葛光廷沉下脸问。

崔士杰不由自主地停下脚步，说："委员长不一定愿意听我的意见，但我还是想有所陈述。"

葛光廷说："好，到办公室聊。"

崔士杰说出了憋在肚子里的话，他说："委员长，运费提价的事我知道多日，对此有不同看法，之前也曾有过表达。我还是想说，提价对铁路局来讲是好事，但也是'双刃剑'，搞不好会适得其反。"

葛光廷耐心地听他讲。

崔士杰说："如果因为运价的事遭到沿线煤商抵制，不但不能提升效益，反倒有害。胶路的货运量主要是煤炭，如果煤商不能得到足够利润，就会限产限量，运量减了，利润必然下降。另外，煤商联合起来抵制，会使胶路的外部环境恶劣。胶路不能树敌太多。如果连鲁大都与胶路唱'对台戏'，情势堪忧！"

葛光廷只是点头，并未表态。

崔士杰说："还有一层意思，现在韩主席提倡振兴工商经济，要求胶路发挥带头作用。之前，委员长与韩主席对此有共识。我觉得，胶路涨价与韩主席的思路背道而驰，非但不能振兴工商经济，反倒会加大胶路沿线工商业成本，抑制发展。所以，提价之事，还请三思。"

葛光廷默然。崔士杰的态度既代表着胶路内部的不同声音，也一定程度上代表着铁路沿线煤商的利益诉求。在提升运价问题上，崔士杰的意见非常有代表性。但是，反过头来想，任何新政策的实施都是着眼于特定目的，有利也会有弊，崔士杰的意见虽然有其合理性，但是他是否是真正站在胶路的角度思考这一问题却让人存疑。这源于他的身份。无论怎样，葛光廷知道这一问题比想象的要复杂得多。

这时，有人敲门。尹援一进来，手里拿着文件夹，进门直接递到葛光廷手里，说："铁道部提高运价的文件发了。"

葛光廷没有立即打开文件，崔士杰却叹气摇头出去。

这时，窗外传来一阵嬉闹声。胶路第一批女职员入职"训话"仪式结束了，一种特殊的风情弥漫胶路管理局，与此刻葛光廷惆怅万千的心情形成鲜明对比。作为委员长，必须容纳一切，并不是所有人都像他这样时常会陷入焦虑而不能自拔，或许有很多人今晚会为某位刚入职的女职员夜不能寐，而葛光廷却注定要抗起胶路所有的烦恼……

23

五月的济南春暖花开，大明湖畔杨柳依依；湖心，画舫徜徉，千佛山倒映其间，若断若离，意韵别样。一城山色半城湖，四面荷花三面柳，正是味道最浓时。

韩复榘与葛光廷携日妓泛舟大明湖，把酒言欢。

葛光廷作为省政府参事，早成韩复榘座上客。加之彼此心知肚明却绝不能为外人所知的那件事，更使两人亲密无间，引为知己。韩复榘打心眼里对葛光廷充满感激。他了解胶路难处，特别是赎路期限迫近，葛光廷在压力巨大的情况下，仍然兑现诺言，乃言而有信的大丈夫！所以，每次葛光廷来济南，韩复榘都极尽所能陪其玩得尽兴，对葛光廷的意见建议更是到了言听计从的地步。

此刻，韩复榘见葛光廷闷闷不乐，多少猜出些个中原委，举杯说："静岑兄，需要我替您解忧？"

葛光廷直言不讳道："这次来，真是有求于您。"

韩复榘说："何言求字！"

葛光廷说："关于胶路提升运价一事，没想到会引起如此大的连锁反应，沿线煤商竟然成立联合会加以抵制。"

韩复榘对此事了然于心，知道私自挪用运费后胶路必然会随之减少收入，如果提高两成运价，尚可弥补，不显山不露水；如果没有运价提升的补充，非但暗自转移之事容易暴露，包括原定十五年还清日人赎款也会成大问题。一旦事破，无论韩复榘，还是葛光廷，将难辞其咎。

葛光廷先说了鲁大的事。韩复榘说："鲁大的问题我来解决，釜底抽薪，只要他在山东，就不能让他翻天。"

还有沿线小煤商的事。葛光廷说："这事麻烦。"

韩复榘不解，问："小煤商，也会翻天？"

葛光廷说："按理说，小煤商本不足忧，但他们一旦联合起来闹事，所造成的舆论会很大。据我了解，无论是悦升公司的丁敬臣，还是旭东公司的张又溪，都不是省油的灯。他们与全国煤商联合会有着千丝万缕的联系，串通一气，胶路会陷入被动。"

韩复榘陷入沉思，细细想来，葛光廷说的确实有道理。对鲁大公司来说，无论是胶路，还是省政府，都可以对其有所钳制；但对沿线小煤商来说，光脚的不怕穿鞋的，一旦利益受到侵害，自然会做出鱼死网破的挣扎。对待他们，不能一味压制，要把握好分寸，软硬兼施，具体情况具体对待。

韩复榘把这层意思说了。葛光廷："只要主席支持，也并非没办法。这次运价调整，铁道部本是在小范围内试点，没想到后来直接在全路推开。我们遇到的问题，其他铁路局同样会遇到，只不过胶路矛盾更突出些，我们做好应对便是。"

自打葛光廷上次在田吾作吃饭后，便喜欢上一位叫樱子的日本姑娘，现在她也被召至画舫侍候。韩复榘打趣道："静岑兄，且把这些烦恼放下，珍惜眼前时光。"

葛光廷哈哈笑了，就和韩复榘聊日本女孩，道尽日本女孩千般温柔的味道，既是葛光廷此时的真性情，也是他故意施展的一种手段，好让韩复榘对自己不设防。

酒喝得足够多，花拳也猜得尽兴。葛光廷让人把樱子姑娘送回田吾作，继续在画舫与韩复榘聊天。

"向方兄，"葛光廷道，"最近又去剿匪？"

韩复榘说："山东土匪横行，现在是我最重要的任务。"

葛光廷别有意味地说："刘珍年可不是土匪，也一块剿？"

韩复榘听罢笑了，他知道葛光廷所言何意。前些日子，他带队到潍坊一带围剿土匪刘麻子，没想到刘麻子跑到刘珍年防区，韩的部队要求刘珍年交出土匪，刘非但不配合，反给土匪提供藏身之所。一气之下，韩复榘下令攻打刘珍年部，刘部损失惨重，丢了几个县城。刘珍年气急败坏，但惧于韩军实力，不敢再与之对抗。无计可施的刘珍年向南京政府告状，南京方面当然加以偏袒，韩复榘大为不满，据理力争，很伤情面。

韩复榘说："刘珍年比土匪更可恶，我一定把他赶出山东。"

葛光廷说："这关系到中央大局，向方兄还是综合考虑利害。"

韩复榘说："解决刘珍年对我来说没任何退路。如果老蒋不允许，那我就想别的办法，看老蒋愿不愿意逼我走这步棋。"

葛光廷说："日本人？"

韩复榘说："日人待我不薄，我提什么条件，他们都会答应。但有一点，我绝不会主动投靠日本人，只要别逼我；如果把我逼急了，谁都不会有好下场。"

葛光廷只是试探韩复榘，越是这样的时候越容易窥见对方的真实想法。他知道韩复榘的打算，脚踩两只船，谁对自己有利就偏向谁，这也是蒋介石对山东的顾忌所在，也是对韩复榘委曲求全、一再忍让的深层原因。但忍让并非蒋介石的个性，到了一定程度，他还会容忍韩复榘为所欲为吗？其中变数太大。

"日人不值得信赖。"葛光廷说。

"利益关系，又有谁值得信赖。老蒋值得信赖？他把刘珍年安插在我鼻子底下，搞得我喘气都不舒服，换您不生气……"

"有些事或许非老蒋本意。"葛光廷说。

韩复榘鼻孔哼一声，没作声。

葛光廷见韩复榘不愿再谈这个话题，便问："向方兄对东三省怎么看？"

韩复榘直截了当说："早晚的事！"

早晚的事，意思是日本人早晚会占领东三省。韩复榘说："不是早就听说有个田中奏折吗？有，还是没有，并不重要，重要的是日本人已经一步步在做了。"

"依您看，日人能走到哪一步？"葛光廷问。

韩复榘沉默半晌，说："那要看张副司令的决心了。"

葛光廷反问一句:"即使他有决心,又能挡得住日人?"

韩复榘皱皱眉,没作声,只在思考。

"如果东三省有事,山东会怎样?"葛光廷问。

韩复榘说:"日本人离我们还远!"

葛光廷说:"如果日人从烟台,或者青岛上岸呢?"

韩复榘抬手搔头,喃喃道:"这个还没考虑。是啊,东三省和山东挺近。"随即,做出一副无奈的样子说:"那还是得看张副司令的决心,沈鸿烈不是在青岛吗?"

葛光廷意味深长地说:"山东问题,归根结底要看韩主席!"

韩复榘一梗脖子说:"我决心挺大,只要日本人来,坚决和他干到底,杀他个片甲不存。"

葛光廷说:"向方兄有这番决心,国人都会欣慰。"

韩复榘突然悲观道:"走一步看一步吧,谁知道日本人能给我们留多长时间,也不知道蒋委员长这步棋如何下,我韩向方在山东一天,就为山东民众谋一天福利。"他话锋一转,举杯道:"静岑兄,先解燃眉之急!最后一杯。"

"最后一杯!"

画舫驶尽,佛山影断,济南的夜色漫洇欲深,无声无物,似乎一切都不曾发生,也不曾存在。

24

胶济铁路管理局正式对社会公布铁道部饬令,自1931年5月1日起,胶济铁路客货运价一律增加两成。

消息传出,犹如引爆连环雷。鲁大先不作声,却暗中发力,以自己的影响引导舆论,诱使沿线小煤商向胶路"开火"。有的煤商冲击车站,有的破坏铁路设施,有的甚至雇人到车站谩骂员工……胶路秩序大乱。警察署长戴师韩忙得不可开交。但是,此类事件又非刑事案件,不能简单用拘捕扣押的方式处理,况且有些货主是老熟人,他们闹事无非认为价格不合理,大家心里都有本账,煤商的要求并非没有合理性,特别是有些"堆商"本就做得末梢生意,利润稀薄,运价提升,根本无法生存。所以,警察署长处理起此类问题，也只能吓唬加马虎，不敢全然当真。

当然，乱局之下也有规律。时日一长，眉目渐清，关键是鲁大搅局。戴师韩将有关情况向具体负责处理运价问题的陆梦熊汇报。陆梦熊阴着脸说："鲁大兴风作浪，小煤商才会有些胆量。"

陆梦熊向葛光廷报告，建议先教训一下鲁大。在他看来，只有打倒鲁大，才能息事宁人、扭转颓势。但是，鲁大采取退势，公开表明一切与己无关，一副受冤枉的架势，并表态只表达个体诉求，不与任何团体结盟。经过前期与胶路交涉，小煤商们越来越体会到团结的力量，并且深知胶路对结盟的担心，所以愈发对成立煤炭联合组织形成共识和自觉。悦升公司总经理丁敬臣振臂一呼，博东公司总经理朱炳昆、章丘旭东公司总经理李又溪积极响应，山东淄博章潍矿煤业联合会便在淄博成立。联合会成立后，随即向胶路发难。先是递交声明，胶路多方解释，联合会拒不认同。几番交锋，各持己见，陆梦熊以置之不理相对；联合会见状，组队到胶路管理局表达诉求，先是运输处接待，联合会的人当然不满足由部门出面的答复，总务处代表管理委员会出面，仍无法达成谅解。

面对愈演愈烈的局面，葛光廷很是不满，与陆梦熊商量对策，达成一致意见：既然鲁大退避三舍，那就来个枪打出头鸟，谁挑头打谁，那矛头自然对准领头人丁敬臣。

但想拿下丁敬臣并非易事。丁敬臣何许人也？葛光廷或许不太了解，但胶路上下无人不知。

"丁敬臣真有那么大能量？"葛光廷从陆梦熊的表情看出些许味道，不解地问。

陆梦熊说："丁敬臣是老江湖，不能不有所顾忌。德占时期，他曾是德商禅臣洋行的华商经理，以此发达。后来被悦来转运公司聘为经理。委员长对悦来公司应该有所了解，出资者都是背景极深的大人物。悦来公司专做铁路代理业务。丁敬臣执掌公司后，风生水起，盈利颇丰。后来，丁敬臣又看上煤炭行业，便转向淄博经营煤矿，先是在淄博西河村西山根、松林后开煤井，后又收买、租借斩龙剑、船盘地、桃花峪、大奎山等矿，成为淄博一带数一数二的大矿主。更让人称奇的是，他还向东莱、大陆、金城三家银行借贷90万，修建了从西河到大昆仑的窄轨铁路，既方便自己矿井运输，也为周边小矿井承运煤炭。此人善于交际，人脉甚广，军政商无孔不入，势力很大，没人敢惹。"

葛光廷听罢陆梦熊一席话，没作声。他竟一时找不到对付这些小煤商的办法。同时，他也意识到，别看现在鲁大没动作，其实真正的威胁还是鲁大。鲁大坐山观虎斗，渴望从小煤商与胶路的纠缠中渔利，并伺机窥探机会，一招制敌。

尹援一敲门进来，有些慌张地说："葛委员长、陆委员，丁敬臣带人上门了。"

葛光廷恼怒道："我去见他们。"

陆梦熊忙摆手制止，对葛光廷说："还是我去处理，不到万不得已，委员长不要露面。否则，有些事不好回旋。"

葛光廷沉默片刻，点头认可。

陆梦熊随尹援一向礼堂走去，丁敬臣一行已被安顿在此。对这种具有挑战性的场面陆梦熊内心潜伏着一种按捺不住的冲动。只是到了礼堂门口，他有些皱眉。对胶路管理局来说，这座礼堂具有某种象征意义。1912年，孙中山由北京取道青岛返回上海时，就在这座礼堂向当时的德华学堂师生做过一场精彩演讲。国父所临圣地，此时却为一片嗡嗡嘤嘤的龌龊声浪所侵扰，不能不让人心生愤怒。

陆梦熊稳定下情绪，慢条斯理走进去，所有人的目光都投向他。陆梦熊神情自若，面如止水。他向前排的丁敬臣拱拱手，这时才发现张又溪、朱炳昆等人都在，还有些面熟但叫不出名字的人，这些人平时不怎么抛头露面，现在却齐聚胶路，大有兴师问罪的架势。陆梦熊知道，如此阵势，不好应付。

作为煤商代表的丁敬臣先单刀直入，说："胶路应该对二成加价给大家个说法。"

陆梦熊立定的对策是，反复解释，决不让步。

丁敬臣一行对陆梦熊常规性的答复当然不满意。

丁敬臣说："胶路不该把涨价责任推给铁道部，铁道部是对全国来说的，其他地区的煤炭经营者不存在加价所致的困难，但胶路不一样，胶路沿线煤炭开采难度大、成本高，加二成运费便没有任何市场竞争力了。"

陆梦熊说："煤商应该从自身找原因，降低开采成本才是正途。"

一言不顺，马上有人反击。"山东煤炭地质条件如此，开掘、运输都较之其他煤矿困难，如何降低成本？胶路不顾矿业人员死活，说出这等不负责任的话来。"

陆梦熊不着急解释，他知道针锋相对会激化矛盾，最终可能无法收场。但让步绝无可能，所以谈判渐自形成没完没了的拉锯态势。

丁敬臣、朱炳昆们既然亲自出马，就不想空手而归，但他们显然也考虑到了最坏的结果。此刻，陷入僵局，恐无回旋余地。

丁敬臣举举手，示意起哄的人安静。脸色铁青地对陆梦熊说："既然陆委员一再坚持，那我们没法再谈。所以，我只能代表煤商表达最后意愿——"说到这里，他清清嗓，以此表示下面所讲的话的严肃性。他说："如果胶路不撤销二成加价，胶路沿线所有煤商将从5月21日开始休业，矿井不再出煤，这是第一；第二，我们将通过新闻媒体通电全国，将山东煤业情形及不得已休业苦衷公之于众，让全国人民评评理，看孰是孰非；第三，今天所有至此者都会作为一个整体，统一行动，为自身利益而斗争；第四，不达目的决不罢休，实在不行，去南京请愿……"

丁敬臣说的这里，礼堂鸦雀无声。

丁敬臣说："我说完了！！"

煤商们响起热烈鼓掌，有人还带头喊起号子。

煤商这一锤来的着实厉害，显然是经过精心策划的，大大出乎陆梦熊预料。但是，在喧嚣的吵闹中，陆梦熊表现出足够的沉稳与淡定。他一直板着的脸上反倒露出一丝微笑，让对手感受到一种特别刺眼的轻蔑。

陆梦熊以一种特殊的心情和方式送走了这群特殊的客人。同时，他心里也明白，没有非常对策注定无法彻底解决这轮风波。

25

煤商罢运之事，让陆梦熊心情沮丧无比，尽管面对丁敬臣等人的咄咄相逼他表现出了足够的淡定与勇气，也以自己的无畏与不屑让煤商感受到了一位经过大风大浪之人并非浪得虚名，但一旦剑拔弩张的局面消失，陆梦熊的愤怒在屈辱的情绪导引下变得不可遏制，以他清高的个性是决不能容许有人如此放肆无礼的。尽管他是在代胶济铁路管理局履责，所遇到的也只不过是千头万绪的工作中的一件麻烦事而已，但倍加珍惜自身羽毛的他还是感到遭受了少有的屈辱，这让他内心烦躁。

本来陆梦熊是往住处走的，却被后面匆匆赶上来的两个人叫停了脚步，一人是秘书室秘书隋即吾，一人是编查课课员刘仲永，再往后还跟着一位不太熟悉的人，似乎也是编查课的。陆梦熊看到他们后，突然意识到应该有些事情，但一时却想不起来。隋即吾走上前说："我们还以为陆委员早去了。"

"去……"

"您不去四方厂？"刘仲永看出他走的方向似乎不太对，又见他疑惑的神情便问。

陆梦熊恍然大悟，一个月前他们就约定要到四方机厂公园参加海滨诗社的聚会。因为煤商的事让他心绪不宁，竟把此事忘了。此次雅聚本就是他和崔士杰提议发起的，没理由不去。再说，对于诗社成员来说，这样的活动"大如天"。陆梦熊没犹豫，便转身随隋即吾、刘仲永前往四方机厂。路上知道刚才的那位他叫不上名字的人是编查科科员刘伯明。

隋即吾和陆梦熊同乘一辆黄包车。隋即吾看出陆梦熊心情不佳，猜出是煤商的事，便劝慰道："陆委员没必要往心里去，别让这些俗事影响了心情。"

陆梦熊叹道："话虽这么说，但谁来处理这事都会伤神。"

隋即吾说："那倒是。"

四方机厂公园始建于德占时期，日占时期得以继续完善，接收后又保护良好，花木扶疏，块石叠垒，亭台楼阁，俨然已成青岛盛景。因公园在四方机厂的内部，管理有序，虽近年已对外开放，但内部约束和规矩较多，少了社会市面俗气的侵袭污染，也一直为四方机厂视为禁苑，所以管理状态良好。这天，因为有崔士杰、陆梦熊两位胶济铁路管理局副委员长的莅临更是很早就禁绝外人，园子中央的亭子布置妥当，中间摆有八仙桌，杯盘水酒，瓜果花篮，一应俱全；亭两侧临轩处，左右各置长条几，摆有笔墨纸张，以待酒足饭饱后赋诗作画所用。

因为约定在一个月前，人们因长久的期待而变得情绪浓烈而不能自持。人一到，马上就热闹起来。文书课课员费磊安、公益课课员兼教育股主任何百希到得较早，而较之更早的却是到一旁遛弯的公益课司事黄叶村、营业课事务员齐星五；见有人来，他们从花影树丛间出来，远远打着招呼；庶务课课长沈仰放是个插科打诨的高手，正与审核课事务员王云谷、事务课课员周襄说着笑话……铁道部特派驻胶济铁路稽核员石福纶、文牍课课员潘世仁、计核课课员周锦来了，事务课课员王谈、工程课帮工程司胡士熙、产业课课员王筱泉算是到得晚的，肃静的四方机厂公园一下涌进来二十几位趣味相投者，气氛迅速变得热络起来。

　　崔士杰已经到了。心情郁闷的陆梦熊知道崔士杰和自己一样刚刚从相同的环境中脱身而出，便仔细观察他的情绪，见他情绪高涨，似是没有受到半点煤商事件的影响，不禁暗自叹息，心想真的是有苦难言，自己把这份费力不讨好的事情担了，反倒是崔士杰落得清闲。非但如此，在他看来，崔士杰是两头在讨好，一方面以实业厅厅长的身份让葛光廷买账于他，另一方面又以与煤商的默契避免受到对方的攻击。他是有条件两边围好人的。

　　陆梦熊见状也打起精神，不愿意让人看出他心里装不得事。相反，越是如此，越应该显出自己的满不在乎，举重若轻。

　　酒与诗不分家，只是几轮酒后，人们就开始传观崔士杰写的诗，尽管不乏献媚奉承，但凡事总得有个开局。诗局也不能免俗。况且崔士杰的诗确实让人称道。一首《海滨》是这么写的："海滨久处压蓝衫，青史名高仰李咸。预识天机增药里，思存道性买经函。在山泉水殊堪赏，避世沙鸥四不凡。漫道赤松人已没，于今犹遇到碧巘岩。"

　　大家叫好，陆梦熊也鼓掌。

　　隋即吾一旁插话说："我还是更喜欢这首——'当年唯见小渔村，美雨欧风洗旧痕。最是伤心名胜处，巍巍一塔纪忠魂。'"

　　有人附和。

　　围观了崔士杰，自然不能冷落陆梦熊。在人们的催促中，陆梦熊拿出了自己写的《腊梅》："冒雪凌风得气清，窗前疏影最先横。耐冬并列嫌红艳，秋菊经残笑素英。雅爱鹅黄葩乍放，竚看鸭绿叶将生。胆瓶沉水分枝插，满座馨香春意萦。"

　　别人都说好，独独沈仰放说："诗是好诗，就是与时令不符。"有人说："写诗不是写时令，是写心境。"陆梦熊并不在意，又拿出一首："海角晴和独后时，风犹似剪雨如丝。春衣欲试还嫌早，莫讶山城花较迟。"读完后，自己竟然也觉出些什么，因为这首诗叫《春寒》，意境如前相同。他心里还存了另外一首叫《秋声》："入耳时来飒飒声，萧森气象觉心惊。故宫日暮余蝉响，北地天高有鹤鸣。枫叶荻花添晚景，凄风残雨似无情。闭门夜读多佳兴，不计山城长短更。"果然诗如心境。

沈仰放丝毫不顾忌，"哈哈"大笑，一旁的刘仲永怕沈仰放再说出什么不合时宜的话，便抢过话题说："我来赋诗一首。'见说新掊马济碑，低徊往事费沈思。假途争道虞公误，蠢蠢忠魂纪念谁。'就叫《青岛即事》。"身边的叫齐星五跟着叫一声："我也来首《青岛即事》——'德人去后日人来，携得樱花处处栽。依旧版图归我有，满山异种向谁开。'"

齐星五的诗一出，众人静了半晌，心里默念着这首《青岛即事》，直觉当是同题材中的翘楚，恐此情此景下一时难再有与其比肩者。大家在惊叹中，静寂下来，让诗会有了一个短暂的歇息。有人喝茶，有人思索，有人作蓄势待发状，有人却显出一分莫名的愁绪……

崔士来也到一旁饮了杯茶，然后起身去往旁边一条修竹覆径的幽静处徘徊，陆梦熊一时在暗中观察着崔士杰的情绪变化，这是他的嗜好，他总是在不自觉间去观察某个人的一举一动，而他所观察的这个人一定是某个场合的核心人物，或者是在某种程度下给他的造成"威胁"或产生影响的人。这时他发现一直处于兴奋状态的崔士杰突然流露出一份孤寂与落寞，这让他感到一阵惊喜，因为他不愿意看到崔士杰能够物我两忘的超脱状态，他更愿意能够从崔所表现出来的兴奋中窥见崔的真情实感。而此刻，陆梦熊感受到这一点。这种不自觉所流露出来的情绪与他在会议室里胶着地讨论煤商问题时所流露出来的情绪是一样的。陆梦熊想，人都是感情动物，谁都无法免俗。

陆梦熊的感觉是准确的，其实煤商问题带给崔士杰心灵上的冲击远比陆梦熊大。陆梦熊只是从工作角度处理煤商诉求，无关乎情感，尽管免不了不受尊重的愤慨，但终无伤身心。对崔士杰来说，却并非如此。他纠结的事太多。他一直不敢对外讲，丁敬臣曾经代表煤商专门找过他，意在让他出面阻止葛光廷做出伤害煤商的事。在丁敬臣们看来，崔士杰兼任山东省实业厅厅长一职，自然应该为山东省的商业利益着想，给煤商说公道话是最正常不过的事情了。哪怕不求他有所维护袒护，从公平公正的角度出发也应该发表自己的意见。但身负双重角色的崔士杰却左右为难。有些话他可以说，有些话他是绝对不能说的。双重身份看似有着更大的说话的余地，其实也局限了他说话的空间。一旦哪句话不合适，就有袒护煤商之嫌，胶路管理层一定会对他产生疑心；如果让葛光廷生了戒备之心，便弄巧成拙，事更难办了。但如果不把煤商的意见表达出来，作为山东省实业厅厅长确实也有失职之嫌。崔士杰如此纠结。

陆梦熊走过来，问是不是因为煤商的事不快。崔士杰觉得应该向陆梦熊透露一下自己的心迹，平日里两个人处理起公务来小心翼翼，在有些事情上保持着井水不犯河水的原则，但有诗为"媒"，在这样的场合和环境下有所表达，或许能够争取陆梦熊的理解和支持。毕竟陆梦熊具体操持着与煤商协商的具体事务。

崔士杰叹口气，脸上却流露出一种浅淡无所谓的笑意说："我实在不愿意在这种场合下说这种俗事，这原是我们的本意，谈诗论画本就是为了躲避俗务，但现在却……感到逃无可逃。"

陆梦熊也是谦然一笑说："彼此，彼此，谁也不能免俗。"

不要说在这样的场合，平时只要不是在办公场所，崔士杰都从未与陆梦熊谈论公务，这在两人之间似是一种默契，但此刻看来要打破惯例了。

"陆委员觉得煤商的诉求有无合理成分？"

陆梦熊一愣，说："什么是合理？无非是从个人角度出发而已，我们在胶路言胶路。"

"这是原则？"

"对，大原则。"

崔士杰由此判断，两人的谈话不可更深。但想了想，觉得既然已经开了头，那还是要把该说的话尽可能说得透彻一些。

"双方都有所退让，才可有破局的可能，如此一味僵着，恐怕不是办法。"

陆梦熊说："崔委员的意思？"

崔士杰说："不能把事做到鱼死网破。"

陆梦熊沉吟片刻，没作声。

崔士杰说："博山一带的煤井偏小，形不成规模，加之博山谷地地理条件差，运输困难，成本居高不下，本来在煤炭市场就不占优势，如果再有两成浮动，确实也难。如果一味强硬，物极必反……怕……"

陆梦熊警觉道："你认为……他们真的会罢运？"

崔士杰说："我劝过他们，但真的不能调和，很难说他们不会做出极端的事。丁敬臣有自己的路子和行事方式，不得不防。"

陆梦熊听到这里，心里陡升警觉，尽管崔士杰说得言辞恳切，但很显然他与煤商之间的联络或许比自己的预料的深入多，如此便不可不防了。

两人的思路走向了两边，一边想恳请能够有所理解和通融，一边不自觉间生了更多的防备。两人之间陷入一种苍白冰冷的静默与空寂之中，心里都隐隐生出一份悔意。崔士杰觉得这些话说也白说，说了反倒不如不说；陆梦熊觉得此刻正在被策反，退也不是，进也不是。

好在刘仲永走了过来，嚷道："这么开心的时刻，两位'大人'可不能再让工作缠身。"

隋即吾也跟着过来，把两人重新拉回人群。此刻大家已从短暂的低潮中走向了一个新快乐的高潮。崔士杰被人簇拥着，又写下了一首诗："报国平生愿，才疏愧未偿。一心同旭日，两鬓起秋霜。漫羡春花艳，由来晚节香。安居如何得，贫贱也何妨。出世方而立，于今不惑年。历经三岛月，去尽五湖天。屈宋文章著，伊周史册传。行藏应有定，结网待临渊。"

众人又是一片喊好声。陆梦熊品着诗意，口里也喊好，心里却升出一分醋意。崔士杰的经历决定了他的诗品和格局，陆梦熊觉得论此他确实有所不及。

诗会散了，众人告别，崔士杰和陆梦熊两人默默走了一段路，彼此都感到有话要说，却又觉得说什么也不合适，最终什么也没说。虽然二人是海滨诗社共同的发起人，彼此还是感觉到了心中有条泾渭分明的界限。

两人各怀心事地告别。在这样一个寂静的晚上，那份曾经为他们所珍视的诗情画意在彼此的处事原则和利益追求中变得不忍卒读。

26

请愿上访的事过了几天，没再听到动静；但大家明白，于无声处听惊雷，说不定哪时就会闹出个大动静来。

葛光廷陆续得到实业部、铁道部内部人士私下通气，鲁大公司以及以丁敬臣为首的胶路沿线煤商对运价抗争的事已引起上层关注，高层人士也多有歧见，反对者、赞成者泾渭分明，言论、观点针锋相对。内部人士在传递相关信息的同时，更表达了对葛光廷的担心。大意是，尽管运价提升是全路性的政策调整，但胶路的矛盾格外突出，其他且不说，至少说明胶路在执行铁道部政策上可能出现了偏差。葛光廷对这种看法格外留意。

相关信息叠加出现，葛光廷一度考虑是否缓行。

陆梦熊不以为然。他非但没有丝毫退却的意思，反倒觉得越是局面胶着，越要咬牙坚持，坚持，再坚持。一时被动，尽管有胶路自身因素，但根源还在铁道部；基本原则没问题，全路都在执行铁道部的政策，胶济越是有问题越不能轻易让步。葛光廷比陆梦熊更急迫，二成运费提价对胶路振兴与发展实在太重要了，这个槛如果跨得过去，胶路日子就不会那么局促。否则，明的账面不好补齐，暗里的"窟窿"也容易暴露。如此一来，可能会面临更大凶险，不能不有所预备。葛光廷现在的态度是，不能强攻硬上，多绕些弯道未必不是相对意义上的捷径。

葛光廷觉得应该做陆梦熊的工作了，既要说服他尽可能减少这件事情所带来的负面影响；又不能打击他的积极性，毕竟还需要他这个"马前卒"冲锋陷阵。

陆梦熊明白葛光廷的意思，毕竟位置不同思考问题的角度和方式不同。陆梦熊自知在处理这一问题上保持一定的灵活性是必要的，不能和没见过世面的煤炭商户一般见识。但同时，他又觉得不能以丢掉铁路的颜面为代价，一味迁就煤商。

陆梦熊的工作不难做。葛光廷说服陆梦熊，再与煤商做一次深入沟通。

于是，胶路再次致电淄潍章煤业联合会，请他们派代表到胶济进一步磋商。

胶路态度的变化让煤商暗自欣喜，说明胶路可能会作出让步。联合会公推章丘旭东公司的李又溪来胶路谈判。李又溪虽然没有丁敬臣名气大，但也是以联合会主席身份来胶路的。谈判协商安排在胶路二楼小会议室。因为这次场合不同，加之人员没上次庞杂，所以陆梦熊的态度不像上次那么不卑不亢，而是主动放低身段，反复解释胶路加价的无奈与必要，承诺以后会在增加车辆配置、改进服务等方面给煤商更大方便。

抱着极大希望来的李又溪感到莫名其妙，既然胶路主动要求重开谈判，至少会有所让步；但听来听去，加价问题根本没有提及。李又溪耐着性子往下听，希望最终能听出想要的结果，遗憾的是，陆梦熊绕来绕去，无非是找理由说服他接受运价提升的现实，既无诚意，更无实质性让步。

陆梦熊说到舌弊口焦，无话可说。李又溪反问："陆委员，这些话反复说过，没有意义，也无必要。我是带着诚意来的，如果仅限于此，那就太让人失望了。"

陆梦熊听罢，深叹口气道："不是胶路没诚意，胶路一直以服务煤商为第一要务，只是上面有政策，胶路不敢擅自改动。但是，既然请大家来，当然会有个说法……经胶路研究，决定从6月份至9月份夏季这4个月里，出口煤炭运价一律减价两成，这是胶路所能做的最大让步了。"

李又溪瞪眼看了陆梦熊半天，没吱声。旁边一位煤商嚷道："夏季减两成运价，本是成规，这不是糊弄人吗？"

陆梦熊摆摆手说："新的运价规则已没有夏季加价之说，其实还是等于让利了。"

"这是胶路的最终决定？"李又溪问。

陆梦熊说："再无其他。"

李又溪一推面前的茶杯，站起身。茶水溅了一身，说："既然如此，我们算白跑一趟了。"李又溪气急败坏，扬长而去。

双方再次不欢而散。

陆梦熊除却对谈话气氛感到不快，还从与李又溪的对话中感受到一丝不安，似乎李又溪对胶路的底线非常清楚。他感到胶路高层与煤商之间可能有着某种隐秘的关系。

他把这份忧虑和担心告诉葛光廷。

葛光廷问："你的意思……"

陆梦熊说："胶路可能有内鬼……"

葛光廷知道所指内鬼为谁。这些天来，陆梦熊没断了对此的暗示，葛光廷不能轻易表态。崔士杰一直反对提高运价，他是最有可能将相关情况透露给煤商的。当崔士杰最初提出反对意见时，葛光廷一直认为他纯粹是从振兴工商业发展的角度考虑，后来才觉得，他或许并没有做到公私分明。客货加价针对所有客货运输品类，只不过煤炭行业矛盾突出而已。崔士杰在山东开有多处纱厂，大部分原材料、制成品需要通过铁路运输，加价两成自然覆盖其间，他也是受影响的群体。所以，他极力反对提高运价。但是，作为胶路核心管理层，他又不便过多提反对意见。假人之手达到自己的目的，这种概率太大了。

葛光廷没正面回应陆梦熊的质疑，明白其中的原委即可，没必要深究，如此会影响委员团结；如果真的要搞个水落石出，也需要讲究策略。所以，他只是记在心里，暗自观察。

陆梦熊见自己的暗示并无效果，也不便再往深里说。

说服煤商无果，葛光廷通过私人关系把相关情况向铁道部反馈，尽管铁道部没表态，但他认为还是非常有必要，至少可以争取到上层理解，尽量避免小道消息和心怀叵测者的恶意中伤。但时过不久，从其他铁路局得来的消息，让葛光廷轻松了许多，提高运价所带来的矛盾在各个铁路局渐次显现。

北宁铁路局与开滦煤矿因煤炭加价问题闹得不可开交。北宁铁路局公开拒运开滦矿的煤炭。与山东淄博、潍坊、章丘一带的煤相比，开滦煤受市场欢迎程度高，更为政府倚重，北宁铁路局与煤商间的对抗所带来的负面效应较胶路更严重。葛光廷还得到一条消息，铁道部部长孙科在回答实业部关于铁路客货加价问题时，讲了这样一番话："……金价上涨，铁路运输成本加大，提高运价是不得已之举，并且所增数额并没高到各商家不能接受的地步，但对弥补铁路运费却是非常必要的，同样也是体恤民生之意……"孙科还表示"国务会议已议决，通令各路一律实行，尤难变更。"

其他铁路局的反应，以及铁道部对提高运价的表态，使胶路突然从矛盾的焦点中摆脱。但在葛光廷看来，事情也因此变得更加扑朔迷离。全国煤商联合起来与铁道部作对，由此或许会成为全国性事件……

葛光廷暗自观察着形势的变化。

27

无论事态如何变化，但至少眼前的压力减少了许多。葛光廷知道，到了这一步，不能从根本上解决问题，煤商是绝无可能鸣金收兵的。所以，他一直没有停止寻找解决问题的办法。

眼看5月21日马上就到，大家怀着不同的心情，看煤业联合会罢运休业的"豪言壮语"是否真的会变成现实。

这天，葛光廷召集委员们开会，再次研究应对可能出现的糟糕局面。此前，葛光廷曾多次召集会议，但因为委员间有了猜忌，彼此都小心翼翼，不肯轻易发表意见。陆梦熊的变化最明显，不妄论煤商是非，生怕触碰到哪根敏感神经；彭东原、陈延玫更是一副置身事外的样子，话说得大而化之，无关痛痒。崔士杰感受到了大家心态上的细微变化，但他自感问心无愧，以沉默应对，很是笃定。

葛光廷只议事，不议人，况且事情虽复杂，但来龙去脉清晰，并不隐晦。但越是明了的事，越不容易决断，因为其间没有多少可以折中的余地，无非是退与不退的问题。退当然不可能。所谓讨论，无非是葛光廷想统一大家的思想，避免委员们之间顾虑猜忌，离心离德。

因为有了一份谨慎，大家的讨论变得小心而理性；不得不表达意见时，也主要从客观层面分析原因，查找症结；让人没想到的是，如此一来，反倒突然间触到了问题的本质。

葛光廷问："煤商都说，胶路的煤炭成本较国内其他矿区高，看来也是实情，为何出现这种情况？"

彭东原说："地质条件不好，开采难度大呗。"

陈延玟也附和。

葛光廷让崔士杰谈谈看法。

崔士杰说："淄博煤矿大多是小矿，一个矿主往往同时经营多个矿井，矿区距离远，产量低，机械化程度不高，人拉肩扛，再加上事故不断，成本当然高。经营不善，更是拉高成本。"

葛光廷有所顿悟，脱口道："就是说，造成煤商经营成本高的原因并不在胶路，而在煤商自身。"

崔士杰一愣，不再说什么。

说者无意，听者有心。崔士杰的话，让葛光廷突然间得出了另外的结论。

一旁没怎么说话的陆梦熊也从崔士杰的话里听出些窍门，这让他有些激动，因为这确实是找到了为胶路开脱责任的理由。

陆梦熊喃喃道："胶路运送成本是每吨公里八厘四毫，由大昆仑、博山一带运到大港，每吨加价两成，也不过两元九角二分，胶路还是亏本？亏多少……"

彭东原接过话说："亏九分多。"

陆梦熊面向彭东原，说话的语调却像是对着煤商。"胶路本就亏本运输，哪怕加价两成还在止亏线以下，所以鲁煤成本高，责不再胶路，反倒是胶路这些年为煤商做了大贡献，现在回馈些利润又有何不可？那么煤商成本高的主要原因——"

彭东原说："关键是矿区与到站间的运费高，各个矿区之间主要靠原始工具运输，有的大矿修了轻便铁路，但收费太高；还有一点，就是青岛港码头捐费高。"

彭东原平时不怎么发表意见，但他的这番话却正中要害，让葛光廷突然心里亮堂起来。

葛光廷频频点头。崔士杰却暗自低下头，没想到自己无意中的一句话，竟让大家找到了一个打击煤商的思路和方式。崔士杰表面淡然，心里却十分沮丧。

陆梦熊略显兴奋道："是啊，这才是问题的症结所在。这么说，我想起前些日子运输处报送的一份材料，淄博一带的轻便铁路运费远高于胶路运费，博山的轻便铁路全长不过十六华里，而运费却是每吨一元五角至一元七角不等；西昆铁路全长仅十四公里，好像所收运费更是远高于此。如果没记错的话，西昆铁路就是丁敬臣所经营的吧？"

彭东原与陈延玫两人同时点头。

陆梦熊说："这就怪了，这些人不是煤商吗？怎么经营起铁路运输来了，不正是他们自己把成本拉高了吗？为何反过头来怪罪胶路。他们是两头赚啊！"

陈延玫说："确实如此。有些煤商的轻便铁路修到了胶路车站旁边，但就是不与胶路接轨，怕被抢了利润。如果实现了与胶路的接轨，煤商的成本马上就会降下来。"

彭东原说："这个账得和他们算明白才是。"

葛光廷醍醐灌顶。他想，这确实是咄咄怪事。煤商的主业是挖煤，现在有的煤商既挖煤，又经营轻便铁路，看似煤炭业务挣得少，但利用垄断的轻便铁路反倒盈利更大。如此一来，本身就挤占了胶路利润，反倒振振有词。想到此，葛光廷有些气愤，但却面无表情，只在心里盘算。

陆梦熊说："准确说，煤矿业主修建轻便铁路只能用于自身运输，不应以盈利为目的，而现在的煤商大都看到了其中的利润，私下做起运输生意，这不能容忍。就说那位丁敬臣吧，口口声声为煤商争利益，其实只是幌子，他为何不让自己的轻便铁路降价？"

葛光廷突然想起一事："前些日子，有位叫马官和的人递来一个函件，要求延长轻便铁路，我看了他提报的路线图，似乎线路走向与博山支线完全重叠。我正想问一下，如此一来，不是在和我们争食吗？"

彭东原说："马官和从七八年前就开始规划建造轻便铁路，他所拥有的轻便铁路已有二十余公里，分别在红门、山头、二亩圹、马家堰、八陡设了六个车站。他现在计划向东延伸到一个叫白谷囤的地方，那里有他新开的矿……"

陆梦熊说："此风不刹，胶路举步维艰。"

说到这里，大家突然意识到，今天会议收获的胜过任何一次，大家最初的谨慎也早被抛至九霄云外，不约而同地陷入对磋商成果的兴奋之中。只是讨论到最后，大家才又有所顿悟，会场随即陷入沉默。沉默中，崔士杰变得格外突兀。

在葛光廷看来，这次委员会不但找到了一条为胶路加价开脱责任的理由，也看到了潜藏在胶路发展中的一大隐患。葛光廷有信心要把淄博一带矿区轻便铁路的情况做个全面调查，找到解决问题的根本办法，或许不但使煤商的诡计无法得逞，反倒会为胶路下步发展找到新的机会。

葛光廷不动声色，心里已拿定主意。

他一度有些担心，怕会议内容透露出去，煤商会有所应对。但仔细想想，又觉得让煤商有所觉察也并非坏事，给他们点威慑或许使问题解决起来相对容易些……

28

5月21日清晨，浓雾锁着海面。站在胶路管理局二楼阳台远望，栈桥、对面小青岛上的灯塔全都不见踪影。一切寂寂无声，只有涛声格外分明地拍打着葛光廷的内心世界。不愿意听到的消息或许很快就会传来。陆梦熊也在隔壁阳台眺望，他能看到葛光廷的侧影，便往里挪挪身，不愿让葛光廷看见自己的忐忑。

大概站了一个时辰，尹援一进来，以一种特别平静的口吻说："开始了。"葛光廷心领神会，煤商正式罢运了。

已得知消息的陆梦熊、崔士杰等人，不约而同来到葛光廷办公室，葛光廷把运输处、总务处、警察署等重要部门的处长叫来商议对策，要求大家高度戒备，防止别有用心者的破坏，特别叮嘱车务处长木村芳人、副处长谭书奎到主要车站巡察，防止发生事故，确保旅客列车正点，尽量减少对社会秩序的影响。

预警早已发出，应急预案使一切处置措施变得有条不紊，事到临头大家反倒都显得格外从容。

中午时分，各站陆续传来信息，博山、大昆仑、章丘、坊子等几个主要货运站全部停运，周边车站也因货车发送、编解量锐减而处于半停产状态。客车倒是照常运行，煤商的罢运尚未对人们的正常出行造成影响。

葛光廷在第一时间将相关情况报告了铁道部。在他想来，铁道部会迅速做出反应；没想到，时至中午，音信皆无。葛光廷想，此时的铁道部可能正处于忙乱之中，他们需要商量对策、协调相关部门处置……葛光廷耐住性子等待。

傍晚时候，仍无消息，整个世界出奇的平静。就在这时，值班人员报告情况，说在坊子车站，有些小煤炭矿主开始四处打探消息，期待罢运能产生立竿见影的效果；还有零星人员结伴到车站示威。葛光廷询问戴师韩防范措施，戴说："已备足警力，坊子、博山等几个重点车站，除配备足够警力外，还组织了民夫保安队，有事完全可以应付。"戴师韩拍着胸脯说："没问题。"

葛光廷信任戴师韩。

漩涡中心异乎寻常的平静，风暴却起于千里之外。正如葛光廷所想，地处南京的铁道部此刻已乱作一团。前几天，刚刚发生了北宁铁路局拒运开滦矿煤事件，南京用煤骤然吃紧；现在胶路沿线煤商又罢运，可谓雪上加霜。与开滦煤不同，胶路沿线煤炭主要供应南京，一旦罢运，对首都民生的影响马上显现，哪怕夏季将至，生活用煤减少，影响仍会非常明显。最先坐不住的是实业部。孔祥熙部长已几次打电话给铁道部，孙科先是据理力争，后也经不住孔祥熙的恫吓，遂感问题严重。

于是，孙科把电话打到葛光廷办公室。葛光廷说："正极力劝说煤商复工。"葛光廷又把上次委员会讨论的意见，也就是关于胶路沿线煤炭成本居高不下的原因向孙科作出解释，极力辩解，责不在胶路。

孙科说："既然如此，胶路为何没通过相关途径把这层意思表达出来，搞到铁道部成过街老鼠？"

葛光廷歉然道："是，我们没做好。"

孙科说:"不管怎样,虽然加价政策由铁道部提出,但胶路是这一政策的最大受益者,有责任把沿线煤商安抚好,让他们尽快停止罢运,避免影响南京的生产生活秩序。"

葛光廷知道孙科所说:"最大受益者"的潜台词,忙说:"是,我们正在和煤商交涉,相信很快就会有结果。"

孙科说:"实业部质问我们,上海商会也发来公函,询问运价上涨对煤商的影响,话说得很难听,说我们'既有碍工业发展,也阻止了国煤推销';实业部也在强调,现在只能进抚顺煤了,这样会引起公愤!"

葛光廷听出了更深一层的意思,抚顺煤是日资企业,如果以淄博一带为代表的国煤退出市场,以抚顺矿为代表的日煤就会乘虚而入。这是最容易撩动国民神经的问题。但此时此刻,葛光廷并没有其他办法。干耗当然不是长久之计,但这个节骨眼上要是重开谈判,那就意味着胶路必须有重大让步。如何让步?让步的幅度多大?铁道部对此并没明确指示。又如何谈判?

正当葛光廷一筹莫展之际,社会舆论开始发酵,各界都把目光聚焦在胶路,煤商罢运、胶路提价成为轰动全国的大事件,开始尚互有褒贬,但随着对南京一带生产生活的影响越来越明显,人们把对生活的担忧与对煤商的同情纠缠在一起,越来越视煤商为弱者,也便越来越把痛恨的目光投向胶路。葛光廷敏感地觉察出这种变化之中所蕴含的危险。

陆梦熊也在高度关注着南京的消息,他对南京的消息极为重视。他也在第一时间感受到了南京在运价、煤商问题上的细微变化,心里大感不安。

陆梦熊来到葛光廷办公室,把一份刚刚收到的报纸递给葛光廷。葛光廷看到了报上的一段文字"……铁道部答复上海市商会,煤运一事,关系民生,本部现在正在调查各路运输及市价情形,通盘筹划。……沿线燃料,因之大起恐慌,煤价飞涨"。

与之前孙科的"尤难变更"比较,铁道部的口吻已大有不同。

葛光廷说:"沉住气,或许还有机会。"

陆梦熊面色阴郁,流露出对事态发展的担忧。

葛光廷突然想起什么,说:"上次会议,我们达成的共识应该让社会了解才行,煤价过高不是胶路造成的,而是煤商自身经营所致,要把这些告诉社会,引导舆论,以正视听。"

陆梦熊点头。他心里也在想,无论是铁道部还是胶路在这次事件中都有些"拖大",总认为几个煤商不会闹出大动静,现在看来,必须高度重视、稳扎稳打才行。

陆梦熊说:"我去安排,找媒体集中发一下。"

葛光廷说:"陆委员,情势汹汹,稿子您亲自把关,我怕他们不能尽解其意。"

陆梦熊说:"我亲自写,您放心。"

"好的。"

稿子很快拟就,陆梦熊呈给葛光廷看,葛光廷没意见,便发往各埠报纸。

次日,青岛、济南、上海各大报刊相继发出,社会各界听到了胶路的声音,胶路与煤商的暗中博弈也便公开化。胶路的新闻见报后,有理有据的披露让煤商一直所扮演的受害者的角色露出破绽,加之经过一段时间沉淀,大家有了更理性的思考,煤商的一面之词开始受到质疑。事件又被搅入混沌不明的状态。

就在这时,鲁大公司突然发声,将风波推向一个新高潮。就在煤商受到质疑之时,鲁大公司以公开信的形式致电全国煤业公会、全国工商联合会、矿业联合会、实业部、上海市商会,以煤商代表的姿态,表达胶济铁路沿线煤商的举步维艰,抨击提高运价是胶路的阴谋,希望社会各界给予声援。业内人士对鲁大与胶路的关系大多了解,如果连与胶路合作多年的鲁大公司都不肯放过胶路,那么胶路如何狡辩也无济于事。况且以鲁大公司的实力,都自认为提高运价所带来的影响是"致命"的,那么对其他小煤商来说更是可想而知。鲁大公司的"横空出世",再次使天平倾斜。无关者看热闹,相关者看门道。喝彩声、痛击声、耻笑声、幸灾乐祸声……各种声音在不同心态支配下交织成一片穷追猛打的情势,胶路的无情无义受到舆论异口同声的痛斥,铁道部变得极为被动。

与此同时,全国煤炭同业公会更是推波助澜,以国家行业协会的身份扮演起"急先锋"角色,摆出一副当仁不让、誓为同行两肋插刀的架势。其实,大多数业内人士知道,同业公会与煤商利益攸关,他们对胶路的抨击公私兼顾。同业公会既然出手,便再无顾忌,以撕破脸皮的姿态要求铁道部"迅速取消加价二成的决定,维护煤商合法权益"。并不遗余力地向相关部门、协会以及媒体呼吁寻求支持。煤炭同业公会尖锐、不留余地的态度把政府相关部门逼到了"死胡同",有些部门不得不出来表态。全国工商联会主席林康侯打电话给孙科,忧心忡忡地说:"……南京周边的工厂受煤炭不足影响严重,损失巨大。非但如此,关键是外煤开始乘机垄断市场,我们将会受制于人……"林康侯以不容反驳的口吻说:"铁道部要迅速停止加价,暂行旧价,并且尽快拨车装煤,以维护煤商利益。"刚放下林康侯的电话,孙科又收到中国矿业联合会的呈文:"夫以吾国矿业之亟须救济、工业之必须奖励、政府如定积极救济奖励之政策、则即使唤铁路贬价、亦不为过……"字里行间表达出对铁道部的极度不满。

孙科窝了一肚子火。事情闹到这个份上,他不能不向蒋介石报告。蒋介石倒是淡然,说:"告诉葛光廷,处置好这件事,不要引起乱子。"

孙科没想到蒋介石会如此指示,这就等于绕过铁道部,把处置权交给了葛光廷。孙科知道蒋介石与葛光廷的关系非同寻常,但还是没想到他会如此处理。

孙科有些赌气,既然如此,那就把蒋介石的命令传达给胶路,让葛光廷独自应对吧!尽管极不情愿,孙科还是拨通了葛光廷的电话,以公事公办的态度传达了上奉指令。

当然,孙科也非常明白,铁道部不可能置身事外,外间的矛头一刻也没放过铁道部。几天后,铁道部的处置原则就发到胶路:"……运煤加价案,未便取消,但该路夏季加价,可援照向例办法,酌情办理,希婉劝复运。"

葛光廷反复看着铁道部的电文,问陆梦熊:"陆委员怎么看?"

陆梦熊叹道:"铁道部这是要撤退,只不过想保留些面子而已,不给人留下笑柄。已经很明确'援照向例、酌情'……"

陆梦熊苦笑道:"好像给我们的空间很大,却是在推责。"

葛光廷点头,有着认同,也透着无奈。

陆梦熊说:"事至如此,心有不甘。"

"来日方长,再寻他法。"葛光廷说,"但我们需要一个不能让铁道部,当然也不能让我们失颜面的方式,同时,又能让煤商接受。还得劳您大驾。"

陆梦熊答道:"好。"一转念又说:"您看能不能打一炮再撤。"

"打一炮?"

"对,虽无法扭转局面,但至少挫挫他们的锐气,不让我们输得太难看。"

"说说看。"

陆梦熊沉默不语。

葛光廷知道他有不便言及的顾虑，便不置可否地笑笑，也不再过问陆梦熊所说的"打一炮"是什么意思。事至如此，葛光廷不相信陆梦熊会有什么起死回生的妙招，也便由着他去了。

29

尽管葛光廷对陆梦熊的"高招"持怀疑态度，但当他明白并确认陆梦熊所做的事情后，还是被吓了一跳。

就在陆梦熊说话后的几天，南京《益世报》突然发出《胶路煤商罢运风潮显有日人从中策动》的文章，文中写道：

……此次风潮之主脑及策划者为日本帝国主义所经营之鲁大公司，中国大煤商甘为日人所利用，随声附和而已，此次罢运吃亏最大，厥为小商，在表面上淄博、章丘、潍坊等地大小煤商两三百家均团结在矿商联合会之下，实在小煤商不得已耳，对此罢运风潮，为顾血本关系，亦不赞同，故现时小煤商均自动纷纷向路局要求，从速批准立案，既行开运。而唯鲁大横亘期间，多有挑唆，致使局面僵持不下。

葛光廷瞠目结舌。

文章没署名，但一看便知是胶路所为，至少也是胶路的铁杆支持者。文风犀利、没半点隐讳，矛头直指鲁大公司，指出煤商罢运休业除却自身利益外，根本原因是由日人操控。鲁大公司有深厚的日人背景，这是历史造成的，来龙去脉，路人皆知，但在中日矛盾不断激化的情况下，鲁大公司一直淡化日人背景，着重强调《解决山东悬案条约》所规定的中日合营公司"日本商人股份不超过中国股份"的前提。这篇文章把鲁大公司与"日本帝国主义"联系在一起，直戳鲁大痛处。同时，字里行间直指鲁大公司与煤商勾结的种种情形，充满恶意煽动和挑唆。

葛光廷看罢，后脊梁浸出汗来。他第一反应是陆梦熊所为，无论从文笔，还是观点看，无二人能作出此样文章。让他感到可怕的是，文章一定会掀起新一轮论战，把煤商休业罢运事件导向一个更加无法预知的漩涡。在日人窥伺、频挑事端的情势下，这无异于在国人敏感神经上再作撩拨，极易激发起国人愤怒。

这一招足以让鲁大公司陷入万劫不复的境地，但它所可能产生的负面效应对胶路来说也非常之大，可能引发的政治风险无从预判，但可以肯定地说很容易会被别有用心者利用，不到你死我活的时刻，哪怕真到了刺刀见红的地步也不见得能轻用此招。它还极有可能会捅破中日之间的那层窗户纸，让长期积累的矛盾公之于众，并且会成为一条导火索，引燃多年积聚的仇恨。没想到，陆梦熊会出此狠招。胶路是国家部门，既有商业特征，更具政治属性，这决定了他必须听命政府、服务民生，需要与中央保持一致。尽管与煤商发生纠纷，但这一切都可以界定为经济行为，无非是为了追求商业利益，一切尽在可控状态。可是，一旦触碰到政治红线，会把胶路导入到无从控制的节奏和轨道，不守底线、不讲规矩便会成为胶路的标签，如此一来，对于胶路的影响实在是太大了！

想到这里，葛光廷后悔不迭，为什么当陆梦熊提出要再"放一炮"时，没仔细过问？看来，还是自己没把控好情绪，失之焦躁；另外，也太过相信陆梦熊了。

葛光廷实在不愿意相信是陆梦熊所为，但一切迹象让人根本无法怀疑会有第二人所为。陆梦熊不顾一切的做事方式，实在太过危险。由此及彼，联想到让陆梦熊参与的那件隐秘的任务，葛光廷直冒冷汗。把他留在身边实在太可怕了。这样的人可以千百次地替你把事情办圆满，但只需一次就可能带来致命伤害。葛光廷瞬间对陆梦熊有了颠覆性的认识，也对自己对陆梦熊的信任感到后怕。

当然，葛光廷一直在不断地否认着自己的想法。

如果不是陆梦熊所为呢？这样的念头不时出现，他甚至一度想去问陆梦熊本人，听他亲口予以否认，但最终还是打消了念头，因为他找不到半点可以证明陆梦熊置身事外的理由，更找不到有另外一个人做出此等事情的可能。相反，越是否认，他越是坚定地认为是陆梦熊所为。最后，葛光廷不再做任何心理上的挣扎，彻底心灰意冷。当然，更为重要的是他需要考虑如何避免可能会发生的风险。

葛光廷知道，现在要做的是如何应对随之而来的社会反应以及如何向高层解释这一问题发生的原因。

这时,崔士杰敲门进来,气急败坏地把一份报纸拍在葛光廷桌上,见桌上有着同样一份,葛光廷面色凝重站在桌前,便明白了一切。

不用绕圈子,崔士杰直截了当地说:"胶路不是小煤商,他们可以不择手段,我们不能以这种捕风捉影、道听途说的不负责的方式打击对手。我们要平和公正、据理力争,如此才是胶路应有的态度和涵养。这样一来,胶路岂不成了地痞无赖?"

崔士杰的话说得非常难听,连他本人也意识到了这一点。葛光廷没说话,但沉默已表明态度。

崔士杰说:"这些日子我不愿多说,怕有人说我假公济私。现在不能不说了,提高运价对胶路是有益的,对煤商却影响巨大,需要慎重考虑,循序渐进,不可操之过急。至少要让煤商在思想上、在经营方式改进上有个适应调整过程。如果像现在这样一棍子打死,结果是两败俱伤。"

事到如今,葛光廷也认可崔士杰的说法,只得说:"我们要和煤商再谈一次……"

"如何谈……"激动的崔士杰打断了葛光廷的话,说,"这篇文章把路堵死了,鲁大公司会善罢甘休?"

葛光廷委婉道:"崔委员,这事要劳您大驾,给鲁大公司作个解释。"

"怎么解释?"崔士杰说,"今天一大早,鲁大公司总经理杨源民就找我,要我转告胶路,如果不能消除影响,并公开道歉,鲁大将与胶路誓不两立、一刀两断。"

"何出此言?"

崔士杰说:"现在国人对日人的敌对情绪一触即发,我们反倒去做这种火上浇油的事,实在不知道是聪明还是愚蠢。"

崔士杰依旧言辞激烈,对话停顿。葛光廷思考半天,说:"您联系伊东直,我和他见一面。"

正如葛光廷预测,文章见报后,所有人都目瞪口呆。人们没想到,胶路会以如此赤裸裸的方式攻击鲁大;大多数人知道鲁大公司的日人背景,但总体都认为鲁大还是安分守法的,如此别有用心的挑唆,却引来不明真相者的猜测,使煤商罢运事件再度陷入扑朔迷离之中。人们在问,鲁大公司到底和日人有什么勾结?罢运背后真的有日人支持?抚顺日资煤矿是这次罢运事件中最大受益者，他们是不是在和鲁大公司唱"双簧"？鲁大真的在操控胶路沿线煤商的罢运？

鲁大公司受到致命一击，无论是伊东直，还是杨源民在读到这篇文章后都如坠万丈深渊，因为以这种态度和方式打击对手，一定是怀有不共戴天之仇才会做得出来。尽管鲁大公司先放了重炮，却在合情合理的范畴内，不至于引来胶路如此不明就里不问死活的一炮。胶路显然别有用心、别有目的。面对社会大众的困惑和疑问，鲁大公司深知很难避免成为被轰的靶子，下一步如何应对是个绝大考验。

就在伊东直焦虑万分之际，葛光廷的邀请信来了。崔士杰亲自送上门来的。

伊东直还在愤怒之中。崔士杰说："事已至此，闹下去两败俱伤，倒不如心平气和地坐下来商量。我给先生透个底，胶路打算让步。"

一番劝解，伊东直才渐渐消气，答应去见葛光廷。

葛光廷见到伊东直后没半点掩饰，直言不讳地告诉对方："这篇文章不是胶路的本意，有人在搞鬼。"

伊东直也不客气，问："不是胶路本意，那么胶路的本意是什么？"

葛光廷说："胶路的本意是和煤商共同发展，不让煤商吃亏，自己也要争取营收平衡。"

伊东直沉默半响，突然话题又转回来，说："我想问一下，这篇文章到底是不是出自胶路？"

葛光廷说："先生不必追问，有些人别有用心。但无论如何，自然是胶路的错。"

伊东直听罢，也不再往深里追究，只是说："鲁大、胶路多年相互依靠、相互发展，到不了穷追猛打的地步，我们也不愿意扩大事态，只想淡化处理，息事宁人。但我觉得要解决这件事，根本还在胶路。"

葛光廷说："先生知道，政策是铁道部反复调研做出的，并且提交了国务会议议决。先生要考虑胶路难处，不能不给台阶下。"

"台阶，怎么给？"伊东直问。

葛光廷坦率道："我现在无法给先生一个具体说法，但请您相信……我一定解决好此事。"

伊东直想想，点头认可。

当天晚上，葛光廷乘车前往南京，他既需要向铁道部请求完善加价方案,更是为了把《益世报》所刊文章之事向有关方面做些必要的解释,也算是超前的危机攻关。等麻烦来了再去解释,可能会悔之晚矣……

30

文章是陆梦熊写的无疑。

陆梦熊非常自负,自认为多年仕途历练,无论是经验和能力等方面都无人可比。委身胶路让他时时都会生出怀才不遇之感。葛光廷的到来,尽管让他再次感到失落,但经过不长一段时间的适应调整,他反倒觉得自己或许会因为葛的到来而赢得更大机会。经过一段时间的观察分析,他看出,葛光廷来胶路一定是别有用意的,他决不会把全部精力用于胶路,这正是自己有可能"上位"的大好时机。被葛光廷赋予那项特殊的使命便是例证。他的热情重被点燃,极力有所表现。本来,与胶路沿线煤商的斗争是一次展示才华的绝佳时机,但没想到的是,信心百倍的他却最终落得个一败涂地的结果。虽然,责任不在他,也没人把失败的原因归咎于他;但是,对于一向自负的他来说,却不能不说是一种耻辱。

他感到,眼前的局面无论如何都会引得葛光廷不快,尽管葛并没有半点责备之意,但陆梦熊患得患失,总担心或许会存在某个环节上的失误,而让葛光廷把责任归咎于己。那么,在这期间,自己有没有失误?想来想去,他觉得最大的失误是对鲁大公司的信任,他从开始就认为鲁大公司对胶路有很大程度的依赖,所以无论如何争执,最终还是会坐下来好好谈的,没想到鲁大公司不依不饶,一定要争个高下。二成的加价对鲁大公司真的会产生致命影响?以至于三番五次连发重炮,把胶路打得丢盔卸甲、狼狈不堪,使苟延残喘的小煤商重新翻身。

陆梦熊无法接受这一现实。尽管葛光廷已准备让步,但陆梦熊觉得窝囊,咽不下这口气,不甘心轻易放过鲁大公司,至少不能让他们如此舒服地摘得胜利果实。那么,怎样才能峰回路转?陆梦熊多年的政治拼杀使他暗生了一种极其狠辣的心态,只要能战胜对手,可以不顾及一切。几天几夜想下来,仍计无所出。在他看来,如果只是不痛不痒捅一下,没多大意思;到此等地步,要出招必然有一招毙命的效果才行。陆梦熊渐渐有些走火入魔,虚火上升,头脑发热。这种状态下,他竟突然找到了一个自认为可以致鲁大死命的绝招。其实，这个所谓的"绝招"也并无新奇之处，只是人们不敢轻易触及而已，那就是鲁大公司的日人背景。在与煤商的斗争中，偶尔闪现过几次日人的"身影"，不经意间就让国人的神经变得十分敏感，而鲁大公司的日人背景却因众人心照不宣而没人去触碰。陆梦熊想，既然鲁大公司出其不意、攻其不备，我们为什么不能点其"死穴"，在日人背景上做些文章？如此极易点燃民众反日情绪，达到打击对手的目的。

想起这种杀敌一千、自毁八百的办法并不难，难的是有足够的勇气和胆量付诸实施。当然，以这样的方式打击对手，必须要有应对由此可能引发巨大风险的思想准备。

但是，头脑发热的陆梦熊显然已经无所顾忌了，只要能打击对手，一切都在所不惜。特别是葛光廷的信任让他错以为是对他的默许，鼓励了他冲动的情绪，所以他没做更多考虑，便在极度不理智的状态下执笔写了那篇文章，从而把罢运事件由简单的利益之争引向了政治博弈的层面。

其实，当陆梦熊读到自己变成铅字的文章时，就已经意识到了其中所潜在的巨大危险，他似乎看到了一个张牙舞爪的妖怪正从白纸黑字后面狂奔而出，他迅速陷入慌不择路的恐慌中。

这种危险表现在，胶路所秉持的职业操守会受到社会质疑，无论所揭露的内幕是否属实，人们都会对其不择手段的方式持否定态度。作为国家的交通部门，代表着政府形象，以如此不堪的方式取得竞争上的优势，必失信于社会、失信于人民。

这种危险还在于，胶路与鲁大公司的合作关系可能会受到致命伤害。从1923年鲁大公司成立，两者便是亲密无间的合作伙伴，尽管为了各自利益，时有摩擦，但基本的合作模式得到了尊重和维护，合作基础稳固。但是，从现在开始，一切将无从预测。如果鲁大撕破脸皮，胶路不但失去稳定的合作伙伴，关键是想找到一个实力相当的公司代替几无可能。鲁大公司在煤炭行业的垄断地位不可动摇。胶路的发展或许会由此进入一个不稳定期。

更大的危险还是来自政治层面，日人背景是个敏感话题。当前环境下，任何事情一旦涉及日人便会让人浮想联翩，人们很愿意也很自然地把日人背景与政治问题挂钩。况且，由此及彼，如果说鲁大公司有日人背景，那么胶路就没有日人背景？自1923年接收以来，胶路的总会计长、运输处处长两个最关键的岗位始终由日人把持，胶路的财政、运输权其实是由日人左右，胶路本质上与鲁大公司又有何异？刨根问底，本想打击别人，不也同时牺牲了自己？

陆梦熊知道自己出了个大大的昏招。这些危险并非都能变成现实，但有一点可以肯定，鲁大公司肯定不会善罢甘休，他们会不遗余力地报复，所有潜在的危险源点都可能被引爆，只是不知道将会在何时发生而已。那么，胶路便会始终处于一种戒备与防范之中，胶路的前路变得险象环生。事已至此，难以挽回。陆梦熊知道这事做得太过莽撞，所以，自从文章见报后，他尽量避免与葛光廷碰面。但越是如此，他又越是盼着葛光廷找自己求证，哪怕与他争辩一番，也可以做些解释。但是，葛光廷却一直没再提及此事，这让他尤为忐忑……

31

南京归来，葛光廷先在济南下车。直接到省府与韩复榘会面。

在省府客厅，俩人摒绝外人，私自密谈。

韩复榘带着几分调侃的口吻道："惹麻烦了吧？"

葛光廷说："出乎预料。确实出乎预料。"

"南京的态度呢？"

"南京的态度非常明确。退一步，但煤商也得退。"葛光廷说。

"是的，都有所让步才好。但无论怎么说，起主要作用的还是鲁大公司，只要他们肯让步，其他煤商也便掀不起多大风浪。再说，只有鲁大有与胶路抗争的实力，其他煤商伤不起。"韩复榘说。

"那是自然，先要感谢主席助力。"

韩复榘叹口气说："实话说，胶路的发力实在过猛，现在谁和日人沾上干系都不会有好下场，您们给鲁大公司下了这么大个套，置人死地啊，难怪人家不依不饶。"

葛光廷说："并非胶路本意，我已向伊东直作过解释。"

韩复榘笑道："目前情势下，胶路必须有所让步。"

葛光廷拱手道："那是自然。"

文章见报后，韩复榘就曾打电话询问葛光廷情况，听了葛光廷的解释，韩复榘主动提出调和胶路与鲁大的关系。两人上次在济南会面时已达成共识，无论遇到何事韩复榘总会助一臂之力的。韩复榘虽然对煤商罢运之事没公开表态，但一直高度关注，事情到了这样一个两败俱伤的地步，于公于私都该出手了。

葛光廷在电话里把自己的处境及想法与韩复榘做了沟通，在葛光廷前往南京请示方略的同时，韩复榘已开始召集包括鲁大公司在内的沿线煤商代表研讨解决之法，包括实业厅、建设厅等大员都参加。小煤商们早就盼着韩复榘出面撑腰，参加会议的人见没有胶路代表，暗自窃喜，知道主席是决定帮煤商说话了。所以，会议发言中，代表们除却陈述自身的经营困难，强调煤商在振兴工商经济发展中的不可或缺外，其他全都集中在对胶路的抨击上，希望主席能想煤商之所想，解煤商之所困，督促胶路取消加价。煤商的调子一致，韩复榘耐着性子听。

煤商的发言结束了，会场突然陷入沉默，大家这时才发现韩主席的表情有些异样，都不约而同地回味自己的发言是否有不妥之处。过了很长时间，韩复榘终于开口了："都讲完了……没什么新意吗？你们说了一大通，没提出什么解决问题的办法吗？……我同情大家，理解大家，也想帮助大家解决问题。现在看来，大家除了怨言，也拿不出更好的办法，那我有什么办法……"他停下来，环顾会场一周，说："……我觉得，这事不能简单地说谁对谁错，还是各有难处。那怎么办？彼此理解。……作为省政府，不希望地面上出现不稳定因素，这是蒋委员长的要求，也是山东人民的期盼。山东要发展，在第一位的是稳定，不能闹事。维护山东稳定，是各路煤商最大的责任。鲁大公司作为大公司，有维护煤商利益的责任，但更要有维护山东省政治稳定的责任……现在看，无论谁对谁错，都影响到了山东的稳定，甚至对南京、上海等大城市的生产、生活都有影响。我不认为这么做是正确的……"

鲁大公司参加会议的是经理杨源民，听韩主席如此说，就想辩白几句，手还没举起，韩复榘就直接否决了他表达意愿的想法。韩复榘说："我知道鲁大公司有怨言。事到如今，我没法给你们评个里表。你也不要说话，不就是胶路的话说重了吗？葛光廷识大体、明大理，他会给鲁大公司一个满意的说法，也会给社会一个合理解释。这点请大家放心。都不想认输，争来争去，何时是头？"

憋了一肚子话的杨源民让韩复榘"一棍子"打死了，心有不甘，摇头叹息，一副忍气吞声的样子。

韩复榘见他这副模样，知道需要拿他开开刀，杀一儆百，便不客气地问："你是鲁大公司的经理？怎么，我的话不对？"

杨源民忙低下头。

韩复榘说："既然你有理，就上台来讲，实在不行，你当这个主席如何……"

韩复榘的阴阳脸是有名的。刚才还谈笑风生，下一刻就会暴风骤雨，雷霆万钧。看到刚才还一团和气的韩复榘突然间咄咄逼人，大家都感到莫名的恐惧，有人怯弱地低下头，有人使劲绞着手。杨源民几乎把头埋到桌子底下，身子不自觉地战栗。韩复榘知道不能太过强硬，只要达到震慑的目的就行。见此，韩又恢复了轻松的神态，莫名其妙地大笑一番，说："我知道你杨源民不敢，你不知道干主席的难处……"旁边几位厅长跟着干笑几声，算是附和，也是为了缓和气氛。

至此，大家明白了，韩主席召集这次所谓的征求意见会，并不是真正想给煤商解决困难，而是让大家收手，不再与胶济路对抗。

韩复榘这时又说："各位，大家都是山东地面上的商人，为山东发展做了重大贡献；山东以后的发展离不开你们，我自然也会尽最大力量帮大家；但是，彼此先让一步，我会让胶路给出一个满意的说法。"

会场响起掌声，当然还是由几位厅长带头，但煤商们感到话说到这个份上，不能再作其他奢望，也跟着拍掌，掌声由疏至密、由密至疏，并不热烈。

按照议程安排，接下来，韩复榘会找几位代表个别谈话，本来安排有鲁大公司的经理杨源民的，但杨在会上的态度让韩复榘不满，也是为了杀鸡给猴看，所以韩复榘故意将其冷落一边。忐忑不安的杨源民一直等到所有人都谈完了，也没见有人喊自己的名字，心里更为惶恐。

韩复榘和丁敬臣聊的时间最长。丁敬臣在罢运事件中的带头作用甚至比鲁大公司都大，鲁大公司发挥的是影响力，而丁敬臣是小煤商罢运的具体策划者、组织者和实施者。

韩复榘问他悦升公司的情况，重点问了轻便铁路的事，问他为何不愿将轻便铁路与胶路接轨。丁敬臣此时的心情一点不比杨源民轻松。轻便铁路与胶路接轨之事还停留在研究层面，只有极少数人能意识到丁敬臣拒绝"接轨"的深层原因。韩复榘与自己谈此事，显然是知道了其中隐含的玄机。能够直接与韩复榘讲此事的人，非葛光廷莫属。他瞬间便判断出葛光廷与韩复榘的关系确如传言，非同一般。对他来说，之前他对葛与韩的关系曾持怀疑态度，因为在葛来胶路前根本看不到两人交集的蛛丝马迹，没想到，彼此的关系如此之铁，虽然个中原委不得而知，但谨慎小心是必须的。丁敬臣本想有所解释，但转念一想，自己还是不要小聪明，随即摆出一副俯首帖耳的模样，实话实说："……不能与胶路接轨确实带来经营成本居高不下，但煤商也有难处；一旦接轨，'堆商'就没了生意，他们还得靠铁路活着。"一句话，事物的本质便暴露无遗。丁敬臣知道，唯有说实话才会争取到韩复榘的理解和信任。韩主席外粗内细，没那么容易为人蒙蔽，犯不着铤而走险。

韩复榘并不刨根问底，他的真实目的在于让煤商就范，没必要问得太多，也不愿意因为过问太多，让煤商产生更多联想。他一方面需要帮葛光廷过关，另一方面也确实需要煤商对山东的贡献。

经过一番周张，韩复榘已为葛光廷解决后续问题铺平了道路。从南京回到济南，葛光廷就可以顺利推进自己的计划了。韩复榘与葛光廷商议决定，两天后由葛光廷亲自出面，在济南与煤商代表对话，提出最终解决方案。葛光廷让随行的尹援一通知胶路管理局，让崔士杰、陆梦熊来济南，一起参加两天后与煤商的对话。

晚上葛光廷出面在胶济铁路饭店宴请韩复榘。饭后，田吾作日料店老板田中来请去品尝新进的三文鱼。这些是明里的幌子，其实是葛光廷早安排好的。

……

两天后的谈判如期举行，被邀煤商悉数来到。除鲁大公司经理杨源民、悦升公司总经理丁敬臣外，还有淄章潍煤业联合会主席李又溪、青岛出口煤业联合会代表蔡怡庭、博山出口炭质检查会执行委员会代表李祖模等人。

先是葛光廷介绍这次煤炭加价的来龙去脉，指出加价本无意伤害煤商利益，但实际操作确实给煤商带来困难，希望大家理解。葛光廷表示，一场争论，筋疲力尽，相互伤害不是初衷，需要求大同存小异，找到共同解决问题的办法。

由于事先有安排，葛光廷讲完后，丁敬臣发言。丁敬臣说："……罢运是煤商们的无奈之举，确实有些极端，无论给自身，还是给胶路，都带来巨大伤害；煤商的盈利离不开铁路的正常运输，铁路也需要煤商增加运量提高效益，所以大家要心平气和地坐下来谈，找到从根本上解决问题的办法，希望葛委员长体谅煤商的良苦用心。"

这种场合下，鲁大公司是一定要有态度的。但从杨源民的气色看，鲁大公司对胶路的怨气还未消解，只是迫于无奈做个不得已的表态。杨源民说："鲁大与胶路唇亡齿寒，多年的合作也证明了这一点，彼此有话可以直说，不必相互伤害。只要胶路真正考虑煤商的诉求，鲁大不会不依不饶……"话虽这么说，但他的语调阻隔，气韵不畅，很明显透着不快。

葛光廷理解杨源民的心情，知道哪怕今天谈得下来，要想弥补与鲁大公司的裂隙也需要时间，与鲁大公司继续合作需要有很多工作要做。这么想着，他对陆梦熊的莽撞又生出几份怨愤。

接下来，崔士杰讲了韩主席对振兴工商经济的有关要求和指示，说了些胶路一定尽力满足煤商需要等等一番客套话，表示会与大家一起，为山东省经济发展做更大贡献。因为崔士杰特殊的身份，煤商们都买他的账，一番话说下来，由杨源民带来的一丝不安的情绪渐自平复消散了。

按照常规，陆梦熊也该讲话，但他此时虽面无表情，内心却波澜起伏，最终摆摆手，表示不再说什么。没人坚持让他说，很多人多少窥见些个中原委，也有猜测，陆梦熊的处境很是尴尬和微妙。刚刚平静松弛下来的会场出现了瞬间的凝滞。

葛光廷需要这样的情景，但也不会让这样的情形影响会议氛围。他说："我刚从南京回来。去南京的目的就是请示关于罢运复工的问题，所以我的方案既代表胶路，也代表铁道部，请各位一定体谅，这是我们能做的最大让步。"

煤商们屏声敛气，等待葛光廷宣布最终解决方案。

葛光廷说："第一点，请各位商家们先行复运，在未奉部令前，煤炭出口内销，一律暂时按夏季减价办法，以两成回扣加价，并且为让利商家，原定的夏季减价由4个月延长到6个月。"

听罢此说，煤商们有片刻躁动，但稍纵即逝，对此并未表示太多异议。

葛光廷继续说："第二条，胶路管理局将减价办法电部请示。有传言说，部令只准照一成或一成五回扣，胶路扣两成是自行决定的。我负责任地告诉大家，如果部令真有此政策，多扣之款，将返还大家。"

会场一片沉默，可以看得出，大家对此依然顾虑重重。

葛光廷说："这是我们的意见，至于运费最后如何确定，仍需报部核备。但在部令到前，我自行做主，先停止加价。"

大家都听明白了，既然先执行后核办，无非是补办手续。这是胶路给自己找的台阶，如果这个面子都不给，便说不过去了。只是不知道后面的事情能够到何种程度，是缓兵之计，还是实质推进，只能拭目以待。

……

葛光廷的方案讲完后，会场出现短暂安静，最终大家没再提其他意见，"同意"是最佳也是唯一的选项，但心里却都抱持着观望的心态。葛光廷想，韩复榘已经在前面做了铺垫，场面仍如此惨淡，不然的话想要渡过此关是困难的，可以预见接下来事情的发展也不会一帆风顺。

葛光廷知道已经可以收场了，他也不愿意拖得过久，以防再生枝节。于时，便示意坐在前排的丁敬臣表态。

丁敬臣圆滑，自己并不表态，而是对坐在身边的李又溪说："您是煤业联合会主席，表个态吧！"

李又溪没想到"接力棒"突然传到自己这里，又不好推托，只得清清嗓，说："既然胶路有诚意，我们也不能固执己见，可以开工复运。希望大家彼此谅解，共谋发展……"

葛光廷带头鼓掌，陆梦熊懒散地呼应，崔士杰轻描淡写地拍着手，各怀心事，想法不一。

煤商们的掌声也稀稀拉拉响起来。

所有人都长吁口气，长达十多天的煤商罢运至此画了个休止符，虽然事情的发展仍存诸多变数，但毕竟接下来的事情可以从长计议了。

葛光廷虽然身心俱疲，但还是按照约定与韩复榘在胶济铁路饭店共进晚餐。饭后，葛光廷本来是要与崔士杰、陆梦熊一起返回青岛的，但田吾作的老板来请。葛光廷不解，他并没有像往常那样有过预先的安排。

葛光廷说："我要返青，就不叨扰了。"

韩复榘兴趣尤浓，见状说："既然田中老板盛情，不妨再去一坐，明天再走？"

本无此项议程，只是葛、韩二人会错了意，韩复榘认为是葛打了埋伏，葛光廷认为是韩作了安排,两人都上了田中的套。

韩复榘与葛光廷熟门熟路地来到田吾作,进到房间,却见已有一人在等候。

韩复榘一愣,并不认识。

葛光廷惊讶地叫道:"冈村宁次……"

诡谲双城

第二章

1

济南是座历史悠久的城市。商周时，称谭国。春秋战国属齐地，秦属济北郡，称历下邑。汉初，因在济水之南而设济南郡。隋，济南郡改名齐州。宋，升州为府，为府治之始，辖历城五县，治所在历城。元代设济南路。明清以来，济南府一直是山东治所所在地。济南位置独特，虽然它并不具备地理意义上的南北分界，却是南北文化内涵上的交融分野之地；虽处北方，但泉群散布，文脉悠然，气韵生动，氤氲气象，望之缥缈。济南有记载的泉池就有七十处，溅珠吐玉，最终汇聚大明湖；城周边有华山、鹊山九座风格迥异的山峰，立千佛山可睹全貌，谓之齐烟九点。

从1928年，国民政府开始组织人员考古谭国，发现了以蛋壳陶为代表的距今4600年的文化遗存黑陶，被考古界称为龙山文化。1930年虽然济南周边狼烟四起，各派混战，蒋冯阎进进出出，却也表现出对中华文明的充分尊重，近在咫尺的战争并没影响到考古成果的不断涌现，特别是一篇名为《城子崖》的考古报告让济南隽永独特的历史文脉为世人所见。这次考古参与人员众多，包括吴金鼎、董作宾、李济、傅斯年、梁思永等，可谓集中国考古史之大成。

济南旧地原在现址东南，祖先依水而据繁衍生息。龙山一带水草肥美，古谭国在此发展壮大，孕育出中华文明的一段绚烂华章。后来，聪明的原生民发现向西不远处有块靠近泰山之阴的地方更适合居住。此处位于历山脚下，北依泰岱，南近黄河，顺山傍水，地涌金泉，一番隆祖旺孙的生动气象。古谭国顺势而为，渐向西移，至明成化二年德王朱见潾就藩济南，此地已成现时规模。

由于地势所限，济南城并不宏阔，反倒局促；城的轮廓并不方正，正如民间所称"四门不对，北门不通"。济南府城的四座城门，无法构成传统意义上的对称关系，北门位于大明湖之北，是通舟不通车的水门；南门对千佛山，路短且促，出门便见山；东门遥对古谭国，名"巽利"，倒是很有些森严气象；西门对长清大道，由于相对开阔，反倒有正门之势。古城以西门大街为主干道，贯穿东西，与南北走向的省府前街交叉，原德王藩邸就处于这样一个交叉点上。据载，藩邸原为张姓大宅，后售于德王，渐次修造，包括最负盛名的珍珠泉已被囊括其间，成就府治之地。清朝以降，历任巡抚均在此设衙，毓贤、袁世凯、周馥轮流坐镇，上演了一幕幕惊心动魄的大戏。北洋期间，靳云鹏、张宗昌轮番登场，王八蛤蟆，鱼目混珠，却也是翻江倒海。现在，住在原藩王府邸、珍珠泉旁的便是韩复榘……

韩复榘和历任山东统治者一样，首要任务是巩固政权。韩复榘得到山东的过程并不易，背叛了冯玉祥，并以和阎锡山拼得鱼死网破的代价才迫使蒋介石兑现承诺，如愿登上山东省最高统治者的位置。他深知，自己的政权尚并不稳固，尽管执政已有年余，但与南京政府的关系非但没有调理好，反倒越来越多嫌隙，且时起龃龉。

韩复榘对山东的控制方略是建立在各方利益关系的平衡之上。因为有着张学良、蒋介石、日本人等多边政治关系的构成，使他有足够的条件在其中找到保持稳定的平衡点。当然，这对他的智慧也是个考验，必须时刻保持警惕，特别是山东还保留着刘珍年、沈鸿烈等制衡力量，稍有不慎便会发生意外。但是，韩复榘非常自信，他相信再准备两三年，一定会把所有棘手的问题解决好，到时便会绝对掌控山东，高枕无忧。

但突然的变故却总让人猝不及防。

1931年9月18日，日军突袭沈阳北大营，蓄谋已久的计划付诸实施。虽然日本的狼子野心早就昭然若揭，但灾难来临之际，恐惧还是难以避免的；惊恐之余，在"九一八"的一片悲声中，举国上下都陷入对个人、国家命运的深深思考之中。

中国已处于生死存亡的关头。

蒋介石在思考，韩复榘在思考……在青岛的葛光廷也在思考。尽管他们分别处于不同的位置，但思考的问题却是相同的——如何拯救中国于危亡？面对生死存亡的局面，各方利益的斗争虽然仍不可避免，但合作成为必然。

从山东考虑，韩复榘处于生死抉择的关键时刻。东北看似距山东很远，实则无非间隔平津，一有风吹草动，自然会受波及。况且，如果从海域计，山东、沈阳更是一步之遥，日占东三省，即可俯窥山东。更让韩复榘不安的是，烟台为刘珍年把持，青岛为张学良所有，这两个距东三省最近的城市都不在自己控制范围内,一旦有事,基本无能为力。虽然日人一直想借助他的力量图谋山东,但韩复榘一直坚持原则,与日人周旋,决不轻易让日人占到便宜。如果日人因此转身与刘珍年、沈鸿烈合作,他便会迅速失去优势,山东的局面便很难控制。

韩复榘密切关注着东北的局势发展。作为省政府参议,葛光廷在"九一八"发生后的第一时间,便被韩复榘请到济南,以便研究方略,商议对策。韩复榘主要是想让葛光廷协助他处理与平津方面张学良的关系,一旦有事,好做处置。作为张学良的心腹,葛光廷的作用无人可替。葛光廷也明白韩复榘的心思,无论是个人关系,还是从国家安危出发,他都责无旁贷。

在济南的日子里,葛光廷与南京驻鲁特派员蒋伯诚同住在省府对面的一个小院里,虽说事急,但只要事态不发生新的变化,预案准备好了,也不会有更多事情可做,这让葛光廷有更多的时间与蒋伯诚交流对局势的看法。

韩复榘的预案主要是围绕如何协调张学良,构筑防范日本人的进攻体系。但是,让韩复榘没想到的是,首先对自己构成威胁的不是日本军队,反倒是张学良。这天,一直处于焦虑状态的韩复榘突然接到消息,黄河以北德州附近出现大批部队,正在安营扎寨。韩复榘大为紧张,心想日人不至于如此之快就会赶到,派人侦察,回报是张学良的东北军。葛光廷马上来到第三路军司令部了解详情。司令部与省政府同在一处,非常方便。葛光廷也在。听罢情况,葛光廷对焦躁的韩复榘说:"主席不必担心,先把情况弄清楚再说。国家危难之际,自不会同室操戈。"

韩复榘让葛光廷马上与张学良通话,询问情况。

葛光廷犹豫,他不想在没有把问题分析透彻前就贸然打这个电话,况且自日军攻占沈阳后,他没与张联系过。张学良此时一定焦头烂额,他不想无端打扰他。但看到韩复榘急迫的神情,又觉得这个电话非打不可。虽然报告说"黄河北岸陈师过万"夸张了些,但重兵突然压境,韩复榘担心是在情理之中的。

没想到,电话接通得非常顺利。张学良听罢葛光廷的问询,电话那端有半天的沉默,然后才说,确是东北军在黄河北岸驻防;理由是,日军占领东北后,东北军已被迫向关内转移,平津一带没有合适的驻防地,只得临时沿黄河北岸布置。

葛光廷听罢,心里一沉,他既明白黄河北岸部队布置的原因,也判断出了东北局势的严峻。

　　韩复榘听罢葛光廷的报告，心里没半点轻松。张的部队虽在黄河以北，但德州、齐河一带实际已是山东地界，无端开进大量部队，事先没半点知会，实在讲不过去。平时，韩复榘与张学良保持着足够的"礼貌"与"客套"，有着和平相处的默契，驻防青岛的海军第三舰队其实也是张学良的嫡系，现在突然又闯过来大批军队，无论如何，都是潜在的威胁，并且如果日军南下的话，有张学良的部队夹在其间，他的第三路军又如何布置防务？

　　一旦处置不好，别说与日本对决，很有可能先自发生摩擦，局面便会复杂起来，现有的平衡关系也会被打破，山东便会迅速进入危险状态。

　　葛光廷也在思考着，他思考的是如何打消韩复榘的顾虑，但在没有完全了解张学良用意前，他也不想用模棱两可的理由劝慰韩复榘，那是徒劳无益的。现在看来，还是得把张学良的真实用意了解清楚才行。

　　第二天，他在去第三路军司令部的路上遇到蒋伯诚。蒋伯诚告诉他，韩复榘已开始调兵遣将。葛光廷明白，尽管张学良的理由看似充分，但韩复榘的顾虑远没有消除。

　　韩复榘所属的第三路军入鲁时共有三师一旅，去年与阎锡山一战，只剩下两万余人。所以，治鲁后，他把快速扩充军队作为第一要务，大张旗鼓招兵买马，并且找到了一条最见实效的途径，就是收编土匪。所以，表面看，韩复榘为了绥靖地方而不辞辛苦地四处剿匪，真实用意其实是通过所谓的"剿匪"来收编土匪，达到快速扩军的目的。治鲁不到年余，韩复榘的部队便由战后两万人，扩充为由五师一旅组成的、人员达六万之众的军事力量。在第三路军所辖的五师中，战力最强的是第二十师孙桐萱部。孙部原在潍县驻防，昨夜，随着韩复榘一声令下，正以最快速度移防黄河南岸。同时，韩复榘还下令，所辖曹福林十四师、谷良民二十二师、展书堂七十三师，全部整装待命。也就是说，韩复榘的所有战斗部队中，除乔立志第七十四师和雷太平的手枪旅外，大部分都开始以黄河为重心进入临战状态。

　　蒋伯诚忧心忡忡，说："孙桐萱的部队今天就能到达黄河南，一旦发生不测……"

　　葛光廷也觉得迫在眉睫。

　　第三路军的指挥部里，韩复榘正在凝神看着作战地图，表情严肃平静，没有了前些日子的焦虑。军人，一旦战事来临，总会变得出奇的平静，锋芒尽收，却透着进攻前的蓄势与杀机。

葛光廷不寒而栗。他觉得必须有所行动。

2

葛光廷在北京政务分会公署见到张学良。

张学良对韩复榘大为不满，大发牢骚。

"向方这点肚量也没有？我和日本人有不共戴天之仇。无论我的队伍摆在哪里，也是要与日本人拼个你死我活的，总不能和他韩某人过不去……他实在是有些太过敏感了！"

葛光廷没作声，任由张少帅把火发完。他知道，自"九一八"之后，张学良成为国内甚至是世界关注的焦点，在日本的军事压迫下，他的部队非但没有表现出应有的战力，反倒溃不成军，一泻千里，让他颜面尽失。除却面子上的问题，退回关内后很多现实问题更使他疲于应付。部队的防务是最棘手且最易发生问题的环节，但是败军之乱并非统帅一纸命令和一个决定就能顺利解决的。

部队开往黄河以北的山东境内，实在是乱局下的无奈之举、权宜之计；现在的局面下，让他面面俱到地把问题想得合乎情理确实很难，韩复榘对此应该给予理解和宽容。况且，自打南北统一后，他与韩复榘毗邻而居，相安无事，彼此间是有默契的，危难之下应该有更多的担当才是。实践再次验证，韩复榘并非可以共患难的人。

张学良怨气冲天，半天不能释怀。"这个韩向方，简直是以小人之腹度君子之量！"

葛光廷说："韩向方的压力肯定是有的，因为他不知道将军的真实用意。"

张学良说："国难当头，相互间的进退权衡总得有主有次，有先有后，难道山东不是中华民国的地方？我的部队就不是中华民国的队伍？"

葛光廷默然不语。张学良话说了一半，也便止住。他也意识到，韩复榘这些年一直顽强地抵抗着中央军的进驻，并且一直将此作为"红线"严防死守。对蒋介石尚且如此，又何况是对他张学良。韩复榘的过急反应显然也不是针对他的。这么想着，张学良便有些同情和理解韩复榘了。

葛光廷知道张学良已想到了这层，但也明白部队的调防需要个过程。张学良处于两难之际。

葛光廷说："主任，我是否可以向韩向方做个保证？"

"保证？"

"对，保证将军在山东不会久留。"

听葛光廷这么说，张学良突然又生出一份无名火，作为国民政府首脑，竟然还要向地方"军阀"低头。转念一想，当下形势，不可意气用事，火气也便消了。

葛光廷见张学良犹豫，说："山东局面还是要统筹考虑，不能和韩向方搞僵。'九一八'后，日本人下一步的举动不得而知，但他们吞噬中国的野心路人皆知。东北与山东一步之遥，而半岛的驻防只有刘珍年的第二十师，且被韩复榘视为眼中钉、肉中刺，青岛只有沈鸿烈。韩与日本人的关系暧昧，一旦勾结，情势实不可测。所以，不能让韩复榘受到来自北面的压力，如果压力下他对形势作出误判，后果不堪设想。"

既然见到张学良，葛光廷觉得应当把形势分析清楚，让张学良对山东的整体情况有个准确了解和把握。

"韩复榘会和日人勾结？"张学良颇感震惊。

"韩复榘决不会轻易和日人勾结，但是他利用日人来平衡各方关系，争取自身利益最大化的意图非常明显，他自己也并不避讳，所以这种平衡关系一旦打破，很难说不会出现意想不到的结果；况且，韩的反复无常有目共睹。"葛光廷说。

张学良沉默半晌。他明白了葛光廷的意思，"九一八"之后的山东局势需要统筹考量，不能让黄河以北的驻军问题影响了自己与韩复榘的关系，为以后的进退埋下隐患。

"山东局势……"张学良吞吐道。

葛光廷说："眼下，首先不能让韩有顾虑。将军的移防当然需要个过程，但要有个姿态，让韩向方放心。他现在有泰山压顶的感觉，要避免他另寻他路。"

"下一步，从长远看……"葛光廷又自我纠正到，"也不能说是长远的事情了，迫在眉睫——要巩固青岛的防务，并且要与韩复榘达成防务青岛的共识。"

张学良说:"如何与韩达成共识?"

葛光廷坚定地说:"帮助韩复榘把刘珍年赶出山东。"

张学良不解,说:"刘珍年在胶东反倒是对韩的钳制,况且刘珍年是南京方面的布置,如果刘被逐出山东,不就任由韩复榘为所欲为了,青岛也会被韩渗透和控制。"

葛光廷说:"我与韩复榘有过多次交流,他去刘之意坚决,既然没办法阻止韩复榘对刘采取行动,倒不如以积极的姿态帮他解除心腹大患,争取他对将军的信任。"

张学良想想也有道理,但还是有想不通的地方。"刘珍年离开胶东,中央军在山东就完全消失了,那么日本人会不会更有了进攻山东的条件,韩复榘与日人的勾结更加明目张胆。"

葛光廷说:"看似如此,其实韩复榘和日本人合作的可能是极其有限的。如果刘珍年夹在中间,反倒极有可能促成他与日本人的勾结,借助日本人力量把刘珍年赶出山东,如果刘珍年的问题解决了,胶东为韩所控,他是绝不会让日本人进山东的。"

"对青岛的利害呢?"张学良的担心不无道理。

葛光廷说:"对青岛无所谓利害,本来第三舰队对青岛来说只是驻防地,防范的是海上入侵,也就是说面对的是日本人,在陆地上只有与韩复榘合作才会有作为。韩复榘本就忌惮将军,这次黄河以北军事驻防可以说明,北方一有风吹草动,他便如惊弓之鸟,他必然会与将军处理好关系,他的对手是南京,而非北平。只有处理好与北平的关系,才能达到整体的平衡。"

张学良点头。

"另外,青岛沈鸿烈的问题也需要尽快解决。"葛光廷见话题说到这里,也想把藏在心里很久的话说出来,至少先打个伏笔,为下一步动作奠定基础。

张学良不解地问:"青岛问题?"

葛光廷说:"海军体制不顺,经费受限,军心不稳……"

张学良听罢有些焦躁,摆手道:"我不管,让沈鸿烈自己解决。"

"此事断不能让沈鸿烈自己解决,如果祸起萧墙,局面就难以控制。"葛光廷说。

张学良似是明白了其中潜在的隐患。在此之前,他尚未细思此事。于是便盯着葛光廷，示意他继续说下去。

葛光廷本不想把事情说得太过直白，见状却索性把想说的话都说了出来。

"胡市长是个好玩的人，事情也做了不少，但遇此多事之秋，有些事情做得就很是不合时宜，极易误事……"

"你的意思是？"

"别佐了情面，提前……釜底抽薪。反正都是自己人，不会委屈了谁；也是为了大局。"

张学良思考半晌，并没有表态。依葛光廷对张学良的了解，此事说到此足矣。况且此事非当务之急，先让他有个思想准备就够了。

十月的天气本是秋高气爽，但1931年的北京之秋却为一片混沌笼罩，天空低垂，几只老鸦穿行于古树老松间，生涩的叫声让人心生悲凉；平直的街道因为关外逃难人员的大量增强以及突然涌入的关东军，变得混乱无序，整个北京城弥漫在恐慌惊惧中。

办完事情，葛光廷立刻赶回山东。

日本对中国的侵略战争已经全面开始，中国的命运必将大变。这让所有人对于眼前情势都有一种莫名的紧张感，葛光廷更不例外，在他看来，不知下一刻会发生什么，他必须把北平的情况以及张学良的态度第一时间转达给韩复榘。中国已经到了民族存亡的关键时刻，国人之间不能心存嫌隙，而是需要摒弃前嫌，共御外侮。否则，中国危矣……

3

葛光廷主动请缨前去北平见张学良的举动让韩复榘踏实了许多；但是，他对葛光廷此行能否收获满意的成果心存疑虑。张学良的主意就那么轻易改变？尽管韩复榘知道张与葛关系密切，但他仍然无法相信葛光廷能给自己带来满意的结果。

葛光廷回到济南时，韩复榘正在黄河南岸视察，除却孙桐萱部外，展书堂一部也已到达黄河边完成布防。对岸张学良部一直处于平静之中。这时，有人来报"葛光廷回来了"。韩复榘专门交代的，一旦葛光廷回来，立即禀报他。韩复榘匆匆赶回省政府。

没待韩复榘发问，葛光廷便讲："主席，正如我们推测，张将军的东北军只是因为入关太急，无处安顿，所以才在黄河空旷地驻扎。张主席保证，很快会撤出。"

韩复榘听罢，用怀疑的目光去看葛光廷，难道一趟北平之行，就得来几句轻描淡写的保证。

葛光廷说："主席，张将军让我转告您，他会以最快的速度将这支驻军撤回京津。"

"亲口？"韩复榘问。

"亲口。"

尽管韩复榘已经与葛光廷交情很深，但他在如此重大的事情面前还是无法轻信葛光廷所说的承诺。

半信半疑间，有人来报。"黄河对岸有异动。"

韩复榘紧张地看一眼葛光廷，立刻返回黄河军事驻地。

黄河铁路大桥巍然横跨黄河，河水混混沌沌、浩浩荡荡。韩复榘来到一处高坡观望，借助望远镜，清楚地看到了对岸兵士正在拔营起寨。当晚时分，兵士再报，黄河北岸驻军已经向北撤退。第二天一早，东北军已全部退过德州，出了山东地界。

韩复榘长出口气，知道葛光廷所言不虚，赶忙将葛光廷召来。

葛光廷已得到信息，所以满怀自信。他说："张将军说到做到。绝无为难主席之意。事变后，张将军压力空前，有些事情处理不周在所难免。"

韩复榘歉然道："不怕仁兄见笑，非常之时，不存非常之想不行，还望理解。"

两人正聊着，侍卫进来说："有北平分会张主任电报。"

张学良的电报。葛光廷没想到张学良会亲自打电报给韩复榘，是对这事的解释？

韩复榘看罢电报，递给葛光廷。

葛光廷一看，是张学良邀韩复榘进京共商大计。

韩复榘有些拿不准。问葛光廷："你看？"

葛光廷说："如果能当面与张将军见一面，有些事当然可以聊得更透彻。"

韩复榘对张学良的邀请感到意外，也对是否去北平举棋不定。

葛光廷极力劝说与张学良一见。但韩复榘手下的将领们大多表示反对。

他们认为 不知道张学良葫芦里卖得什么药,还是小心为好。这愈发动摇了韩复榘北上的决心。

朱经古并不这么认为,他对韩复榘说:"非常时期,张将军如果对韩主席有非分之想,全国人民也不答应。"

这话说得透彻。葛光廷见韩复榘犹豫,反倒不再去劝,因为他说的话多了,反倒会让韩复榘更加生疑,倒不如等他把事情想通了再说。

葛光廷已决定回青岛。临行前,韩复榘找他,说:"我已给张将军回电,准备明天去北平。"葛光廷明白,这是让自己陪同前去的意思,便欣然答应。

第二天,葛光廷陪同韩复榘乘火车前往北平。

张学良的安排热情周到,本来约定两日后见面。没想到,当晚,张学良就通过葛光廷单独约见韩复榘。

见面言,张学良开门见山,说:"非常时期,有些事还请韩主席谅解。"

话不用说透,自然明白。韩复榘也不触及实际问题,只是说:"国家危亡之际,同舟共济。向方一定听命中央,听命张司令,为国家,赴汤蹈火,在所不辞。"

张学良叹气道:"我已接到蒋委员长命令,进关的东北军短暂修整后,将会开往陕西,围剿红军,所以请主席放心,黄河以北的东北军很快就会离开。"

"开往陕西?围剿红军?"韩复榘大感意外。去年,初到山东时,他也曾接到蒋介石的命令,调他的一部到江西剿共,韩复榘拒绝听命,与蒋闹得不快,好在有蒋伯诚从中斡旋才算作罢。没想到,国难当头,蒋介石竟然会以同样的理由把张学良的部队调开。虽然韩复榘明白了张学良部队的去向,心里的石头落地,但隐隐又生出另外一分不安:蒋介石以"九一八"为借口调兵遣将,是否对北方局势产生影响?

"我想问,下一步山东如何自处?"张学良问。

韩复榘无语半晌。

"国家到此地步,每个人都在考虑对策,调整方略,情理中的事。"张学良说。

韩复榘说:"山东自然与中央步调一致。"

张学良见韩复榘模棱两可,知他揣摩分寸,便说:"东北军退往关内,引为奇耻大辱。山东与沈阳、大连不过一海之距,更与日遥对,发生不测的可能也不排除。"

韩复榘说："韩虽然做过很多不得已的事，但立定主意，不与日人沆瀣一气。但山东有些事情也非我所能控制，有时无能为力。"

张学良说："主席的意思是说，刘珍年……"

韩复榘不语。

张学良说："刘珍年驻防山东恐怕也是蒋委员长一番好意，但有时恐怕事与愿违……"

韩复榘不知何意，便不往深里说，只是摆摆手："韩复榘无能。"

韩复榘知道，外面都在笑他往掖县派个县长都会被刘珍年拒绝，以此自嘲回避张学良的试探。

俩人谈得轻松，却也小心谨慎。

夜渐晚，谈话结束。张学良问一旁的葛光廷下榻何处。葛光廷说："北京饭店。"

张学良转头对韩复榘说："北京饭店虽好，但不清净。进进出出，又有记者混杂。"

韩复榘笑笑没说什么。闲聊一会儿，韩复榘便告退。

两天后，两人又作了一次简短的会谈，交换对北方局势的看法，因为知道张学良部将移驻陕西，话题便不再涉及驻军问题，会谈的形式大于内容。

晚上，张学良在大华剧院请韩复榘看梅兰芳的戏。回到北京饭店已经很晚，见葛光廷在房间内立而不走，便问："有事？"

葛光廷说："张副司令允诺一事，不知仁兄可否会意？"

韩复榘一愣。

葛光廷说："主席去刘之心已决，副司令心知肚明。所以，他会助主席一臂之力。"

韩复榘惊道："当真？"

葛光廷说："张将军当然不能明讲，但我在私下里问过他，也得到了他的承诺。"

韩复榘听罢，激动得脸庞绯红，使劲搓手。不要说在军事上有所帮助，只是舆论上有所策应也会打消他许多顾忌，毕竟蒋介石不能不考虑张学良的态度。韩复榘激动不已，觉得这才是此行的最大收获。

韩复榘情不自禁地拉住葛光廷的手说："静岑兄真乃我知己。"

激动的韩复榘半宿没睡好,晚上起床喝了三次水。第二天醒来已近正午,没想到刚起床就遇到一件莫名其妙的事。侍从送来一封信,竟是位大名鼎鼎的人物写给他的。此人便是张宗昌,奉系军阀,1927年曾任山东督军,北伐军到济南时被赶跑,后到日本避难,前些日子听说刚从日本回到北平。张宗昌信中说,他从日本归来,无一日不思念山东,听说韩主席来京,急切一见……晚上备私宴小聚。言之凿凿,情真意切。

韩复榘大感意外,嘴角却不经意间掠过一丝轻蔑。然后把信一丢,压根儿没打算赴宴。

这时,葛光廷来请,说张学良请主席去个地方。这也是意料之外的事。想问个究竟,葛光廷笑而不答。既然是张学良安排,自然没有推托的理由,便跟着葛光廷去了。

车子开出不久,在一个胡同后停下;张学良的车队也到了。韩复榘下车与张学良见过,见胡同口有"东绒线胡同"的标牌。两株高大的紫槐立于巷口,胡同幽暗深邃。张学良往里走,一行人跟着。韩复榘不明就里,也随张学良前行。到胡同中段,有人打开眼前一处老宅,韩复榘、葛光廷跟着张学良进到院子。这一带的老宅大多是前清贵族所留,这座宅子也不例外,三进院落,格局规正,青砖灰瓦,绿植蔓庭。虽有些凌乱,却厚重精致。

张学良从前院走到后院,步幅很快,显然对院落十分熟悉,边走边对韩复榘说:"主席清贫自持,让人钦佩,但也不能如苦行僧般过日子。日后来北平次数会更多,饭店不宜住。这是前些年家父买的老宅,送给主席了。"

韩复榘一时没回过神来,没想到张学良如此慷慨,忙说:"司令厚爱,向方受之有愧。"

张学良轻轻一笑,说:"我们是朋友,不分彼此。"

一语双关,张学良的诚意和豁达以及隐藏其间的深意让韩复榘迅速打消了推辞的念头。

韩复榘拱手道:"恭敬不如从命。"

张学良哈哈笑着,和韩复榘并肩走出老宅……

在北京的这些天,韩复榘不断收获惊喜,竟有些天上地下、云里雾里的感觉。即将与张学良告别时,韩复榘希望葛光廷转达对张的感谢,言谈话语间也流露出对葛的感激。这些天忙忙碌碌,并没见葛光廷与张学良有更多交流,他却深切地感受到葛与张之间的默契;看得出来,张学良很多想法包括赠宅子的事，很大程度上是葛光廷的主意。葛光廷实在是个不可小觑的人物。

聊来聊去，竟然说到张宗昌的事上。

葛光廷也有些意外，说："他可是个非同寻常的人物。"

韩复榘说："多一事不如少一事，我自然不会见他。"

葛光廷反倒说："主席不妨和他一见。"

韩复榘不解。

葛光廷说："他是奉系人物，不好回绝。"

虽然葛光廷如此说，但韩复榘也没有打算去赴张宗昌的宴请，但回到住处，却见张宗昌已派人在等。想想葛光廷的话，韩复榘最后还是决定去一趟。但是，让韩复榘没想到的是，本说私宴，到后却见张灯结彩，高朋满座。韩复榘不禁皱眉，但已至此，只得硬着头皮走进院子……

4

从北京饭店前往车站的路上，韩复榘与葛光廷都感到了一丝异样。车辆拐了几个弯，走得并非寻常路。韩复榘问陪同的军士才知，这些天北平几所大学的学生正在闹游行，抗议日本占领东三省，并且正准备集合去南京请愿。

正说着，车在拐弯处，突然遭遇一队学生，他们喊着口号正与阻挡的警察交涉。学生队伍看到胡同里斜次冲出辆军车，片刻停顿后，便开始有人围拢过来，好在司机机警，迅速后退，拐进了旁边另条胡同，后面跟随的军车被包围起来。司机道路极熟，左拐右拐，不一会儿便到了火车站广场。广场冷冷清清，却有着一种特别的紧张的气氛，几乎空无一人的广场竟让人有剑拔弩张的感觉。

好在没误车。

韩复榘说："现在的学生不得了，把国家大事当成自己的事来管。"

葛光廷说："不知山东有何反应？"

韩复榘保持着与第三路军司令部的联系，几乎每天都和五个师旅长通话。他说："没听到山东学生有动静。"

葛光廷说："不可掉以轻心。学生向来是干柴烈火，一点就着，蔓延起来难以控制,还是关注他们的动向。"

火车早上开,晚上到济南。

葛光廷见大事已毕,就向韩复榘告辞,准备次日返回青岛。他的急迫在于他预感,青岛一定不会太平静,特别是关于学生的问题。

韩复榘说:"静岑兄,不行啊,还有很多事没落地!"

葛光廷知道北平之行,千头万绪,还只是个总体框架,后续需要落实的细节和具体问题很多。但是,这并非一时半会能办妥的。不过,细细想来,既然韩复榘如此说,逗留一日也无妨,把手头的急事理出个大致脉络,再返青岛也不迟。

在葛光廷陪同韩复榘去北平时,胶路警察署署长"大胡子"戴师韩带领十多人的卫队来到济南,本打算要保护葛光廷一同进京的,但因为有韩复榘精干的卫队相随,葛便没带他们去京,而是仍由戴师韩带领他们在济南候命。戴师韩见过葛光廷,请示下一步安排,葛光廷说:"明晚回青。"

夜里,葛光廷脑子里梳理出个大致脉络,准备和韩复榘落实最急需办的事。没想到韩复榘见面就说:"静岑兄,您是省政府参事,日常应该在济南办公。"

葛光廷摆手。

韩复榘说:"张副司令说了,让您'常川驻济'。"

在北平会谈期间,张学良和韩复榘聊天,曾指着葛光廷说:"如果向方兄有什么困难,可以随时问静岑。静岑也不必拘泥现职,一切以国家大事为重,以常川驻济为妥。"

当时,韩复榘不置可否。葛光廷也没太在意。现在看来,韩复榘经过一个夜晚的思考,觉得非常有必要让葛光廷在身边辅佐,特别是如何将现在与张学良之间所形成的默契落实到具体措施中,关于刘珍年的事,张学良将会以怎样的方式帮自己,这期间有很多事情要做,且非葛光廷莫属。

尽管全国上下正在强烈抗议日本对东三省的侵略,日人与国人的矛盾俨然成为世界关注的焦点,无论是国策的推行,还是地方政府的施政都以此带来的变化为改变,但在韩复榘心里,解决刘珍年问题仍是刻不容缓的大事,只要条件成熟,他会在第一时间向刘珍年发起攻击。他没有第二种选择。

葛光廷说:"主席,青岛、济南一线相连,方便快捷,我又何必常川驻济。"

韩复榘说:"我知道青岛有很多事等您去做,但现在情势下,我希望您驻济南,帮我谋大事。"

葛光廷说:"我当然会不遗余力。但离开青岛的时间太久,实在放心不下。我拟了当前要办的几件事,商量妥当后,就回青岛。"

韩复榘见葛光廷十二分坚持,也不再勉强,怕过度挽留既会引起葛的反感,又容易让葛生疑,像是自己别有用心,觉得还是听任来去自便为宜,便叹口气,极为遗憾道:"我知道胶路离不开静岑兄,既然如此,有些事还真的要在您离开前请教。"遂摒绝众人,两人商议机密。

葛光廷将近期需要做的事已逐一梳理清楚,形成了一个意见书,呈递给韩复榘。韩复榘打开看仔细阅读。"……一是关于东北军撤离后的军事布防;二是关于加强青岛防务;三是关于加强烟台、威海一线军事侦察,预防日人乘虚而入;四是关于重点防范日本商人在博山、坊子一带实施经济掠夺的问题;五是密切关注刘珍年动向。"

两人逐条分析,深入交流,达成共识。当说到第五个问题时,葛光廷明显感觉到韩复榘眼睛一亮,身子不由自主地倾伏向葛光廷。葛光廷知道这是韩复榘最为关心的事情,但在当前国难当头之际,要想与刘珍年动武却不是最佳时机,搞不好会陷入被动。这一点,他必须向韩复榘讲明白。但韩复榘的态度似乎非常明确而坚决——"越快越好。"

葛光廷见此,便没有把自己的想法全盘托出。

葛光廷秉持的原则是,只出主意,不做决策,决不会对韩复榘的军事行动采取实质性干预;否则,胜固可喜,败则难逃其咎。

韩复榘问:"张将军既然口头应允帮我,可……"

"张将军定的是大原则,细节问题,我们可以商量。"葛光廷说。

韩复榘以渴望的目光盯着葛光廷,问:"静岑兄认为现在我们需要做什么?"

葛光廷说:"沈鸿烈的海军可为后援。刘的后路主要是海上,如果这条路堵死了,刘军自然军心涣散。另外,胶东多山地,可调东北军的大炮一用。"

韩复榘为之一振。

"炮?"

"可以协调……"葛光廷自信满满。

这给韩复榘打了一剂强心针，他一撸袖子，说："这样便可以放手干了。"

葛光廷说："刘珍年不是主席的对手，枪炮只是外因，最重要的还是影响，只要张将军站在您一边，这盘棋就不会输。山东的局面容易控制。"

韩复榘连连点头。言外之意，他明白得很，有张学良的支持，蒋介石当然投鼠忌器，不敢轻举妄动。

葛光廷虽然知道韩复榘去刘的决心已下，但在东三省刚失之际，便大动干戈，实在不是最佳时机，本有意再次提醒韩复榘，转念一想，感到没必要多此一举。国难当头，韩复榘一定会三思后行。如果他真的决定孤注一掷，也决非以己之言能起作用的。

两人谈得很顺畅，葛光廷除却对刘珍年的问题存有顾虑外，其他没什么障碍。韩复榘格外兴奋。此时此刻，他又生出要挽留葛光廷暂不返回青岛的念头，并且非常强烈。他觉得哪怕只是刘珍年的问题，他也该把葛光廷留在身边帮助自己。怀着这种纠结的心情，中午他让手下到燕喜堂订了桌送行宴，想席间再劝留葛光廷。

没想到饭局刚开始，作陪的戴师韩就被随从叫出去，回来后，与葛光廷俯耳嘀咕一番，葛光廷停箸不语，接着便对韩复榘说："主席，我真的要马上赶回青岛。"

韩复榘以为葛光廷在给他耍花样。但葛光廷已站起身，说："主席，国立山东大学的学生上百人冲入青岛火车站，执意乘车来济，与济南所属院校学生一起，去南京请愿。"

"有这事？"

葛光廷看一眼戴师韩。戴师韩明白他的意思，便说："学生要求铁路局给他们开专列，但没有指令，谁也不敢做决定，他们就冲击铁路局，打了运输处的同事，现在正强行冲入火车站，并且与旅客发生冲突。局里群龙无首，乱作一团，怕会出乱子。"

韩复榘确信此事不虚，便同意葛光廷以最快速度赶回青岛，临行前反复叮嘱，一定尽最大可能把学生挡在青岛，不能让他们来济南，一旦到了济南，与省府所在地的学生以及平津南下的学生汇合，事情就麻烦了。

韩复榘送葛光廷出来，见教育厅厅长程思源在外面等候。程思源是南京政府派来的人，不为韩复榘待见，平时除却开会，从不单独见面。程思源也是如此，没急事从不主动见韩复榘。现在，既然在门口候立，一定有急事，并且不难猜出与学生的事有关。

葛光廷向程思源点头，两人见过面，但无深交，葛光廷听闻此人热衷教育，心地单纯，总想有机会和他有所交流，但程思源似乎对葛光廷抱有一种本能的戒备，见面只是客套地点点头，从不多说一句话。程思源所说的果然是国立山东大学学生请愿之事，说："希望葛委员长回去安抚学生。"又对韩复榘说："济南的几所大学与平津的学校有了沟通，学生极有可能形成联合，南下请愿……"听罢程思源的报告，韩复榘知道已经无法再留葛光廷，反倒要催他抓紧回青岛处置相关事宜。真是计划没有变化快。

回到青岛，葛光廷才知道事态远比想象得复杂。学生已经"占领"火车站，"和日本人决一死战"的口号不绝于耳。胡若愚派大批警察在车站维护秩序，警察局局长王时泽让学生打了。胶路几位委员陆梦熊、崔士杰、彭东原、陈延炆带领职员分口把关，不让学生进站。但是，对待学生的爱国热情不能用强硬手段，只有劝说，而劝说，又几无效果。很多学生强行闯入车站，逢车便上，乱作一团。青岛市接到省政府命令，决不允许一名学生进济南。葛光廷刚回胶路，便接到韩复榘电话，知道济南的形势也是一夜突变，几近无法收拾：平津的请愿学生乘车到济南后被拦停，济南的学生冲进车站试图与南下学生汇合；有的学生见车迟迟不开，便下车示威，有的甚至卧轨拦车抗议。

葛光廷陷入深思，能这样对待学生吗？尽管他们的情绪偏激，方法也欠妥当，但是，终归是出于一腔爱国热情。面对外来侵略，人们都有表达不满的权利，如果连不满都不让说，必然会产生过激反应。

葛光廷想把这层意思说给韩复榘，但略作考虑后便作罢。但是，他把这层意思告诉了胡若愚。胡若愚在处置学生问题上，也是左右为难，一会儿认为学生对，甚至个人的情绪也为学生所感染；一会儿又觉得职责所系，必须阻拦他们。

葛光廷对他说："让学生乘车走。"

胡若愚犹豫。

葛光廷说："学生是爱国的。爱国请愿应该得到支持，并且这一爱国行为不只是在平津、山东，全国各地都在蔓延，堵哪里才对？问题还在于南京，并且国家需要这样一种民众的情绪表达……"胡若愚觉得有道理，他还听说国联正准备组建特别调查组到东三省实地调查,学生的请愿或许一定程度是外交上的声援。

胡若愚觉得葛光廷的看法很有见地,蒋委员长或许正需要这样一种社会舆论的支持。

葛光廷放行了所有列车,虽然仍继续劝阻学生,但只要上车者一律不再作强行处置,列车恢复正常运行,一批批国立山东大学的学生陆续登上开往济南的列车……

陆梦熊等一干人忧心忡忡。他们觉得,山东省政府一定会对胶路产生极大的不满。

5

就在葛光廷放行请愿学生的同时,也给韩复榘拍去电报。内容很简单:"宜疏不宜堵,南京有办法。"

北平之行后,韩复榘对葛光廷几乎到了顶礼膜拜的地步,对他的意见更是言听计从,他自己也明白,面对蜂拥而至的学生潮,如果一味去堵,非但于事无补,反倒更容易激起变故。但是,话又说回来,如果学生从济南打开缺口,南京的压力自然就会加大,蒋介石会不会怪罪?权衡利弊,无从着手。葛光廷的电报,让他存在心里的困惑迎刃而解。

这一结果让韩复榘再次对葛光廷刮目相看。蒋委员长非但没有怪罪,反倒在南京公开接见学生代表,谈了关于中国抗日的态度,要求学生返回学堂,以自强不息之精神完成学业,增长才干,将来报效国家,实现民族的伟大复兴。蒋委员长言辞恳切,情到深处,竟带几分哽咽,让单纯的学生为之动容。请愿的学生陆续返回,车过山东,有人喊出"感谢韩主席"的口号;后有人投书报馆,对韩主席在学生请愿中表现出来的宽容表示赞赏。身在青岛的葛光廷更是赢得了国立山东大学学生的欢呼,当他们得知,正是葛光廷的网开一面,才使他们得以顺利抵达济南的消息后,无不对葛光廷心怀感激,甚至有学生代表给胶路送来花篮,葛光廷派尹援一代为接受,自己并未露面。在他看来,自己的所作所为无非是应对危机的一种临场选择,凭的是经验和对形势的本能判断,无所谓政治倾向和政治立场。事情既已过去,再渲染此事,既有哗宠取众之嫌,也容易滋生不可预测的风险。低调处理才是正确的。

接下来的事情让所有人都没料到,蒋委员长下野,行政当局自然有番大的调整。孙科成行政院院长,连声海署理铁道部部长。政治形势,一时风云变幻,莫辨东西。

这个时候,叶恭绰来到青岛。

葛光廷、胡若愚、沈鸿烈到车站去接。由于是私人性质的访问,事先并未通音信,大家对叶恭绰来青岛的目的均不得而知。

胡若愚城府浅,心里放不得事,试探着问:"叶遐阉这次没干上铁道部部长……"

葛光廷装作耳无所闻,无动于衷。

胡若愚又问沈鸿烈。

沈鸿烈说:"军人不问政,只听命。"

胡若愚怏怏。

葛光廷这时又想起存在已久的心事,如何去胡?每次与胡若愚碰面,无论谈什么话题,葛光廷都会冒出这一念头。葛光廷挖空心思想把胡若愚清除出青岛,这既有他对巩固青岛防务的现实考虑,也来自对胡若愚本能的反感。

胡若愚不知道葛光廷的心事。一旁自顾思考感兴趣的事,说自己感兴趣的话,不知道自己的命运就在这无数个瞬间里被人揣摩改变。被人惦记,是件可怕的事。

火车进站,叶恭绰出现在车厢门口。从看到叶恭绰的第一眼,葛光廷就明白他来干什么了。因为随他下车的还有炎虚和尚。胡若愚、沈鸿烈却对叶恭绰带来个和尚感到纳闷。

下榻地位于胶路对面的车站饭店,这家饭店的承包者是丁子书,与济南胶济铁路饭店同为一人。饭店设备设施在青岛属一流,加之饭店出租的东家本身就是胶路管理局,饭店方面的接待可谓无微不至。

由于时间较晚,胡若愚与沈鸿烈客套几句后就退出,葛光廷留下来问行程安排上的事。

叶恭绰摆摆手,示意葛光廷先坐下。

叶恭绰说:"静岑,这次只有一事,湛山寺!"

葛光廷说:"见到炎虚大和尚便明白了。"

叶恭绰说:"我想尽快把这事办了。"

"这……"

叶恭绰说:"有困难?"

葛光廷忙说:"没有,没有。"其实,他本想说,这个时候推进湛山寺工程是不是有些不合时宜,毕竟国难当头,如果有人拿此做文章,容易惹麻烦。

葛光廷说:"只是前些日子,煤商罢运一事,加之东北之事,把这事耽搁下来,实在抱歉。"

叶恭绰说:"不是你的问题,这么大工程需要统筹协调。胶路有您在,我就放心。这次来,主要是想和胡市长做些沟通,有些具体事情还需要他亲自出面才行。务必请您尽快做些安排。"

葛光廷说:"没问题,我尽快安排。"

从饭店出来,葛光廷返回胶路。葛光廷一直不明白,叶恭绰这些年宦海浮沉,功名心切,不知为何突然减了兴致,一味倾心佛事,以至于国家危难之际也不避嫌疑。仕途蹭蹬,让他体悟到人生虚空?还是别有他因?战火笼罩,阴云密布,有多少平民百姓、军人正死于屠杀,佛祖真的可以渡人?

葛光廷边想边摇头,在他看来,叶恭绰乃国家栋梁,如此颓废,实乃国之不幸。

虽这么想,出于对叶恭绰的尊重以及由来已久的忠诚,葛光廷还是让他从心底视叶恭绰的意愿为自己的意愿,对他决不会存二心,能办的事决不说半个"不"字。

第二天,叶恭绰由胡若愚、葛光廷、沈鸿烈陪同参观崂山。叶恭绰游山玩水的态度大合胡若愚的心情。胡若愚一路吹嘘对青岛旅游业发展的奇思妙想和开发规划,虽然想法不失独特,但在葛光廷看来,这些对于青岛的发展并非当务之急,现在青岛面临的最大问题是来自对岸日人的威胁,此时此刻谈"旅游""观光",实在于当下形势格格不入。

由于胡若愚的极力奉迎,叶恭绰饮酒作诗,颇为尽兴,甚至还为一处瀑布构思出"潮音瀑"的名字,非常自得。晚上由胡若愚安排,在政府餐厅就餐,胡若愚备了笔墨,让叶恭绰亲笔题写"潮音瀑"三字,说要刻在碑上,立于瀑布侧。叶恭绰介绍了炎虚和尚和他辉煌传奇的经历,众人大多对此不甚了了,但还是跟着吹捧一番。席间,叶恭绰单独给胡若愚敬酒,起身举杯,目光扫一圈,意味深长地说:"此次来青岛,有一事需要胡市长帮忙,也算了我一生夙愿。"叶恭绰说得郑重其事，桌上鸦雀无声。

叶恭绰说："恳请胡市长给我面子，帮忙把湛山寺建起来。"接着，便说了建湛山寺的心愿。

胡若愚听罢，说："这是件大好事。青岛历史不长，到处都是德人建筑，洋教堂遍地，独缺中国人的信仰，于国运无益。我支持在湛山寺的建设。"

葛光廷打趣道："支持要有实际行动！"

胡若愚若有所思地点头，然后去看叶恭绰。

叶恭绰笑道："要把湛山寺建起来，首先需要政府批地。"

胡若愚拍着胸脯说："这不是难事。想要哪块地？"

叶恭绰说："湛山寺当然在湛山，湛山的前山。"

那是最好的地段。胡若愚尽管拍了胸脯，但还是愣了一下。但他还是以大包大揽的口气说："没问题。"

叶恭绰赶忙说："先谢过胡市长。"

胡若愚很夸张地摆摆手，说："小事，何足挂齿！一市之长，难道连这点事都做不了主？"

众人哈哈大笑，意味却大不同。

寺院筹建之事比较烦琐，饭间大致商定了脉络。饭后到一日人所开茶馆继续商议，所谈细节越来越深入。

除却划地外，最现实的问题是筹资。叶恭绰介绍了前期筹款情况，大家才知道，叶恭绰来青岛前在铁道部大张旗鼓地举办了个筹款启动仪式，带头认捐大洋一万，其他居士、热心人也多有捐助。当然，这只能算做启动资金，距离所需资金相去甚远。叶恭绰此番来青岛，除了解决划地问题，另外一个问题便是筹款。

划地已由胡若愚承诺解决，但筹款不是一两句话便可办妥的。叶恭绰没想到此行会如此顺利地进入到筹款议题，虽然议来议去，不得要领，但还是非常开心。因为筹款最大的困难是先要张得开口，只要开了头，自然就会有成果。

葛光廷话不多，但见大家没了主意，便提出自己的想法。他说："可否以发奖券的方式募资？"话题抛出，略显倦怠的众人均为之一振，又七嘴八舌议论起来。发奖券募资是个好主意，如何操作？大家一番商量，最后议定，先通过发行彩券方式做个实验，数额可以少一些，先募集到足够的修正殿的钱，然后看情况再逐步展开。炎虚和尚说："修正殿需要十万元。屈指算来，可以先发行两万份，每份售洋五元。如此便够了。"胡若愚问："如何吸引募券？"

沈鸿烈说："可以开设奖项。"

葛光廷说："这主意好。头等奖可以奖洋房，二等奖可以奖汽车，普通奖再设若干，奖古玩家具……"

大家聊得热火朝天，相互裨益，本来是陷入死胡同的话题，活生生聊出条路子来。

夜深散场，葛光廷还是最后一个离开。心满意足的叶恭绰对他说："这事开了个好头，葛委员长功不可没，当然，胶路还要多出力。"

葛光廷说："仁兄放心，我会带头认购彩票，并且胶路还会从支持公益出发，出面购置，反正一定会凑够修正殿的钱。"

叶恭绰拍拍葛光廷的肩膀，以示感谢。

越是得到叶恭绰肯定，葛光廷越发觉得应该把这事做好，不辜负叶的信任。

回到住所，他仍在想着此事，想着怎样才能给叶恭绰更大的惊喜。这既源于他对叶本能的支持，也觉得应该做些积功德的事。

葛光廷从此便开始揣摩，如何在湛山寺上做件出人意料的事情。

6

叶恭绰在青岛的日子，陆梦熊也陪同参加了几次活动。自从与煤商一战用力过猛，暴露了软肋，葛光廷对他明显冷淡；崔士杰反倒由此上位，更为葛光廷信赖。尽管崔士杰也常打小九九，但没人不为个人利益算计，至少他与陆梦熊的所作所为有着本质区别。这种变化让陆梦熊心里不是滋味，但无力回天，只能期待以后慢慢再找机会。陆梦熊有时也耿耿于怀，他认为自己的做法尽管欠妥，但毕竟为了胶路利益，也是帮葛光廷解围，出发点是好的，不应该对他苛责太多。

陆梦熊一直察言观色，寻找弥合裂隙的时机。叶恭绰的到来让他心里一喜。看得出，葛光廷对叶恭绰有求必应。叶恭绰在交通系人脉广泛，虽然这些年寓居南京，热衷艺术、佛事，但还是常为政府在交通的事上出谋划策，影响很大。之前有传言，叶恭绰将接替孙科入主铁道部，传言愈盛，叶恭绰反倒愈以闲情示人，似是以此表达对功名的不屑。是否是叶恭绰的真实想法不得而知，但孙科入主行政院后，接替者确实不是叶，而是连声海，大大出乎人们预料。但是，悬念还在，连声海只是署理，并没有得到行政院正式任命。铁道部部长如此重要的位置，如此处置略显草率，也隐隐透着些无奈。

就在这时，叶恭绰来青岛，一副全身心投入湛山寺筹建的架势，更让人不知他的真实用意，是以进为退，还是急流勇退，不容易猜得出。

参加几次活动后，陆梦熊看出，正如外界所传，葛光廷与叶恭绰的关系确实非同寻常，虽看不出两人过多的亲昵，彼此的默契却是别人无法替代的。陆梦熊由此判断，叶恭绰重用的可能极大。为此，他想帮助葛光廷在湛山寺问题上有所表现，既可以博得叶恭绰欢心，也让葛光廷重新认可自己。

陆梦熊敲门进来，葛光廷稍显惊讶。从上次事件后，俩人除却正式场合有所交流，其他时间都尽量避免单独见面。

"有事，陆委员？"葛光廷问完，觉得生硬，忙补充一句，"这些日子，忙得焦头烂额。"

陆梦熊说："不能为委员长解忧，惭愧。"

葛光廷听出陆梦熊话里有话。

陆梦熊不愿意见到两人的谈话冷场，那样更容易滋生陌生感，哪怕话说得突兀，也一定让交谈顺畅，并且必须以最快速度进入葛光廷感兴趣的话题。

陆梦熊说："前些日子和崔委员长到沿线调研，在青州有个意外发现。"

葛光廷好奇道："什么发现？"

陆梦熊说："那里有座明朝的衡王府，规模大得惊人，古迹众多，只是损毁严重，让人心疼。"

葛光廷若有所思，猜想他为何提及此事。

陆梦熊故作神秘道："我想，如果把衡王府门前那对石狮子弄到湛山寺，很合适；那对石狮子，透着王家气象。"

葛光廷没想到陆梦熊会有如此一提，心里暗自一喜，但表面上不动声色。虽然他已经从本能上对陆梦熊产生了戒备，但他对陆梦熊的提议还是怦然心动，只要有利于湛山寺的意见对他来说都值得认真听取。凭直觉，他也感到，如果真如陆梦熊所言，能把王府门前的狮子移至湛山寺，确实与他想象的"办件出人预料"的大事太契合了。

虽然葛光廷没表态，但陆梦熊从他细微的神色变化间多少还是感觉出了他的想法。顺势而为，他便把自己的想法和盘托出。他说："沿线经济状况调查正在进行之中，如果委员长去趟青州，既可以给调查工作鼓鼓劲，也顺便去趟衡王府亲自看看。"

陆梦熊已经为葛光廷铺好了路子，葛光廷当然乐享其成。但想到陆梦熊工于心计，心情又变得十分复杂，对这样一位可成事也可败事的人实在是留之可怕弃之可惜。

最终，葛光廷还是决定去趟青州。崔士杰有些意外，之前没听说葛光廷有参与沿线经济调查的想法，不知为何会突然有此一行，是兴致所至，还是别有意图？实在不得而知。

青州是胶路沿线一座重要的城市。因地处渤海、泰山间，"东方属木，木色为青"，故名青州，有"海岱惟青州"之名。两汉至明初，青州一直是山东的政治、经济、军事、文化、贸易中心。后来，形势大变，山东的管理重心渐渐西移，青州逐步颓败。葛光廷青州之行，既有来自陆梦熊的"诱惑"，也有对到古城一游的渴望。

既然是以经济调查的名义而来，葛光廷一行当然先到青州火车站，做些面上的情况了解和调查。葛光廷与车站员工聊了些业务上的事，又和几位客商交流一番，对青州站的货运发送以及周边经济的发展状况有了初步了解。胶路通车以来，青州、坊子一带客商瞅准运输便捷的机会，结合当地实际，从美国引进烟草品种，大力发展烟草业，渐成规模。英美烟草公司专门在青州、十二里堡一带设烟草收购点，每年有大量烟草原料、半成品从青州以及周边车站发送，青州站也成为特色经济作物的重要集散地，既方便贸易，也为胶路创造了巨大效益。

结束了青州车站的调研，陆梦熊建议到附近烟草种植区实地考察。乘车过青州城外时，陆梦熊说："这是'满城'，委员长要不要看看。"

崔士杰并无多想，只是说："委员长第一次来青州，了解一下风土人情？"

葛光廷心领神会，说："好，看看。"

车子停在老城门前，城门上写着"北城"二字。

崔士杰说："这就是'满城'，也叫'北城'。"

"北城……还有南城？"葛光廷问。

崔士杰笑笑说："青州本无南城，所谓北城，无非是与南边的老城有所区别罢了。"

葛光廷点头。

崔士杰说："说来话长……"接着便讲起了属于青州的一段故事……

青州北城是专供满人居住的城池，也是一座军事要地。雍正七年（公元1729年），清政府为加强对内地的统治，派田文镜等人到山东一带考察。考察后田文镜等人认为青州位置显要，既可与内陆各地清兵军营联络，又可与沿海之营相通，可以起到衔南北而贯东西的作用，于是，便上书朝廷在此设满州兵营。清政府很快同意了田文镜的奏请。

在青州所设置的满州兵营有将军、副都统各一，首批由两千名八旗兵到此驻防，后又陆续将驻防在登州、莱州的八旗水师移驻此地。从此，青州便有了这座声名显赫的满城。满城延续二百多年，颇具规模。清光绪二十七年，朝廷实施新政，八旗编制被裁撤，驻扎在青州"北城"的满州军也开始由兵转民。但是，由于种种原因，青州满军的"兵转民"政策实施并不彻底，特别是清亡后，军阀混战，政权更迭，对青州的兵事无暇顾及，一直到民国十四年（公元1925年），青州城仍然保留着一支没人管没人问且不伦不类的满州"军队"。当时，山东的督军张宗昌看好了这支军事势力，顺势而为，将之收归麾下，青州满城的军事才得以被全部消化。

崔士杰对这段历史非常熟悉，娓娓道来，陆梦熊竟然一时不能接上话，心里有些不自在。之前，他把功课都下在了对明衡王府的研究上，对青州的历史知之甚少，没想到会给崔士杰可乘之机。

崔士杰对陆梦熊的反应丝毫没有察觉，觉得作为山东本地人，介绍当地的情况是分内义务。见葛光廷听得津津有味，反倒讲得更加起劲。

从满城出来，到达老城。车没有往里开，而是在城门外停下来，一行人步行往里走。

老城十分气派，尽管有了前面崔士杰的介绍，但葛光廷还是对出现在眼前的老城池震惊不已。青州城有四门，分别曰海晏、宁齐、泰安、拱辰，四门雄阔，气度不凡，进出路人虽多为平民装束，但轩昂的步伐给人一种不同寻常的感觉。边走边看，崔士杰仍在讲着青州的故事，特别是一段青州兵抗击英军侵略的事让葛格外感兴趣。1842年，第一次鸦片战争期间，英军兵舰逼近镇江，被迫应战的清政府从青州抽调四百余名满州兵开赴战场，参加了镇江保卫战……葛光廷慨叹，没想到自己管辖的胶路沿线竟然隐藏着这样一段不同凡响的历史。

说着话，便来到衡王府前。

陆梦熊接过了话题，说："委员长，这便是明朝的衡王府所在地。"

抬头看着眼前的王府宅邸，葛光廷有种恍若隔世的感觉。他实在想象不到，在这处偏僻之地，竟然会隐藏着如此王家气象的深宅大院。

衡王府是明王朝的后裔封地。自第一代衡王朱佑楎就藩，共传六世七王，历一百五十年有余。虽说衡王府历经战火，已渐颓废，但隐隐的王家气象不散，在厚重甬道串联起来的殿堂楼阁间，帝王格局清晰可见；在高大粗壮的松柏覆盖的庭院间，神秘气息缭绕其间，行走其中让人不禁神情肃穆，正襟危步，甚至大气都不敢出……

陆梦熊对衡王府的来历身世有过细致了解，所以也替代了崔士杰一路的解说角色，向葛光廷讲述了很多衡王府建造设计的典故。现在的衡王府占地十五公顷之多，建筑形制以北京紫禁城为模本，双层宫墙环绕内、外两城，内城是王府区，外城为办公机构。衡王府最让人叹为观止的是两座精美的石坊，石坊南北相对，均为四柱三门，云头花边别具心裁，荷花、牡丹等花卉摇曳梁间，有风吹来，似可见微微拂动，觉暗香拂来；基座雕刻狮子、麒麟，蹲俯其间，石坊更显稳定不可撼动。前后横匾罗列，二龙戏珠环拱，"乐善遗风""象贤永誉""孝友宽仁""大雅不群"几个大字磅礴沉稳，把整个王府的气蕴勾连贯通起来，一气呵成。身处衡王府，却似远眺一座山，静观一片海。葛光廷慨叹不已。

过石坊便是王府的前门，一对气宇轩昂、沉静威猛的石狮子正在盯着缓步前来的葛光廷一行……

谁能改变谁的命运？

真的不得而知。

葛光廷在想，石狮子似也在说。

7

煤商罢运的事由于采取了折中措施，延缓了矛盾爆发，但问题终归没有得到彻底解决。从青州回来后，运输处便报告，请求是否从11月1日开始恢复煤炭内销出口运费加价两成的政策。这一棘手的问题再次浮出水面。葛光廷知道，当前的形势较之前更加复杂，九一八事变后，所有政策出台依托民族存亡的大背景。葛还有一层担心——这一延续下来的问题将由谁来具体负责。在此之前一直由陆梦熊承办，葛光廷对他处理问题的方式产生了极大的不满和顾虑，坚定了不让他再插手此事的决心。那么最合适的人选就是崔士杰，但崔士杰自身经营着实业，铁路运费的增长与其个人利益息息相关，所以也非最佳人选。

外间已经有煤商开始提及此事，也在观察胶路的反映，一旦处置不当，极有可能重蹈覆辙。

葛光廷左思右想不得要领。这时，尹援一神色慌张地进来。葛光廷问："怎么？"

尹援一说："委员长，出麻烦了。"

葛光廷盯着他看。

尹援一说："沈司令被人绑架了。"

"什么？"葛光廷几乎不相信自己的耳朵。

"千真万确。"尹援一说。

"详细说。"葛光廷说。

尹援一说："凌霄一班人，长期对待遇不满，多次组织人员向沈司令讨说法，要求向青岛市施压，帮助舰队官兵提高待遇，但沈司令多是不加理睬。昨天，沈司令去崂山视察海防，没想到凌霄一帮人竟然把沈司令绑架了，强令他交出海军第三舰队的军权。"

葛光廷听完，脑子先是"嗡"一声，但随即清醒下来。他想，这事蹊跷，无论凌霄怎么闹，绑架上司，胁迫上司交出军权，可是死罪！凌霄如此糊涂？再说，海军第三舰队其实都是东北子弟兵，尽管凌霄资格老，也不至于做出僭越之事。难道背后另有文章？

葛光廷想起了他和沈鸿烈在海军司令部天台上的一番讨论，难道这也是沈鸿烈的"超常规"之举？

尹援一知道葛光廷与沈鸿烈之间的特殊关系，他想，葛光廷得知这一消息后一定非常着急，并会急寻解救沈鸿烈的办法；没想到，葛光廷竟然并没有表现出应有的态度，竟是一副一筹莫展、举棋不定的样子。

到中午时分，沈鸿烈为官兵所劫的消息便传得满城风雨。人们纷纷猜测，沈鸿烈已为凌霄所杀，还是被软禁？海军第三舰队的待遇得不到保障，凌霄等人多次找沈鸿烈解决未果，这本来就是传言已久的事情，看来是实情。但无论如何，劫持上司，为军法不容。还有更深层次的分析，第三舰队的弟兄们身处异乡，寄人篱下，他们便以此方式给南京施压，以求待遇有所改善。

葛光廷得不到准确消息，尽管他有种直觉，感到或许是沈鸿烈的苦肉计，但无论何种原因，沈鸿烈被绑架确实是件影响到政治形势和国家政策的大事，必须要对此可能产生的利害关系有所分析，有所准备，以防不测。

葛光廷来到青岛市政府，找到胡若愚。胡若愚大为不快地说："搞什么名堂，叫天下人耻笑。"

葛光廷说："胡市长，您怎么看这件事？"

"东北军的弟兄们也太不顾及颜面，张将军的脸算是让他们丢尽了。不就是待遇吗？军人的天职就是奉献、拼命，天天吵着要待遇，实在不像军人样子。"

葛光廷问一句："这些年舰队军饷一直不足，市里是不是也应该接济一下，帮助他们渡渡难关，也理顺一下官兵情绪，毕竟他们的防地在青岛。"

胡若愚一愣，没想到葛光廷这么直截了当，便说："我是仁至义尽。军费开支在南京政府，青岛没这份预算，不能违规办事，这是委员长的指示！"

葛光廷知道没法和胡若愚理论，并且已经于事无补，来见胡若愚无非想探听些消息，并非为了给沈鸿烈解决困难的，况且沈鸿烈所面对的问题也并非他能解决得了的。葛光廷便起身告辞。

没有从胡若愚处打听到消息，回到胶路，葛光廷反倒接连不断地收到更多信息。沈鸿烈被囚禁在崂山太清宫，凌霄一干人逼他交出军权，双方处于僵持之中。等到傍晚时分，葛光廷发现委员们都没离开胶路办公机关。沈鸿烈的事牵动着每个人的神经。葛光廷也没有心思回住处，整晚待在办公室。

半夜，有人敲门，戴师韩进来，说："委员长，情况不妙。"

葛光廷身子一振，问："怎么？"

"韩复榘调兵遣将了，下午派荣光兴旅从日照开往胶州，戴鸿宾的'北平'号铁甲车也向胶州开来。"戴师韩神色肃穆。

葛光廷大为紧张。韩复榘要做什么？他为何会有如此举动？他本能地把手伸向电话机。他想，北平之行已经与韩复榘有过约定，韩复榘支持沈鸿烈，张学良、沈鸿烈暗里结成同盟，助韩摧毁刘珍年，这是两者都可获益的事，难道在突然变故面前，韩复榘看到了新的机会，想放弃彼此间的默契和约定？

如此一来，既定方案将被全盘推翻，自己与张学良商定好的计划非但无法实施，也将打乱自己谋划好的掌控山东局面的设计思路，帮助南京制定控制山东的最佳方案也将流产。葛光廷知道，决不能让事态向这样一种危险的局面发展。

夜深了，南京来了绝密电报。寥寥几字却见急迫："沈事何因，探明速报。中正。"

葛光廷越发觉得事不容迟，打消南京顾虑，首先得解决眼前的现实问题。

葛光廷虽然一夜未眠，但脑子异常清醒。天微亮，他就坐首班车前往济南。傍晚时分到济南，韩复榘刚从外面回来，看到突然出现在面前的葛光廷，大感意外。"静岑兄，你这是……"他问。

葛光廷开门见山，说："海军的事，想讨主席个意见。"

韩复榘笑了，有些诡秘，但也不无诚恳地说："我不会改变与张将军的约定，更不会让静岑兄失望。"

葛光廷一路想来，越发觉得韩复榘一定存了异心，否则决不会做出如此超乎寻常的举动。承诺有时是脆弱的，在能够攫取更大利益的机会面前，任何承诺都是有可能改变的。葛光廷一路上忧心如焚。

但是，当见到韩复榘，看他轻描淡写地回答自己的质询，葛光廷一时又感到确实不太好分析和把握对方的真实意图。

韩复榘笑道："问题已解决。您来济南的路上时，沈司令已被下属解救出来。"

葛光廷尚不知最新的消息，听罢默然不语。事态的发展有些超乎想象，瞬息万变。

韩复榘一直忙着剿匪，在葛光廷的印象中，如果不是提前约定，每次见到韩复榘时他总会与剿匪的事沾边，这次也不例外。饭间，葛光廷从韩复榘口中了解到事情的大概。沈鸿烈被禁后，海圻舰第一分队副队长关继周组成敢死队，潜入太清宫，冒死将沈鸿烈营救出来。沈鸿烈脱险，一切自然风平浪静。但是，这件事情在外围所激起的浪花却让葛光廷强烈地感受到一种树欲静而风不止的意味。

葛光廷知道，既然沈鸿烈的问题迅速得以解决，那么其他一切连锁反应在没有形成实事之前就已经不存在了。所以，他不必也不能再向韩复榘刨根问底。

韩复榘笑着说："静岑兄太过敏感了。"

葛光廷摇摇头，说："事情来得太急，不能不与主席当面报告。怕有变数。"

韩得榘哈哈笑道："您还不相信我？"

葛光廷说："当然信得过主席。"

第二天，葛光廷便又急着赶回青岛。

见到沈鸿烈时，却见他气定神闲的样子，根本看不出刚刚经历过一场劫难。葛光廷心底迅速掠过一丝阴影，对他这次非同寻常的"经历"产生了强烈怀疑。

沈鸿烈说："让老兄看笑话了。没想到他们会出此下策。"

葛光廷不置可否。

沈鸿烈说："我已向南京政府辞职，反正我是不能再干舰队司令了，谁愿干谁干好了，犯不着为这事丢命。"

葛光廷只是点头，沈鸿烈看他的样子，竟有些摸不着头脑。

葛光廷说："沈司令的最佳选择便是辞职。"

沈鸿烈沉默半晌，才说："这件事没您想象得那么复杂，无非'内讧'而已。再说，我相信他们也不敢真的杀我。"

葛光廷说："不管怎样，还真吓我一跳。事到如今，这也算是个再好不过的借口了。"

沈鸿烈想说什么，却欲言又止。

葛光廷带着几分幽默说："这事有点过火，但又非如此无以改变局面。"接着问一句，"那南京的态度呢？"

"当然不肯！"

"坚辞！"葛光廷说。

沈鸿烈笑道："您是看热闹的，不怕热闹大。"

葛光廷说："外行看热闹，内行看门道。"

沈鸿烈不置可否地摇摇头，笑了。

8

胡若愚丢开手里的报纸在屋里来回走动。窗外海浪声很大，天暗淡低沉，似有雨来。早上他从一份来自北平的报纸看到一则信息："青岛市市长胡若愚即将赴北平任职。"这让他大感不解，为何会空穴来风。再一想，苗头不对。无风不起浪，难道南京真的有动自己的意思？他焦躁地在屋里转几个圈，猜不出答案。他让人又找来上海、南京的几家报纸，上面果然也载有相关消息。他觉得事情没那么简单。

他隐隐感到有人在背后搞鬼，不只是此时此刻，很长一段时间，他都感到有人鬼鬼祟祟跟在身边。他嘲笑自己疑神疑鬼，现在看来，这种感觉果真合理。

他给自己打气，尽管很多人对他花花公子做派不以为然，他自己却认定，青岛就需要他这样的花花公子来管理，他的风格与青岛的气质是相通的。况且，很多人知道，他与张学良的关系非同寻常，是从小的玩伴，关系铁到他能够在浑然不知的情况下就可以成为青岛市市长。如果有人心存恶意，想换掉自己，想来也并非那么容易。从他个人来讲，他对青岛已经有了某种难以割舍的依恋，哪怕有升迁的机会，他也不愿离开青岛。青岛对他来说，是洞天福地。

就在胡若愚陷入恐慌不安之时，葛光廷正有条不紊地实施着既定计划。

葛光廷郑重其事地给南京回了一封信。关于沈鸿烈被禁的消息众说纷纭，事情的突然发生与迅速解决，不能不让大家对此产生种种联想。所以，南京方面要葛光廷探询事情的原委。原委其实都在人们的说法里，并无多少隐秘；反倒是如何处置后续事宜，葛光廷更为慎重。他想把自己蓄谋已久的计划一并付诸实施，这既是他的私心所在，也是他维系山东平衡的关键。于公于私，都要办。所以，他在写给南京的信中，除却简要概述基本情况，把着墨放在了如何切实从根本上解决海军第三舰队与地方管理的矛盾上来。"……问题的症结没有解决，孤悬青岛的第三舰队便一刻不得安宁。驻青岛，财力得不到本地政府支持，既有人为因素，更为体制所关。地方军对中央军费支付多有微词，中央有难处也是实情。青岛政府非但不能为中央排忧分谤，反倒一副与己无关、置身事外的姿态，不能不让人有寄人篱下之感。解决此事，最好的办法，是使军政合一，既可以使驻军待遇问题迎刃而解，又可创造军地和谐之环境。更重要的是，军队会视当地防务为己任，切实整军备战，以备应急之需……"

葛光廷深入透彻地分析了当前形势，为解决海军第三舰队的驻守问题开出药方。"……光廷认为，应以沈鸿烈舰队司令之职衔青岛市市长，只有这样才可稳定海军，强化青岛防务，如此既解决眼前亟须，也解决长远根本。当前，日人犯我东北，山东与日本一海之隔，山东防务实为关键。山东防务力量看似强大，实则多方隔膜，西有第三路军，中有刘珍年，沈鸿烈靠海，军力分散，相互钳制，无法形成有效战力。军政权属合而为一，必能厚青岛防务，希谅解苦心，权衡利弊，有所补益……"

信写得言辞恳切，葛光廷自认为会见效果，但同时也意识到还有另外一层壁垒需要打破；否则，南京政府对更换青岛市市长一定心存顾虑。几乎全中国人都知道，胡若愚是张学良的发小，谁敢轻易换他。哪怕是蒋介石也会有三分忌惮。当然，这步棋已经布置好，上次的北平之行，葛光廷已对青岛的看法以及人事变动情况与张学良作过沟通。现在，只需要通过一定形式，把这层意思透给南京政府就可以了。

接着，葛光廷发电报给北平军委分会张学良，把沈鸿烈被禁之事说了个大概，提出希望北平对胡若愚离职一事通过一定形式让南京有所考虑，为人事调整做好铺垫。于是，张学良在接受北平某家报纸采访时，明确说"北平准备考虑让胡若愚回北平任市长"，后又加一注释，"一切都在考虑之中，尚无正式决定"。

大部分人还是看不透这出以进为退的大戏，沈鸿烈被禁的新闻依然是社会关注的热点，大部分人对沈鸿烈抱有同情之心，没想到风光无限的沈司令竟然会被下属劫持。人们对中央政府的处理拭目以待，是将沈鸿烈调离，还是驳回他的请辞，让他继续担任现职？另外，对发动"政变"的凌霄等人如何处置？这都是大家的兴趣点。

葛光廷也问过对凌霄的处理，这是眼前必须办的事，既然他们参与了此事，就一定不会继续留任。

沈鸿烈对此反倒流露出不舍之情，说："怎么处理他们，我下不去手啊！"

葛光廷不以为然，说："依军法，得砍头，不能心慈手软。"

在葛光廷看来，发生如此大的事，如果处理过轻，无法对社会交代。久而久之，人们会对这个事件产生怀疑，于大局不利。所以，葛光廷劝沈鸿烈从大局出发，力主从严处理"凶犯"。

葛光廷把话说白了："凌霄他们既然做了，自然也把个人生死置之度外，您也没必要过于慈悲。"

尽管葛光廷循循善诱，极力相劝，沈鸿烈做出的处理决定是——所有参与此事的人一律免除现职，遣返原籍。

处理决定一出，舆论大哗。人们的看法迅速倒向一边，那就是沈鸿烈妇人之心过甚，实在难以治军。由此推导，此次事件也正是因为沈不严以治军造成的。因此，罪不在人，而在己了。

葛光廷担心，如此一来，是否会影响到南京政府对自己意见的采纳。

葛光廷去过胡若愚公馆几次。胡若愚对沈鸿烈事件有了更深一层的理解。之前，海军第三舰队将领在待遇问题上与沈鸿烈发生的争执，发展到现在看，根本原因还在于对青岛行政权的争夺。而自己是事件的另一极。南京政府对沈鸿烈请辞的回复，可能直接决定着自己的去留。这么想着，便越来越气恼，决计要和在暗处与自己斗争的人拼个鱼死网破。但到现在他都不知道暗地帮沈鸿烈的人是谁。所以，他看葛光廷的眼光突然变得异样，但葛光廷一副关心世事，却与己无关的姿态，胡若愚仍然无从判定。

已经有越来越多的朋友打电话给胡若愚，询问关于北平所发布的消息是否属实。这让胡若愚心里更为难堪。他几次想去找张学良问个究竟，并提出留任青岛的想法；现在看来，没必要了，如果不是张学良的主意，坊间也不会有指向如此明确的传言。胡若愚变得消沉起来，植物园、水族馆、栈桥改造等等一系列工程，都是他的心血之作，难道就这样平白无故地为他人所掠夺。胡若遇想到这，沮丧不已，慢慢变得精神委顿，一蹶不振……

9

葛光廷还没有完全处理完沈鸿烈事件，另外一件预料之中的事接续而至，他只得放下对沈鸿烈事件的关注，全力应付起燃眉之急。

这件事，仍与煤商的罢运有关。

连声海打来电话，淄川煤商李祖模去铁道部请愿，诉胶路管理局出尔反尔，于本年底恢复煤炭内销出口运费加价两成政策。几乎同时，从济南传来消息，丁敬臣向省实业厅诉胶路自食其言，置煤商利益于不顾，再次恢复加价。

葛光廷召集委员开会商讨对策，几个月前的情形又重现。陆梦熊沉默，有上次之事，他不敢贸然发表意见；崔士杰也不发表意见，因为他从开始就对涨价持反对意见，他的态度从他斜坐椅子上的懒散姿势便可以看出；彭东原、陈延玟俩人正襟危坐，一副郑重其事，却事不关己的模样。

葛光廷说："此事还得陆委员接续处理。"

陆梦熊一振，坐直身子，吞吐道："这……"

葛光廷说："据理力争。"

虽然"据理力争"是宗旨，但处理起来会有很多细节非常棘手。陆梦熊提醒自己小心为上。

会后，陆梦熊将拟就发往铁道部的电报稿交给葛光廷审阅，电报主要讲了胶路运输成本过高的原因，说明不能让胶路承担煤炭价格高是运费提价造成的这样一个"罪名"。稿子没问题，有理有据地说明了"矿区运输到站的运费以及码头各类捐费过高，是导致博山煤高的主要原因"。之前，胶路已形成报告，报送到铁道部，部里对胶路的分析是认可的，对胶路沿线煤炭过高"主要是矿区面积小、资本薄弱、技术落后等综合因素造成的"有了普遍共识。铁道部还将相关情况以书面形式反馈给上海煤业协会、上海市商会，寻求多方理解。无论是葛光廷，还是陆梦熊都认为，有此一番布置和铺垫，不至于处理起来像上次那样不可收拾。崔士杰却不这么认为。在他看来，上次发生罢工的时间是夏天，处于煤炭需求低点；而现在是冬季，正是煤炭需求旺季，一旦煤炭供给发生短缺，对社会稳定的影响非常大。崔士杰认为，现在这个时候如果煤商再闹起来，处理起来会难上加难，并且一旦处置不好，后果将更加严重。葛光廷听罢崔士杰的分析，认为切中要害，心里也生出一分焦虑，但表面还是镇定自若，不露痕迹。

正如崔士杰所想，博山一带的煤商尚未罢运，只是运量减少了些，上海、南京等地就感受到了用煤的压力，上海煤界组织联合会给铁道部发电报，表达对煤炭储备不足的担忧。更有人通过媒体发出愤愤不平之声，言外之意：国难当头之际，国人不能自绝后路……

葛光廷陷入巨大忧虑。他也意识到，这样的时机很容易把胶路推向不利的位置。就在这时，他在《益世报》上看到了一则由李又溪、丁敬臣署名的消息。消息称，胶路之所以打压沿线煤商，关键是受日人指使。胶路有日人背景路人皆知。按照中日赎路协定，胶路赎路款未还清前，中方须聘用日人为胶路车务处长和总会计长。

"九一八"阵痛正剧，国人对日人的痛恨正在沸点，此时突然抛出如此言论，所引发的反响可想而知。葛光廷看到这则消息后，心里打了个寒战。仅此一招，足以把胶路推向彻底被动。况且，让胶路无言以对的是，借"日人"说事的恶毒战术是胶路首先使用，现在对方只是以其人之道还治其人之身而已。

陆梦熊所谓的"绝杀"产生的负能量以最快的速度反噬到了自身，其杀伤力较之前对对手的伤害有过之而无不及。躲在一旁愁眉不展的陆梦熊有种心惊胆战的感觉。

对手的目的性很强，虽然署名丁敬臣、李又溪，但背后支持者非常明显，一定是那个曾受到最大伤害的鲁大公司。鲁大公司作为受害者，有充分的理由和借口实施报复。无论是日人伊东直，还是中国经理李源民都有可能是具体的策划者和实施者。但在葛光廷看来，对手是谁已经并不重要，因为这一恶毒之招是胶路先使用的，现在必须尽快寻找到化解之招才行。

面对危局，陆梦熊无计可施，葛光廷进退两难。

葛光廷想，自己种下的苦果最终要自己吞。事到如今，看来必须以退为进了，否则对胶路伤害太大。

葛光廷把崔士杰叫到办公室，坦诚道："提价二成本是为了胶路，事到如今不能不做出让步，希望崔委员理解。"

崔士杰说："士杰理解委员长的处境，自始至终，我一直保留看法，也不隐瞒观点；我既有个人利益考虑，更有对沿线工商业发展的考虑。我的纺纱厂难道不是山东的纺纱厂吗？我也是工商业代表之一。从这个层面上讲，我并非完全出于私心。"

葛光廷点头不语，等于默认了崔士杰的看法。

葛光廷便召集委员开会，宣布将亲自去铁道部请示机宜，决定彻底放弃胶路的二成提价。每次外出公干，葛光廷都要宣布主持胶路日常工作的人选，这次葛委员长似乎忘记了这道程序。

就在这时，传来了叶恭绰被宣布为铁道部部长的消息。葛光廷心里一喜，认为叶部长一定会帮自己协调有关部门，或许能找到折中的办法。没想到，到部后才发现叶恭绰根本就没到任，仍是连声海主持工作。连声海听完葛光廷的提议后如释重负，他说："实业部逼得我喘不过气来，胶路自己同意暂停加价，铁道部马上提请行政院核准。"连声海言外之意，胶路加价二成是上面有人交代的特殊政策，如果胶路肯退步，铁道部自然不会坚持。听到这里，葛光廷明白，为何铁道部总把责任推到胶路身上，在他们看来，胶路神通广大，铁道部也多少也有些酸溜溜，这或许是胶路成为众矢之的的主要原因。

葛光廷暗自叹气。

葛光廷说："部长，还有一事恳请帮助……关于人事方面。"

连声海没说话，只是看着他，等他继续说下去。

葛光廷以斩钉截铁的口吻说："换掉陆梦熊。"

连声海面无表情，似乎对葛光廷的意见一点也不惊讶。葛光廷便知道，铁道部对胶路的情况一定了如指掌，也不再做更多解释。

连声海似乎在不经意间点了头，也似乎根本就没半点表示，但彼此心领神会。虽然各铁路局的委员由铁道部任命，但各路的意见非常重要，既然葛光廷有如此之请，作为铁道部部长的他便有充分理由提请部务会上履行程序。

葛光廷还没离开南京，实业部就对外宣布，接铁道部电复，胶路运价提升暂停，待行政院履行程序后实行。

看到这一消息，尚在南京的葛光廷心情复杂。他的胶路加价二成的想法终究还是以失败告终。他与韩复榘之间的秘密协定实施起来便又增加了另外一层难度。他叹道，事到如今，只能走一步看一步了。葛光廷想和叶恭绰聊聊，一是想发泄心里的忧闷，再就是也想把青州石狮子的事告诉他。但来到叶恭绰的住处，却被告知叶外出参加笔会未回。葛光廷没时间、也没心情等，便匆匆离京返青。

返程前，他看到了另外一则新闻："沈鸿烈兼任青岛特别市市长，胡若愚回京另有任用。"

天是晴了，还是阴了？一边阴，一边晴。开心的事，不开心的事就那么云遮雾绕地纠缠在一起。

葛光廷无可奈何地摇摇头，登上了返程的车。

10

崔士杰关于胶路西延的研究进行了很长一段时间，只是因为最近棘手的事太多，没怎么顾得过来。胶路西延说来重要，但非一朝一夕可办完，耽搁几日并无大碍。由于胶路二成运费提价之事被否，胶路沿线煤商欢呼雀跃，暗地里一直持反对态度的崔士杰，无疑也视自己为胜利者。有些煤商对崔士杰从中所作的努力给予肯定，并且不乏夸大其词者，给人一种是因崔士杰从中斗争才最终得来成果的印象。如此一来，便很容易把崔士杰置于葛光廷的对立面，崔士杰对此非常警觉。

外间对陆梦熊的评价倒是和胶路内部的看法比较一致，事情之所以向着糟糕的方向发展，并最终导致胶路的失败，主要还是阴谋家陆梦熊的"功劳"。很多知底细的人以及胶路内部的知情者也在不断向外界释放信号，使更多的人知晓了其中内幕——对鲁大公司不择手段的攻击其实并非葛光廷和胶路本意，而是陆梦熊怀一己私利擅自做出的决定。陆梦熊里外不讨好，这大大出乎他的预料。偷鸡不成，反蚀把米。陆梦熊叫苦不迭。

尽管崔士杰对社会传言担忧，但总体上心情大好，他也认为葛光廷并非狭隘之人，对此一定有客观公正的看法。他现在要做的，只是全力做好分内的事即可。于是，他重新启动胶路西延的步伐，他向葛光廷汇报，希望召集委员对修改后的西延方案再作一次全面会诊，以便尽快与山东省政府对接。自从葛光廷到胶路任职，人们看到了他与韩复榘非同一般的关系，很多事情便更多地依赖于他，只要某件事情遇到困难，便委婉地提出让葛光廷出面交涉，哪怕是一些并不重要的事，葛光廷哭笑不得。如果不应承下来，似是对胶路不上心；但事无巨细，又让他疲于应付。况且他本不想把过多精力用在处理胶路日常事务中，现在所做的一切远非他的初衷。葛光廷对胶路领导层面的配置心存不满，要想把胶路领导好，看来不只是撤换陆梦熊的事，而应该统筹考虑，进一步对胶路委员会的人员配置进行优化。

当然，像胶路西延这样的大事，葛光廷知道没有自己的协调肯定是难以推动的。所以，他应该有姿态并以实际行动对崔士杰进行鼓励支持。于是，便应崔士杰之请召集委员再次研究胶路西延事宜。

有关部门再次汇报了修改的方案。方案除对相关技术标准、施工项目进行了细化，最大的改动是将原来由济南修到临清的计划更改为分段实施，首先取道齐河到聊城，全段总长120公里。由于事先做过充分论证，加之崔士杰亲手修改，已趋至臻，委员们对计划本身没提出意见，只是不约而同地提出如何实质性推进的问题。

葛光廷让崔士杰回答大家的质询。

崔士杰思忖再三才说："以胶路目前的力量，推进西线延长确实困难重重，必须借助山东省的力量。如何借助……我想，应该创新思路，不能仅仅着眼于胶路本身。应该独立成路。"

独立成路？

大家一时不明白他所说的"独立成路"是何意思。

"独立成路。"崔士杰说："跨过黄河后的铁路线就进入河北，无论从地理位置，还是管辖线界，都超出胶路独立经营的能力，所以成立一个独立的铁路公司非常有必要。这个独立的铁路公司应该是民营性质的，其资本主要由山东省、胶路代表的铁道部以及其他零散的商民认定股权。建设过程中，包括运营后，胶路可以作为铁路方实施运营管理。"

对于资本筹集，崔士杰这样说："民用公司如果不能付现款，可以发行公债代现款；沿线所用土地和征用民工等事宜，也可以债抵付，这样不但解决了铁路建设的现实问题，也为以后资本多元化奠定基础。整条线路修下来，估计需要六百万。但有个省钱的法子，那就是合理使用替换下来的旧料和桥梁。详细估算，如此可以省一百六七十万余元。如果韩主席同意兵工筑路，所需现款还会更少，估计不过三百万元。"

崔士杰说得有理有据，大家频频点头。葛光廷虽然力推此项工程的实施，也知其中的困难，并无胜算把握，听崔士杰如此分析一番，信心陡增。其他委员僵硬的姿态也变得舒缓，眼神也热络起来。

崔士杰说:"只要把济南到聊城的这段工程修完,后面的事情就容易多了。等铁路通到聊城,即可以视情况而再展筑至临清;临清后,再修至大名龙王庙;接续再由大名到彰德。这样,只需四步走来,胶路便可连接到平汉路。那时,胶济就会与中国南北两条大干线连接,对自身发展和内地经济发展的推动不可限量。"

崔士杰说得很动人,说完后,大家却又陷入沉默,问题的症结还是"独立成路"问题。一厢情愿不行,归根结底,还得看是否能得到韩复榘的支持。

讨论来讨论去,与会者的目光最终还是投向了葛光廷。葛光廷知道,大家其实都在等亲自出马。

本就有意近期前往济南,葛光廷见状索性大包大揽答应去找韩复榘一试。大家这才松了口气,都知道,只要葛光廷出面,没有解决不了的问题。

葛光廷到济南会晤韩复榘,重点是要把铁道部关于胶路沿线煤商反对提价以及胶路迫于无奈最终选择放弃运费提升之事进行某些具体细节上的沟通。韩复榘听罢,叹道:"没想到这事会陷入如此复杂的境地。"言外之意,他对自己无法帮助胶路解忧深感自责;更深一层的意思还是为在如此局面下胶路是否还能够腾挪出一部分运费补充自己感到担忧。葛光廷当然明白韩复榘的真实想法,他也知道,如果无法兑现与韩的约定的话,那无异于画了一个"大饼",不但会让他失望,也会使韩对自己的信任变得极度脆弱,两人之间的关系也很难得以维系,毕竟两人友情的基础本质上还是赤裸裸的利益所需构建起来的。况且,运费提价胎死腹中的责任并不在韩,相反他为了促成提价,做了大量工作,并为社会各界特别是商界所诟病。葛光廷见韩复榘怏怏不快,便用略带安慰的口吻说:"主席放心,胶路一定信守承诺。"弦外之音,不言自明。

韩复榘听罢,抬眼盯了他一会儿,脸色由忧变喜。过了一会儿,问:"我不明白,为什么博山一带的煤价会比其他地方高,真如胶路所说?我想听个实话。"

葛光廷知道韩复榘对胶路给出的沿线煤炭价格高的原因半信半疑,便说:"主席,这是胶路的准确判断。沿线煤商的一些做法值得商榷,包括丁敬臣、李又溪们,他们的理由看似冠冕堂皇,其实都在打着自己的小算盘,为自身利益,他们不愿意与胶路实现运输统一,不愿意与胶路接轨,造成从煤井到车站的短途运输费用过高，而并非是胶路的运费高了。希望主席派专业人士实地调查，如此更有说服力。"

韩复榘说："静岑兄，我不是不相信胶路，只是大家各持一词，搞得我一头雾水。您既然这样说，我明白了。"

葛光廷说："胶路退了一步，这次煤商赢了，但他们并非真正的赢家，因为他们是以南京煤炭急需作为要挟赢得的这场官司，更是在日人背景下煽动蛊惑人心造成的，并不光彩。从现实看，他们好像赢了；从长远讲，如果还是这种状况，山东的煤炭最终将在市场竞争中丧失优势，损害的是自身利益，是山东省的利益。这一现状不改不行。"

这番话对葛光廷大有触动，他说："怎么改？"

"改变现有的小散弱状况，投资改造小煤矿的基础设施，把煤矿设施与胶路的设计标准统一起来，只有这样才能加快运输周转速度，实现规模化经营，煤炭价格才会恢复到合理区间。"葛光廷说。

韩复榘摸摸头，说："这是篇大文章！"

葛光廷说："说大也大，说小也小，只要找准切入点，由小及大，提纲挈领，也是容易办的。"

"胶路有具体计划吗？"韩复榘很感兴趣。

葛光廷略作沉吟，说："我们正对博山支线作调查，想将博山支线延长。但是，有很多困难，因为现在以煤商投资开办的轻轨铁路都是非标准制式，极不规范，影响到支线的延长计划……"

葛光廷没往深里说，因为确实委员们曾经研议过这件事，但前一阶段的主要目标在胶路西延上，对博山支线的问题并没实质性推动。"等我们研究后，再向主席报告。"葛光廷收住了这一话题。

韩复榘见天色已晚，便说："肚子饿了，今天去石泰岩，还是田吾作？"

葛光廷说："还是田吾作吧，离胶济饭店也近。"

韩复榘伸懒腰，说："关键还是'樱花'美。"

葛光廷摇头，笑而不答。转念一想，一个重要的事情还没说，那就是胶路西延的问题。

葛光廷刚开了个话头，韩复榘便打断了他，说："不说了，明天再聊，这些天下了小雪，明天千佛山赏雪去。"

这些日子一直处于高度紧张状态，葛光廷也想放松一下，便未加推辞。

同时，与韩复榘闲聊才会听到他的真实想法，多套取他的一些话也是他的任务所系。葛光廷需要通过这样一种方式更多地了解和掌握韩复榘的所思所想。

从会客室出来，遇到程思远。

韩复榘认为程思远在等他，没想到却是在等葛光廷。葛光廷有些奇怪，他和程思远之间并没有交集，虽有过几次匆忙接触，但看得出来，程思远对他并不友好。

程思远说："主席，我有几句话和葛委员长谈。"

韩复榘说："什么时候了，你不饿，我的肚子可咕咕叫了，有事明天说，反正葛委员长明天不走。"

葛光廷有些不好意思，他很好奇程思远为何会突然找自己。但在韩复榘的"蛮横"面前，程思远诺诺而退。

路上，葛光廷几次陷入沉思，在想程思远找自己何事。韩复榘说："不要想了，那个书呆子；老蒋的人，但好歹算是个好人，不然的话，我早把他赶走了。"

葛光廷听说过，程思远为办教育的事几次与韩复榘力争，惹得韩大为不快，但因为他都是持于公心，韩复榘虽然面上不快，但心里还是很肯定他的。韩复榘曾在一次会上说："我就是拿程思远没办法，谁让他总是事事出于公心呢？"山东这几年的教育办得有声有色，多亏了程思远的苦心经营；也为韩复榘挣了个会办教育、善办教育的口碑。

政治有时很复杂，有时也很简单。

11

千佛山就是古历山，相传上古舜帝曾躬耕于此。隋朝年间，山东佛事盛行，虔诚的佛教徒依山沿壁凿刻了数不清的佛像，被人称之为千佛山。千佛山海拔不到三百米，却是泰山余脉，氤氲万千气象。

葛光廷陪韩复榘由济南南门出城，迤逦前行，很快到了山路，葛光廷感受到了济南老城的逼仄。出城坐轿子，到山门前，韩复榘为赏雪景，弃轿步行。一路山道蜿蜒，只一会儿身上便有微汗。雪下得小，在松柏树叶间零散挂着，偶有风吹过，纷纷散落。路侧存了积雪，很肮脏，无可赏之味。到达山顶，顿觉山风呼啸，白雪均匀地铺陈在高低起伏的峰峦间，雪的颗粒打着漩涡，眯人眼睛。极目南眺，可见泰山主峰，天灰蒙蒙，似庞大物聚于天边，让人有压迫感。

葛光廷随着韩复榘的卫队向山的北侧前行，经过半个多时辰的跋涉，终于到达了位于山顶的兴国禅寺。兴国禅寺建于隋开皇年间，时称千佛寺；唐贞观年间扩建，改称兴国禅寺。千年来香火缭绕，佛事旺盛。从1930年蒋阎冯三方大战开始，兴国禅寺的僧人便渐星散，战后韩复榘仍以战争需要强征寺院做军事用途。僧人稀少，恢复缓慢。韩复榘在此设了军事观察哨，平时大多是军人出入，极伤风景。韩复榘一有闲情逸致，便偶来游玩。寺院内分南院、北院。北院为山的最高峰，峰顶有座玲珑的厅堂，韩复榘来时便会在此驻足。厅堂位置极佳，透过窗棂可见大河莽苍，一片混沌，铺展远去。山河间隆起着大小不一的山峦，济南城就在这些小山间。小山错落有致，白雪积顶，煞是好看。

韩复榘说："世人都说，千佛山上看齐烟九点，我倒觉得此时的齐鲁雪景为佳，你看……"说着，他打开窗，手指外面山河。风进屋，屋里早升炭炉，并不觉寒。

葛光廷说："不虚此行。都说济南一无可看，那真的是无心人说的话。"

韩复榘说："济南是老城，老城有老城的味道；但是，济南老城实在太小，它的历史又博大，两者矛盾。"说到这里，他突然问："你说把济南的城墙拆了可好？"

葛光廷迟疑片刻，不知如何作答。

韩复榘说："过去战事多，老城可以起到防御作用，现在国家统一了，和平年代，城墙只会阻碍交通，不能有其他作用。"

葛光廷说："倒也如此，如果发生战争，城墙还是最基本的保护。"

"现在已无战事。"韩复榘说。

葛光廷听得出，韩复榘对治下的山东有着充分的自信，自信到城墙都可以不要的地步。

两人说着，走出屋，绕千佛山顶转一圈，北望黄河，品评一番齐鲁历史文化和自然风光。院内有石碑，刻有"数里城南寺，松深曲径幽。片湖明落日，孤峰插清流。云绕山僧室，苔侵石佛头。洞中多法水，为客洗烦愁"。细辨是明朝刘敕所作《咏兴国寺》。葛光廷读罢觉得挺有意思，暗嘲，此时此刻洞中法水一定结了冰，难以用来洗烦愁了。韩复榘并未拘于眼前情景，却指着北面最高的一座山说："那就是著名的华山，齐桓公被追，绕华不柱三周，华山就是华不柱。……那是鹊山，扁鹊采药的地方……"一圈下来，两人觉得有些不耐寒了，回屋，有人已把火锅烧好。韩复榘说："单县羊肉，鲜嫩。"两人津津有味地吃起火锅。

韩复榘突然想起什么，问："你昨天说，还有什么事情要说。"

葛光廷："对了，这么重要的事情，您不说反倒忘了；但是，这事又不是马上就能办到的，还请主席慢慢研究。"

韩复榘说："好，说来听听。"

葛光廷就把胶路西延的事详细给韩复榘讲解一遍。

韩复榘说："好像曾听您说过此事？"

葛光廷说："上次说过，我们研究了个详细计划，今天带过来了，呈报您，您有时间时看一下。这项计划已向铁道部汇报，争取到了支持。但我所带来的计划书并没报部，想先听主席的意见，然后再向部报送。现在……，最大的问题是筹资。我们想了些办法，感到还是成立一个独立的铁路管理机构最好，需要山东省出面主导。"

韩复榘说："由地方主导铁路建设？"

韩复榘有些不解。

葛光廷说："工程浩大，非省里主导不足以完成。如果铁道部主导，也会把权限直接转移到胶路，胶路自身没有这种能力，十五年的赎路款都是问题，别说再做他用。"

韩复榘听罢，沉默片刻，说："好，我看看计划后让相关部门商量，别人不能做的事，我们可以尝试，只要有利于山东经济发展，什么事都可以做！但，今天不说这事，今天的任务就是喝酒、吃肉。"

葛光廷端起酒杯，突然又想起件事，酒杯在唇边停下来。他所想的这件事，本来没打算告诉韩复榘，但此刻却突然想起，并且觉得趁主席兴致高，说不定就能把事办了。

葛光廷说："不好意思，还有一事，不得不说。"

韩复榘笑道："好吧，看来您是要把所有难题都给我。"

葛光廷："对我是天大难事，对主席是小事一桩。"

"好，说来听听。"韩复榘说。

葛光廷先把叶恭绰建湛山寺的来龙去脉说了个透彻，炎虚和尚已到青岛开始筹建。叶恭绰希望有个把守山门的神兽，看中了青州明王府门口的石狮子，希望主席帮助移往青岛。

韩复榘说："听说叶誉虎没上任，痴迷于建寺念佛？"

葛光廷摇头，说："不管这些，他在交通部门根基深，我们都敬着他，他吩咐的事，全力以赴，不敢怠慢。"

韩复榘略加沉吟，有些为难地说："本来这事不难，但当地人迷信，凭空会有些滞碍；虽然明王府废了，但这些东西身上附有灵性，也不敢强行去迁，反不如其他事好办。"

葛光廷听韩复榘这么说，本以为简单的事，也许并非想象得那么容易，但话既然说了，便下决心恳请韩复榘促成此事。

韩复榘说："我记住了，这事不急，慢慢来，机会合适便做。"

葛光廷起身打拱，希望韩复榘一定玉成此事。

韩复榘一愣，从葛光廷的认真中他体会出了这事对于对方的重要程度，略略沉定片刻，说："最大努力去做。"

葛光廷这才放心地坐下，说："感谢主席。"

韩复榘说："也只有您会给我这么大压力。"

俩人相对而笑，由此便开始喝酒吃肉，不再聊正事，相互戏谑，玩个尽兴。

晚上，葛光廷乘车回青岛。没想到，上车前，竟发现程思远在车站候车室等他。昨天见到程思远，见他欲言又止，本想直接问明缘由，没想到韩复榘不给他机会；今天从千佛山回来，竟然把这事忘在了脑后，此刻再见程思远，知道他一定有重要事情。

葛光廷说："程厅长，不好意思，瞧我这记性，差点忘了。"

程思远不以为然，说："葛委员长公务繁忙，来济南一趟事事都要照应，本不该打扰，但因事情急，还是当面与委员长一谈。"

葛光廷说："程厅长客气，请讲。"

程思远略作思考，说："最近，有个日本人盗窃了几件中国文物，想通过青岛运往日本。目前，这批货刚刚运到青岛火车站，还没卸车，也就是这几天的事，希望葛委员长帮助，不能让这批货离开铁路货场，日本人已活动好了海关，一旦运抵港口，这批国宝级的文物就会流失。"

葛光廷听罢暗自吃惊，情不自禁地问："什么国宝？"

程思远说："秦砖汉瓦。是一位日本商人从潍坊高家父子的收藏里强行购买的，他们篡改品名，从坊子站装车，想窃为私有……"

程思远又不厌其烦地把这批秦砖汉瓦的来历作了番说明，葛光廷觉得，无论于公于私都要帮这个忙，便说："程厅长放心，我一定尽最大力量阻止日本人的阴谋得逞。"

程思源深施一礼，说："全仰仗葛委员长了。"

12

对程思远的承请，无论从国家利益考虑，还是从自身职责考虑，葛光廷没理由不答应。让他不曾想到的是，这一事情在他离开青岛时，就已经成为胶路管理局上下关注的事，并且发展渐至激化，甚至已到了剑拔弩张的地步。只是他来来往往于青岛济南间，有着更多需要关注的大事，才未闻此事。

回到管理局，还没洗漱完，车务处处长山贺有学敲开了他的门。

虽然车务处是胶济铁路管理局最重要的部门，葛光廷与山贺有学还是很少打交道的，车务处的事务大部分由陆梦熊承办，有些需要直接汇报的事项大都由中国籍的车务处副处长谭书奎当面请示。山贺有学的出现，让他自然地想到了程思远所说的事情。

果然，山贺有学弯腰鞠躬，直言不讳道："我一朋友相托，希望把青岛站扣押的七箱玉器件放行，恳请委员长给予方便。"

如果不是事先听闻此事，葛光廷或许并不怎么放在心上，毕竟运输权限规定此类问题车务处处长完全可以自主处理，除非有其他隐情。

葛光廷没作声。半天才问："他们所运真是玉器？"

小村犹豫片刻，说："大部分是玉器，但也有个人收藏的物件，都是南京政府明令可以运输的。"

"既然是常规物资，山贺处长可以自行处置。"葛光廷不露声色地说。

小村没言语，也没挪地方，沉默许久说："很多人对日本帝国抱有看法，执意不同意放行这批货物，需要委员长定夺。"

葛光廷故作生气的样子，说："岂有此理。正常货物怎么会不同意放行？"转身对山贺有学说："山贺先生请回，我了解一下情况。告诉你的朋友，如果不存在问题，一定放行，请放心。"

山贺有学本想趁葛光廷尚未对事情了解周全之际，争取第一时间让他点头，没想到葛光廷滴水不漏。

山贺有学出去后，葛光廷马上把谭书奎找来。谭书奎精明能干，在日人处长背后总是能恰到好处地履行职责，虽然他平时与葛光廷交流不多，但彼此默契，常有会心之举。谭书奎看到山贺有学刚离开葛光廷办公室，就知道葛光廷找自己的原因了。

果然如谭书奎所想，葛光廷问起了被查的日人货物之事，他便原原本本把事情的起因及过程讲了一遍。就在葛光廷离开青岛的当天，青岛站一名货运员在例行检查货物时，发现正在装卸的七件木箱旁总是有位日本人小心翼翼地守护着，不让周边人靠近，货运员觉得蹊跷，便上前盘问。没想到这位日本人态度蛮横，遂起摩擦，货运人员也是倔人，说："不是不让检查吗？今天还就要查。不但检查，还要开箱检查。"日人如临大敌，坚决不同意开箱，并威吓货运人员。双方僵持不下。

后来有位叫大田的日本人赶到，一个劲儿地道歉，但货运员还是趁其不备，打开了其中一个箱子。没想到，箱子里的东西里三层外三层包裹着，撕开包装，竟然露出黑乎乎的砖块。在场的人都愣了，很显然，这不是寻常砖块。大田见状，神色大变，暴跳如雷，挥着拳头说："我要向日本大使馆告你们，如果我的货物有半点损失，你们要全额赔偿。"

这样一来，青岛站货运员便不敢擅作主张，连忙将打开的货物重新包装好，将七箱货物严密封存进仓库，同时将相关情况报告给车务处副处长谭书奎。谭书奎赶到现场，亲自验货。没想到，七个大件货物包装箱内，有两件是金石碑碣，另外五箱装的是砖瓦之类的东西。事情惊动胶路管理层，因葛光廷去了济南，陆梦熊到现场勘察处理。当他翻看箱内的砖瓦时，竟然看到了"海内皆臣，岁登月熟，道无饥人"字样，他暗自吃惊，难道这就是传说中的"秦砖汉瓦"？！陆梦熊让人迅速把货物封好，通知戴师韩派警察二十四小时守候。

戴师韩不解。陆梦熊说："国宝级文物，如何处置恐怕不是胶路所能决定的。等委员长回来再说。"

戴师韩不敢懈怠，不让任何人接触这批货物。其间，大田带着公使馆的公函来车站索货，被拒；他还找了青岛市相关官员，很是有人为其求请，但都吃了闭门羹。

听谭书奎介绍完，葛光廷也觉得事情严重。让谭书奎带自己去现场亲自看看。

葛光廷来到扣留货物的仓库，戴师韩让警察把货厢打开，请葛光廷审查。因每件物品都包裹得严实，所以也只是拿出原来曾打开过的几件进行确认。陆梦熊听说葛光廷来到现场，也赶了过来。

葛光廷问："这批货到底怎么回事？"

陆梦熊已对此做了充分了解，他向葛光廷作了详细介绍。这批货来自潍坊，是位姓高的收藏家所有，日本人通过高价诱惑，使收藏家的儿子动了心，其子瞒着父亲出售了这批货物。陆梦熊说："这批货的文物价值非常高，单是刚才所看到的'海内皆臣'十二字秦砖，便是由清朝国子监祭酒王懿荣亲自鉴定，并题写跋语的。民间所说，'家财万贯，不抵秦砖汉瓦一片'，大抵指的就是这块砖。"

葛光廷听罢，也便明白了程思远为何如此牵挂这件事情。在现场便和陆梦熊、谭书奎商定好了处理方式。回来后，立即以胶路委员会的名义上报铁道部，由铁道部转呈教育部请示处置。文物管理职能在教育部，这也是程思远出面相托的原因所在。在没有得到指示前，葛光廷要求，严密封存看管，任何人不能擅自处理。同时，他发电给山东省教育厅程思远，将相关情况做了通报。

葛光廷还在处理之时，接到胡若愚的电话，他开门见山地说："葛委员长，给个面子，把日本人的那批货放了，让他们交点罚金如何？不要难为他们了。"

葛光廷不知说什么好。胡若愚已离任，但还没离开青岛，按说此时不便再插手胶路的事，但竟然还出面替人讲情，很是有些不识时务。葛光廷心里生出一份厌恶。胡若愚见电话里沉默无语，便说："葛委员长不给面子？"

葛光廷只得说："希望胡市长理解，这事难处理，改日再做解释。"

"我马上离开青岛了，你去哪儿解释？"胡若愚阴阳怪气地说完，便把电话撂了。

葛光廷对着话筒，愣了半天。

第二天，山东省教育厅文物鉴定委员会吴景寿来到青岛，下车即见葛委员长。程思远想得周到，虽然他当面向葛光廷提出保护秦砖汉瓦的请求，但觉得还是应该从正式渠道提出申请，以便处理起来减少阻碍。因此，他让吴景寿带着两份公函来到青岛，一份交给胶济铁路管理局，一份交给青岛市政府，以便协调处理此事。葛光廷认真看了程思远的公函，进一步明白了秦砖汉瓦为日人所盗的来龙去脉。

潍县西关人高鸿裁世家喜藏书，尤多珍贵善本。高鸿裁自幼受家风熏陶，崇尚古物，嗜爱金石，后专心于汉魏晋古砖瓦的收藏研究，特别喜欢先秦六朝文字。高氏竭四十余年精力搜求，藏品达万件之多，尤以秦汉砖瓦和六朝墓志为最，并选择五百余件拓成《上陶室砖瓦文捃》一书，广博海内。日人大田在华多年，最垂涎高家收藏。高鸿裁晚年生活困顿，大田多次找高的次子高茂寻，采取利诱威逼等手段，将高家的部分精华砖瓦、石刻购买。幸事有不密，被山东金石学家王献唐探得消息，恳请程思远想办法保护，这才有了程思远找葛光廷出手相助之事。葛光廷觉得无意间做了件利国利民的大事，很是欣慰。

吴景寿把公函交付完后，没有离开青岛，坐等与胶路办理交接，要把秦砖汉瓦直接带回省教育厅。但教育部担心中途会生不测，要求胶路先不要交付，由教育部统一办理。在此期间，日人大田多次到胶路交涉。因为明白了物品的真实情况，胶路明确告知大田，此物为中国稀有珍宝，按照中华民国颁布的古物保护法第六条规定，予以没收。

二十天后，程思远亲自带着从南京教育部取回的20件封条来到青岛接收货物。程见到葛光廷拱手相谢，口里直道："功莫大焉。"葛光廷说："应该，应该。"

程思远亲自为货物钤贴封条，请示如何将货物运抵济南。葛光廷心想，好事做到底，又见人群不远处，有大田的身影闪动，更怕再生意外，便说："程厅长放心，我让运输处安排专列相送，并让戴师韩全程护送。"

程思远感动得热泪盈眶。

就在专列开出当天，葛光廷得报，大田也乘随后的客车前往济南。葛光廷知道日人不甘失败，但自己做到这一步，也算仁至义尽，不必过多操心。再说，犯不着再和日人纠缠，有能力把这批货物搞到手，大田也非等闲之辈。

凡事做自己该做的，不能瞻前顾后；凡事不能做自己不该做的，否则便会适得其反。

青岛站货场变得落寞空旷，缕缕涌动的气息里正消散着硝烟的味道，人生何处不战场。

13

接到铁道部对胶路委员会调整的通知后，人们大感意外，但细细想最近一段时间所发生的事情，又隐隐约约觉得其中必然有着某种内在的逻辑。

昨晚，陆梦熊和崔士杰的海滨诗社召集笔会，大家交流诗作，很是开心，特别是谈及二十年代初胶济铁路管理局首任局长赵德三所组织的少海书画社时，大家都非常激动，意在向少海书画社致敬，让海滨诗社成为全国知名的文艺团体。平时，诗社成员从不喝酒，但这天不知谁带了两瓶洋酒，每人喝了些，陆梦熊也喝了，喝得不多，却感到头晕目眩。酒后，陆梦熊突然伤感起来，平时的严谨无踪无影，无端发了通牢骚，惹得他人不敢接话。崔士杰也觉得奇怪，说："陆委员喝多了。"

半夜醒来，陆梦熊很后悔，他把自己的言语回忆一遍，觉得虽有些过分，也并无大碍，便放心下来，只是不知为何，心里总隐隐地感到不安。

葛光廷一早就听到了陆梦熊昨天的反常举动，心里一惊，难道他已经知道了对他的新任命？几天前，铁道部已将他的任命寄给葛光廷，并电话通知，由胶路代为宣布陆的离职，并且告知，陆委员可以直接到新的单位北宁铁路局报到。这样的做法有些反常。按常理，铁道部是要派专人宣布的，葛光廷知道陆梦熊的调整不合常理，所以铁道部便把这一得罪人的事直接交由胶路办理，陆梦熊的根基与人脉很难揣摩，此事处理不好会有意想不到的麻烦。这些还不是葛光廷最担心的。最担心的事情还是陆梦熊参与了那件他所谋划的绝大机密事件之中。东京之行更是让陆梦熊最大限度知晓了其中的奥秘所在。他知道的太多了，一旦处置不好，不满与盛怒而让他把其中的细节透露出来，后果不堪设想。当然，往深里想，越是机密程度越大，他可能越不敢轻举妄动，他不可能不知道这件事情所牵扯到的人物，触及了任何一方的利益，他都将无力承担，甚至死无葬身之地的可能都有。所以，葛光廷判断，尽管人员调整的事会让陆梦熊不满，但还不至于让他做出出格的事。

但陆梦熊在处理煤商罢运问题上的所作所为又让葛光廷隐隐感到不安。

探究陆梦熊的人生经历，他确实会在一些关键时刻做出一些常人所不能理解的事情。这是葛光廷所忌惮的。

葛光廷因此格外慎重，加之正处理日人偷运文物一事，葛光廷便想沉一沉，不着急宣布。一方面观察动静；另一方面，他想在宣布前，找一个合适的机会与陆梦熊做次深谈，让他有个接受的过程，不至于情急之下做出过分举动，贻误大事。但是，从听到昨天诗社聚会时的信息后，葛光廷就犯了猜疑，难道陆梦熊知道了他的人事调整令已经到了胶路？陆梦熊神通广大，人脉极广，再说没有不透风的墙。如果得到了信息，而自己却不及时宣布，那他一定会认为自己在隐瞒着什么，会把怀疑的目光聚焦在自己身上。况且，这件事情本就是葛光廷暗中操作的，这将让他连辩解的机会都没有。

"陆梦熊不再担任胶路管理局委员一职，调任北宁铁路局任委员。"葛光廷看着手里的调令，陷入深思；如何向陆梦熊讲明此事，让他心平气和地接受铁道部的任命是个不得不面对的亟待解决的难题。以葛光廷对他的了解，陆梦熊其实志向已消磨殆尽，最大的抱负无非是在胶路有所成就，然后把青岛作为终老之地。青岛的诗情画意与他的心境太过契合了，正如葛光廷曾经看到过的他书写的"人情阅遍秋去厚，世路经多蜀道平"诗句。

但无论如何，总还是要面对的。

当葛光廷把铁道部的任命交给陆梦熊后，从他流露出来的惊讶的表情里可以判断得出他事先并不知情。葛光廷反倒觉得不解，但仔细一想，也在情理中，一人升职，大家一定投其所好，提前通风报信。但像陆梦熊这样让大家看不懂甚至多少还带有几份诡异的职务变动，大部分人猜不透个中原委，也便采取格外慎重的态度，不会随意向他通风报信。所以，有时候即便是同样的环境，无密可保、密不透风两种可能性都是存在的。

两人都沉默。

陆梦熊面无表情，看不出喜怒，这是他的本能，也是他的城府。

葛光廷了解陆梦熊，知道他此刻一定心潮澎湃。

沉默是最好的挡风墙。

葛光廷还是想安慰几句，说："铁道部的任命……"

陆梦熊点头说："我对胶路有感情。"

"当然。"葛光廷说，"胶路永远是您的家。"

这些话脆弱无力，索然无味。

陆梦熊的嗓音里已明显有了湿涩，他说："我不想去北宁，还是愿意留在青岛；我喜欢这里的环境，哪里也不想去了，不想再拼命了。"

葛光廷心生恻隐之心。但他迅速将这种情绪剪断。一个人因为对事物的认识程度和处理问题的方式而犯错误并不可怕，可怕的是由于人性的卑劣造成的错误。这样的人，说不定何时便会惹来绝大麻烦。前前后后再想一遍，煤商罢运的事尽管处理起来难度大，但毕竟只是彼此的利益之争；但是，一旦与日人背景交织在一起，不但无助于解决问题，反倒平添了极大的政治风险。煤商的问题本来是个五五开的局，但由于陆梦熊的不择手段，平衡被打破，不但使胶路陷入被动，而且让胶路第一责任人的他也从道德层面受到社会的审视，这让他陷入深深的不安之中，甚至连辩解的余地都没有。

陆梦熊是颗定时炸弹，一旦爆炸，会导致玉石俱焚、满盘皆输。葛光廷决定不再给陆梦熊任何机会。

葛光廷在思考，陆梦熊也在思考。但两个人思考的方向却是恰恰相反的，这源于两人各自的立场、观点。

在陆梦熊看来，与煤商的斗争是为了给胶路争取利益，并非为了个人利益。本来胶路提升运价的决定就因为没有事前做好充分调研而显得仓促被动，如果只是通过常规方式根本无法战胜对方，作为具体操作这一事情的他来说，任何的失败都会给自己的声誉带来影响，这是陆梦熊不能接受的。所以，他才会出此下策。陆梦熊自己也承认，这一招确实用力过猛，但在他看来，非如此不足以打垮对手。让人没有想到的是，事与愿违，表面上看似把对手打倒了，实际上，无论是后续问题的处理，还是社会舆论的冲击，胶路都迅速陷入被动局面。

陆梦熊一贯自负。尽管如此，他也认为自己的举动是迫不得已的，有此一炮，虽招人非议，但并非没有必要。他不能接受的是，胶路上下却因此对他侧目而视，先是葛光廷对自己冷淡下来，唯恐自己做出不合时宜的事情；其他委员见风使舵，对他的态度更是发生了微妙变化，特别是崔士杰，尽管还经常一起吟诗作对，却绝口不谈工作上的事，很显然，他对自己存了顾忌，这让他感到郁闷、苦恼，甚至愤怒！

他不知道需要多久才能挽回大家对他的看法，特别是葛光廷对他的看法直接影响着他的生存，长期下去，实在不知道最终结果会是什么。而现在，他终于看到了这种结果,那就是被逐出胶路。这是最为残酷,也使陆梦熊最无法接受的结果。他早把余生交付给青岛,他要在这里奋斗,如果实现不了理想,也愿在此闲散一生。

不出险招不足以致胜,现在看来,这一招先把自己的前途毁了。

一切都将化为泡影?

虽然他感到胶路上下对他极其不公,心里揣着一团怒火,但还是保持了足够的理智与冷静,他告诫自己,必须保持绝对沉默与服从,只有这样,才会有险中求胜的可能,否则一点机会都没有了。所以,他与葛光廷的对话少而艰涩,平静而稳定。

两人的交流在并不连贯的对话中尴尬结束,葛光廷放弃了与陆梦熊深谈以争取理解的想法,陆梦熊也渐渐失去了与葛光廷深谈的意愿和耐心。在陆梦熊看来,现在的一切,都是葛光廷造成的,尽管他不能把心中的愤怒发泄出来,但他的不满显而易见。

结果无法更改。事至如此,葛光廷知道容不得半点的优柔寡断。当天下午,他便让总务处长钱镛发通知,召开胶路管理局中层管理人员会议,正式代铁道部宣布对陆梦熊的调整命令。宣布会凝重而简单,但所有人都体会到了其中的非同寻常,大家屏声敛气,生怕会漏掉会场上的某些细节,失去判断的依据。其实,会场上除了小心翼翼的情绪外,并无其他值得领悟和感受的东西,葛光廷代表铁道部宣读任命,按拟就的稿子对陆梦熊的工作给予充分肯定,言辞拔得很高,但例行公事的意味也很浓。对离职人员的过度褒奖不足为奇,其中有多少变相的安慰不得而知。

葛光廷宣布完了调整决定后,陆梦熊作了表态发言,语调平缓,表情浅淡,表示绝对服从铁道部的安排,并将在以后的日子尽可能继续服务胶路。会场响起掌声。此时此刻,人们从不吝啬掌声。但在这些掌声里,却分明包含着非常复杂的意味,大多数人心里慨叹世事无常,一件事情处理不妥便会有改变命运的可能。想想实在是既可叹,又可怕。

会议结束,也就等于陆梦熊在胶路的使命已经宣告结束。葛光廷要为陆梦熊举送行宴会,但陆梦熊含糊其词,并未应承。葛光廷说:"陆委员先处理急事,送行的事让总务处推后安排。"

陆梦熊说:"如此最好,我还要在青岛逗留一段时间。"

说完匆匆而去。

葛光廷望着他的背影，若有所思。虽然他不至于做出因小失大的事，但还是担心他会生出什么是非。事已至此，只能走一步看一步，视情况应对了……

14

陆梦熊婉拒了葛光廷的送行宴。葛光廷心里揣着其他事，乐得将此不得不办的饯行宴延后，或者根本就不办了，就像萨福均离开胶路时那样，但陆梦熊的情况与萨福均不同，萨福均虽然拒绝的行为是消极的，但心态却是积极，两人也有默契，但陆梦熊所表现出来却是一种非正常态度，并且这种心态潜藏着的一种极度危险的因素不能不让人警惕。陆梦熊对铁道部的任命，本就是不情愿不接受的，并且他很大程度上把造成这种现状的原因归罪于葛光廷。实事上确实如此，但葛光廷还是不愿意看到他把矛头指向自己。这就是危险所在。

陆梦熊没有参加葛光廷的送行宴，当天晚上却参加了另外一场宴会，这场宴会是崔士杰组织的，名义是海滨诗社的一次雅聚，但送行的用意不言不自明。

海滨诗社成员受到邀请的人并不多，只有齐星五、沈仰放等几位老成持重、透彻事理的人，他们知道今天的场合并非平时可以放浪形骸的雅聚，更知道其中的隐晦之处，也便很少说话。反倒是很多非海滨诗社的成员参加了这次聚会，包括国立山东大学的院长黄际遇等几位教授。黄际遇平日里与陆梦熊交好。黄际遇和陆梦熊一样，喜欢饮酒，是国立山东大学"酒中八仙"之一。黄际遇带了一壶陈年老酒，席前便先每人面前斟满一杯，依次品尝，谈了感受，一致叫好。这是平时聚会常有程序和仪式。接着，大家的话题就散开了，云山雾罩，想到哪说到哪，但慢慢地就不可避免地转移聚焦到与陆梦熊话别的话题上来。尽管大家都知道其中的滞碍，初时说得小心翼翼，但酒劲上来还是越来越深入。"北宁关乎关内外铁路，当然较胶路要重要得多，此去还是要陆委员担当重任的。"这是大家还冷静时说的话，但很快就有人说："一九三一年后，北宁铁路已经沦陷，现在日本人又对华北虎视眈眈，如何有重要之说……"

"说的也是，倒不如青岛来的清静。"

"是，去华北就不能不和日本人合作。"

有人突然停下口来，有人浑然不觉，仍然在侃侃而谈。停下口来的是因为突然发现了这样一个话题会不会撞了陆梦熊的忌讳。世人都知，陆梦熊的失势其实很大程度上是因为接受了日本天皇的二级旭日勋章。好在人多嘴杂，并没有人太过在意。

当然更有明白人恐生波折，忙转移话题，说："还是让陆委员作诗一首如何？"黄际遇先自拍手叫好。陆梦熊明白得很，也听出了他人的无意之言，也并不以为忤。举起酒杯思忖片刻，便赋诗一首："罗列杯盘烛影红，无端讶入广寒宫。今宵欢笑良非偶，昔日繁华已不同。天上人间成想象，镜花水月总虚空。风兮祇惜仍凡鸟，尚待高飞趁疾风。"

大家片刻沉默，似仍在品味之中，瞬间叫好声和掌声连成一片。

其他人接着陆梦熊之后，也纷纷赋诗助兴。酒过三巡，菜过无味，陆梦熊抽空出来透透气，崔士杰也跟了过来。崔士杰一个晚上并没有太多话，他最能了解陆梦熊的真实想法，也恐怕是当晚聚会者中心情最为复杂者。作为与陆梦熊同为胶路的副委员长，尽管两人各有分工，平日并无太多直接碰撞，但还是因为煤商罢运的事而产生了罅隙，这种罅隙越发展越大，越来越无法弥合，最后就发展成一种矛盾。崔士杰当然要为煤商们争取利益，这是他作为省实业厅厅长义不容辞的责任；但这又触碰了胶路的利益。让他左右为难，两面照顾，却顾此失彼。陆梦熊作为葛光廷全权授权处置煤商问题的代表，表现出了全力争取铁路自身利益的勇气和担当，自然也无从责难。至此两人并没有实质性的矛盾，更多的是猜忌、责备，但到了后来，陆梦熊的暗自撰文发炮让崔士杰坐不住了，崔开始公开表达自己的不满。陆梦熊没有承认自己是事件的始作俑者，越是如此越是让崔士杰无所忌惮，火力全开。但他针对的是谁，大家都心知肚明。陆梦熊更是心虚，因为在这件事情上，他也是上纲上线，在背后没少以莫须有的罪名加以攻击崔士杰，好在崔士杰并不能全面了解，否则的话，两人的关系一定会破裂。所以，面对崔士杰不留情面的旁敲侧击，陆梦熊并没有反击的信心和勇气，只不过心里愤恨不已。

但好在两人都坚持着一个原则，无非是站在各自立场上说话。两人当然也各有心虚之处。崔士杰的心虚在于他也存了私情。他在济南的纱厂也会因为煤商的罢运而受到牵连不言自喻，他当然比一般意义上的表现显得更强烈一些，他承认也好，不承认也好，都是外人的判断，只是此事终不是问题的关键所在，且并没有像陆梦熊所攻击他的那样如此严重、不可饶恕，所以崔士杰似乎更站在道义的一面。总之，就像一个平衡木，无非是你往前走一步，我往后退一步，最终还是要保持一个平衡才会相安无事。道理是明白的。这就是崔士杰与陆梦熊两人之间关系的现状。

所以，当听到陆梦熊突然之间被调走的消息后，崔士杰愣了半天，当时他正在青岛平原路25号的观象山下察看自己即将竣工的新居，并且即兴写下了一首诗："卜居琴岛象山前，新屋初成三月天。院角回时沿路曲，楼头高处与云连。苍松寞寞龙欢卧，翠壁峨峨虎笑眠。逆旅风尘今已久，于今使得望安然。"他已经决定将自己的新居命名为"濯沧斋"，并且想象以后可以将此作为海滨诗社集会的固定场所。

尽管之前两人之间心生罅隙，甚至一度成为心中块垒，但人将离别所有的一切也将烟消云散，彼此也变得豁达与宽容起来。

两人默默地伫立良久。都在不言之中。

"华北局势恶劣，北宁之路不好走啊？"崔士杰说。

陆梦熊笑道："哪里的路都不好走，不只是北宁。"

"您打算何时走？"

陆梦熊没有看他，脸上却闪过一丝笑意，耐人寻味。

"还要处理一些事情，恐怕近日无法赴任。另外，还要看看形势的发展。"

崔士杰觉得话题连贯不起来了，不知说什么好，就说："胶路的事情也很难处理，挪一步或许不失为一个选择……"话说得没有底气。

陆梦熊笑笑了然。

这时有人过来叫两人。在两人离开的时间里，宴席上不断有人赋诗作对，当然都是围绕陆梦熊调离所作的一些感时伤怀的诗。每听过一首，就会引发一阵不同的感慨。末了，有人问崔士杰："崔委员的诗在哪？"

崔士杰其实心里早就一首，并且绝对是发自内心，但口中还是说："没有，没有……陆委员走我是一时伤怀无法成章。"

大家不饶，陆梦熊也说："希望崔委员助兴。"

见陆梦熊如此说，崔士杰也便吟出心中的诗作："七年风雨共同舟，奉檄为官不自由。老练当无遗策恨，从容定有济时谋。关山北望烽烟起，波浪东来蜃气浮。寄语天涯多保重，扶轮尚赖作中流。"

听罢，大家沉默，细品深意，都觉好诗，既有感伤离别之情，又有家国情怀，不作声，却是最好的褒奖。爱开玩笑的黄际遇竟也悲愤地举起酒杯，说"喝一杯"。

几天后，《青岛时报》发了则消息《北宁路两副局长：郑实照奉令调部，陆梦熊称病未到》，称"天津29日电，北宁副局长郑实照奉令调部另委，陆梦熊本日称病未到。"

陆梦熊去了哪儿？一时成为悬疑。

15

陆梦熊的告别宴会不了了之，胡若愚的告别宴却如约而至。

胡若愚的告别宴有些惨淡。所谓惨淡，并非安排得不够周到细致，恰恰相反，以胡若愚的为人做派，一定极尽奢华之能事，但正是这样一份刻意追求的奢华恰好与他的处境形成鲜明对比。正如现场所出现的情况，面对豪奢，人们不敢称赞；面对老朋好友，不能尽情谈笑，一切都变成小心翼翼的例行公事。

还有一个原因，就是胡若愚本人没表现出作为政治人物所应有的淡定，无论从他的表情，还是谈吐，都让人感受到一种掩盖不尽的落寞与怅惘；他的情绪也与灯光投射营造出来的华丽形成强烈对比和反差。很多人后悔没找个理由拒绝这次邀请，也有人寻找着早点脱身的机会。只有一点是可以与人们的心情相契的，那就是"告别"二字。

告别宴会后，葛光廷见愁绪万千的胡若愚有了酒意，示意沈鸿烈一起将他送回府邸，也算三个东北军的老朋友再作一次友情告别，只有他们三人，是可以无话不说的。虽然胡若愚的离任是葛光廷暗中做的手脚，但他丝毫不觉得理亏。在他认为，换作谁，都会这么干；他考虑的不是个人利益，而是山东的整体利益和国家的大局。正如，他对待陆梦熊离开的态度，既然在现在位置上不能发挥作用，甚至还可能会发挥坏作用，那一定不能让他滥竽充数。

当然，他所使用的手段并非那么光明正大，但这种事情要想通过正当途径显然是不可能做到的。

胡若愚对二人相送并不感到奇怪，相反觉得三人确实应该有此一聚，尽管现在他对沈、葛二人充满怀疑，但还是觉得没有其他人能够像他们三人一样更值得亲近，哪怕成了敌人，也非一般意义上的敌人。

胡若愚说："以后，我就不是青岛人了。青岛是你们的了。"话说得酸溜溜，但无论沈鸿烈，还是葛光廷都听得出来，确实是他的真情实感。

沈鸿烈说："有胡弟在前，我步后尘。"

胡若愚说："你是不是特别想要我走？"

沈鸿烈说："胡市长这话说得不明白了。实话说，我打心里没敢存这份非分之想。"

胡若愚相信沈鸿烈的真诚，一转眼，他又想问葛光廷同样的问题，但看到葛光廷的眼睛，便把到嘴边的话又咽回去。不知为什么，这种话，他可以直言不讳地问沈鸿烈，却没勇气问葛光廷。

葛光廷说："胡市长，现在青岛快成铁板烧了，市长的位子以后也不那么好坐了。韩复榘、刘珍年步步紧逼，日本人东面、北面双向夹击，危机四伏。"

沈鸿烈说："我的辞职是真心的，我是身心俱疲，不想再挑这副担子了，没想到南京政府不让我卸责。本来还想力争，只是……如果那样，就不识时务了。国难当头，也会落个临阵脱逃的骂名。"

胡若愚带着酒意"嘿嘿"干笑几声，说："你们都有理由，反正千言万语一句话，就是我该给你们让道。"

这话说得沈鸿烈脸上火辣辣。葛光廷示意他不要着急，以安抚胡若愚为上。

好在平时大家对这种谈话方式习以为常，加之都喝了酒，也并没在意。

沈鸿烈岔开话题，说："胡市长对青岛旅游业发展的长远规划大家交口称赞，我将接续把这些工程干完，你放心……每项工程完工，都会把胡市长的功绩刻在石碑上，不会让青岛人民忘了您。"

沈鸿烈与葛光廷你一言我一语，把胡若愚说得没了怨气，聊到下半夜，才各自散去。

出来胡宅，沈鸿烈对葛光廷说："本来有件要事相告的，今天晚了，明天再找时间谈。"

葛光廷问："何事？"

沈鸿烈说："不是一句半句就能讲完的。先休息吧！"

葛光廷也感到疲劳，就回龙江路34号寓所休息。但因为有了沈鸿烈留下的半句话，第二天醒来，葛没去胶路上班，而是直接找沈鸿烈去了。

沈鸿烈兼任青岛市市长后仍在海军第三舰队司令部驻地办公，一方面胡若愚还没搬走；另一方面他在司令部上班习惯了。见到葛光廷，沈鸿烈说："我知道这事一说你就沉不住气。"

葛光廷说："你现在是市长，句句真言。"

沈鸿烈说："我算什么市长……"

话这么说，葛光廷觉得别有意味。因为在小圈子大家传着一件事，上次处理完煤商罢运事件后，蒋介石给葛光廷发了份嘉奖电，开头就写到"葛市长……"，虽说是误写，却也说明葛光廷在蒋委员长心中的分量，也说明葛光廷对于青岛的作用。

沈鸿烈也在考虑这件事，但他不愿意让葛光廷因此多心，连忙说："我这个市长还不是让您'绑架'来的，那就只能放在火炉上烤了。"

葛光廷说："您膘肥体壮，不烤您烤谁？"

两人相视而笑。

沈鸿烈面露忧色地说："有件事……日本驻青岛总领事川樾正组织召开一个会议，好像是专门研究应对山东问题的，很是隐秘。"

葛光廷"噢"一声。他突然想起，昨天日本驻济南总领事西田带着武官花谷来到青岛，烟台总领事，还有日本驻博山、张店、坊子的办事处主任也陆续抵达青岛。每有要人来青岛，青岛火车站都要专报胶路管理局，胶路会酌情安排接待。所以，葛光廷对此有所了解，当时他还想，日本人为何突然齐聚青岛？他们在青岛有什么活动？葛光廷本想派人打探，因为给胡若愚送行的事便忽略了。难道他们的到来与沈鸿烈所说的事情有关系。

葛光廷问："你听到什么消息了？"

沈鸿烈说："这次会很隐秘，严格限定人员，但我还是得到了一些信息，会议主要研究的是，在日本国策发生重大调整变化的情况下，如何确定其山东的具体政策。"

葛光廷不禁问："他们对山东要有所动作？"

沈鸿烈说："肯定要有所动作。但现在看来，还不是军事上的。日本占领东北后，虽然军舰频繁出现在黄海，但依我分析，这无非是日军对自身军事力量的炫耀，当然不排除具体的军事目的。但日本当下最重要的，不是扩大它的侵略范围，东三省已经够大了，足够他们消化一段时间。所以，他现在的任务,应该是巩固侵略'成果'。况且,世界各国对日本占领东北的做法反应强烈,日本人也不敢再冒天下之大不韪,扩大战争。对了,听说国联已介入此事,准备派人到中国进行战争调查。日本不能不有所忌惮,所以,他们对青岛用兵的可能性目前还很小。尽管大多数人认为,日本占领青岛是迟早的事,但我们还有准备、布防的时间。"

葛光廷点头,只要日本不是现在就采取军事行动,一切都有应对的时间。

沈鸿烈接着说:"日本现在不采取军事行动,不等于他们什么都不会做。日本对青岛觊觎已久,并且是政治、经济、军事多头并进,哪怕现在还不敢用兵,但他们已在提前准备。其实,'战争'已经开始。"

葛光廷暗自佩服,毕竟在其位谋其政,他的分析已远不是单纯作为舰队司令员时的站位。他问:"他们这次会议具体研究了什么,能掌握多少?"

"一是在思想层面,要大家一起理解日本关于'山东特殊权益区域'的相关要求和政策,把认识统一到日本的基本国策上来;二是根据日本新调整的政策,制定日商在山东的产业措施。"沈鸿烈想想,说:"我想不外乎这两个方面。"

葛光廷若有所思,日本果然是上下联动、协调动作。日本占领东三省后,视华北特别是山东为战略补给地,对华北的政策作出了全面调整,把山东确定为"特殊权益地区"。如此分析下来,日本在青岛的这次会议一定是为了适应"特殊权益地区"的需要而召开的谋划落实的会议。那么,这个会议对下一步山东的政策调整一定是至关重要的。

沈鸿烈说:"会上,川樾极力鼓动日本企业加大投资,目的很明显,就是要以资本渗透控制山东经济命脉;并且公开表示要实现官方、工商机构、民间商业的三方联动;川樾还表示,将会在领事馆配备专门的协调人员,与会人员很感兴趣……当然,日本人保密工作做得好,我们只得到了这些信息。"

尽管沈鸿烈遗憾信息的不充分,但葛光廷还是摸清楚了会议的基本要义。这些信息,对青岛防务,特别是下一步山东经济政策的相应调整都具有重要的参考价值。沈鸿烈一向自谦为一介武夫,但与胡若愚比起来,不可同日而语。如果是胡若愚,这些话题根本就不在他的兴趣范围内。

葛光廷觉得非常有必要尽快和韩复榘交换意见,以引起山东省政府对日本对华政策调整的重视,从而更有针对性地制定应对措施,不至于陷入被动。

16

由于事先未向韩复榘通报行程,葛光廷到济南后先在胶济铁路饭店安顿下来,才让尹援一到省政府与朱经古接洽,联系与韩复榘见面的具体时间。尹援一去而复返,告诉葛光廷,韩复榘正在省政府礼堂办宴会,明天还会有更高规格的活动,所以这两天无法相见。由于事并不太急,葛光廷便想等两天。

但转眼一看,却见尹援一脸上挂满忧色。"委员长,您知道今天韩主席宴请的谁?"

葛光廷不知尹援一为何会有如此一问。

尹援一说:"张宗昌。"

啊!葛光廷着实吃了一惊。韩复榘怎么会和张宗昌勾搭到一起。北平之行,看得出,韩复榘对张宗昌的突然出现表现出了高度戒备,虽然接受了张宗昌的宴请,但韩复榘反倒对张宗昌别有用心的安排产生了更强烈的反感。

本说私人宴请,韩复榘到达张的住所后,才发现坐满了大桌人,并且多是混迹政坛的下三流人物、落魄不堪的过气将军……彼此间猜不出有何必然联系。韩仔细揣摩猜出个大概,张宗昌攒了个乱局,或许正是以此炫耀与自己关系不同寻常。见此光景,韩复榘心里老大不快。在他看来,自己是位一言九鼎的地方大员,与这些不三不四的人纠缠在一起,实在是降低了身价。但是,既来之,则安之。事到如此,只得硬着头皮坐上虚席以待的主位,尴尬地被人吹捧,被动地被人称兄道弟。

正如韩复榘的判断,张宗昌正是要抓住这样一个机会向狐朋狗友们炫耀与韩复榘非同一般的关系,从而达到他的个人目的。席间,他不但主动与韩复榘勾肩搭背,碰杯敬酒;还高谈阔论,说些让人摸不清头脑的话。韩复榘虽浑身不自在,但场面之下却不得不强颜欢笑。

酒过三巡。借着酒劲,张宗昌突然问:"听说主席与南京方面不是很'滑膛'?"

韩复榘惊觉地看他一眼,没作声。

张宗昌说:"山东的土匪还是那么多?"

韩复榘说:"这倒是。"

"听说,主席还亲自带队剿匪?"

"是。"韩复榘说。

张宗昌一脸媚态道:"难为主席了。"

韩复榘强打精神,说:"怎么说难为?和平年代,没仗打了,只能找土匪练练手、过过瘾。"

张宗昌听罢,干笑几声,然后压低声音,问:"主席不想找个帮手?"

韩复榘一惊,知道碰到"雷"了。

"什么帮手?"

张宗昌咧开大嘴说:"毛遂自荐。"

韩复榘一愣,随即大笑道:"如果合适,我聘您作山东的剿匪总司令!"

韩复榘本是随意一说,多少也有揶揄之意,毕竟张宗昌曾在北洋时期干过山东的督军(省长),怎会答应去干个不伦不类的剿匪总司令。

没想到,张宗昌一撩袖子,站起身,挺挺魁梧的身板说:"多谢主席抬举,您可得兑现承诺。"

这倒让韩复榘半天没回过神来。

……

从北平回来的火车上,韩复榘原原本本地将与张宗昌见面的情况讲给葛光廷听。葛光廷说:"这事有些麻烦。张宗昌刚从日本回来,尚无立足之地;并且以他的品行,恐怕没有人愿意接纳他。主席给他留了个缝隙,他一定会纠缠不休的。"

韩复榘一摆手说:"席间的话,不算数。"

葛光廷说:"话虽如此说,但还是小心为好。张宗昌是山东人,能回山东是他做梦都想的事。他离开山东最多不过四五年,在山东还有残余势力,他的老家在掖县,正是刘珍年的防区!"

如此一说,把韩复榘惊得脊背淌汗,眼睛直直,半天没说话。

葛光廷继续提醒道:"他今天办了这么个局,还是虚张声势,让外人看到他与山东实权人物的亲密关系,也为下一步进入山东制造舆论。"

经葛光廷一番提醒,尚处于懵懂状态的韩复榘突然有种醍醐灌顶的感觉,彻底明白了张宗昌的真实用意。

当时,葛光廷与韩复榘已经交流得非常深入,葛光廷也认为,韩复榘已经明白了张宗昌的真实意图,那么韩复榘为何还要大张旗鼓地宴请张宗昌?

葛光廷大惑不解。

晚上，葛光廷辗转反侧，不能入睡。他不相信韩复榘会如此轻易和张宗昌勾搭在一起，那么韩复榘葫芦里到底卖得什么药？想来想去，还是觉得其中大有文章，济南恐怕要发生大事。

就在这时，外面突然枪声大作。葛光廷恍若梦里，紧张地起身，确信是否是真实的声音。待确认一切都是真实的，心里不禁想，济南要出大事，难道就在此刻？让自己猜准了？

旁边房间住着尹援一，有房门开动的声响，紧接着，其他房门也传来"噼里啪啦"的开门声。

尹援一在门外问："委员长，没事吧！"

葛光廷知道尹援一所带卫队已处于戒备状态，心里安定许多，边开门边问："哪来的枪声？"

尹援一说："听声音不远，好像是津浦站方向。"

葛光廷没作声，而是竖耳细听，只听到一声蒸汽机车紧急刹车的声音，别无声息。

外面复归平静。让人有一种错觉，似乎刚才一阵纷乱枪声根本就没有发生，但每个人都明白那确实是真实存在的。这种瞬间的动静落差营造出来的恐惧与无助让葛光廷无所适从。但夜已深，并不容易探知究竟。过了一会儿，便让人各自回屋休息。

葛光廷独自在房间走来走去，他在想，济南不安宁啊！

躺回床，睡不着，睁大眼看房顶。外面出奇地安静。

尹援一知道葛光廷一定不会睡着，半夜又来敲门，告诉他："我探听了消息，听说张宗昌让人打死在了津浦站。"

张宗昌被人打死？！

葛光廷一阵惊悚。

尹援一为了让葛光廷确信此事，又说："千真万确，津浦站站长亲眼所见。有个刺客，混在给张宗昌送行的人群里，第一枪没打死张，张跑了很远……，但不知为何，后来张宗昌却被一串排枪打死。"

尹援一对场景的描述让葛光廷觉得蹊跷。他知道，背后一定隐藏着深洞般的内幕。

次日，葛光廷一大早就到省政府，行政厅厅长李树春说："韩主席外出了。"

葛光廷说："不是昨晚还在济南？"

李树春带着几分神秘地说："去泰山了。"

葛光廷明白，韩复榘一定是去找冯玉祥了，最大的可能是与昨晚之事有关。每有大事，韩复榘都不忘给冯玉祥通报。葛光廷默想，不知道韩复榘在济南编织着怎样的一个阴谋。

葛光廷决定坐等韩复榘回济，他必须把事情搞明白才行，以便对山东的整体形势有个判断和把握，在当前危险又微妙的形势面前，任何一个事件都可能打破山东现有的平衡状态，容不得丝毫懈怠和半点疏漏。

傍晚时分，韩复榘回到济南。见到葛光廷，叹口气，没说什么。

在等候的一天时间里，葛光廷已经零零星星听了些情况，但他不愿把这些混乱不准确的信息作为分析判断问题的依据，他需要从韩复榘口里得到一个相对准确完整的信息。

"张宗昌一定要来山东，这不，出事了。"韩复榘痛心疾首的样子。

"怎么回事？"葛光廷问。

韩复榘说："上次在北平见面后，张宗昌一直表达想回山东的意愿。说实话，我不愿他回来，可又不挡不住。如果真的不让他来，也显得太小家子气，好像容不得他似的。来就来吧。没想到，他有这么多仇人……"

"那，真的是郑……"

葛光廷在韩复榘回来前，已经听闻凶手的名字叫郑继成。

韩复榘说："可不是。"

韩复榘告诉葛光廷，过去西北军有位叫郑金声的将领，在张宗昌治鲁期间，因为一件莫须有的罪名被张宗昌所杀。而这次刺杀张宗昌的人便是郑金声的继子郑继成。韩复榘强调道："郑继成是替父报仇！"

葛光廷心想，果真如此的话，这郑继成也算义士，事情果真如此？

郑继成的故事听起来合情合理，还有些侠义精神隐藏其间，让人不但不恨，反倒生出几分钦慕之情，并且平白赋予了这起事件更多的传奇色彩。但细细想来，就会发现中间有着一大段逻辑"空白"，利害关系与现实场景有太多割裂之处。如果将其视为一个好故事会赢得不少喝彩，但作为一个客观事件看，就显得太过"戏剧化"了。

与韩复榘谈完，出来遇到蒋伯诚，对方好像惊讶于葛光廷如此迅速抵达济南，葛光廷说："我并不知此事，更非为此事而来，完全是巧合。"

蒋伯诚故作神秘道："无巧不成书。"

葛光廷不作解释，任他如何想。

葛光廷也想套蒋伯诚的话。问："仁兄怎么看这件事？"

蒋伯诚一笑，说："活该张宗昌倒霉！"

17

张宗昌的事让葛光廷心力交瘁，本来这件事与他没太大关系，但对他来说，在某种程度上也算置身事中，说不准哪件事的突然爆发便会与自己的生死联系在一起。当然，他所经历的事情每件都不是平淡无奇的，心跳加速甚至紧张得喘不过气来的时候时常出现，但是这种从前总会给他带来新鲜与刺激的感觉，现在所发生的事情却越来越让他感到疲乏与惊惧。

还有一件大事困扰着他，那就是韩复榘与刘珍年的事。如果两者之间的冲突一旦爆发，对山东乃至对整个国家都可能会产生重大影响。这种影响有多大，在发生之前谁都无从判断。这件绝大的事情，葛光廷是不能去对韩复榘做任何试探的，甚至在韩复榘主动提及时，他也不能过多发表观点，以防涉事太深，不能自拔，甚至说不能自保。他只有暗自细致观察。他知道，韩复榘正以百倍的注意力关注着刘珍年的举动；但在表面上，他却故意做些吵吵闹闹的小把戏分散人们的注意力，这显然是在麻痹对手。所以，越是在无关紧要的时刻，越是平静放松的时候，越是在人们认为不可能发生事情的时候，往往才越容易有惊雷炸响。

在济南时，葛光廷把当前日本人在青岛的活动情况向韩复榘做了通报和交流，很显然，因为张宗昌的事，韩复榘并没有真正把这件事情放在心上，或者说根本没心思深入思考这件事情可能对时局造成的影响。葛光廷知道，韩复榘在解决完手头最紧要的事情后，一定会关注的，因为这件事情对时局的影响较张宗昌的事更大。只是，韩复榘首先考虑的当然是眼前利害。如何向社会解释张宗昌的被杀？如何处置杀人凶手？这是必须要回答的话题，一旦处置不当，很难说不会发生连锁反应。

回到青岛后，他梳理思路，把日本驻青岛领事组织召开会议的相关情况向身在南京的最高统帅发去电报，他认为这对南京政府的决策是非常重要的信息。这个电报之所以要从山东回来后才发,主要是葛光廷想听听韩复榘的判断后再作出综合分析,从而使自己的意见更加精准。但是,没能从韩复榘处得到更有价值的信息,让他感到遗憾,但无论如何他都必须向南京最高决策者提供信息。

处理完这些问题,他决定排除其他烦心事,想想胶路自身的事情,也让自己换换思路。首先想到的,当然是胶路延长线的事情。自从与韩复榘就胶路西延问题交流沟通后,推进非常顺利。在韩复榘的督促下,由山东省实业厅牵头,组织相关部门进行过多次论证,崔士杰作为胶路代表,往返济南数十次,不厌其烦地向相关部门和人员解释相关问题,逐步使大家对西延的意义和具体工作有了更深入的了解,特别是关于组建新铁路公司之事,开始大家有不同看法,但讨论几轮后,大家也明白,非如此不能推进西延工程的落实。

葛光廷顺手从办公桌上翻出关于胶路西延的相关材料,看了很久,还是觉得,虽然这件事得到了韩复榘的大力支持,但真正落实起来困难很大,每件具体事情都有纠结,并且根本问题不在技术和组织层面,还是在决策层面,特别是有些结合部的工作还需韩复榘出面协调。葛光廷想,自己要在合适的时候再听一次崔士杰的汇报,把所有问题做个综合评估后再向韩复榘报告,适当再组织召开一次推进会。

想透了胶路西延的问题,又想起煤商罢运的事,这是件一直没有完全处理好,且让他极度郁闷的事情。那么,下一步如何处理与煤商的关系,同时又切实杜绝煤商不合法的行为,对胶路长远发展至关重要,这是个需要认真思考的战略问题。自从与煤商一战后,大家对于胶路沿线煤炭价格问题更加关注,包括韩复榘也在问,为什么胶路的煤炭价格居高不下。胶路给出了答案,那就是煤矿规模小,运输方式与胶路不接轨,人为造成短途运价过高,从而拉高了整体运价。对这一问题,无论是铁道部、实业部、还是全国煤运联合会;无论是山东省政府,还是煤商自身都没提出太多异议,反正煤炭价格是个绕不过去的话题,那么是不是可以从降低煤炭价格入手,来个火中取栗,由被动变主动,把影响胶路发展的深层次问题彻底解决掉。胶路委员会已经开过几次务虚会,大家对此也达成了初步共识,但是如果付诸实施却并非易事,必然会触及更深层的矛盾。话又说回来,如果前怕狼后怕虎,这一症结始终无从解开,矛盾将会越积越复杂,对胶路的影响也会更大。

那就解决！一定要解决这件事情。葛光廷这么想。

要解决就要先理个基本思路，明确处置问题的基本原则。他独自一人到海边溜达，让海风吹吹混沌的脑子，想想能不能有些灵感出来。博山一带的煤矿经过近三十多年的开采，规模和位置都发生了很大变化，有些已经由博山原点向南延伸到莱芜一带，距离原来的开采点远了三十多公里。这样，煤商确实不便，只能借助人挑车推，把煤炭运到车站，然后才能装上胶路的火车，无形中加大成本。当然，这也为聪明的煤商提供了修筑轻便铁路的可能。

葛光廷想，为什么胶路不能对博山支线进行延长？从而尽可能覆盖所有运营的矿区？当然，这有个投资问题，因为有赎路本息要还，胶路压力非常大，加之这几年战争没断，铁路运费收缴受到很大影响，铁路建设投资十分有限，要想实现博山支线的延伸，没几百万不可能，想想便让人望而却步。所以，谁都能够看到的一步，实施起来却是特别的难。拖延这么多年，倒是让聪明的煤商钻了空子，他们打着自我发展的幌子，先把轻便铁路搞了起来。当然，轻便铁路在建设之初，煤商们确实也只是为了解决自我发展的需要，有其合理成分，只是后来有人感到轻便铁路反倒比挖煤更挣钱，才专注于轻便铁路的经营，从而在狭窄的空间里形成了与胶路的实质性"对抗"。

延长博山支线，资金投入的保证是个难题；同时，现有的由煤商修筑经营的轻便铁路已经有了趋形，同样成为阻碍延伸铁路支线的问题，因为这些轻便铁路的走向占据了最方便的通道，延伸既有博山支线很可能会与这些轻便铁路发生冲突。对煤商来说，也不愿意看到胶路对博山支线的延伸，那样会对他们的既有利益构成极大危害，他们当然是不会答应的。

怎么办呢？

收购轻便铁路！一个大胆的想法在葛光廷脑子里冒出来。但是，收购也是要花大价钱的。煤商们一定不会轻易松口，哪怕是同意了，也一定狮子大开口。那么，退一步，是否可以采取联营的方式？让煤商们占有部分股权，由胶路统一运营管理，这样既可以把煤炭成本降下来，又使胶路运费提升有了可能，何乐而不为？

葛光廷越想越觉得可行。他觉得，非常有必要和委员们对此进行讨论，然后督促相关部门做一下前期论证工作。

18

　　张宗昌当然是韩复榘杀的。
　　杀张宗昌对韩复榘来说，有着多重的考量。首先，张宗昌，不识时务，必须杀。张宗昌不了解韩复榘对山东的复杂情感。他任何一次据疆占地都没有像对山东这般抱有如此强烈的占有欲和满足感，山东之于他来说，有着封侯称王的意义，决定着他功成名就的一生伟业。山东之于中国的重要性不言而喻，所有在山东任职者都成为左右中国命运的人物，而现在，历史选择了他，让他来到这样一个重要位置，他不会再让任何人轻易染指这块宝地。张宗昌作为军阀，对山东抱有非分之想，这从根本上就与韩复榘的理念产生了重大冲突，所以当他在北平不无炫耀地宴请韩复榘时，就已种下被杀的命运的种子。张宗昌竟然还大摇大摆来到济南，必然是有来无回。
　　还有一层意思，不为外人所知，也是韩复榘埋在心里永远也不会说出来的。那就是冯玉祥的原因。郑金声参与了当年的滦州起义，而当时的冯玉祥也是滦州起义的主要领导者，冯与郑是打天下的知己，后来郑金声来到山东却为张宗昌所杀，冯玉祥一直想替郑金声报仇，只是这些年一直没找到机会。冯玉祥引为恨事。
　　当冯玉祥听说张宗昌要来济南时，多少年一直没有释怀的事一下又涌上心头，他决定要抓住机会让张宗昌替自己的兄弟偿命。韩复榘隔段时间总要到泰山普照寺看望冯玉祥，尽管冯玉祥不怎么给他好脸，但他并不在意，除却利益因素外，埋藏心底的感情是可以包容一切的，这种感情非常人可以理解。韩复榘再来请安时，冯玉祥提及此事。
　　韩复榘说："我是不会让他来的。"
　　冯玉祥出人预料地说："让他来。"
　　"什么？？"韩复榘大感不解。
　　冯玉祥咬牙切齿地说："不但让他来，还要让他有来无回。"
　　韩复榘便想到了郑金声的事情。实话说，在那一刻他并没有揣摩如何去张的问题，对于他来说，只要暗地里找人威胁一下张宗昌，达到他不敢入山东地界的目的就算完了，但听冯玉祥如此一说，杀张成了不得不办的事情了。

韩复榘犹豫道:"现在事情这么多,日本人打进来了,怕因小失大,节外生枝。"

冯玉祥生气道:"这是我忍了多年的一口气,这事不办,我死不瞑目。"

见冯玉祥的态度如此坚决,韩复榘动摇了,他知道,必须要改变主意了。况且杀张宗昌以绝后患,对他来说也未尝不是一件值得做的事。

韩复榘以沉默向他讨计。

冯玉祥说:"我想周全后再找你。"

冯玉祥前思后想一个多月,才在韩复榘再来泰山时向他交代了解决张宗昌的具体方式。冯玉祥考虑得确实非常周全,郑继成在韩复榘手下当参事,这本来就是他让韩复榘给郑安排的差事,现在他想让郑金声再做桩轰轰烈烈的大事。冯玉祥把让郑继成以替父报仇的名义刺张的主意说与韩复榘,问韩复榘是否可行。韩复榘把他的主意翻来覆去斟酌半天,觉得滴水不漏,也很容易操作。韩复榘了解郑继成,他本来就是位情绪易激动的人,稍做鼓动便能成事,但同时他也很担忧,就是郑继成并不老练,怕机密不保反会坏事。当然,任何事情没有万全之策,最后决定按冯玉祥的思路去做。

但是,韩复榘也明白,郑继成如果事败,那自己肯定不好交代。一方面冯玉祥会责怪于他;另一方面自然也会与张宗昌结下不共戴天之仇。所以,除了让郑继成具体参与刺杀,他还暗地里安排自己人,以备不时之需。果然,郑继成办事并没像想象的那么干脆利索,面对面竟然没有让张宗昌毙命,一路追到车站的西头,眼看张宗昌就要逃脱,韩复榘不得不动用他的手枪队出面才把事情办妥。

其实,除却以上原因,韩复榘还藏了更深一层的想法。那就是,想以此试探张学良对自己的容忍度有多大。

北平之行,他与张学良达成驱刘共识;但是,张学良真的会百分之百地信任他吗?特别是当海军第三舰队发生哗变时,他也有过浑水摸鱼的想法,自己的行动引起了葛光廷的怀疑,那么张学良一定也会得到相关信息,那么他对自己还信任吗?把张宗昌杀了,张学良会有什么反应?毕竟张宗昌是张氏旧部故人。

驱逐刘珍年对韩复榘来说是件绝大的事情,他不担心战场上的较量,怕的是战事一起,失去盟友支持,一旦出现大的变数,自己将会陷入孤掌难鸣的境地。如果张学良能够容忍自己杀张,那说明他对自己的支持是完全真实的，可以放手一搏。如果因为杀张而让张学良动怒，那么自己也好早做打算。

张宗昌被杀，舆论一片哗然。

而就在刺杀张宗昌的前一天，葛光廷也来到济南，并且事先并无任何消息，这让韩复榘大吃一惊，以为透露了风声。直到听朱经古说是为了日本驻青岛总领事馆召集会议一事，才放下心来。张宗昌被杀后，他先是到泰山向冯玉祥报告，回来后向葛光廷讲了大概，当然隐去了大部分真实情况。在此期间，韩复榘密切关注着方方面面的信息，特别是北平张学良的反应。而对待社会上关于对刺客的处置，他先是虚张声势地作了一番文章，表示坚决惩治凶手，逮捕了郑继成；然后又通过社会舆论把郑继成塑造成替父报仇的侠义之士。如此一番折腾，社会舆论反倒出奇地与韩复榘保持了一致，而张学良、蒋介石等政要人物对此没有任何置评。毕竟张宗昌是个过气军阀，本来就作恶多端，不得人心，人们对于他的死与活并不关心。

韩复榘长吁口气。他想，解决完张宗昌的事，下一步尽可以对刘珍年动手了。他早就迫不及待了，一待确定风险可控，便迅速开始组织实施。

除却做好军事准备，在韩复榘看来，葛光廷是个不可或缺的人物，这也是他曾一度坚持让葛光廷常川驻留济南的一个非常重要的原因。如果战事一起，他需要葛光廷帮助他协调与张学良的关系，特别是一旦出现非常情况时能够有个应急处置。山东的局势，在接下来的一段时间内取决于张学良的态度，这是韩复榘思前想后做出的判断。

他叹口气。葛光廷真是个复杂的人，他身在山东，既是张学良的人，也为蒋介石张罗事宜，自己竟然也愿意与他交好。他到底是个怎样的人物，有着如此的个性魅力？葛光廷自来山东后，不但通过多种途径为韩复榘分担了很多忧愁，而且做了很多意想不到的雪中送炭的事情。最让韩复榘感动的是，葛通过变通的手段，每年都会从胶路运费中转移一笔费用给他，这笔费用恰恰补充了第三路军短缺的军费开支，让他在财政紧张的情况下，有效地缓解了自己的窘迫。韩复榘也知道，本来葛光廷是想从二成的运费提价中扣除这笔转移的费用的，没想到运费调整之事终告失败，使胶路断绝了预想中的收入来源。尽管如此，葛光廷还是兑现诺言，逐步为第三路军支付费用，也正是这笔费用帮他解了燃眉之急，也为他驱逐刘珍年提供了保障。

朱经古作为韩复榘的心腹，与葛光廷的关系也不错，但朱经古还是多次提醒韩复榘不要把太多信息透露给葛光廷，因为葛光廷一则是蒋介石的人，一则是张学良的人，不好判定，未可全抛一片心。韩复榘却不这么认为，他对朱经古的提醒不但不给予认可，反倒非常不开心。他说："如果我不和葛委员长交流，他怎么知道我的想法；他不知道我的想法，也就不可能准确地把我的想法向南京政府汇报。我不怕有人给我打报告，我是怕小人在背后给我打小报告。葛委员长帮我，不会诋毁我。"

朱经古想解释。

韩复榘抢说道："我明白你的意思，只有葛委员长的报告才是最公正的，才不会让南京政府误解我！"

朱经古明白了韩复榘的意思，点头不语。

为了谋划即将到来的与刘的决战，韩复榘把葛光廷召到济南。

葛光廷到后即见韩，韩复榘却不和他多聊，只是可着劲请他吃饭喝酒，将田吾作、石泰岩等济南的好酒馆吃了个遍。葛光廷也乐得好吃好喝，让吃就吃，让喝就喝，不问缘由。推杯换盏间，又聊起前些日子日本人在青岛开会的事情，韩复榘问得非常详细，葛光廷看得出来，韩复榘开始关注日本人的举动了。韩复榘多次谈到一位叫花谷的日本人，这也引起了葛光行的关切，因为他从韩复榘的言谈话语中听出来，两人之间关系密切，并且有些事情常涉机密。

这天，韩复榘来了兴致，邀请葛光廷到东郊的龙洞参观他一处隐秘的住所。龙洞有隋朝时期的一座舍利塔，远远望去，空山幽谷，枯木绝径。一行人左拐右拐，走了很久，眼前突然出现两座四层石砌的小楼。葛光廷没想到韩复榘在这里还藏着一处别致的别墅。正是冬天，万物凋零，荒山突兀，但还是看得出，春夏季此处必定是绝佳的避暑胜地。葛光廷啧啧有声，赞不绝口。

韩复榘开玩笑道："我不是为了消遣，而是藏身。一旦有事，也好保全自己。"

葛光廷说："主席还怕打仗？"

韩复榘说："打仗当然不怕，但凡事都得提前考虑。"

葛光廷点头说："主席考虑得周全。"

两人在龙洞待了大半天，中午吃饭时，韩复榘对葛光廷说："静岑兄，需要您在济南住一段时间了。"

葛光廷说："为何又要我留在济南？"葛光廷突然有所醒悟，问："你是想……"

韩复榘也不直说，也不避讳，说："这是我心里存着的大事，一天办不了，一天不安宁。"

葛光廷点头："如此的话……我自然会留在济南帮主席。在此之前……需要去趟北平，您看有没有必要。"

韩复榘兴奋地双手拍腿，说："静岑兄了解我意，希望快去快回。"

葛光廷说："也就三五天的事……"

19

张学良的处境很困窘。一眼便可看出来。

他的面色消瘦了许多，距离上次见他不过区区月余。葛光廷知道，当此多事之秋，作为国民革命军副总司令、北平政治政务分会主任的他，承受着非同一般的压力。但是，在葛光廷看来，张学良是一个拿什么事都不当事的人，如果说真的有什么让他上心的事，一个是大烟，另一个就是女人。那么是什么让他变化如此之大？只有一点，当前的形势严峻异常。

张学良有气无力地指指旁边的沙发，示意他坐下。葛光廷来北平已几天，二人直到今天才有时间相见。

葛光廷很感慨，这些年，每次来北平，气氛都有所不同，而最近一段时间，每次来都会有沉重压抑感，此次尤甚。与上次相比，北平的驻军明显见少，大街上寂寞空荡，全然没有上次来时军人、乞丐充斥的丑陋景象，但此时此刻所显露出来却是另外的一种空虚和羸弱，似乎整个北京城的精气神都被抽空，变得有气无力。葛光廷不愿意再到大街上闲逛。他每次来，只要有时间总喜欢到各个胡同转转，而现在已没了这份心情。

好不容易等到张学良召见，见到张学良时脑中浮现的竟是那一条条空旷虚弱的胡同。

葛光廷禁不住说："司令保重身体。"

张学良也不掩饰自己的疲惫，摆手叹气，说："现在这种形势，还顾得上身体？"

"还得从长远谋划，任何事情不可能立马解决。"葛光廷说。

张学良说："我身处北平，部队又是从东北退下来的，一方面全中国都在骂我；另一方面我还得流血流汗保卫华北。况且是要人没人，要枪没枪。"

葛光廷说："难道日本人真的这么快就会把手伸到华北？"

张学良叹道："已经打上门来了。"

"南京政府什么态度？"葛光廷问。

"老蒋当然是有底线的，现在还没有触到他的底线，日本人也在试探，我也不知道老蒋的底线在哪。"张学良说。

葛光廷沉思半晌，说："南京的底线一定是华北，日本人只要不军事占领华北，南京就可忍，一旦突破华北这条底线，那么中国还有什么可守之处。"

"可是……好像并非如此，老蒋对北平的态度模棱两可。但无论如何，我都能够感觉得出来，他对我不满意。他早就有意把我调开，想让阎锡山主持华北这个局，只是还没合适的理由。"张学良说。

葛光廷对错综复杂的北平局势不敢妄加评论。

"你这次来北平？"张学良问。

葛光廷说："现在日本人在山东非常活跃，前些日子，日本驻青岛总领事川樾召集了一个规模较大的会议，在研究关于山东特别权益的问题，看得出来，他们是要加大政府干预力度，并且给予更多商人参与开发山东的权限。"

张学良说："日本人在布局，就像下棋，走一步，看一步，想一步。他们在东北已经迈出第一步，正在谋划以北平为重点的华北自治，这是第二步；现在又在考虑山东特别权益问题。真的是步步为营，我们非全盘考虑不足以绝日人后患，而不是头疼医头，脚疼医脚。"

"以司令的意思，山东该怎么办？"葛光廷问。

张学良说："实话说，北平的现状已经让人首尾难顾，山东问题还没提上议事日程。我现在也管不了那么多，让韩复榘自己看着办吧！"

葛光廷好久没作声，只是点头。在他听来，张学良的话虽然无奈，却句句真心。

"刘珍年的事？"葛光廷不能不提及这个迫在眉睫的问题。

"刘珍年？"张学良似乎忘了此事。

葛光廷蓦然担心起来，想提醒他。张学良这时也想了起来，说："不是上次已经立定宗旨了吗？你们看着办吧。"

葛光廷说："是。这事您一定要全力支持。"

"可……这种状态，我不能和南京产生冲突！"

张学良这种模棱两可的态度是葛光廷最为担心的，如果不能保证张学良会给予韩复榘全力支持，那么韩与刘珍年一战的最终结局就难以预料。葛光廷暗自想，幸有此行，如果不能让张学良坚定信心的话，中间很难说不会出尔反尔，况且一旦战事起，本身就会有很多变数，如果不能沿着既定的轨道前行，那就更可怕了。

葛光廷此行的主要目的就是观察张学良的态度，并且说服张学良全力支持韩复榘，不能让他有任何动摇。

因为有了对张学良态度的预测，葛光廷早就有所准备，打好了腹稿，此刻便慢慢说与张学良听。"……东北发生变故后，司令的部队入关，但大多被改编驻防到不同地方，如果司令被调出北平，东北军对华北的影响很快就会消失。韩复榘失去了司令的支持，山东被中央军占领和渗透的可能性也就会大大增加，如果刘珍年留在山东，韩复榘面临的困难会更大，蒋介石终会架空山东的权力机构。试想，如果韩复榘失去了在山东的权力，蒋介石对华北的控制力自然大大提升，这与司令巩固自身力量极为不利。如果暗里助韩，既可以让韩领您一份人情；更重要的是，帮韩也就是分蒋，张司令和韩携手，自然会为蒋所忌惮，两全其美，何乐不为？况且，司令曾与韩有过约定……"

葛光廷分析透彻，张学良听得有道理，暗淡的眼神里渐有活光。最后，一拍桌子说："好，就这么定，韩复榘有什么要求，我来帮就是了。"

葛光廷见状起身，说："有司令一句话，就放心了，不过……"

张学良见葛光廷欲言又止，问："还有什么不妥？"

葛光廷不好意思地笑笑，说："没什么不妥。我只是想问问，上次您送韩主席一套宅子，是不是该办个手续，这样人家心里才踏实！"

张学良才想起许了个空头支票，忙说："我都忘得一干二净了，办，马上办！"

葛光廷起身告辞，突然又想起什么，问："胡若愚市长现在……"

心情舒畅了许多的张学良听到说起胡若愚，脸色又沉下来，说："赌气呢。"

"怎么？"

"当然是对丢了青岛市市长不满。"

"本想让他任北平市市长，说什么不干。去天津了。"

"去天津？"葛光廷说，"我想去看看他。"

张学良说："也好，劝劝他。"

葛光廷告别张学良，第二天便去了天津，在八大道一处洋房里见到胡若愚。胡若愚颇感意外："你来做什么？"

葛光廷说："看看老朋友。"

胡若愚鼻孔里"哼"一声，说："老朋友？"

因为胡若愚的离职是自己操作的结果，见他这副样子，葛光廷隐隐生出一丝歉然，心想，市长都搞丢了，赌赌气也在情理之中。葛光廷没作声，环顾四周，见房间布置得极有特点，蒲墩、香熏、茶几，还有佛像，风过处，帘影拂动，禅意十足……

"我再不问世事，这里才是我的世界。"胡若愚说。

"皈依佛门？"葛光廷半开玩笑道。

胡若愚却认真地点点头说："是。"

葛光廷不解，一位醉心红尘的凡夫俗子，眨眼竟看破红尘，起了遁入空门的心？他问一句："为何？"

胡若愚淡然一笑，说："没有为何？自在我心。"

葛光廷觉得好笑，问："因为丢了青岛市市长？"

胡若愚说："丢官不可怕，还有北平市市长等着我干呢，又如何？只是不愿被人愚弄。"

"何出此言？"

胡若愚轻蔑一笑，说："别人不知，你还不知？"

说罢，轻拂衣袖，有送客之意。

葛光廷苦笑退出，想想本不该有此自讨没趣的一行。于是，便急急离开天津。

当晚回到济南，见到韩复榘，葛光廷只说了一句话："张副司令让我把北平绒线胡同老宅子的钥匙给您带来了……"说着，把一串钥匙递给韩复榘。

韩复榘心领神会，说："谢了！"

20

葛光廷把北平的事打理好了，也让韩复榘彻底打消了顾虑。葛光廷觉得对韩复榘已经有所交代了，并且在韩复榘与刘珍年开战前，他没有必要一直待在济南。一旦有事，他将第一时间赶回来听命。这是他与韩复榘达成的协议。葛光廷本打算乘下午的车回青岛，但就在前往胶济车站的路上，他从送行的朱经古口里无意听到，日本驻济南总领事西田突然去拜访韩复榘了。

葛光廷很敏感，西田为何突然登门造访？有何重要事情？尽管外国领事与省政府之间的交往本属正常，但如朱经古所说"不打招呼"的造访也属反常。本能让葛光廷打消了返程念头，在胶济铁路饭店住下探听消息。

正如朱经古所说，韩复榘正在省政府与没打招呼便登门入室的日本驻济南总领事西田井一座谈。和西田总领事同行的还有一位精力旺盛得如同一株红高粱的日本领事武官花谷。

花谷与韩复榘比较熟悉，因为性格外向开朗，两人比较谈得来。西田井一带花谷同来，也是为了增加些感情的铺垫，不知为何，尽管和韩复榘打过多次交道，西田井一却一直不能像花谷那样与韩复榘亲密无间。

花谷明白自己所扮的角色，他主要是调节情绪活跃气氛，没有参与公事的任务。

像有默契，尽管和花谷更熟些，但韩复榘并没与花谷交谈太多，而是把主要时间用于应付西田井一。

韩复榘问："西田先生突然来此，有何指教。"

西田井一个头矮小，坐在中式靠背椅，双脚不能着地，却中气十足，说话很响亮。他说："贸然造访，实在不好意思，但有些事情还是想向主席请教……"

韩复榘对日人的奸诈有着本能的戒备，特别是在当下，与日本人打交道更要小心谨慎。韩复榘从听到西田登门的瞬间，便一直在猜测他造访的真实目的。

西田说："主席阁下，我来是代表日本政府对您在保护日本侨民方面所做的工作表达最诚挚的谢意，这也是币原外相的意思，让我一定代为转达。如果中国人都像主席这样审时度势，中日之间一定不会是现在这番敌对的模样。"

韩复榘不置可否。西田自顾把话说完。"正是因为有了主席，山东的政治局面才和中国其他地方不同，中日和睦在山东是典范，我在山东任职，感到十分荣幸和自豪。"

韩复榘说："西田先生客气了，中日之间本应和睦相处，走到现在这一步，实在是大家所不愿看到的。至于我所做的，纯粹是从人道主义考虑，百姓没罪，他们不应该受到伤害。"

之所以有这番对话，是因为在九月十八日沈阳发生事变的第二天，西田就接到日本外相币原的训令，专门照会韩复榘，要求对山东的日本侨民加以保护。韩复榘接受了日本政府的请求，专门下令对在山东的日本侨民无条件加以保护，在全国各地多有日人受到袭击甚至被杀害的情况下，山东无一人受到伤害，日本政府对山东地方政府的态度和措施相当满意。为了保护好日本侨民，韩复榘还下令取缔了多个共产党组织和反日团体，更是让日本人对韩复榘赞赏不已。沈阳事件发生后，韩复榘虽然不能逆潮流而动，公开反对针对日本的抗议活动，但实际上还是严令反日游行与集会都必须经过国民党山东党部或省政府审查才行。韩复榘的表现让日本政府很是满意。其实，这也并非韩复榘本意，而是他在与南京政府对抗中采取的手段，因为南京政府对韩复榘采取打压政策，韩复榘以对日人的宽容来增加南京政府的压力，让南京政府不敢做太过分的事情。当然，韩复榘为此也受到不少国人的唾骂。

韩复榘根据形势调整着自己的原则和分寸，在全民抗日浪潮一浪高过一浪的情势下，他自己也加大了对日本人的管治，逐渐放松了对抗日团体的种种限制。而西田此行正是在发现了韩复榘这一苗头后来加以提醒和试探缘由的。

西田说："很遗憾，现在烟台、青岛反日情绪与日俱增，烟台甚至发生了杀死日本商人的事件，还请主席关注。"

"是……"韩复榘点头，表示知道此事，但还是不客气地反驳道："我听说那位日本商人是因为走私蔗糖而为当地商户杀死的。哎！"韩复榘说："现在民众情绪很激动，如果不加以节制自己的行为，会惹麻烦的。"

西田感受到了韩复榘态度的强硬，但他不能与韩发生言语上的争执，这并不是他此行想要的东西。况且，如果加以比较，韩复榘恐怕是对日本人最为友好的中国官员。在当前情势下，是非常难得的，不能得罪了他，把他彻底推向日本人的对立面。

西田低头鞠躬,说:"无论如何,还请韩主席多费心。"

韩复榘说:"只要不违反中国法律,一定妥加保护。请西田先生放心。"

西田弓腰点头,样子极谦卑。

话到这里,似乎说完了。但西田还没走的意思,韩复榘默然以对,想着如何见招拆招。

西田果然在往深里试探。他说:"有一事,不知当说不当说?日本政府对韩主席极为欣赏,也想在合适的时候施以援手;当然,也希望主席支持我国在华北的政策,加入北平冀北整备委员会,一起谋求华北的自治。"

一直没讲话的花谷,插话道:"只要主席能够与北平携手,那就会摆脱南京政府的束缚,也便没了后顾之忧,不再天天提心吊胆过日子了。"

韩复榘听罢哈哈一笑:"花谷先生言重了,我是南京政府任命的官员,听命政府是天职,这是不能违背的原则。"

花谷起身,想辩解。平日里他与韩复榘说话多有随意,但在这样的场合里,丁是丁,卯是卯,不能半点含糊。

西田伸手制止花谷,慢条斯理地说:"韩主席,这事也不是几句话就说明白的,还请您慢慢考虑。常言道,大势所趋。中国还有句老话,识时务者为俊杰。我想,韩主席英雄本色,自然是识时务者。"

西田说到这里,便起身告辞。花谷有些毛糙地说:"主席,这有什么考虑的,你不就是想把华北占为己有吗?多好的机会。"话说得太过直白,韩复榘难堪,西田神情也有些不自然。但花谷就是这样的性格,加之私下里与韩复榘无话不谈,在这样的场合竟然还是口无遮拦。韩复榘一笑了之,没多说什么。

西田走到门口时,突然又说一句:"主席,胶东有事,日本一定支持!您放心。"说着脸上浮现了一丝狡诈阴险的笑意。

韩复榘在原地愣了半天。

葛光廷在西田走后不久,就与韩复榘见了一面。

韩复榘不解,问:"您没走?"

葛光廷说:"听说西田来了,我想等等,看他想干什么?"

韩复榘说:"还有什么?拉拢我。"

葛光廷说:"日本人狼子野心……"

韩复榘打断他的话，说："静岑兄担心我会靠拢日本人，放心好了，只要没人逼我，我一定不会和日本人同流合污。"

韩复榘把与西田井一的谈话讲给葛光廷听。葛光廷对西田的最后一句话感到深深不安。看来，日本人也看透了韩复榘的心思，知道他不把刘珍年撵走不罢休。如此一来，他们会不会以此做文章，投其所好，把韩复榘纳入他们的控制之中？

葛光廷觉得，争取张学良对刘珍年用兵的支持，实在是件非常有必要的事情，否则，很难说日本人不会从中浑水摸鱼，以达到侵略山东的真实目的。

21

1932年9月，韩复榘到胶东剿匪去了。

刘珍年对韩复榘剿匪的嗜好早有耳闻，在他看来，这是韩复榘惯常的做法；尽管如此，他还是多了个心眼。胶东是他的地盘，韩复榘的剿匪活动已进入他的管辖范围。自从1928年张宗昌兵败退出山东，刘珍年的部队便被蒋介石改编为二十一师，也称第十七军，驻扎在烟台一带，周边的蓬莱、福山、黄山、招远、栖霞、文登、掖县、莱芜、牟平、海阳、荣成、平度等十二个山东最为富庶的县均归他管。韩复榘剿匪到了自己的辖区，刘珍年虽然有些紧张，但也没有把问题想得多么严重，只是吩咐部下时刻关注韩复榘的动向。

刘珍年在胶东自成一家，坐拥丰厚税收，骄奢淫逸，横征暴敛，百姓多有不满。虽然也有人提醒刘珍年，防范韩复榘的暗算，刘珍年却满不在乎，久而久之，对他进言的人少了，更有对他的所作所为看不顺眼者，反倒希望韩复榘能将他赶出胶东。

刘珍年何曾不知道韩复榘的想法，他表面上看似满不在乎，其实外松内紧，心里始终保持着高度的紧张。尽管如此，更多的时候他还是在想，自己作为中央军编制，并且是驻扎在山东的唯一一支中央军，是中央军事力量在山东存在的象征，料想韩复榘投鼠忌器，并不敢把自己怎样。韩复榘上任山东省政府主席时，与蒋介石讨价还价，山东防务由他的第三路军负责，中央军不能进山东。蒋介石出于稳定政权的考虑，答应了韩复榘的要求，但实是心有不甘，千方百计把刘珍年留在胶东，也便是他要在山东保存军事实力的具体措施。

其实，这等于无形之中把刘珍年置于一种高度危险之中。刘珍年虽然也有感觉，但他还是觉得有中央的庇护，谅韩复榘也不敢把自己怎样；加之性格原因，心里越是忌惮，反倒越是想挑战韩复榘的权威。韩复榘任命了掖县县长，他将其拒之门外；他所辖十二个县的税费除上交南京政府外，其余全部留为己用，一丝一毫也不上交省政府，哪怕是在韩复榘上任伊始，财税极度紧张的情况下也绝不松口……俨然一副"胶东王"派头。之所以这么做，还有更深一层的原因。在蒋阎冯三方大战前，刘珍年就一直做着山东省政府主席的美梦。大战正酣之际，蒋介石为了争取韩复榘反戈，许之其战后任山东省主席的职位，刘珍年大为失落。所以，当韩复榘节节败退时，他暗自窃喜。当韩复榘败退至潍坊，中央让刘珍年协助韩部组织反攻时，刘珍年表面领命，暗里却在背后袭击韩复榘的第三路军，差点让韩复榘败走麦城。后来，韩复榘反攻成功，坐上山东省政府主席的"宝座"，刘珍年解释起这件事，把责任全推到土匪身上。韩复榘虽不作声，但心知肚明。刘珍年也以此认为，韩复榘并不敢把自己怎样，所以，得寸进尺，在韩主政后，刘珍年还在济南设立办事处，暗地里监视、离间韩的部下……坏韩之事，无所不做，这让隐忍不语的韩复榘更加坚定了驱刘的决心。

……

彼此知根知底，刘珍年知道韩复榘不怀好意，开始还有些紧张，时日一长也便放松下来。因为，韩复榘的剿匪行动进展并不顺利，进进出出，打打停停，收效甚微。别看刘珍年是正规军，但要想在胶东立稳脚跟，与土匪的关系也是要处理好的。土匪里面有刘珍年的底细。因此，刘珍年可以非常顺畅地得到关于韩复榘剿匪的详情，每次听到细作对于韩部疲于应付，狼狈不堪样子的描述时，刘总会大笑不止。

刘珍年没想到的是，其实这正是韩复榘的诈兵之计。就在进进出出、打打停停的过程中，韩复榘所谓的剿匪队伍已集结到四万多人，他麾下的队伍除却万余人驻守他地，其他几乎全都到了刘珍年的辖地。

刘珍年的谋士沈荣初先是看出苗头不对，多次提醒刘珍年，但刘珍年并不以为然，待到后来回过味来，觉得不行，便想见韩复榘一面，意在劝韩停止剿匪退出自己的辖地。韩复榘一直在潍坊指挥所谓的剿匪，听说刘珍年见自己，大喜过望。

好在沈荣初看出问题，当刘珍年快到潍坊时，沈极力劝阻刘珍年不要见韩。刘珍年犹豫不决，最后还是在沈荣初生拉硬拽下极不情愿地返回烟台。没想到，没走多远就遭到伏击，刘九死一生逃回老巢，恼羞成怒，召集部下商量对策。但由于自己所属各部分散驻守，一时无法集中，不能周全安排。

韩复榘已经开始全力进攻刘珍年部。

自战事起，葛光廷一直留在济南，密切关注着事态发展。胶路的一切事宜都交付崔士杰管理，崔士杰有些事情不能决断，更怕韩刘之战殃及胶路，所以青岛、济南两地奔波，请求机宜，很是辛苦。

崔士杰前期没有介入战局，心里没有底数，极为担忧，在济南见到葛光廷，对他逍遥自在的样子很是不解。

崔士杰要葛光廷回胶路主持局务，以防不测。葛光廷说："你看我这样子，韩主席会让我走？"

崔士杰无奈地摇摇头，尽管不知其中原委，但还是觉得葛光廷在韩刘之战中扮演了极为特殊的角色，不便再说什么，只得返回青岛。

在济南陪同葛光廷的是胶路警察署戴师韩，他来往于济南、潍坊间，是葛光廷与韩复榘两人联系沟通的桥梁；葛光廷的主要任务是留守济南，一旦前线有其他需求，便于协调与张学良的关系以得到支持。

韩复榘的前敌总指挥是曹景林，但此战并没有显出他有太多过人之处，或许源于他对胶东一带地形不熟。刘珍年初时有所慌张，但一旦看透形势，稳定住军心，便恢复了自信。他身先士卒，把指挥部由烟台搬到前线莱阳，重新调整部署，部队集中到掖县、莱阳、烟台三处，互为犄角，集中优势兵力应对韩复榘的进攻。刘珍年依仗熟悉胶东地形，以及与外围零散土匪暗地里配合，让韩复榘的进攻迟迟不能奏效，伤亡甚至比刘部更为惨重。韩复榘有些着急。按他的本意，以剿匪的名义迅速对刘珍年形成合围，发起进攻后力求速战速决，把生米做成熟饭再向南京政府报告。现在看来，他的如意算盘要落空。况且久则生变，他也担心如此一来会有不测。南京政府如果现在让他罢手，他也将会陷入进退两难的境地。所以，韩复榘决定集中精力攻打最具有战略意义的掖县，先以一点突破，再寻找面上的优势，况且攻下掖县，便可俯视胶东，稳操胜券。

但是，山东战事早已传到南京。南京政府出面干预自然不可避免。

葛光廷接到了南京政府机要处的来电，蒋介石询问韩刘之战到底因何事引起，为何事先没有半点消息？葛光廷心想，韩刘之争从开始就已种下祸患，现在追根溯源，为时已晚，于事无补。如何回复此电？在葛光廷看来，韩刘之间的矛盾缘于南京政府对山东问题有太多自以为是的想法，钳制韩复榘、保留中央军等，所有的这些想法都是从各自利益出发，不考虑客观可操作性的。现在这番骑虎难下的境况，正是多重考题纠结交缠的结果。事到如今，怎么还会问及"因何事引起"这类让人哭笑不得的话？

　　有些事情就是这样，非到了矛盾激化到不可收拾的地步才去想法子解决。韩刘之间的问题便是如此，冲突不可避免，也只有在实实在在的冲突发生后，人们才会极力去寻找解决问题的途径，有些话也才真正说得出来。葛光廷想到这里，决定把自己对这一问题的看法向蒋委员长作个分析，直言相谏。

　　他所写的报告深入浅出，结论非常明确，不容置疑——迅速把刘珍年的部队撤出胶东。"刘珍年部处在山东防区内，两者掣肘，互不服气，矛盾爆发，自在情理之中，解决问题的办法只有撤出一部，非韩即刘，撤韩无异于自乱阵脚，几无可能，因此，非刘出鲁不足以解决问题。"

　　葛光廷对电报稿翻来覆去斟酌，觉得无甚不妥方才发出。

　　第二天他便从韩复榘发来的专电中得知，南京军事委员会发出了要求韩、刘双方立即停止军事行动的命令。

　　葛光廷意识到自己的意见应该并没被蒋介石接受，他感到了问题的严重性。

　　从接续得到的信息中，葛光廷越来越不乐观，他敏感地嗅到事情正在向着更为复杂危险的方向转变。蒋伯诚暗地告诉他，蒋介石已下令调刘峙部和商震部分别从徐州和河北两路进入山东，支援刘珍年。

　　葛光廷得知这一消息后，浑身一紧。如此一来，局面就会变得非常麻烦。他思考半天，拟就第二封电报，向南京政府直言"……必须放弃外部因素对山东问题的干扰；否则，局面会难以收拾，甚至会影响华北局势"。

　　从南京的反应看，葛光廷的建言对决策层的影响微乎其微。现在看来，解决问题只有取决于战场的胜负了。韩复榘以"无法从命"向南京发出"请罪"函，但并没承诺停战，反坚称自己为民请命，并且在新闻媒体大造舆论，历数刘珍年"把持民政，破坏建设，摧残教育，削弱实业"五大罪状，表示不把刘珍年"消灭",无以对山东父老。

蒋介石大为恼火。

南京的态度让刘珍年看到了希望,因此也无端有了更多底气。他也通过不同形式,公开表达对韩复榘突然袭击的愤怒,强烈谴责韩复榘不顾国难当头,公然挑起内战,为中华民族所不容,希望国际国内社会对他给予最大可能的支持。刘珍年的一番鼓动,较之韩复榘的宣传效果为佳,况且大多数国人同情弱者,对韩复榘的行为颇有恶感。

交战双方打舆论战属正常,但关键还是取决于战场上的胜负。而实际情况是,韩复榘并没占据主动,而刘珍年看似人少兵弱,却丝毫没有吃亏。

战场上的焦着让外部环境愈发复杂,双方的相持让蒋介石想入非非,他想根据形势发展通盘考虑下一步的决定,或许有机会找到彻底解决山东的办法。

葛光廷能清晰地感知南京在这一问题上的想法。他对蒋介石火中取栗的做法极为担心。在他看来,蒋介石之所以这么做,显然对山东的政治军事情况缺乏深入了解。尽管韩复榘一时不能速胜,但与刘珍年在军事实力上比较,绝对是压倒性的,刘珍年几无取胜可能。葛光廷想,既然南京政府一厢情愿,那么解决问题的关键,就是让韩复榘全力争取军事上的主动。事已至此,绝无退路。谁在军事上主动,就会在政治上主动。

在驱刘问题上,葛光廷与韩复榘有着充分的沟通,自然也有着不必言说的默契,两人虽身处两地,想法却非常一致——抓紧打,抓紧取胜。

尽管韩复榘在与南京往来的电报中,不断"认错""请罪",看似悔意十足,内心屈服,给人一种骑虎难下的感觉;实则是他的缓兵之计,他要争取时间,一举攻下掖县。只有占领掖县,才能掌握战事的主动权。

掖县,关系着韩复榘的命运,也关乎着山东的命运。

22

为什么说掖县关系着整个战局的发展?

掖县位于胶东半岛西北,南依大泽山,西靠胶莱河,地锁胶州险要,向有"控掖县而得胶东"之说。西汉时掖县置县,千年来一直是胶东政治、经济、文化中心,先后为东莱郡、东莱国、光州、莱州府治所。直到胶济铁路开通，交通上失去便利，掖县才渐渐没落；尽管如此，它在胶东的地理位置和军事意义仍然至关重要。在刘珍年的军事布防体系里，烟台、掖县、平度呈三角关系，掖县是重要的支点，所以，守住掖县便守住胶东，失守掖县便会一败涂地，这也是刘珍年屯重兵于此，誓与韩复榘决一胜负的原因和底气所在。

事到如今，刘珍年都不认为自己会败给韩复榘，尽管他知道韩的实力远大于自己，但他自恃熟悉当地地形，认为完全可以借助掖县特殊的山地优势，出奇不意地攻打韩复榘。实践证明，确实如此，刘珍年凭借他对地形的熟悉，借助土匪的袭扰，让韩复榘的部队进退两难，苦不堪言，终不能实现既有的战略目标。刘珍年越打越有信心。

再者，刘珍年轻蔑韩复榘不懂政治，无非是一介武夫，因为在国难当头之际悍然发动内战，从情理上已经输了。刘珍年认为国内形势对自己有利。

再就是，他认为中央政府对他将会无条件支持，山东唯一留守的中央军之说让他产生了一种优越感。他认为，韩复榘绝不敢"草率"对待自己；而蒋介石当然也会依重自己。自开战以来，他派参谋长韩洞前往南京向军政部部长何应钦、军委会参谋长朱培德汇报了韩复榘的军事攻击；汇报之后，韩洞又在何应钦的暗示下，前往庐山向蒋介石作了报告。韩洞回来说，蒋介石震怒，表示一定严办韩复榘。后来的事实证明，蒋已下了命令，密派商震为西路总指挥，由河南进窥鲁西；徐庭瑶为南路总指挥，率第四师由蚌埠经徐州向北开进；于学忠为北路总指挥，由河北取道德州进入山东。三路人马对山东形成包夹之势。

韩洞还对刘珍年说，何应钦密告他，哪怕是韩复榘迫于压力撤兵，也要对其进行牵制，造成韩复榘违抗中央命令的实情。刘珍年听来，很是兴奋。根据这些情况，已不再是中央对韩复榘不满意的问题了，而是决计要把韩解决掉。这是刘珍年的判断，由此也让他信心大增。

刘珍年亲自到掖县指挥，在他想来，有社会舆论的压力，有中央勒令撤军的命令，加之自己的顽强抵抗，一定会迫使韩复榘撤军，到那时再乘胜追击，彻底摧毁韩的军事力量，或许会因此而功成名就。

没想到，韩复榘既不惧社会压力，也不听中央命令，不但没有撤军迹象，反倒集中起更大的火力进攻掖县。刘珍年一时首尾难顾，惊慌失措。如果打持久战，自己当然不是韩的对手；而寄希望于外部压力，韩复榘又大有破釜沉舟的样子。在左右为难之际，韩复榘部的炮火越来越猛烈，距离自己越来越近了。

前方胶着的局面让身在济南的葛光廷也变得坐卧不安，他觉得之前可能高估了韩复榘的实力，为什么一个小小的掖县竟然迟迟不能拿下，对于久经沙场且对此战早就蓄谋已久的韩复榘来说，显然是没道理的。

他的意见消失在了南京政府的官僚体系里。但他还是觉得必须不断地把山东的声音传出去，韩复榘的强硬态度一定会让蒋介石恼火。这时候，提出一个能让双方都接收的折中方案不是没有可能。现在，以他的处境来看，更需要别人的配合。

他找到蒋伯诚，谈及此事。所有围绕在韩复榘身边的人，已把全部精力都投入胶东大战之中。葛光廷和蒋伯诚几乎聊了整个下午，作为南京驻山东的军事代表，蒋伯诚的意见更倾向于为南京消愁，也更容易为南京采纳。葛光廷必须说服蒋伯诚与自己的思路保持一致。其实这也不难，尽管说服南京方面的人物困难重重，但蒋伯诚身在山东，对于山东的局势有着更为公允和准确的看法，二人也更容易达成一致，况且两人平时的交流还是比较融洽的。

蒋伯诚与他的意见果然并不相违，他们联合向南京提出三点意见：一是两军迅速罢战；二是将刘珍年调出山东；三是韩军撤至潍河西岸。

意见发给南京政府，葛光廷和蒋伯诚觉得极度疲乏，两人在省府食堂要了俩菜小酌，聊着闲话……特殊的角色让两人都有一种违和感，在这样一场战争中应该帮谁，真的有些错位的感觉。蒋伯诚、葛光廷推杯换盏，浅品细饮，心里有种满足感。

南京政府对谋士们的信件大多并不回复，所以包括当事人本身不一定知道自己的意见是否得到采纳，更无法决断自己会对决策者产生多大影响。葛光廷与蒋伯诚商量的意见到底是否采纳不得而知，但从韩复榘接到的南京以何应钦名义发来的指示可以看出，似乎他们的意见并没有受到重视。

南京对山东问题的处理有四点：一是第三路军撤回潍河；二是第二十一师暂驻福山、掖县、莱阳、栖霞、牟平五县及龙口；三是原来二十一师驻地蓬莱、招远、黄县、荣成、文登、海阳、平度七县由原团警维持治安，暂不驻守；四是移防后原地待命。

看完后，葛光廷和蒋伯诚沉默不语，对俩人来说，这样的解决方案无论是韩复榘，还是刘珍年都不会满意，中央的处理意见说明高层确实缺乏对实际情况的了解，纸上谈兵的意味很浓，会无端把局势搞得复杂。

　　确如葛光廷所料，韩复榘撕了电报，开始对中央的指令置之不理，全力攻击掖县。

　　刘珍年看到电报，更是脸色铁青，如果按电报所说，那他就会丧失对胶东七县的控制权，这根本就不是在帮助他刘珍年，而是帮韩复榘瓦解自己。依此来看，中央解决山东问题的本意很值得怀疑。

　　这时，参谋长韩洞进来，刘珍年把电报给他看。韩洞看完，哑然不语。这时，外面响起猛烈的大炮声，韩洞一愣，不自觉地道："什么炮？"

　　刘珍年也支起耳朵听，他们从来没听到过如此剧烈的大炮响声，这应该是一种他们从没有见过的更具威慑力的炮，韩复榘难道又从哪里得了新武器？正想着，一连串呼啸着炮弹窜过上空，紧接着传来巨大的爆炸声，整个指挥部的房子都在战栗，只消再来一波，哪怕不被击中，也会被震塌。

　　韩洞抖抖身上的土，说："刘军长，还是回烟台吧，这里太危险！"

　　这是掖县不保的意思，退吗？彻底放弃。

　　这时，天空中传来一阵更为恐惧的轰鸣声，两人不约而同地到门口仰望，只见三架飞机从上空飞过，落在城市中央的炸弹同时炸响，整个掖县城都在摇晃，浓烟四起，火光冲天。

　　刘珍年恐怖地喊道："韩复榘哪儿搞来的飞机！？"

23

　　中央对掖县战事依然处于观望状态，如何处理刘珍年问题必以战事的发展而定的脉络愈发清晰，只是当事人刘珍年不愿意承认而已。至此，刘珍年已成为人们戏谑的对象，除非他识时务，尽快退出战场。

　　葛光廷对南京方面的态度也只能依据战事的进展来判断。

　　这天，他突然接到南京的电报："青岛胶路葛委员长勋鉴，鲁事同深焦虑，各情仍盼随时探查详告为荷，中正。"葛光廷有些摸不着头脑，随着战事推进，各方面的情况越来越清晰，无论军事还是舆论也非常透明，还有什么需要探查的事宜。

就在这时，他接到沈鸿烈的电话。如无特殊情况，沈鸿烈不会轻易给葛光廷通电话，电话那头的他显出几分焦虑，没有往日里的平稳。葛光廷忙问："何事？"

沈鸿烈说："如果允许的话，葛委员长务必回青岛一趟，有事相商。"

葛光廷问："有何急事？"

沈鸿烈说："近日海面不平静，还需观察，有些情况拿不准。"

葛光廷听罢，知道沈鸿烈所说一定与韩刘之间的战事有关，必须赶回青岛看个究竟。葛光廷没急细问，也未与韩复榘沟通便乘最近一趟车返青。

到达青岛后，葛光廷直接去青岛市政府办公楼。沈鸿烈已经搬到行政大楼原胡若愚办公室。葛光廷径直而入，沈鸿烈果然在等他。

"济南凶险？"沈鸿烈叹道。

葛光廷道："凶险源于胶东。"

沈鸿烈说："刘珍年恐怕守不住了。"

葛光廷说："迟早的事。只是没想到韩的部队这么拖延。迟则生变，吉凶卜测。司令召我回来的意思是？"

沈鸿烈不无担忧地说："黄海海面，日舰最近出没频繁，似乎有事？"

葛光廷问："你是说策应韩复榘，还是日本有图谋青岛之意。"

沈鸿烈说："现在还判断不出来，两种可能都有，我非常担心日本人会进犯青岛。本来，我不认为日人会马上吞并青岛，但现在看来，胶东战事一起，无论是韩复榘，还是刘珍年都无力顾及其他，日人乘虚而入，海军第三舰队是挡不住的。"

葛光廷说："现在有什么迹象？"

沈鸿烈仔细向葛光廷介绍了近期日本舰队在黄海活动的情况。"根据烟台方面的消息，前日又有一日舰刈萱号停泊进烟台港，鸣笛示威，还有舰队人员散发传单，公开表示支持韩复榘。烟台可是刘珍年的老巢，我怕惹了众怒，又会升出事端。"

沈鸿烈接着说："昨天，根据日本方面透露出来的消息，日本组成了联合舰队，将于近日巡航烟台、威海、青岛，这只舰队由十九艘主力舰和数艘驱逐舰组成，海军人数有一万五千余人，我派人进一步探听消息，只是说常规游历。目前，日本驻青岛公使馆正在筹备组织欢迎仪式，隆重欢迎日本舰队来青岛。"

葛光廷听罢，大吃一惊。如果说，日舰到烟台的所作所为意图明显，那么兴师动众到青岛实在让人不可思议。

难道韩复榘看到南京政府的强硬态度后，开始暗地向日本求助？如此一来，事态的发展就多了变数，一旦处理不好，就会难以控制局面。

难怪"中正"要求他对鲁事作随时"探查"，他在济南，忽视了青岛可能的变数，而青岛看似平静，却是多角关系中重要一极，不可掉以轻心。

"对了。"沈鸿烈说，"让您回来，还有一件重要的事，明天上午，日本驻济南领事馆武官中野要在青岛召开记者招待会，不知葫芦里卖得什么药，葛委员长可否听听他们的消息？"

"中野召开记者招待会？"葛光廷大起怀疑，不知道日本驻济南的武官为何要在青岛开记者招待会，难道有什么重要事情宣布？

沈鸿烈说："据说，这个中野刚从战区回来，想必是发表与战事有关的新闻。"

日人发表关于中国战区的消息，在葛光廷听来，实在是咄咄怪事。

沈鸿烈说："我们明天听完后再议。"

次日，葛光廷派总务处处长钱镛以铁路新闻代办的名义，参加日本驻济南领事馆中野举行的记者招待会。钱镛回来后一五一十地把日本武官在记者招待会上的讲话复述一遍。中野在招待会上，向多名中外记者介绍了刘珍年防区的情况，告诉记者，自战事起后，他便作为观察员对战区情况进行了全面跟踪了解，现在战事如火如荼，韩复榘具有压倒性优势，并且会最终取得胜利。他还讲了烟台的事，烟台、龙口已不再让刘珍年驻扎，而由地方政府派军警代为维持治安，军纪严肃，人民爱戴，较之刘珍年统治时尤为繁荣。但是，韩复榘的军队尚未进入烟台、龙口。中野还讲了掖县的情况，刘珍年率五千余人负隅顽抗，副师长何益三率三千人困守莱阳、栖霞，其余部众已全部被韩军击溃，溃败后的刘军大部与当地土匪合流，可以看出刘珍年军纪甚差。同时，中野还对韩复榘的军队大加称赞，他说，韩复榘部的李宣德骑兵旅已过福山，现正出发往杨家河讨伐土匪，胶东人民极为欢迎，现刘军陷于绝境，不日必为韩军所扑灭……

葛光廷听完，心里豁然开朗，知道这是日人在为韩复榘造势，无非是在关键时刻表示支持，以博韩复榘好感，以为将来布局。实事上，此举确实会为韩复榘增加砝码，并会迫使南京政府做出最终有利于韩复榘的决定。

葛光廷与沈鸿烈再次交流了对局势的看法，沈鸿烈认同葛光廷的分析，他也认为韩复榘在这场战事中考虑得细之又细，胜利的天平倾斜于他是情理之中的事。

通过分析，葛光廷再给中央发电，但他并没把自己对形势的分析全部表达完整，只是对事情作了一番描述，提出解决问题的紧迫性，电文写道"……日本驻济武官赴烟台旬日来回。日舰来青烟无常。情形叵测，中央对鲁事亟应早日解决"。

青岛的事情明白后，葛光廷迅速返回济南。

临行前，沈鸿烈问："听说张学良调了炮兵旅支援韩复榘，还派了三架飞机轰炸掖县城。"

葛光廷没作正面回答，只是"嗯，嗯"两声算作回应。沈鸿烈知道，葛光廷对此早就知情……

24

葛光廷回到济南时，一切已尘埃落定。

掖县城里硝烟散尽。刘珍年放弃了大部分控制区，龟缩在平度城等待南京方面对自己的最终判定。韩复榘知道一切都在掌控之中，也不做赶尽杀绝的事，想着给刘珍年放条生路，但心里想一定要让他若丧家之犬离开山东。这种快感一般人不能体会。所以，他没有离开潍坊，而是在停靠在火车站的专列上悠闲地等待着自己设想的结局。

当然，有些善后的工作也需要做，最紧要的事情是什么？当然是向南京政府做进一步解释，他再次从自我辩解的角度梳理了这场战事发生的前前后后，历数刘珍年的狂妄自大，特别对他这些年来对中央政策说三道四之事详细道来，并极尽夸张渲染之能事，意在挑起中央对刘珍年的不满，也证明驱逐刘珍年是无法容忍之举。刘珍年依如落水狗，惶惶不可终日，更无话语权，谁的声音大谁就掌握着主动。韩复榘此次军事行动俨然是为山东人民除害，为中央除害。这些不分青红皂白的话，听来让人生疑，却很容易蛊惑人，加之有些事情确实是存在的，南京政府也掌握一些情况，过去韩复榘不便说，现在可以极尽渲染之能事。在做好一番铺垫后，韩复榘以请罪的姿态向南京政府要求对他"不告中央，贸然行动"的鲁莽之举给予惩罚，态度极其诚恳，但韩复榘自己知道，这无非是个态度，南京政府无论如何也不会相信他的"真诚"。不过，信写到这里，他怔怔地呆了半天，然后起身不安地走动着。最后，决定还要写份辞呈，以辞职来表达对南京的诚意。当然，他有充分的自信相信南京政府不会贸然允准他的辞职。战事刚结束，南京政府一定对他与张学良之间的关系，以及与日本人之间的关系会有个新的评估和判断。

决定战事最终成功的当然是张学良的参与。明眼人一看便知。让人没想到的是，日本人竟然也在一旁摇旗呐喊，其热情与投入让韩复榘都大感意外，但是，他心里多少也有些不是滋味。日本人当然是他仰仗的一种势力，但是，不到万不得已他是不会轻易打这张牌的。日本人的助力会让南京政府感受到压力，负面效应显而易见。特别是在"九一八"后，举国视日本为仇敌，日人的过度介入会给自己贴上"卖国"的标签，这是韩复榘不愿看到的。实际上，张学良的暗中使劲足以让战事的天平倾向自己这边，日本人根本不必如此小题大做。

战事胜利了，高兴之余，韩复榘也感到有些别有用心之人挖下的"坑"需要填平。

这时，葛光廷从济南来到潍坊看韩复榘。

韩复榘见到葛光廷后很兴奋，其中的很多事只有俩人最明白，所以韩复榘握着葛光廷的手猛摇晃，却并不说更多的话，一切尽在不言中。

"我欠张副司令的情分太大了，无以为报。"韩复榘说。

葛光廷说："主席是正义之师，没有不胜的道理。"

韩复榘说："只是日本人做得……太过了。"

其实，这也是葛光廷的忧虑之处，或许韩复榘意识到日本人介入的负面效应，但他可能只是从舆论、对自己形象的影响的角度来看待这一问题，而实际上对他影响最大的还不在于此，而是蒋介石和南京政府中的实权派由此会对他大生芥蒂。

在实权派眼里，张学良对韩复榘的支持虽说有些意外，但仔细分析也在情理之中，但对日本人热心支持韩复榘的举动却是大多数人无法理解、不能接受的。日本人的举动会大大增加中央政府对韩复榘的戒备与警惕。蒋介石最大的担心就是韩复榘和日人勾结，害怕如此一来会成尾大不掉之势，中央政府将难以控制韩复榘，山东也必将会逐步游离出中央政府的管理，而这也恰恰是日本人期望看到的。在葛光廷看来，日本之所以大张旗鼓地支持韩复榘，险恶用心在于想造成一种既成实事，通过社会舆论要挟韩复榘，从而把韩拉向不归路。

葛光廷把这层意思讲给韩复榘，韩复榘陷入长久的沉默。

如何去除日本人此举对自身所带来的负面影响，应该是韩复榘必须考虑的问题；否则，可能会给某些人留下口实，也会给他的政治生涯埋下重大隐患。韩复榘也越来越意识到了问题的严重性，这也成为韩复榘赢得这场战争后所面临的最大困难，它的危险性虽然还没完全显现出来，却是实实在在存在的。况且，他的对手，包括刘珍年在内，一定会在关键的时间节点以此作为攻击他的实据，其危害到底多大，尚不得而知。

韩复榘过了很久才点头说："我明白了，日本人用心险恶。"说完，吩咐兵士准备酒菜，在专列上与葛光廷慢慢浅斟细酌起来。

韩复榘把自己要给南京寄出的"辞呈"拿给葛光廷看，自嘲道："是不是太过意气用事了？"

葛光廷说："意气点未尝不可，如果都中规中矩，反倒缺乏真实感。"

韩复榘笑了。

葛光廷说："不过还要加一层意思。"

韩复榘"噢"一声。

葛光廷说："加一层与日本人之间的关系，点到为止，也算自剖心迹，表明日本人的所作所为与己无关，让中央放心，您决不会和日本人同流合污。"

韩复榘恍然大悟，说："太有必要了。"后若有所思问一句，"南京会相信吗？会不会有此地无银三百两之嫌。"

葛光廷说："信与不信，都得写，有没有银子都得说。"

两人相视一笑。

韩复榘说："就这么办了。"

就在这时，南京政府的停战命令同时下达给韩复榘和刘珍年，明确指示刘珍年部移防温州。南京政府指派参谋次长熊斌、军委会主任秘书高凌百为特派员监督双方撤兵。

接到命令的韩复榘心情大好，问葛光廷："我要不要断他后路，反正已经得罪了南京。"

葛光廷忙说:"万万不可。那主席就显得格局小了,大度,大度。"

韩复榘并非一时兴起才这么说,这是他此时此刻最迫切的感受,和刘珍年明争暗斗了这么多年,既然有机会出恶气,真不想善罢甘休……

25

韩复榘把辞呈递了上去,南京政府的处理方式在葛光廷当然也在韩本人的意料之中,不了了之;南京政府或许真的动过撤换韩复榘的念头,但现实让南京归于理性。

葛光廷回青岛休整一段时间,便开始专心于路务。崔士杰很悲观,他说:"胶东之战虽然远离胶路,但对胶路的影响非常大。战事一起,民不聊生,哪还心思做生意,胶路的运输效益直线下降,自九月份以来,运量比平时降了一半多。如此一来,胶路不要说承担振兴工商业的重任,就是自身生存都是个问题。"

葛光廷说:"战事如何避免,只有尽快恢复民生,吸纳货源才是。"

崔士杰说:"当然会全力以赴。但胶路非同其他,单是赎路的本息就是个大包袱。十五年还本付息还有三年多点时间,如何才能完成任务,实在是困难重重。如果不能还清赎路款,还不知会生出什么变数。"

葛光廷一听胶路还本付息的事头便有些昏涨。铁道部已电邀几次到南京研究此事,但因战事影响,一直没成行。虽然赎路主体责任在胶路,但专责却在铁道部,赎路政策实为国策。但因为葛光廷动用了高层资源,与韩复榘达成了某项秘密协定,使问题变得复杂而隐秘。那件说不出口的事若隐若现、似有似无,所以铁道部在制定相关政策时也不敢轻易置胶路于不顾,自行其是。加之在这件事情上,知情者意见并不统一,有人就认为胶路手伸得太长,自然也一定要拉上胶路,不肯让胶路卸责。葛光廷对此心知肚明。近期他要为此专门到南京一趟。去之前,当然要把此事梳理清楚才是。他吩咐崔士杰算好这笔账。

崔士杰转身离开,走到门口,又回头说:"陆委员难道不去北宁了吗?"

这一问,有些突兀。葛光廷最近没有关注陆梦熊的行踪,只知道调令宣布后他要在青岛逗留一段时间。不知道崔士杰为何会有此问。

崔士杰说:"陆委员一直没离开青岛,有时也来诗社,但……大部分时间都会去一家日本社团参加活动，不知何意。"

这个信息让葛光廷有些意外。但他表面显得很冷静，只是"噢"一声，不置可否。

因为与沈鸿烈约好晚上乘车去济南，所以他没有更多心思揣摩这件事，但这件事的蹊跷还是让他记在了心上。他和沈鸿烈去济南的目的是邀请韩复榘来青岛视察。这是葛光廷的主意，他对沈鸿烈说："从我来到胶路，韩主席还没来过青岛，那是因为胶东有个刘珍年，现在非同以往，青岛是沈鸿烈的，更是韩主席的，这一点一定要让韩主席明白。你可得接受教训。"

"我是军人从政，决不会对韩复主席有二心。"沈鸿烈说。

"话虽如此，但还是表达下您的诚意。"葛光廷说。在葛光廷看来，过去青岛是韩复榘的一块心病，现在大患已除，他当然会乐得胶东一行，既可以让他顺理成章地宣誓一下"主权"，又能满足他的虚荣心，一定会收到事半功倍的效果。

沈鸿烈说："那如何办理……"

葛光廷说："去济南请他。"

沈鸿烈一想，说："好啊！"

两人专程到济南把韩复榘生拉硬拽请到青岛。而在济南逗留的几天时间里，韩复榘更是开心得要命，天天陪吃陪喝陪玩，几乎把八卦楼上最好的书妓叫遍了。葛光廷之于韩复榘不只是交情，几乎可以说达到以命相抵的地步。胶东一战，俩人隐秘的情感所产生的碰撞和交融是他人所不能知晓的。

请韩复榘来青岛做什么？

官方的表达是视察行政，实质上无非还是吃喝玩乐。私下里的表述是，给韩主席祝贺，从此山东才是真正的山东，主席才是真正的主席。

沈鸿烈不失时机地说："青岛是山东的青岛，离开山东就不是真正意义上的青岛。"

还有什么更让韩复榘高兴？在他看来，的确也应该放下公务，放纵一下了，在济南众目睽睽之下不敢做得太过，在青岛便由着两位安排了。

没有比葛光廷更了解韩复榘的了，他让沈鸿烈安排人找了几名日本艺妓轮流伺候，还在小渔山下的角落租下一处隐秘的别墅供韩复榘使用。玩得厌了，就乘海军的舰船出海垂钓。韩复榘不善此道，笨手笨脚，却玩得十分愉快。从海上回看青岛，青岛的美无与伦比，碧海绿树，青砖红瓦，德式异域情调像条动人的飘带在海天一色间摇曳，信号山上的总督府邸、青岛山上的粗壮炮台，一直到山脚下雄阔的总督衙门，无不诉说着青岛的过往。而现在，他是这里的主人，历史的接棒人，也是未来的创造者……

沈鸿烈陪韩游览街区山景，陪他看叶恭绰所题的潮音瀑，看了正在建设中的植物园、水族馆，以及正在改造中的栈桥……韩复榘连连称赞，感叹道："青岛和济南真的是两个世界，济南是传统的代表，青岛是现代化的象征，也是未来的象征，正契合蒋委员长所提倡的新生活运动，青岛走在了前列。"

沈鸿烈说："我不敢贪功，里面有胡市长的功劳，我只是乘凉者。"

韩复榘便问："听说胡若愚去了天津。"

葛光廷说："是的，吃斋念佛了。"

三人不由自主地笑了，但笑的含义不同。

第二天，沈鸿烈和葛光廷正在小渔山处的别墅陪韩复榘闲聊，突然接到日本公使馆的报告，说有个日本经济调查团来到山东，第一站先来青岛，希望市长出面接待，并组织相关部门人员座谈。

韩复榘一旁皱眉，这段时间他特别不愿意沾日本人的边，听说日本人就皱眉，当然这要排除娇小可爱、温柔体贴的日本女人。葛光廷见状说："这个日本经济调查团是满铁派来的，有关东军背景。听说他们组织了多个不同类型的调查团进驻华北，做所谓的经济调查。他们目的性很强。"

沈鸿烈说："听说满铁也在逐步向鲁大公司渗透，如此一来，可得防着他们，还是不出面见他们为好。"

葛光廷说："见见面也未尝不可，摸摸他们的底牌。"

韩复榘这时开口说："你去见他们吧，不要失了礼数。见机行事。"

沈鸿烈歉意地笑笑，说："本来想和主席玩个痛快，日本人又来捣乱。"

韩复榘说："有日本人在，就不会有安稳日子。"

第二天晚上，沈鸿烈接待完日本经济调查团后来到小渔山的别墅把相关情况向韩复榘作了汇报。这部分人是日本的一个经济团体，并非满铁或关东军的调查组，但是他们要对山东区域内的经济发展状况进行全面调查，先在青岛就渔业、交通、港口、外贸、工业制造等情况做了解，然后会沿胶济线一直向西前往济南，或许还会到鲁西南一带的聊城、菏泽。

韩复榘有些不满地嘟哝一句："省府怎么会没有一点信息？"

沈鸿烈说:"像是个民间团体,接待他们的也大多是青岛的株式会社,领事馆起了个穿针引线的作用,并不主导此事。"

沈鸿烈说:"明天他们要到胶路座谈。还……"

韩复榘见他欲言又止的样子,问:"怎么?"

沈鸿烈说:"他们听说……韩主席在青岛,希望主席出面相见。"

韩复榘撇撇嘴说:"我不会见他们的。"

不一会儿,葛光廷也到了,把日本经济调查团的调查提纲也拿了来。其中一条赫然列着"……关于胶济铁路向西延至平汉路的具体规划、方案以及推进情况……"

韩复榘说:"日本人无孔不入,怎么连胶济路西延的事情都如此关心。"

葛光廷说:"蓄谋已久,有备而来。最近他们在频繁做着各种不同形式、类型的调查,让人觉得有事要发生。"葛光廷接着问一句:"明天日本人要到胶路实地调查,除了到四方机厂外,还要组织人员座谈。请示主席,如何处置?"

韩复榘笑笑说:"静岑兄,还要问我?"言外之意,葛光廷比自己更有应付他们的经验。

葛光廷说:"好,见机行事,尽力应付就是了。"

韩复榘没有见日本经济调查团,日本驻青岛领事馆私下里对沈鸿烈表达了不满。沈鸿烈告诉韩复榘。韩复榘气呼呼地说:"我还有让他们更为不满的事要做。"

次日,韩复榘要回济南,事先他让葛光廷安排几家新闻媒体在青岛火车站贵宾厅候着。韩复榘来到火车站后,记者们很是兴奋,问:"韩主席此行的目的是?"韩复榘说:"考察社情民意,与沈市长、葛委员长共商振兴经济规划,借助青岛对外的'龙头'作用,加快推进山东经济发展!"说到这里,又补充一句话:"不遗余力,抵御外辱。"

记者借势问:"最近日本有个经济调查团在青岛,他们在调查什么?"

韩复榘说:"我不知道他们在调查什么,但调查什么也是徒劳无益的,无论怎么调查,民心民意是改变不了的。"

有记者说:"听说主席与刘珍年一战,日本人很上心。"

韩复榘说:"自己家里的事,与外人无干。我不知任何人的情分,更从来没让日本人帮我。"

记者一片哗然，这等于韩复榘表明了对待日本人的态度，如此猛料，让很多人大感意外。

有记者问："关于胶路西延的事，国人尚且知之甚少，为什么日本人反倒先知道了。"

韩复榘说："胶路西延确有其事，但并没对外公布，因为条件尚未成熟，但可以负责任地告诉大家……"他看一眼葛光廷，说："胶路葛委员长也在，胶路西延是中国人自己的事，山东省政府会同胶路办理，一定会办好的，决不会让外人插手！"

记者队伍里面有人鼓掌。

葛光廷一旁听着，知道韩复榘在向南京释放信号，韩复榘决不和日本人同流合污。

听其言，观其行。只是南京政府又会信他多少？

26

葛光廷让崔士杰加快推进胶济路西延规划。韩复榘的公开表态虽然更多出于政治上的考量，但对胶路来说，确实是千载难逢机会。抓住机会，可以使西延工程快速推进，胶路的发展也会得到根本保证。所有问题，有赖于胶路眼前发展的动力支撑和长远发展的后劲保障。

葛光廷觉得有必要去趟铁道部专门汇报一次路务，其中有两重考虑，一是铁道部掌门人再次发生变化，叶恭绰终归没有履职，顾孟余被任命为新的铁道部部长。对胶路的事情，需要向新任部长汇报。二是关于胶路偿还日本国库券的问题一直是铁道部所关心的事情，这些日子，他也一直在考虑此事，非常有必要与新任部长面对面作番交流和对接。赎路问题，是与日本联系在一起的，在当前形势下，如何避免由于不能如期还本付息而可能带来的潜在隐忧，是个不容忽视的问题。

临行前，葛光廷有件事急着要办。

他找到沈鸿烈，却见他神情委顿，面色灰暗。

葛光廷问："怎么了？"

沈鸿烈说："没什么，只是这些天睡不好觉。眼皮总跳。"

葛光廷笑道："左眼，还是右眼？"

沈鸿烈说："右眼。左眼财，右眼灾。"

葛光廷说："你我之辈，天天出生入死，有何财之说，又何惧灾。"

"话虽如此说，可……"

葛光廷关切地问："有什么问题？"

"哎，其实也没有什么大不了的，但，凌霄他们……"沈鸿烈吞吞吐吐。

葛光廷没想到，事情已经过去这么久，凌霄等人的问题还没解决好？

沈鸿烈说："其实，凌霄在时，无论怎么逼我，我都不怕，毕竟他们也是为了舰队的出路。但是，现在不同了，事情完成后，他们的想法多了。本来对他们的处分大家都觉得轻了，并且有人怀疑里面有'猫腻'，我也不敢太偏袒他们，他们也做了牺牲。但是，时间一长，就有人心里不平衡了，怕要生出事端。"

葛光廷没想到还有这样一层滞碍。但他还是觉得事情已过去很久，凌霄们也已迁散外地，不足为患，可能更大的问题在于沈鸿烈念旧，自我伤感罢了。想着，便调侃一番，意在让沈鸿烈换换心情。

沈鸿烈问："听说日本人在热河不断挑起事端，张副司令的部队已经和他们交火了。"

葛光廷点头，说："日本人在试探。"

沈鸿烈问："日本人真要进入华北？"

葛光廷说："那要看南京的态度，一味迁让也不是办法，但我相信蒋委员长还是有底线的。"

沈鸿烈说："听说张副司令正在动员阎锡山加入抗日队伍。"

葛光廷说："表态容易，真的落实到行动上就难了。全国都在抗日，阎锡山怎么会逆潮流而动，问题还在于利益，他觊觎华北已久，除非张学良让位。"

沈鸿烈说："那几无可能。"

葛光廷说："要看事态发展了，一切都是未知数。但有一点可以肯定，战争很快就会波及山东，不能不有所准备。"

沈鸿烈说："您要去南京？"

葛光廷说："过几天，走前还有件事要办。"

"何事？"

葛光廷沉默片刻，说："还是四方厂的事。"

沈鸿烈说："你确认是那些人吗？"

葛光廷点头，说："我已让栾宝德调查了，确定有五人所为。"

葛光廷所说的事，是前些日子叶恭绰写信告诉他的——有人联名状告他"贪污公款，欺压员工，横行霸道，与韩有私"。让葛光廷气愤而忧惧的不是写信人在一些事情上平白无故的捏造，关键是"与韩有私"这句话背后的注解："葛韩藏有不可告人的秘密，常得韩之庇护……"或许叶恭绰之所以在得到这封信后专门抄录一份送交给他，恐怕也是意识到了这句话背后所潜在的巨大的凶险，觉得有必要提醒葛光廷。事情正是如此，葛光廷看到此句后，马上就意识到是否有人要拿为韩复榘挪用费用之事做文章。如果此事被公之于众，后果不堪设想。

他决计要把写信人查出来。经过缜密推测，判定一定是四方机厂某些人所为。胶路大部分员工分布在沿线车站，大多是老实巴交的工人，只有四方厂人员集中、消息灵通，是惹事之地。上次葛光廷到厂区处理工人闹事，陷入尴尬，最后是沈鸿烈动用"非常"手段，才将事态压下。工人在生命受到威胁的情况下，表面忍气吞声，内心一定不服，必定会改变方式，伺机反扑，况且四方厂长期以来隐藏着共产党组织。

他让戴师韩会同四方厂厂长暗中侦察，很快就有了线索，工人缺乏组织纪律性使他们在确认危险解除后，很容易会把自己的所作所为当成英雄业绩炫耀，为此也让戴师韩轻而易举地锁定目标。经过反复确认，葛光廷决定对这些人处以重手。但是，由于前段时间胶东战事，没时间顾及。当他再次前往南京时，突然想起此事，决定临行前要将此事处理完毕。而自己在这时离开青岛也好给以与己无关的感觉。他决定要利用好这个空当。

葛光廷把写有五人的名单递给沈鸿烈。沈并不看，只是问："如何处置？"

葛光廷："消失！"

沈鸿烈有些困惑地看他一眼，知道事情一定非常严重，否则，一副菩萨面相的葛光廷不会出此重手。

沈鸿烈点头道："没问题，你走后，他们马上消失。"

当上市长的沈鸿烈不用再偷偷摸摸地用非"常规"手段解决问题，他有权名正言顺地动用警察捕人。

葛光廷又问："小渔山的房子怎么样了？"

沈鸿烈说:"已办好,原主人不卖,但愿意送。"

葛光廷所说的小渔山的房子,正是韩复榘来青岛时居住的别墅。韩复榘对这套别墅非常满意,葛光廷动员沈鸿烈买下来送给韩复榘,毕竟以后韩复榘会常来常往,有个固定住所方便。

两人谈完正事,又闲聊些其他,方散去。

27

去南京前,葛光廷先到济南。同行到济南的还有崔士杰等人,他们是到济南与省实业厅商量关于胶路西延的具体细节的。胶路的西延问题已进入实质性操作阶段。

晚上,韩复榘在省府住所东大楼办堂会,邀请来的是北京一个并不有名却色艺俱佳的伶角,葛光廷不怎么懂戏,却也看得津津有味。席间,不时听人议论郑继成的事,侧耳细听,大多是对郑继成的赞叹,外间多有传闻,郑继成已免于处罚,遣回原籍。

第二天,韩复榘要去泰山,问葛光廷是否有兴趣再去看冯将军。葛光廷当然乐得此行,关于那位隐居泰山的传奇人物,他始终保持着足够的尊重与崇拜,不愿意放弃表达敬意的机会。韩复榘也以此作为礼遇好友的一种方式。

路上,葛光廷问起郑继成的事。

韩复榘说:"你怎么看这事?"

葛光廷说:"是冯将军策划的?"

韩复榘不置可否。过了一会儿说:"没他老人家罩着,能有这个局面?"

郑继成刺杀张宗昌后,社会议论纷纷,传言甚盛,人们抱着极大兴趣观看阴谋怎么收场。没人怀疑策划者是韩复榘,但随着事态发展,人们对于谁是主谋却越来越不关心,而是把更多的目光放在凶手身上,作为谋杀者的郑继成渐渐蒙上一层侠义勇士的神秘面纱。这种背离实事,却非常符合人们对传奇故事的想象的结果,在新闻媒体别有用心的策划引导下越来越成为一种真实的存在而为人所信,社会上甚至出版了一些印刷品,介绍郑金声滦州起义的英雄壮举,讲述他后来如何为张宗昌所杀,郑继成便成为替父报仇的忠义之士。

见到冯玉祥时，他正在普照寺下面一座新建的小学内忙碌。韩复榘远远下车步行过去。葛光廷尽管知道冯玉祥常以能做个农民而自傲，但对他满身污渍、邋里邋遢的样子还是感到惊讶不已。

冯玉祥对葛光廷的惊讶感到开心，说："我不像个军人？"

葛光廷实话实说："不像。"

冯玉祥说："人们都骂我军阀，我现在不做军阀做农民了。农民最可爱、最纯朴，但农民又缺乏文化；所以，我们要让农民的孩子从小就学习认字，当个新时代好农民。"

葛光廷频频点头，想帮冯玉祥干点什么。

冯玉祥说："我现在是真正的农民，粗活你们都不如我。"

冯玉祥在与几位农民一起为这所新建的小学砌围墙。

韩复榘一旁笑着，神情局促。葛光廷发现，每次见到冯玉祥他都是一种非常拘谨的状态。

中午一起在普照寺东麓一座石亭内吃饭，炖的是泰山散养的小柴鸡，吃的是泰山煎饼。炖熟后的鸡，香气扑鼻，让人食欲难耐。冯玉祥胃口很好，精神也好，边吃边聊，不让别人插话，聊得大多是他在泰山上如何为当地人修桥、建学校的事以及周边的农民如何说他的好。葛光廷只是点头。韩复榘不说什么。饭吃到后来，就聊起一件具体事，那就是要在泰山建座滦州起义纪念碑。

韩复榘有了说话的机会，他把建碑的时间、位置事无巨细地做着介绍，听得出，这是筹划很久的事了，并且是冯玉祥提出，由韩复榘具体筹划实施的。葛光廷又想起郑继成刺杀张宗昌之事。这两件事合情合理地联系在了一起，一个惊天秘密就在这样一个环境里神不知鬼不觉地浮出水面。

葛光廷突然明白，原来杀张宗昌果然是冯玉祥的意图。韩复榘是为了满足自己老上司的意愿而铤而走险。掐指算来，今年正是滦州起义二十周年，冯玉祥正是以张宗昌作祭，为滦州起义树碑立传。

普照寺深秋浓淡相宜的沟壑间，潜藏着一个沉重的谜团。

葛光廷突然大悟。

28

  蒋介石摔伤了背,一直在庐山养伤。葛光廷的南京之行因此省略了一项非常重要的议程,虽然不免遗憾,却使他的行程变得相对轻松,可以静下心来把剩下的事情考虑周全。

  顾孟余脾气很好,对胶路特别关心,问了很多具体事情,譬如煤商罢运、胶路延长、韩复榘是否支持等等问题,还有关于胶路下一步的发展规划。听他的问话,知道他对很多问题的掌握还处在浅层面,葛光廷耐着性子一一介绍,尽管如此,还是让顾孟余咋舌。顾孟余问陆梦熊的事,葛光廷说:"陆委员是铁道部任命的,事出何因我也不明就里。"

  顾孟余说:"陆委员资格老,做了很多事情,他想留在胶路,有此调动实在难遂其愿。"

  葛光廷说:"部里的安排,我没发言权。"

  顾孟余说:"陆委员给我写信,说得很明白,既然他的职位已调整,他不会难为部里,不提条件,但希望部里也不要难为他,他只想在青岛过悠闲的日子。"

  葛光廷听沈鸿烈说过,陆梦熊在青岛与一些日本团体交往甚密,突然有些担心起来。陆梦熊非一般人物,他在日本有着一帮交情甚好的朋友,一来二往,别生出事端。毕竟只是顾虑,他并没有说出来,只是说:"没什么问题,陆委员是铁路系统的元老,有什么事需要胶路做,不遗余力。"

  "那就好。"顾孟余说。

  葛光廷说:"还有件事,想请示顾部长……"

  葛光廷所说的事情便是筹款赎路还本付息之事,也是他此行的主要任务。实话说,要想十五年内完成赎路的还本付息是件非常困难的事情。但如果无法付清款项,会出现非常多棘手的现实问题。因此,在仅剩三年的还款时限里,必须明确应对之策,很多问题的发生可能非但会影响胶路、铁道部的利益,甚至与国家的利益也是息息相关的。

  顾孟余以刚上任为由,让葛光廷与铁道部次长曾仲鸣先行研究,待理出个头绪后再做决定。葛光廷听罢没有作声。他不知道顾孟余对那件隐秘的事情知道多少,所以不敢再往深里说。

葛光廷觉得在这种情况下先和曾仲鸣研究讨论个主旨也不失为一种好的选择，就告别顾孟余前往曾仲鸣办公室。

曾仲鸣显然对此事是有准备的。下午就组织人员在铁道部小会议室举行座谈，除曾仲鸣外，还有相关部门人员。曾仲鸣说："如果陆委员在的话，就好了，他点子多。"显然，不知是曾仲鸣别有用心，还是思考不周，信口开河。

没人接他的话。参加座谈的人对这一议题都没有充分的准备，所以也没太多人发表意见，只是葛光廷在和曾仲鸣一来一往地交流。

曾仲鸣说："胶路应励精图治，提高自身创效能力，只有这样才能解决根本问题。"

葛光廷说："胶路这些年有了长足发展，但山东局势一直不稳，对胶路影响巨大，这几年多亏铁道部鼎力支持，在换轨、建桥等方面多有投入，运输效率才有大发展，否则会更加困难。"

曾仲鸣说："之前曾有人提出几种方案，譬如，政府拨款、发行公债、组织民有公司、官商合办、延期偿付等，不知这些办法哪些更妥当，或最能为日人所接受？"

葛光廷说："如果日方在延期问题上别有所图，一定会有意刁难，那么发行公债便无成功希望，组织民有公司或官商合办，日方也必阻挠。并不是很好的办法。如果日本人一时没有以胶路相要挟的想法，那么处理起来就简单，无非是胶济路的会计长、车务处长仍有日人担任，发行公债、组织民有公司都是可行的。应该视情况而定，如果日人不相逼太急，我们也没必要操之过急……"

曾仲鸣称是，但一时也拿不出两全其美的意见，到时间便散会。葛光廷本来也没有寄希望于一次会议解决问题，只要把自己的意见表达了，也便达到了目的，大主意还得部里拿。

部里的事办完了，葛光廷去找叶恭绰。叶恭绰闭门谢客，一门心思钻研书法艺术和佛法，不太好进门，但葛光廷例外，及至向门人讲明白了，信息通报进去，没有不见的道理。

叶恭绰高兴地握着葛光廷的手，让人奉茶，说："湛山寺的事多亏您推动，已经有眉目了。上次炎虚和尚来过，说起石狮子的事，功德无量。"

葛光廷说："应该做的，只是不知道是否合适？"

叶恭绰说:"炎虚和尚看了,说只有这对狮子才镇得住山门。"

葛光廷说:"那就好。"

叶恭绰见到葛光廷格外高兴,除了谈佛事,更多还是说书法艺术,天马行空,不拘一格;看得出,叶恭绰的世界已与众不同。

虽口吐莲花,但不经意间叶恭绰还是抛出一件俗事,问:"此行还要见委员长?"

葛光廷说:"本来有事请见,看来不行了。"

叶恭绰说:"委员长剿共忙得很。"

葛光廷突然想把见蒋委员长要说的事讲给叶恭绰听,好让他帮自己出出主意,便说:"我建议蒋委员长取缔企业工会组织,不知……"

叶恭绰一愣,没想到葛光廷会提及此事。他知道这件事情一定与前些日子他转交的那封信件有关系。

"你认为是工会组织在状告你?"

葛光廷点头。"是。"

叶恭绰沉默半晌,说:"尽管如此,也不能取缔工会组织,那会惹麻烦的。现在全国各地的工会组织如火如荼,您却提出撤销工会组织,这样会树敌太多。万万不可,不可。"

葛光廷长时间没有作声。他知道叶恭绰的话是为了他好,但是当他了解到写状告信的人是工会组织的头领时,震怒之余,动了取缔胶路工会组织的念头,认为这是个釜底抽薪的办法,并且一气之下直接上书给了蒋委员长。

经过这段时间沉淀思考,加之叶恭绰诚心的忠告,葛光廷觉得自己的处理草率了。尽管葛光廷没有把已经给蒋介石写了建议书的事告诉叶恭绰,但他的沉默犹豫,还是让叶恭绰感到问题或许比自己想象的更复杂,便说:"跳出三界外,不在五行中。凡事按你的意愿办吧,总是要处理好才是。"

葛光廷由此变得思路枯竭,气韵不畅。闷坐一会儿,意兴阑珊地谈了些不咸不淡的话,便告辞。

过几天,正准备返程的葛光廷突然接到曾仲鸣的关于赎路的书面意见。葛光廷有些纳闷,不知曾仲鸣为何对此如此急切。意见书对赎路提出三条对策:

"其一，如日方意存侵占，借库券延付为发难问题，则延期六年办法万不可行，发行赎回胶济国库券公债，须经中日协定，亦无成功希望，即组织民有公司或官商合办，日方当亦不惜出其震动时局，扰乱金融种种不可思议之手段，以遂其破坏阻挠之目的。应付方法，除采取政府拨款补助及发行铁路建设公债，预先抵押现款外，余均障碍难行。

"其二，如日方尚无侵占之急要企图，且不重视因胶济债权所获得之附带条件，如胶济路之会计处长、车务处长等项人员，须以日人充任，及胶济路财产不能用作任何外债抵押等项利益，对于我方如期赎回库券，不致加以破坏阻挠，则筹款办法，如政府补助一项，未易实行。似可审度国内经济情形，于发行公债，或组织民有公司，两项之中何者为宜，择其一项，或两项同时并筹并进，视何者能远赴事机。以为最后之决定，尚均无成效，惟有厉行官商合办期底于成。

"其三，如日方对于胶济库券所获权利，未肯甘心放弃，而实行侵略，又格于形势有所不能，则延期偿付办法，适为日方乐与周旋之条件，回溯民十八本部所提延期办法，日方未置可否，未予答复之用意，殆或留为到时磋商或借口之地步。但延期办法即使日方不加拒绝，而种种要挟，势恐难免，尚能应付得宜，亦未始非和缓对方不得已之政策。否则操之过急，一意赎回，诚恐反为促起外交上之其他枝节问题，不能不先为慎重考虑者也。

结论是："各种计划中，以准备发行铁路公债三千万之办法为较妥恰，亦较有实行之可能，似可依此进行，预为规划。"

……

很显然，意见书是在之前会议讨论的基础上形成的，但有了更加完整系统的阐释和思考。从字面表述中可以看出，三条对策是基于日本对待赎路问题的不同态度所采取的应对之策。葛光廷觉得对其中的很多内容并不能完全领会，隐隐感到有些表述大有深意，并且非胶路本意，如果胶路对这样的意见含糊不清的话，会在接下来的运作中陷入被动。葛光廷觉得有必要与曾仲鸣再做沟通，把有些事情搞清楚，决定次日再到部见曾。葛光廷的心里一直没有断了这份疑虑，就是曾仲鸣对赎路问题的热衷。如果大局真的如有关方面所预测的那样不堪，赎路就不再是问题了。曾仲鸣或许根本没有想到或者是不愿意看到那一步，但任何事情不能一厢情愿，局势发展哪一步都是有可能的，大家都明白已经无从乐观，曾仲鸣忙乱之间的用心显得不合时宜。

葛光廷知道只能走一步看一步了。但是，让他没想到的是，就在第二天吃早餐时他看到一份报纸，上面赫然写有："海军第三舰队司令兼青岛市市长被人刺杀……"

葛光廷大惊失色，马上放弃了再次拜会曾仲鸣的念头，第一时间乘车返回青岛。

诡谲双城

第三章

1

葛光廷南京之行是挂公务车而来，同行的有尹援一、戴师韩等人。待到从南京站将公务车挂到北上的"蓝色列车"，已近中午时分，这时各方面的消息已逐渐汇聚过来，既有来自媒体的，也有戴师韩、尹援一等人通过电话向南京、济南、青岛等不同方面打探来的。车到济南，天已晚。葛光廷改变行程，他不能再在济南停留，本来也没太多事，无非想和韩复榘交流交流而已，现在已没这份闲情。车到济南需要从津浦线向胶济线过轨，而换挂公务车需要较长时间，尽管葛光廷心里很着急，但没办法，只得到胶济铁路饭店休息等候。

韩复榘因为不知道葛光廷会在车站停留多久，便没来车站相迎，但派朱经古来询问情况，并将省政府得到的信息传递给葛光廷。

直到列车驶向青岛，葛光廷才梳理起各方面的消息，逐渐对沈鸿烈被刺的情况有了大致了解。

就在葛光廷离开青岛第三天，沈鸿烈到第十七届华北运动会施工现场检查，这件事对他来说是件绝大的事，一方面是因为在日本入侵中国的形势面前，举办华北最大规模的体育盛会，包括南京政府和社会各界都极为关注，人们希望以此展示华北民众不畏强权、勇于奋争的顽强品质；另一方面，作为承办者，沈鸿烈确实想把这件盛事办好，因为这是他上任后承办的区域内最隆重的盛会，他想以此展示自己的城市治理能力。所以，他对运动会所涉工程的建设看得格外重。

这天，他把涉及运动会的所有在建工程项目全部看了个遍。最后视察的项目是位于栈桥旁的游泳场地。看完游泳场地，比预期的时间早，他突然想起所辖的镇海舰刚从长岛驶回，就停泊在附近。于是，便让副官史福来联系镇海舰。不一会儿，一艘小火轮由远至近驶来。所有人都认为是镇海舰舰长姜西园来接沈鸿烈的。小火轮停靠栈桥旁，却见下船的只有士官冯志冲一人。沈鸿烈一向不喜形式，以为姜西园会在镇海舰上等他，因此也没太在意就上了船。但是，史福来却觉出异样，心里打起鼓，生起一份警惕。

果然，不出所料，就在小火轮开出不久，冯志冲突然从腰间拔出手枪向沈鸿烈射击，好在早有准备的史福来一个箭步扑向冯志冲，恰有大浪使小火轮摇晃起来，冯志冲的枪响了，子弹却飞向天，冯志冲也一个趔趄跌入海中。在海中拼命挣扎的冯志冲还举枪胡乱射击，但终究没有打中沈鸿烈。

沈鸿烈死里逃生。

葛光廷刚听到沈鸿烈被刺的消息时，因为不知道沈的生死，所以一度处于极度担心惶恐之中，他甚至胡思乱想，这是刘珍年，还是胡若愚，抑或韩复榘所为，但当他确认沈鸿烈已全身而退时，才松了口气，并对自己不着边际的猜想感到好笑。但是，这些担心也并非完全没有道理，人在江湖，不知何时会挨刀。

而现在，在他乘夜车赶往青岛的路上，自己的思路却突然转向另外一个方向。向来不按常理出牌的沈鸿烈这次真的是被人谋杀，还是又自导自演了一幕"双簧"？表面憨厚、内心狡诈的沈鸿烈以此为长，善做出人预料的事。就像他与凌霄天衣无缝的合作，最终成全了他对青岛行政权的攫取；再譬如，他对四方厂工人的处理，使葛光廷轻而易举地化解危局……葛光廷突然想到离开青岛时他交代给沈鸿烈办的事，不知是否办好。当然，现在已不是追问这些事情的时候了。

想着想着，葛光廷暗自笑起来，因为他确信沈鸿烈被刺背后一定藏着不可告人的目的。想到这，他心里就有些不痛快，无论如何，沈鸿烈不应该不把真相告诉自己，因为，没有一件事是他们两人不可交流的，除非沈鸿烈真的有难言之隐。

那么，沈鸿烈的目的到底是什么？

他已经在青岛拥了绝大权利，还会有什么其他奢求？

葛光廷在包厢里昏昏欲睡，始终没有找到真正让他觉得信服的答案。最后，他的思路散开，一切也便变得模糊朦胧起来。直到睁开眼，刺目的阳光已透过车窗投射到他的脸上，车早已在终点站青岛火车站停下，人们怕打扰他休息，没有叫醒他。

醒来后的他，已经不着急了，因为在他来看，"狐狸"一样的沈鸿烈不知又在玩什么把戏，自己真的没必要替他担心和着急。他回到胶济铁路管理局，崔士杰等几位委员和运输处、总务处等几个处室负责人在等候他。

他问崔士杰："铁路局有什么事情？"

崔士杰说:"一切正常。"

大家之所以聚在铁路局,还是关注海军第三舰队发生的事情,因为大家知道葛光廷与沈市长的关系,也因为青岛发生的一切都有可能在胶路发生连锁反应,所以,大家都静候委员长到来,听他有什么具体要求和指示。

葛光廷说:"没什么事情,大家先散了吧。一会儿我去见沈市长,回来后,有什么事再议。"

总务处长钱镛陪葛光廷去了市政府大楼,但被告知沈市长没上班,有事情可到他家找。

葛光廷便让钱镛回局,自己一人去市长府邸。

葛光廷见到沈鸿烈时,被他萎顿的样子吓了一跳,难道沈鸿烈被刺是真?沈鸿烈的懊恼与悔恨彻骨透心,容不得人怀疑。

葛光廷用一种赔着小心的态度问:"成章,怎么回事?"

沈鸿烈看一眼葛光廷,似乎并没有要回答他的意思,只是有气无力地说:"回来了。"

葛光廷说:"需要我做什么?"

沈鸿烈说:"但愿您不要和他们一样看我笑话。"

葛光廷说:"笑话。如果这是真的,可一定不是笑话。"

沈鸿烈苦笑道:"您认为我在演戏?"

葛光廷未作声。

沈鸿烈明白他的意思,但也并未做过多解释。只是说:"我也没想到,他们真的会对我施以黑手。凌霄他们都没有真正对我起杀心,冯志冲这个混蛋竟然想置我于死地。"

葛光廷听说过,冯志冲是沈鸿烈在葫芦岛海军学校的学生。

"到底怎么回事,为什么会发生这种事情?"葛光廷问。

"上次凌霄的事,是冯志冲他们救了我,自恃有功,后来一直对待遇问题不满,认为受到了亏待,不是要钱,就是要官。我反复给他们讲道理,横竖听不进。但我怎么也没想到,冯志冲这个混蛋真的会来杀我。"

"这个冯志冲实在可恨。"葛光廷听得出来,冯志冲是行刺者,但是很显然,冯志冲背后肯定隐藏着利益团体,他们共同精心谋划与实施了这次暗杀活动。葛光廷沉默半天说:"您对身边的人太过偏爱,'爱兵如子'当然对;但是,治军必须严,不能只是念旧交,关键时候不能手软。"

沈鸿烈点头道:"我怀疑,这事与霄凌他们并非一点关系没有,尽管你也认为上次霄凌的事是我别有用心策划的,但矛盾确实已经存在。虽然,凌霄只是受了轻处分,但他们也并非无所求。所以,我怀疑这事……"

葛光廷说:"所以,您不能再手软了。"

"我已经把冯志冲杀了。"沈鸿烈咬牙说。

杀了!

这反倒让葛光廷大感意外。并不是对杀冯志冲感到意外,而是这一举动与之前他在处理凌霄的态度截然不同。

冯志冲该杀,但总得问个青红皂白,沈鸿烈为何如此急急地把凶手杀掉?

"不这么做,别人又认为我心慈手软了。"沈鸿烈看出葛光廷的困惑。

葛光廷并不认为沈鸿烈的这番话出于真心,哪怕他的被刺确实是真实的,他的这番话也一定真实。沈鸿烈做任何事情总是翻来覆去,百般考虑,总是把事情做得滴水不漏,他优柔之中的果敢是葛光廷深有体会的,一时冲动杀人,有悖他的性格本能。

既然如此,沈鸿烈为什么会这么做?葛光廷心里存了个大疑惑。

按照两人关系的亲密程度,葛光廷完全可以刨根问底,但碍于此事的复杂性以及沈鸿烈所表现出来的低落情绪,葛光廷决定不再把话题往深里说,尽管从南京返程的过程中已经掌握了很多信息,但这些信息或许很多只是表象,而基于沈鸿烈的真实想法以及更多的内幕细节,譬如像冯志冲被杀之事,他反倒一无所知。所以,他觉得需要重新梳理思路,掌握更多的信息才可能分析判断出这次事件的真实原因和潜藏在其背后的秘密。

葛光廷走出沈鸿烈府邸,戴师韩带着护卫在等候。葛光廷笑笑,说:"你们还怕我被暗杀?"

戴师韩说:"青岛暗流涌动,还是小心些好。"

葛光廷不知他是否有所指,便耐人寻味地看他一眼。

戴师韩低声道:"葛委员长要小心四方厂的人。委员长走后,警局捕了些人,有人放风,不会善罢甘休。"

葛光廷默不作声。

远处一艘巨轮驶来,低沉的鸣声响起,像是在催促什么,又好像是在提示什么……

青岛,又处在一个摇摆不定的时刻。

2

葛光廷没想到,沈鸿烈公开对外宣布,辞去青岛市市长和海军第三舰队司令两职,"双辞",不给自己留后路,似乎表达了沈鸿烈的决心。

在此之前,包括刚刚与葛光廷的谈话中,沈鸿烈对辞职一事只字未提。不与自己商量就提辞职,葛光廷感觉到沈鸿烈也在某种程度上向自己表达着他辞职的决绝,不让任何人对他的这一举动表示怀疑。

看到报纸登出来的新闻,葛光廷异乎寻常的平静,他甚至没有想要去找沈鸿烈核实。他想,沈鸿烈这次为何如此不给自己留后路,难道真的不想干青岛市市长,彻底放弃自己苦心经营多年的海军?

答案当然是否定的,那么他之所以提出"双辞"请求,确实有着沈鸿烈不为人知的隐衷或磨不开的面子。

这次的事件并非孤立发生,在不到一年时间里,先是被绑架,后是被枪击,并且都是自己的下属所为,当然会沦为社会话题和人们的笑柄。当然,这还是表层的;了解内情的人对凌霄之事已经有了更多猜忌,那么这次事件背后又隐藏着什么?其他人的看法当然都可以忽略,但是我们那位唯我独尊的蒋委员长又会怎么看?如果一旦惹他不满,后果不堪设想。沈鸿烈是以"双辞"明志吗?这种可能是有的。

从事件本身看,给沈鸿烈造成的伤害肯定是巨大的。自从与沈鸿烈交流后,葛光廷得到了更多准确而令人震惊的消息,特别是海圻、镇海、肇和三艘战舰突然不辞而别,不知去向,让人感到青岛的世界正在发生颠覆与倾斜。海圻、镇海、肇和三舰是海军第三舰队的主力战舰,它们的突然而去对海军第三舰队的损失可谓伤筋断骨式的。而这三艘战舰的主管关继周、姜西园等人作为幕后真凶,也由此浮出水面。这对沈鸿烈的打击太大了,不能不让苦心经营海军第三舰队多年的他心灰意冷。

葛光廷由此也想明白了另外一件事,沈鸿烈如此迅速地把冯志冲杀了,一定是顾及关继周、姜西园等人的处境,存心给幕后主使者以活路,没想到向来做坏事者心虚,他们自知无法回头,生怕受到报复,便惶惶若丧家之犬远走躲命去了。那么,从上到下都会得出这样的结论:沈鸿烈治军无方,多年至交都相继与之反目成仇。这对他情感上的伤害不可小觑,哪怕人们不去猜测事件背后隐匿的更多原因，也会对他驾驭之术和治军之道产生怀疑。

由此推论，沈鸿烈提出"双辞"也在情理之中。

但是，沈鸿烈的辞职在社会产生了巨大反响，青岛所发生的问题本身就很吸引眼球，沈鸿烈的辞职更成为国人关注的焦点。青岛街头巷尾，别无其他话题。

那么，怎么解决沈鸿烈的辞职问题？尽管沈鸿烈极力在系这个扣，但这个扣必须合情合理地解开，因为青岛不能没有沈鸿烈，在当前局势下，青岛海军的存在尤为重要，哪怕只是一种象征性的存在也是非常有必要的。青岛海军与沈鸿烈不分彼此。沈鸿烈越是去意已决，越发证明自己的坦荡；而沈鸿烈越是去意已决，这个疙瘩便系得越"死"，越发难以解开。葛光廷觉得应该提醒沈鸿烈，适可而止；否则，节外生枝，很是麻烦。

沈鸿烈似乎并不买葛光廷的账，他说："静岑，感谢您的关心，我自知愧对张副司令，愧对蒋委员长，不辞职无以表达我的心志。"

葛光廷沉默半晌，说："我明白您的意思，凡事要从大局出发。您辞职了，乐得清闲，两耳不闻窗外事，那么海军第三舰队怎么办？这可是东北海军的命根子，他的存在就是张副司令的存在，也是您的存在。再说，现在情势下，日本人步步紧逼，占领了热河，张副司令引咎辞职。上月，熊斌和冈村宁次又签了《塘沽协定》，日本侵占东北、热河即成实事，长城防线失守，察北、冀北大片国土被拱手相让，日军已形成对平津的战略包围，北平局势瞬息万变，这种形势之下，怎能意气用事？"

沈鸿烈说："你说得没错，但在我听来，都是大道理；现在，我自己这一关就过不了。"

葛光廷觉得让沈鸿烈平复下来需要时间，过多强求非但于事无补，反倒会适得其反，不如让他自我疗伤、自我恢复更好。便说："无论是青岛市，还是第三舰队都需要您掌舵，不能卸责。"

葛光廷尽管很理解沈鸿烈的处境，但还是感到一种强烈的无奈和困惑。因为，到现在为止，他还不知道南京政府对这件事的态度。

南京的态度终于有了。

就在沈鸿烈提出辞呈第五天，南京各大报纸发表南京政府对沈鸿烈的挽留，大意是希望沈鸿烈以大局为重，承担起应负的责任和使命。在葛光廷看来，南京政府的公开表态虽在情理之中，却并不能真正解决问题，因为这只是表面对社会的态度，真实的意图不得而知。没过几日，各大报纸又发出一波信息，南京政府再次表达挽留沈鸿烈的意思。

葛光廷仍没有太过乐观，他相信，南京政府对青岛发生的一切不会如此简单处理了事。据他了解，无论是青岛市市长，还是海军第三舰队的位置早有人觊觎已久，只是这些人没有找到合适机会而已。现在，沈鸿烈两个位子都要让，哪怕只是让出一个位子，也会有人狂喜不已，并会不遗余力地争取。

就在这时，葛光廷接到"中正"来电。电文大意是，青岛问题，源于何因，如何解决，详察细禀。

密电虽然寥寥数语，但与公开报道的新闻相比，却有着明显不同的语境；至少说明，蒋介石对青岛发生的问题尚未作出一个准确判断，之前所谓的挽留仅仅只是一种态度或者说只是试探性的手段，葛光廷觉得自己的判断是准确的，对于接二连三发生在沈鸿烈身上的事情，南京政府肯定极为不满，更换沈鸿烈一定也在选项之中，只是事发突然，没有充分预案而已。

那么，如何回复"中正"的来电，对下一步解决青岛问题至关重要。

葛光廷苦思冥想。首先，这件事情发生的原因一定要限定在最小范围，不能扩大化。就是说，要把这次事件定性在个人恩怨上，仅仅是因为沈鸿烈与下属关继周、姜西园、冯志冲等人之间在个人利益问题上产生了矛盾，沈鸿烈坚持原则，对手提出过分要求，最终搞得不可收拾。总之，与政治、派系无关，纯属个人恩怨。

再者，沈鸿烈提出"双辞"，主要原因还是考虑到维护国家稳定大局。当然，其中有他自知颜面无光的问题，但更多的是愧对南京政府，绝非对南京政府有所要挟。而在他提出辞呈后，青岛市的正常公务仍在按部就班、有条不紊开展，并没有任何中断和影响；海军第三舰队正常执行外出巡逻任务，官兵思想情绪没有太大波动，并且都表现出对叛舰的深恶痛绝。所以，中央政府确实应该对沈鸿烈好言劝慰，让他不必自责，并力促收回辞呈。葛光廷想，沈鸿烈在青岛驻扎已快十年，任市长也有一年多，可以把他除弊端举利、百废俱举、商民爱戴的政绩向南京政府做番陈请，相信削弱中央对沈鸿烈的不满并非难事。

葛光廷认为，在当前国难之际，北方沿海治安力量本身就不足，沈鸿烈于青岛非常重要。不是蒋介石自己都说："攘外必先安内"吗？那么要稳定国内局势，最佳的解决方案就是维持现状，继续由沈鸿烈出任市长和舰队司令，这一点既是论据也是结论，非常重要。实际上也是如此，沈鸿烈的留任，无论对华北的海陆防务，还是树立中央威信只会有百益而无一害。所以，无论是青岛市市长，还是海军第三舰队司令都不能轻易撤换，因为无论撤换哪个职位都可能会让反叛者高兴，让他们感到自己的目的达到了。况且，无论是谁来接替，都会有个熟悉适应的过程，与现在官兵的磨合是个问题，遇事接洽都非易事。

葛光廷反复揣摩向"中正"报告的内容和措辞，不只力求能句句打动人心，更重要的是把沈鸿烈目前的行为的原因转化成他的自责和对政府的愧疚，把上层对他的不满化解成为积极正向的因素，为最终解决问题埋下"伏笔"。

葛光廷对沈鸿烈生出一分"不满"，甚至"痛恨"，他在那里闹意气，而自己却在这里绞尽脑汁地为他"开山辟路"。他想，等事情过去，一定会讨回这笔冤枉债。

葛光廷很无奈，作为胶路委员长，却把过多精力投入对山东局面的稳定上。他觉得自己很像是个没有观众的自得其乐的"独舞"者。当然，他很享受这份快乐。他的前台是胶济铁路，但他真正的舞台却是山东。他外在身份是胶济铁路管理局委员长，而真实的身份却是为维护山东稳定而默默奉献的隐匿者。他的责任就在于在稳定山东的局面中发挥作用，这种作用的发挥成就他的荣誉感，他乐此不疲。非但如此，无论是在南北统一的奔走中，还是中原大战后的交涉里，一直到现在极力挽青岛于既倒的时刻，他都充分享受到一种快感，这种隐秘的快感让他乐此不疲……

几番斟酌，葛光廷发出密电，向南京政府陈述了自己的看法和对这一问题的建议。

电报刚发出，戴师韩就来报告，说逃跑的三艘战舰有了下落，它们全部开往广州，投奔粤系军阀陈济棠去了。葛光廷既觉诧异，也随之生出几分宿命使然之感，这三艘战舰本就来自广州，后几经辗转为东北海军所有，现在竟然又回到了老东家手里，实在不知道是不是一种必然的归宿。

3

看来沈鸿烈是执意要把"戏"唱得轰轰烈烈才肯罢休了。或许他也看出南京政府在他留任态度上的轻描淡写，所以也便铁了心要把自己的真实想法表达出来才算完。他以视察为由，到烟台、威海停留数日，随即表示不再回青岛视事。如此一来，南京政府必须认真对待他的人选接替问题，是让他留还是让他走，必须马上做出抉择。

难题摆在了南京政府面前。

葛光廷认为，结果无非是三种：一是接受沈鸿烈"双辞"，直接把沈鸿烈清除出去，一了百了；二是公开表态不接受沈鸿烈的"双辞"，责令沈鸿烈必须切实履行职责；三是接受其辞去青岛市市长或舰队司令，保留一职。第一种情况，几无可能；如此一来，青岛的治理必然会面临巨大挑战，况且现在处于战时，并非平时，不到万不得已不可能有此决定。第二种情况，对沈鸿烈来说是最好的结果，对南京政府来说也不失为稳定大局的最有效的方式。第三种情况，也是有可能的，但何人接受另一职都会受到掣肘；除非，接替者是沈鸿烈自己的人。如此一来，这可能是沈鸿烈最愿意接受的结果。

葛光廷翻来覆去把这三种情况想了个透彻，突然发现一个"缝隙"，难道沈鸿烈现在所有的努力都是为了争取到第三种结果？找一位他最信赖的人接替舰队司令，这样既可以使自己得以分身，省却不少繁劳；同时，也为舰队长远发展找到中意的接班人，而不至于等到不得不退去的时候而为外人所占。葛光廷从最有利于沈鸿烈的结果中推导出他目前精心算计的原因，不一定完全准确，但一定是沈鸿烈最想要的结果。找到了症结所在，便可以对症下药。葛光廷有信心说服沈鸿烈。

葛光廷去了威海。沈鸿烈正从刘公岛参观回到住处。刘公岛曾经是清朝海军提督衙门所在地。公元1894年的甲午海战，清朝海军被日军全歼于此，海军提督丁汝昌在此吞金自杀，标志着清朝苦心经营近二十年的海军全军覆没。不知道沈鸿烈看罢刘公岛的战争遗址会是怎样一种心情。刘公岛一向是国人的伤心之地，所有中国军人都以此为殇，从不敢轻易踏上此岛。

沈鸿烈对葛光廷的到来并没有表现出意外，似乎他来与不来对他来说都无关紧要。

葛光廷开玩笑说:"全国人民都在看着您了。"

"看我笑话?"

"谁敢看您笑话,委员长都恳请您留任,您要是再端着架子就讲不过去了。"葛光廷说。

沈鸿烈说:"南京政府真的想让我留任?"

葛光廷说:"真心与不真心又有何异。只要您留任,就没人能够与您争抢。"

沈鸿烈说:"我不愿意和任何人争抢。"

葛光廷不愿再和他争论这些无关大局的话题,也不愿说些无关痛痒的话,虽然只有两人,但还是压低嗓音问:"你的底线是什么?"

沈鸿烈还想为自己辩白。葛光廷一伸手,挡回他要说出的话。

葛光廷说:"这样,我给您出个主意,您看行不行。行,您便不用拒绝。不行,那么,我就不管这事了。"

沈鸿烈便不说话。

葛光廷说:"你专心干您的市长,舰队司令……让南京政府选。"

沈鸿烈摇头……

葛光廷其实只是说了半句话,想观察一下沈鸿烈的反应,见他摇头,便说:"南京政府选是有条件的,人选您来推荐。"

沈鸿烈哑然。

葛光廷知道他对此并没有信心。便说:"如果我能促成此事呢?"

"那当然好。"沈鸿烈脱口而出。他有些不好意思,这么明显地把自己的意图暴露了。葛光廷面色却阴沉下来,他并不介意沈鸿烈的隐瞒,也不避讳此事的困难所在。

葛光廷说:"那您得赶快推荐一位信得过的人选。"

沈鸿烈说:"好,我考虑考虑。"

葛光廷说:"事到如今,不必做这些把式,赶快把您的人选告诉我,我好早早去做安排,否则,很难说不会有什么变数。"

这时,有人敲门。史福来进来,对沈鸿烈说:"宋雨亭他们来了,说是要见沈市长。"

沈鸿烈说:"我知道了。"

史福来出去,沈鸿烈用一种明显急迫的目光看葛光廷。

葛光廷说:"宋雨亭他们是来挽留沈市长的吧?"

沈鸿烈难为情地摇摇头,说:"我也不愿意他们这么做,在青岛时他们天天请愿要我留任,不胜其烦,我才来烟台、威海散心,没想到他们又赶到这里来。"

葛光廷说:"这倒是好事,让南京政府看看沈市长赢得的民心政绩。"

沈鸿烈摆手摇头说:"别说风凉话了,我已经够难受得了。"

葛光廷说:"你尽管去应付他们,但先要把人选告诉我。"

沈鸿烈说:"谢刚哲。"

"谢刚哲?"葛光廷回问一句,算是确认。

沈鸿烈说:"谢刚哲,现在的海军第三舰队参谋长。"

葛光廷至此终于明白了沈鸿烈一直抱着不放的底牌——让现任参谋长谢刚哲接替他任海军第三舰队司令员,而他专心做他的青岛市市长。

葛光廷随沈鸿烈出去见宋雨亭。宋雨亭是青岛市商会会长,自从沈鸿烈上任后一直马首是瞻,凡事无不维护沈鸿烈的利益,自从沈提出辞职,宋雨亭便以商会名义四处奔走,呼吁各方劝阻沈鸿烈收回辞呈,为沈鸿烈造足了舆论,集聚了民意,现在竟然跟着沈鸿烈来到威海,实在让人对其不达目的不罢休的决心感到佩服。葛光廷知道,宋雨亭有自己的打算。在他看来,沈鸿烈的辞呈一定不会轻易得到允准,并且南京政府已两次在报纸表明态度,他看不到这些报纸所发出的新闻有着怎样的潜台词,更将其视为政府的真实态度,舆论也确实起到了很大引导作用,使越来越多的人跟随宋雨亭加入了挽留沈鸿烈的队伍。

宋雨亭见到葛光廷很是兴奋,他知道葛光廷与沈鸿烈的特殊关系,也一直想与葛光廷有更进一步的交往,只是葛光廷似乎对他的商人身份有着一种本能的不屑,平时只是客客气气,交流不多。

宋雨亭上前握着葛光廷的手说:"葛委员长也在,真是太好了,能不能算我们挽留沈市长的一员。"

葛光廷说:"当然,我也是来挽留沈市长的。沈市长在青岛的政绩有目共睹。任职市长虽然不到年余,但修栈桥、搞旅游、促商贸,真的是全心全意为人民。哪怕是在干舰队司令时,也想着老百姓,多次带队剿匪,绥靖乡里,口碑佳话,四处传颂。现在沈市长为歹人所害,本不是他个人之错,反倒都是起于他的仁爱之心,这样的人,留在青岛是青岛人的福分,我坚决不同意沈市长离开。"

周围聚集了二十多位商界有名望的人,听葛光廷如此说,便都不约而同地鼓起掌来。

和宋雨亭等人聊了一会儿,葛光廷便告辞回青岛。威海到青岛有半天车程,因为没有铁路,葛光廷只得乘局里的公务汽车,但因为公路僻仄,一路颠簸,回到青岛已经很晚。但一路上,葛光廷却把想要做的事情前前后后都考虑周全了。

谢刚哲一直跟随沈鸿烈左右,历任参谋本部局长、东北江防舰队司令,在中俄之战中曾立过战功。葛光廷曾在司令部与其见过几面,人极沉稳,从来不往前站,也不多讲话,但他的存在总会给人一种稳定感。葛光廷从他与士兵交流的细节中看出,他与下属的感情深厚,彼此和睦,实为难得。这样的人如果掌控了海军第三舰队,自然可以放心。葛光廷决定力荐此人。

葛光廷并非没有顾虑,插手人事调动特别是涉及军方人员调整,总会潜藏着很大风险,一旦处理不好,轻则得罪人,惹来杀身之祸也是可能的。哪怕是有着与蒋委员长"单线"联系的特权,也很难说不会受到猜忌。但在葛光廷看来,要把此事办好,非有舍得一身剐的勇气不可,他决定放下顾虑,放手一搏。

4

谢刚哲任海军第三舰队的命令下来了。

沈鸿烈专任青岛市市长。

很多人正在期待着青岛到底会有怎样惊天动地的大动静,但结果似乎让大多数人大跌眼镜。这样的结果太过平庸。

在葛光廷看来,这样的结果是合乎情理的。他在确认南京政府与国防委员会的任命后,似乎听到了山呼海啸般的欢呼声响起,他的眼睛湿润了,这一结果是对他努力的最好认可,尽管受益的不是他,而是沈鸿烈,但在葛光廷看来,山东的稳定性由此有了新的保证和延续。

结束了这段困惑与纠结,葛光廷迅速将关注的方向转移到胶路。他的案头积攒了太多需要处理的事务。在办公桌最显眼的位置摆着一份函件,按照他的习惯,这个位置的公文是需要优先处理的。他拿起函件,见是津浦局委员长邱炜发来的，恳请葛委员长到济南一会，商谈关于津浦路与胶济路联运事宜。前段时间，他得到相关报告，邱炜自上任津浦局委员长后，致力于推动铁路沿线物产的联合运输，北上与北平、北宁、平绥等铁路局的委员长们进行了多轮磋商，希望大家携手推动铁路的联运，更好地服务社会经济发展，也使铁路效益有大的提升。本来胶济也在邱炜邀约之列，但因为处理沈鸿烈的事情，葛光廷专门向邱炜做了解释。邱炜表示理解。没想到在他结束与上述几个铁路局的磋商后，还是希望能够在济南与葛光廷作一次专门交流。邱炜的诚意让人感动，青岛的事情已风平浪静，葛光廷觉得没有不去赴约的道理。

按照既定时间，还有两天，葛光廷让尹援一安排去济南的相关事宜。

这时，四方厂厂长栾宝德来了。外号"大个子"的栾宝德每次来一定会带着一大堆问题，这是葛光廷对他最直观的印象，因此见到他出现在面前，心里生出一丝不快。没有困难，他从来不会出现。

栾宝德说："葛委员长，有事汇报。"

葛光廷对他公事公办的态度同样感到不快。

他回之以生硬的态度，说："说吧。"

栾宝德说："四方厂现在人心惶惶，我担心会闹出事来。"

人心惶惶。葛光廷故意用不解的眼神看他。

栾宝德说："委员长去往南京时，警察局来人抓了一大批人，有扰乱秩序的，有走私的，反正都是莫须有的罪名。让人费解的是，这些人被抓后，有些人不知去向。现在工人中有人在酝酿闹事，我很担心。"

葛光廷知道他说的是什么，并不正面回答，说："既然是警察局抓人，就一定做了违法乱纪的事，遵守国家法律是每个公民的义务，这事不是胶路所能管得了的，你要安抚工人，不能闹事。"

栾宝德说："这事没那么简单，工人也不肯善罢甘休。"

葛光廷知道这事没法往深里谈，便说："我知道了，回头我问王时泽，我们的人到底犯了什么法，总得有个交代才是。"

栾宝德说："那好，那好。另外，厂里新进的一套五合板加工机械，已安装完毕，四方厂的车体质量将会跃升到全国一流，我想再招聘一些技术工人……"

葛光廷打断了他的话，说："业务上的事，你和顾桢、杜宝田商量着办，我顾不上。"

自从上次四方厂工人联名写信状告他"滥用公款"后，他对四方厂包括栾宝德就有了种本能的反感，对四方厂的事也总是抱有一种本能的抵触，不愿意过问太多，有些事情尽可能地推托。

第二天，葛光廷就去了济南。

除却与邱炜见面，最重要的是他要向韩复榘报告关于沈鸿烈的处理情况。在与邱炜会谈前，葛光廷首先把青岛的事情一五一十地给韩复榘讲了个明白，韩复榘听得津津有味，一个劲地说："沈鸿烈挺有意思。"葛光廷又把邱炜的情况做了介绍，韩复榘说，津浦路在山东占了总里程的三分之二，既然邱委员以振兴铁路沿线经济为己任，山东没有不配合的道理，你尽管和他谈，涉及山东的问题你尽可以全权答应下来。

葛光廷与邱炜的交谈很顺畅，俩人之前虽并没太多接触，但因为对津浦与胶济合作抱持着特别诚恳的态度，所以交流起来丝毫没有障碍，甚至在有些关键问题的交流上不时有灵感迸发，譬如，邱炜提出要在青岛、北平间开行"大通车"的想法，由青岛开车，一站直达北平，由此可以加快货物周转速度。邱炜的脑子活络，不愿意受条条框框约束，还提出津浦与胶济并轨问题。葛光廷知道这一问题有外交红线挡着，心里肯定，但嘴上只能解释道："技术没问题，但日本的赎路款没还清，胶济路与津浦路接轨一时半会不可能马上实现。"邱炜表示认同。当然，两人在一些问题上也存在不同看法，但能够开诚布公，相互理解。譬如，邱炜提出津浦路当前存在着材料短缺问题，希望胶路能够支持。葛光廷表示，胶路的材料非常充裕，仅存货就有百余万，之前各路之间也有拆借，但是胶路之前与津浦之间对此多有龃龉，借而不还的事情时有发生。邱炜哈哈一笑，说："津浦路一定会遵守信用。"葛光廷说："先小人后君子，那就先给钱后给货，待到信用有了，再缓限不迟。"两人把两路间的合作当作笑话谈，效果奇佳。谈到最后，彼此大有惺惺相惜之感。

最后，两人还谈了一件非常具体的事，此事是邱炜到达津浦站后才从站长口里听到的。站长希望邱委员长转达葛委员长，两站间需要修座地洞，以方便车辆进出。当初，胶济路本是希望与津浦路并轨使用一个车站的，由于清政府当权者的阻挡没有实现，一气之下，胶济路站修在了津浦路站前面，让津浦路的进出受阻，只能绕行，非常不便，特别是这些年随着客货运量增加，进出站通行不畅问题成为要害。津浦路济南站一直谋求修建一条地洞以方便车辆进出，只是胶济路并不积极。

葛光廷听罢，说："邱委员放心，立刻就办。"

与邱炜结束会谈，葛光廷晚上在胶济铁路饭店宴请韩复榘，两人相谈甚欢；吃罢饭，摒绝众人，到田吾作喝清酒。樱子姑娘侍候。田吾作老板给韩复榘和葛光廷备有专用房间，不对外使用。一旦接到韩葛要来的信息，便关门谢客，静候两位贵人，当然有时也有空等的时候，但老板从不以为亏。韩复榘当然也不会亏待他。

两人每当来到田吾作都只问风月美酒，不谈公事，但这次葛光廷却打破惯例，率先讲起公事，因为从进门的那刻起他就想起了冈村宁次。那次，正是在这个房间，他与冈村宁次"不期而遇"，当时就觉奇怪，现在想来当然是精心策划的阴谋。

韩复榘说："委员长想什么呢？"

葛光廷说："冈村宁次现在竟然成了华北驻屯军的副参谋长，让人恍若隔世。"

韩复榘也感慨道："变化很快，物是人非。没想到老同学变成对手吧。"

"当然，现在想来还有一种不真实的感觉。世事变化太快了。"

韩复榘笑道："听说，在塘沽签协议的时候，他很没给熊斌参谋长面子。"

"两军交战，靠的是实力。"葛光廷神情黯然。

韩复榘说："从上次见面后，您的这位老同学又找过我多次。"

葛光廷"噢"一声，这让他感到意外。

"无非是拉我下水，日本占华北是早就有的想法，他想让我配合他们在华北的行动，许诺我优厚待遇。鬼话连篇。"韩复榘说。

葛光廷说："主席怎么看当下形势，日本人真的会占华北，那可是要闯破底线！"

韩复榘说："当然，蒋委员长决不会轻易让日本人占领平津，如果那样的话，华北必不保；华北不保，南京何以能保，我觉得平津是条'红线'。"

葛光廷忧虑道："平津能保得住？"

韩复榘说："单靠军事当然保不住，还得用政治手段，多管齐下，汪精卫不是早说，平津失与不失，关键看日本人来与不来？"

看来平津能否保住关键还在于政治砝码的轻重，现在蒋委员长还有什么牌可打？葛光廷想来想去，确实掂量不出南京政府到底还有什么可以称之为压倒性的东西，那么说平津的失与不失，只是时间问题了？平津一失，华北就无平衡可言，山东也便岌岌可危。

那么，韩复榘是战是退便成为一个关乎全局的重大战略问题。以现在韩复榘首鼠两端、模棱两可、变化无常的态度，能否确保山东安危实在存有巨大变数。葛光廷望一眼韩复榘，韩竟然一副意气风发的派头，丝毫看不出对时局的忧虑，葛光廷多少感到一丝不安。他知道，韩复榘一贯善于玩"跷跷板"，在驱逐刘珍年之后，韩复榘自恃在与蒋的较劲中占据了上风，对于时局的处理也有了更多话语权。危机中，人们会小心翼翼地寻找平衡；一旦掌握主动，极易冲动，得意忘形，甚至会有得寸进尺的想法，如果再有巨大的利益诱惑，更容易让人失去方向，陷入万劫不复的地步。如此一来，之前的所有努力也便失去意义。

这个时刻，必须高度关注韩复榘的一举一动、所思所想，一切好早做安排与预备。而此时此刻，还是要喝酒，还是要与樱子姑娘温习旧梦……

5

蒋伯诚向葛光廷透露了一个重要信息，日本驻济南总领事馆武官花谷近期与韩复榘走动频繁，有时一连几天都会在韩的办公室密谈。虽不知谈些什么，但现在日本人的想法已成公开的秘密，人人猜得出来。

明天，花谷又约韩复榘见面。

葛光廷虽然对花谷不甚了解，但知道他在北平总领事馆待过，后被派到济南领事馆。此人对华北诸多情势非常了解，活动协调能力奇强。他与韩交往的政治目的非常明显，那么他与韩复榘之间的频繁接触到底为了什么？

于是，葛光廷以实地察看邱炜所安排的津浦与胶济两站间修建地洞工程为由，继续留在济南，以便探听更多消息。果然，第二天，花谷与韩复榘如约见面，并且又是一次长时间密谈，一大早开始，过了中午饭时才告结束。花谷没在省政府用餐，谈话结束后，直接回了领事馆。

葛光廷早就来到省政府，先找蒋伯诚探听消息。蒋伯诚很悲观。他说："韩复榘在找后路，如果日本人占了平津，山东何去何从将会是个巨大问号。"

葛光廷问:"南京的态度呢?"

蒋伯诚说:"南京的态度当然是寸土不让。但是,只有热情,没有实力是不行的。"

葛光廷知道蒋伯诚作为南京驻济南办事处主任,主要职责是保证中央政府的指令在山东得到贯彻落实,狭隘地说,无非是南京的"坐探"而已。但是,韩复榘与这些具有特殊背景的人相处得反倒特别好,他曾经直言不讳,就是要通过这些人把山东的意图准确无误地传达给中央。这是韩复榘的高明之处,与之合作,比与之对抗更能收到好的效果。葛光廷知道,韩复榘也将自己视为这一特殊群体中的一员。但葛光廷还是觉得自己与其他人有着本质不同,自己不但主政一方,有着胶济铁路管理局委员长的实职;从感情讲,自己与韩复榘已经到了无话不说的地步。尽管是以利益起步,却实实在在是以感情见长。

但现在的情形,让葛光廷多少有些失落,他感到自己的这一判断好像并不太准确,至少在花谷问题上,韩复榘并没有像其他事情一样与自己有过开诚布公的交流。如此,其中隐含的不可告人的秘密可能更为可怕。

葛光廷的这种亲与非亲的感觉都是对的,韩复榘确实对他刻意隐瞒着关于花谷的一些事情,但他又很想在某个合适的时机与葛光廷有所交流。午后,韩复榘让朱经古找葛光廷,他知道葛光廷以种种理由推迟离开济南,根本上还是关注他与花谷的谈话。

韩复榘见面就问:"你这么关心我与花谷的事?"

葛光廷也不回避,只是说:"日本人无孔不入。"

韩复榘说:"是啊,现在只要涉及日本的人事都会很敏感;但是,你想想,我如果不与日本人来往,又如何知道他们的想法,又如何确定应对之策。大家防我与日本人接触,犹如防贼一般,大可不必。"

葛光廷说:"非常时期,大家有这种敏感,实属正常。"

韩复榘叹口气,道:"疑人不用,用人不疑。怀疑我,又何必让我干这个主席。"

葛光廷听出他话里有些意气,便不去接,心里却在想,不正是因为你惯用日本人撑腰才让人不放心吗?反倒埋怨别人不信任。

韩复榘说:"这个花谷能说会道。上次与冈村宁次见面后,便把他从华北调过来。他对山东的情况非常了解,对日本军部也非常熟悉。虽然官职不大,但上蹿下跳、神通广大。实话说……"韩复榘不好意思地说:"我也收了他一些好处……但于国无害。"韩复榘说:"人至清则无朋,水至清则无鱼。如果不这么做,能得到他的信任吗?他能什么话都给我说吗?"

葛光廷觉得他说的有道理。

"实话说,日本人的野心很大,他们不只是要平津,还要占领全中国,还要整个东南亚。我现在很为中国的生死存亡担心,也在想如何避免沦为日本的殖民地。"韩复榘说出了自己的困惑。

葛光廷说:"当然不能。"

"我与花谷虚与委蛇,意在让他们放松警惕,认为我值得信赖。如果说之前,与日本的交往多少有些与南京政府抗衡的意思,现在与日本的交往却是真的为南京政府着想。"

葛光廷点头,问:"今天,花谷所来何事?"

韩复榘说:"正是这话,与日本打太极也不容易。不牺牲点利益是不可能的,今天花谷是来联系日本调查组要在济南、青岛设点的事情。"

"调查组?"

"就是满铁和关东军搞得什么'经济调查会'。"韩复榘说。

葛光廷对此事略有所闻。从1932年,应关东军的要求,满铁正式设立所谓的"经济调查会",并在天津、青岛、上海等地设置经济调查分会,在济南、烟台等11个城市设立调查组。而在近期,听闻华北驻屯军也在联合关东军、满铁等共同组织人员开始新的调查工作,主要任务是对山东、河北、山西、河南、绥远、察哈尔等地的水运、供水、铁路、税制、行政等进行调查。这些调查指向性非常明确,是与军方的作战计划相配合的。而在这些调查中,山东是重点区域,不仅要进行综合性调查,还进行分项调查,设定了多个课题,包括日本在山东的经济权益、农业资源、煤炭、青岛港、胶济铁路延长线、金融、税制,意在通过不同层面的调查来确定战时的策略。

葛光廷说:"现在他们要做什么?"

韩复榘说:"要把原来设在济南的调查组升格为调查分会,并且要固定专门的办事机构,让省政府为其提供安全保卫和开展工作的方便条件。"

葛光廷说:"塘沽协定签订后,日本人看似停止了军事进攻,但现在看来他们一刻也没放松对中国侵略,他们这些所谓的调查针对性、指向性太明显了，一旦这些调查完成，也就等于给日本的军事进攻铺平了道路，他们的军队就可以长驱直入了。"

"是。"韩复榘说："他们对胶济铁路延长线特别感兴趣，并且明确提出是这次调查的重点，希望胶济铁路和省政府相关部门给予配合。"

葛光廷本来就对这事忧心忡忡，这时心里更是一紧，便问："他们的真实意图能摸清楚吗？"

韩复榘说："虽然现在日本人还没提出具体要求，但从与花谷的交谈中，我感觉他们不会轻易让中国自己承办这事。延长线对日本人很重要，一旦修建完成，他们从海上进入山东，能够以最快速度到达中国西北部，军事战略意义非同寻常。"

葛光廷说："胶路延长之事，我们已提报计划，能不能加快速度，如果等日本人出来干涉，就悔之晚矣。"

韩复榘说："我也正是此意。这段时间里，我和建设厅张厅长议过多次，觉得您们所定的计划具有可操作性，单独组建民间合资公司也没太大问题。张厅长也正在组织建设厅相关部门对有关技术性问题进行论证，技术上没障碍。您还有什么想法？"

葛光廷听崔士杰几次说起省里对胶路延长线非常重视，韩主席也多次组织开会研究方案，提了很多具体要求。两相印证，看来韩复榘确实在背后做了大量工作，要全力推动这项工程的实施。只要韩复榘助力，便没有办不成的事。葛光廷也有了信心。他说："韩主席亲自过问这项工程，实乃胶路之幸，也是山东之幸。我想，以最快速度启动，和日本人争时间！"

韩复榘说："就这么定了。"

又闲聊几句，葛光廷便起身告辞。

韩复榘突然问起："今年铁道部还要在南京搞铁展会？"

葛光廷没想到韩复榘会问起铁展会的事，便说："是的，上年在北平搞了第一届之后，社会各界反应良好，对加快工商经济发展确实起到了促进作用。上次去铁道部，我见到业务司司长俞棪，他表示尽管国内形势不好，但越是在这种情况下，铁道部越要带头落实政府倡导，以己所能推动国民经济发展，为国家分忧。尽管存在很大变数，但铁道部的信心很大。"

韩复榘说："为什么胶路不能承办一次？"

葛光廷一时语塞，他没考虑过此事。

韩复榘说:"我也是一时兴起,铁路内部有自己的规则,但我觉得这种形式很好,如果胶路能办,对提振山东工商经济会起到立竿见影的效果。"

葛光廷点头称是,说:"主席想得周全,我们考虑一下,和铁道部先沟通,有个思路后再向主席报告。"

韩复榘说:"当然,有这种可能最好。条件不成熟也不必强求,只要有机会,山东省一定全力支持。"

葛光廷对韩复榘心生钦佩,从这件事上可以看出,他对山东经济发展格外用心用情,并非像有些排斥他的人所言,韩只是个想做"土皇帝"的大老粗……

6

回到胶济铁路管理局,葛光廷最急着办的事当然是胶路西延。尹援一说:"沈市长来过多次,想约您见面。"葛光廷说:"回复他,近日没有时间。"

尹援一迟疑片刻。葛光廷可以这么说,但他不能以这种口气回复市长,有些拿捏不准。

葛光廷并没有理会他的迟疑,对于他来说,无论什么口气都不会让这位老给自己添麻烦的市长产生歧义,这点他还是有着充分自信的。

崔士杰来了,葛光廷问他西延方案。崔士杰说:"技术方面的问题已全部解决,现在主要还是成立独立公司的事,需要胶路与省政府对接。"

葛光廷听明白了,下一层级的工作已全部完成,需要胶路管理层出面具体组织实施。他想把计划再详细看一遍,再亲自到济南与建设厅就组建公司事宜进行对接。他让崔士杰准备相关资料。崔士杰对流程熟悉,早已将所有材料准备齐整,说话间就递到葛光廷面前。葛光廷看完后,问了几个尚不甚明了的问题,便决定尽快再去济南,专题办理此事。

葛光廷正做着去济南的准备,韩复榘已派建设厅厅长张鸿烈来了青岛。

见到张鸿烈后,葛光廷很感动,没想到韩主席对此事的关心程度较之自己都高,看来,韩主席以此抑制日本人插手此事的决心非常之大。葛光廷心想,只要大家同心携手,自然不会让日本人占到便宜。

张鸿烈明确此行的目的就是秉承韩主席意见,专门就胶路由济南西延至聊城等相关事宜进行对接的,两人确定了进行对接座谈的人员。但在座谈前,张鸿烈却先聊起上次与葛光廷见面时商议的另外一件事,就是公路管理局与胶济路联运的事。公路管理局隶属建设厅,在张鸿烈的职责范围内。这件事情说了已久,公路与铁路的联合运输大有文章可做,也是响应韩主席提振山东工商经济发展的具体措施。张鸿烈极用心。葛光廷也有意帮他力促此事;但是,由于公路管理局运作并不顺畅,车辆短缺,运输滞后,根本无法在铁路沿线布点,从而与铁路形成点对点的互应关系,运作效果并不好。之前,韩复榘对这一规划还很有兴趣,后来见效果不佳,也便冷落了这个项目。张鸿烈看到大家都在轰轰烈烈地运作项目,作为建设厅厅长,路不好走、车不好开,觉得很没有面子。所以,一直想与胶路进一步合作,以求有所改观。张鸿烈再提此事,葛光廷说:"如果需要胶路配合,胶路不遗余力。"张鸿烈告诉他,他已派山东省公路管理总局局长刘熙众前往上海采购汽车,并且一口气采购二百辆福特车,现款已全部交齐,第一批车辆很快就会交付。

葛光廷听罢也很兴奋,越发觉得韩复榘提出的振举山东工商经济的举措还是很有成效的,由此大家共同用力,山东的经济腾飞指日可待。葛光廷当即表示:"张厅长的汽车安排在哪里,铁路的货场完全对汽车运输无条件开放,优先提供货源。"

张鸿烈听罢高兴得不亦乐乎,有了与铁路的合作才会有相对大宗和稳定的货源,汽车运输就不难发展,加之铁路内部货场的开放,更会给汽车运输提供方便,这个被冷落的项目因此也便会有着起死回生的可能,自然就会重新引起韩主席重视。张鸿烈把这个本不在议题的项目巧妙地穿插在会谈前作了交流,起到了借事打力、事半功倍的效果。

接下来,座谈开始。参加座谈的有胶路委员会成员以及车务处、工务处、财务处等相关部门主要负责人。

葛光廷先做开场白,简要说了胶路西延对胶济长远发展的意义所在,表达了对山东省政府给予这项工程重视的感谢,更对张厅长亲自来青岛具体落实韩主席要求表示欢迎,为会议定了基调。

崔士杰作为项目的负责人,先是介绍了基本情况,又提纲挈领地谈了对这项工程的看法。他说,这项工程虽然是由胶路所提,并且由铁道部决定修建的一项大工程,其实,从胶济铁路修建之初就有这项计划,但历届政府并没这样的雄心和魄力实施,只有到了中华民国,由韩主席主政山东才会有这样的信心和决心,所以没有山东省支持,没有韩主席关怀根本不可能完成。作为合资公司,既可以发挥铁路内部积极性,也可以动用政府的资源和力量,吸引多种经济实体投入其中,西延工程因此也便有了保障。

崔士杰的发言有着权威性和概括性,站位高,赢得了不少掌声。

接着张鸿烈讲话。张鸿烈先是对葛委员长带领下,胶路对服务于山东工商经济发展所做的贡献表示肯定,认为胶路西延是着眼胶路发展的大手笔,对山东经济社会发展必将起到巨大推动作用。这些话说完,就自然而然地转移到对韩复榘的吹捧之中。他说,韩主席对这项工程极为重视,多次召开会议研究部署相关事项,并且亲自派他来与胶路对接落实一些具体事务。总之,没有主席支持是什么事情也干不成的。大家对政府部门的作风都心知肚明,大话套话,溜须拍马,虽说可有可无,但迎风见声,多说有益,捞些政治资本而已。但同时也说明,话到了可以夸夸其谈的地步,事情大半已经告成,没了顾虑。这当然是大家乐得见到的。

张鸿烈讲完话,大家鼓掌。掌声持久而热烈,但并没有足够的内容可以支撑这种热烈,会议本身的意义也不是一片掌声就可以代表的,所以,人们的掌声看似给予张鸿烈,其实更是给予这次会议的。大家都意识到,自此开始,胶路西延的事情就算正式进入实质推进阶段。

掌声热烈,接续而来的讨论同样热烈,因为涉及独立公司成立的问题,大家都抱有很强烈的期待。张鸿烈宣读了拟成立的公司章程,每宣读完一条,便停下来征求大家意见。

章程的总体原则是,组建由铁道部、山东省及商民共同出资的合资公司——济聊铁路公司。

讨论中,大家说到了经费问题,这是个核心而敏感的问题,也是绕不过去的问题。没有钱终归难办事。根据测算,工程初步预算为六百万元,分别由铁道部与山东省政府共同筹措,并允许募集商股,多渠道筹集资金也是为了满足工程建设所需。筹款的基本主旨已经确定,并没在太多要说的,尽管后面细节性的东西还有很多,那只能见招拆招,一步一步来了。

接下来讨论公司机构设置。公司设理事会,理事由九人组成,任期三年,期满可连任一届,名额按股权比例分配。理事会设理事长一人,常务理事二人,由铁道部在所派理事中指定。这些都是按照公司法有关规定确定的，只是程序问题，没有其他可以说的，大家泛泛而谈，也不乏调侃，但都保持着必要的克制，充分体现善意。

大家还聊了很多细节问题。譬如，章程中提到济聊铁路建设工程及通车后全线业务全部委托胶路代办。如何代办，大家说了很多意见建议，但这些意见建议还需要在建设以及运营之后才能实际性涉及，争论虽热烈，但无法形成统一意见。大家更大的兴趣在于对问题的争论而无关乎结果。

会议的进展以预定的时间为准，按时完成各项议题，座谈也便在掌声中结束。胶路西延工程就在这样和谐融洽的气氛中得到实质性的推进，只是，没人知道，其实是远处的隆隆炮声加快了这项工程的推进，只是大部分人还听不到飞机大炮的轰鸣声。

会后，葛光廷给沈鸿烈打电话，让他晚上安排一次宴请。转头对张鸿烈说："沈鸿烈要请张鸿烈，我作陪。"

张鸿烈说："不敢劳沈市长大驾。"

葛光廷说："他是大难不死，还没给他祝贺，今天晚上一并进行了。"

张鸿烈很痛快地答应了。和青岛两位大亨聊聊天，必然会有所受益。

7

宴请张鸿烈很圆满，对于省建设厅厅长，又是韩复榘信赖之人，加之葛光廷点名让自己出面宴请，这样大的一个情分，沈鸿烈自然会做得周全备至。

宴请后，张鸿烈当晚就乘车回济南，两人将其送到车上，只到车开后，才算结束了这份公务。

葛光廷与沈鸿烈分手时，想起一事，说："周末有时间吗，去崂山一游？"

沈鸿烈说："好啊，难得您有此雅兴。"

自上次事情发生后，沈鸿烈几乎对于葛光廷到了言听计从的地步，他心里很明白，没有葛光廷的穿针引线，自己重回市长位置、谢刚哲如愿以偿当上海军舰队司令几乎是不可能的事情。尽管事后两人没少见面，却都是公务上的事，有些话也不能更深入交流，他也正想抽个机会倾心相谈。葛光廷主动相约，当然是他求之不得的事情。

另外，他也隐约感到，葛光廷约自己出去，或许还会有什么事情要商议，游山玩水对于葛光廷来说并非其所好。不管怎样，这都是一次难得的机会。

周末，葛光廷与沈鸿烈各自乘车上了崂山，俩人在太清宫门前会面，边走边聊。太清宫门前新立了一块石碑，两人去看，竟然是给沈鸿烈歌功颂德的，主要讲他来青岛后围剿土匪，造福乡里的功绩。葛光廷哈哈大笑。沈鸿烈不以为然。在他印象中，自己确实曾派海军第三舰队士兵到小珠山剿过土匪，但并没有很深刻的印象，如果石碑不提此事，他可能就忘了。葛光廷调侃道："做了好事，老百姓不会忘的。"

沈鸿烈连道："这些所谓的好事，自己都忘了。但真正做的好事，大家却未必记得。"

"您自己觉得好，老百姓未必觉得好。"葛光廷笑着说。

沈鸿说："是，是。"

两人游山玩水，想到哪里聊到哪里，心情很放松。

葛光廷说："最近有日人要把青州明王府的石狮子偷运到青岛，您听说过此事吗？"

沈鸿烈说："没有。您不是说，这对石狮子要送给湛山寺吗？"

葛光廷说："是啊，没想到日本人捷足先登。并且有了上次秦砖汉瓦的事，他们对胶路存了戒心，一定会变换花样，胶路不一定应付得了。"

沈鸿烈说："需要我做什么？"

葛光廷说："还要观察。"

沈鸿烈说："货到了哪里？"

葛光廷说："还没起运。"

沈鸿烈不解："既然没起运，为何不让当地政府制止。"

葛光廷说："这对石狮子体量庞大，运输很难，我倒想借助日本人的力量把他运到青岛，然后，再把它截下来。"

沈鸿烈笑了，说："你连力气都不用花，直接吃现成的啊？"

葛光廷笑了，说："这倒在其次。当地民众是不会轻易让你把石狮子从明王府运出来的，这才是最大的困难，让日本人去花钱想办法做吧，等他们把狮子运到青岛，再拦截下来，非但不是件坏事，反倒成了好事。你说如何？"

沈鸿烈对葛光廷的精于算计感到自愧不如，连声道："高明，高明，这样非但不会受责难，反倒成了英雄。秦砖汉瓦已经用过一招，相信此举一出，只是文化界就会把您捧上天。"

葛光廷说："不可同日而语。秦砖汉瓦的事属被动。只是没想到让王献唐他们把这事夸得那么大。"

上次，按照程思源呈请，葛光廷顶住重重压力把日本人偷运往日本的秦砖汉瓦拦截下来，免于这批珍贵文物流失海外。后来，文物被转送到山东国立图书馆，经过著名文字学家王献唐考证整理后作为国宝级文物纳入库藏，并从中选出一批有代表性的文物作了公开展览，加之这批文物失而复得的传奇经历，在社会上引起巨大轰动。葛光廷保护文物不为日人所窃，也成为美谈。

葛光廷说："这是没想到的事。"他说："我在胶路干了很多好事，也干了很多难事，但身后人们不一定知道，只可能会记得住这件事。"

沈鸿烈说："是的，正如我剿匪的事。"

葛光廷说："石狮子的事，我会密切关注动向，一旦到了青岛，烦您派人来查，胶路避嫌，不再插手。"

沈鸿烈说："没问题，这个'功劳'记到我头上了。"

两人说说笑笑，来到上次叶恭绰题名的"潮音瀑"前。"潮音瀑"三字已被凿作石刻，立于瀑布一侧，字与瀑布相对应，似字在咆哮，也似瀑在凝固。

葛光廷说："叶公再来青岛，必定对此大加赞赏。"

中午时分，两人在"潮音瀑"旁一座工整的小院就餐。沈鸿烈说："这个院落是小恭亲王溥伟避居青岛时所建，每年夏天他都来这里住些日子，听瀑声，复辟大清王朝的春梦也在此做了不少。"

饭菜简约，但内涵丰富。海参清汤冲泡，沥虾是当地人最喜的，就是不起眼的凉粉也是以麦岛附近所出的海藻作原料制成的……葛光廷说："有点意思。"两人喝着啤酒，听着海浪，吹着海风，天南海北地聊着。

沈鸿烈说："静岑兄，您约我出来，除却青州石狮子的事，难道就没有其他事情了？"

葛光廷放下筷子，说："唉，真的有件大事。但我还没考虑周全，到这里来既想清静清静，也真的是想提前和您商量商量这事。没您支持，这事办不成。"

沈鸿烈正襟危坐，他不知道什么事情让葛光廷如此小心谨慎。

葛光廷说："您听说过铁展会吗？"

沈鸿烈说："当然听说过，那可是铁道部办的大事，引起社会轰动，怎会不知道。"

葛光廷说："这事已办了两届，第三届今年也将在北平举办，胶济也有展馆。现在筹备组已经组成，正在组织沿线参展的货品。"

沈鸿烈看着他，继续听他讲。

葛光廷说："韩主席对铁展会的事很看重，上次去济南，他问我胶济路能不能承办一届。我之前并没考虑过此事，所以，韩主席一问，我无话可说。铁展会组织起来难度非常大，青岛又不似南京、北平，人流密集，物资丰富，在青岛举办，能否成功，实在没底。况且，铁展会虽然是铁道部组织，却都是由所在地的铁路局具体承办，铁路局承担的工作且不说，没有当地政府的支持也是寸步难行。"

沈鸿烈说："既然韩主席提议，还有什么困难？"

"韩主席在济南，青岛又是特别市，韩主席是不会调配财力支持青岛做这件事情的。"葛光廷说。

"您是说，青岛独立举办。"沈鸿烈尽管来前就立定主意，不管葛光廷提出什么要求都会毫不含糊地答应下来，但在这件事情上，他还是犹豫了。

葛光廷并没责怪他的意思，这件事情的分量足够重，连他自己都没有勇气承担，何况没有思想准备的沈鸿烈。

"您的意思呢？想办，还是不想办。"沈鸿烈说："如果您下决心办，青岛市全力以赴，不讲价钱，不讲条件。"

葛光廷听罢，高兴地举起酒杯，说："有您这句话，我就放心了。但我还是要再考虑考虑，如果这事能办，我们齐心协力办好，要么就不办，要办就要办出'响声'。其实这事，总体上讲是利大于弊。现在全国都在团结一心，发展经济，支援抗战，铁展会之所以在社会上引起如此强烈的反响，自然与这种背景有关系。再者，对沿线经济确实会起到立竿见影的效果。这一点，韩主席有他独到的眼光和见识。他率先提出这事，不管能不能办，都让人钦佩。如果真的能在青岛办，实话说，对仁兄的政绩也是锦上添花。"

沈鸿烈点头，说："既然如此，何不赌一把？"

葛光廷说："赌输了呢？"

沈鸿烈说："只要我们联手，哪有输的道理。"

葛光廷说："既然青岛市市长都答应了，我也没有了后顾之忧愁，那么我就让他们先做可行性研究。"

沈鸿烈说："需要我做什么？"

葛光廷说："这件事情的前期筹划由铁道部业务司负责，司长叫俞棪，他这一关首先得过，我要先疏通他，看他的态度。上次去南京，曾见过一面，也听他讲过铁展会的事，他是个办事有激情的人，对如何操作也有心得，如果真的要办，少不了请他来青岛指导。当然，还需要铁道部主要领导同意，现在是顾孟余，他这一关应该没问题。铁道部这一关过了，那就要统筹协调组织沿线各地出产的货品，需要山东省协调铁路沿线各地市，韩主席既然有心于此，也应该不是问题，难的是没有熟手操作。我参加过北平和南京的展览会，所展产品主要由搜集品、赠送品和寄托品三种物品组成，但无论何种物品，都要载明货名、用途、产量、出货季节、出产地、行销地及行销数量、价值、运输方法、运货、捐税、图表等，事无巨细，非常烦琐，由专门机构组织也得需要半年以上才行。"

"青岛需要做什么？"沈鸿烈问。

"青岛市需要做的——"葛光廷想想说："会议的组织、宣传、邀请高层次政、商、文化各界嘉宾，包括来宾接待；还要考虑一些能够体现青岛特色、活跃展会气氛的文体活动。更重要的是，选择好符合展会要求的场地，展会对场地的标准要求很高，也很严格。"

"青岛都可以办。"沈鸿烈听罢，觉得这些困难都是可以克服的。

葛光廷说："我也这么想，青岛市和胶路联手，应该能够组织一次超越前几届的展会。但关键还要看沈市长的决心！"

沈鸿烈说："您不用试探我，您的决心多大，我的决心就多大。"

葛光廷说："那我就放心了！"

葛光廷尽管知道自己所提的要求，沈鸿烈不会轻易拒绝，但如此大规模的活动，还是要和他有次充分的沟通才行，因此才有了这趟崂山之行，对葛光廷来说，这些日子太过辛苦，也着实想在崂山静一静，听听山风海涛，漫无边际地想些事情。

沈鸿烈看出了葛光廷的心思，说："吃完饭去前海钓鱼？"

葛光廷满饮一杯,说:"走,现在就去,钓上大鱼再喝!"

两人孩子般大笑起来。童心有时也会突然间浮现在老谋深算的面孔之下,世界就是这样,并非所有的阴谋都以憎恶的面孔出现,也并非所有的真诚都那么纯粹……

8

解决问题的最终办法还得靠实力。没实力,一切都是空谈。

葛光廷在谋划着胶路发展的长远规划,胶路只有发展才会在山东有更大的话语权和影响力,也才能真正为中国交通事业,为中国抗战做点力所能及的事。葛光廷认为,无论于公于私都必须抓住机会,加快胶路发展。在他看来,国际形势波谲云诡,恐怕没有更多时间给中国提供发展的机会,快则三五年,慢则六七年,日本与中国的较量必将全面展开,那时更无法判断胶路的命运走向,只有让胶路更具实力才是颠扑不破的真理。

所以,他着眼于胶路发展所谋划的三件大事正在有条不紊地推进。第一件就是胶路西延。这件事原本是要做长远打算的,但在韩复榘的支持推动下,加之日人的胁迫,无形中加快了速度。这是意想不到的。自上次张鸿烈来胶路对接相关事宜后,推进速度非常之快,独立的济聊铁路公司已挂牌,标志着胶路西延工程正式进入实施阶段。第二件便是举办铁路沿线物产展览会事宜,人们习惯称之为"铁展会"。自上次与沈鸿烈在崂山做了充分沟通后,这项工作也迅速提上议事日程。向铁道部汇报,得到了相关人员的大力支持。部里有关业务处室负责人都认为,山东连接平津沪,是个物产丰富的大省,青岛又是隶属南京政府的特别市,有着政治上的独特位置和优势,加之韩主席鼎力支持,可以称之为下届举办地的最佳选择。于是,铁道部决定第四届铁路沿线出产物品博览会于1935年在青岛举办,具体举办月份由胶路与青岛市商议,报请铁道部同意后向社会公布。第三件事也是件很要紧的事,但尚未启动,那就是张博支线延长事宜。葛光廷原以为,这件事要优先于胶路西延实施的,因为在煤商罢运风潮中,胶路发现了博山一带个别煤商私建轻轨铁路所带来的种种流弊,如果不及时纠正非无法缩减胶路沿线所产煤炭价格与其他外埠煤炭价格差距,也将会制约胶路的长远发展。所以,这是件本需要急办的事,但因为胶路西延提前实施,两项工程很难并行推进,张博线延长事宜才被迫延迟。

现在，胶路西延之事已就绪，可以按部就班地推进了；"铁展会"的事也已组成专门筹备机构逐步落实。那么，张博支线延长一事应该尽快提上议事日程。

葛光廷面前摆着运输处提供的张博线延长的调查报告。葛光廷细细地读了这份报告，闭目养神，思考着关于博山支线延长所涉及的相关问题。

德国人在修建胶济铁路时，为攫取博山丰富的煤炭资源，专门从胶济线上的张店车站向南延伸修建了一条支线，支线的终点是博山站，一般人们都将其称之为博山支线。这条支线的主要任务就是运送博山谷地开采出来的煤炭。这条支线也因为煤炭资源的丰厚而成为胶济铁路整条线路中效益最好的区段。

现在，针对煤商反映的煤炭价格过高问题，以及胶路在与煤商斗争中发现的轻便铁路侵蚀胶路运输利润的问题，在葛光廷的力主下，决定对博山支线进行延长，尽可能将博山支线覆盖面扩大延伸到所有矿区，特别是一些自身不具备运输能力的小矿区，这样既可以使小煤商不会因为运输不畅而无法扩大再生产，解决小煤商所头痛的"最后一公里"的难题，又可以实现煤矿与博山支线的直接互通，是个既可以降低煤商成本，又可以增加胶路运输效益的两全其美之策。

计划中的博山支线的延长采取分段实施，第一段先延长至博山的白谷囤；第二段，再由白谷囤延伸到蒙阴或沂水等地。

博山一带的老矿区大多从德占时期就开始开采，经过近三十年的挖掘，大多资源枯竭，而博山以南黑山、白谷囤一带的煤炭储量非常丰富，只是因为山高路陡，交通不便，让人望而却步，才没有完全开采。但这些年来，还是有不少煤商开始逐步向白谷囤一带延伸，此地段的矿区实际已距离博山站达数公里至十余公里不等。将这些矿区的煤炭运到胶济铁路上成为最大的困难。包括丁敬臣在内的几家大煤商看到了其中的利益，便开始举办轻便铁路，除却自用，还为小煤商提供运输服务。轻便铁路运费奇高，每吨平均达到一元五角。并且，煤商在进入轻便铁路时，还要有一段旱脚运输，旱脚运输同样价格昂贵。由于轻便铁路属于私人性质，他们大多拒绝与胶路接轨，因此使煤商所产之煤经过轻便铁路运输后，最终还是无法直接转送到胶济铁路，而是先卸到贮煤场，再由贮煤场转运到胶路。这段距离的费用要依距离车站远近而定，每吨装车费常需三四角上下，并且其间周折的损耗更是无法计数。这样折腾下来，所产之煤自矿山运到胶路，每吨综计运费与损耗费用将达到四五元不等。如此造成的结果是，矿山出产的每吨煤可能仅仅是五六万元，而运到青岛或济南的价格便激增到二十四五万元。

同时，由于受轻便铁路运输能力的限制，煤商们所采煤常常不能及时运送到各车站，博山大小矿区每日产煤四千吨，而轻便铁路与旱脚运输每日不过两千吨左右，所以各煤矿受短途运输能力限制而不能最大限度地得到开采，新式机器设备无法应用。自日本占领东北后，全国各地加快经济发展，煤炭用量大增，博山一带煤矿所受到的制约更为明显。在葛光廷看来，博山支线延长线计划是件刻不容缓的事情。

对如何延展这条线路，费用如何解决，运输处都给出了非常详尽的计划，使延长线的推进已具备了可操作性。他们提出的计划是，第一步由博山延长到白谷囤，由博山站出，经孝妇河、二亩光、马家堰、八陡庄至白谷囤约十二公里。第一步计划完成后，每吨运价及装卸费最多不过一元上下，可以直接将煤商所产之煤运抵青岛、济南，环节减少，损耗自然也少了。与目前运费比较，每吨煤可减少两三元的运费。如此便不会受短途运输能力的限制，煤炭开采量会得到新的增加，煤价自然也会见落。根据周边环境测算，因沿线山道崎岖，土石工费较巨，第一步工程需费用一百二十万元，使用旧轨道、桥梁可省费用约二十万元，其他路基工程等费用只需一百余万元即可。如果完成后营业收入以博山煤每日四千吨计算，每年可达一百四十万吨。路线较短的，可采用调车费的价值核收运费，每公里更可降到一吨一角，每年运费可达每吨一百一十五元盈余，三年即可偿清本息。然后，再以此利作担保，募集款项，实施第二步计划。

第二步，就是将延长线由白谷囤折向西南经莱芜到达新泰蒙阴临沂等地。农矿部及地质调查所有过一个调查，莱芜煤区的煤藏量为一万三千八百万吨，新泰、蒙阴为五千五百万吨，而由于交通不便，均未开采。如果加以开采，不单胶路的煤炭运量会大大增加，巨量的煤炭供给对民生实业裨益更大。

……

这是一份非常"扎实"的报告，实事求是地对博山支线的状况进行了描述，对基于博山支线而实施的延长计划作了详尽规划，并且附加了多张地图加以佐证。但是，葛光廷还是从这些极其专业的规划和图表中看出了其中隐藏的玄机和潜在的问题。从运输处所提供的这份调查报告的附图中可以看出，博山支线的延长线与一条距离最长的私人轻便铁路有着惊人的重合。这就是说，将来所要修建的延长线与原来煤商的轻便铁路会产生冲突。如此一来，延长线的命运便充满变数。

为何会出现这种情况？葛光廷开始还感到困顿，但细细一想，认为也是一种必然。轻便铁路的修建走的当然是最有利的地形，而胶路所规划的延长线当然也会遵循这一原则，重叠自然就会不可避免。重叠必然会带来冲突，而在这种冲突中彻底解决轻便铁路的问题不正是自己的初衷吗？

但是，在这种冲突中解决问题的办法充满重重风险，增加了其不可预测性。这是葛光廷担心的。本来，他没把这项工程所蕴含的风险估计过高。现在看来，工程的推进可能并没有自己想象的那么简单。

运输处副处长谭书奎敲门进来，葛光廷专门约他来谈博山延长线事宜。谭书奎是山东潍县人，是地道的山东本地人。毕业于美国大学铁路管理专业，获交通学士学位，任职胶路前曾担任美国全国交通荣誉学会会员、美国全国大学荣誉学会会员、留美中华交通学会英文书记、纽约省赛瑞球斯城纽约中央铁路车务处实习生。葛光廷第一次看到谭书奎送来的规划书后，眼前为之一亮。规划书的理解之到位以及所表述的深度、所涉及的内容远超出葛光廷的预想，说明了执笔者有着过人的认知能力，并且对此做了深入思考，使葛光廷对延长线的可行性以及长远可能产生的效益有了更深入的理解，愈发坚定了他加快推进西延线建设的决心。为此，他让总务处专门调来谭书奎的档案。果然，现任车务处助理员的谭书奎有着不凡经历。

葛光廷对谭书奎说："你们做的计划书我看了，非常细致、专业，各项费用的估算依据充分。我最关心的还是原有轻便铁路与展长线冲突的问题。"

谭书奎说："这是延长线最大的'拦路虎'，但还是要下决心解决才行，否则延长线会受到影响。"

"那么，这段与延长线的重叠段归属哪家煤商？"葛光廷指着一直由博山延伸到白谷囤的那条轻便铁路，自问自答道："是丁敬臣？"在葛光廷想来，只有丁敬臣才会有这样的实力。

没想到谭书奎却说："不是丁敬臣，而是另外一个煤商马官和。"

"马官和？"葛光廷没有听说过这个名字，哪怕是在上次的煤商罢运中，也没有听说过这个名字。

谭书奎说："此人不事张扬，却经历非凡，从日本留学回来后，先在济宁、济南等地办织布厂、电话公司，后还与人合办过山东工商银行。再往后，从事煤炭生意。此人很有眼光，从十多年前开采煤矿，就同步修建轻便铁路，到现在已经达到二十多公里，连丁敬臣都不能与之相比。"

葛光廷有些惊讶，他没想到此地还隐藏着如此高人。

谭书奎又说："此人人脉极广，不但与当地士绅关系极好，而且还曾是鲁大公司董事，只是后来不知为何退出了鲁大。"

葛光廷听罢陷入沉思。如此之人，与之较量，恐怕又得费一番周折。

9

马官和，山东日照人。早年留学日本。正如谭书奎所说，从日本学成归来后的马官和一腔热血，先后投身纺织、金融等行业，摸爬滚打多年，小有成就，也赢得能者之名。尽管如此，马官和并不满足于既有的成就，梦想着有更大发展。思来想去，遍观周边行业，他感到煤炭开采蕴含的机遇最大。于是，马官和逐渐把积聚的财力转向对淄川煤炭的开采经营。但是，隔行如隔山，事情非遂人愿。自胶路开通后，博山一带的煤炭开采进入高峰期，数十家煤商抱着狂热的"黑金"梦投身其中，竞争异常惨烈，特别是日本人把持了黉山一带的煤炭资源，加之与胶路的特殊关系，使中国商人的煤炭开采受到极大限制。马官和也与日人有过短暂的合作，但合作的经历让他深感，日人无利不图，绝对不会乐于让中国商人从中分利。于是，他及时退了出来，继续苦苦支撑既有生意，同时，也在思考摆脱窘境的办法。最后，他做出了一个非常大胆的决定。

马官和认为，要在煤炭生意上有所突破，必须独辟蹊径，把矿区转移到黑山、莱芜一带尚未开发的矿区。黑山一带蕴藏的煤炭资源甚于博山，但是山高路陡，运输不便，人们对此望而却步，甚至有着日资背景的鲁大公司在目前条件下都没有下定决心要进入这块领域。但正因为如此，或许才是最大的机会。

马官和与合伙人商量，把经营的重点转向黑山一带；但是，合伙人听罢，全都把头摇得像"拨浪鼓"。他们深知，黑山一带地理环境险恶，且距博山支线终点站博山站有二十余公里的山路，煤炭开采不难，但要想运出去却不易。他们觉得马官和的提议，几近不自量力。

马官和当然知道面临的困难，但他已揣摩透彻，并且想到了一个解决办法，那就是修建一条通往博山的轻便铁路，与自己所开采的矿井连接起来，这样就会解决运输不便的问题。

自建铁路，有这个实力吗？大家愈发对马官和的想法感到不可思议。

只要是马官和认为正确的事情，他会排除一切困难完成。在大家都认为不可能的情况下，他成功说服合伙人，逐步把自己的想法付诸实施。他先是在黑山八陡村开采出自己的第一口炭井，同时利用自己举办过工商银行的便利条件，筹措资金40余万元，修筑起博山到八陡的轻便铁路。1923年，这条轻便铁路修到了博山车站。除了服务于自身矿井，周边的小煤商也可以通过旱脚把煤炭运送到轻便铁路某个固定位置，然后装运到轻便铁路上运至博山站，进入胶济线；鲁大公司旗下的一些小炭井也在使用轻便铁路进行煤炭运输。除却自己的煤炭营利外，马官和利用轻便铁路挣了较之煤炭开采更多的利润。轻便铁路成了新的增长点。所有的人都对马官和刮目相看。

马官和所修建的这条轻便铁路，采用的是两英尺窄轨，最小曲线半径200米，最大坡道19.50%，全线建了37座桥涵，线路全长21.5公里，设有红门、山头、二亩圹、马家堰、八陡六个车站。非但如此，精明的马官和出于长远考虑，在轻便铁路修到八陡后，又继续向东南方向延伸五公里，抵达一个叫白谷囤的地方，为他以后的炭井开采预留下了运输的便利条件。

而白谷囤却正是胶路博山支线延长线的终点。当葛光廷看到这种惊人的巧合后，不能不惊叹马官和的胆识和魄力，也为其延长线与轻便铁路的冲突感到震惊和不安。

如何解决这一问题？葛光廷敏锐地发现，尽管谭书奎所做的规划书非常细致，但他们却有意识地回避了这一难题，或许在他们看来这是个不太容易解决的问题，又缺乏提出这个问题的勇气，只得等着葛光廷自己发现这个难题后再去面对。制定规划的人都知道，如果不能解决这一问题，这份与轻便铁路选线几乎重叠的规划就变得没有丝毫意义。

他问谭书奎解决的办法。谭书奎说："我们自顾修自己的，与他并行，一旦修建起来，他的轻便铁路自然会失去竞争力。"

确实如此，马官和的轻便铁路是一条没有火车动力、依靠人推马拉的铁路，而胶路所修的延长线理所当然是一条与胶路干线同等标准的铁路，一旦运营，轻便铁路根本无竞争力可言。但是，由于轻便铁路修在先，占据了便利地形，延长线与轻便铁路之间交叉、重叠的区段不可避免，如此便会出现桥梁和其他附加设施的增加，也必然加大成本，并且可以预见，轻便铁路在延长线修通后肯定会难以继续经营，胶路不顾成本一味挤压马官和的做法就显得太不理性。

谭书奎拿不出更好的办法，他没明说，但心里明白，马官和这些年已在这条轻便铁路上投入了巨大财力物力，并且刚见到成效，他一定会以最大的气力阻止博山延长线的建设。规划好做，具体实施起来肯定困难重重。

葛光廷征求委员们的意见，彭东原、陈延炆与谭书奎的意见基本一致，马官和一定会千方百计阻止博山支线延长计划。崔士杰显得心事重重，在会议上不能不发言，他的发言有些不着边际，除去和其他委员大同小异的意见，没有提出更多建设性的意见。但是，会后，崔士杰却来到葛光廷办公室说出了自己的心里话。

崔士杰说："博山延长线问题，我没有太多意见。在此之前，我也参与了延长线的论证，是支持做好这件事情的。但胶路必须正视煤商的利益，不能因为延长线的修建而使民族资本受到侵害和影响。"

崔士杰的意思非常明确，像马官和这样具有独立性质的民族企业家应该受到保护，不能因为胶路发展使其受到影响；本来博山一带的煤矿就多有日人背景，像马官和这样纯粹以民族资本经营，更为国人所珍视，他非但不能受到侵害，反倒应该受到保护。

崔士杰说："中国企业本来就受日商压榨较多，如果我们再给他们制造困难，实在是不应该的。"

葛光廷看出崔士杰的民族情结，但他从内心并不同意崔的意见。他说："胶路自身需要发展，胶路发展了才能更多地维护国家和民族利益，我们不能保护落后，使自身发展难以为继。"

崔士杰并不与葛光廷争执，他知道自身所处的位置，但是还是坚持认为，胶路作为国家交通运输企业，不应该与马官和这样相对弱小的私营企业拼个你死我活。

崔士杰提出了一个很有创意的想法，他说："能不能说服马官和，实行公私合办？"

葛光廷沉吟良久，这一方案并非没在考虑之中；但是，公私合营虽然是一条可以与马官和谈得来的路子，却是胶路至少在目前情势下所不能选择的路子。所有人都明白，公私合营的最大受益者当然是私营业主，如此一来，很大一部分利润便会白白流入马官和的煤炭公司。在胶路能独立举办此事的情况下，与私营业主谈合作，本就会引人非议，铁道部也决不会采取支持态度。对胶路来说，更不能接受可以预见的利润在没有任何抗争的情况下就心甘情愿地转移到其他地方的方案。哪怕被人说成以大欺小，胶路也非如此不可。

崔士杰见葛光廷半晌没作声，知道葛光廷排斥自己的方案。他心里很明白，自己所坚持的方案当然最大限度地照顾到了煤炭业主的利益；但崔士杰认为，这样可以兼顾各方利益，胶路不能只做一厢情愿的事，不能不考虑到马官和的付出和投入。但崔士杰却没有往深里表达自己的意见。他的脾气就是如此，只要把自己的意见表达清楚了，不会面红耳赤地力争。崔士杰的位置常令他尴尬，既要站在胶路一方，又要站在山东工商业一方，常因不能两顾而左右为难，心怀愧疚。

葛光廷理解崔士杰的处境，所以对他的意见只听不说，虽然心里不同意，但并没有反驳他。他知道，自己的犹豫本身就是一种态度。并且，葛光廷一直对崔士杰抱有一种本能的尊重，觉得他的意见尽管时有与胶路不谐，却并不存恶意，有时，有这样一种不同的意见，未尝不是件好事，至少可以为自己的决策提供一种反面参考和意见。

葛光廷坚持认为，公私合营不可取，至少在目前这种情况下决不能轻易提出这种方案，因为这会正中马官和下怀，与胶路合作运营是私营煤炭业主求之不得的事情，胶路不能不战而放弃对自身最大利益的追求。

那么，在葛光廷心里，最理想的方案是什么？

在他看来，最佳的方案是，说服马官和放弃轻便铁路的所有权，给博山延长线腾出建设空间，胶路对他的前期投入给予适当补偿，后续不给对方任何利益均沾的机会。葛光廷有充分的自信认为可以达到这一目的，因为无论马官和有着怎样复杂的社会关系，与胶路抗衡都是自不量力，胶路有这种不战而屈人之兵的优势和条件。

想到这里，葛光廷对崔士杰说："公私合营虽然是种方式，但现在条件不成熟，还是先与马官和接触，让他同意拆除轻便铁路，我们会给予最大限度的补偿。"

葛光廷的这一方案是意料之中的,但也是霸道和武断的,只从自身考虑问题,根本没顾及煤炭业主的利益,更没有想到可能引发煤商的抵抗。他这么想,却在下意识地点头。

葛光廷感到莫名其妙。这不是崔士杰的本意,但他却以点头来表达自己的不满。

崔士杰的态度已说明一切。葛光廷明白,这件事情显然不能交给崔士杰去办了。想来想去,没有更好的人选,便把这件事交给彭东原委员负责。

在此期间,葛光廷又去了一趟济南,他本想把这件事情与韩复榘做进一步沟通,但崔士杰的态度提醒他,韩复榘在这一问题上或许同样面临着两难的选择,无论是支持胶路,还是支持煤炭业主都有偏袒一方之嫌,作为省政府主席不会公开表态。葛光廷觉得,自己这个时候向韩复榘提出这一问题,反倒不如等矛盾浮出水面后再视情况而定。韩复榘之所以对博山支线不感兴趣,或许早已意识到了这一问题,只是自己没把这层窒碍看清楚罢了。

葛光廷决定先按着自己的思路办。

在葛光廷授意下,胶路管理局先是在内部刊物《胶济铁路月报》上登出一篇关于规划修建博山支线的调查报告,从专业角度论述延长博山支线的重要性,并将博山支线延长后对降低煤炭运输价格、提高博山煤市场竞争力作了详细阐述;同时,公布了延长线的线路走向,"正线由博山站经孝妇河、二亩圹、马家堰、八陡到白谷囤,分设四站,并且根据矿井分布情况加修岔道",还向煤商承诺,"延长线建成后,如果矿井与延长线尚有距离,胶路可以代为敷设轻便轨道……"

《胶济铁路月报》发行至沿线各车站,虽是内部刊物,但与车站有业务关系的煤炭业主都可以公开翻阅。关于博山支线延长的方案很快就传开,成为人们议论的焦点。

过了一段时间,似乎人们都停留在议论和观望之中,并没有人向胶路提出意见建议。葛光廷暗中观察马官和的动向,也没有听到他丝毫的动静。葛光廷知道,马官和一定也在暗中观察胶路的行动。葛光廷觉得这也不失为一种方式,让马官和在这样的舆论氛围中先有个思考适应的过程,以便有充分的思想准备来确定个人进退的选择。

把握时机,葛光廷又接受了《青岛晨报》记者的专访,专门论述博山延长线对胶路发展以及服务煤商、促进山东经济发展的重大意义;并告诉大家,博山支线延长得到了社会各界特别是大多数煤商支持,特别表明了胶路对延长线与现有轻便铁路冲突的处置原则。他对记者说:"如何处理延长线与现在轻便铁路的关系是大家关心的问题。因地势关系,博山延长线不得不在李家窑及新庄附近与原有轻便铁路平行,这段平行的距离大约有四公里左右,并且还会有多处交叉点,本路可架设桥梁,两路行车并无阻碍。"

关于博山延长线与原有轻便铁路平行,会不会造成今后与煤商经营过程中的相互竞争问题。葛光廷表示,"确实存在这样一个问题,博山延长线与轻便铁路的营业目的基本相同,是否与铁路法规有所抵触,我们将作进一步做研究"。

葛光廷在一步步向马官和施压。

10

马官和陷入了巨大的困顿之中。

关于博山延长线问题早在《胶济铁路月刊》发布正式报告前,也就是胶路正式试探性发布消息前,马官和就已经从其他渠道听到了相关情况。从1917年,他就抛下其他产业,专注于煤炭开采,并且在实践中认识到轻便铁路对博山煤炭交通运输的重要性,在开采炭井的同时,开始摸索修建起一条轻便铁路,让他从为其他炭商提供运输服务中所获取的利润远远高于自己开采煤炭的利润。并且,正是因为有了他的轻便铁路,煤炭商们的经营重心才逐步由簧山一带向黑山转移,博山的煤炭发展孕育着更大的发展可能。他的梦想远不只是一条轻便铁路,他一直在想,如果资本充足、时机成熟,他会对这条轻便铁路实施改造,使其与胶路的标准轨距相同,实现动力牵引,那他所拥有的铁路就可以与博山支线相提并论了,那便会具有更大话语权。所以,在上次煤商罢运风潮中,他并没参与其中,主要原因是怕和胶路闹僵。

他的担心终还是成为现实。煤商一闹,使得胶路更深入地思考造成煤炭价格居高不下的原因,并且做出延长博山支线的决定。这对于处于蛰伏状态、尚不具备改造轻便铁路能力的马官和来说简直是晴天霹雳。胶路建设博山延长线的决定,彻底打乱了马官和的如意算盘。

他必须思考应对之策,马官和被胶路逼到了一个十字路口。

彷徨不安之后，马官和也曾有过乐观的想法。他想，尽管自己没有与胶路抗衡的实力，但自己的轻便铁路已经提前占据了最优的地理位置，如果能和胶路合作，自己以轻便铁路作为股份进入胶路的经营管理之中，也不失为一种好方式。崔士杰有此判断。马官和当然也会看到这一步。所以，马官和在胶路发出相关信息后，一直没有任何举动，而是静观其变，希望胶路能主动和他谈条件。胶路显然也在观察着他，两者暗中较劲，都想从开始便占据主动权。

马官和并不着急有他的道理，因为胶路要想推进博山支线延长工程，就得先和他交涉，那么他便会占据主动。马官和的按兵不动并不出乎预料，葛光廷作为国家铁路企业的负责人，当然不会轻易让步，便敲山震虎，步步施压，目的在于先打乱马官和的阵脚。于是，他主动邀约媒体，把胶路推进博山延长线的态度讲得非常明白，并明确表示遇到与现有轻便铁路重叠和交叉时，将以桥梁方式实行"跨越"，一副不把马官和的轻便铁路放在考虑之中的姿态。意思很明确，现有的轻便铁路不会影响博山延长线的实施。更让马官和惶恐的是，葛光廷最后的表态——"博山延长线与轻便铁路的营业目的基本相同，是否与铁路法规有所抵触，我们将作进一步做研究"。如此说来，胶路与他不会做任何的讨价还价，而是按照自身既定的计划推进博山支线的延长，并且留下"伏笔"——一旦有抵触，胶路会以铁路法规应对。绵里藏针，软中带硬。马官和虽然心存侥幸，但他也明白，如果迟迟不接招，胶路一定还会放出更多的明枪暗箭，他或许真的会"死"无葬身之地。

马官和终于还是坐不住了，他先找到崔士杰询问情况。崔士杰反问他有何打算。马官和说："我经营轻便铁路这么多年，总不能这么不明不白地就被'收拾'了吧？"

崔士杰问："您有什么好办法，可以让胶路让步？"

马官和索性直说："我是可以接受和胶路合作的。"

崔士杰有些伤感地摇摇头。

马官和不明白，问："难道真的像葛光廷所说，胶路可以不顾轻便铁路的存在自行修建？"

崔士杰说："你认为胶路不会这么做？"

马官和说："那胶路的代价也太大了。"

崔士杰说："那也比与您合营划算，无非是投入大些，收回投资年限多些而已。"

马官和垂头丧气，说："难道说我要无偿地把自己的家产交给胶路？"

崔士杰没法为其支招，便不作声。

马官和看到崔士杰的态度，知道胶路真的没有把自己放在眼里，忿恨难平！

但是，又有什么法子？他想过去找丁敬臣讨主意，甚至想说服丁敬臣一起抵制胶路，因为丁敬臣的悦来公司也有一段轻便铁路会与延长线发生冲突，但他同时也明白，由于丁敬臣的炭井大多位于博山中心地带，他所拥有的轻便铁路更多的是自用，对外承租的业务极少，并且线路走向与博山延长线的重叠和交叉有限。况且，因为马官和发展轻便铁路而把开矿的手伸到黑山一带，无形之中侵害了丁敬臣和其他几家大煤商的利益，平时没少产生龃龉，只是勉强维持面子而已。丁敬臣帮自己的可能极小。

尽管顾虑重重，走投无路的马官和还是不得不找丁敬臣一试。

丁敬臣对马官和很客气，对他的境遇极尽同情，他说："实在没想到胶路会把博山支线进行延长，煤商发展的空间受到打压。"他说："我们都深受其害，苦不堪言，就说上年煤商罢运的事吧，不就是明摆着欺负我们吗？又有何法？"

丁敬臣的话一语双关，马官和听着不舒服。因为有着自己的考虑，所以在煤商罢运中，马官和拒绝了其他煤商的邀约，没有参与其中，为丁敬臣等一些煤商们所忿。现在，又要让自己帮他渡难关，丁敬臣压根就没打算帮他，只是说些同情话，心里反倒多少有些幸灾乐祸。

丁敬臣说："马经理，不是商会不帮您，您想想胶路的实力，他们想做的事，我们如何与他们抗衡。罢运的事是煤商赢了，但实际上煤商还得低三下四看胶路眼色行事。看似只是个价格问题，其实并非如此，一天少给你配几个车，你生产的煤炭就运不出去，胶路对煤商的打压是全方位的。"

马官和连连点头。

丁敬臣说："葛光廷是什么人？您不是不知道。他的来路非常了得，与北平、南京的关系非同一般，就是韩主席也让他三分。刘珍年厉害，胡若愚也非同寻常，都因为得罪了他被赶出山东。"

马官和听过很多小道信息，本就对葛光廷有怯意，现在听丁敬臣如此说，更是六神无主，手足无措。

马官和还走了一步棋，就是备了厚礼去找张鸿烈。张鸿烈听罢他的请托,半天没作声。

马官和说:"张厅长,这事靠您作主,我全部家产都投到这条轻便铁路上了,我并非与胶路对抗,而是希望能有个公平的解决方案,不至于让我倾家荡产。"

张鸿烈说:"这事是胶路自身的事情,山东省并不能过问太多。您可以直接和胶路联系,提出您的想法,想来葛委员长不会不近人情。"

马官和听此一说,知道对方不愿意帮自己这个忙,只能硬着头皮说:"那是自然的,但还要恳请厅长斡旋。"

张鸿烈说:"胶路的事,除非主席能说得上话,其他人都不便插手,一旦处理不妥,会有麻烦。"

马官和懂得官场规矩,把带来的银票塞到张鸿烈手里。

张鸿烈对这套"游戏"驾轻就熟,但此刻却没按常理出牌,看都不看,直接挡了回去,说:"马经理,不是我不帮忙,而是没这个胆量。胶路的事有规矩,我们谁都不能多说一句话,搞不好会掉脑袋,还是请您体谅。"

马官和攥着银票的手不知往哪放好。

张鸿烈最后给他出了个主意,说:"有必要的话,您可以直接找韩主席。"

这是损招,也是一位官员对一位商人的暗讽与揶揄。马官和无论如何也没胆量请韩复榘为他评理。

马官和有种天旋地转的感觉⋯⋯

马官和的一举一动尽在葛光廷掌握之中,他有足够的时间和耐心与马官和周旋。尽管胶路已将延长线提上了议事日程,但还有很多具体事项要准备,开工并非迫在眉睫。但是,开工前的分分秒秒对马官和来说都是漫长的,也会不断给他积聚起越来越大的压力。哪怕延长线即刻开工,胶路也可以先在方便的区段实施,对可能存在冲突的区段缓行一步,马官和是耗不起的,胶路以桥梁架空的方式解决交叉和重叠问题其实某种程度上也只是一种战略威慑,因为马官和根本支撑不了多久便会在重重压力下崩溃。

精于算计、老于世故的马官和并非看不清胶路的策略,但对他来说,实力的悬殊使他的一切努力都显得苍白屠弱,他能做的,就是拖延,能拖一时算一时,期待奇迹出现。

博山支线的延长就这么耐心而又胶着地对峙着⋯⋯

11

  1935年7月10日,第四届铁路沿线物品展览会在青岛举办。

  七月是青岛避暑的好时节,"铁展会"吸引来更多游客,一心想在规模与质量上赶超前三届"铁展会"的葛光廷、沈鸿烈终于如愿以偿。

  "铁展会"原定在六月举办,因场地原因不得不推迟。这非但没有给展会带来负面影响,反倒使展会变得更加让人期待。推迟不是筹备上出现了瑕疵,而是报名厂家太多远远超过预期,参展的售品太过丰富所致。目前,报名的厂家已达到2150余家,售品所686所,报名陈列物品52300余件,还有更多的厂家在赶末班车报名。如此一来,原定的场地就无法满足需求了。

  葛光廷把问题摆给沈鸿烈,这是沈鸿烈的职责。沈鸿烈也犯愁了,因为经过反复调查研究,青岛确实没有容纳如此多客户和售品的单体建筑,如果分开举办的话,效果当然会大打折扣。

  情急之下,沈鸿烈突然想起一个地方,但要在此地举办展会,时间上又不凑巧,唯一能够两者相结合的,便是推迟展会时间。

  葛光廷一听要推迟时间,马上就不高兴了。

  沈鸿烈已经考虑成熟,他耐心地对葛光廷说:"以现在报名情况看,没有充分大的场地满足需求,如果推迟一个月的话,可以在青岛市立中学举办……"

  说到这里,沈鸿烈望着葛光廷,让他思想上先有个接受的过程。

  沈鸿烈说:"不知你是否去过这所学校?这所学校原是德国人的伊尔蒂斯兵营,从日人手里接收后,因为场地足够大,青岛市把胶澳中学和公立职业学校都迁到这里,后来成为青岛市立中学所在地。这所学校有很大的校园和操场,是绝佳的展会举办地。只是……六月份学生还没放假。如果铁展会延期一个月,改在七、八月份,完全可以在这里举办,效果将会超乎想象!"

  葛光廷听完,觉得非常有道理。并且,他也曾经去过青岛市立中学参加过一次活动,当时就对学校的宽敞整洁留下了特别深刻的印象。如果此处能够举办展会,实在是个绝佳之地。既然下决心要办一届与众不同的展会,当然不能迁就。延期也并非不能做的事,原因和理由非常充足,也足以说服铁道部。

沈鸿烈说:"还有更有利的方面,就是七、八两月是青岛避暑的黄金季,如果展会与之对接,会有更多人来青岛避暑、参观,效果会更好!"

葛光廷听罢,马上决定将展会推迟一个月,并如期得到了铁道部的支持。

一切都按葛光廷和沈鸿烈的预期有条不紊地进行着。但是,任何事情总有美中不足,展览开幕头几天,葛光廷接二连三接到重要嘉宾不能如期参加的消息。先是原定参加开幕式的铁道部部长顾孟余、次长曾仲鸣均因公不能参加,这让葛光廷很失落。为了这两个重要人物的到来他费了不少心思,如此一来,精心安排的项目算是白费功夫了。没想到,开幕前一天,山东省政府正式发函告之,韩复榘不参加开幕式了……葛光廷听罢,愣了半天,他不知道韩复榘为何会缺席开幕式,并且在展会开幕式上还安排了韩的致辞,这是展会成功的一个非常重要的环节。

有什么更重要的事情让他不能分身?

葛光廷决定给韩复榘打电话问问情况。

电话那端,韩复榘的声音很混浊,葛光廷几乎没听出是他的声音。他问:"主席不能来青岛了?"

韩复榘说:"这几天怕是形势有变,我不敢擅离职守。日本人恐怕要发难了。局势还不明朗,您处理完手头事务,迅速来济南一趟。"

葛光廷听罢,愣了许久,不再问下去。他放下电话,心里渐渐沉重起来,尽管不知道发生了什么,但韩复榘说:"日本人要发难了",让他不得不揪心。

当天晚上,铁展会以铁道部名义组织招待会,除参展的各铁路局委员长以及胶济铁路管理委员会相关人员外,还邀请了新闻界、商会、银行等各界人士。青岛市市长沈鸿烈以东道主身份参加了招待会。

由于部长、次长均不能参会,铁道部营业司司长俞棪代表铁道部致辞,他说:"……此种不费分文、省时省事、集中货样的展览,可使工商界明了内地生产情形,并得一比较机会……本部对于斯会,实已煞费心机,代农工商矿各界不费分文之广告,企业家亦可以无代价地得到比较货样之机会,以为就是研究取材便利运销之一助,此为本部区区之微意也。"俞棪的讲话听来味同嚼蜡,了无新意。

沈鸿烈也讲话，话里满是客套，说："'铁展会'规模之宏大，固非铁道部莫办，然非顾部长、曾次长、俞司长之贤明，亦不克臻此。本市因僻处一隅，见闻不广，去岁曾电请第四届'铁展会'在青举行，承铁道部慨允所请，俾市民行于此展览会中，看到各地所产货物，以为研究采购之资，将不仅可以调剂各地供求，且又为鼓励出口之助，全市市民均将表示十分感佩……考铁展意义，不惟在保障商人，乃将铁路与家工商矿各界打成一片，以谋交相推进，而又与负责运输、负责联运同时并举，以共赴发展吾国生产之目的。"沈鸿烈的讲话中规中矩，都是套路中的话。

葛光廷作为举办局的代表，讲话当然更显重要，但因为重要嘉宾的缺席，他原定的讲话内容也随之做了大幅缩减，主要讲了胶济铁路管理局为组织好这次展会所做的工作，并且专门讲了胶路在展会期间给予商家的种种优惠条件和方便措施。他说："……展会期间不但对售品所的店主、伙友准予免费乘车——以二等车票一张、三等车票两张为限，还对售品所所售的商品货物准予免费运送……"优惠政策林林总总，足显胶路诚意。葛光廷的讲话赢得不少掌声，但更多的也是敬意和礼貌性的。

嘉宾致辞结束，客朋们杯光交错，脸上洋溢着欢快的笑容，对熟悉青岛的人来说，铁展会是老朋好友再聚的地方；对初来乍到者，青岛是个有着德式浪漫情调的城市，他们渴望在这里有新的发现……

在整个活动现场，葛光廷表现得特别低调，尽管他是这次展会的具体承办者，但是"铁展会"的主办者是铁道部，他把足够的面子留给铁道部，时时处处让俞棪出头露面。俞棪是个表面上很好说话，实际却很是在意细枝末节的人，一不留神就会得罪他。葛光廷跟在俞棪身后，一方面以殷勤备至的服务让俞棪满意，另一方面甘愿以陪衬者的形象烘托主办者的特殊存在。其实，别看他殷勤备至、笑容可掬，但他心里一直覆盖着一丝阴影，他不知北平发生了什么，以至于使早就准备出席开幕式的韩复榘缺席！

招待会一直到深夜才结束。

葛光廷与韩复榘派来的代表张鸿烈心照不宣地走到一起。葛光廷问："主席究竟有什么事情？"

张鸿烈说："主席很期待参加这次铁展会，但北平好像有些麻烦。"

"日本人占了北平？"葛光廷不解。

张鸿烈说："听说何应钦与日本驻屯军司令官梅津美治郎正在谈判，中央军有可能退出河北。"

葛光廷惊道:"那北平的防务谁来承担?"

张鸿烈说:"我非军人,不能明白也不知道是由地方政府自治,还是由日人接管。"

葛光廷听罢,有些站立不稳的感觉。如此一来,北平真的会被日本人控制或占领,南京政府又如何应对?近在咫尺的山东又面临着怎样的局势?难怪韩复榘不敢离开济南。

张鸿烈说:"不管怎么说,还是要打足精神,把眼前的事情办好。铁展会既是铁道部的盛会,也是山东省的盛会。韩主席说了,无论怎么变,山东还是山东,没人能把山东怎么样,山东只有加快发展才能站稳脚跟。"

葛光廷觉得张鸿烈说的对,无论怎样,大事由南京操心,把眼前的事情办好才是自己分内的事,虽然关注大势也是职责所系,但自己的作用是有局限的。现在看来,似乎已超出了自己的可控制范围。人微言轻,无力回天——这是他此时此刻真实而深切的感受。

葛光廷没有回住所,而是回到胶济铁路管理局临时休息室,由于太过劳累,躺上床便酣然入梦,所有的一切都在他的世界消失……

12

葛光廷本想在开幕式后马上到济南与韩复榘晤面,因为有了对当前形势无从把持的极度失望,他的紧迫感突然间消失殆尽。况且,他想,事情在快速变化,瞬息之间,不可能在济南得到几条信息就可以对整个时局做出准确判断的。判断大势,有时要的不是快,而是完整与持续。那么在青岛,以"铁展会"为依托可能会听到社会各界对当前局势的更多看法。

同时,葛光廷也觉得有几分疲惫,所以他反倒乐得在"铁展会"欣赏一下从全国各地汇聚而来的奇异风景,而不愿到麻烦堆里凭空先寻得一身不痛快。

这些天,除却琳琅满目的展品外,人们议论最多的反倒是一本叫《避暑录话》刊物的诞生,历届"铁展会"都会有花样翻新的广告、宣传单,从没有因附和展会而出一本纯文化类的刊物,由此足以看出这次"铁展会"所吸引客流的不俗。葛光廷觉得这是份意外褒奖,在他想来,从来没听人报告过相关信息，怎么会突然冒出这样一份刊物？他好奇，找到刚出版的一期《避暑录话》看，上面竟有洪深执笔的发刊辞。看完后，葛光廷陷入沉思。

发刊词说："……在一九三五年的夏天，偶尔有若干相识的人，聚集在青岛；为王余杞、王统照、王亚平、老舍、杜宇、李同愈、吴伯箫、孟超、洪深、赵少侯、臧克家、刘西蒙等十二人。

他们在青岛，或者是为了长期的职业，或者是为了短时的任务，都是为了正事而来的；没有一个人是真正的有闲者；没有一个人是特为来青岛避暑的。

然而他们都对人说着：'在避暑胜地的青岛，我们必须避暑！避暑！避暑！'否则他们有沸腾着的血、焦煎着的心，说出的'话'，必将太热，将要使得别人和自己，都感到不快，而不可以'录'了。

……他们在这一点上是相同的；他们都是爱好文艺的人；他们都能看清文艺和政治、法律和宗教等，同样是人类自己创造了人类幸福的工具。他们不能'自甘菲薄'；他们要和政治家发施威权一样，发施所谓文艺者的威权。

此外，他们还有一点是相同的——就是，同人们相约，在一九三五年夏天，在避暑胜地青岛，说话必须保持'避暑'的态度。"

葛光廷看完发刊辞，胡乱地看看目录，有王统照《你的黑手》、老舍《西红柿》、洪深《"审头刺汤"的研究》、臧克家《要活》、吴伯箫《边庄》、孟超《夜行》，另外，还有王余杞的《一个陌生人在青岛》……葛光廷没心思往下看，因为发刊辞所表述的情绪和角度又把他刚刚解脱出来的心境重新拉回惶恐与不安。这帮"爱好文艺的人"的人到底想以"避暑"的心态发施怎样的"威权"呢？任何事情都不可能脱离政治，包括"铁展会"，但是如果把"铁展会"与当前风云莫测的社会形势联系在一起，当然会有持不同政治立场和观点的人借此发表自己的看法，那么表面看大获成功的经济盛会，会不会不经意间卷入政治风波。这帮"文艺人"是助兴者，还是搅局者，实在不可预测。

葛光廷的目光落到王余杞三个字上。王余杞是洪深在《避暑录话》发刊辞上提到的十二人之一。葛光廷之前便对王余杞略有耳闻，知道他是北宁铁路局总务处文书课课员。入职铁路前，曾在天津主编过《当代文学》，编过《庸报》副刊。于是，葛光廷联系带队前来参加展会的北宁铁路局委员长，想抽机会和王余杞一见，也了解一下关于《避暑录话》出刊的一些具体情况。

第二天，葛光廷、沈鸿烈陪同铁道部业务司俞桢司长参加华北网球公开赛。这次赛事是沈鸿烈精心策划配合"铁展会"的一项活动赛事。活动间隙，有位面熟的人来到葛光廷面前问好："葛委员长好，我是王余杞，听说您找我？"

葛光廷与之握手，说："您好，您好。"

两人在凉亭下坐下来。

葛光廷说："也没什么紧要事，只是慕先生大名，希望能与王先生见面聊聊。"

王余杞若有所思。

按铁路的名衔秩序，他与葛光廷有着很大距离，虽互不统属，但这种距离感还是实实在在存在。

葛光廷也不想兜圈子，直接问起《避暑录话》的事。

因为王余杞最近听了很多围绕《避暑录话》的赞扬话，所以也没想太多，便说："其实也是无心插柳的事，在天津时，我便与现在《青岛民报》的杜宇社长，还有刘西蒙副社长相熟，来青岛承办北宁路铁展事宜时便与他们有来往，想在'铁展会'期间，办一期以避暑为话题的刊物，让来参加'铁展会'的文化界名流有个相互交流的平台。开始只是兴致使然，博个开心，没想到一呼百应，大家的兴致很高，来稿之多，应接不暇。"

葛光廷笑了，说："你是发起人？"

王余杞说："委员长见笑了，主要还是这次'铁展会'办的好，青岛又有得天独厚的条件，我也看了胶路办的《旅行指南》，实在是精彩，恰是来青岛的人最需要的，名景胜地，交通安排，一应俱全，一册在手，尽在其中。如果从实务的角度讲，《旅行指南》不亚于《避暑录话》。我还看了葛委员在《旅行指南》上的发刊辞，书法讲究，文笔好，讲得透彻，有深度。"

葛光廷哈哈一笑，说："您们是搞文艺的，能对实务性的指南有此评价，葛某人实在深感荣幸。"接着，话锋一变，问："从洪深的发刊辞看得出来，您们不只是来避暑的吧？"

王余杞一愣，想了想说："那是洪深的风格，我们不讲政治，不问政治,也不回避政治,文艺可以无话不谈,但也绝没有只讲政治的文艺。所以,我们对所有来稿,只有一个标准,那就是达到发表标准,从不问政治观点,文责自负。"说到这里,王余杞又补充道:"青岛看似热闹,但作家自有作家的孤独和寂寞,所以这种相聚的机会对他们来说求之不得,他们不会想其他。"

"时局呢?他们怎么看?"

王余杞说:"日本人侵略中国当然要和他们拼命,但尽管这样却是有人乐观、有人悲观,乐观是一回事,悲观又是另一回事,但总不能不让人喜与忧了吧?"

葛光廷点头,他看出王余杞的认真,也看出文人的纯粹,可以判断他们的动机是良善的;他也深知,在当前大环境下,无论做什么事情都不可能不受时局影响,包括身边的人,包括自己,都会有自己的看法。

当下时局所形成的情绪已泅漫到社会各个角落,一本刊物集聚着人们及时行乐的无奈,也散发着人们揣摩不定的不安、困惑……

参加完网球活动,葛光廷下午的安排是陪同几个参加展会的几个铁路局的委员长参观展馆,目的是彼此交流,相互借鉴,主要的行程安排是让葛光廷介绍胶济展馆的情况,这是历届"铁展会"的惯例,主要还是出于对东道主的尊重,接受一次集体的掌声和喝彩。

"铁展会"的主会场设在位于文登路的青岛市立中学,学校临近海水浴场,风光旖旎,美不胜收。从校门进入展区,右手是第一号院。一号院的一楼左侧是名产区,右侧是津浦馆;二楼从左至右分设三馆,分别是京沪杭甬馆、浙赣馆和平汉馆。走出第一号院,重新进入东西主干道,左手侧是第二号院。二号院的一楼从左至右分别是北宁馆、正太馆和胶济馆,二楼场馆安排分别是平绥馆、陇海馆和粤汉馆。自二号院出,对面是售品所,售品所可以现场为消费者提供商品,还设食品部,参观者可以就近用餐,安排布置无微不至,用心至极。

所有铁路展馆中,胶济馆无论规模,还是陈展方式都堪称一流。《旅行指南》先自是个亮点,参观者人手一份,由此可以找到自己心仪的商品、物资、旅游地,更让人啧啧称道的是,这份指南上的所有物品都可以在精心设计的实景模型中找到相对应的实物,并且可以联系到产品的产地、商家。从上届"铁展会"开始,讲究视觉效果的陈展方式让胶路尝到甜头,人们更愿意在这种直观的体验中完成具体商品的购买计划，有的甚至直接就可以在现场和厂家签订合约。在自己家门口承办的这次展会，当然更要将其发扬光大。四方机厂出品的机器模型大受称赞，人们对车辆加工工艺大感兴趣，都说四方机厂秉承了德国的工匠精神。栾宝德讲解了四方厂刚刚从德国引进的一套现代化的三合板车体整体加工技术，全路机车工厂唯其一套，加工精细程度无人能出其右。铁路沿线的煤炭商更是极尽所能展示推销自己的煤炭挖掘工艺和优质产品，鲁大公司展示设计的模型最为抢眼，从井下开采到地面运输、加工全流程、立体透明地展示在参观者面前，让很多人得知了煤炭开采与加工的不易，对煤炭商人的付出发自内心地表示理解。

葛光廷带着大家边走边看，在一些重要展示物品、模型前都会做些重点介绍，在四方厂、鲁大公司等一些展位停留的时间最长，介绍的也最详尽，似乎让人忘记了胶济路与鲁大公司刚刚发生过的那些不愉快的事情……

活动结束时，葛光廷看到一个熟悉的身影向自己走来，是鲁大公司日本董事伊东直。他给葛光廷深施一躬，说："非常感谢委员长对鲁大公司的支持。"

葛光廷说："伊东直先生客气了。胶路与鲁大是兄弟般的关系，无论遇到多大风浪，都不能受到影响。"

伊东直说："我们也明白这一点。鲁大会和胶路谋求更大合作。"

葛光廷不知道说什么好，如果在平时他一定不会向其他方面想，但现在日本进驻华北之势日渐明朗，对在山东的日本企业控制也越来越严，胶路与鲁大的合作当然会潜藏着很大的危险，这个时候谈合作，不知他的用意为何？

尽管如此，葛光廷还是从正面理解伊东直的话，毕竟在"铁展会"前，鲁大公司有着很大顾虑，他们认为胶路可能不会给自己提供更多的展示机会，结果是，葛光廷亲自指示，尽可能满足鲁大公司的需要，还让四方厂承担了鲁大淄川煤矿全套模型的制作和安装，在最醒目的区域开辟出一块展位，由此收到了意想不到的效果。

在葛光廷看来，冤家宜解不宜结，自己的这番举动非但是为了显示大度，更是为了弥补嫌隙。

13

"铁展会"结束后,葛光廷来到济南。"铁展会"是非常成功的,他此行的主要目的虽然主要是向韩主席汇报这次"铁展会"的盛况,但是他深知,目前形势下,"铁展会"已远不是韩复榘所关心的事情了。

事实正是如此。见到韩复榘,葛光廷把"铁展会"的情况向他作了简要汇报,在此之前,一直对"铁展会"抱有极大热情的韩复榘却是一副心不在焉的样子,像是与他无关。

葛光廷低声询问华北局势。

韩复榘说:"不好判断,日本人把中央军逼出北平,南京政府以宋哲元军填补北平空白。紧接着,日本人便提出华北自治,南京政府委曲求全,宋哲元进退两难。"

葛光廷说:"与日一战,事在眼前?"

"问题在于我们有何本钱与日人一战?"韩复榘垂头丧气。

葛光廷见识过韩复榘不开心的时候,愤怒地发火,破口大骂,但葛却极少见过韩垂头丧气。葛光廷在光线明暗间看到了一个不一样的韩复榘。

韩复榘说:"别看宋哲元风光,但现在是水深火热,生不如死。日本人要搞五省自治,逼着宋哲元点头,这个头哪是这么好点的,点下来,便是千古罪人,千夫所指,祖宗十八辈都会挨骂。"

葛光廷听到过五省自治的事,但由于这段时间心灰意冷,并没有太多关注,一直以为这是日本人压迫中央军退出北平后的治理理念,知其阴险恶毒,却总觉日本人的阴谋未必就会得逞。让他大感意外的是,日本人竟然已将五省自治推进到了具体实施阶段。葛光廷看出了事态的严重。他有些懊丧,半个月的混沌,他已失去对局势的总体把握和判断,而在这样一个节骨眼上,距离北平一步之遥的山东的倾向性自然有着不可忽视的重大作用。山东的倾向一定程度上会决定华北的倾向,山东的倾向取决于韩复榘的态度。

葛光廷想到南京一定会对韩复榘的态度给予高度关注,而自己在这个时候却在忙着"铁展会"的事务,享受着盛会带来的幸福与快乐,多少有些不合时宜。他觉得无奈,一个本来精心安排的盛会,刚刚结束就已经让人品出了不合时宜的意味,自己在演戏,而"观众"的心思却早不在此。包括普通百姓所有人的目光都转向北平。而自己也必须迅速扭转身子，尽最大可能地把注意力聚焦向黄河以北的那片风起云涌之地。

葛光廷觉得与韩复榘的交流没有往常那么顺畅了。很明显，他心里有很多话，却不能与自己共享，有些事情不能准确把握，有些事情或许根本不能与自己共闻，这种情形在以往很少。

葛光廷觉得有必要在济南住上段时间，他必须跟上节拍，青岛毕竟地处偏僻，难以及时把握瞬息万变的时代脉搏。本能告诉他，南京方面正期待着自己对山东局势作出判断，也在希望对韩复榘的行为举止有个最直观的观察和了解。而自己作为一位观察者和判断者是不能缺位的，尽管南京方面还有蒋伯诚、何思源等无数眼线可以从不同侧面为其提供决策依据，但自己本身的存在就意味着不可或缺，葛光廷的责任感充溢心扉。

葛光廷打电话到青岛，让戴师韩带卫队到济南，他打算久住一段时间。

葛光廷安顿完，便约朱经古见面。朱经古说："韩主席这段时间像是变了个人，不怎么说话，说话时也没底气了，好像也没有了仇，没有了恨，古怪的很。"

葛光廷知道朱经古并不是刻意介绍韩复榘的变化，而是让他理解韩复榘的变化，毕竟在当前的情势之下，韩复榘所面临的巨大精神压力和抉择的痛苦是任何人无法体会的。

葛光廷说："没想到事态发展得如此之快。"

朱经古说："前些日子，日本人不断来找韩主席，让他表态。"

"表态？"葛光廷不解。

"是。日本人想让宋哲元牵头实施五省自治，那不就是彻头彻尾当了大汉奸，宋哲元软硬不吃，不明确表态，日本人很头痛。无奈之下，日本人又想到韩主席。日本人本来就对山东有所企图，并且事先早在韩主席这里下了功夫，埋了伏笔，无论是刘珍年，还是其他事情……日本人总是以支持的态度表达'诚意'，现在他们觉得应该让韩主席有所回报了。"

葛光廷说："他们也要韩主席支持自治？"

朱经古点头。

葛光廷着急道："主席不能点头！"

虽然前一阶段韩复榘在对日态度上已表现出了势不两立的决心，但随着形势的变化，很难说，阴晴不定，善于见风使舵的韩复榘不会出尔反尔。葛光廷又担心起来。

朱经古说:"当然。可是……"

葛光廷知道情急之下说的话都没有实际意义,但他的心情可以理解。

朱经古说:"韩主席似乎有些犹豫。"

"犹豫?"

"对!"朱经古说,"前些天日本驻屯军司令多田骏来过一趟济南,与韩主席进行了秘密商谈。会谈是在龙洞别墅举行的,只有极少人对会谈内容知晓,主席从来也没有向我透露过此事。"

葛光廷错愕不已,他没有想到会有这事,韩复榘也没有向他说过片言只语。葛光廷知道韩复榘已开始与他有意拉开了距离,那说明韩抱有不可告人的秘密。

葛光廷说:"朱先生是韩主席最亲近的人,您怎么看这事?"

朱经古说:"大主意,还得主席拿,我辈只能一旁出谋划策,无关大局。"

葛光廷说:"怎么无关大局,不能让主席犯糊涂。"

朱经古说:"也不好说是主席犯糊涂,只是不知道中国的命运到底要往何处去。南京方面有没有决心抵制日本人的步步紧逼?日本人现在不可一世,连汪精卫都说根本不能与日本人相搏,如果日本人占据了北平,中国何有不亡之由?如果成了日本人的天下,那么韩主席的独立力争又有何用?"

葛光廷沉默半晌,说:"朱先生,恕我直言,您的一番话值得商榷,没人抗争,没人牺牲,何有不亡之理。自古豪杰都是以身许国,又怎么斤斤计较于个人恩怨得失。"

朱经古陷入沉默,道理明白,但在现实抉择面前却是极艰难的。

与朱经古交流结束,葛光廷又与蒋伯诚进一步做了交流。蒋伯诚知道葛光廷与韩复榘的关系,却也不隐瞒自己的观点,他非常坦诚地告诉葛光廷:"南京对于韩复榘的态度极其担心。但是,却无暇顾及。"

"为何?"葛光廷不解。

蒋伯诚说:"宋哲元面临着与韩复榘同样的境地,并且他处于日本人的包围之中,无一日不为日人所逼,所以让宋哲元有个正确的选择是当前最重要的事情。"

葛光廷沉思。蒋伯诚说的显然是正确的。孰轻孰重,一目了然。但是,现在看来，日本人在对宋哲元久攻不下的情况下，转而向韩复榘用力，如果他们攻下了韩，一方面可以很容易地影响到宋哲元的态度；另一方面，如果宋哲元坚持不改变立场，那么日本人也可以抛弃宋哲元，全力扶持韩复榘。所以，韩复榘的态度至关重要。

葛光廷说了自己的看法。蒋伯诚说："你说得很有道理，所以现在南京也有些顾此失彼。"

葛光廷说："我们可以做些什么，对韩施加影响，不能让他轻易倒向日本人。"

蒋伯诚别具意味地一笑，说："你不怕？"

葛光廷说："怕什么？"

蒋伯诚说："现在韩主席身边都处处是日本人的眼线，日本领事馆的花谷天天来找主席软磨硬缠。我也看得出，这个花谷一定给主席下过套，主席在他手里有短处，所以不得不疲于应付。"

"你是说，日本人会下手？"葛光廷惊道。

蒋伯诚说："济南的天变了，和一个月前大不相同。"

葛光廷还有什么话可说呢？

夜里狂风大作。葛光廷被炸雷惊醒，细听外面，却是一片宁静，夜间行驶的列车喘着均匀的呼吸缓缓而过，经一路街道上打更的声音平静而有节奏，而葛光廷觉得自己的心跳与外面的影像格格不入。

14

胶济铁路饭店正对着商埠区经一纬三路的十字路口，路口西侧是北洋大戏院。这些天，大戏院的宣传栏突然贴出海报："梅兰芳先生赈灾义演。"

自夏季以来，鲁西南菏泽、聊城一带连续降雨，造成多年不遇的洪涝，灾民流离失所，为寻生计，有的挑担携子踏上闯关东之路，更多的灾民却来到省内各地，挨家挨户讨饭果腹。韩主席感到有碍观瞻，因为日人现在在济南进出频繁，不能让日本人看到自己治下还会有如此凄惨的状况；同时，尽管天灾，他也不想给蒋委员长提倡的新生活运动抹黑。韩复榘一方面拨款赈灾；一方面对进入济南市区的灾民强行驱赶收拢，济南城一天到晚一片吆喝追打、哀号哭喊声。

北洋大戏院的赈灾义演就在这样的环境下"叮叮当当"敲锣开张了。

葛光廷从前些天的报纸上知道梅兰芳一直在苏联访问,后又去了伦敦、巴黎,没想到已回到国内。梅兰芳闲不住,刚从繁华的西洋场回来,转身就迈进了赈灾义演中。

韩复榘作为山东省政府主席,对红遍大江南北的梅先生不能不有所表示,况且梅先生是为赈灾而来,无论从什么角度,韩复榘都应该亲临现场表示支持。梅兰芳的演出班子当然更期待韩复榘的光临。韩复榘终于来了,葛光廷也在同行之列。葛光廷明白,山东的赈灾演出,对韩复榘来说并不是最为重要的事。就在昨天,得到消息,华北驻屯军又派人来济南了。葛光廷本来打算到省政府与韩主席见面探听消息的,还没动身,韩复榘就让朱经古约他,晚上一起看戏。葛光廷便把话题留在晚上与韩复榘看戏时再问。

梅兰芳唱得是《凤还巢》,扮相精美,声音甜脆,有说不出的柔软酸甜的滋味。葛光廷对此并不精通,也不爱好;韩复榘更是没听戏的雅兴,虽然精彩处也跟着拍掌,叫几声好,但更多还是做样子给别人看。

等到戏到高潮,所有人都被剧情吸引,葛光廷抽机会问:"北平来人了?"

韩复榘看他一眼,带着几分揶揄地说:"现在是看戏时间。"

葛光廷沉默片刻,说:"还有心情看戏?"

韩复榘微微一笑。说:"为什么没心情看戏,不就是日本人那点事吗?我不怕。"

葛光廷知道,他只嘴上如此说,其实面临的巨大压力从面色上便可以看得出来。

韩复榘还是回答了葛光廷的问话。他说:"松井来了。"

松井是日本驻屯军大将。

"他来干什么?"葛光廷禁不住问。

"能干什么,还是那些事呗?"韩复榘说。

"五省自治?"葛光廷问。

韩复榘说:"日本人快把人命逼出来了。"

葛光廷说:"那就给他们个痛快话;否则,会没完没了的。"

韩复榘脸上闪过古怪的笑,说:"痛快话,哪有那么容易?"

葛光廷听他如此说,便决定将他一军,说:"看来您对日本人还抱有希望？"

韩复榘明显地一愣，没答话，但却用一种不解、困惑、纠结甚至带有些愤怒的目光盯着他看了很久。葛光廷感受到了他尖锐的目光，却没与之对视，自顾放眼远处，看着舞台上的梅兰芳在唱念作打。韩复榘收回刀子样的目光，似乎不经意间轻叹了口气，没再作声。

戏看完了，韩复榘上台与梅兰芳先生握手，这是原有的程序，也是必要的礼貌，然后和演员照相。韩复榘在台上忙着，葛光廷连与韩复榘告别的心情都没有了，步行回了胶济铁路饭店。

葛光廷第二天得到消息，日本驻屯军松井大将一行五人来到济南，从这天起，韩复榘便与他们在龙洞别墅举行会谈。那是个隐秘去处，由此足以说明这次会谈具有不可告人的秘密。韩复榘与日本人的会谈连葛光廷都不能与闻，这让葛光廷产生了强烈的担心和不安。

韩复榘与日本人的谈判进行了三天，葛光廷明白，这么长时间的谈判足以说明谈判的复杂性和重要性，既有可能他们在一些问题上纠缠，也有可能是所谈的内容较多，并不排除彼此在一些具体问题上有了实质性约定。葛光廷有些坐立不安。

韩复榘由龙洞返回济南当天，突然传来要在省府东大楼举办堂会的消息。梅兰芳要参加。葛光廷也接到了邀请。

东大楼是韩复榘的家宅。堂会开始前，韩复榘在东大楼二楼的大客厅见客。

从东大楼二楼的大会客厅可以俯瞰省府前半个院落，对面是珍珠泉，亭台楼阁，奇花异草，假山孤石，别有意境；南面是座气派的戏楼，北面正对着几间房是看戏的绝佳位置。一楼厅院内有块可供三十人左右落座的空间，现在摆了椅子，椅子上放着精致的黄色坐垫，看出今晚听戏的客人的尊贵。梅兰芳道一声："真乃人间仙境。"

韩复榘说："我是粗人，但对国粹还是很喜欢。"

梅兰芳说："主席谦虚，您哪是粗人？您文武双全，世人皆知。只因为有了您们这些有见识、有爱好的爷，京剧才有人听、有人捧不是。"

"哈哈……蒋委员长提倡新生活运动，保护国粹是新生活运动的重要内容，也是我们的责任。况且梅先生刚从西方回来便投身救灾义演，让人钦佩。今天的演出也是对梅先生的答谢。"韩复榘说。言外之意，会有重赏。

梅兰芳欠身一笑，说："多谢主席了。"

客套完，韩复榘不绕圈子，问："听说梅先生找我有事？"

之前，梅兰芳曾托人传话，有事相求韩主席，这也是有这次堂会的原因。

梅兰芳脸竟微微红了，低下头，有些不好意思地说："有一事不知当提不当提？"

韩复榘豪爽道："尽管提。"

梅兰芳说："我有一知己齐如山，现在遇到难处……"

梅兰芳如此一说，韩复榘倒想起这些年流传的齐如山与梅兰芳之间的新闻。梅兰芳演艺事业的发展是与齐如山的倾心扶持分不开的，梅的很多经典戏目大都是齐如山亲自操刀制作，两人对戏曲人物的编排、刻画、设计有着特别的默契，可以说到了互相无法分离的地步。戏剧创作之余，两人还联合余叔岩、张伯驹、陈半丁等人成立北平国剧学会，编辑出版《戏剧丛刊》《国剧副报》，致力于京剧的推广发展。但是，让人意想不到是，近两年齐梅之间却突然发生了不为外人所知的矛盾，梅兰芳去了上海，拒绝回北平，结束了与齐如山的合作。

韩复榘没想到，梅兰芳会在这个时候突然提到齐如山。

梅兰芳轻叹一声道："自我离开北平，如山生活也便变得拮据，他的北平国剧学会到了办不下去的地步。希望韩主席方便的时候能给予帮助。"

韩复榘有些不知所以然地回道："那是自然的事，只是，不知……"

梅兰芳说："现在北平形势让人捉摸不透，京剧也没地方演了，他的日子不知如何过得下去。这些日子，他正张罗着要把我在北平演出时的行头找个地方保存，便找到了故宫马衡。马先生开始答应找个展出的地方，既可以保存，也可以展示，供国粹爱好者观赏，两全其美，但现在乱局下出无法兑现了。我担心，日本人一来，会把我的行头付之一炬……将来，我还是要回北平的！可是？"

韩复榘说："您是想让我在北京帮您找一处地方寄存？"

梅兰芳说："正有此意，我知道，张副司令在北平的时候您与他联系多，人脉自然不少，如果方便，不知可否给北平方面说些话，能给齐如山提供些帮助。提此要求，实在冒昧。只是见韩主席忠义侠胆，才斗胆开口。"

韩复榘口里下意识地答应着，但一时并没想出如何去帮。

梅兰芳见韩复榘答应下来，知道事情办得差不多了；他知道这些达官贵人不轻易许人，只要答应的事，一定会尽力办的。知道自己的目的达到了，便辞谢而出。

掌灯时分，演出开始。梅兰芳演的是新剧《贵妃醉酒》，也是齐如山的剧，梅兰芳以如水的身段、如泣如诉的调腔把贵妃的千般娇、万般媚演绎得让人肝肠寸断、欲罢不能。韩复榘尽管也体会到了国粹的纯美伤情，但这种情绪还是与他军人硬汉的个性格格不入。他脑子里又想到梅兰芳提出的请求，他突然提出这种要求，当然不会是无端而为，一定是有准备的。想来想去，突然想到张学良赠给自己的东绒线胡同的四合院。自打接收了这一昂贵的馈赠后，韩复榘曾陪太太甘东梅住过几次，确实方便隐秘又舒适，但韩复榘毕竟职在山东，不可能常住，特别是近几年，北平形势大变，张学良去了西北，宋哲元进了北平，日本人虎视眈眈，韩复榘没有机会再住过，房子也便闲置。难道是有人背后出主意，要梅兰芳借自己的私宅寄存齐如山的行头物品？他觉得这种可能性很大，以梅兰芳的身份，自然消息灵通没有探听不到的事情。韩复榘怀疑，梅兰芳济南的赈灾演出可能就是因为抱了这样一个目的才来的。

韩复榘想着，觉得自己也不会再去北平住了，倒不如成全了梅兰芳，也成全了自己保护国粹的美名。这么想着，就打定了主意。

葛光廷被安排在与韩复榘毗邻的小客厅看戏。看了一小会，韩复榘找人来叫。韩复榘把梅兰芳的事说了，对是否可以租借绒线胡同的宅子征求葛光廷意见。葛光廷说："如果主席觉得行，没什么不可以的。"

毕竟这处宅子是张学良馈赠的，葛光廷又是经手人，征求他的意见顺理成章，见葛光廷如此说，便点头表示接受他的意见。韩复榘还想说什么，侍卫急匆匆进来，在他耳边低语几句，韩复榘神色为之一变，紧接着便起身向外走去。

不一会儿，回到原座的葛光廷便听到有人上楼，定眼一看，来的是几位全副武装的日本军人。葛光廷大惑不解，他没想到日本人会参加这次堂会，是韩复榘提前有所安排，还是日本人不请自来？从韩复榘的举动来看，后者的可能性比较大。

日本军人的到来瞬间引起一阵骚动。梅先生字正腔圆的念白突然间颤抖起来，一连串的高低起伏让人心里七上八下。二楼大会客厅里刚到的日本人不知是起哄还是听不懂，竟然大声叫起好来。非但戏台上的梅先生不淡定，小客厅里的贵宾以及戏台下面的三十几张椅子上所坐的客人也明显变得紧张不安起来。大家都没心思看戏了。

梅先生的戏终于结束了，梅先生没卸妆便不辞而别……

第二天，葛光廷见到韩复榘时，韩正在读信，见葛进来，自顾道："原来，梅先生也是一腔热血男儿。"说着把信递给葛光廷。葛光廷大略看一眼，便被信的内容所散发出来的慷慨气所吸引与感染。

梅先生在信中写道："……梅氏来鲁赈灾义演，本意为灾民尽绵薄之力，没想到主席推我入火炕，让我为日人献唱，此番羞辱，引为终身之恨。日人占我国土，杀我同胞，但凡热血男儿，无不尽藏杀日人之决心。我等伶界之人，虽手无缚鸡之力，但决不向日人献媚。主席一省之主，希顾我中华大局，聚全力逐日人出国门，而非与之苟且，自毁长城……

……另，昨日所托之事，一概抹消，系不作数，有此一番经历，齐如山必不见谅于我，知难而退，权当未语。就此作别，不再来东。梅。"

葛光廷看后无语，没想到梅兰芳戏演得柔婉，人却做得刚烈，心中生起由衷敬佩。葛光廷觉得这封信写的实在太是时候了，他一定会让韩复榘有所惊醒，一位戏人竟然有如此拳拳爱国之心，何况一名军人，国难之际，想得却是个人利益得失，全然不顾国家安危……当头一棒，但愿能惊醒梦中人。

韩复榘喃喃道："梅先生误会我了，日本人不是我请来的！"

15

从济南回到青岛，静思几日，葛光廷决定前往南京，向最高首脑报告山东的情况。正如葛光廷所预料，南京正在从多方面分析着韩复榘的态度和立场，他们需要明确韩复榘的真实想法，因为韩的立场对当前形势具有决定性影响，韩的一举一动关乎大局，南京政府需要根据他的态度和可能出现的变化来制定当前的政治和军事对策。

葛光廷的报告恰在关键节点上，对最高决策者起到了至关重要的影响。对蒋委员长来说，无论从任何渠道获取的信息都无法代替葛光廷的消息。这让蒋介石对当前波谲云诡的局面下所要采取的政策有了更为精准的把握，现在必须采取果敢而决绝的措施和手段，最大限度地防范和阻止韩复榘倒向日本人怀抱。

葛光廷没想到此行如此恰到好处，这让他对自己的判断力有了更大的自信，同时，对最高决策层的政治意图有了新的理解和把握。

葛光廷接下来一站是铁道部，与顾孟余见面。顾孟余对"铁展会"的成功举办高度评价，认为是历届"铁展会"中最成功的，胶路为此做了巨大贡献，葛光廷劳苦功高。葛光廷不愿听他说这么多冠冕堂皇的官话，并且顾孟余因故没有参加开幕式，却参加闭幕式，客套话说过多遍，其诚意让人怀疑。等顾孟余的话题结束，葛光廷便问起顾部长如何应对当前形势。

顾孟余有些发愣，他似乎对当前形势了然无知，或者根本就没考虑过当前形势下，铁道部如何应对的问题。

葛光廷说："胶路与其他路不同，横亘山东东西。山东有事，胶路不可避免。"

顾孟余倒是实话实说。"铁道部对此没有统一的应对举措，政府的态度不明朗，我们也不知道下一步局势会如何发展，只能根据形势变化，随机应对。北宁、平绥的问题更紧迫，而胶路的环境目前相对稳定，并不太急。如果下一步局势恶化，四方机厂倒是块心病，应该考虑怎样把这块中国铁路工业的血脉保护好。"

葛光廷点头称是。但他心里的真实想法是，只保四方厂于事无补。

本来此行还要拜见叶恭绰，但想青州明王府石狮子还没办妥，怕叶公提及此事不好回答，便作罢。

当晚，葛光廷乘车返青。车过徐州已近傍晚，本来在徐州站只停车十几分钟，但过了一个小时还没开的意思。葛光廷让戴师韩打听情况。不一会儿，戴师韩回来，后面竟跟着两位陌生人。戴师韩吞吞吐吐地说："委员长，有人想见您。"

葛光廷看其中一位有些熟悉，仔细端详，原来是日本驻济南领事馆的武官花谷；再细看旁边另一位，竟然是冈村宁次。由于两人平时穿军装，葛光廷竟然一时没有认出便装打扮的两人。

葛光廷心里一沉，他不知道为什么这两个人会突然现身。他没有太过热情，面如止水，说："二位怎么会来此？"葛光廷用手指指旁边的沙发，示意两人坐下。

冈村宁次说:"打扰葛委员长了,我有事在徐州,听说葛委员长打此路过,特来拜访。"

葛光廷说:"我去铁道部汇报铁展会情况,请示路务事宜。"

冈村宁次说:"葛委员长来到胶路后,名声大噪,所发挥的作用大家有目共睹,实在佩服。你也是我们这届毕业生里的佼佼者。"

葛光廷与冈村宁次同是日本陆军学校第六期炮兵课学生,两人虽为同级,但相互交流不多,葛光廷低调谦逊,沉默寡言,不喜出风头;而冈村宁次表现优异,无论是专业能力,还是组织能力都高人一头。葛光廷对他印象深刻,当听说冈村宁次到了北平任职驻屯军参谋副长,并成为熊斌的谈判对手,最终迫使其与之签订了《塘沽协定》,更是感到这位同学非同寻常。想到昔日同学成为战时对手,葛光廷的心情复杂而纠结。

上次在济南田吾作是他从日本归国后第一次见到冈村宁次,当时他并不知道冈村在何处任职,多年后的相逢让他尚有几分亲切,当时是他把韩复榘介绍给冈村的。听韩复榘说,后来冈村宁次曾多次找韩复榘,葛光廷就知道那次的田吾作之见并非想像得那么简单。而这一次的见面当然更不会如冈村宁次所说,是在徐州临时偶遇才上的车;列车一定是为冈村宁次使手段拦截下来的。葛光廷感到,确实不能忽视这位多年不见的老友,他已把目光聚焦到了自己身上,并且一直在暗中窥视着自己。

列车"咣当"一声撞击,长笛传来,缓缓启动。

葛光廷暗自吃惊,他这时才明白,冈村宁次不是短暂的拜访,而是要与自己一路同行了。

葛光廷说:"冈村先生有何贵干?"

冈村宁次看一眼花谷。花谷起身,随戴师韩退出包厢,去了另侧车厢休息。包厢里只有冈村与葛光廷两人。

冈村宁次说:"葛委员长对山东的局势怎么看?"

葛光廷说:"我不问政治,不敢妄下结论。"

冈村宁次说:"没人相信葛委员长不问政治,大家都知道,您其实是蒋在山东、青岛的代表,只是不愿说破而已;并且您还有省政府参议的身份,您会左右韩复榘的决策。"

葛光廷沉默片刻,觉得冈村宁次对他的身份和特殊作用一清二楚,刻意掩饰没多大意思,于是便既不否认,也不承认,说:"胶路对山东意义重大,对日本也意义重大，无论是对中央政府，还是地方政府，当然要建言献策，知无不言，言无不尽。"

冈村宁次问："你对华北自治呢？"

葛光廷说："你如此问，我不知如何回答，因为这超出了我的职责范围。"接着，话锋一转说："如果说，我自己的意见，我是反对的。每名中国人都会反对。"

冈村宁次"谦逊"地一笑，说："你完全可以采取支持的态度。"

葛光廷说："那我就是逆潮流而动！"说着，摆出一副无奈的神情。

冈村宁次说："葛先生，明人不说暗话。希望您能支持华北自治，因为这是中国唯一的不亡之路。只要实现了华北自治，日本别无他图。"

葛光廷微微一笑，并不作答。没人相信日本人占了华北后别无他图，华北自治无非是日本置中国于死地的第一步。

冈村宁次明白葛光廷笑中的意味，但还是说："希望先生支持华北自治，还要帮助我们说服韩主席支持华北自治。我们知道，您有这种影响力。"

葛光廷摇摇头。

冈村宁次说："日本人对韩主席非常信赖，以他的能力不应该只是山东省主席，还应该有更大作为，掌控华北乃至全国都是可能的！"

葛光廷说："这些话，我不敢给韩主席讲。"

冈村宁次说："你不敢讲，韩主席也心知肚明。日本一直都在支持韩主席，无论是在刘珍年问题上，还是张宗昌问题上，我们都尽可能配合韩主席的行动。哪怕韩主席斩杀日本商人、抵制日货，我们也认为是韩主席的无奈之举；哪怕是日本国内多有不满，政界、军界还是给予了足够宽容。所以，关键时刻，韩主席应该有明智选择。"

葛光廷说："这些事我不便过多评论。实事求是讲，我对韩主席的影响实在有限，也请冈村先生理解。"

冈村宁次一笑，这一笑就变得有些僵硬，说："至少葛先生不能施加负面影响。日本政府对葛先生也多有照顾，也请您给日本政府面子。"

葛光廷不解，日本政府是如何照顾自己的？

冈村宁次说："先生无论是在扣押日本商人物品，还是在对鲁大公司的态度上都对日本的颜面有很大损害，我们相信先生就事论事，并没恶意。所以，先生也应该体谅日本的难处。"

葛光廷悚然心惊，知道日本人一直在监视自己，便不再说什么。

此时已近傍晚，一块巨大的隐影投射进窗内。葛光廷和冈村宁次不约而同向窗外望去，泰安火车站到了。车站正北方便是高大的泰山。花谷悄然走进来，对冈村宁次说："泰安站到了。"

冈村宁次起身，对葛光廷说："我要下车了。希望葛先生理解我今天讲的一切，这对韩主席和你来讲，只有好处没有坏处，希望在接下来的事情上不要彼此为难。"

葛光廷含糊其词地点头说："明白，明白。"心里只想冈村尽快下车。

葛光廷目送冈村宁次下车。站台上的旅客不多，但却有些诡秘的身影在活动，虽然都是便装打扮，葛光廷一望便知是军人。他们是来接冈村宁次的。

冈村宁次走了，从徐州到泰安五个小时，他们所谈的一切让葛光廷感受到了巨大压力，这种压力使他对当前形势有了更深一层的理解。黑云压城城欲摧，不断袭来的飕飕冷风让他有些站立不稳的感觉。他急急上车，车重新启动，泰山隐去，他觉得心里依旧冰冷，如坠冰窖……

16

日本人的步步紧逼让国人感受到了从未有过的压力，所有的工厂都在为自救而加快生产；日本对战争机器的研究也在逐步加速，两股力量的对抗使煤炭资源需求旺盛。博山支线煤炭运输紧张的问题成为突出矛盾。

自从与冈村宁次一番面谈后，葛光廷感受到了一种潜在的威胁，这本是在他意料之外的事情，没想到日本人会注意上了自己。他感到恐惧，但细细想来，也觉得是必然的结果。他与韩复榘之间的亲密关系，自然使日本人对他高度关注，如果一旦在某件事情上触犯日本人的利益，自己便会很容易陷入危险之中。

葛光廷知道自己需要静下心来做番细致的观察和思考，他必须把自己置于安全的位置，那就必须在这样一个敏感的时间段里尽量减少与韩复榘见面。他原本打算这段时间要高度关注韩复榘的动向，现在看来不得不改变策略了。好在胶路的事情足够让他劳神的了。摆在眼前最重要的事情，就是如何畅通博山煤炭的外运事宜。除了调运车辆、加快周转外，根本的问题还是加快推进博山支线延长工程，并且这件事情在前期的充分酝酿后，各方面条件已具备，唯一的障碍还是与马官和所拥有的轻便铁路的重叠问题。

葛光廷决定加快推进博山支线延长线的工程进度。彭东原负责工程的具体实施，他在对待马官和的问题上也拿不出更好的办法，原本想以拖为主，但要加快进度的话，便没有拖的余地了。彭东原向葛光廷讨主意。

葛光廷说："强行收购他的轻便铁路。"

彭东原说："这是马官和最不愿意选择的一条路，他不同丁敬臣，丁敬臣是既以轻便铁路谋利，又主营煤炭，马官和现在主要以轻便铁路对外承租运输业务谋生，没有轻便铁路就没有出路，他会轻易让出吗？"

葛光廷说："哪怕付出多些，也不能让他有与胶路合作的想法；否则，以后麻烦更多。"

彭东原说："我们一直在给马官和施压，但他顽强抵抗；同时，也有人不断给我们打招呼，希望胶路能放马官和一马。更有甚者，还有人以胶路侵犯民族工业为名替马官和抱打不平。"

葛光廷听到过类似声音，甚至在青岛的媒体上也有人撰文质疑胶路的做法，对当前日本大举进犯华北的政治形势下，胶路为了自身利益排斥民族工业发展的做法大加鞭挞。接受上次煤商罢运的教训，葛光廷不敢轻易冒进，通过多种手段对社会宣传延长博山支线的意义，让人们理解胶路的苦衷。现在看来，不能再顾忌太多了，延长线的事情必须加快速度。

由于在胶路内部管理上的困顿，本就神情萎靡的崔士杰大受挫折，因为兼着胶济铁路中学校长一职，他便把更多精力放在教育事务上，对胶路的其他事情能避则避。葛光廷觉得以崔士杰的身份，还是应该让他出面做做马官和的工作，但崔士杰摇头不语，见葛光廷执意要自己出面，也顾不得情面，说："我不能让父老乡亲骂我。"

葛光廷没话说了。

崔士杰自己找了个台阶，说："我还得准备明天蔡先生的演讲，先走一步了。"

葛光廷知道崔士杰一直对收购轻便铁路的事有看法，崔士杰的态度也在意料之中。蔡元培先生来国立山东大学视察，崔士杰约了他明天到胶路铁路中学给学生演讲，便以此为由，推辞了这件事。

崔士杰走后，戴师韩进来，说："青州的货到了。"

葛光廷为之一震。青州的货便是指明王府门前的那对石狮子。虽然这件事他已在私底下向韩复榘报告过，但要把这么对巨大的石狮子运到青岛并非易事，况且这对石狮子对青州民众的意义不言自喻，他们不会轻易同意让人挪动的。但是，日本人有自己的办法，他们买通当地势力人物，神不知鬼不觉由胶济铁路运到了青岛，然后准备伺机由航运转运日本。由于有了之前秦砖汉瓦的事，日本人比较忌惮葛光廷，事先不断通过相关人员疏通关系，葛光廷故作不以为然来迷惑对手，终于使日本人相信他不会加以干涉，这才开始组织运输。

葛光廷一直观察着日本人的动向，前些日子就听说已经由青州站起运。听到这一消息后，他马上去见沈鸿烈。由于之前已密议过此事，所以不用多说，一句话"货到了"，沈鸿烈马上就把公安局局长王时泽叫到办公室，详细交代。王时泽从海军第三舰队就一直追随沈鸿烈，办事稳妥，心领神会。

葛光廷见沈鸿烈闷闷不乐，便问有何烦事。沈鸿烈说，还是日人被殴之事，日本领事馆不依不饶。这段时间，葛光廷把太多精力放在济南，对青岛发生的事情没太多关注。但由于沈鸿烈所说的日人被殴事件影响较大，葛自然也知道。这些年，来青岛经商办厂的日人渐多，日本人也成为青岛外来的重要群体。这些日本人初来时尚安分守己，除却一些特殊机构做些不为人知的勾当外，大部分属合法机构和正常群体。但自1931年"九一八"以来，特别是近年来在日本势力逐渐向华北渗透的大环境下，一些别有用心的组织和个人越来越多地进入青岛。另外，一些在青岛的普通日本人的心态也逐渐发生变化。青岛街头时常可见飞扬跋扈的日本人，他们与当地人的斗殴事件也时有发生。就在前些日子，几位日本人酒后在街头调戏一名女中学生，被路人打抱不平，发生殴斗，一位日人被扑倒在地，头部恰好跌在马路牙子上，顿时昏迷不醒。日本领事馆多次敦促青岛警方缉拿"凶手"，王时泽顶着不办，日本人很是恼火，前些天一位住青岛的日本使馆官员竟然为此到青岛警察局撒泼大闹。青岛晨报记者把这事报道出来，引得舆论一片哗然。

日本领事馆以诋毁日本形象为名，公开向市政府发难，要求开除总编辑，并在报纸上发布道歉声明。

听罢沈鸿烈细说了一遍事情的前因后果，葛光廷有些担心，他说："现在形势下，一件不经意的小事就有可能酿成大祸，还是小心为上。"

沈鸿烈说："青岛反日情绪最盛。如果依了日人，会引发青岛市民不满，麻烦也显而易见。"

两人在说话的时候，脑子里同时浮现出三年前发生的一件事。当时青岛市党部编辑的《民国日报》报道了一则"日本天皇被韩国义士李霍索炸伤"的新闻。新闻属实，但由于当时该事件尚处于保密状态，没有向社会披露。《民国日报》率先报道，立刻引起社会的广泛关注。日本政府恼羞成怒，提出抗议，并要求严惩责任人。开始时，青岛市置之不理，但事态的发展出人预料，近千名在青岛的日侨走上街头抗议示威，最后竟然闯进民国日报社大肆抢砸，并放火烧毁了报社档案馆。青岛市民当然不会容忍日本人如此猖獗，不断追杀日本人。最后，游弋在黄海的日舰"八云"号驶向青岛，五百名日军以保护侨民名为进入市区，差点酿成大祸。

前车之鉴，就在眼前，不能不防。况且现在的情势比之前不知要凶险多少倍，发生不测的概率更大，难怪沈鸿烈愁眉不展。

"川樾领事今天下午又要来见，一定还是这件事情。"沈鸿烈一脸无奈。

葛光廷转念一想，这件事情的处理或许也不是没有机会。他给沈鸿烈出主意，说："现在日人正积极争取韩复榘支持华北自治，何不拿韩主席这块金字招牌抵挡一下。"

沈鸿烈没听明白，问："如何抵挡？"

葛光廷说："你就说，韩主席知晓了此事，并且极为关注。韩主席对处理此事有原则，就是看大局，和为贵。这么一说，川樾不能不有所顾忌。他不能因为眼前的一桩民事纠纷影响了日本政府的战略决策，因小失大的事他怎么会干？"

沈鸿烈一拍大腿说："这个主意好。"

又聊了一会儿，葛光廷回到管理局，没想到彭东原在办公室门口等自己，脸上带着几分莫名的兴奋。

葛光廷问："有事？"

彭东原说："马官和答应了，答应以我们的条件把轻便铁路卖给我们。"

葛光廷听罢笑了，他知道彭东原所说的"我们的条件"无非是区区七十八万元的银圆价格。这笔买卖对胶路来说，实在太划算了。

17

郁郁寡欢的崔士杰终于赢来了一件让自己开心的事情。此事正是他所说的邀请蔡元培到胶济铁路中学来演讲的事情。这事他已经操作了月余。

蔡先生是8月29日与夫人周俊（字养浩）及三个儿女从上海搭乘"普安"轮抵达青岛的，此行的目的主要是应国立山东大学校长赵太侔之邀而参加该校校庆。一直对蔡先生心存仰慕的崔士杰从听闻蔡先生来到青岛的那一刻起就有了邀请其到胶济铁路中学来演讲的念头。终于在9月28日这天，蔡先生如约而至来到位于四方奉化路的胶济铁路中学开始了他的演讲。

这事是崔士杰的动议，也是仰仗崔的面子而成行的。蔡与崔彼此的惺惺相惜由来已久。

当然蔡元培敬重崔士杰最大的原因还在于崔在交涉"济南惨案"中的所作所为，当时便为国人关注，尽管最后的谈判结果差强人意，但这并非崔士杰所能决定的，他在谈判中所表现出来的有理有节、不卑不亢、进退有据还是很让人称赞的。当然还不止这些，更让蔡元培欣赏的是崔士杰作为一名政治家身上所兼具的实业家、教育家的气质，这不在有多大成就，而更多是在于他的兴趣与关注点。北伐后，崔士杰一直在山东办理公务，他竟然像很多的山东地方官一样，高度关注着治理黄河的事务，著有《中国黄河沿岸之利用》，对治理黄河有着独到见解，实在难能可贵。从远到近，历任山东的巡抚、省长无不以懂治河为第一要务，崔士杰兴趣所在也体现了他骨子里与山东地方文化的融合。

更有一层是，崔士杰作为胶济铁路管理局委员会的委员之一，还兼任着胶济铁路中学校长，并且他不把这一差事当作兼职来对待，而是一心扑在教育事业上，自己的正差反倒冷落了，这样的人物实在是少见。崔士杰不时见诸报端的一些文章蔡元培也读过的，他在教育事业上很有些真知灼见。譬如，教育的系统性和计划性问题。崔士杰认为"高中毕业的学生能升学，也能做事。升学的准备是实际知识而非理论的，做事的准备也是实际的技能"。他主张分科教学，"分为文理医三科，每科可再分系，例如文科可分为文学、法律、政治、经济、商业等系。既有了分科的办法，学文科的不必去读高深的数学，学理科的人也无须研究高深的文学，各人都可以按他的个性能力，专心致志于一科"。

最让蔡元培印象深刻的是，崔士杰对于中国教育事业所表现出来的强烈不满，他撰文直言"教育问题是中国今日一切问题的根本。果欲达到繁荣都市与复兴农村的目的，对于目前愈陷愈深的教育病根，似非先行解决不可。"他用面包比喻教育，认为发酵固不可少，"而今日的教育只是发酵，却没做出面包来……以方法为目的，弄得大家没有出路"。他有着自己的渴望，"对中国教育的制度、趋势以及历来所用的方法，完全重加考虑，而想一个有效的与可能的方法。"

这一切都让蔡元培对他刮目相看。所以，当接到崔士杰的邀请后，他没有任何犹豫就答应了下来。

崔士杰的想法很是简单，有蔡元培这样的文化巨擘来胶济铁路中学做一场演讲，无疑是对自己工作的认可，也可谓"东方不亮西方"的一个举措。这些日子里，从煤商罢运，到博山延长线涉及马官和的问题都让他感到自己在胶路陷入了一个死胡同，一方面他为胶路的发展尽心尽力，另一方面他对胶路对山东当地工商界的挤压也有自己的看法。马官和找过他好多次了，一番痛哭流涕的模样实在让他于心不忍。马官和也是见过大场面的人，让胶路挤兑的痛不欲生，崔士杰看不下去了。无论他站在什么角度发现意见，他都是在拉偏架，是胳膊肘往外拐，甚至是为了个人的一己私利。对于同事的怀疑、猜忌、打压、含沙射影、指桑骂槐，他并不太在意，有时也会据理力争，但是当他发现作为胶路第一管理者的葛光廷也在向自己投来疑惑的目光时，他便不再觉得没有底气了，不是他有愧什么，而是他觉得任何表达与争取都是无益的。所以他便把自己的头蜷缩回了自己的壳里，他心里自嘲，我情愿做个缩头乌龟。

但缩头乌龟也不是一样的，崔士杰当然有自己的做法。邀请蔡元培就是他的做法的具体表达，他以这种方式告诉某些人他可以在不同的角度体现自身的价值。

葛光廷并不以为意，他倒乐得让崔士杰放手去做，这本身就是给胶济铁路脸上贴金的事，不在乎谁去做。葛光廷心境格局更大一些。

果然，葛光廷的豁达马上就得到了回报。蔡元培在到胶济铁路中学演讲前，突然提出首先要与葛光廷见一面，并且对崔士杰直言，有事要向葛光廷报告。崔士杰当然不能拒绝，但心里还是有些不舒服，这件本来可以记到他一个人头上的功劳，因为有了事先的拜会而打了折扣。

演讲前，蔡先生专程到胶济铁路管理局拜会了葛光廷。

在蔡来青岛时，沈鸿烈曾经建议葛光廷一起到港口迎接，本来是要去的，但没有成行。葛光廷本就甚觉不安，盘算如何补救，没想到蔡元培的突然造访，让他更感惶恐。另外，他也不能不揣摩蔡元培为何突然来到局里。蔡元培由山东大学校长赵太侔陪同而来，客套一番，蔡先生直言："这次来是专程感谢胶济铁路管理局长期对国立山东大学支持的……"说着，看一眼赵太侔。赵太侔连连点头。葛光廷知道他所说的感谢为何意。

1929年，蔡元培积极推动成立国立山东大学，并且作为筹备委员会九委员之一，专门致信国民政府监察院院长吴稚晖为大学成立筹款。"其经费预算年60万元，拟请中央政府及省政府各出24万元，建议青岛市政府与胶济铁路各出6万元……"有此提议，胶济铁路局当然不含糊，慷慨解囊，不但交了6万元的开办费，还每年资助大学12000元，且信守承诺，延续至今。葛光廷接任后，管理局财务部门就此专门向他汇报，请示是否继续捐助。葛光廷也有片刻犹豫，毕竟胶济财务紧张，他也听说铁道部早就有意停止一切非必要捐赠，以此压缩成本，解决拮据之窘。但是，葛光廷觉得甚是不妥。自己刚刚到任就停捐的话，很容易引火烧身，并且他还不能完全明白这笔捐款背后的背景。尽管在了解到，其他的资助单位大多已不再向山东大学支付捐助，但胶路还是坚持捐赠。他想，如果要停止的话，也应该选在一个合适的时机。胶路的慷慨大方，让山东大学方面感动，但胶路的犹豫他们也是体会得到的。所以由蔡元培出面表达谢意，一方面是真情实感的表达，更重要的是让胶路能够坚持把这笔捐款坚持下去。葛光廷明白这层意思，当然无话可说，好人必须做到底了。

但让葛光廷没想到的是，蔡元培在表达过谢意后，突然又提出了另外一件让他"掏钱"的事。

"还有一事，需要静岑弟帮忙……我和丁文江正在筹建青岛海滨试验所，正在募集年度研究经费，希望能够得到胶济铁路管理局的帮助……"

葛光廷虽然感到意外，但他知道这个面子是绝对不能驳的，一口答应："先生放心，胶路一定尽全力去做。"

蔡元培感激地点点头，又摇摇头，表达着募资的不易，说："如此又让胶路负累了。"

葛光廷说:"胶路收益之民商,回报于社会,应该的。"

葛光廷的态度让蔡元培大为感动,也让他变得健谈起来。"恭绰先生说,青岛教育,本无根基,近年方积极进行,胶济是带了好头的。"

葛光廷说:"不能说带了好头,确实筚路蓝缕。接收时,虽说名义上接收了六所小学,实则只接收了高密和青州两所小学。青岛铁路中学在1926年才正式创办,最初还是临时租借山东大学第四校舍作教室,两年后校舍才算正式完工。"

蔡元培以钦佩的口吻道:"先生来后,教育更是长足进步。"

葛光廷摇摇头,谦虚道:"无非亦步亦趋,非我所能……"

胶济铁路管理局改委员制后,在葛光廷到来之前就成立了以彭东原委员、萨福均处长、于圣培秘书、胶路特别党部执行委员牟象瑜、山东省政府委员于恩波为委员的新一届教育委员会,管理力量得到强化。葛光廷到任后,继承先例,对各校长重行甄别,一律改为聘任制,在此基础上提高教职员工薪金待遇,推行教育预算制度,教育事业在青岛乃至于全国铁路系统都有着典范意义。葛光廷的"慷慨解囊"让蔡元培把这些功劳都恭维成了他头上的光环。

有此一番酬酢,让葛光廷一口应承下来的海滨试验所的捐助费用问题不但要兑现,并且还要更加大方一些,通盘考虑,葛光廷以胶济铁路管理局的名义认捐了1800元。

就是在这样的背景下,蔡元培来到了胶济铁路中学。崔士杰五味杂陈,他觉得如此一来,让他邀请蔡先生的举动缺少了一些纯粹,似乎更多的是蔡先生有求于胶路,然后才有了这次讲演似的。但无论如何,蔡元培先生有他个人的考量实属正常,况且也非自己所能左右。毕竟讲演的事确是他一手促成。

蔡元培的讲演很精彩。

> 诸位同学:今天承崔校长见约,参观贵校,得与诸位一谈,甚为愉快。诸位须知,有许多小学毕业生,想进中学而不能,诸位能进中学,已为难得。且诸位都是铁路员工子弟,在本学校求学,一切都很方便,更为难得。诸位须知,现在求学,是为将来服务社会的预备,若学得不完全,将来不能有贡献于社会,便是辜负了社会的培植,与欠债不还一

样，所以我们就觉得求学很苦，也不能不刻苦用功。况求学是很乐的事，为什么不努力呢……

蔡元培讲演的题目是《于课堂中求趣味，于校课外作实验》，内容贴近实际，鼓励教员"诲人不倦"，希望学生"孜孜求学"，希冀人人成为国家栋梁之才好报效祖国。他说："求学是为将来服务社会的预备，若学得不完全，将来不能有贡献于社会，便是辜负了社会的培植，与欠债不还一样，所以我们觉得求学很苦，也不能不刻苦用功……求学是很乐的事，为什么不努力呢？为什么我说求学很乐呢？我试把初中和高中的课程分作三类：第一类是练习工具的课程，例如语言文学与数学；第二类是增进知识的课程，就是自然科学与社会科学；第三类是体育、美育的课程，就是运动与图画、音乐、文学等。""学校的运动，并不以训练几个选手为目的，而以运动的普及为原则。古人称健全的精神，寓于健全的身体，所以健全身体，实为教育上重要任务。健全的方法，运动最要。每种运动，对于身体有其特殊的效力；而种种规则，又可以养成勇敢、正直、服善、爱群诸美德，青年正在跃跃欲试的时期，又何乐而不为。……综上述三类课程，不但有用，而且很有趣味。这不是中学生最大的幸福么？诸位既在学校享了种种幸福，就要切实用功，卓著成绩；将来毕业后，再受专门教育，觉得预备的功夫，毫无欠缺，而专门学术，进行甚易。学成以后，无论地位大小，总有贡献于社会，那就不辜负社会所给予诸位的幸福了。"

不要说讲演得精彩，只是能够把蔡先生请来本身就已大功告成，社会各界由此对胶济铁路管理局更加刮目相看，对崔士杰的人脉也是暗自惊叹。但在这些天来一直忙忙碌碌的葛光廷看来，如此紧张的情势下，崔士杰所追求的风淡云轻的理想境界多少有些不合时宜，在他眼里、耳里、鼻里已经满是剑拔弩张的紧张对峙，越来越浓重呛人灰尘、药屑和硫黄味道……此时此刻，真的多一事不如少一事。

18

既然已经把韩复榘的态度转告给了蒋介石，葛光廷就决定远离济南一段时间，远距离地观察，确认自己的判断的准确性。虽然有意识地与济南疏远了一段时间，并且在处理路务上有了扎实进展，既处理了手头的紧要事务，又转移了暗中窥视的视线；但是，随着形势的急剧变化，葛光廷不得不再次把目光和更大的精力转向济南、北平。

日本人在北平对宋哲元连续不断的施压效果并不明显，宋哲元极尽所能地搪塞推托，有时被逼无奈，便跑到老家山东乐陵躲上一段时间，极狼狈，外间多有讥讽，但不失为一种权宜之计。因为日本人不可能打持久战，他们心急如焚，躲来躲去，或许能摧毁他们的心理防线。看懂这层意思的人不多。但确实如此，日本人的耐心终于还是失去了。加之国际裁军会议即将在伦敦召开，日本政府担心华北自治风声过大会引起西方列强不满，从而影响到国家大局，所以，要求日本驻屯军降低对宋哲元的压力系数。北平突然消停下来。

但是，压力随之转向济南，韩复榘突然间感受到了从未有过的压力，因为他从被要求参加华北五省自治突然转向面对"山东独立"的问题。

韩复榘从当上山东省政府主席那天起，就一直谋求"山东独立"。但是，他心里的"山东独立"却与日本人所提出的"山东独立"远远不是一回事。他心里的"山东独立"是在服从中央政府管理的前提下，谋求财政、军事、经济独立自主，目的是保持个人的政治利益和权威。但是，日本人所谓的"山东独立"却是给山东赋予了"国家"的含义，如此一来，山东便独立成了一个"国家"，北平哪怕是再坚持既有政策也是枉然，只会让两个被日本人实质操作的"国家"吃掉。"山东独立"与华北五省自治具有异曲同工之妙，目的都是实现对华北的占领，只不过先走哪步棋罢了。

日本人在看到华北自治进展极为困难的情况下，转而在谋求"山东独立"上下功夫。

葛光廷担心韩复榘是否能过得了这一关。

身在济南的韩复榘确实如葛光廷所想，如坐针毡，如临深渊。最初向他提出"山东独立"这一概念的是花谷。当时他感到极为震惊，没想到花谷这位低级军官竟然如此胆大包天。但仔细一想，觉得这或许是日本人蓄谋已久的一步棋，肯定不是花谷即兴所言。他盯着花谷看了大半天，问："你们想让'山东独立'？"

花谷说："韩主席是识时务者。"

"成为日本的山东？"韩复榘问。

花谷说:"不是,不是,是韩主席的山东。"

韩复榘以一种不解的口吻道:"难道说现在山东不是韩复榘的?"

花谷说:"当然是韩主席的,但日本人管辖内的山东和蒋政府的山东自然不一样。"

韩复榘说:"最终日本还是要占华北,谋中国。"

花谷说:"群雄逐鹿,历史不都是这么反反复复,周而复始?"

"可我是中国人!"韩复榘叹道。

花谷说:"何为中国人,自元以降,中国大地不都是蒙古、满州争来争去,大和民族也当仁不让。"

韩复榘说:"驱逐鞑虏,恢复中华,是中山先生的誓言,也是全中国人民的心声,如何会把国土让渡日本,那会遗臭万年的!"

花谷以能言善辩著称,被驻屯军派到山东领事馆任武官,主要任务就是接近韩复榘并想办法让他接受日本人在华北自治及至"山东独立"的政策。花谷的任务完成得非常出色,他轻而易举地赢得了韩复榘的信任,并与田吾作等一些日本黑社会组织和有军方背景的特务机构暗中勾结,掌握了韩复榘的个人嗜好,经常约韩到些隐秘的地方喝花酒找条子,还从日本找来艺妓供其享乐。韩复榘摆脱不了花谷的诱惑,也等于把自己的把柄授之于花谷。韩复榘在华北自治问题上的摇摆不定,特别是在一些具体细节上对日本人的迎合多有这方面的原因,他也怕稍有不慎会让日本人拿自己的短处说事。当然,这些小节问题还不至于影响到他的统治权威,他也知道日本人不会,包括花谷之流也不敢以此来要挟自己。

后来,花谷因种种原因被调回日本驻北平领事馆,但是与济南以及韩复榘的联络仍然是他的重要职责。花谷非常自信自己与韩复榘之间的私交,每当有事总是自告奋勇前往济南。

花谷把"山东独立"的想法抛给韩复榘,是日本驻屯军精心安排好的试探性的一招,日本军方认为,只有花谷能让韩复榘接受这一提议,并且没人愿意承担这一风险,韩复榘也不是好惹的,如果引起他的震怒,恐怕性命也会不保。花谷又一次承担了说服韩复榘做出"山东独立"决定的任务。日本人的精心安排是有道理的,尽管韩复榘对花谷的提议感到不解与愤怒,但他并没做出过急行为,反而故意给花谷独立解读"山东独立"含义的时间,并且他的解读反过来又对韩复榘多多少少产生了影响。花谷走后,韩复榘便思考如何应对。山东独立，对自己究竟是好事，还是坏事？尽管他从本能上排斥日本人所谓的"山东独立"，但理智思考一下，花谷的一些想法也并非没有道理。如果南京政府放弃抵抗，那么"山东独立"又如何不是谋求自身长远发展的选项？尽管一定会因此背负骂名，但如果中国为日人所吞，亡国之民，骂名又何从谈起？

如果真要走这一步，那就必须首先确认日本对中国的最终需求以及自身的绝对实力，还要看南京政府抵抗的决心和能力。两者之间的实力对比是做出选择的标准。让人困惑的是，日本人却不给他做出充分判断的时间和空间，花谷再次来到济南，提出请见韩复榘。

花谷专程从北京赶来，自然没有不见的道理。

让韩复榘没想到的，与花谷同来的竟然还有位重量级的人物——坂垣征四郎。韩复榘知道，来者不善。

经过花谷的介绍，坂垣直截了当地说："主席一向与日本交好，日本政府对韩主席绝对信任，希望这次合作能够开山东好局面。"

韩复榘的态度依旧暧昧。

坂垣有些不解，说："花谷君说，韩主席已答应驻屯军要求，为什么突然又……"坂垣不解地看了花谷一眼。

花谷有些着急，对韩复榘说："主席上次不都答应了吗？如何又模棱两可？"

韩复榘不解。"我答应什么了？"

花谷说："你不是已同意山东独立？"

韩复榘顿时有种被愚弄的感觉，狠狠地瞪了花谷一眼，憋了长长一口气，半天才吐出来。

"我何时答应你的？"韩复榘压抑着胸中怒火。他知道，此时此刻，如果不把花谷的这条路堵死，那么今天一出门，满世界都会知道韩复榘已和日本人谈妥了独立条件，那他韩复榘真的就跳到黄河也洗不清了。于是，他挺挺胸，义正词严地说："花谷君，山东有我韩复榘在，就不会独立。这点请您报告您的上司。"

花谷没想到韩复榘突然变得如此强硬，他撒谎说韩复榘答应了山东独立，一方面是因为他看出韩复榘的犹豫不决，想以既成实事来逼韩就范；另一个方面也是向华北驻屯军炫耀自己的功劳。没想到，韩复榘不但不买他的账，反倒直接和他摊牌；这让他如何挂得住，如此一来，他根本就没法和驻屯军交代。

花谷脸色涨成紫红，最后竟至恼羞成怒，呼呼喘起粗气。突然间，他竟从腰间拔出把短刀，向自己的腹部刺去，好在坂垣与他坐的近，一看情况不妙，抬手握住他的手腕，反转一下，使他的短刀掉在地上。

屋子里所有人突然间像是陷入一个巨大的空洞，静寂无声，却又有深不见底的呼啸声掠过，所有人都没有想到瞬间会发生如此变故。及至反应过来，花谷已奔出屋，坂垣随之而出……

韩复榘怔怔地，半天没回过神来。

这时，葛光廷已来到济南，他是从坊间风闻韩复榘正和日本人判断"山东独立"的事，急急赶来求证的，刚到胶济铁路饭店住下，就听人说，韩复榘正和花谷和坂垣征四郎会谈。

他知道，山东到了最危险的时刻。

19

葛光廷的1936年就是在这样一种焦虑不安的状态下度过的，并且这种情绪越来越加剧了对他身心的摧残，使他几乎不能放松去做每件事，哪怕是吃饭休息都会莫名其妙地感到有根绳索正悄然缠上自己颈项，让他喘不过气来。所有一切都与韩复榘有关，每当这个时候，韩复榘就会浮现在眼前，正用一种微妙而又神秘的眼神盯着他。

日本人关于华北自治的如意算盘正打的起劲，一计不成又使一计，宋哲元的"太极"让他们无计可施，韩复榘的阴阳八卦也不那么好对付。葛光廷看得出，其实无论宋哲元，还是韩复榘，都在玩火，一招不慎，满盘皆输的局面随时可能出现。时近年底，他盼着来年会有所改观，但他也知道这或许只是一厢情愿，因为他并没有看到有丝毫好转的迹象。日本人变本加厉，韩复榘越发陷入对个人利益的权衡，但他知道如此一来随时都会伤及自身。一切充满巨大变数……

华北的局势左右着国家的生死存亡，也成为各派力量作出命运选择的风向标。陈济棠、李宗仁在广州发电，要北上抗日，但蒋介石却在一味坚持剿共政策，国民反日情绪在发酵、内部斗争在升级，整个国家像被装进一个巨大的笼屉，锅底的火在不断烧旺，水在不断沸腾，无数的人都是添柴者，所有人都怀着不同的心情等待着质变时刻的到来。

而就在这时，一个晴天霹雳发生了，在西安的张学良扣押了来此巡察督战的蒋介石。

葛光廷是从沈鸿烈处听到这一消息的，惊得半天没合拢嘴。他简直不敢相信自己的耳朵。

但沉静下来细细思考却又觉得一切又都在情理之中。以他对张学良的了解，他确实是位什么事都做得出来的人。无论是杀杨宇霆掌东北军大权，还是中东路事件的发生，这些看似大义凛然的举动，无不透露着独属于张学良的性格。现在他把自己的结拜兄弟、中华民国的统率以促成全面抗战的名义囚禁在了西安！

沈鸿烈因为知道的消息早些，显然对于张学良的举动有了更理性的认识，他与葛光廷的想法基本是一致的，他从日本归来就效力于张氏家族，对这位纨绔弟子的了解并不比葛光廷少，因此对他的惊人之举也与葛光廷一样有着充分的"理解"。但是，现在的问题是，面对这突如其来的状况，他与葛光廷必须要统一思想，有一个切实可行的应对之策。葛光廷当然不能给他一个满意的答复，只能说："静观其变"。

韩复榘的身影再次闪现在眼前，葛光廷现在最为关心的反倒不是张学良，而是韩复榘对待西安问题上的态度。韩复榘的态度影响着大局。这件事如果以张学良成功为终，那么韩复榘会彻底丢掉幻想，投入举国上下一致抗日的洪流中，还是适得其反？局面的复杂与不可预测让接下来可能发生的一切更加扑朔迷离。

何应钦已组成讨逆军准备出兵西北，在此之前一项重大抉择摆在各方面军面前，那就是何应钦组织的支持讨逆签名活动，以此表明对南京政府的效忠。

沈鸿烈听葛光廷的意见。

葛光廷非常坚决地说："当然签名支持。"

沈鸿烈有些犹豫。

葛光廷明白他的顾虑。联名"讨逆"，必然是视张为"逆"。作为东北军的军事骨干，将来如何了局，都将会无法面对故主。葛光廷知道，沈鸿烈不同于自己，站在前台的他必须旗帜鲜明地表明态度。

葛光廷决定把自己对这事的看法向沈鸿烈说透。他说："我们都是张学良将军的下属，无论从感情上，还是隶属关系上都和张将军更近一步，但这件事情……且不说，张将军是否做得妥当，至少应该看到，这件事并非张副司令与蒋委员长的个人恩怨，有些事情，向情向不了理。"

沈鸿烈沉默。一会儿，他把手上的一张报纸递给葛光廷。

报纸头版头条刊载着韩复榘对西安问题的访谈。"……张将军此举，完全是为抗日……"字里行间，韩复榘对张学良的肯定和赞赏溢于言表。

葛光廷低声道："这是别有用意。"

回到胶路，葛光廷便收到了蒋伯诚发来的电报，希望他速到济南一晤。

蒋伯诚平时与自己的关系是密而不近，有些事情并不轻易交心相诉，但只要是说出的话，必为实话，不打诳语。所以，两人交情还算过得去。加之对彼此身份的认同，所以也会有相互帮衬，与人方便自己方便，两人都抱有同样的想法。蒋伯诚还是第一次发电报请葛到济议事，可见情势紧迫。

葛光廷到济南站后，发现蒋伯诚亲自来车站接自己。葛光廷拱拱手，见蒋伯诚面色凝重，也不多作寒暄，直接到胶路铁路饭店掩门密谈。

蒋伯诚说："韩主席最近情绪亢奋，我怕影响大局，觉得有必要与兄一聊，有些事情还需兄与主席讲明。"蒋伯诚的话依旧实在，多少带些恭维。

葛光廷说："太客气，现在情势下，能出一把力自然不会有所保留。"

蒋伯诚说："何司令领衔西进，已有七十五名将领列名表示支持，但韩主席却一直拒绝签名。我向主席讲过自己的看法，并替他拟就了支持的电稿，但韩主席却一直犹豫。看得出来，他的想法太多，这两天又在与宋哲元的特使密会。"

葛光廷多少也听到一些消息，自西安事发，韩复榘与宋哲元交往频繁，很显然，相同处境下的两人需要在这一问题上保持统一立场，以两人在华北的分量来说，他们的一举一动必将会影响大局。恰恰正是二人，在解决西安问题上态度暧昧，由此平添了事态发展的不确定性。并且有传言说，张学良被迫离开北平后，虽然转战西北，但一直与韩复榘、宋哲元保持着密切联系，张学良拘禁蒋介石后发表的八项主张，也是与韩、宋相互商议的结果，实为张学良打头炮，韩、宋为后应。如此，韩、宋就切实地陷入西安的矛盾纠葛之中。

蒋伯诚说："要竭力阻止韩主席做出对当下局势不利的事情。"

葛光廷说:"我们的力量微乎其微。"

蒋伯诚说:"尽管如此,也要一试。既是为韩主席好,也是为当下局势好。"

葛光廷点头称是,他决定一试。

韩复榘知道葛光廷来了,他也知道葛早已提前与蒋伯诚有所交流,一定是达成统一意见后劝说自己的。所以见到葛光廷并没有给他进言的机会,说:"静岑兄,所有可能我都考虑过了,没必要劝我,我明白如何处置。"

葛光廷说:"张将军在这件事上做得莽撞……"

韩复榘反问道:"是吗?我怎么觉得张将军是位顶天立地的汉子?"

葛光廷知道韩复榘没有意识到问题的复杂性,最后,他再次提醒,何应钦提出的签名至关重要,既是对中央的表态,也是对蒋个人忠诚的表现,一旦失去这次机会,将来会变得凶险。

韩复榘轻蔑道:"你认为蒋还有将来吗?"

葛光廷听罢,没再作声。他对韩复榘失望至极。

韩复榘刚愎自用,说:"如果何应钦敢出兵攻打陕西,我一定会攻其后路。"

话谈不下去了。

葛光廷感到,一个在十字路口徘徊的人,此刻正被一团火吸引向某个方向,前面是个万劫不复的深渊,而他却浑然不觉。葛光廷替他感到害怕。

第二天,葛光廷就听到消息,宋哲元的特使来济南与韩复榘秘密会谈。街头传言,韩主席表态支持张将军兵谏,何应钦如果攻陕,韩主席必袭其后路。戴师韩所带领的护卫把街头传言讲给葛光廷。葛光廷听罢大惊失色。韩复榘在与自己交流时,曾经说过此话,没想到会在与宋哲元特使的会谈中也有所表达。葛光廷突然有些惶恐,韩复榘会不会认为是自己向社会泄露了消息?如果这样,韩复榘会不会加罪于自己?或许这一消息根本就是宋的特使自己施放的"烟雾弹",以此要挟韩复榘,使其无力回头。如此一来,自己马上就会陷入难以预知的凶险之中。当然,还有一种可能,就是韩与宋达成共识,放出风声试探各方反应。无论怎样,葛光廷觉得自己不能被搅到事态之中不能脱身,他信奉的原则是,做任何事,要走得进去,出得来,如果陷入不能自拔的境地,根本不是他想要的结果。

葛光廷决定,迅速"逃"离是非之地,尽最大可能摆脱与此事的干系,这是目前唯一的办法。在返程列车上，望着窗外的萧条之色，葛光廷心情沉重，无限伤感，深切体会到"国破山河在"的意味，他将如何自处？胶路管理局如何自处？昨天这些事情还很遥远，此时此刻却突然成为摆在面前亟待解决的难题。内忧外困，前路无望。

回到胶路管理局，葛光廷就看到了一份来自铁道部的绝密文件，大意是"……四方厂是交通部骨干企业，全国工业制造业的佼佼者，保留血脉，传承未来，兹事体大……鉴于目前形势，胶路对四方厂的未来要早做谋划。铁道部建议南迁……"

他对四方厂的问题并没太多考虑，但是这份电报字里行间所表达的情绪与他此时此刻的心境十分贴切，让他有一种"国将不国、家将不家"的困顿与忧惧。他想让自己思考一下四方厂的现实问题，但是，无论如何也集中不起精力。

胶路的运输看似与往常没有太大变化，但是战事带来的运输繁忙成了一种新的非正常现象；忙碌中，人们变得沉默，同时不安的情绪丝丝缕缕纠缠上升，火车汽笛的鸣叫和车轮铿锵的节奏里，这份不安的情绪不断漫洇，变得黏稠起来。相反，四方厂却与以往比较，显出一种格外的沉寂落寞，进厂检修的车辆大都是胶路自身运营的机车车辆，并且都是临时小修任务，往日外局专送到厂里大修的车辆寥寥无几，有些检修台位前空空荡荡。葛光廷知道，铁路作为战事重要交通工具正在高速运转，除非迫不得已，人们已不再将车辆送厂大修，社会的形势折射到铁路上就是当前忙碌与闲置相互交织、混沌不明的情景。

这天，沈鸿烈打电话相邀，葛光廷随后赶到沈的住处。

沈鸿烈急急告诉他："宋哲元与韩复榘联名发'漾'电，反对用兵，主张政治解决西安问题。"沈鸿烈说："刘熙众作为韩复榘的特使去西安调解此事，张学良还专门派了飞机去接他。"

葛光廷叹道："韩主席……"后面的话，没说出口。

葛光廷知道，蒋介石善在关键时刻看人的表现，并以此作为评价其忠诚度的试金石。这些年，自己多次参与重大事件谈判，并且分别代表过不同利益团体，但仍为蒋氏所信任，关键是他在细节和具体问题的把握上，不偏不倚，更不刻意存私。韩复榘在西安问题上一番皮里阳秋的表演，恰是蒋介石最为愤恨不容的。

葛光廷问:"您听说了韩复榘的表态吗?"

沈鸿烈说:"你是说'袭其后路'?"

葛光廷没有正面回答,而是问道:"您的态度呢?"

沈鸿烈听罢,说:"沉默是金。"

葛光廷微微一笑,说:"关键时候,平庸是最大的智慧。"

20

旧历春节过后,一切仍然没有向好的迹象。

南京给葛光廷发来一条指令,密切关注韩的动向,阻止其与日人联络。指令显然是蒋介石发来的,但有些没头没尾,指向性不明。葛光廷凭着敏锐的嗅觉,感知到南京对韩复榘的认同感已先于日人的到来而"沦陷",这既是其在西安问题上的态度造成的,也有着韩复榘对待日本人若即若离的原因,在日本对华北实施全面入侵的动机越发明显之际,韩复榘的态度和所作所为显然已经让南京政府感受到了强烈不安。

尽管西安事变最终在共产党的调停下得以和平解决,但各路人马的不同反应,各异的"表演",尽皆暴露无遗。蒋介石最大的收获恐怕便是在与日人大战前,得以清晰地看到了各个方面、不同人物对他个人的态度。而在处置西安事变过程中,共产党人所表现出来的政治观、大局观却蒋氏本人,乃至于全国各界人士都多人钦佩不已。在葛光廷看来,在这场国民党内部权力的博弈中,最大的赢家却是共产党。他们赢得了民心,包括让国民党内部最激进的反共分子都无话可说。

西安事变之后,关于山东方面的处置原则,是尽最大力量阻止韩复榘与日本人的联络,此原则不限于一人一事,而是对一切可能与日人发生关系的事情都要全力阻击。葛光廷决定从现在起,就把重心放在济南,密切关注韩复榘的一举一动,动用一切手段阻止其与日人接触,以防生变。

葛光廷以视察胶路为名,常住胶济铁路饭店,暗地里加强与省府部门以及第三路军各路指挥间的联系。韩复榘自西安事变一番折腾后,最终发觉自己的如意算盘没有打好,西安事变在周恩来等一帮共产党人的调解下,得到和平解决。韩复榘一度如坐针毡,特别是张学良被扣留南京后,他惊魂不定,不知道等待自己的将会是什么。只是过了一段时间,蒋并没有更多动作，这才心安。蒋介石并没有祸及他人，但韩复榘依然惴惴不安，他明白日本人兵临城下，蒋介石尚腾不出手来，秋后算账的可能并非不存在。现在所能做的，唯有审时度势，主动表现，想办法重新赢得蒋委员长的信任。

他与葛光廷作了几次长谈，表达身不由己的处境，葛光廷并没太多劝慰，在他看来，一切都已过去，再去复盘徒劳无益。但是，他还是耐心地和他谈了对形势的判断，最终落脚点是让韩复榘明白，无论日本人推行"华北自治"，还是"山东独立"，都不过是对中国侵略的步骤和幌子，真正的利益不会让度于中国人，如果为了贪得一时名利而牺牲国家和民族利益，必定会落个遗臭万年的结果。"信与不信，"葛光廷说："主席，您自己揣摩吧？"

韩复榘频频点头，他懂得这个道理。但是，正如葛光廷所说，他正在个人利益与国家利益之间摇摆。如果利用日本人的力量，实现自己独霸山东的目的，确实将会登上人生顶峰。但后果也显而易见。西安事变后，并没有出现他所想象的各种力量四分五裂的状况，反倒是民族凝聚力更加强大。他知道自己的"翘翘板"玩得有些过分了。反观宋哲元，尽管同样患得患失，但宋对抗拒日本人的态度鲜明，更容易赢得民众的理解和支持，而自己却走向了极为被动的境地。

想到这里，韩复榘出了一身冷汗。这身冷汗不仅是因为他突然意识到自己的平衡点没掌握好，更重要的是，他已经答应了接下来的一次非常特殊的会见，他需要在这次会见之中面对面答应日本人"我该怎么做"了。那么，这次与日人的会见，自己到底应该给他们一个什么样的回答？

韩复榘这次所见的人是日本驻屯军师团长土肥原贤二。新任日本驻济南总领事石野从上任第一天，便开始策划这次会面。韩复榘权衡多次，终于答应了石野的请求。时间就在接下来的几天里。拒绝显然已不可能。韩复榘想，既然如此，就干脆和日本人挑明。但是，韩复榘还残存着最后一点侥幸。在此之前，通过几个回合的交涉，日本人向他开出了"山东独立"的条件，彼此在有些事情上已达成默契，如此要和日本人彻底翻脸，一切都会化为乌有。曾经努力争取的一切，都白费了。

虽然葛光廷说的话有道理，但让韩复榘放弃所有一切，他多少心有不甘。

送走葛光廷，韩复榘决定再赌一把。

第二天，也就是在见土肥原贤二的头天，他把第三路军所属的四位师长全部召集到济南，他想在与土肥原贤二会谈前，试探一下四位师长的态度。在此之前，他从未对自己的政治立场征求过下属意见。在他看来，他的师长们只是听令的，而不能帮他决策，长期以来，这些跟着他出生入死的兄弟确实没人干预过他的决策。在他们看来，韩主席待自己不薄，又信任大家，只要韩主席一声令下，指哪打哪，他们根本就不会讨价还价。四位师长都提前一天赶到济南，第三路军军部集体安排食宿，并严令大家不准单独活动，韩主席随时召见。

四位师长对当前形势了然于胸，知道一定有大事发生，否则，四位前线最高指挥官不会同时被召。葛光廷找到朱经古询问情况，觉得情况紧急，必须见缝插针，有所动作。

葛光廷掌握好时间，在中午大家刚吃完饭的时候，与朱经古一起"无意"间走进四位师长进餐的房间。大家认识朱经古，也有认识胶路委员长葛光廷的，客套一番后便攀谈起来。

孙桐萱问朱经古："韩主席最近有重要客人？我见洒扫庭除，好不忙活。"

朱经古说："不瞒诸位，韩主席明天晚上要和日本一个师团长会面。"

"日本的师团长？"曹福林、孙桐萱、谷良民、吴化文同时瞪大了眼。

朱经古说："各位师长，这事本来不应该说，但正所谓，国家兴亡，匹夫有责。有些话不得不说，还请各位师团长见谅。"

各位师长们都知道朱经古是韩主席的心腹，无论什么样的会都能参加，什么想的人都能见，就是韩主席的治省大计也有很多出自朱先生，所以大家都认为他这番话只是客套与谦让，不约而同地竖起耳朵听他到底要讲什么。

朱经古说："为山东人民谋福利是韩主席做官的原则，但是如果日本人一来，山东必将遭战火涂炭，人民也必将陷入水深火热，这是韩主席不愿看到的，也是主席的为难之处。可是话又说回来了，日本人来了，难道我们要揖门纳盗吗？"

虽然朱经古话说得客气，但大家都听出了弦外之音。很多人了解韩复榘对是战是和左右为难，况且这几位跟随他的指挥官。他们对韩复榘的态度心知肚明。

曹福林说："韩主席这次开会，是定战和之事？"

朱经古说："还没到那一步，相信韩主席是要听大家意见的。不知道各位怎么考虑？"

谷良民说:"我们是军人,听韩主席的。"

朱经古说:"现在韩主席处于两难抉择中,既然要听大家的意见,大家首先要统一思想,有个主导意见才行。如果韩主席现在就找大家,问,我们是战是退,大家怎么回答?"

谷良民一拍胸脯说:"那还用问,我们是军人,当然是死战到底了!"

朱经古说:"韩主席问,咱们能打得过日本人吗?"

四个人都不说话了。

过了一会儿,曹福林说:"打日本人当然没把握。"

朱经古说:"没把握怎么办?"

孙桐萱说:"没把握也得打。不打不就成亡国奴了吗?"

朱经古说:"这也是韩主席的为难之处,孙师长说的对,日本人既然要打,我们当然也得接招,难道一跑了之?"

朱经古说:"给各位师长透个话,韩主席到了生死抉择的关键时刻,日本人已来过多次,把主席逼得走投无路。明天晚上土肥原贤二显然是来摊牌的。韩主席请大家来,一定是想听听各位的意见,如果大家一心主战,主席便无二话。如果大家意见不统一,如何让主席下必战之决心?"

曹福林说:"朱先生放心,我们的意见肯定一致,和日本人打。"

孙桐萱、谷良民和吴化文异口同声呼应着。

葛光廷接过话来说:"各位师长,打与不打,最终还要韩主席定夺,只要大家有个态度即可。"

孙桐萱问:"如果主席问,我们该如何回答?"

葛光廷说:"主席问打与不打,就坚定说打。如果问其他就——沉默。"

沉默?大家面面相觑。

葛光廷说:"沉默即可。"

从几位师长处出来,朱经古问:"为何沉默?"

葛光廷说:"太过整齐划一,主席会怀疑受人挑唆。"

朱经古笑笑,他知道葛光廷心思缜密。

葛光廷与朱经古一番事先引导,效果明显。晚上,韩主席与诸位师长一起就餐,席间果然与朱经古所预测的八九不离十,几位师长在韩主席面前一如往常有几份拘谨,但大家的表现却非常恰如其分地达到了葛光廷与朱经古事先所想要的效果。在问及战与和的问题时,大家态度坚决;而一旦出现犹豫与顾虑，所有人都保持沉默，没人对在日本人面前表现出退缩的意思表示支持。

没有这几位师长的支持，韩复榘知道自己要想成功是绝难办到的。虽然他也猜到出现这样的局面，师长们可能事前受到某些人的引导，但无论如何，军人所持的态度都是他预料之中的。他决定放弃最后幻想，和日本人死磕到底。这天晚上，他和四位师长们喝得酩酊大醉。

葛光廷、朱经古、蒋伯诚等人在旁边小间另开一桌，彼此沉默以对，小心翼翼对饮，思绪与现实的情状是分离的，没人把心思放在吃饭喝酒上，而是不约而同在听隔壁交谈，韩复榘在不断地说话，而他的师长们却极少插话。这是一个深不可测的夜晚，它泛滥着美酒香气，但又漂浮着丝丝血腥与寒意；对面屋里的话模糊而含混，但却又字字如掉在地上的钉子"叮当"作响，山东抑或华北乃至整个中国的命运就在这样一个清冷而沉寂的夜晚被一点点敲打铸就。

次日中午与日本人的会晤虽然敏感而诡异，但知情者都明白韩复榘的态度已经明朗，所以，当谈判结束后，土肥原贤二在石野领事的陪伴下非常有"礼貌"地告别，却掩饰不住巨大失落与愤怒，此番情景已在大家的意料之中了。

韩复榘脸色铁青，可以想见谈判的艰难。过了很长一段时间，韩复榘的神色才缓和下来，他缓缓地对旁边的葛光廷说："这帮日本人，真是无赖，我都拒绝他们了，竟然还要我和他们一起去天津再谈，恐吓，想恐吓我韩复榘。"

葛光廷以沉默表达对韩复榘的支持和敬佩。

韩复榘突然长叹一声："我算把日本人得罪了！"

21

在葛光廷看来，只要韩复榘下定决心阻止日本人，日军侵占华北继而南下山东的野心就不会轻易得逞。除却韩复榘的军事实力之外，更重要的是平津与山东间还横亘着一道黄河天堑。除非日本人要付出超常规的代价，否则，他们是不会轻易逾越黄河的。不但葛光廷有信心，南京政府官员包括蒋介石在内最担心的是韩的倒戈，只要韩坚定抗日，山东就会固若金汤。大家普遍都这么认为。

韩复榘与土肥原贤二会见后,葛光廷放了心,在他看来,韩的决心已经下定,并且已经与日本人撕破脸面了,接下来,就要看日本人还有什么其他花招。日本人不会轻易占领济南,反倒是青岛让人担心。葛光廷心里明白,青岛几乎已成不设防的城市,沈鸿烈的舰队最大战力在海务巡防,如果日本的正规舰队从海上来,海军第三舰队根本没有与之对抗的能力。日本人的舰船已几次上岸,而从来没有见过海军第三舰队有过任何实质性动作。如果日人从正面不能达到目的,会不会从青岛长驱直入?这种可能性太大了。

葛光廷现在想的一个问题是,如果日本人真的从海上而来,胶路管理局总部如何在青岛立足?是否应该考虑搬迁?他私下里咨询过几位委员,但委员们对此并不能形成统一意见。胶路管理局从德国占领时期就设在青岛,整个管理架构和组织体系已经非常完备,如果要搬迁到济南,不要说物的移动,整个运作体系的调整就需要一个相当长的过程。不到万不得已不能轻言迁移。但是,如果战火燃起,胶路要么灭亡,要么逃离,后者当然比前者更容易为人接受。作为胶路管理局的当家人,必须要做出抉择了。

而在他看来,尽管有很多委员态度并不明朗,但主要的原因还在于他们对现实利益的顾虑,这些现实利益既有公的,也有私的,譬如,搬离青岛会带来工作上的很大不便,原有的管理布局只有在青岛才可能得到有效发挥,到了济南,工作流程必须要改变,工作成本无形加大。再譬如,管理局的员工们,家庭都在青岛,孩子上学、老婆工作如何解决等等,这些问题都无一例外地摆在面前……

在葛光廷看来这些问题应该考虑,但在日渐逼近的战争面前,在死亡面前,这都是微不足道的,是可以考虑放弃的。因此,他在与委员们进行初步沟通后,在没有得到大多数委员支持的情况下,先自安排总务处钱镛、警务署戴师韩提前准备胶路西迁的事宜,并特别叮嘱,尽可能不要泄露西迁的信息,万不得已时才能宣布搬迁决定,那样的话更容易让人接受,避免招致非议。

崔士杰全身心投入胶路铁路中学事务上,不怎么过问胶路的事情,除非召开委员会才能见到他。其他委员开玩笑,说他玩失踪,他笑笑说:"学校的事情实在太多。"大家都知道他对胶路的教育事业非常投入,特别是前些日子，竟然请到了北大校长蔡元培来胶济铁路中学演讲，一度引起轰动，使胶济铁路中学名声远扬。其实，葛光廷明白他不怎么在胶路管理局露面的另外一个原因，那就是胶路对马官和轻便铁路的收购，外间对胶路的做法颇有微词，包括崔士杰在内的很多人认为胶路以大欺小，在当前民族面临生死存亡的关键时刻仍然不放松对民族工业的压榨，实在是件让人愤怒的事情。

葛光廷觉得在马官和事上虽然有些霸道，但对胶路长远发展是有利的，并且自从收购回马官和轻便铁路后，博山支线的延长工程迅速展开，已经到了收尾阶段，有些区段陆续进入运营状态，效果初见。

尽管如此，崔士杰对当地民族工业发展的关心和支持也使他不能认同胶路的做法，正如在煤商罢运问题上的态度一样。

这天，崔士杰来找葛光廷。葛光廷感到意外。

崔士杰说："听说济聊公司已经停工？"

崔士杰说的是胶路西延的事，由于战火蔓延，外间传言很多，新成立的独立于胶路之外的济聊公司停止了运转。葛光廷在济南时，张鸿烈已对他说过，但在当时情形下，葛光廷并没有足够的精力过问和思考关于济聊路的问题，现在崔士杰又问起此事，他却并不了解现实的状况。

崔士杰见葛光廷对胶路西延之事兴致大失，知道他已无暇顾及，也大概明白了济聊公司下一步的命运。嘴上没说什么，心里却是一声深深的叹息。当前形势下，很多事情已无法继续。崔士杰只得大而化之地表达了对胶路西延的关注，表示尽管战事将至，但他还是寄希望济聊路工程尽可能不受到更大影响。

葛光廷对他说："胶路西延只有等到战事威胁消除后才能开工，无论是我，还是韩主席，都已经无暇过问此事。"

崔士杰叹道："人算不如天算。"

葛光廷又说了关于胶路本部迁往济南的打算，想进一步听取崔士杰的意见，崔士杰说："我同意胶路本部西迁，这也是无奈之举。"

葛光廷说："是啊，希望不至于走到那一步。"

崔士杰前脚走，四方机厂栾宝德来了。他是葛光廷约来的。

栾宝德问："委员长找我？"

葛光廷觉得脑子变得迟钝起来，整整一天，他都在绞尽脑汁地想问题，现在觉得思维有些跟不上节拍。

"我找你来的？"他拍拍脑门，甚至为什么要找栾宝德来都忘记了。

栾宝德笑了，说："委员长日理万机。"

葛光廷并不是真的忘了，而只是反应慢了些，他并没有回应栾宝德的打趣，问："栾厂长，如果日本人从青岛上岸，四方厂怎么办？"

栾宝德说："迁到淄博，或者就地销毁，不能留给日本人。"

栾宝德回答得如此干脆，显然已经考虑过这一问题。

葛光廷说："淄博距离青岛不过两百多公里，日本人能到青岛，还能到不了淄博，迁与不迁有何意义？就地销毁……是不是可惜了，毕竟四方厂经营到现在，快四十年了，机器设备是中国一流的，如果轻易销毁，实在有些不忍。"

栾宝德说："……铁道部关于南迁的计划并不具备可行性。"

葛光廷本来不想把铁道部的决定告诉栾宝德，只是想从他口里听听是否有更好的建议，没想到栾宝德已经得知了铁道部的意见。如此一来，他也不可能听到更有建设性的意见了。

葛光廷问："还有更好的办法吗？"

栾宝德犹豫半天，没有给出新的答案。

葛光廷又问："为什么说南迁不现实？"

栾宝德说："如此庞大的机厂，如果把所有设备拆除，然后再往外运，有些不切合实际。另外，什么时候拆除？是现在，还是等到日本来时再拆，日本人什么时候来？早拆了，日本人不来怎么办？拆晚了，日本来了，又会无济于事。"

栾宝德说了这么多，就是一个拆迁的时机问题。这确实是个相当大的问题。现在拆当然早，但何时拆才恰如其分呢？这是要担责任的。

葛光廷说："你要有所准备，如果铁道部下了死命令，我们只得执行。先等等看，但要准备好拆迁力量。"

栾宝德迟疑片刻，点点头。

葛光廷说："这段时间，事情特别多，我还会花大部分时间在济南处理公务，四方厂搬迁的事你要多考虑些，别在关键时候被动。"

栾宝德走了。

葛光廷望着窗外。夜已降临，小青岛的德式灯塔闪烁着神秘的眼睛，那是青岛神话一般的存在；但现在所有的人都忘却了岛城迷离与浪漫，恐惧像夜里漫卷上来的浪声，一阵接着一阵侵袭着人们的心房，人们都不约而同地感受到了一种压力，让人喘不过气来。

22

1937年6月的一天，葛光廷突然接到南京的电报，要他与韩复榘一同参加几天后在南京召开的军事会议。葛光廷感到有些意外，此类会议他参加过很多，但都是以秘密方式进行，极少出现在公众视野。形势有了新的变化，葛光廷判断，一切非正常情况随时都有可能发生。

葛光廷在去南京前先到济南与韩复榘会合。两人交流了对这次会议的看法。韩复榘说："中日之战近在眼前，看来委员长在军事上要有所部署。"

葛光廷说："听言日本军方已做出全面发动侵华战争的决定，在他们想来，吞并中国不过数月，有些痴人说梦。"

"是不是痴人说梦，要看南京的态度了。"韩复榘说。

葛光廷问起日本人最近的动向。

韩复榘当然明白葛光廷是想知道他与日本人接触的情况，便不隐瞒，说："日人当然不会就这么放弃，但他们已退了一大步。石野多次来，要我在中日战争发生后至少保持中立，说那样对大家都好，反正是软硬兼施。"

葛光廷说："如此说来，大战果在眼前。"

韩复榘点头说："当然。……还有件事，您和沈市长要帮我办好才是。日本领事馆昨天发函，他们要组织日侨撤离。日人在济南有近千侨民，他们大部分要通过胶路向东，撤至青岛，或再由青岛转往日本。这件事，请您多留心。"

葛光廷思忖片刻道："如果人员相对集中，胶路可以考虑开行侨民专列，这件事不能有失，否则会授人口实，对方会以此为借口做文章的。"

韩复榘说："这事靠您安排，确保日本侨民安全。胶路沿线治安不好，如果有人故意袭击侨民会惹麻烦。"

葛光廷说："这事我安排。"

晚上，葛光廷和韩复榘在燕喜堂老店吃饭。燕喜堂老店位于省府衙门西街，细巷深宅，杨柳垂荫，清泉荡漾。酷暑六月，身处此地，瞬间凉意暗生，让人有惬意舒适之感。席间另有朱经古、蒋伯诚作陪。

四人相坐，并无拘束，却并无闲话可说，大战阴影弥漫到心灵深处的角角落落，没有一个念头，没有一件事不涉及此事。众人的思想与灵魂已为大势所慑。

酒在面前，没有了以往的客套虚让，插科打诨；话都不多，却主题鲜明。哪怕是韩复榘为调节情绪，说几句题外话，大家也是一笑了之，并无太多余闲韵味，战争的阴影已形成巨大磁场，轻而易举地左右着不同的思维和话题。

韩复榘说："听说这次会议并没邀请其他各路军总指挥？"

蒋伯诚说："是，委员长正在杭州休假，似是专门对华北局势进行研究。"

韩复榘说："大家觉得会议会研究什么？"

南京政府对这次会议的书面表述是"研究当前形势及应对之策"，并没具体议题，所以韩复榘对如何把握会议重点，会上讲些什么，希望大家给他些意见建议。

蒋伯诚说："南京的军事一直围绕阻止日本人南下部署，这次的会议，我想，在军事上也是在现在基础上的强化，并不会有大的调整。或许只是对目前战事分析，统一大家思想，这种可能最大。毕竟，大家对是战是和还有很多顾虑。尽管西安问题解决后，全国抗日氛围已形成，但那只是一种民族情绪，如何在军事思想上形成共识还有很多事情要做。"

葛光廷没主动表达自己的意见。直到韩复榘问："静岑兄有何高见？"

葛光廷说："我认同伯诚兄的意见，军事思想上的统一是战前最重要的环节，看来蒋委员长要作战前动员了。山东一直是第三路军据守，中央军并没驻扎，蒋委员长只能依靠韩主席坚守山东。大战一起，山东便是战事前沿，首当其冲，或许这是蒋委员长最不放心的……当然，不是不放心韩主席，而是不放心山东能否守得住。"

韩复榘悚然心惊。果真如葛光廷所言，山东守不住，那么全国人民还不得把他骂死。平时拒绝中央军进山东，现在有事就得独立支撑。所有事情都有其两面性，一旦条件发生变化，好事也会成坏事，坏事当然也会变成好事。韩复榘觉得有些苦不堪言。

葛光廷继续说："……所以，韩主席一定要给蒋委员长个满意的答复：

山东到底守不守得住。态度必须明确，好让蒋委员长放心。如果守山东真有困难，也应该实言相告，以求南京政府统筹考虑，有所支持。"

韩复榘咬咬牙说："当然守得住！"但是，听起来斩钉截铁的话，在韩复榘看来多少显得不那么理直气壮。大战一起，任何事情都可能会发生。尽管山东是自己的地盘，也一直由第三路军控制，但面对日本人的全面进攻，谁又敢打保票尽如人意。说了，也是一厢情愿；但不说，肯定也不行。

韩复榘觉得葛光廷说得非常有道理，转头问朱经古，朱经古沉默寡言，一直在苦闷地思考，见韩复榘问自己，只得说："山东当然守得住。"

片刻沉默，大家知道，韩复榘已经有了自己的态度……

为这次杭州之行，葛光廷专门准备了公务车，事先已过轨津浦线；车抵杭州，下午五时左右。虽然这些年一直在与蒋介石抗衡，但真要与蒋面对面商讨华北事宜，韩复榘还是感到紧张，生怕有些事应付不过来。除此之外，他还想到了其他一些让他忐忑的事。虽然自己一再表明与日本人一刀两断的决心，但这些年来自己一直在拿日人作筹码，搞得南京方面坐卧不安，如果追究此事，自己如何作答？还有，在西安问题上，自己的态度肯定已惹恼了蒋委员长，只是碍于形势，不便表露而已，但心里的疙瘩已经结下了……这些都让他惴惴不安。

尽管一路思前想后，心有不安，但下车后，他的所有担心和疑虑顿时烟消云散。因为在迎接他的人群中不但有浙江省主席朱家骅，还有宋子文、吴铁城。见此情景，韩复榘先是一震，后便大为感动。

吴铁城与葛光廷是老相识，无论是在奉系易帜谈判，还是在以后的蒋冯阎三方大战时，两人都曾代表不同利益团体做过调解工作，彼此再见，点头意会，竟有些此情尽在不言中的感受。吴铁城告诉葛光廷，所谓的军事会议其实是为了蒋与韩的面对面交流，主要目的是观察韩在华北问题上的态度，听他亲口承诺能够在发生战事时与中央保持绝对一致，并能死守山东。

葛光廷问："中央下决心一战？"

吴铁城说："尽管战无胜算，但蒋委员长是有底线的。华北绝不能丢，哪怕只是名义上存在也是必须的，如果名义上都不存在了，那就只能鱼死网破了。"

葛光廷点头。

吴铁城说:"丢了华北,南京就会丢;丢了南京,中国便无一处不可丢。"

葛光廷与吴铁城的交流很短暂,只在杭州火车站休息室里有片刻的独处,所以话不多,但对葛光廷来说,却从与吴的交流中得到极为珍贵的信息,可以让韩复榘在与蒋的会谈前有所准备。

葛光廷看得出来,韩复榘是有着巨大的心理压力的,他在西安事变中的表现成了横亘在他与蒋介石之间的一条不可逾越的鸿沟。

次日的会议只有少数人参加,会议只是对当前形势作了简略分析,蒋介石便开始与韩复榘单独会谈。午餐后,两人继续闭门密谈。但所有人都从两人的神情看出来,彼此的谈话肯定是富有成效的。葛光廷想,如果由此能够让蒋委员长对韩复榘冰释前嫌的话,实在是件再好不过的事情了;但是,他还是感到蒋委员长微笑背后所潜藏的隐忧。韩复榘之前所犯的错误实在有些低级,几乎每次都会捅到蒋委员的痛处;以蒋委员长的性格脾气,他不会轻易宽恕对方的。

不管怎么说,至少现在看起来还是比较让人放心的。

虽然大敌当前,但中央政府的态度还是积极乐观的,对即将到来的一战,中央认为只要全民动员,以中国之地大物博也并非没有胜算的把握。韩复榘从与蒋委员长的交谈中听得出来,蒋对国际形势给日人的压力有着充分估计,日人的梦想并非那么轻易实现。尽管日本在华北做足了手脚,华北不还是控制在中国人手里吗?这等于是变相地肯定了宋哲元与韩复榘的功劳。另外,日本对国际舆论也是忌惮的。与蒋介石的会谈让韩复榘眼前一亮,信心倍增。

会谈结束后,浙江省主席朱家骅陪同韩复榘、葛光廷一行参观了著名的旅游胜地西湖,三潭印月,尽收眼底;青山绿水,笙歌丝竹;泛舟把酒,其乐融融。杭州距华北远,此情此景自然与华北大不相同,歌舞乡里,太平盛世,如梦如幻。韩复榘好不感慨。

兴致所至,韩复榘决定顺道去上海一玩;但是,就在准备出发的头天晚上,吴铁城来见葛光廷,建议韩复榘取消上海之行。

葛光廷不解,问:"韩主席多年没这么开心了,让他乐一乐未尝不可。"

吴铁城说:"韩主席现在是重点保护对象。您有所不知,日本人听说韩来杭州,已安排特工对他实施刺杀。戴笠已截取相关情报。为此,蒋委员长专门从南京调来二百多密探,暗中保护韩主席。您们几人在西湖开心,不知有多少人如临大敌!"

葛光廷惊讶道:"这样?"

"没什么奇怪的。虽然韩主席已公开表明不与日人为伍,但日人并没放弃争取韩主席,但一旦事态发生变化,难保不会采取极端手段。此次会议之所以如此高调,蒋委员长良苦用心,既有军事上的考虑,更主要的是逼迫韩主席公开与日本人决裂,也好让日本人死心。"吴铁城说。

"如果韩主席去上海,已超出行程安排,非常危险。"吴铁城说:"静岑兄一定把这层意思说给主席,这也是蒋委员长的拳拳爱心。"

葛光廷自然不敢隐瞒。韩复榘听罢,摆出一副满不在乎的架势,说:"多年不去上海,路过反倒不让去,实在扫兴。日本人真是无孔不入。"尽管满腹牢骚,但还是听得出来,韩复榘还是对蒋介石抱着一丝感激之情。

于是,有关方面继续在舆论上发布韩复榘上海之行的消息;而当天晚上,韩复榘所乘坐的专列却已经从杭州开出,到达南京后转到津浦线北上,以最快的时速返回济南。次日就有韩复榘在黄河前线视察阵地的消息……

23

六月底,宋哲元突然决定回老家乐陵给父亲过忌日。

乐陵是德州治下的小镇,交通不便,宋哲元乘津浦线火车在济南黄河边的泺口站下车,然后换乘韩复榘提供的汽车回老家。韩复榘亲自到泺口接宋哲元,并护送他回乐陵。

一路上,宋哲元除了说过几句客气话,一直闷不作声。韩复榘也不多问,他知道宋哲元此行的名义是给父亲过忌日,其实还是为了躲避日本人的威胁利诱。日本人已把宋哲元逼到走投无路的地步。韩复榘受够了为日本人所逼的滋味。身在北平的宋哲元与自己比,当然更是有过之而无不及,真不知他是怎样吃得下这份窝囊气的。

韩复榘把宋哲元送到乐陵,便返回济南。临行前,他问宋哲元归期。宋哲元叹口气,说:"还没定下日子,到时再烦向方。"

韩复榘告辞,只是两人谁都没想到,几天后北平就出了大事。七月七日,日本军队寻衅滋事,乘机进攻卢沟桥,继而占领宛平城。即便如此,宋哲元也没打算回北平。在他看来，与日军的摩擦习以为常，剑拔弩张的时刻不知出现过多少次，但每次都是逢凶化吉。这次也脱不了既有的套路。日本人越是威逼，他反倒越是觉得对方不会在军事上采取过激行为。

但是，面对北京的局势，身在南京的蒋委员长却坐不住了，他命令宋哲元立刻回京。宋哲元这才由乐陵老家启程，没再绕道济南，而是先回天津，再往北平。在天津火车站，他向社会各界表达了自己对时局的看法，自信满满地说："卢沟桥是局部战争，一切都在掌控中。"到达北平后，他对南京方面要求迅速备战、不要抱侥幸心理的提醒充耳不闻；相反，他根据自己对形势的判断，做出了退一步避免刺激日本人的决定，让第三十七师219团吉星文部拆掉防御工事，向日本军队示好。南京方面听罢报告，大为慌恐，方知中央一直寄予厚望、依为长城的宋哲元竟是如此糊涂，只得派熊斌迅速进京，将日本已在两天前召开"五相"会议，决定派五个师团进入华北的消息向他和盘托出。也就是说，日本已按下了发动发面侵华战争的按钮。宋哲元至此还是半信半疑。为使宋哲元放弃幻想，南京方面派阎锡山到北京当面劝说宋哲元，但如此一来，却愈发引起宋哲元怀疑。阎锡山对北平的觊觎之心早已有之，是不是蒋与阎唱的"双簧"？面对宋哲元的执迷不悟，蒋介石再次让熊斌将一份最新绝密情报提供给宋哲元："日本机械化部队正在由东北向华北开进，北平一周内必有大战。"

日本对北平的进攻如南京所料，几天后便全面开始了。7月29日，韩复榘得知，北平已彻底沦陷，自负的宋哲元已经狼狈不堪退至保定……

葛光廷密切关注着形势发展，此刻他正在济南与韩复榘商量胶济铁路管理局迁移济南事宜。韩复榘认为，济南并不比青岛安全，为何搬迁？而在葛光廷看来，别看北平沦陷，天津势在难免，但济南据黄河天堑，加之有韩复榘与济南共存亡的决心，日本人是不会轻易进入济南的。青岛则不同，一旦日本人从海上而来，青岛无险可据，必为探囊之物。

韩复榘有自己的私心，但又不能说予葛光廷，所以他对葛光廷的提议虽然不以为然，却也不做过多的反驳和拒绝。便说："您自己处理吧，我会提供一切方便。"

铁路有着自身的运作系统，管理机构的迁移与地方政府之间关系并不大，只要得到韩复榘认可，迁移的事情完全可以由胶路自己按照自己的决定和节奏办理。

葛光廷处理完相关事务，准备返回青岛时，接到一个来自青岛的电话。葛光廷一时没听出对方是谁，对方连说两个"顾楫"，他才恍悟。

顾楫在电话里说："委员长，希望您能给栾厂长解释，四方厂是您同意搬迁的。"

顾楫是四方机厂副厂长，因为四方厂搬迁的事他曾多次找葛光廷。葛光廷告诉他，他已将此事全权委托给栾宝德厂长处理，有什么事情直接找栾厂长。当时，顾楫很犹豫，葛光廷看得出来，他与栾宝德之间一定有不同意见。葛光廷对栾宝德的想法心知肚明，他对四方厂的搬迁是持不同意见的，甚至说是坚决反对的。

而葛光廷，一时也拿不准如何决策此事，况且手头需要他处理的事情还有很多，在他认为，包括胶路管理局迁往济南的事都要比四方厂南迁更为重要。

因为急着赶返回青岛的车，面对电话里顾楫的疑虑，葛光廷只是敷衍道："您是副厂长，有权处理此事，拿得准的事就自己处置，拿不准的可以跟栾厂长商量。"

上车坐定后，葛光廷也对自己的态度略感不安，搬迁四方厂确实是件大事，他应该给顾楫一个明确答复。但是，他又实在拿不出一个现成的方案。从现在起，他必须对四方厂搬迁之事做更深入的思考了。但一路想来，他还是觉得四方厂搬迁的可行性并不大，如此规模庞大的设施设备，只是拆卸就不是件容易的事，何况还要长途跋涉往南迁，况且迁到哪里也没有明确目标，实在太过草率……但作为胶济铁路管理局的最高决策者，总得有个基本的原则和立场。所以，想来想去，他觉得不能在这件事情上有太多纠结，遵照铁道部的指示办就是了。因为眼前的事情实在太多，他没法把全部精力投到这件事情上。大战在即，他所关注的是瞬息万变的形势以及韩复榘最终在对日问题上的态度；次之是胶路管理局何去何从，四方厂不过是个局部问题。他决定，还是要把四方厂的处置权交给栾宝德，自己不能亲自上手，否则会疲于应付，首尾难顾，因小失大。这便是他在下车前所形成的基本的应对思路。

回到青岛，顾楫已在等他。见到顾楫，葛光廷有些愣，虽然平时与他接触不多，但对方一直给他温文尔雅的印象，就在前些天与他交谈时，顾楫谦卑的态度还让他怀疑这样一个人如何能承担得起四方厂大规模搬迁的重任。

而此刻站在面前的顾楫，与几天前所见判若两人，谦卑的态度为一种隐现的焦虑所覆盖，单薄的身材更是给人弱不禁风的感觉，浮着一层灰土的蓬松的长发让他鲜明的文人气质荡然无存。

葛光廷问："顾厂长，怎么了？"

顾楫原原本本地把事情的来龙去脉讲给葛光廷听。

原来，在前些天顾楫向葛光廷报告搬迁事宜后，便开始组织人员拆卸设备。他自认为有了葛光廷的默许，没有必要再请示他人，所以没有向栾宝德汇报；更主要的是，他知道栾宝德对四方厂搬迁的态度，索性避开他自行处置。但是，当栾宝德听说顾楫带人拆卸设备时，马上赶到现场，看到整洁的车间一夜间面目全非，一片狼藉，栾宝德顿时火冒三丈，当着工人的面，便对顾楫破口大骂。作为主管技术的副厂长，在凶神恶煞般的栾宝德面前，一时手足无措，言语无辞，面红耳赤。一阵沉默后，受到羞辱的顾楫突然失去理智，一头撞向栾宝德，要以命相拼，好在众人劝阻，才没将事态扩大。事后，顾楫咽不下这口气，便把电话打到济南找葛光廷评理。

葛光廷安慰顾楫，说："顾厂长要想开，大家都是为了工厂的利益，只是意见不同罢了，可以相互沟通。"

顾楫一听愣了。很显然，委员长并没认可自己的做法。他突然觉得有口气憋在了胸口，想说什么，但半天说不出口。

葛光廷见状，明白自己没有给顾楫台阶，其他人或许可以，但对于知识分子意味很浓的顾楫来说，必须给足他面子才行。想到这里，连忙补充道："顾厂长是对的，现在这种形势下，四方厂当然要找条生路，我们不能把这些设备留给日本人，铁道部也有明确要求……我的意思是，栾厂长只是舍不得而已。"

顾楫听罢，神色方有好转，打个嗝，眼里泛起泪花。他受了气，便会不断地打嗝。顾楫说："我也不是为了个人，是为了保住四方厂这些先进设备，中国铁路工业需要四方厂的技术设备，这是中国铁路的'宝贝'。"

葛光廷知道，对搞技术的人来说，他们考虑问题决不会从政治角度，而是把技术看得比什么都重要，这是他们存在的价值和意义，也是他们的固执和局限所在，必须充分尊重他们的这种理念和行为。

葛光廷说："顾厂长，这样吧，您拆下来的设备，先组织装车待运。我请示铁道部，听他们的决定，如何？"

顾楫听葛光廷这么说，也只得点头说："好吧，委员长，我听您的。"

顾楫出去了，葛光廷并没有马上请示铁道部，而是把栾宝德叫到办公室询问情况。

栾宝德简单把事情又说了一遍，最后说："我情绪是激动了些，触犯了顾厂长；但无论怎么说，我都不同意四方厂南迁。"

葛光廷说："不南迁？那有更好的保护办法？"

栾宝德自打从德华学堂毕业进入胶路管理局后，便一直在四方厂工作，从车间普通职员一步步干到一厂之长，对四方厂的角角落落熟悉得如同自己的身体，他对这个厂有着一种特殊的感情，不容许别人改变它丝毫。早在一年前，他就听说，有人正以支援新线建设为由，游说铁道部把四方厂的部分设备迁到南方几个待建的铁路工厂，这让他大为警觉，因此也生出了一种本能的戒备，他暗下决心，决不容许别有用心的人将四方厂"据为己有"，决不能让某些人的"强盗"行为得逞。尽管现在转移四方厂的设备是形势所迫，但栾宝德还是觉得有人趁火打劫，抱有不可告人的目的。这是他看到顾楫拆卸机器设备时，会一反常态，大发雷霆的原因。

当然，因为对别有用心者的怒不可遏，所以他心里反而生出另外一种阴暗的想法，哪怕留给日本人，也不能让南方佬占便宜。栾宝德的骨子里顽强地保留着胶路南北两派争权夺利的基因和传统。

葛光廷说："你是厂长，要有控制能力。这件事情我已交你全权办理，为何还会造成如此情形？"

栾宝德在四方厂说一不二，哪怕是这么多年四方厂工人一直不间断地罢工闹事，但工人们依然对他保持着足够的尊重和敬畏；同时，栾宝德也时常容忍工人的过激言行，以此赢得底层员工的拥护支持，没人知道哪些事情是他压制下去的，又有哪些事情是他挑唆起来的，他以这种方式在四方厂树立起了自己的权威。胶路管理层对此心知肚明，但对他的行为却睁一只眼闭一只眼，这得益于栾宝德虽然极尽所能地维系自己在四方厂的地位，但他对胶路管理权并没野心，只安于四方厂一隅而自足。以他的资历和能力，足够竞争胶路管理权。这让高层对他在四方厂的所作所为给予充分容忍。换句话说，胶路管理层不喜欢他，但又需要他对四方厂的控制。

葛光廷说："我知道你对四方厂有感情，但现在形势下，四方厂如何能保住？"

栾宝德想说什么，话到喉咙又咽回去。他不能说，宁肯把四方厂让给日本人，也不能让南方佬占便宜。这是他的真心话，但无法光明正大地说出来。

葛光廷说："把四方厂迁往南方是铁道部议定的方案，但话也没说死，留了足够空间给胶路；关键看形势发展，如果日本人真的来了，不搬迁能行吗？如果日本人不来或者根本来不了，那当然就另当别论。四方厂是胶路的，没有四方厂就没有胶路，我也不会轻易答应四方厂搬迁。"

葛光廷话推心置腹，栾宝德只得点头，却不作声。

但是，如何处置当前局面呢？

葛光廷说："我有个建议，顾楫既然已把设备拆卸下来，能不能把这些设备先运到博山，张店机务段不是正筹建整备车间吗？他们提出要购置设备，正可以用这部分设备。把这些设备迁到博山后，可以考虑把正在筹建的车间升格为四方厂博山分厂，就让顾楫去那儿负责。你看如何？"

栾宝德想想，说："也好。"

尽管栾宝德心里并不情愿，但不敢违忤葛光廷的意思。葛光廷深不可测的来历和背景以及他之前对四方厂采取的借刀杀人的骇人举动，足以让栾宝德不敢有其他想法。另外，把顾楫调往博山，也不失为解决眼前尴尬局面的最有效的办法。想到这里，他又打心里佩服葛光廷，如此处理让很多矛盾得到有效化解……

24

比四方机厂搬迁更棘手的事越来越多。葛光廷只能抓重点，处理可能对大局会产生严重影响的事情。

摆在眼前最紧迫的事是日侨输送问题。在济南时，韩复榘已经对他交代过这件事，必须确保日侨撤离安全。韩复榘说，这是他对日本人的最后承诺，不能失信。韩复榘与日本人玩了多年猫捉老鼠游戏，知道日本人对他"不薄"，所以想在日侨撤离问题上办得漂亮些，至少不能让日本人对他有不仁不义的评价。

葛光廷很理解韩复榘的所思所想。无论战事如何，与日本侨民关系不大，尽管侨民中也有很多特殊身份者，但那要另当别论。从人道主义角度讲，对侨民的保护是必须的，也是国际通行惯例。

葛光廷把戴师韩叫到办公室，了解日侨运输情况。在此之前，他已安排戴师韩关注此事。戴师韩对葛光廷说："日侨撤离会在一周内形成高峰。"

葛光廷问："安全上有没有保障？"

戴师韩说："车上可以采取措施，增加警力，力保安全无失。但沿线乘车日侨已经超出胶路的保护范围，不敢保证。"

葛光廷沉思片刻说："我和韩主席再交流此事，让地方政府全力支持，确保乘车旅客进站上车都要安全。我们也要增加车站警力，主动和地方政府的治安力量对接。"

戴师韩点头，面色凝重，显然对此事大感紧张。

"当然，日侨在车上的安全是第一位的？"葛光廷最不放心的是怕车上发生问题，那便责无可推了。

戴师韩说："我们制定了应对措施，但现在看来，战事不测所带来的恐慌比较严重，由内地转向青岛的旅客也越来越多，列车严重超员，万一……"

葛光廷打断他说："无论如何，不能有万一。"

戴师韩点头，说："我全力以赴。"

戴师韩出去后，葛光廷在办公室踱步绕圈，翻来覆去考虑这件事，还是放心不下。他曾向韩复榘保证，如果可能的话会开专列运送日侨，但由于客流剧增，日常的车辆已无法保证，再开专列就变得不现实了。他想，还有没有其他办法？

葛光廷感到这事需要有个万全之策才行。

接下来的日子，葛光廷高度关注着日侨撤离的事情，也听到了几起日侨被袭的消息，这让他更加忐忑不安。葛光廷与韩复榘通电话，就相关问题多次沟通。韩复榘承诺会责令铁路沿线各县市全力配合日侨运输，对危害日侨生命安全的事件严惩不贷。就是这样，日侨被袭的消息仍越来越多。

葛光廷还就日侨到达青岛后的转运问题与沈鸿烈进行了协调，沈鸿烈表示不会有什么问题，会全力协调胶路与航运间的联络，确保到达青岛的日侨或安顿于此或换乘回国。葛光廷极尽所能，想把日侨撤离之事办得万无一失。把所的步骤想来想去，自觉不会有太大疏漏。就在这时，青岛德县路发生的一起案件却让他不得不重新审视自己的方案是否还有挂一漏万的地方。

这天早上,《青岛晨报》登出一则消息,两名日本士兵在德县路圣功中学门口受到袭击,一人重伤,一人身亡。日本驻青岛领事馆要求青岛市就此做出说明、道歉并缉拿凶手。当天,葛光廷从沈鸿烈处得到信息,两艘日舰以此为由靠近青岛,五百余名日军以搜捕凶手为名上岸。沈鸿烈在电话里对葛光廷说:"日人或许会以此为借口,攻占青岛。"沈鸿烈说,他已将此作为十万火急的情况报送南京,希望南京方面总体评估这件事情对当前局势的影响。平津已沦陷两个月,日本人屯兵黄河北岸,如果转而从青岛登陆,那便会迅速形成对山东的夹击之势。险恶情势一望便知,让人不能不忧心如焚。

好在沈鸿烈对圣德路事件处置得当,全力缉拿凶手,并向日本军方道歉,才使事态平息。日人未找到理由对青岛实施占领,但也并未走远,舰队退至近海游弋不去。

此事进一步强化了葛光廷对日侨撤离问题的重视。如果撤侨过程中发生类似事情,非但不能让韩复榘满意,很有可能给他个人都会带来意想不到的麻烦。基于此种考虑,他决定,动用自己的公务车运送日侨。

做出这一决定后,他便立即授命运输处、警察署将他的专用公务车附挂在特1次/2列车尾部作为侨民专车使用。戴师韩对葛光廷的决定大感不解,在他看来,没必要给日侨如此高的待遇。但是转念一想,葛光廷有如此决定,也说明这件事情的非同寻常。

他便不再迟疑,照命而行。

山东省政府向日本驻济南领事馆通报了相关情况,鉴于此事较为敏感,铁路不能大张旗鼓宣传,但领事馆在侨民中是个快捷渠道,此事迅速在日侨中传出。根据胶路安排,凡是购买近期由济南到青岛车票的日侨,无论所购车票为何日,均可在一周内任何一天乘坐特1次列车尾部所挂专用车离开济南。这让本来惶恐不安的日侨感到极度兴奋。待他们来到车站,看到公务车的豪华时,更是大为感慨。没想到,两国交战在即,山东省政府还会为他们提供如此优越的接待。

公务车开了一周,所有想离开济南的日侨陆续安全抵达青岛,没发生一起安全事故。葛光廷终于松了口气。最后一趟运侨的列车到达青岛后,他专门来到站台,目送集中乘车的日侨离开。而就在这时,他突然从熙熙攘攘的人群里感受到了一束熟悉的目光,有位日籍女士从身边匆匆而过,匆忙一瞥，眼神迅疾、明亮，夹杂着一丝惶恐、惊悸。只是一瞬间，女士已在人群中隐去，那束稚嫩而美丽的目光也顿时消失……葛光廷左顾右盼，想再次捕捉到那束熟悉而又陌生的目光，却终告无果。葛光廷怅然若失，那眼神那么熟悉，又那么冰冷；那么慌乱，又那么沉静，却无法想起是谁。

站台变得空空荡荡，葛光廷还没有从那束特别的目光中走出来……

接下来的几天，葛光廷一直没摆脱那道眼神的纠缠，但无论如何极力分辨，终无法想起是谁，这让他痛苦不堪。

因为葛光廷的独辟蹊径，山东撤侨行动得到国际社会广泛好评，虽然没有公开，但口口相传，葛光廷、韩复榘的举动受到各国驻华使馆高度评价。包括对韩复榘在对日问题上极度不满的日本驻济南总领事石野也专门到省政府向韩主席表示感谢。韩复榘不失时机地自我表现一番，说："我韩复榘不是小人，言而有信。"石野虽然对韩复榘的做派不屑一顾，但还是深鞠一躬。山东的撤侨行动，也给石野加了分，日本政府对他的工作也给予了充分肯定。

葛光廷总算松了口气。当然，社会上也有不少人提出质疑，说胶路给日侨加挂专车是汉奸行径。葛光廷并不在乎，任何事情总有它的两面性，有人夸，就有人骂，只要大义上立得住脚，何必在乎其他别有用心的声音。

葛光廷才把这件事情放下，紧接而来的另一件事却让他陷入迷茫和困惑之中。这天，有位陌生人送来封信。打开看，竟是冈村宁次写的。葛光廷大感意外。虽然和冈村宁次在中国见过几面，但彼此并无其他渠道的联络，托人捎信更是第一次。看罢信件才知道，冈村宁次有位叫小村直一的朋友，在青岛开办面粉厂，因"意外"被警方逮捕，冈村恳请葛光廷帮忙解救，并助他回国。

葛光廷之所以对来信感到意外，除却"突然"外，更主要的是冈村宁次所托之事。在与冈村的交往中，每次都是为了他所谓的"国家大义"，从未言及私事，而这封信请托之事却具有很强的私人意味。那么，确实是冈村的私人之情，还是另有隐情？葛光廷大感怀疑。

葛光廷思考很久，最后还是决定满足冈村宁次的要求，无论他抱有何种目的，自己一定尽力而为。

葛光廷找到沈鸿烈要求其帮忙。

沈鸿烈听罢半天才说话。"这位小村直一是黑龙会成员，对外身份是青龙面粉厂日方经理，实际是军方间谍，经常干些不可告人的勾当。前些日子，青岛警察署发现他向日本情报机构提供近期沿海最新军事部署，便把他羁押起来……"

葛光廷一听，才知自己的担心并非多余，有些犹豫。

尽管如此，沈鸿烈还是说："您想如何处置？"

葛光廷说："能不能放人？"

沈鸿烈说："放人……有些冒险，有关部门正在审讯他，不知他还掌握什么情报。"

葛光廷叹道："青岛无险可据，无密可保。哪怕是间谍，能有多大破坏力？"

沈鸿烈说："不知您是为谁所托？"

葛光廷想了想，觉得不便隐瞒，便说："冈村宁次。"

沈鸿烈不作声。

葛光廷说："我应该帮吗？"

沈鸿烈说："按常理，不能帮。"

葛光廷说："非常理呢？"

沈鸿烈说："那当然另当别论。"

葛光廷说："好，那就放人，让他回国。"

沈鸿烈苦笑道："冈村有您这么位同学，真是幸事。"

葛光廷叹道："抹不开面子，尽管是对手，但他张了口，无法回绝。还有……"葛光廷沉思片刻道："这事好像没那么简单，我觉得冈村宁次在试探什么。"

"你说是诱饵？"

"不知道，但本能告诉我，这事应该办。"葛光廷说。

沈鸿烈说："好，那就办……"

沈鸿烈给警察局长王时泽打电话，说："把小村直一放了。"

对方在电话那边像在询问原因，沈鸿烈有些不耐烦地说："让你放就放，其他不要问。"

沈鸿烈放下电话，对葛光廷说："可以了吧？"

葛光廷说："感谢，感谢。"

沈鸿烈说："先不要说感谢的话，还有更棘手的事呢！"

"更棘手的事？"

沈鸿烈说："战事紧迫，委员长已下令，让我把日本人在青岛的工厂全部炸掉，不留下任何有价值的东西。"

葛光廷惊道："四方厂呢？"

沈鸿烈说："也在销毁的范围，想办法如何减少损失吧！总之四方厂是不会炸的，您自己处理。一个基本原则，就是不能留给日本人。"

25

四方厂的搬迁已成燃眉之急。

葛光廷知道四方厂的搬迁之所以拖这么久，关键还是栾宝德的态度问题。葛光廷开始时对这件事情也不太积极，他自己内心也承认，所以尽管对栾宝德不满，特别是在听到南京政府已向青岛市下达了"焦土政策"的命令时，焦急万分；但是，他觉得还是不应该和栾宝德发脾气，而是需要和他推心置腹地谈一次，做通他的思想工作才是正确的方式。毕竟在外界看，哪怕在顾楫等人眼里，恐怕也将自己视为与栾宝德同道之人。

葛光廷与栾宝德的谈话十分不成功。大敌当前，一切充满变数，包括人与人之间的关系都存在着不可预测性。栾宝德对葛光廷的敬畏减弱了很多，他也知道一旦战事起，胶路不知道会成为什么样子，葛光廷何去何从也无从判断。而自己对四方厂的控制却是无人能替代的！

栾宝德话说的并不多，但态度明显强硬起来。他说："我不同意搬迁，四方厂发展到现在，胶路员工付出了辛勤的汗水和努力，不能把它拆得面目全非。"

葛光廷一遍遍给他讲形势的险恶，无济于事。葛光廷差点就把南京政府将要实施的"焦土政策"告诉他，但毕竟那是绝对机密的事情，葛光廷绝对不敢透露。

与栾宝德的谈话以一声长叹结束，他决定召开委员会，向委员会通报情况，争取各位委员支持，收回对四方厂直接管理权，直接下令让顾楫全权负责四方厂搬迁事宜。

就是在这时，尹援一进来报告说："铁道部派来专员，要与葛委员长单独见面。"

葛光廷感到诧异。他对铁道部派专员来胶路事先一无所知,岂不是咄咄怪事。铁道部部长已换成张嘉璈,他还没有就胶路问题作过汇报,也不明白张的行事风格,所以也便无从猜得铁道部派专员来胶路的真实用意。

容不得他有更多想法,铁道部专员已落座胶路的会议室。葛光廷走进会议室,见来人面熟。

"我是杨毅。"

听得来人的自我介绍,葛光廷突然明白了栾宝德为何会对四方厂南迁的决定抱持如此大的反感。葛光廷虽然没有直接和杨毅打过交道,但知道此人曾任四方厂厂长,在任期间与栾宝德等人结下了说不清道不明的恩怨情仇。由杨毅督导四方厂的南迁事宜,很难说不会掺杂个人情感,也难怪栾宝德会如此抵触。杨毅的介入或许是事情变得复杂的主要原因。

葛光廷客套几句,便问:"杨帮办,今天来胶路有何公干?"

杨毅说:"因事情紧急,没提前向葛委员长报告,实属无奈。我是来办理四方厂的事。"

葛光廷一听便明白了大半,说:"铁道部坚持要将四方厂南迁?"

杨毅说:"请葛委员长理解支持,四方厂现在是全国第二大铁路设备制造厂,是中国工业的命脉,必须保存下来。铁道部早就决定搬迁,不知胶路为何迟迟没有动作。"

葛光廷说:"并非没有动作,我们也只是伺机而动。前些日子,本来已决定请示铁道部搬迁的,并且有些设备已经拆卸下来,但形势出现了和缓,就想观察一下再定。况且胶路现在正处于繁忙运输中,如果四方厂一旦停工,整个胶路也就会被釜底抽薪,无法运转了。"

杨毅说:"葛委员长比我辈更有眼光,眼前形势不用别人说,事不宜迟,速速搬迁。这是铁道部的决定。"

"搬往哪儿?"葛光廷问。

杨毅毫不迟疑地说:"株洲。"

杨毅所说的"株洲",具体讲是指正在兴建的株洲机车车辆厂。自去年以来,浙赣、粤汉铁路相继通车,湘黔铁路也开始修筑,在长江以南亟须修建一个能制造机车车辆和配件以及兼作修理功能的机车车辆厂,铁道部便选定粤汉与浙赣两条铁路的交叉点株洲,兴建株洲机车厂。但是,葛光廷知道,机车厂的建设并不顺利。

葛光廷听罢心里感到不舒服，不禁自语道："那可是件大工程。"

杨毅胸有成竹地说："并不困难。铁道部已决定，四方厂至少三分之二的设备应运往株洲，这项工作由顾楫和朱黼负责；另外三分之一的设备补充到西安、洛阳、江岸等铁路工厂。"

葛光廷更感意外，如此说来，铁道部已经替胶路把四方厂的搬迁方案确定好了，那么胶路只有乖乖行事就是了。这无异于挑战葛光廷的权威。若在平时，葛光廷是不能容忍的，但想想现在的局面，确实这项大工程也并非胶路自己所能为。但是，这件事情又不能不让葛光廷感到一种巨大的恐慌和不安。铁道部之所以能够如此操作，说明对四方厂发生的一切已尽在掌握之中，不然的话，也不会安排得如此井井有条，丝丝入扣。葛光廷感到自尊心受到深深的伤害，存在感大打折扣。他觉得，有必要重新审视自己的使命，对自己有个新的定位。

他面如止水，心底却波澜狂飙。

葛光廷突然意识到什么，问："顾楫、朱黼负责搬迁，那栾宝德厂长呢？"

杨毅放慢语速说："栾厂长会有新的任用。"

"这是如何说？"葛光廷惊讶道。

杨毅说："栾厂长的任命很快就会下来。"

就在这时，尹援一走进会议室，送来了铁道部的电令，葛光廷接过一看，见是"任命栾宝德为胶济铁路管理局机务处副处长，不再担任四方机厂厂长一职"的任职令。

葛光廷拿着一纸电文，觉得沉重如山。

送走杨毅后，葛光廷马上筹办四方厂搬迁事宜。

他把栾宝德叫到办公室，递给他铁道部的任命状。

栾宝德冷冷一笑，说："就是这些人兴风作浪！"

葛光廷说："不要这么说，这是铁道部的命令，难道你不服从？"

栾宝德说："我服从……只是气不过这位小人得志的做派……"

葛光廷问："你是指杨毅？"

栾宝德说："十年前，这个人就干过四方厂的厂长，和顾楫是一丘之貉。"

葛光廷忙摆摆手，不让他继续说下去。他对栾宝德的口无遮拦不以为然。但栾宝德的一番牢骚为葛光廷揭开了谜底，难怪铁道部对四方厂发生的一切如此熟悉并有如此准确的安排处置方案，原来背后果然有人操弄。葛光廷这时也才明白，为何四方厂总会出那么多麻烦事，也为自己在处理四方厂问题上的草率与简单感到后怕，如果有人想置自己于死地，很容易从中找到把柄。

栾宝德垂头丧气，但事到如今，只能认输。新的任命已将他排除在四方厂管理权力之外，他已完全失去对四方厂的影响。他以一种无事一身轻的玩世不恭的态度，转身离开，从此胶路很少再见到栾宝德的影子。

葛光廷召集顾楫、朱黼等人召开四方厂搬迁动员会。会前，胶路管理局委员们先自听取了顾、朱的汇报以及二人拟定的搬迁方案。两人的汇报周全详细缜密，委员们听罢都知道二人早有周张，心里便觉得有别样意味，却不作声。

葛光廷在动员会上宣布了铁道部对栾宝德的新任命，部署了四方厂搬迁的相关事宜，号召大家响应铁道部号召，以更快速度做好四方厂搬迁，为中国铁路制造业保留"血脉"。参加动员会的近百号人，个个显得振奋，特别是被安排了重点任务的车间主任们，对战时能为国家出力感到荣幸之至，脸上挂着按捺不住的激动。但作为胶路管理局第一管理者，葛光廷此时此刻却感到一种巨大的落寞横亘在他与周边所有人之间，一种与己无关的疏离感让他心生苍凉与无助。整个会议下来，他只记得两位副厂长顾楫、朱黼负责将大部分设备带往株洲；另外一部分设备由一位叫张名艺的工务员负责带到京汉铁路江岸机厂。除此这些大的轮廓，记不得会场的其他细节。

这就是四方厂的命运。经过德、日，乃至于国人经营近四十年的胶济铁路四方机车工厂似乎已经完成了它的历史使命，厂房又响起紧张的敲打、轰鸣声，但已不是进取的声音，而是一种行将退出历史舞台的告别的哀鸣。在顾楫、朱黼带领下，近千名工人没白没黑地拆卸设备，铸造车间巨大的机器以及其附属的刀架、床身等零部件被缓缓拆吊下来；车轮箍加热炉被解体，然后做上标记，以备在某个需要的时刻重新组合；超重的天车被小心翼翼放倒在厂房，没有了以往的威风与尊严，躺在地上任人踩踏跨越，何处是它重新站立的地方不得而知；木材加工场的带锯机、锯齿修磨机张牙舞爪、横七竖八地堆在一起；锻工车间里的电动空气压缩机、80千瓦的电动机、蒸汽锤看似保留着原状，但这些设备基座螺栓已被松开，只需要很轻微的力量，它们就将倒下；铸钢用转炉及附属设备和部分线路钢轨无序地摆放在空旷的场地……这些设备将被分类装车，第一批拆卸下来的设备已装了三列火车，正整装待发。

三天后，顾楫带领六十余名员工亲自押送，载着四方厂的"肢体"连同附着其上的灵魂向着更远的地方奔去……

就在完成四方厂搬迁部署后，葛光廷马上投入胶济铁路管理局的搬迁中。与四方厂的搬迁不同，作为中枢机关的管理局搬迁事宜必须由他亲自安排调度。虽然不像四方厂那样复杂，但在葛光廷看来，这件事情的意义却非同寻常。胶济铁路由青岛迁往济南，不只是战时之需，而是着眼长远发展的必然，也是他考虑已久的事情；但搬迁确实又是在战火蔓延的无奈中实施的，这又并非葛光廷的本意，他本想在和平年代里从容完成这项工作，更是为了胶路能有个更加光明的未来，而现在却成了他在胆战心惊之中不得不做的事情，这确实有违初衷。

1937年8月24日，胶济铁路管理局管理机构正式迁往济南。

26

葛光廷从未见过韩复榘如此惶恐不安，气急败坏。

葛光廷本来是晚上见韩复榘的，让朱经古安排个秘密去处，以便和韩说些私密话，毕竟这么长时间没有深入交流，心里有好多话要说，特别是为关于胶路搬迁济南的一些具体事向韩复榘征求意见。

朱经古有些犹豫，说："昨天在黄河北齐河一带，韩主席与日军一队人马遭遇，从手枪旅抽调的八十人组成的卫队只回来了七八人，其余的全部被日军歼灭。韩主席九死一生，惊魂未定，哪有心思吃饭。"

葛光廷听罢不由得倒抽凉气。自打杭州回来，韩复榘一直处于高调备战状态，加紧在沿黄河南岸修筑工事，还有几次主动跨过黄河增援宋哲元的刘多荃、庞炳勋部，配合友军与日军作战，并且在德州附近打了几次漂亮仗。如此一来，韩复榘情绪更加高涨，国人也给予了他更高的期待。在韩复榘看来，日本人其实也并没有想象的那么可怕；而在国人眼里，韩复榘足可以承担起抵御外侮的民族大任。九月份，韩复榘专门到南京向蒋介石作了一次黄河防务汇报，主动提出要进攻天津、马厂、桑园一带的日军。韩复榘的表现让蒋大为兴奋，但他对韩主动攻击的提议却不置可否。在他看来，只要挫了日军锐气，阻其过黄河，足以争取战局的主动，在当前尚无全胜把握的前提下，主动去激怒日本人并不是明智之举。蒋介石的态度让正在兴头上的韩复榘大为沮丧。蒋也看出韩不满，一方面言语上安抚韩复榘；同时，主动提出调一个炮兵旅用于黄河战线的防御。韩复榘方为之一振，重新振作起来。毕竟，韩复榘现在最缺的是重装备，有了炮兵旅对他来说无异于如虎添翼，会极大地提升战力。他当场向蒋介石表态，决不会放一个日本兵过黄河。韩复榘跃跃欲试的劲头让蒋打消了所有对他的不快，频频点头。

但在葛光廷看来，韩复榘的势头有些过猛，但是，正当全国上下同仇敌忾之时，也确实需要韩的率先垂范。

韩复榘从南京回来便急忙赶往前线视察防务，没想到与日军的一小股主力部队遭遇，差点把命丢了。遭此打击，当然没兴致吃饭。葛光廷决定改日，没想到不一会儿朱经古告诉他，韩主席要和他一起共进晚餐。

很明显，韩复榘仍处于恐惧、烦躁、不安之中，一见葛光廷就说："差点就见不到您了。"

葛光廷说："我也是刚听说，主席逢凶化吉，福分匪浅。先敬一杯压惊。"

韩复榘也不客气，昂脖饮了。葛光廷又给他斟满，看着他，一副洗耳恭听的样子。

没想到，韩复榘突然陷入一种巨大的悲伤中，他几乎是声泪俱下地在说："我的臭命值什么钱，一辈子不知死过多少回了，反正也不在乎再死一次，好在是死在和日本人的拼杀中，也算对得起父老乡亲，对得起列祖列宗。"

葛光廷说："韩主席何必如此悲观，日本人对主席是非常忌惮的，他们不敢拿主席怎样！"

韩复榘又干一杯，横眉竖目道："您认为我怕日本人？日本人有什么可怕的，我怕的不是日本人，而是中国人。"

葛光廷不明就里，但对他的牢骚多少也有几分理解。自从杭州回来，国防部以形势需要为由，改编了华北驻军。韩复榘的第三路军与于学忠的第五十一路军合编为第三集团军，韩复榘任总司令。看似韩和第三路军的力量得到充实，其实第三集团军上面又设了个战区。韩复榘的第三集团军隶属第五战区，司令长官是李宗仁。李宗仁驻守徐州，军事布防需向他请示才能实施，二人形成掣肘之势。就在几天前，葛光廷听说，军事编制又会再做调整，蒋介石组建第六战区指挥部，战区指挥官任命了赋闲已久的冯玉祥、鹿钟麟、石敬亭等人，明令第六战区可以指挥宋哲元和韩复榘两部。葛光廷对军事部署不敢过多置喙，但对此确实大感困惑。看来，韩复榘恼怒正因此事。

韩复榘说："我在前方如此卖命，老蒋还是不信任我！"

葛光廷不敢随意附和。

韩复榘酒喝得猛，不一会儿，话便语无伦次。他说："我是冯将军部下，他怎么说，我怎么干，我的部队就是他的部队，他怎么调都可以。但是，宋哲元的部队他能调得动？真不知道怎么会出如此昏招？"

韩复榘接着说："说得难听点，这不是挑拨离间吗？现在好了，宋哲元不干了，效仿冯将军来泰山隐居，接替宋哲元的冯治安又对冯玉祥避而不见。"

后面的话所涉及的事情，葛光廷还是第一次听，他知道军方的情况十分糟糕，但没想到会是这样一个局面。如此一来，华北局势发展真的不容乐观。

韩复榘叹道："可怜我的冯老将军，何苦再出山？杀日本人的心情可以理解，但搅到这样一个局里，最后落得个人不人鬼不鬼，害了自己，成全了别人。"

葛光廷揣摩着韩复榘的话，知道他担心冯玉祥也会在这样的圈套中自损威信，难以始终。

韩复榘见无人斟酒，便自己倒一杯，端起来喝干，然后俯身葛光廷说："本来我想组织反攻，把日本人赶出平津……您说我能不能办到？"

葛光廷感到他所谓的反攻只是空想而已，现在局面下不可能做到，又何谈成功，但他还是说："当然有可能。"

葛光廷虽然这么说，但韩复榘还是看出并非他的本意，便故意反问："你说会有多大胜算？"

葛光廷笑笑不答，头转向一旁，眼睛不去看韩复榘。

韩复榘也是咧嘴苦笑，道："我知道您想的什么！"

葛光廷说："反攻的话倒不必说，只要能守住黄河就行。"

韩复榘一拍桌子，说："对，别看我现在还在黄河以北，但德州、惠民是难守的。除非主动出击，和日本人对决；但老蒋又不同意。哎——打阵地战是不可能的。下一步，只能退到黄河以南了。不过，守住黄河还是有把握的，实在不行就把泺口铁路桥炸了，日本人就是插翅也难进山东。"

说到这里，韩复榘突然想起问青岛的情况。

葛光廷停顿片刻说："危机四伏。自德县路两名日军被刺后，日本以种种理由寻衅滋事，好在沈市长应付有方，才避免大事发生。"

德县路两名日军被刺后，沈鸿烈面对日人咄咄逼人的气势，丝毫不示弱，将税警第五团、第六团开到日侨集中的四方、沧口一带，以日侨安全相要挟，确保日军不敢轻易上岸。日本企业在青岛的纱厂较多，日侨集聚，日本政府忌惮会危及日侨安全。沈鸿烈的策略切中要害。日本口头上虚张声势，终归不敢轻举妄动。

葛光廷说："现在日本正大规模撤侨。撤侨后的形势实难预料，青岛的税警第五、第六团已奉命开往上海作战，青岛防御空虚，几成门户大开之势。"

韩复榘说："我在这里苦守黄河又有何益，千疮百孔，日本人从哪里都可以进山东。"

就在这时，外面响起防空警报声。朱经古用惶恐的眼神看韩复榘。

韩复榘说："日本人的飞机又来了。"

不一会儿，外面传来怪异的轰鸣声，紧接着响起炸弹的爆炸声。

27

葛光廷回到青岛后，心情已与往日大不相同。8月的青岛依旧是炎炎盛夏，除却胶济铁路管理院内外周遭的松柏依旧葳蕤青翠，其他的杂木树种枝叶竟显枯萎、无精打采。风静止，凉意凝滞，一种胶黏的感觉在树叶枝条的缝隙里流淌，似是一直浸润到人的皮肤上，让人浑身不自在。葛光廷感到这是他自1930年来到青岛之后最为不适的一年，既有天气的原因，也是心情使然，更是现实与心境彼此不谐所带来的感受。

大战浓云密布，就像是将至的暴雨还没有下来，人们害怕有些到来的灾难，但又盼着这样一份不得不承受的灾难早些而至，反正不得不来，何不如早些到来，早些应对，也早些过去。很多人的心情如葛光廷一样，焦虑、期待、恐惧、无奈、徘徊、无助……

葛光廷进退之间显得格外犹豫，胶济铁路管理局已经搬迁到了济南，除却留守的运输调度人员之外，所有能够迁移的设备已经基本完成，人员更是在轰隆隆的炮声中都作鸟兽散，管理人员已经大多去了济南，身份不稳定的雇员们大多不知去向，哪里安全哪里便是他们的退路，此情此景，已经无法让任何人再承担责任，真的是大难来了各自飞。而对于葛光廷来说，他是退无可退的，他只有与胶济铁路共存亡。

葛光廷突然想到了在胶路供职的人员，他们去了哪儿？运输处、技术处等主要处室仍然保留了几十人的日本籍贯的员工，他们大都技术出众，相信他们更为自己的性命担忧，他们同样担心战争的威胁，但此时此刻中国人对他们刻骨铭心的仇恨当然是为更为危险的因素，尽管这些年来，几经筛选，这些日籍人员大都是些工作勤奋、政治立场并不鲜明的实干者，但仍然无法减弱一个善良的国度被另一个恣意妄为的国度所激发出来的仇恨和怒火，他们必须自保。

葛光廷之所以想到日籍人员的动向，其实并非只是关心一个在胶济铁路管理局一直存在的群体，而是具体到两个关键的职位上，那就是运输处长、会计总长这两个一直为日人霸占着的岗位上的人员，而这两个人的存在一直是胶济铁路所有权不能尽为我所有的象征，而此刻在两个人去了哪儿？这两个人的消失也就意味着，战争在到来之前，所有国家之间所构建起来的关系已经消解、崩塌，不复存在。

葛光廷一番踌躇之后，就打算离开胶济铁路管理局，他二楼的办公室早就收拾干净，他此刻来这里只是一种本能，想想其实也并没有具体的事情可做，能够做的就是到运输调度室去慰问一下留守的人员，但现在他却不想再去了。或许很快，胶济铁路又会复归日人之手，这些留守的人员就会为日人服务，想想心底变得凄凉。

就在葛光廷要离开院落时，却见已升任运输处处长的谭书奎迎面走来。显然，谭书奎对于葛光廷的出现也感到意外。

"委员长，您怎么又回来了？"这话听着不舒服，却充满着关心。葛光廷说:"回来看看。"

"您还是离开吧,日本领事馆的到处找您呢!……哦,当然,他们现在也没有精力再找您了,他们自身难保了。"

从谭书奎的话里可以听得出一些信息,他困惑日本人为何要找他。谭书奎说:"当然是胶济搬迁济南的事。他们是来兴师问罪的。"

葛光廷心想:"两国交战,都自身难保,现在还关心搬迁到哪里?"但随即一想,两国之间对于战争的态度当然不一样,他们只是暂时避祸,而对于中国人来说却是前途未卜的命运所关。日本人有着对于未来的更多的"期待"。

葛光廷点点头,表示明白了,也算领了谭书奎关切的情分。大战在即,一切的关系都在发生着潜移默化的改变,在此所谓的关心是无关紧要的,尽可加以忽略的,而现在却显得难能可贵,葛光廷也不能不表达一下谢意。

和谭书奎说过几句话后便匆匆告别,葛光廷决定马上去见沈鸿烈,他此行的主要目的还是就战前某些关心的具体事宜与沈鸿烈做些面对面的商议。沈鸿烈并未在市政府,工作人员告诉他,现在已经没有人知道沈市长的行踪了,当然也不会知道他何时能回。葛光廷本就无他事可做,决定等沈鸿烈回来。一位相熟的工作人员给葛光廷倒了杯水,顺便问道:"胶济铁路管理全部搬到了济南了?"

葛光廷说:"是啊!"接着抬头望着他,问:"你为何这么关心……"

"不是我关心,而是日本人关心。"

"噢,如何说?"

此人说:"川樾大使已经向沈市长提出了抗议,说没有照会日本人就把胶济铁路管理局迁到济南是违背了外交条约。"

葛光廷轻轻一笑,说:"现在都撕破了脸,还谈什么外交条约。"

此人说:"可不是吗!"便又去忙别的事情了。不久,这位对胶济铁路管理局搬迁极为关心的工作人员竟然给葛光廷送来了一份日文报纸,说:"葛委员长,你看……"

日文报纸上一个大标题赫然在目:"胶济铁路管理局转移到济南。"葛光廷定睛细看。"根据陆军相关情报,胶济铁路管理局在没有知会日方的情况下,就擅自搬到济南去了,之前没有将这个事告知管理局车务处长,金钱支出收入上,也没有相关日方会计长的签字许可。实际上,现在胶济铁路处于由中国方面完全占领的状态，淄川碳矿，其实也逐渐成为中国实际占领的状况。"葛光廷反复看了两遍，想从中看出更多隐藏的信息，但除去焦虑不安的情绪之外，日本人对于胶济铁路管理的搬迁显然也是无能为力的。

葛光廷心想，这场战争彻底打乱了日本人既有的霸占胶济铁路的思路，这或许还有一点自我安慰的作用。当然，战事起，谁又知道会是怎样一种局面。

等了大半天，百无聊赖的葛光廷竟然也失去了耐心，便决定离开市政府，先回去处理私事。沈鸿烈知道他等了这么久，回来后，一定会找人通知他见面的。

28

葛光廷这次回青岛，还有一件重要的私事，就是把夫人沈彤送往南京。沈彤家人居南京，南京城虽不安生，但大半中国何处又是安生之地？

葛光廷把夫人沈彤送上火车，因还需要在济南换乘，人慌马乱之际，担心发生问题，尹援一主动提出送葛夫人回南京。

送走夫人后，葛光廷又想到沈鸿烈。一天了，沈鸿烈处竟然没有一点动静，说明他不是忙得不可开交，就是还没有从外面回到市政府，不知道自己曾经找过他。他相信，他一旦回来，市政府的工作人员一定会把自己找他的信息告之他的。不管怎样，葛光廷把夫人送走了，觉得一个大的心事也放下了，也没有其他的事情可做，便决定再去市政府，这次见不到沈鸿烈就不回来了。

没想到一到市政府，沈鸿烈便迎了上来，有些惊讶道："我刚让他去通知你我回来，你就到了？"

葛光廷说："我刚送夫人走，直接来这儿。"

沈鸿烈的精神状态很好，甚至可以说有些按捺不住的亢奋，但是从他涨红的面上可以看出他的极度疲惫。葛光廷知道他这段时间一定倍受煎熬。葛光廷不知道是不是应该表达自己的这份关心，但眼神却已流露无疑。

沈鸿烈自然感受到了这种情感："谁让我们赶上这样的多事之秋，没有办法，没有办法。"

"现在青岛在做……最后的准备？"

沈鸿烈说:"当然……"

"那是?"葛光廷不愿意说出那个在他看来是最坏的结果。

"没错。焦土战略开始实施。上面已经正式下了命令,要把青岛彻底毁掉,不能留给日本人。"

葛光廷听罢,沉默半天,心头的痛楚如海水一层层漫涸上来。他说:"您建完了青岛,再将他破坏掉?"

沈鸿烈叹口气说:"有什么办法?总比让给日本人好吧?"

葛光廷没作声。

沈鸿烈说:"现在最大的问题,一是没炸药;二是缺爆破专家。"

葛光廷心里一颤,没有想到沈鸿烈所谓的焦土战略已经进入实施层面。

"目标选定了?"葛光廷问。

沈鸿烈说:"日本人的九大纱厂都要毁掉。当然,还有啤酒厂、四方发电厂、铃木丝厂、丰田油厂……还有两个橡胶厂、两个自来水源地及港口的塔吊……全部炸毁。"

"四方厂呢?"葛光廷问。

沈鸿烈说:"已经从目标中清除,我知道您们已经把四方厂的设备搬走了,炸与不炸也没多大意义,留个厂房看看将来你们回来后是否可以继续用。再说,我的炸弹本不富裕,不能浪费……"

葛光廷说:"谢谢您手下留情。"

沈鸿烈迟疑片刻说:"总不能把青岛全炸掉吧!"

不一会儿,佣人准备好晚餐,葛光廷陪他吃了一点,感到心胸憋涨,肚子也不舒服起来,只得要了杯热茶喝。沈鸿烈胃口却极好,看来是真的饿了,有些狼吞虎咽的样子,嘴巴发出"啪啪"的响声,边吃边说:"这些天太忙,都有些饿过劲了。前些日子,我专门写信给韩主席,请求他支援些炸药,一直没动静,派人催了几次,韩主席才给了我8吨TNT黄药和1500个雷管。"

葛光廷不解:"需要这么多炸药、雷管?"

沈鸿烈说:"青岛的公大、内外棉等九大纱厂拥有45万纱锭,价值5亿元,是日本在青岛最主要的资产,建造在四方、沧口一带,长达二十里,厂房坚固,并且这些厂家都装有自动防火设置和蓄水池,不是简单地放火就能烧毁的,必须用大量的炸药才能彻底解决问题。"

葛光廷不知所以然地点头。

两人聊了一会儿，所有心思已为感时伤世的情绪占满，没有供其他情绪存在的心境了。葛光廷闷闷不乐地回到龙江路3号住所，他已经不会再有更多机会在此居住了。海隐在夜色深处，浪声拍岸的声音清晰而有规律。青岛的夜一如既往，但所有的一切已面目全非。夜里隐藏的寂静里，弥漫着不为人觉的火药的味道，葛光廷觉察到有一丝灼热烤炙心口，让他隐隐作痛，并且有愈燃愈烈之势。

就在这时，突然不远处响起一声剧烈爆炸声，一团火球腾空而起，瞬间把周围的海、山、树映照得通亮，像有个巨大的镁光灯照相机突然间按动了快门，肯定有"重磅新闻"发生了，葛光廷嗅到了一股浓烈的真实的火药味。这样的"快门"被迅速地按下多次，只是接下来的"曝光"没有第一次强烈。葛光廷想："难道沈鸿烈的焦土战略已经开始实施？"但是，等了很久，一切都复归平静。只有爆炸的方向传来呼喊声，紧接着有火光升起。由此判断，这更像是一起意外事故，而非有计划有规律的破坏活动，只是不知道与沈鸿烈正在实施的计划是否有关系。

葛光廷一夜无眠，次日一早又到沈鸿烈处。沈鸿烈出去了，整夜未归。葛光廷猜想与昨晚的爆炸肯定有关。

晚上才见到沈鸿烈。

没等葛光廷问，沈鸿烈便说："昨天爆破组在给一家日本化工厂安装炸药时不小心引发了爆炸，哎——差点惹大麻烦。说到底，技术人员不行。只有马锡年一个人不行……我已经派人去北京请专家。"

葛光廷听说过马锡年，他是沈鸿烈请来培训和安装炸弹的专家。葛光廷问："您们到底还要安多少炸弹？"

沈鸿烈听罢，摆出一副担心的样子说："您还真要告诉您的员工们，让他们无事不要到处乱走，特别是日本人工厂附近，现在到处都在安装炸点，一旦日本打进来就会随时引爆，之前已发生过几次误炸，一定要小心。"

葛光廷听明白了，现在的青岛已成为一个巨大火药桶，随时都有爆炸的可能。葛光廷决定马上离开青岛。

这一天是12月18日，天色隐晦，冷风透骨。太阳变成一个惨白的光晕，没有轮廓也没有光芒，像是捣碎了的馊掉了的鸡蛋黄让人感到一阵反胃。青岛街上的行人很少，且大都行色匆匆，能够外逃的早就离开，不能离开的，因为家和家人的牵绊，无处可逃，只有抱着与家共存的侥幸与期盼待下去。葛光廷乘坐的车是晚上八点的，他四点就到了车站，想在青岛火车站再转转，以后来青岛的机会少了，不知为何会生出几分伤感。他看了调度室、运转室，和在岗位上忙碌的员工聊天，不时会有人问各类话题："为何把胶路迁到济南？""日本人会占济南吗？"……他应付着，无法给出一个确切答案。大家都在说："日本人太可恨，改变了一切。"

正在四处转着，有人急匆匆地进来，在陪同他的青岛站长耳边说了几句什么。站长忙转身对葛光廷说："有电话打到站长室，请葛委员长接。"

没想到，电话是沈鸿烈打来的。他直截了当地说："南京已下达指示，晚上8点将实施……计划，速离开青岛。"说完便把电话挂了。

放下电话，葛光廷怔怔地半天没说话。他明白，所谓"计划"就是马上对青岛的重点区域实施爆破了。8点，那恰恰是他离开青岛时间。这么巧合？他看一眼墙上的表，六点十五分。返回公务车，他闭目养神，但愈想安静，却愈是心绪大乱。天一点点暗淡，他长久积淤的恐惧渐渐化成一种"期待"。不知道几个小时后，青岛将会出现怎样的"奇观"，青岛从此又会变成怎样一副模样？他想起崂山、观澜阁、总督府、四方机厂、龙江路3号、铁展会……所有的过往如一帧帧画面既缓慢又迅疾地掠过眼前。

随着一声汽笛长鸣，车钩撞击，列车启动。八点。他在想，八点，八点……葛光廷走到公务车尾部，天色已黑，除却车内微弱的灯光投射在路轨上能够看到运行的轨迹外，其他一切均无可见，就在这时，葛光廷"期待"的那样一个瞬间爆发了，先是一声巨响，运行的列车都在这种巨响中发生着一种扭曲的颠簸，紧接着，一团烈焰升腾，把半个夜空照得通明；紧接着是第二声、第三声、第四声……每一声爆炸响后，都伴随着一团火光升腾；已数不清有多少爆炸声响起，但可以看到一团又一团火光连接成一条火龙，绵延几十公里有余。

这便是此时此刻的"美丽"而又壮观的青岛。

每一次爆炸声响起，列车都会下意识地减速，但随着爆炸的连续不断和冲天的火光一次次升起，列车明显加速，像是赶快逃离这座已成地狱的城市……

29

朱经古说,他告诉过韩主席,济南的冬天是危险的,因为正值黄河枯水期,河床裸露,水会结冰,人很容易就能从对岸过来。黄河在这样的时刻便无天堑可言,而成坦途了。韩主席对这种提醒很关注,但对于危险程度他似乎并没有意识到。

1937年冬天格外冷。从身上冷到心里。所有的中国人都是同样的感受。

日本人对山东的进攻是有通盘考虑的。12月前,日军在黄河以北的行动基本宣告结束;11月16日,韩复榘下令炸毁了泺口黄河铁路大桥。大桥是德国修的,是津浦铁路跨黄河的唯一通道。大桥一断,南北成隔绝之势。就在葛光廷从青岛离开的当天,也就是1937年12月18日,日本陆军参谋部下达了进攻青岛的命令。此时,济南的日军已完全清除了韩复榘在黄河以北的武装,从12月23日,就开始分别从不同地点向济南进攻,先是靠近济南的章丘失守,接着是更东些的周村被占,日军并没有真正从正面攻击,而是东西两侧迂回进攻,以最小的代价轻松在济南两翼实现了突破。

进入10月,韩复榘大部分时间都在泺口一带的黄河南岸阵地度过,担当津浦线防务的是新改编的孙桐萱部第十二军,日军的进攻主要以炮击和飞机轮番轰炸为主。当驻守周村一带的谷良民第五十六军报告日军已进入城区,章丘失守的消息几乎同时到达,韩复榘知道上了日本人的当。

济南上空的炮声一直不断,东西也不时传来密集枪炮声,济南市民恐慌不安,像是无头苍蝇,嗡嗡嘤嘤,不知如何是好。有人说日本人来了,有的说日本人正在南郊杀人……

韩复榘带着一队人马来到胶济铁路管理局在济南的临时办公地点。临时办公地点距胶济路济南火车站很近,葛光廷的休息处仍旧在胶济铁路饭店。葛光廷见韩复榘不请自到,有些惊讶,他一直认为韩正在前线浴血奋战。

葛光廷问:"主席为何而来?"

韩复榘说:"济南守不住了。"

"那……"葛光廷惊得睁大了眼。

韩复榘说:"您把公务车备好,直接调到津浦路。"

葛光廷问:"去哪?"

韩复榘沉默很长一段时间,说:"南……"

"南"是哪儿?南京?还是向南?

葛光廷用狐疑的目光看韩复榘。

韩复榘没作声,他也不知南……是哪儿,只是说:"先去泰安。"

葛光廷忍不住问:"主席要弃守济南?"

韩复榘没讲话,只是深深地叹口气。

葛光廷不再多问,吩咐戴师韩抓紧准备。公务车的准备并不复杂,只是做些简单设备检查以及日常所用料具,然后就是机车的编挂和过轨。

1937年12月24日晚7点刚过,一直盯守在胶济铁路饭店的葛光廷接到省政府传来的第三集团军命令,马上把列车准备好,随时出发。不到8点,韩复榘带着几十号人马来到车站,直接上了公务车。这时,远处传来地动山摇的爆炸声,让人为之心惊。韩复榘下令开车。

列车缓缓启动,向着党家庄方向。

夜已经黑了,零落的枪炮声越来越远,列车的铿锵声越来越清晰。公务车上的人集中到一侧,显得非常拥挤;而在另一侧,只有韩复榘、葛光廷等几人。车中间挂着隔帘,把车厢分隔成两个区域。韩复榘与葛光廷并肩立在车窗前,窗外不见一物,但能够感觉到隐在夜里飞驶而去的那些孤立的树、散布的村庄、结冰的河流、无助的人群……他们在这个世界静止着,也被这个世界远远地抛却到身后,他们的命运从来就不是自己的,甚至无从选择。

韩复榘与葛光廷有着同样感受,平时呼风唤雨,一旦被战争所挟裹,一切便都会变得孤立无助、弱不禁风。

车在泰山脚下的泰安火车站停下。等了两天。两天里,韩复榘不断接到各种指令,有些应接不暇的意味,甚至有几次他竟安排人要到泰山周边寻找指挥所,但最终还是放弃。第三天晚上,车又开了,继续向南。

韩复榘告诉葛光廷:"我要到兖州下车,去曹县。"

曹县在西部,需要从兖州转线,但铁路线最远达至济宁,距离曹县尚有百余公里的路程,专列无法达及。

葛光廷问:"从兖州到曹县还有一大段距离。"

韩复榘说:"曹福林在兖州接我。就此作别吧!"

公务车的灯关着,车厢静得出奇。

从泰安到兖州只有不到百公里距离,列车很快就会到达。葛光廷有些按捺不住，他知道此去一别，不知何时才能见面。想到这，突然悲从中来。同时，他特别想在感到困惑的某些问题上得到答案。

葛光廷问韩复榘："主席为何这么容易放弃济南？"

车厢内漆黑，看不清韩复榘的表情，但从他手脚的活动的摩擦声、呼吸的粗重变化间可以明显地感受到他情绪的激动不安，最终所有的情绪都变成压抑着的愤怒的吼叫。"蒋委员长答应给我的重炮旅，却在日军发动进攻的关键时候被调走了。言而无信，我怎么替他卖命？没有炮，又如何守得住黄河？"

葛光廷说："就因为这……"

韩复榘说："对，这足以说明他蒋某人不讲诚信，根本上是借刀杀人、消除异己……"

葛光廷不敢苟同此说，至少他不认为韩复榘应该以此作为弃守济南的理由。因为，大家面临的是外虏，是共同的敌人，决不能以争权逐利、钩心斗角来应对这场民族危机。

韩复榘说："……当接到周村告急的请求后，我曾想把驻在潍县的于学忠调去支援，但李宗仁却执意不肯，说于学忠部已决定调往蚌埠。周村十万火急，他却有兵不让用，还找个舍近求远的理由……这是什么鬼道理？"

葛光廷叹息一声说："事到如今，如果不能拧成一股绳，共同对抗强敌，所有的信誓旦旦，都不过是水中月雾中花。"

韩复榘说："我韩复榘对得起良心，对不起良心的是那些高高在上的人，别有用心的人。"

事已至此，多说无益，于事无补。葛光廷觉得之前付出的所有努力都变得苍白无力，无论是自己对韩复榘无数次的争取，还是蒋介石在杭州的亲自接见，可谓用心良苦，事到临头，只是因为一次不称心的重炮旅调防，就足以让所有的努力付之东流，实在让人惋惜，让人痛心。其实，还是那句老话，人算不如天算。这就是中国人的命。

葛光廷觉得自己在胶路七年所有的努力都变得毫无意义。

列车在重重的撞击声里停下来，兖州火车站站台上灯火通明，人声嘈杂，葛光廷知道这是曹福林的部队在此迎候韩复榘。大部分人员都将在此下车，由于军方人员的频繁请见，葛光廷甚至无法与韩复榘说告别的话，当然这种环境下的告别实在也没太大意义，并且葛光廷打心里不愿意再和韩照面，一种掺杂着惋惜、沉痛、愧疚、厌恶、愤怒、责备的情绪在心头搅拌纠缠，他实在也不知道如何与韩复榘告别。

在他想来，或许韩复榘此时的心情也和他同样复杂，但不知道他的复杂心情是否源自对同一些问题的相同还是对立的看法。两人都在回避着一种形式上的告别，或许将来会有机会解释，只是不是现在，后会有期，不必要在不合时宜的情况下做过多虚妄的形式上的东西。

韩复榘下了车，头也不回向前走去，似乎根本就没在意葛光廷背后注视的目光。外面的汽灯、火把交织而成的光线相交织出忽明忽暗诡异的光，把韩复榘脸上的表情渲染得有些夸张，他举手投足的动作很大，那是军人在下属面前习惯性的动作或者说是自然的权威表达；他的面部呈现出一种青铜色，一侧凝重深邃，一侧阴暗空洞；在迎接的人群里他是当然的核心，而在整个事件的发展中他已经放弃了自己的核心位置而渐至边缘，甚至说不定会坠入历史深渊而为人所不齿。葛光廷这么看着，这么想着。

韩复榘的卫队及随从下车后，车厢里只剩下钱镛、戴师韩等人，空空荡荡。有人请示是否开车，葛光廷有气无力地摆摆手，表示同意。按原计划，车在上海站终止。这是一趟没有返程计划的旅行，无论管理人员，还是随从抑或是司机等普通员工都没有下一步的目的地，所有人都将根据意愿做出自我选择，没有承诺与保障，至此作别，莫问前路。

大家在这样一种心情下，默默告别。

葛光廷下一站是香港，由戴师韩陪同。对葛光廷来说，香港只是个地理概念，他不知道那里是个什么样子，又会有什么在等着他……

他回头向远处望一眼，脑子里同时浮现出济南、青岛两座城市，但迅疾之间，一切烟消云散。

30

葛光廷是1938年1月25日得知韩复榘被杀的消息。也就是韩复榘被杀的第二天。

当时，他刚刚在寓所吃完早餐。夫人沈彤在分拣当天报纸。葛光廷来香港后才知道，夫人已先期抵达，这让他对中央周全的安排感动不已。沈彤突然的一声大叫，让葛光廷全身一紧。沈彤用撕裂的嗓音说："韩复榘死了！"说着，用颤抖的手递给葛光廷一份《香港日报》。葛光廷看到了一个极度夸张的感叹号，然后是标题：韩复榘在汉口被杀！葛光廷对着标题先自愣了半天，才想起去看内容。看完后，呆坐半天，长叹一声，起身到窗前。香港的繁华隐在窗外沉重而陈旧的阁楼后面，斑驳疏松的墙体附着几枝萎蔫的藤蔓，湿重的潮气弥漫开来，挟裹着陈旧的往事氤氲而上，意气风发、霸气十足、豪情万丈、敢作敢为的韩复榘，阴险狡诈、诡异多变、凶狠残忍、蛮横无理的韩复榘……不同的印象，不同的侧面，不同的韩复榘在葛光廷脑海里交替浮现，到底哪个是真实的，哪个又是虚幻的，哪个是活着，哪个又是死去的，葛光廷陷入一种迷幻状态，使他对过去的一切、现实的存在都变得无从判断，就像伸出一只手，却不能握住飘过的流岚，就像走进一片森林，左右环顾，却找不到来时的路……

韩复榘已去往另外一个世界，与自己阴阳相隔。葛光廷混沌的脑海里越来越清晰地浮现出韩复榘在兖州站下车时的情景，才刚刚几个月，那个瞬间竟成诀别的记忆；没想到，两人相处了七年多，最后一刻竟是以如此的心情同彼此告别。韩复榘当时一定非常了解他的心理反应，否则，他也不会一言不发就扬长而去。他们都认为彼此还有的是机会做出解释，没想到一去竟成永别。

韩复榘丢了山东，但是，中国的局势又何止是一个韩复榘所能左右。葛光廷的目光再次落到《香港日报》那段文字上"……一月十一日，蒋介石在开封召开军事会议，以第三集团军总司令兼山东省政府主席韩复榘不遵命令，擅弃国土，下令撤职逮捕，次日押解汉口。一月十九日，国民政府武汉行营宣布韩复榘不遵长官命令，擅自撤退；强迫鲁西人民购买鸦片；强征捐税；侵吞公款；没收人民武器等罪状。一月二十四日，韩被判处死刑，晚七时在武汉执行枪决。"

葛光廷终于从混沌中艰难地还原着文字中对韩复榘死因的描述。"他是因不遵长官命令，擅自撤退"而被判处死刑的？擅自撤退，罪该至死？日本人对华北的图谋早就蓄谋已久，韩复榘能够抵挡得了？尽管葛光廷也曾经把希望寄托在韩复榘身上，现在看来，要想让韩复榘一人抵挡日本人的进攻，显然是不切实际的。"购买鸦片、强征捐税、侵吞公款、没收武器"这些罗列的罪名有着明显的欲加之罪、何患无辞的意味。

窗外狭窄的空隙塞满凝重的阳光，从浅至深，由暗到淡，在葛光廷混沌的双眸里变化，久久的沉默、独坐与对空洞的凝视，使他渐渐陷入一种昏沉的状态，并且越陷越深，一直到无力自拔；他的目光变得呆痴散漫、言语变得模糊不清……沈彤知道韩复榘的死对葛光廷造成了强大刺激，没敢去打扰他，想让他慢慢吞咽下这份巨大的苦楚，逐渐地接受这个残酷的现实，然后能够自我恢复，因为没人能够替代得了他的感受；但是，到了后来，沈彤才发现不对劲，葛光廷几乎陷入了一种深度昏睡之中……

情急之下，沈彤把丈夫送进医院。三个月后，葛光廷才艰难地从这种迷糊状态下复苏过来。柔弱却坚强的沈彤在听到葛光廷一句"向方兄，走好啊！"的长叹时也禁不住流下热泪。让她欣慰的是，她知道丈夫已从痛苦中走了出来，也随着丈夫的一声长叹感受到了一种失却知己的渗入骨髓的至为深切的哀伤。

出院后的葛光廷突然发现失去了接济，内地汇票不能按时收到，生活迅速变得拮据。于是，他便与沈彤商量，不再留在香港，想办法回内地。但是，从新闻上知晓，内地形势越来越糟糕，已无从判断何处才是最佳落脚点；并且从接济中断的情况判断，相关部门显然已无从顾及他的处境。

就在葛光廷窘迫之际，一个"熟悉"的人的到来，让葛光廷陷入更大的苦恼之中。

来人还是上次为冈村宁次送信的人，这次仍然是带来了冈村宁次的信。

葛光廷打开信看。"……葛先生在青岛经营多年，青岛民众视葛先生如圣者，无不爱戴有加，希望葛先生回来，虚位以待，为日本在青岛的事业奋斗。"

葛光廷不解地看一眼陌生人，问："虚位以待？"

陌生人说："青岛市市长。"

葛光廷说："青岛现在已为日本人所占，我如何去当这样一个市长？"

"日本政府钦佩先生的修为。"陌生人说，"冈村先生建议葛先生能答应，继续为青岛做些事情。"

葛光廷毫不犹豫地说："我不会回去的，请转告冈村宁次，两国已断交，我和他也断交了。"

陌生人说："香港并非极乐世界，生活也不易；葛先生不是早就想回内地吗？"

葛光廷说："我是想回内地，但决不回青岛。"

陌生人非常有耐心。说："青岛现在正筹建治安委员会，葛先生过去的朋友、同事很多进到委员会中，其中，还有位葛先生的至交……"

　　"谁？"葛光廷下意识地问。

　　陌生人说："陆梦熊。"

　　葛光廷先自惊讶，随之面色淡然。

　　"不回。"葛光廷的口气愈发坚定。

　　来人遗憾地起身，说："葛先生三思，我还会再来的。"

　　葛光廷疲惫之色赫然，说："先生不要再来，说一不二。"

　　来人一愣，没作声，深鞠一躬而退。

　　葛光廷叮嘱夫人说："此人再来，闭门不见。"

　　果然，此人又来过两次。敲门，叫葛先生。葛光廷和夫人在屋内装作没听见，确认此人离开后才稍有动静。

　　一个月后，葛光廷突然接到一封信，信里夹带着两张船票和上海的一个地址，没做过多说明。葛光廷知道，有人已经知道他在香港的困顿和他想回内地的想法，在暗地里帮他返回内地。他庆幸自己没有接受冈村宁次的诱惑，不然的话，自己已经是个汉奸的身份了，就像陆梦熊——如果来人说的是实情的话，他已经无从考证。但本能告诉他，陆梦熊是极有可能走上这样一条道路的人。

31

　　葛光廷内地的住所位于上海霞飞路1285弄——上方花园。

　　上方花园是座独特别致的公寓式住宅区，欧式风格，造型各异，独立别墅、联排式公寓交错排列，错落有致；花园中心有欧式喷泉，更有画龙点睛的趣味。葛光廷所住的63号别墅就在喷泉旁边，位于住宅区核心位置，绿草茵茵，水声潺潺，风景尤佳。上方花园营建于1916年，初为名叫"沙发"的英人私墅，后被浙江兴业银行看中，重金购得，随即大兴土木，先为银行高层人士建住所，后因外人求购甚殷，便逐渐对社会出售，没想到竟发展成兴业银行的地产项目。因利润丰厚，兴业银行便继续在周边购地，成片拓展，规模愈大，直到1937年战事起，方才停工。

　　葛光廷没想到，上海竟有如此闹中取静的世外桃源，特别是在战火连天的岁月尤为难得。

初住进来时，葛光廷还担心。因为战事正酣，上海时常有日人飞机空袭；但日子稍长，让他惊奇的是，日本人的炸弹似乎长了眼睛，无论如何轰炸，竟然永远都不会落到上方花园，这让他大惑不解。

上方花园到底隐藏着怎样的秘密？他先是纳闷，后是猜测，但一直没解开答案。尽管疑惑，但身心疲惫的他，难得有机会有整暇的时光休整，所以对所有的困惑也不刻意求解，乐得享受这份战火纷乱中的特殊的安宁。由青岛到济南，到上海，再去香港，掐指算来只有半年短暂时光，但其间的周折却让人体会到了难以言述的苦涩与痛楚。半年不再是个时间概念，所有累积叠加的不眠、焦虑、无望交织在一起，让时间不堪重负。好在所有的付出，尚有些微回报。葛光廷毫不怀疑，自己现在所享受的片刻安宁肯定是拜蒋介石所赐。

葛光廷从在上方花园安顿下来的那刻起，在一些事情，除非日军的飞机来了，他的思路才被巨大的轰鸣吸引而转到对天空的关注，天空是宏大而诗意的，哪怕这种诗意是由飞机的呼啸与轰鸣构建起来的，仍然不会让人失去对未来的憧憬。等呼啸声远去，天空恢复平静，他的意识便又恢复到那个简单而又微妙的问题上，日本人的炸弹为什么会躲开上方花园？他凭着军人独有的敏锐觉察到，上方花园是日本人的保护区。他也因此而更加困惑，蒋介石自身难保，为何还会有能力在上海开辟出一块保护区。

如果不是，那么上方花园又隐藏着怎样的秘密？

所有的猜测都不会有确切的答案。无从求解，便自然又去想韩复榘。日本人的飞机一顿狂轰乱炸后飞走了，上方花园所处的位置，使葛光廷无法窥见城市被炸的情景，有时他甚至生出一丝遗憾，战争时期对战争的情景却无从感知，对他来说多少显得有些遗憾。抬头看见天空升起的烟柱，从浓密、漆黑，到稀释、散开，终至无影无踪……韩复榘为什么被杀的问题又浮现脑海。

蒋介石可以找到一百个杀韩复榘的理由，但根本原因何在？几十年的军阀混战，有多少军阀如韩一样，一时与蒋如胶似漆，一时与蒋反目成仇，蒋都能容忍，那么蒋为何不能容韩？

"擅自撤退"，打乱了蒋介石的战略部署，这看似是个名正言顺的理由，但正如社会上的传言，南京可以丢，为什么济南不能丢？丢了济南，韩复榘有责任；丢了南京，又应该由谁负责？无论此言所传有何背景，道理确如此。从整个战局看，如果单纯把一泻千里的局面归罪于韩复榘实在有失公允。日本人占了满州、过了平津，尽管有所谓的黄河天堑，济南的被占并不出人预料，人们尽管曾经一度对韩复榘寄予厚望，也对韩的退却怒不可遏。但理性想来，丢了平津，还有其他地方不能丢吗？

"擅自撤退"其实只是把杀人的刀。既然如此，那么真正的原因何在？葛光廷认为，以自己对蒋的了解，韩为蒋所不容的真正的原因其实是多方面的，也是多年来矛盾的累积所致。这么多年来，有多少军阀大佬与蒋介石杀得你死我活，但蒋介石总能宽容他们，韩复榘也是其中一员，但韩与其他军阀的不同之处在于他不但觊觎蒋的权力，更蔑视蒋的权威，这可能使蒋一直耿耿于怀，并最终超出了其容忍的限度。从1930年蒋冯阎三方大战结束，蒋介石虽然不信任韩复榘，但还是兑现了诺言，让韩成了统治山东的"土皇帝"。尽管如此，韩非但不知情，反对蒋反唇相讥，冷嘲热讽，让蒋介石丧失尊严。后来，韩复榘为巩固自己的统治，一直在与蒋玩猫捉老鼠的游戏，既与宋哲元形成默契彼此寻求自身权益最大化，又与日本人眉来眼去，时常让蒋如坐针毡，寝食不安。有几次，葛光廷在与蒋的见面中，曾亲眼见过蒋对此的愤怒。

在刘珍年问题上，中央政府在山东保留少量驻军无非是为了维护颜面，尽管刘珍年挟中央以自重，不能正确理解中央意图，颟顸妄为，与韩复榘冲突不断，但韩赶尽杀绝的做法让中央政府无法维持基本的权威，虽然蒋介石一直隐忍不发，但心里却是无法接受的。更让蒋所不能容忍的是，在张学良的西安兵谏后，韩复榘非但没有正确的态度，反倒幸灾乐祸，与宋哲元相互勾搭，险恶用心昭然若揭，只是后来在共产党调停下，才没有走向不可收拾的地步……

这一切因素的综合结果，最终被归结为"擅自退兵"，而成为蒋介石对其痛下杀手的冠冕堂皇的理由。如此想来，韩复榘的死是不可避免的。

葛光廷每天都在想，想的深度不同，却对韩的死因不断增添着新的认识；当然，每次痛定思痛思考的结果都以痛心疾首作终。韩复榘的死如梦魇般折磨着他，让他时而惆怅，时而无奈，时而痛苦难捱，以至于无力自拔……

32

时日久了,所有的情绪纠缠在一起,葛光廷有种说不出来的味道和感受,这种味道和感受最终酝酿成一种绝望;这种绝望的继续延伸与发展,便化为万念俱灰的情感巨浪,不时冲击着他的灵魂。每当这种万念俱灰的绝望袭来,他便昏昏欲睡,陷入一种无望的虚空之中。

有了香港的教训,夫人沈彤很担忧他的健康,但别无他法,只有不时劝慰,催促他到花园走走,散散心,让他忘了那个叫韩复榘的人,但收效甚微。沈彤知道,需要时间让他遗忘,自我修复。

近些日子,日本飞机的轰炸频次越来越高,虽然上方花园仍处于被"保护"状态,但很难说不会受到误炸,心理阴影不可避免,葛光廷与沈彤感受到了一种巨大的压力。

这天,葛光廷和沈彤到上方花园周边散步,回来时突然发现门口丢着一尊香炉,旁边还散落了些香烛。不像是随意丢弃,但又不明白是谁会把这样一堆物件放置在自家门口。葛光廷不解,和沈彤嘀咕一番,便站在门口等,半天没见来人,于是就把香炉捡拾回家,放置一旁,原想等人来取。过了数日,仍未见人来寻。

突然有一天,当葛光廷再看到这些物件时,竟情不自禁地把香炉擦拭一新,燃上炷香,清烟氤氲,他突然感到一丝强烈的圣洁的忏悔之情油然而生,这让他迅速从时时冒出的绝望情绪中摆脱出来,一股强烈的皈依感召唤着他。葛光廷感到一束隐现的光明蓦然照亮了灵魂,一种从未有过的愉悦充溢全身,一切车马、枪炮带来的喧嚣与轰鸣都不复存在。世界清澈透明起来,上方花园上方散发出圣洁的光芒。

葛光廷突然对过去的一切产生了深深的厌倦,无论是在奉系易帜,还是1930年蒋冯阎的三方大战中所做的奔波努力……这些在此之前是他一直视为一生荣耀的事情,现在看来,无非是镜中月、水中花。历史依如层层涟漪,从一个动荡向着另一个动荡交替展开,无休无止,终是一个虚无接着另一个虚无;人生也如抛出的石子,在击打起一串串水花后,"扑通"一声沉入水中,一切又复归原状。正如他到胶路,本想谋划一段辉煌的人生,到头来却也是一段走向万念俱灰的"轰轰烈烈"之路。

1930年，他本来是不愿意接受任命的，张学良也曾向他打过包票，决不让他离开平汉路。胶路作为山东境内的铁路，根本无法和作为南北干线的平汉路相提并论。但是，一件不为外人所知的隐秘任务，让他不得不放弃固有的坚持，义无反顾地来到胶路。当时，全国上下都关注平汉路的人事任免。在外人看来，这项任命远远超出一般意义上的人事变动而有更多的政治内涵。本来信心百倍要据平汉路不去的葛光廷，这个时候却突然接到蒋介石的召见。蒋介石要他到胶路任职。他大惑不解。蒋介石的回答既是解释，更是不容回旋的命令："去胶路，意在察山东形势，遏东人恣意之为……希静岑以大局为重。"他明白，蒋介石所说的"东人"实指韩复榘。韩复榘刚接任山东省政府主席一职，意气风发，大有与蒋介石分庭抗礼之势。蒋交付他的特殊任务，就是以胶路委员长为掩护，到山东监视韩复榘的一举一动，确保中央对山东实施有效控制。对葛光廷来说，在他的履历中，此类授权任命并不鲜见。但每次他都不会有丝毫犹豫，但这次他真的觉得有违心愿，他的本意不是胶路。但是，他也知道，蒋的命令根本不能违抗。他必须要到胶路任职。

当时，葛光廷对任职胶路委员长也有着自己的看法，胶路一职当然是虚职，无非是为了有个合法的身份而已。他本想到胶路后，可以置身事外，把主要精力用在蒋交付的任务上。但让他自己都没有想到的是，他非但没有做到超然事外，反倒无限度地陷入胶路细琐的事务中，并且一待就是八年之久。更让他没想到的，他和所监视的对象最终成为莫逆之交，而对方的死，似乎冥冥之中也隐含着自己的助力，每次向南京的汇报何尝不是把韩推向不归路的积累，而在韩复榘临死的那刻，似乎也"看透"了自己这位亦敌亦友身份的真实面目和对自己命运所起的决定作用。正是对这种经历的回眸与反思，使他蓦然间看到了人生的无望之门。

葛光廷开始烧香礼佛，他反思罪过，寻找超度的出口。

沈彤先是不解，后自大悟，觉得这或许是治愈丈夫病根的最好方法了。

葛光廷突然平静而快乐起来，他看到花也喜，鸟也喜，云也喜，雨也喜……

葛光廷走进了属于自己的世界。

只是让人没想到的是，某天，有位熟人突然寻上门来。

尽管来人做了伪装，葛光廷还是一眼认出，他就是陆梦熊。

葛光廷心里一凛。他早有耳闻,日占青岛后,成立了青岛治安维持会,共有九名委员组成,包括赵琪、吕振文、李顺德、姚作宾、周家彦、陆梦熊、尹援一、韩鹏九、杨玉亭,其中原胶济铁路管理局的高层职员陆梦熊、尹援一忝列其中。所以,陆梦熊的不期而至,让葛光廷刚刚平静的心境骤生波澜。

陆梦熊说:"委员长,我来看您了。"

葛光廷没作声。拈炷香,插进香炉。

陆梦熊等了半天,见葛光廷没有与自己交谈的意思,便找到一个现成的话题往下说:"韩主席死了。"

葛光廷没作声。

陆梦熊知道葛光廷早知此事,还是自顾说:"中了七弹。"

葛光廷浑身一颤,下意识地闭上眼睛,似乎不忍直视那血淋淋的一幕。

陆梦熊见自己的话有了效果,便生出了几分信心,却又不往更深处说,而是把话题放大,想以此引起葛光廷与他交流的兴趣。他换了个话题说:"委员长有没有听说四方厂的事?"

葛光廷半闭的眼微微睁开些。

陆梦熊顺势说:"顾楫把四方厂的设备运到株洲,后来日本人飞机追过去,还是没逃过厄运,所有车辆都丢进了金城江。"

葛光廷情不自禁地"哦"一句,陆梦熊欣喜地听到了回音。但仅此而已,葛光廷又迅速恢复了禅定。

陆梦熊极尽所能,不断调整、拓展着话题,葛光廷依然故我。葛光廷对陆梦熊的到来虽感意外,但本能告诉他,此人无事不登三宝殿,一定抱有不可告人的目的。倒不如,以沉默拒绝或应对他可能提出的一切。

正如葛光廷所猜,陆梦熊当然是抱有目的而来。当他见葛光廷这样一副置生命于世界之外的态度之后,只得挑明来意:"日本人还是想请您回青岛,就任市长!"

葛光廷闭着眼,没说话,他明白了陆梦熊的来意,与他的猜想大差不离。

陆梦熊等了半天,仍不见葛光廷说话,便使出恶毒之招,说:"葛委员长可知道……何应钦在审韩主席时,曾问他,'为什么你有妻室,还娶日本女人';当时,韩主席勃然大怒,说,'那是葛光廷给我叫的条子,我何时娶过日本老婆',死时还说,'……葛光廷出卖我'。"

陆梦熊所出之招与他与博山煤商斗争中所出的招数有着异曲同工之妙,不择手段、毫无底线地攻人短处。葛光廷身子剧烈地震动一下。

陆梦熊阴险地观察着葛光廷的变化。

葛光廷深吸口气,他对陆梦熊愈发深恶痛绝,但还是顽强地把心中的佛安顿好。

陆梦熊说:"日本人对葛委员长很器重。上方花园就是日本人给委员长选的住所,他们一直在暗中保护着委员长。"

葛光廷惊道:"什么?"

陆梦熊说:"委员长不知,上方花园还住着位大人物……"

葛光廷:"啊……"

陆梦熊说:"一位日本皇族。"

葛光廷听罢,无法控制自己的情绪,浑身战栗不止。

他知道这位皇族是谁。葛光廷在日本留学时曾与他是同学,两人交好,无话不谈。后来听说这位皇族以反战派身份久住上海,没想到会是在上方花园。葛光廷瞬间的疑虑后,便确信了自己的判断。况且连与日人关系亲密的陆梦熊都加以暗示,加之日本人对上方花园的刻意"保护",更让他确信无疑。

葛光廷没想到,这一切竟然是日本人安排的。

葛光廷转身离去,踉跄着走向内室。

陆梦熊大失所望。他知道自己已经无法完成日本人交代的任务。

陆梦熊走了,却留下一把刀,插在葛光廷胸口,让他时而痛苦战栗,时而撕心裂肺,时而如锥钻心;让他没想到的是,南京政府竟然会把"叫条子"的事作为罪状强加于韩复榘。如此一来,韩复榘临死前一定会认为是自己出卖了他!那么,他死时便一定会对自己恨之入骨。这位生前好友对自己的最后印象,一定是位两面三刀、心狠手辣、落井下石的小人?

活人尚有机会解释,死人又如何补白。

痛哉!苦哉!

葛光廷如万箭穿心,心无所归。

不知过了多少日子,外面的世界突然变得一片宁静,日本人的飞机仍然每天都会来,但马达的轰鸣声以及投下炸弹的呼啸声竟然细若游丝,葛光廷觉得这个世界与自己越来越远了。

这天,葛光廷在前厅踟蹰,抬头看到墙上的菩萨。

葛光廷怔怔地呆愣了半天,恍惚间觉得自己回到了青岛,正站在湛山寺门口眺望,两尊高贵怪异的石狮子蹲守在山门,黄海海面云雾缭绕,一片缥缈……